가브리엘
가르시아
마르케스

▲ 1981년 12월 파리에서 레지용도뇌르훈장을 받은 후 미테랑 대통령과 악수하는 G. 마르케스

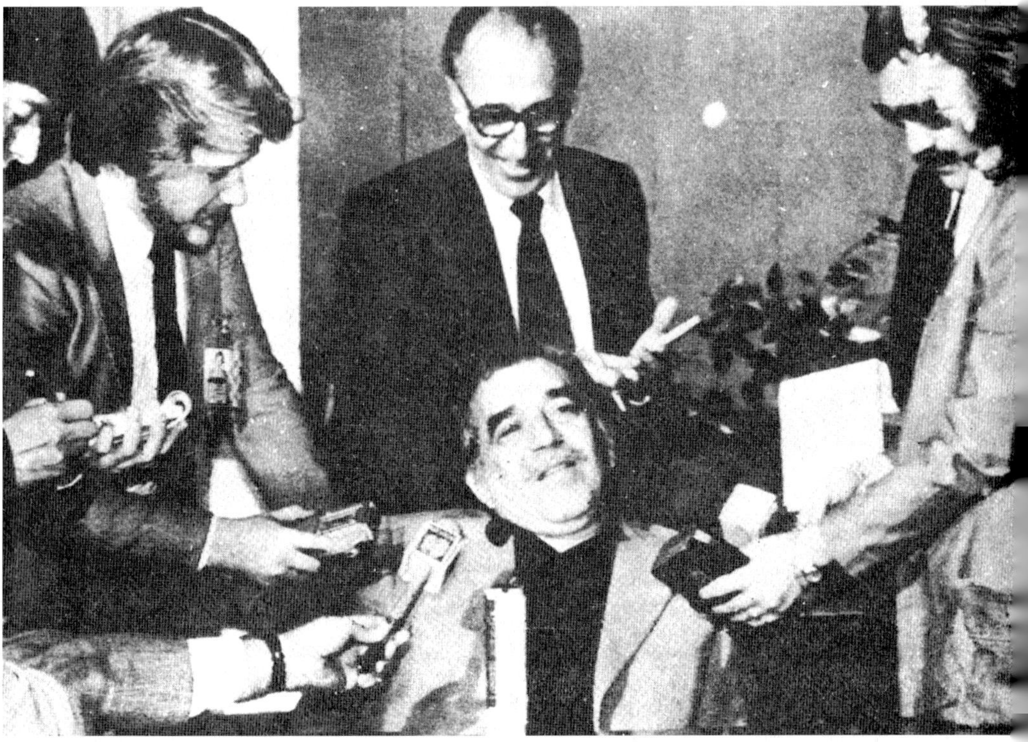

▲ 1982 노벨문학상 수상 발표 직후 기자들에 둘러싸여 수상 소감을 말하고 있는 G. 마르케스

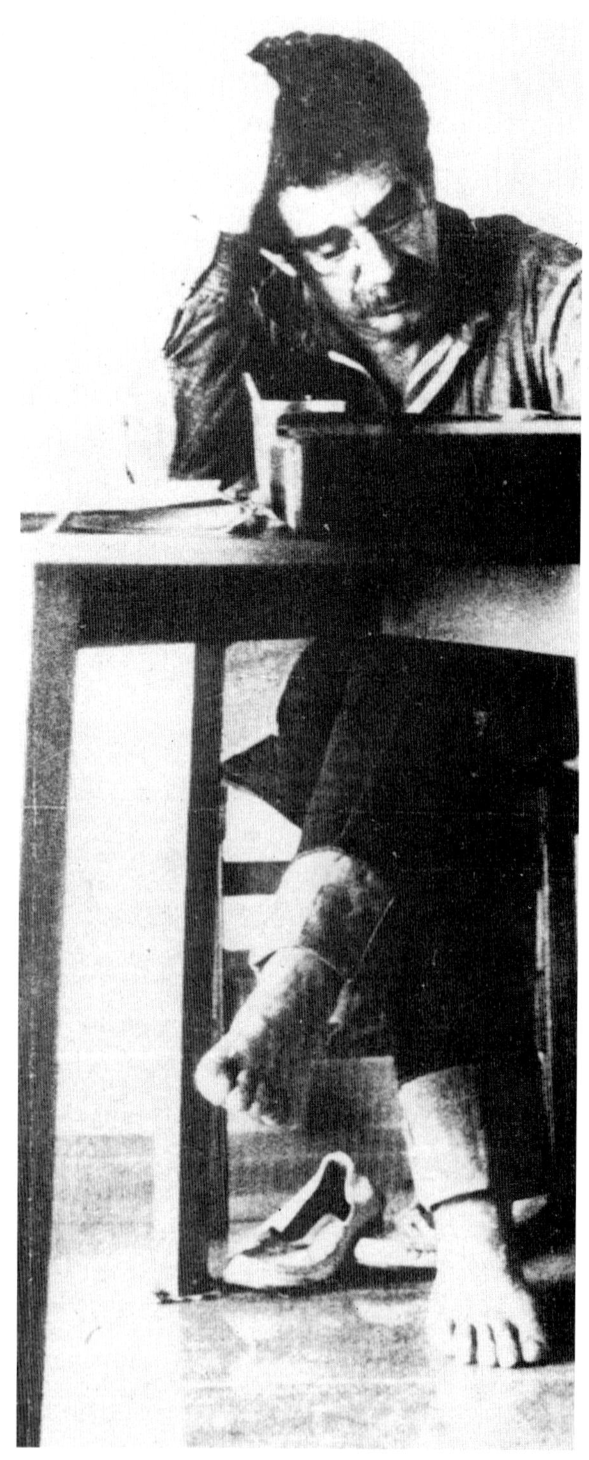

▲ 멕시코 집필실에서 창작에 몰두하고 있는 G. 마르케스

백년 동안의 고독

G. 마르케스 지음 / 안정효 옮김

문학사상

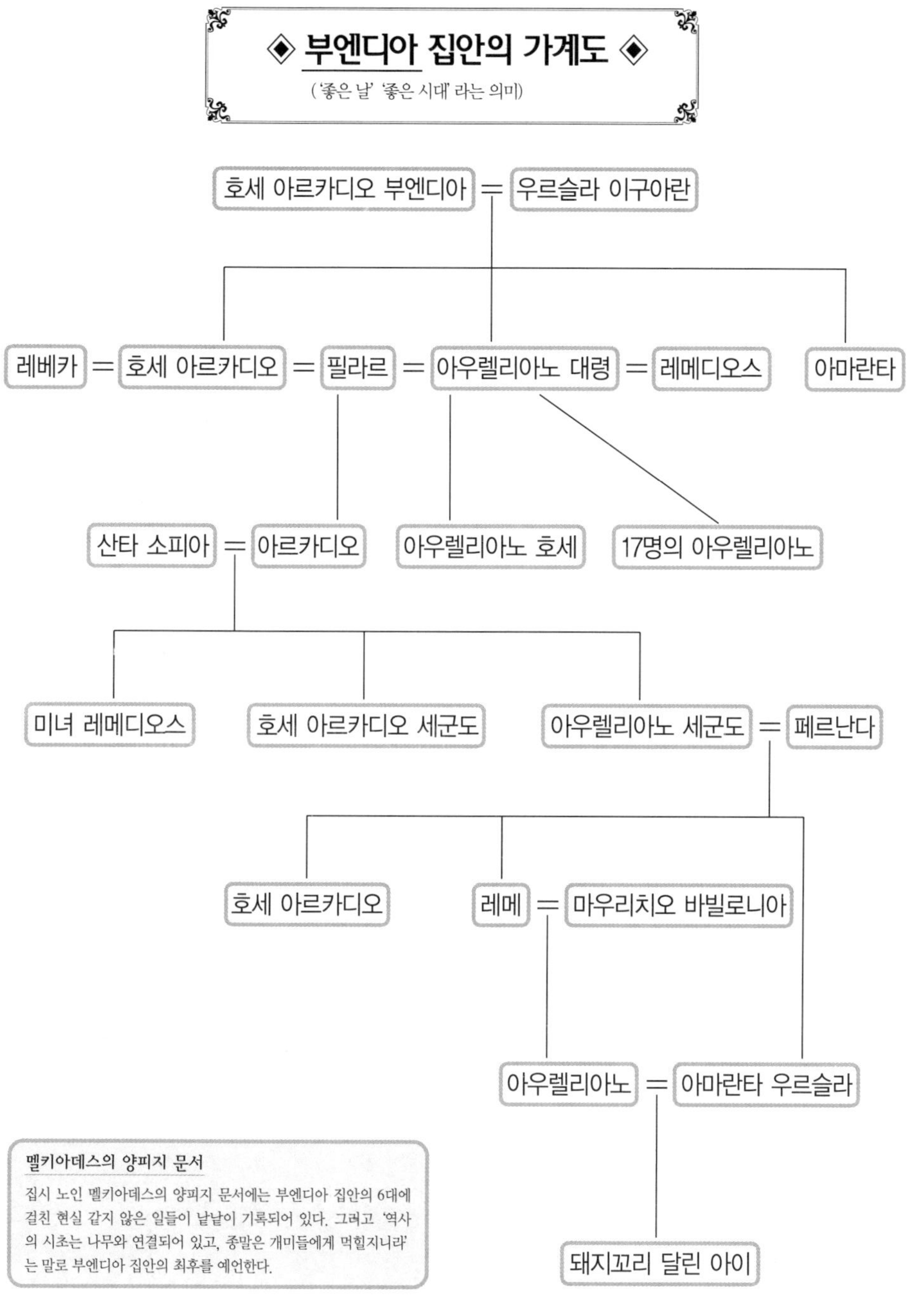

◆ 부엔디아 집안의 가계도 ◆
('좋은 날' '좋은 시대' 라는 의미)
호세 아르카디오 부엔디아 = 우르슬라 이구아란
레베카 = 호세 아르카디오 = 필라르 = 아우렐리아노 대령 = 레메디오스
아마란타
산타 소피아 = 아르카디오
아우렐리아노 호세
17명의 아우렐리아노
미녀 레메디오스
호세 아르카디오 세군도
아우렐리아노 세군도 = 페르난다
호세 아르카디오
레메 = 마우리치오 바빌로니아
아우렐리아노 = 아마란타 우르슬라
돼지꼬리 달린 아이

멜키아데스의 양피지 문서
집시 노인 멜키아데스의 양피지 문서에는 부엔디아 집안의 6대에 걸친 현실 같지 않은 일들이 낱낱이 기록되어 있다. 그러고 '역사의 시초는 나무와 연결되어 있고, 종말은 개미들에게 먹힐지니라'는 말로 부엔디아 집안의 최후를 예언한다.

1

  몇 년이 지나 총살을 당하게 된 순간, 아우렐리아노 부엔디아 대령은
오래전 어느 오후에 아버지를 따라 얼음을 찾아 나섰던 일이 생각났다.
그때 마콘도 마을에는, 유사 이전 공룡의 알처럼 거대하며 하얗고 매끈
매끈한 돌이 깔린, 맑은 물이 흐르는 강가에 세운 스무 채 가량의 블록집
말고는 아무것도 없었다. 마을이 생긴 지 얼마 되지 않았기 때문에, 이름
을 붙이지 않은 곳이 아직 많아서 어디를 알려주려면 손으로 일일이 가
리켜야만 할 정도였다. 해마다 3월이면 집시들이 와서 마을 어귀에 천막
을 세웠고, 피리를 불고 북을 치며 그들이 가져온 신기한 것들을 소란을
떨며 보여주었다. 처음에 그들은 자석을 가져왔다. 수염이 덥수룩하고
손이 야무진, 뚱뚱한 집시가 자기 이름을 멜키아데스라고 소개하고, 마
케도니아의 연금술사들이 발명한 '세계의 여덟 번째 불가사의'를 사람
들 앞에서 보여주었다. 그는 집집마다 찾아다니면서 자기가 가져온 쇳덩
어리를 이리저리 내밀어서, 냄비와 튀김냄비와 부젓가락과 화로를 손도
대지 않고 잡아끌어 넘어뜨리고 못과 나사를 멋대로 굴리고, 벌써 오래

전에 잃어버려서 찾지 못하던 쇠붙이들도 그 신기한 쇳덩이로 찾아내어 모든 사람들을 깜짝 놀라게 했다. "모든 물건들에는 생명이 있답니다." 그 집시는 거친 목소리로 말했다. "그 생명의 영혼을 불러일으키면 되는 거죠." 자연의 모든 섭리를 터득해서 그의 상상력이 기적과 마술까지 지배한다고 알려진 호세 아르카디오 부엔디아까지도 그 쇠붙이만 가지면 땅속에서 손쉽게 황금을 찾아낼 수 있으리라고 생각했다. 정직한 사람으로 이름난 멜키아데스는 그에게 솔직히 말했다. "그 일만은 안 될 거야." 그러나 호세 아르카디오 부엔디아는 그 집시의 말을 믿지 않았고, 당나귀 한 마리와 염소 한 쌍을 주고 그 쇠붙이 두 개와 바꾸었다. 그 가축들에 의지해서 살림을 꾸려가던 그의 아내 우르슬라 이구아란조차 그를 말릴 도리가 없었다. "우린 곧 마루를 온통 덮고도 남을 만한 금 덩어리를 찾아낼 거야." 남편이 말했다. 그는 몇 달 동안 자기의 생각이 옳았다는 것을 증명하려고 무척 애썼다. 그 쇠붙이로 마을을 샅샅이 뒤졌고, 심지어는 멜키아데스의 주문을 큰 소리로 읊으면서 그 쇠붙이로 강바닥까지 훑었다. 그러나 그가 마술 쇠붙이로 찾은 것이라곤 돌멩이로 가득 찬, 15세기에 쓰던 큰 투구뿐이었다. 녹이 잔뜩 슨 그 투구를 호세 아르카디오 부엔디아와 그의 조수 네 명이 뜯었더니, 그 속에서는 여자 머리카락이 든 구리 로켓(사진이나 머리카락 따위를 넣어 목걸이에 다는 여자 장신구─역주)과 다 썩어 푸석푸석한 해골만 나왔다.

3월에 그 집시들이 돌아왔다. 이번엔 그들은 망원경과 북만큼이나 큼지막한 확대경을 가져와 암스테르담의 유태인들이 최근에 발명한 것이라고 선전하면서 보여주었다. 그들은 집시 여인 한 사람을 마을 끝에 세워놓고 천막 앞에 망원경을 세워놓았다. 5레이아(스페인의 작은 은화, 1레이아는 50원 정도─역주)를 내면 누구나 그 망원경을 들여다보고, 손끝에 닿을 듯한 집시 여인의 모습을 볼 수가 있었다. "과학은 거리감을 없앴습니다." 멜키아데스가 말했다. "이제 머지않아 사람들은 집에 앉아서 세계 구석구석을 볼 수 있을 것입니다." 그 커다란 확대경은 불타오르는 한낮의 태양으로 놀랄 만한 요술을 부렸다. 집시들은 길 가운데에다 마른 풀잎을 쌓아놓고 확대경으로 햇빛을 모아 불을 붙였다. 자석으로 커다란 낭패를 보았던 호세 아르카디오 부엔디아는 아직도 낙담하지 않고, 확대경을 훌륭한 전쟁 무기로 쓰겠다는 새로운 계획을 세우게 되었다. 멜키아데스가 다시 호세 아르카디오 부엔디아를 설득하려고 했지만, 이번에도 그는 하는 수 없이 자석 두 개와 금화 세 닢을 받고 확대경을 내주고 말았다. 낙심한 우르슬라는 목 놓아 울었다. 우르슬라의 아버지가 평생 모아 물려준 그 금화는 큰일이 있으면 쓰려고 우르슬라가 침대 밑에다 감춰두었던 것이었다. 하지만 호세 아르카디오 부엔디아는 목숨까지도 서슴지 않고 내놓을 만한 과학자의 사명감을 느끼고 있어서 아내를 타이르고 위로할 생각은 하지도 않았다. 적군에 미칠 영향을 연구하기 위해서 그는 확대경을 이용해 햇빛의 초점을 몸에 받아보았는데, 그 실험에서 입은 화상으로 오랫동안 치료를 받아야만 했다. 그토록 위험한 물건은 치워버리라는 아내의 만류를 듣지 않다가, 그는 하마터면 집에 불을 낼 뻔도 했다. 그는 방 안에 틀어박혀서 이 신기한 물건을 전략적으로 어떻게 이용할 것인지 연구해서, 결국은 쉽게 납득이 갈 만큼 자세한 안내서를 완성하기에 이르렀다. 그는 그 안내서에 자기가 시행했던 실험의 결과 보고서와 도표 몇 페이지를 첨부해 정부로 보냈다. 안내서의 전달을 맡은 사신은 산을 여럿 넘고 어딘지도 모를 늪을 건너고 폭풍이 몰아치는 강을 건너서 우편물을 나르는 당나귀들의 통행로에 다다랐을 때쯤에는 절망과 질병과 들짐승에 시달려 거의 반죽음 상태가 되었다. 태양 전쟁의 새로운 전술을 개발하기 위해 정부 당국의 군사전문가들이 확대경의 복잡한 조작 시범을 직접 보고 싶다는 소식을 전해 오기만 한다면, 호세 아르카디오 부엔디아는 거의 불가능하다고 여겨지던 그 위험천만한 여행길에 올라 수도로 직접 찾아갈 생각이었다. 그는 몇 년 동안 회답이 오기를 기다렸다. 그러다 결국 기다림에 지쳐서 멜키아데스에게 자기 계획이 수포로 돌아간 얘기를 털어놓자, 정직한 그 집시는 확대경을 도로 받고 대신 스페인 금화와 포르투갈 지도와 항해에 필요한 도구를 내주었다. 그는 헬만 승려의 연구 자료를 요약해서 적어주고, 아스트롤라베(관측의)와 나침반과 육분의六分儀의 조작방법을 알려주었다. 그는 실험을 방해받기 싫어서, 집 뒤에 새로 지은 조그만 방 안에 처박혀서 몇 달의 우기雨期를 보냈다. 집안일을 몽땅 잊어버린 그는 마당에서 별의 움직임을 지켜보느라고 밤을 꼬박 새우기 일쑤였고, 정확히 정오를 가려내는 방법을 찾다가 일사병에 걸리기도 했다. 그 도구들을 사용하는 데 전문가가 된 그는 서재를 떠나지 않고도 이름 없는 바다를 건너고, 미지의 땅을 찾아내고, 다른 세계의 신기한 인간과 이야기를 나눌 수 있다는 신념을 갖게 되었다. 이때 그에게는 새로운 버릇이 생겨서, 혼잣말을 하거나 다른 사람들이 있는지 없는지도 느끼지 못하면서 집 안을 오가며, 우르슬라와 아이들이 마당에서 허리가 부러지든 말든, 바나나와 칼라디움이 자라든 말든, 카사바(열대지방 식물 – 역주)나 마(고구마의 일종 – 역주), 아후야마와 가지가 자라든 말든 아랑곳하지 않았다. 그러다가 정열적인 연구는 갑자기 끝났고, 그는 무엇엔지 매혹된 듯싶었다. 그는 자기도 알아듣지 못할 감격에 찬 감탄사를 마구 뱉어내면서 무엇에 홀린 듯이 며칠을 보냈다. 그러다가 12월의 어느 화요일, 드디어 그동안 그의 마음을 괴롭혀오던 모든 짐을 털어냈다. 그의 아이들은 아버지가 오랫동안 끈질기게 연구한 끝에, 분노에 가득 찬 듯 자기가 발견한 놀라운 사실을 얘기했을 때의 그 엄숙한 표정을 죽을 때까지 잊지 못하리라.

"지구는 둥글다, 마치 오렌지처럼." 우르슬라는 더 이상 참을 수가 없었다. "미치려거든 혼자만 미치구려!" 우르슬라가 소리쳤다. "죄 없는 아이들에게 쓸데없이 집시들의 말 따위를 전하지 말아요!" 그러나 호세 아르카디오 부엔디아는, 격분을 참지 못하고 아스트롤라베를 마룻바닥에 내던져 부숴버린 아내의 기분 같은 것에는 관심을 두지 않았다. 그는 아스트롤라베를 새로 만든 다음 동네 사람들을 모아놓고 그들이 알아듣지도 못할 이론을 전개하면서, 동쪽으로 계속 항해를 한다면 떠난 장소로 다시 돌아오게 되리라는 얘기를 해주었다. 마을사람들은 호세 아르카디오 부엔디아가 완전히 미쳐버렸다고 생각했고, 멜키아데스가 다시 돌아오자 그 말을 전했다. 그러나 멜키아데스는, 마콘도에는 아직 알려지지 않았어도, 바깥 세계에서는 실제 지구가 둥글다는 것이 이미 증명되었다고 말했다. 또한 그는 이 사실을 추리로 알아낸 호세 아르카디오 부엔디아의 뛰어난 머리를 여러 사람들 앞에서 찬양했고, 존경을 나타내는 뜻에서, 마을의 미래에 큰 공헌을 할 연금술사의 실험실을 기증했다.

그때 멜키아데스는 무척 늙어 있었다. 처음 그가 이 마을에 나타났을 때 그의 나이는 호세 아르카디오 부엔디아와 비슷해 보였다. 그러나 호세 아르카디오 부엔디아는 아직 말의 귀를 잡고 꿇어앉힐 만한 기운이 남아 있었지만 그 집시는 무슨 병을 앓았는지 기력이 쇠진해 버렸다. 멜키아데스가 여행을 계속하면서 얻은 온갖 희귀한 병 때문이었다. 연구실을 짓는 일을 도우면서 그는 호세 아르카디오 부엔디아에게, 죽음이 냄새를 맡고 끊임없이 그의 바지 자락을 뒤따랐지만 최후의 순간만은 아직 기다리고 있다고 이야기했다. 그는 인류를 채찍질한 모든 질병과 재난에 쫓기는 도망자였다. 그는 페르시아에서 이탈리아 문둥병을, 말레이시아 군도에서 괴혈병을, 알렉산드리아에서 나병을, 일본에서 각기脚氣를, 마다가스카르에서 선腺페스트를, 시실리에서 지진을, 그리고 마젤란 해협에서 엄청난 파선 사고를 겪었다. 예언자의 비밀을 터득했다고 알려진 그 천재적인 사나이는, 모든 사물에 숨어 있는 비밀을 꿰뚫어보는 아시아 사람들의 신비한 표정을 지닌 우울한 사람이었다. 그는 날개를 펼친 까마귀처럼 보이는 검은 모자를 쓰고, 푸른빛이 고색창연한 벨벳 조끼를 입었다. 그러나 비록 그가 한없이 지혜롭고 신비할 만큼 경험이 많아도, 그 역시 자질구레한 일상생활의 문제에 얽힌 인간적인 짐을 지고 있었다. 그는 나이 먹어 병들게 되는 것이 싫었고, 하잘것없는 경제적 궁핍에 시달렸으며, 오래전에 괴혈병으로 이빨이 빠진 다음부터는 웃지도 않았다. 숨이 턱턱 막히게 무더운 대낮에 그 집시가 신기한 물건들을 설명할 때, 호세 아르카디오 부엔디아는 그들 사이에 두터운 우정이 싹틀 것이라는 확신을 얻었다. 아이들은 그의 신비한 얘기를 듣고 귀가 솔깃했다. 그 당시에 다섯 살밖에 안 되었던 아우렐리아노는, 그날 오후 창가에 앉아 더위에 땀을 흘리며 지켜본 그 사람의 모습을 죽을 때까지 잊을 수 없었다. 그의 형 호세 아르카디오는 그가 본 집시의 모습을 마치 유전시켜야 할 기억이나 되는 듯 그의 자손들에게 물려주어야만 했다. 그러나 우르슬라만큼은, 멜키아데스가 실수로 제2산화수은이 담긴 병을 깨뜨린 순간 방에 들어섰기 때문에, 그의 방문에 대해 별로 좋게 생각하지 않았다. "그 냄새, 정말 악마의 냄새처럼 고약했어요." 우르슬라가 말했다. "아닙니다." 멜키아데스가 대꾸했다. "지옥의 악마한테서는 유황 냄새가 나는데, 그날 부인이 맡은 냄새는 거기에 비하면 퍽 고상했죠." 언제나 아는 것이 많아서 말이 막히지 않는 그는 서슴지 않고 고약한 진사(辰砂, 수은으로 이루어진 황화 광물 – 역주) 냄새 얘기를 둘러댔지만, 우르슬라는 귀도 기울이지 않고 아이들을 재우러 가버렸다. 우르슬라의 기억 속에서는 멜키아데스와 그 악취가 언제까지나 함께 남아 있을 것이다. 그릇과 깔때기와 증류기와 필터와 체가 즐비하게 들어찬 엉성한 실험실에는 원시적인 물파이프와 주둥이가 길고 가느다란 비커가 자리를 잡았고, 유태인 마리아가 고안한 세 가닥 증류기도 집시들이 마련해 놓았다. 그밖에도 멜키아데스는 일곱 행성을 상징하는 쇳덩이 일곱 개와, 황금을 두 배로 늘리는 모이세스와 조지모(연금술에 있어 근본이 되는 두 가지. 조지모는 서기 3세경의 그리스 연금술사 – 역주) 비법과 황금을 만들어내는 기술을 풀이한 공식에 연관된 도표와 설명서도 실험실에 기증했다. 황금을 두 배로 늘린다는 비법이 간단해서 입맛이 당긴 호세 아르카디오 부엔디아는 당장 우르슬라에게 쫓아가, 그녀가 묻어둔 금화를 가져다주면 몇 배로 늘려주겠다며 그녀를 몇 주일 동안이나 설득했다. 이번에도 우르슬라는 남편의 성화에 이기지 못해서 끝내 그 말을 들어주었다. 호세 아르카디오 부엔디아는 금화 세 닢을 냄비에 넣고 구리 조각, 웅황(雄黃, 천연으로 나는 비소화합물 – 역주), 유황 그리고 납을 함께 섞었다. 그는 그것을 피마자기름에 끓여서 끈끈한 죽을 만들었는데 값비싼 황금이라기보다는 흔한 캐러멜 같았다. 조심스럽고 긴장된 증류 과정을 거치고, 일곱 가지 금속으로 녹이고, 연금술용 수은과 키프로스 산 황산염과 섞고 무 기름이 없어서 대신 돼지기름에 다시 튀겼더니, 우르슬라가 상속받은 재산은 냄비 바닥에 시꺼먼 돼지기름이 되어 눌어붙어 버렸다.

집시들이 다시 돌아왔을 때, 우르슬라는 온 동네사람들에게 그들을 쫓아내라고 말했다. 그러나 마을사람들은 집시들을 두려워하기는커녕, 그들이 가져온 온갖 신기한 악기를 쿵쾅거리면서 귀가 멍멍하도록 시끄럽게 돌아다니고, 선전하는 사람이 나씨안쩨네스에서 가져온 기가 막힌 물건을 보여주겠다고 떠들자, 오히려 궁금해서 모여들기만 했다. 그래서 그들은 모두 천막으로 가서 돈을 내고는, 번쩍이는 새 틀니를 끼워서 주름살이 사라지고 옛모습을 회복한 멜키아데스의 젊어진 모습을 구경했다. 괴혈병으로 문드러졌던 멜키아데스의 잇몸과 홀쭉한 뺨과 쪼글쪼글했던 입술을 기억하고 있던 마을 사람들은 이 집시가 보여주는 초인적인 마술의 증거에 겁을 내지 않을 수 없었다. 멜키아데스가 잇몸에 가지런히 박힌 이빨을 통째로 잡아 뽑아서 모여선 사람들에게 보여주었더니, 구경 온 사람들은 얼굴이 파랗게 질렸다. 틀니를 뽑으니 그는 다시 몇 년 전처럼 옴팍 늙은 모습을 나타냈고, 그가 다시 틀니를 입에 넣고 히죽 웃으니 젊음이 순식간에 그의 얼굴에 찾아왔다. 호세 아르카디오 부엔디아조차도 멜키아데스의 능력이 극한에 달했다고 믿었지만, 나중에 혼자서 그 집시에게 틀니의 이치에 대한 얘기를 듣고는 감격하고 흥분할 뿐이었다. 틀니가 어찌나 간단하고 신기하게 여겨졌던지 그는 그날 밤으로 연금술 시험에 대해서 흥미를 몽땅 잃고 말았다. 그는 또다시 방황했다. 그는 밥도 제대로 먹지 않고 하루 종일 말없이 집 안을 거닐면서 시간을 보냈다. "참 믿을 수 없는 일들이 세상에는 많이 일어나고 있어." 그는 우르슬라에게 말했다. "여기서 우리가 당나귀들처럼 아무렇게나 살아가는 바로 이 순간에, 강 저 건너편에는 온갖 신기한 물건들이 나돌고 있단 말이야." 마콘도 마을이 처음 이곳에 설 때부터 그를 알고 지냈던 사람들은 멜키아데스가 그에게 얼마나 엄청난 영향을 주었는지 깨닫고 놀라지 않을 수 없었다.

처음에 호세 아르카디오 부엔디아는 농사일을 가르치고 아이 키우는 일이나 짐승 기르는 일에 도움이 될 만한 충고를 하고, 마을의 복지를 위해서 육체적인 노동도 가리지 않고, 누구의 일이나 잘 돕던 젊은 가장이었다. 처음 마을이 서던 때부터 그의 집이 가장 훌륭했기 때문에, 다른 사람들도 그 집을 그대로 본떠서 집을 지었다. 그 집에는 조그맣고 밝은 거실과, 빛깔이 아름답고 밝은 꽃으로 가득 채워 테라스처럼 꾸민 식당과 침실 두 개와 어마어마하게 커다란 밤나무가 서 있는 마당과 잘 가꾼 정원과 염소들과 돼지들과 닭들이 사이좋게 어울려 사는 우리가 있었다. 그 집에서뿐만 아니라 이 마을 어디에서도 기르는 것이 금지된 동물이라고는 싸움닭뿐이었다.

우르슬라가 하는 일도 남편의 일과 다를 바가 없었다. 몸집이 작고 무슨 일에도 눈 하나 깜짝 않는 적극적인 이 여자는 노래라고는 통 부르는 일이 없었고, 새벽부터 밤늦게까지 풀을 빳빳하게 먹인 속치마를 펄럭이며 집 안을 바삐 싸돌아다녔다. 그 덕분에 흙을 다져서 만든 마루와 진흙담, 그들이 직접 만든 허술한 나무가구들은 항상 말끔했고, 옷을 간수하는 낡은 장롱은 은은한 박하 향을 풍겼다.

호세 아르카디오 부엔디아는 마을에서 가장 머리가 좋아서, 그의 계획에 따라 마을에 세워진 모든 집들은 별로 힘을 들이지 않고 집 옆의 강에서 직접 물을 길어다 먹을 수 있었으며, 햇볕이 쨍쨍한 날이더라도 집집마다 그늘이 똑같이 들어서 서로 불평이 없었다. 그래서 3년 동안 마을 주민 300명이 알고 있는 모든 마을들 가운데 마콘도가 가장 질서 있고 열심히 일하는 곳이었다. 마을 사람들 중에는 서른이 넘은 사람이 없었고, 마을에서 죽은 사람도 아무도 없어서 모두 행복하기만 했다.

마을이 처음 설 때부터 호세 아르카디오 부엔디아는 계속해서 함정을 파고 우리를 지었다. 얼마 안 가서 그의 집뿐만 아니라 다른 모든 집에도 트루피알과 카나리아와 벌새와 방울새가 가득 찼다. 어찌나 새들이 많았던지 그들이 벌이는 요란한 음악회에 귀가 얼얼해질 것만 같아서 우르슬라는 귀를 밀랍으로 막지 않고서는 정신을 차릴 수가 없었다. 두통에 잘 듣는다는 유리구슬을 팔려고 처음 이 마을에 왔던 멜키아데스 일행은 이렇게 아담한 마을이 늪지대 속에 숨어 있는 줄은 상상도 하지 못했고, 새들의 노랫소리를 따라오지 않았더라면 통 찾아내지도 못했으리라고 말했다.

하지만 지금 호세 아르카디오 부엔디아의 사회적인 지도력은 사라졌고, 자석에 대한 열병과 천문학적인 추리와 변이變移의 꿈과 새로운 세계의 신비를 찾으려는 욕망이 그를 사로잡았다. 깨끗하고 능동적인 사람이던 호세 아르카디오 부엔디아는 옷차림도 엉망이고 얼굴 손질도 안 하는 게으름뱅이가 되어서, 더부룩하게 자란 그의 수염을 다듬으려면 우르슬라가 부엌칼로 한참 씨름을 해야 할 지경이었다. 그가 무슨 요술에라도 걸려서 그 꼴이 되었다고 생각하는 사람들도 많았다. 그러나 그가 위대한 바깥 세계와의 접촉을 위해 새 길을 찾아 나서자고 마을사람들을 불러 모았을 때, 그가 미쳤다고 믿던 사람들까지도 식구들과 하던 일을 버리고 그의 뒤를 따랐다.

호세 아르카디오 부엔디아는 그 지역의 지리를 잘 몰랐다. 동쪽에는 넘어갈 수 없는 산맥이 있고, 산맥의 저쪽에는 옛 도시 리오하차가 있다는 것만 알고 있었다. 그는 할아버지인 아우렐리아노 부엔디아에게, 옛날에 프랜시스 드레이크 경이 대포를 가지고 그 도시로 가서 악어를 사냥해 잡고는, 다시 뜯어맞추고 지푸라기를 넣어 만든 박제를 엘리자베스 여왕에게 갖다 바쳤다는 얘기를 들었다. 젊었을 때 호세 아르카디오 부엔디아와 그의 친구들은, 아내와 아이들과 온갖 집안 물건들을 끌고 산맥을 넘어서 바다로 빠져나가는 길을 찾으려고 했지만, 2년 2개월 동안 헛고생만 한 데다 다시는 고향으로 돌아갈 수도 없게 되어 그냥 이곳에 정착해서 마콘도 마을을 세운 것이다. 그래서 그에게는 과거로만 뻗어 있는 그 길을 따라서 산을 넘어갈 생각이 전혀 없었다. 남쪽으로는 식물이 썩은 물로 뒤덮인 한없이 넓은 늪지대가 있었는데, 집시들의 말로는 그 늪지대가 어디에서 끝나는지 알 길이 없다고 했다. 서쪽의 광활한 늪은 바다와 맞닿아 있으며, 그 바다에는 멋지고 매력적인 젖가슴으로 뱃사람들을 유혹해 파멸시키는, 여자처럼 생긴 살갗이 매끄러운 고래들이 살고 있다고 했다. 집시들은 그 바닷길에서 여섯 달 동안이나 항해를 하고 나서야 우편물을 나르는 당나귀가 다니는 길에 다다랐다고 했다. 호세 아르카디오 부엔디아는 문명과 접촉할 수 있는 길은 북쪽에만 있다고 생각했다. 그래서 그는 처음에 마콘도를 같이 일으켜 세웠던 사람들에게 길 닦는 도구와 무기를 나누어주었다. 그리고 방향을 알려주는 도구들과 지도를 배낭에 꾸려 넣고 새로운 모험의 길에 올랐다.

처음 얼마 동안은 그다지 큰 장애물에 부닥치지 않았다. 그들은 돌을 쌓아올려 만든 강둑을 따라 몇 년 전에 투구를 발견했던 곳까지 가서, 거기에서부터 오렌지나무들 사이로 난 길을 따라 숲으로 들어갔다. 첫 일주일이 끝나갈 무렵 그들은 사슴 한 마리를 잡아 불에 구웠는데, 그들은 그것을 반만 먹고 나머지는 앞날을 위해 소금에 절여 가져가기로 했다. 그들은 푸르스레하고 맛이 아린 마코우야자만 먹을 생각에 몸서리를 치고 준비성 있게 먹을 것들을 모았다. 그러고 나서 그들은 열흘 이상 태양을 보지 못했다. 땅바닥은 화산재처럼 푸석푸석하고 축축했으며, 밀림은 점점 더 빽빽해졌고, 새들의 지저귐과 원숭이들의 울부짖음은 자꾸만 멀어져 가, 온 세상은 영원한 슬픔에 잠긴 듯했다. 탐험에 나선 그들은 발이 푹푹 빠지는 길을 걷고 나무 베는 칼로 잡초와 도롱뇽들을 후려치면서, 원죄原罪 이전의 침묵과 안개에 쌓인 옛 낙원 에덴을 찾아온 느낌이 들었다. 일주일 동안 그들은 거의 아무 얘기도 나누지 않고 슬픔에 잠겨 몽유병자들처럼 나아갔고, 그들의 앞길을 밝혀주는 것이라고는 곤충들의 희미한 불빛뿐이었으며, 폐 속은 피 냄새로 꽉 찬 듯했다. 정글의 식물은 눈에 보일 정도로 쑥쑥 빨리 자라 베어버린 자리를 다시 채웠기 때문에, 지금 되돌아간다는 것도 그리 쉬운 일은 아니었다. "걱정들 말아요." 호세 아르카디오 부엔디아가 되풀이해서 말했다. "우리의 신념만 잃지 않으면 되니까." 마술에 걸린 듯한 그 지역을 벗어나기 위해서 그는 나침반을 보고 사람들을 이끌며 북쪽으로만 나아갔다. 별도 없는 어느 밤, 밤공기가 시원하고 맑게 느껴졌다. 밀림을 횡단하느라고 지칠 대로 지친 그들은 그물침대를 걸고 두 주일 만에 처음으로 깊게 잠들었다. 잠에서 깨어나니 태양은 하늘 높이 솟아 있었고, 감격한 그들은 감히 입을 열지 못했다. 그들 앞에는 양치류와 야자나무들 사이에 하얗고 적막한 아침햇살을 받은 스페인 갤리선(노예들이 젓던 배 - 역주) 한 척이 버려져 있었다. 한쪽으로 기울어진 그 배의 돛대는 말짱했지만, 난초를 그려놓은 돛은 갈기갈기 찢어져서 더러운 걸레처럼 돛대에 매달려 있었다. 딱딱하게 굳어버린 삿갓조개와 보드라운 이끼가 갑옷처럼 뒤덮인 선체도 자갈밭 속에 파묻혀 있었다. 새가 둥지를 틀고 세월에 시달렸어도 적막과 망각에 묻힌 그 배는 그나마 제 모습을 그대로 지니고 있었다. 옛날 탐험을 나선 사람들이 지내던 배 안에는 꽃들이 무성하게 피어 있었다.

갤리선이 발견되었다는 것은 바다가 멀지 않다는 증거였고, 그래서 호세 아르카디오 부엔디아는 기운이 빠졌다. 그는 예전에 바다를 찾느라고 그토록 애를 썼다는 사실을 모두 잊고, 눈앞의 길 가운데서 손쉽게 찾은 듯이 느꼈다. 여러 해가 지난 다음 이곳에 우편도로가 생겼을 때, 아우렐리아노 부엔디아 대령이 다시 찾아가니 그곳 들판에는 양귀비꽃이 온통 만발했고 타다 남은 선체가 여태 남아 있었다. 갤리선이 어떻게 육지 한가운데에 있을 수 있느냐고 항상 못 미더워하던 그는, 아버지의 얘기가 거짓말이 아니라는 것도 깨달았다. 아무튼 호세 아르카디오 부엔디아는 그런 생각에 신경을 쓸 겨를이 없었고, 갤리선을 발견한 지 나흘 만에 바다에 이르렀다. 희생을 각오하고 모험스런 탐험에 나섰던 그의 꿈은 거품이 끓는 더러운 잿빛 바다를 보고는 산산이 무너졌다.

"제기랄!" 그는 소리쳤다. "마콘도는 대부분이 바다로 둘러싸였구나."

탐험에서 돌아오면서 호세 아르카디오 부엔디아가 그린 엉성한 지도를 보고 사람들은 오랫동안 마콘도가 반도일지도 모른다고 믿게 되었다. 탐험 길을 잘못 선택한 자기 자신에 화가 났던 그는 그가 겪은 어려움을 마구 과장해 가면서 지도를 아주 복잡하게 그렸다. "우린 아무 데도 갈 수가 없어." 그는 우르슬라에게 한탄을 했다. "우린 과학의 혜택이라곤 조금도 못 받고 여기에서 그냥 썩어 없어질 거야." 실험실로 쓰던 작은 방에서 그런 생각을 몇 달 동안 계속하던 그는, 마콘도 마을을 보다 살기 좋은 곳으로 이주시켜야 되겠다고 결심했다. 그러나 우르슬라는 미리 그의 헛된 계획을 눈치 챘다. 한 마리 작은 개미처럼 우르슬라는 몰래, 놀랄 만한 끈기를 가지고, 떠날 준비를 하는 마을 남자들의 마음을 바로 잡도록 미리부터 그들의 아내들을 부지런히 설득하고 있었다. 호세 아르카디오 부엔디아는 어떤 방해공작이 뒤에서 작용하여 다른 남자들이 변명을 늘어놓으며 그의 계획에 대해 회의를 느끼게 되었는지 통 알 수가 없었다. 우르슬라는 모르는 척하면서 남편을 지켜보았고, 어느 날 아침 뒷방에서 실험실 기구들을 다시 상자에 챙겨 넣으며 떠날 채비를 하는 남편을 보고는 불쌍한 생각도 들었다. 우르슬라는 남편이 짐을 다 꾸릴 때까지 기다렸다. 우르슬라는 남편을 말리지도 않고, 그가 상자에 못질을 하고 잎사귀에 잉크를 찍어 상자 귀퉁이에 이름을 써 넣는 것을 지켜보았다. 그녀는 남편이 혼잣말하는 것을 들어서 이미 마을 사람들이 남편의 일을 돕지 않으리라는 사실을 알고 있었다. 그러나 남편이 방의 문짝을 뜯어내자, 우르슬라는 도대체 어쩔 셈이냐고 물었다. 남편은 쓸쓸하게 대답했다. "아무도 같이 안 가겠다니 우리끼리라도 갑시다." 우르슬라는 그 말을 듣고도 당황하지 않았다.

"난 안 떠날 거예요." 우르슬라가 말했다. "난 여기서 아들을 낳았으니까 여기서 살아야 해요."

"하지만 여기서 죽은 사람이 하나도 없지 않아?" 그는 말했다. "식구가 죽어서 땅에 묻힐 때까지는 그 어디도 고향이라고 할 수 없어."

우르슬라는 부드러운 목소리로, 그러나 단호하게 말했다.

"여기서 죽은 사람이 없으니 이곳을 떠난다면, 내가 당장 죽겠어요."

호세 아르카디오 부엔디아는 아내의 마음이 그토록 굳은 줄 몰랐다. 그는 어떤 마술적인 액체만 땅에 뿌리면 식물이 아무 때나 원하는 때에 과일을 맺고, 고통을 잊게 해주는 온갖 기구들을 헐값에 사들일 수 있는, 멋지고 신기한 세계에 대한 꿈같은 얘기들을 늘어놓으면서 아내를 유혹하려 했다. 그러나 우르슬라는 천리안적인 남편의 통찰력을 잘 이해하지 못했다.

"미치광이처럼 발명입네 뭡네 하는 허송세월은 그만 하고 이젠 아이들 걱정이나 해요." 아내가 대꾸했다. "아이들 꼴을 좀 봐요. 꼭 당나귀 새끼들처럼 제멋대로예요."

호세 아르카디오 부엔디아는 아내의 말에 느끼는 바가 있었다. 그가 창밖을 보니 햇볕이 쨍쨍한 마당에서 맨발로 뛰어다니는 아이들이 눈에 띄었다. 그는 우르슬라의 마술에 홀린 듯, 처음으로 아이들의 존재를 인식한 듯싶었다. 그러자 그의 마음속에서는 신비한 일이 일어났고, 그는 미개척지에 대한 망상과 방황하던 과거에서 벗어나 정신을 차리고는 다시 현실로 돌아왔다. 우르슬라가 여느 때처럼 집 안을 청소하는 동안 그는 엄숙한 표정을 짓고 서서 아이들을 바라봤고, 그러는 사이에 그의 눈에는 눈물이 괴었다. 그는 손등으로 눈물을 닦고 체념한 듯 긴 한숨을 쉬었다.

"좋아." 그는 말했다. "아이들더러 이리 와서 내 짐 푸는 일 좀 도우라고 해요."

아이들 가운데 가장 나이가 많은 호세 아르카디오는 열네 살이었다. 그는 얼굴이 넓적하고 머리숱이 많았으며, 성미는 꼭 아버지를 닮았다. 그는 아버지처럼 힘도 세고 무럭무럭 잘 자랐지만 상상력은 부족했다.

호세가 잉태된 것은 마콘도 마을이 세워지기 전 산맥을 넘을 때여서, 부모는 태어난 아이가 짐승이 아닌 것만도 다행으로 생각했었다. 마콘도에서 처음으로 탄생한 인간인 아우렐리아노는 3월에 여섯 살이 된다. 그 애는 말이 없고 수줍은 아이였다. 아우렐리아노는 어머니의 뱃속에서 울고 있다가 눈을 뜬 채로 태어났다. 탯줄을 자르는 동안 그 애는 머리를 이리저리 돌리면서 방 안에 있는 것들과 사람들을 신기한 듯 자세히 보았다. 그런 다음에 자기를 보러 온 사람들에게는 흥미를 잃고, 억수같이 퍼붓는 비에 무너질 듯한 야자 잎으로 엮은 지붕을 뚫어져라 처다보았다. 그때의 눈길을 우르슬라가 다시 기억해 낸 것은 어느 날 스토브에서 끓는 수프를 식탁으로 옮기는 순간, 세 살 난 아우렐리아노가 부엌으로 들어섰을 때였다. 아이는 문간에서 당황한 표정으로 말했다. "수프가 엎질러지겠어요." 식탁 한가운데 꼼짝 않고 있던 냄비는 그 말이 떨어지자마자 살아 있기라도 한 듯, 식탁 가장자리로 미끄러져서 마룻바닥으로 떨어져 깨졌다. 깜짝 놀란 우르슬라가 그 얘기를 남편에게 했더니 그는 단순한 자연현상이라고 넘겨버렸다. 그가 아이들의 존재에 대해서 그토록 무관심했던 까닭은 어린 시절이란 정신적으로 불완전한 시기라고 생각했을 뿐만 아니라, 허황된 연구에 너무 바빴던 탓이기도 했다.

그러나 아이들을 시켜서 실험실에서 짐을 풀던 그날 오후부터 그는 아이들을 위해서 많은 시간을 보냈다. 이상한 지도와 신기한 그림으로 벽이 몽땅 뒤덮인 작은 방에서 그는 아이들에게 읽고 쓰기와 셈하기를 가르쳤고, 자기가 배워서 알고 있는 것들만이 아니라 그의 상상력이 미치는 모든 터무니없는 것들을 아이들에게 얘기해 주었다. 그렇게 해서 아이들이 아버지에게 배운 것들은 아프리카 최남단에 가면 앉아서 명상만 하며 시간을 보내는 지성적이고 평화로운 종족이 살고 있다는 것과, 한 섬에서 다른 섬으로 깡충깡충 뛰면서 배를 타지 않고도 에게 해를 건너 살로니카까지 갈 수 있다는 얘기 따위였다. 이런 환상적인 가르침은 아이들의 머릿속에 깊은 인상을 남겨서 먼 훗날 총살형을 받게 되어 육군 장교가 발사 명령을 내린 순간에도, 언뜻 아우렐리아노 부엔디아 대령은 아버지가 물리학을 가르치다가 눈동자는 허공을 응시한 채 손을 높이 들고 황홀한 기분으로 멍하니 서서, 멤피스 성인들이 발명한 신기한 물건들을 가지고 마을로 돌아온 집시들의 피리와 북과 종소리에 얼어붙은 듯이 귀를 기울이던 어느 날 오후를 회상했다.

이번에 온 집시들은 젊은 남녀들이었는데, 처음 보는 사람들로서, 자기네들 말밖에는 할 줄 몰랐다. 살결이 매끈매끈하고 손이 가냘픈 그들의 춤과 음악에 마을 사람들은 즐거운 환호성을 울렸고, 울긋불긋 색칠한 앵무새는 이탈리아 아리아들을 불렀으며, 암탉은 탬버린 소리에 맞추어서 황금달걀을 100개나 낳았고, 남의 생각을 신통하게 알아 맞히는 원숭이도 있었고, 단추를 달 때나, 몸의 열을 내리게 하거나, 다른 여러 쓸모를 지닌 도구도 가져왔고, 기분 나쁜 추억을 깡그리 잊게 해주는 기계와 시간을 잊게 하는 찜질약과 처음 보는 색다르고 신기한 수천 가지 것들은, 호세 아르카디오 부엔디아가 그 가짓수만 다 외는 데도 외는 기계가 필요할 지경이었다. 그것들은 마을을 순식간에 별천지로 만들었다. 사람들이 모두 길로 쏟아져 나와서 마콘도 사람들은 자기네 마을에서 길을 잃을 정도였다.

그 소란 속에서 아이들을 잃지 않으려고 호세 아르카디오 부엔디아는 한 손에 한 아이씩 잡고, 금니를 한 곡예사와 팔이 여섯이나 달린 요술쟁이들과 부딪치고, 똥 냄새와 사람들의 발 냄새에 숨이 턱턱 막히면서 그가 겪었던 악몽 같은 날들에 대한 얘기를 해주려고 멜키아데스를 찾아다녔다. 그가 집시 몇 사람을 붙잡고 물어보았지만 말이 통하지 않았다. 결국 그는 멜키아데스가 오기만 하면 천막을 세우던 곳으로 갔는데, 그곳에서는 아르마니아 출신의 한 남자 집시가 마시면 몸이 다른 사람들 눈에 보이지 않게 되는 물약을 소리쳐 팔고 있었다. 그 집시는 붉은 물약 한 잔을 단숨에 들이켰는데 호세 아르카디오 부엔디아는 그 사람이 눈앞에서 사라지기 전에 붙잡고 얘기를 하기 위해서 얼이 빠져 구경하고 서 있는 사람들을 밀치고 그에게로 다가갔다. 멜키아데스에 대한 얘기를 물어보자 그 집시는 겁에 질린 표정으로 그를 껴안고 한마디 말을 던진 다음에 펑 소리를 내며 연기와 함께 사라지고 그 자리에는 고약한 냄새가 나고 연기가 모락모락 피어오르는 물 웅덩이만 흥건히 남았다. 그 웅덩이 표면 위로 그가 남긴 말의 메아리가 떠다녔다. "멜키아데스는 죽었다오." 그 소식을 듣고 충격을 받은 호세 아르카디오 부엔디아는 정신을 가다듬기 위해, 모인 사람들이 서로 별명을 부르며 짝지어 흩어지고 미국 사람이 사라진 자리에 괸 물이 다 말라 없어질 때까지 꼼짝 않고 그 자리에 서 있었다. 나중에 다른 집시들에게 얘기를 들으니 멜키아데스는 싱가포르에서 열병에 걸려 죽었고, 그의 시체는 자바 해 가장 깊은 곳에 수장되었다고 했다. 아이들은 그런 얘기에 흥미가 없었다. 아이들은 아버지더러 다른 천막으로 가서 옛날에 솔로몬 왕의 소유였다가 지금은 멤피스의 현인들이 지니고 있던 신기한 것들을 보자고 성화를 부렸다. 아이들이 보채는 걸 당하지 못한 호세 아르카디오 부엔디아는 30레이아를 내고 천막 안으로 들어갔는데, 거기에서는 머리를 밀어버리고 온몸에 털이 수북이 난 거인이 코에 구리 고리를 꿰고 발목에는 무거운 쇠사슬을 차고, 앞에 놓인 해적의 보물 상자를 지키고 있었다. 거인이 그 상자를 열자 그 속에서 김이 피어오르는 고체 덩어리가 나왔다. 커다랗고 투명한 그 덩어리에는 바늘 같은 무늬가 졌고, 반짝이는 작은 별들이 숨어 있는 것 같았다. 아이들이 궁금해하는 눈치가 보이자, 호세 아르카디오 부엔디아는 낮은 목소리로 알려주었다.

"저건 세상에서 가장 큰 다이아몬드란다."

"아닙니다." 집시가 대답했다. "이건 얼음이오."

그 말이 무슨 소리인지 알아듣지 못한 호세 아르카디오 부엔디아는 그 덩어리를 만져보려고 손을 내밀었지만, 집시가 그러지 못하게 막았다. "만져보려면 5레이아를 더 내시오." 집시가 말했다. 호세 아르카디오 부엔디아는 돈을 더 내고 손을 얼음에 얹었다. 잠시 동안 그것을 만지고 있으려니 이 신비한 경험으로 그의 가슴엔 두려움과 즐거움이 꽉 찼다. 뭐라고 말로 형언할 수 없는 착잡한 감정으로 그는 10레이아를 더 내고 두 아이들에게도 얼음을 만져보라고 했다. 큰아들 호세 아르카디오 2세는 얼음을 만지려고 하지 않았다. 그러나 아우렐리아노는 한 발짝 앞으로 나서서 얼음 위에 손을 놓았다가는 얼른 뒤로 물러섰다. "끓고 있어요." 그는 깜짝 놀라서 말했다. 그러나 아버지는 그 말을 흘려버렸다. 이 기적의 순간을 겪고 난 그는 오징어 밥이 되었을 멜키아데스나 무너져버린 그의 계획 따위는 까맣게 잊어버렸다. 그는 5레이아를 더 내고 얼음 위에 손을 얹고는, 마치 성경에 손을 올려놓고 서약이라도 하듯이 이렇게 말했다.

"이것이야말로 세상에서 가장 뛰어난 발명품이다."

2

　해적 프랜시스 드레이크가 16세기에 리오하차로 쳐들어왔을 때, 우르슬라 이구아란의 4대조 할머니는 대포 소리와 비상종 소리에 어찌나 무서웠던지 혼비백산해서 빨갛게 단 난로 위에 주저앉아 버렸다. 그때 입은 화상 때문에 그녀는 그 후로 죽을 때까지 아내로서는 쓸모가 없어졌다. 앉을 때에는 꼭 베개를 방석 삼아 한쪽으로 깔고 앉았고, 걸음걸이도 이상해져서 남들이 보는 데에서는 걸어 다니지 않았다. 털이 탄 냄새가 몸에 배어 있다는 생각에 겁이 난 그녀는 사교생활을 모두 중단했다. 영국 사람들과 그들이 끌고 온 무서운 개들이 창문을 넘어 침실로 들어와서, 또다시 시뻘겋게 단 난로에 엉덩이를 깔고 앉아 부끄러운 고통을 겪는 꿈을 꿀까 봐 두려워 그녀는 잠을 이루지 못하고, 새벽이면 마당을 배회하곤 했다. 아라공 상인이었던 남편과 그녀는 두 아이를 낳았는데, 이런 일이 있은 뒤 남편은 아내로 하여금 공포감을 잊게 하려고, 시간을 보내며 가지고 놀 것들과 약을 사들이는 데 재산을 반이나 써버렸다. 결국 그는 사업을 포기하고는 식구를 데리고 바다에서 먼 곳으로 이사를 했고, 평화를 사랑하는 원주민들이 사는 언덕 밑에 집을 지어 정착했는데, 꿈속에 나타나는 해적들이 들어오지 못하도록 아내의 침실에는 창문을 하나도 내지 않았다.

그 한적한 마을에는 오래전부터 그곳에 살아온 돈 호세 아르카디오 부엔디아라는 담배농장 주인이 살고 있었는데, 우르슬라의 4대조 할아버지는 그 사람과 동업을 시작했고, 장사가 잘 되어 곧 큰 재산을 모았다. 그러다가 꽤 오랜 세월이 지나고 보니, 농장 주인의 4대손과 아라공 상인의 4대 손녀가 결혼을 하기에 이르렀다. 그래서 우르슬라는 남편이 자꾸 미친 짓을 하는데 화가 나면, 300년이나 역사를 거슬러 올라가서 프랜시스 드레이크 경이 리오하차에 쳐들어온 날을 저주하곤 했다. 그렇게라도 하지 않고서는 속이 풀리지 않을 노릇이, 그들은 사랑보다도 더 굳은, 공통된 양심의 가책으로 죽는 그날까지 맺어져 있기 때문이다. 그들은 사촌 간이었다. 그들은 그들의 조상들이 열심히 일해서 그 일대에서는 가장 살기 좋은 고장으로 가꿔놓은 마을에서 함께 자랐다. 비록 그들의 결혼이 태어날 때부터 양쪽 부모들이 기대하던 일이기는 했지만, 그들이 결혼하겠다는 뜻을 스스로 밝혔을 때에는 친척들이 발 벗고 나서서 말리려고 했다. 몇 세기 동안 얽히고설킨 양쪽 집안에서 태어난 가장 훌륭한 두 젊은이들이 결혼해서, 부끄럽게도 이구아나 도마뱀이라도 낳을까 봐 그들은 두려웠던 것이다. 그런 전례는 이미 있었다. 우르슬라의 숙모와 호세 아르카디오 부엔디아의 삼촌이 결혼을 해서 낳은 아들은 평생 동안 헐겁고 통이 넓은 바지만 입은 채, 동정을 지키면서 22년을 살다가 아깝게도 출혈로 죽었는데, 그것은 용수철처럼 꼬여 있고 끝에는 털이 한 줌 난 물렁뼈로 된 꼬리가 그의 몸에 나 있었기 때문이었다. 결혼을 해서 여자에게 그 돼지꼬리를 보일 수 없었던 탓으로 푸줏간 주인더러 칼로 그 꼬리를 잘라달라고 했다가, 그는 그만 목숨을 잃고 말았다. 열아홉 살 청춘의 꿈으로 가득 찬 호세 아르카디오 부엔디아는 그런 얘기를 이렇게 일축했다. "말만 할 줄 알면, 돼지새끼로 태어난다 한들 무슨 상관이겠소?” 그래서 그들은 폭죽과 악대 소리로 사흘 동안 요란한 잔치를 벌이고 결혼을 했다. 우르슬라의 어머니가 그들에게 태어날 아이에 대해서 온갖 무시무시한 예언을 하면서, 밤에 남편의 청을 들어주지 말라는 얘기만 그렇게 심하게 하지 않았더라면 그들은 처음부터 행복하게 지냈을 것이다. 밤에 그녀가 잠든 사이에 몸이 건장하고 열정적인 남편이 겁탈을 하지 않을까 겁이 난 우르슬라는 잠자리에 들기 전 어머니가 배의 돛을 찢어서 만든 자루 같은 가운을 입고, 그것도 모자라서 가죽끈으로 온몸을 칭칭 감고는 커다란 쇠혁대를 찼다. 그들은 몇 달 동안을 그런 식으로 살았다. 낮이면 남편은 싸움닭을 돌보며 시간을 보냈고, 아내는 친정어머니와 수틀에 붙어 앉아서 지냈다. 밤이면 그들은 몇 시간씩 낑낑대며 씨름을 했으나, 사랑의 행위는 이루지 못했으며, 동네 사람들은 곧 수상한 낌새를 눈치 채서, 남편이 불감증 환자인 탓으로 우르슬라는 결혼한 지 1년이 되었어도 아직 처녀라는 소문이 나돌았다. 그 소문을 가장 늦게 들은 사람은 호세 아르카디오 부엔디아였다.

“우르슬라, 남들이 우리더러 뭐라고 떠들며 돌아다니는 줄 알아?” 그는 아내에게 조용한 목소리로 말했다.

“마음대로 하라고 하세요.” 우르슬라가 말했다. “그것이 거짓말이라는 걸 우리만 알면 되니까요.”

그래서 같은 상태로 다시 여섯 달이 지나갔는데, 그러던 어느 일요일, 호세 아르카디오 부엔디아가 푸르덴치오 아귈라에게 닭싸움에서 이기고 난 다음에 비극적인 사태가 벌어졌다. 피를 흘리고 쓰러진 자기 닭을 보고 화가 치민 패배자는 호세 아르카디오 부엔디아로부터 뒷걸음질을 치며 물러서서 투계장에 모인 모든 사람들이 다 들을 만큼 큰 소리로 외쳤다.

“축하한다!” 그는 소리를 질렀다. “이제 네가 마누라한테 못 해준 구실을 네 닭이 해주겠구나.”

호세 아르카디오 부엔디아는 아무 말 없이 자기 닭을 집어 들었다.

"내 곧 돌아오지." 그는 사람들에게 말했다. 그러고는 푸르덴치오 아귈라에게 말했다.

"어서 집으로 가서 무기를 가지고 와, 널 죽여버리고 말겠어."

10분 뒤 그는 할아버지가 쓰던 V자형 창을 가지고 나타났다. 마을사람들의 절반이 모인 투계장 입구에서 푸르덴치오 아귈라가 그를 기다리고 있었다. 그는 몸을 쓸 사이도 없었다. 아우렐리아노 부엔디아 1세가 표범을 잡을 때 보이던 뛰어난 솜씨를 이어받은 호세 아르카디오 부엔디아가 황소 같은 힘으로 집어던진 창이 푸르덴치오 아귈라의 목을 꿰뚫어 버렸다. 그날 밤 마을 사람들이 투계장에서 시체를 지키고 있을 즈음, 호세 아르카디오 부엔디아는 아내가 정조대를 차려는 순간 침실로 들어갔다. 그는 아내에게 창을 겨누면서 소리쳤다. "그걸 벗어!" 우르슬라는 말을 안 들으면 남편이 자기를 정말로 죽일 것을 알았다. "무슨 일이 생기든 그건 당신 탓이에요." 우르슬라가 투덜댔다. 호세 아르카디오 부엔디아는 흙바닥에 창을 꽂았다.

"당신이 만일 이구아나를 낳으면 우린 그 이구아나를 기르면 돼." 그가 말했다. "아무튼 당신 때문에 다시 사람을 죽이는 일이 있어서는 안 되겠어."

맑은 7월의 시원하고 달 밝은 밤이어서, 그들은 동이 틀 때까지 침대에서 시시덕거리며 놀았다. 바람결에 들려오는 푸르덴치오 아귈라의 일가친척들이 내는 통곡 소리에는 관심도 없었다.

그날 있었던 일은 명예를 걸고 싸운 정당한 결투라고 결론들을 내렸지만, 두 사람은 양심에 꺼림칙한 뒷맛이 남았다. 어느 날 밤, 잠이 오지 않아서 물을 마시러 마당의 우물가로 갔던 우르슬라는 물독 옆에 서 있는 푸르덴치오 아귈라를 보았다. 그는 납덩이처럼 굳은 슬픈 표정을 짓고, 수염새풀로 목에 뚫린 창 자국을 막으려고 했다. 그 모습을 보고 우르슬라는 무서움보다 가련함을 느꼈다. 우르슬라는 방으로 돌아가 조금 아까 본 것을 남편에게 얘기했지만 그는 별 흥미를 보이지 않았다. "우리가 양심의 가책을 이기지 못해서 그런 헛것이 보이는 거야." 이틀이 지난 어느 날 밤 우르슬라는 목에 말라붙은 피를 수염새풀로 닦아내려고 애쓰는 푸르덴치오 아귈라를 다시 목욕탕에서 보았다. 또 어느 날 밤에는 그가 빗속에서 방황하는 것도 보았다. 환상에 사로잡힌 아내 얘기를 듣다 못해 화가 난 호세 아르카디오 부엔디아는 창을 들고 마당으로 나갔다. 그랬더니 정말 죽은 사람이 슬픈 표정을 짓고 그곳에 있었다.

"어서 지옥으로 가버려라!" 호세 아르카디오 부엔디아가 죽은 사람에게 소리쳤다. "돌아올 때마다 내가 다시 죽여줄 테니까."

푸르덴치오 아귈라는 도망치지 않았고, 호세 아르카디오 부엔디아도 감히 창을 던지지 못했다. 그 다음부터 그는 편히 잘 수가 없었다. 그는 빗속에서 만난 그 죽은 사람의 표정에서 본, 헤아릴 수 없는 외로움과 살아 있는 사람들을 그리워하는 깊은 향수, 그리고 수염새풀을 적시려고 집 안에서 물을 찾으려던 그 초조감 때문에 고통을 느꼈다. "죽어서 무척 고통스러워하는 것 같아." 그는 우르슬라에게 말했다. "그가 얼마나 외로워하는지 한눈에 당장 알겠어." 우르슬라는 그 말에 감동했고, 다음에 스토브 위에 놓인 물통 뚜껑을 열려는 푸르덴치오 아귈라를 다시 보고 그가 찾는 것이 무엇인지를 알아낸 우르슬라는 집 안 곳곳에 물 항아리를 즐비하게 늘어놓았다. 어느 날 밤 자기 방에서 상처를 씻고 있는 그를 발견한 호세 아르카디오 부엔디아는 가만히 있을 수가 없었다.

"걱정 말아, 푸르덴치오!" 그는 말했다. "우린 곧 여기서 떠날 거야. 아주 먼 곳으로 가서 다시는 돌아오지 않겠어. 그러니까 이제는 평화롭게 잠들어도 좋아."

그리하여 그들은 산맥을 넘게 되었던 것이다. 호세 아르카디오 부엔디아와 나이가 비슷한 몇몇 젊은 친구들은 모험심에 불타서 살던 집을 헐고 짐을 챙겨가지고는 식구들을 데리고 아무도 기약하지 않은 새로운 땅을 찾아서 떠났다. 떠나기에 앞서서 호세 아르카디오 부엔디아는 창을 마당에 묻어버리고, 푸르덴치오 아귈라에게 평화가 깃들기를 바라는 마음에서 자기가 아끼던 멋진 싸움닭들의 목을 하나씩 하나씩 잘라버렸다. 우르슬라가 가지고 떠난 것이라고는 결혼식 때 입던 옷들을 챙긴 트렁크와 살림 도구 몇 가지와 아버지로부터 물려받은 금화가 담긴 작은 나무상자뿐이었다. 그들은 계획도 없이 떠났다. 그들은 그저 아는 사람을 만나지 않고, 그들이 간 길을 남들이 뒤따라오지 못하도록 리오하차의 반대쪽으로 갔다. 그것은 터무니없는 여행이었다. 열네 달 후에, 원숭이 고기와 뱀 튀김만 먹고 살아서 뱃속이 다 헐어버린 우르슬라는 다행히도 사람 모습을 제대로 갖춘 아들을 낳았다. 배가 불러 다리가 말을 듣지 않고 정맥이 방울처럼 부풀어 오르자, 우르슬라는 두 사람이 어깨에 멘 그물침대에 들려 여행했다. 뱃가죽이 움푹 가라앉고 눈동자가 빛을 잃은 것이 불쌍해 보이긴 했어도 아이들은 어른들보다 여행에 더 잘 견디었고, 그들에겐 여행이 재미있는 놀이처럼 여겨지기도 했다. 어느 날 아침, 2년 동안이나 헤매던 끝에 그들은 드디어 산맥의 서쪽으로 경사진 줄기에 다다랐다. 구름에 덮인 산꼭대기에서 그들은 세상의 다른 쪽 끝으로 펼쳐져 나간 광활한 늪지대를 볼 수가 있었다. 그러나 그들은 바다를 찾지 못했다. 그들이 마지막으로 본 원주민 마을을 떠나서 몇 달 동안을 늪지대에서 헤매던 어느 날 밤, 그들은 얼어붙은 유리알처럼 잔잔히 흐르는 강가에서 야영을 했다. 몇 년 후 두 번째 내란이 일어났을 때, 아우렐리아노 부엔디아 대령은 리오하차를 공격하려고 같은 길을 엿새 동안 헤매었지만, 다 쓸데없는 짓이라는 것을 깨닫게 되었다. 아무튼 그날 밤 야영을 할 때, 그의 아버지가 이끌고 온 무리는 난파선에서 도망도 치지 못하게 된 사람들 꼴이었지만, 그들이 유랑하는 사이에 사람 수는 늘었고, 병이나 다른 재난을 만나서 죽은 사람은 없었다. 그날 밤 호세 아르카디오 부엔디아는 그들이 멈춘 곳에서, 거울로 벽을 장식한 집들이 불쑥불쑥 튀어나와 도시를 이루는 꿈을 꾸었다. 그 도시의 이름이 무엇이냐고 그가 물었더니 사람들은 여태까지 들어본 일도 없고, 아무런 뜻도 지니지 않은 이름을 대었다. '마콘도'라는 그 이름은 꿈속에서 신비한 힘을 가지고 메아리쳤다. 이튿날 아침에 그는 바다는 영원히 찾을 수 없으리라는 것을 사람들에게 납득시켰다. 그는 사람들에게 강가의 가장 서늘한 곳을 골라서 나무를 베라고 하고, 그곳 강둑에다 마을을 세웠다.

호세 아르카디오 부엔디아는 꿈속에 나타났던 거울 벽이 있는 집의 뜻을 얼음을 볼 때까지는 알 수가 없었다. 얼음을 보고 나서 그는 그 깊이 숨은 뜻을 터득했다. 그는 머지않은 장래에 강물로 커다란 얼음덩이들을 빚어서 그것으로 새 집들을 지을 수 있으리라고 믿었다. 문의 손잡이와 경첩이 녹아내릴 듯이 무더운 이곳의 집들도 이제 차가운 겨울의 집들이 될 것이다. 그가 당장 얼음 공장을 세우겠다고 발 벗고 나서지 않았던 까닭은, 그 당시에 아이들, 특히 연금술에 대해서 이상할 만큼 통찰력을 보인 아우렐리아노를 가르치는 데 모든 정열을 기울이고 있었기 때문이었다. 호세 아르카디오 부엔디아와 아우렐리아노는 실험실 먼지를 털고 깨끗하게 정리했다. 멜키아데스의 비법을 적은 노트를 검토하면서 그들은 예전처럼 흥분하지 않고 침착하게, 인내심을 가지고 냄비 밑에 눌어붙은 찌꺼기에서 우르슬라의 황금을 다시 분리해 내려고 애썼다. 호세 아르카디오 2세는 그 일을 도우려고 하지도 않았다. 아버지가 영혼과 육체를 다 바쳐서 물파이프와 씨름을 하는 동안에, 나이에 비해서 덩치가 크던 첫아들은 무럭무럭 자라서 우람한 청년이 되었다. 그의 목소리가 변했다. 윗입술 위에는 보풀보풀한 수염들이 돋았다. 어느 날 밤 그가 잠을 자려고 옷을 벗고 있는데 방 안으로 들어온 우르슬라는 부끄러움과 미안함을 한꺼번에 느꼈다. 남편 다음으로 벌거벗은 남자를 처음 보게 된 우르슬라는 아들이 이제 거의 비정상으로 보일 만큼 남자 구실을 할 준비가 되어 있음을 알았다. 세 번째 임신을 하고 있던 우르슬라에게 신혼 초에 느꼈던 공포가 되살아났다.

이때쯤 되어서 욕도 잘 하고 사람도 잘 호리는 여자가 자질구레한 집안일을 도우러 들어왔다. 그 여자는 카드로 점을 칠 줄 알았다. 우르슬라는 그 여자에게 아들 이야기를 했다. 우르슬라는 아들의 그것이 생각했던 것보다 훨씬 크게 느껴져서, 혹시 사촌에게 났던 돼지꼬리 같은 것이 아닌가 걱정이었다. 그랬더니 그 여자는 웃음을 터뜨렸고, 그 웃음소리는 깨진 유리 조각을 집 안에 흩어놓기라도 한 듯 요란하게 울렸다. "재앙을 받을까 봐 두렵다니, 정반대예요." 그 여자가 말했다. "오히려 재수가 좋은 거죠." 자기의 예언이 맞는지 확인하려고, 며칠 후 카드를 가져온 그 여자는 부엌 밖에 있는 곡식 창고로 호세 아르카디오를 데리고 들어가 문을 잠가버렸다. 신기해하기는커녕 지루해서 몸을 꼬고 있는 호세 아르카디오를 옆에 세워놓고 그 여자는 기다란 의자 위에 카드를 늘어놓으며 생각나는 대로 아무 말이나 지껄였다. 갑자기 그 여자는 손을 뻗어 그를 만졌다. "정말 멋지구나!" 정말로 놀란 듯이 그 여자는 소리쳤고, 그 이상 아무 말도 하지 않았다. 호세 아르카디오는 뼛속에 거품이 흐르는 기분을 느꼈고, 말 못할 두려움에 휩싸여 울고 싶은 충동을 느꼈다. 여자는 아무런 암시도 주지 않았다. 그러나 호세 아르카디오는 밤새도록, 자기 밑에서 풍겨오던 그 여자의 겨드랑이 냄새를 잊지 못해서 몸부림쳤다. 그는 그 여자가 어머니가 되어 항상 곁에 있어주기를 바랐고, 창고 안에 머무르면서 "정말 멋지구나!" 하는 소리만 해주기를 바랐다. 어느 날 그는 더 이상 참을 수가 없어서 그 여자의 집을 찾아갔다. 그는 정중하게 인사를 드리고, 아무 말도 못 하면서 초조하게 방 안에 앉아 있었다. 그때 그는 그 여자에 대해서 욕망을 느끼지는 않았다. 그 여자는 완전히 다른 사람이라도 된 듯싶었고, 자기가 기억하고 있는 체취하고는 어쩐지 잘 연관이 되지 않았다. 그는 커피만 마시고 축 늘어져서 그 집을 나섰다. 그날 밤, 그는 잠을 이루지 못하면서 다시 그 여자를 그리워하게 되었는데, 그가 그리워한 것은 창고에서의 여인이 아니라 그날 오후에 본 모습을 그대로 지닌 여자였다.

며칠 있다가 그 여자는 갑자기 호세 아르카디오에게 자기 집으로 오라고 했는데, 자기 어머니와 함께 있던 그 여자는 카드를 보여준다는 핑계를 대고서 그를 침실로 데리고 들어갔다. 그리고 여자는 거리낌 없이 그를 만져댔고, 그는 그 여자의 손길에 몸을 부르르 떨며 쾌감을 느끼기보다는 두려워했다. 여자는 그에게 밤에 다시 찾아오라고 일렀다. 그는 그 자리에서 어서 빠져나오고 싶어서 그러마고 약속은 했지만, 다시 돌아오지 않겠다고 마음먹었다. 그러나 그날 밤, 활활 달아오른 몸으로 침대 속에서 꿈틀거리던 그는, 그럴 마음이 없으면서도 그 여자를 만나러 가야만 한다는 충동을 느꼈다. 옆방에서 들려오는 동생의 차분한 숨소리와 아버지의 메마른 기침 소리, 마당에서 들려오는 암탉들이 꼬르륵대는 소리, 윙윙대는 모기 소리, 자기 가슴이 두근거리는 소리……. 그는 여태까지 알지 못했던 온갖 불협화음에 조용히 귀를 기울이면서 손으로 소리 없이 더듬어 옷을 찾아 입고 잠든 밤거리로 빠져나갔다. 그는 그 여자가 약속한 대로 문이 살그머니 닫혀 있는 것이 아니라, 오히려 빗장이 걸려 있기를 진심으로 바랐다. 그러나 문은 열려 있었다. 그가 손끝으로 문을 밀었더니, 삐걱거리는 문짝 소리가 그의 가슴속까지 울렸다. 소리를 죽이며 옆걸음질을 쳐서 집 안으로 들어가니 벌써 여자의 체취를 맡을 수 있었다. 그는 아직 통로에 서 있었는데, 통로에는 여자의 세 오빠들이 그물침대를 걸고 자고 있었으며, 그는 어둠 속에서 그들의 위치를 알 길이 없어서 조심스럽게 손으로 더듬으면서 침실로 다가갔다. 그는 침실 문을 찾아냈다. 문으로 다가가던 그는 생각보다 나지막이 매어둔 그물침대의 줄에 걸려 고꾸라질 뻔했다. 그물침대에서 코를 골던 남자는 잠결에 몸을 뒤척거리면서 실망한 투로 잠꼬대를 했다. "그날은 수요일이었지." 침실 문을 밀어 연 후 그는 거친 바닥 때문에 발소리를 내고 말았다. 갑자기 어둠 한가운데서 완전히 방향감각을 잃은 듯한 기분이 들었다. 그 좁은 방에서는 그 여자의 어머니와 다른 딸 하나와 남편과 또 다른 두 아이가 잠자고, 그 여자는 다른 곳에 있을지도 모르는 노릇이었다. 그는 온 집 안에 꽉 찼을 리가 없는, 아련하지만 쉽게 냄새를 맡아 알 수 있는 그 여자의 체취를 따라 움직일 뿐이었다. 그 냄새는 벌써부터 그의 몸에도 배어 있어서, 잘못 맡을 염려는 없었다. 어쩌다가 이런 암흑 속에까지 들어와서 헤매게 되었나, 하는 생각에 그는 한참 그 자리에 서서 꼼짝 않고 있는데, 어둠 속에서 손이 뻗어와 그의 얼굴을 만졌다. 그는 이런 일을 미리 예상이라도 했다는 듯이 조금도 놀라지 않았다. 그는 어둠 속의 손길에 자신을 맡겼고, 지칠 대로 지쳐서 그 손길을 따라갔으며, 옷이 벗겨지는 동안 가쁜 숨을 몰아쉬었고, 어딘지도 모를 어둠 속에서 몸을 굴렸다. 그의 팔은 제 구실을 못 했고, 여인의 체취 대신에 암모니아 냄새만 났으며, 여자의 얼굴을 기억하려고 했더니 우르슬라의 얼굴이 떠올랐다. 어설픈 혼돈 상태에서 그는 자기가 오랫동안 하고 싶었던 일을 지금 하고 있다는 생각이 들긴 했지만 하려고 마음먹었던 대로 잘 되지가 않았고, 다리와 머리가 어디쯤에 있는지도 잘 몰라서 지금 무엇을 하고 있는지 아리송했다. 뱃속이 불편하게 느껴져서 초조한 기분으로 어서 도망치고 싶으면서도 영원히 이렇게 당황스러운 침묵 속에, 무서운 외로움 속에 머물고 싶기도 했다.

그 여자의 이름은 필라르 테르네라였다. 그 여자는 열네 살 때 자기를 강간하고 스물두 살 때까지 연애를 하면서도 결혼은 하려고 하지 않던 남자로부터 그녀를 떼어놓으려는 식구들에게 끌려서 마콘도로 왔다. 그 남자는 그녀를 세상 끝까지 찾아다니겠다고 했지만, 그것도 자기 일이 다 정리된 다음에나 그러겠다고 막연히 얘기했고, 그래서 그를 기다리다가 지친 그녀는 남자만 보면 키가 크거나 작거나, 금발이거나 검은머리거나, 헤어진 남자와 비슷하다고 생각하고, 사흘이건 석 달이건 3년이건 사랑에 빠지게 되었다. 그녀는 너무 오래 기다려서 허벅지의 힘과 젖가슴의 단단함과 부드러운 손길을 잃기는 했어도, 미친 듯 불타는 욕정만은 온전히 지녀왔다. 그러한 여인과의 놀이에 눈이 멀어버린 호세 아르카디오는 밤마다 어둠의 미궁 속을 더듬어서 그녀의 손길을 찾아갔다. 어느 날 밤에는 문이 안으로 잠겨서, 그는 용기를 내어 문을 두드렸고, 한참 기다렸더니 여자가 나와서 문을 열어주었다. 낮이면 그는 꿈결에 잠긴 듯 누워서 전날 밤에 있었던 일들을 즐겁게, 남몰래 회상했다.

그러다가 그 여자가 아무렇지도 않은 표정을 짓고 즐겁게 떠들며 집으로 찾아와도, 그는 쉽게 긴장을 감출 수 있었다. 한 번 웃기만 하면 그 웃음소리에 비둘기들이 놀라 달아나던 그 여자가, 안으로 숨을 들이마시면서 가슴의 고동을 조절하는 비밀 기술을 그에게 가르쳐주었기 때문이다. 그는 항상 자기 생각에만 깊이 빠져 있어서, 냄비를 뚫고 우르슬라의 황금을 다시 찾았다는 얘기에 온 집안 식구들이 기뻐 날뛰는 것도 아랑곳하지 않았다.

그들은 오랫동안 고생을 하고 참아내서 그 황금을 되찾은 것이다. 우르슬라는 너무나 기뻐서 연금술을 내려주신 하느님에게 감사를 드렸고 마을 사람들은 실험실로 꾸역꾸역 몰려들어서 이 경사를 축하하기 위해 준비한 구아버 젤리를 바른 과자를 먹어치웠으며, 호세 아르카디오 부엔디아는 마치 자기가 금을 발명해 내기라도 한 듯이, 되찾은 금을 담은 도가니를 자랑스레 보여주었다. 모인 사람들에게 모두 금을 보여주고 나서, 그는 지난 며칠 동안 실험실에 한 번도 얼굴을 비치지 않던 아들과 마주쳤다. 그는 노랗고 딱딱한 금 조각을 그의 눈앞에 치켜들어 보이면서 말했다. "네 눈에는 이게 뭣처럼 보이니?" 호세 아르카디오는 진지한 표정으로 말했다.

"개똥 같군요."

아버지에게 주먹으로 한 대 얻어맞은 그의 얼굴에서 피와 눈물이 났다. 그날 밤에 필라르 테르네라는 아르니카 엉겅퀴 습포를 그의 부은 상처에 대주고 어둠 속에서 약병과 솜을 치운 다음에, 그를 불편하게 하지 않는 한도 내에서 자기가 하고 싶은 것을 모두 했다. 그녀는 호세 아르카디오가 아프지 않도록 조심했는데, 나중에 그들은 어찌나 가깝게 느꼈는지 자기들도 모르게 서로 속삭임을 나누었다. "우리 단둘이만 있었으면 좋겠어!" 그가 말했다. "곧 사람들한테 우리 관계를 알려야겠어. 이렇게 숨어서만 지낼 수가 없으니까."

여자는 그의 말을 막으려고 하지 않았다.

"그러면 참 좋겠어." 여자가 말했다. "우리끼리만 있다면 불을 환히 켜놓고 서로 볼 수가 있어서 좋을 텐데. 그럼 난 누가 참견할까 봐 걱정도 않고 마구 소리를 지를 수 있을 거야. 그리고 당신도 나한테 마음대로 아무 말이나 해도 되고."

그 대화와, 아버지에 대한 뼈아픈 분함과, 곧 벌어질 난폭한 사랑의 놀이에 그는 용기를 얻었다. 그래서 그는 별로 따져보지도 않고 동생에게 모든 것을 털어놓았다.

처음에 어린 아우렐리아노는 그 모험에 얽힌 위험의 가능성만 깨달았고, 실제로 어떤 비밀스런 쾌락이 뒤에 숨어 있는지는 몰랐다. 조금씩 조금씩 그는 초조감에 휩싸였다. 그는 위험의 성격을 분석하고, 형의 가슴속에 있는 아픔과 기쁨을 같이 느껴보려고 했으며, 그래서 두렵기도 했고 즐겁기도 했다. 그는 살아서 굴러다니는 석탄덩이를 엮어서 만들기라도 한 듯이 몸에 배기는 침대에 혼자 누워서 동이 틀 때까지 돌아올 형을 기다리고, 돌아오면 아침에 일어날 때까지 얘기를 나누어 두 사람 다 곧 수면 부족에 시달리고, 연금술이나 아버지의 지혜 따위에는 흥미를 잃어 하루 종일 시무룩하게 지내기가 일쑤였다. "저애들이 아무래도 머리가 이상해졌나 봐요." 우르슬라가 말했다. "횟배(회충으로 인한 배앓이 - 역주)이라도 앓는 게 아닌지 모르겠어요." 우르슬라는 산토닌의 원료인 개꽃을 짓이겨서 만든, 비위에 안 맞는 물약을 아이들에게 주었고, 그들은 억지로 참으면서 그 약을 마셨다. 그러고는 하루에 열한 번이나 요강을 찾았으며, 장밋빛 기생충이 나오자 그들은 기생충이 그들의 묘한 행동의 원인이라고 우르슬라를 속일 수가 있게 되어, 신이 나서 그것을 들고 다니면서 이 사람 저 사람한테 보여주었다. 이제 아우렐리아노는 형의 비밀에 대해 알고 있을 뿐더러 함께 겪는 느낌조차 들었는데, 어느 날 형이 사랑의 육체적인 반응에 대해서 자세히 설명하는 도중에 그는 이렇게 물었다. "그래, 기분은 어떻지?" 호세 아르카디오는 서슴지 않고 말했다.

"지진 같아."

1월의 어느 목요일 새벽 2시에 아마란타가 태어났다. 다른 사람들이 방에 들어오기 전에 우르슬라는 새로 태어난 딸을 자세히 살펴보았다. 아이는 도롱뇽처럼 축축하고 가벼웠지만, 사람이 갖출 것은 다 갖추었다. 아우렐리아노는 사람들이 몰려왔을 때까지 아이가 태어난 것을 까맣게 모르고 있었다. 다행히도 그 북새통에 그는 남의 눈에 띄지 않고 집을 빠져나와 지난 밤 11시에 나가 아직도 돌아오지 않은 형을 찾아 나섰으나, 어찌나 정신이 없었던지 필라르 테르네라의 침실에서 형을 어떻게 불러낼지는 전혀 생각해 보지도 못했다. 그는 몇 시간 동안이나 집 둘레를 빙빙 돌면서 휘파람으로 암호를 보냈지만, 동이 터오기 시작하자 집으로 돌아갈 수밖에 없었다. 집으로 돌아와 어머니의 방으로 가보았더니 호세 아르카디오는 새로 태어난 여동생과 장난을 치면서 지극히 결백한 표정을 짓고 있었다.

우르슬라가 겨우 40일의 휴식을 끝내고 나자 집시들이 다시 찾아왔다. 그들은 얼음을 가지고 왔던 바로 그 곡예사들과 요술쟁이들이었다. 멜키아데스 무리와는 달리 그들은 자기들이 발전의 첨단을 걷는 지식의 전달자가 아니라 단순히 여흥을 제공하는 사람들이라는 점을 사람들에게 알려주었다. 얼음을 가져왔을 때만 해도 그들은 얼음이 인간의 삶을 윤택하게 한다는 선전을 하지 않고, 그저 신기한 것이라고만 소개했다. 이번에 그들은 여러 가지 신기한 것들과 함께 날아다니는 양탄자를 가지고 왔다. 그리고 그들은 이 양탄자가 교통수단으로 기여할 수 있다는 선전 대신에 재미로 타볼 수 있는 것이라는 얘기만 했다. 사람들은 마을 위를 날아보고 싶은 생각에 집에 숨겨둔 금화들을 닥닥 긁어내어 들고 나왔다. 이렇게 사람들이 소란을 떨며 즐거워하는 사이에, 호세 아르카디오와 필라르는 그들끼리 마음 놓고 재미를 볼 수가 있었다. 그들은 군중들 틈에서 연인들처럼 산책을 했고, 나중에는 사랑이 행복보다도 더 깊은 감정이며, 밤마다 벌이는 순간적이고 난폭한 비밀 정사가 행복의 모든 것이라고까지 생각하기에 이르렀다. 그러나 필라르는 그 최면을 깨어버렸다. 호세 아르카디오가 필라르와 함께 있으면서 황홀감에 푹 젖어 있을 때 필라르는 갑자기 그에게 달려들면서 말했다. "이제 당신은 드디어 떳떳한 사내구실을 하게 되었어." 그것이 무슨 소리냐고 물었더니, 필라르는 알아듣기 쉬운 말로 풀이를 했다."

"당신은 이제 애기아빠가 될 테니까 말이야."

호세 아르카디오는 며칠 동안 꼼짝 않고 집 안에 틀어박혀 지냈다. 필라르의 요란한 웃음소리만 부엌에서 들려오면 그는 앞뒤도 안 돌아보고 도망쳐서, 이제는 우르슬라가 애지중지하게 된 연금술 기구들이 다시 활동을 개시한 실험실에 숨었다. 호세 아르카디오 부엔디아는 아들이 다시 돌아온 기쁨에 힘을 얻어 아들에게 연금술을 가르치기 시작했다. 어느 날 오후에 집시가 손을 흔드는 동네 아이들 몇 명을 양탄자에 태우고 운전을 하며 실험실 창문 앞으로 날아왔다. 양탄자에 대해서 아들들은 깊은 관심을 나타냈지만, 호세 아르카디오 부엔디아는 눈 하나 까딱하지 않았다. "마음대로들 신나서 돌아다니라고 내버려둬라." 그는 말했다. "우리는 저 집시들보다 더 멋지게 비행을 할 테니까. 그까짓 담요 조각을 타고 돌아다닐 것이 아니라, 훨씬 과학적인 것을 만들어 타고 우리가 날아다니게 될 거야." 겉으로는 재미있어했지만, 호세 아르카디오는 현인의 돌(비금속을 황금으로 바꾸는 마력을 지녔다고 연금사들이 믿었던 돌―역주)이 지닌 힘을 이해할 수가 없었고, 아무리 봐도 그 돌은 기껏해야 만들다 실패한 병처럼 보였다. 그는 걱정거리에서 벗어날 수가 없었다. 그는 입맛을 잃고 잠도 제대로 자지 못했다. 그는 항상 우울해 있었으며 연금술 실험에 실패했을 때의 아버지처럼 측은한 표정을 짓고 다녀서, 호세 아르카디오 부엔디아는 아들이 연금술에 너무 신경을 쓰다가 머리가 이상해졌다고 생각한 나머지 실험실 일에서 해방시켜 주었다. 아우렐리아노는 형이 현인의 돌을 찾으려 하기 때문이 아니라, 마음을 털어놓고 얘기할 사람이 없어서 혼자 끙끙 속병을 앓고 있다고 믿었다. 그는 이제 마음을 쉽게 열어주지 않았다. 처음에는 공범자처럼 서로 은밀한 얘기를 나누었지만, 이제는 몸을 도사리고 적대시하기까지 했다. 온 세상에 대해서 독살스런 증오를 품게 된 그는 어느 날 밤 혼자 있고 싶은 마음에 침대를 빠져나왔으나, 여느 때처럼 필라르 테르네라의 집으로 가는 대신에 집시 놀이터의 소란 속에 휘말려 들어갔다. 온갖 기묘한 기계들을 구경하며 이곳저곳 배회했지만 흥미를 느끼지 못하다가 그는 아주 색다른 것을, 이 법석거리는 놀이터에 어울리지 않는 것을 발견했다. 온몸에 구슬을 두른, 아이처럼 여겨지는 아주 어린 여자 집시를 보았는데, 그 소녀는 호세 아르카디오가 여태까지 본 여자들 가운데 가장 예뻤다. 그 소녀는 다른 사람들 틈에 끼여서 부모의 말을 안 듣다가 뱀이 되어버린 가련한 남자를 구경하고 있었다.

호세 아르카디오는 구경에 별 관심이 없었다. 뱀인간이 뼈아픈 고문을 받는 사이에 그는 사람들 틈을 비집고 들어가 맨 앞줄까지 나가서 그 집시 소녀의 바로 뒤에 자리를 잡았다. 그는 소녀의 등에 몸을 붙였다. 소녀가 몸을 빼내려고 했지만, 호세 아르카디오는 더 가까이 몸을 기댔다. 그러자 소녀는 그의 물건을 느꼈다. 소녀는 놀라고 겁이 나서 몸을 떨면서 자기 몸에 그런 것이 닿은 것을 믿을 수가 없다는 듯이 꼼짝 않고 있다가 한참 만에 머리를 돌려 파르르 떨리는 미소를 지으며 그를 돌아보았다. 그 순간에 두 집시 사나이들이 뱀인간을 잡아서 우리 속에 넣고는 천막으로 가져갔다. 구경을 시켜주던 집시가 말했다.

"자, 그럼 신사 숙녀 여러분, 그러면 이제부터, 보아서는 안 될 것을 보았기 때문에 150년 동안 매일 밤 이 시간에 목이 잘리는 여자의 무시무시한 처형을 보시게 될 겁니다."

호세 아르카디오와 집시 소녀는 목 베는 광경을 보려고 기다리지 않았다. 그들은 소녀의 천막으로 가서, 옷을 벗으면서 미친 듯이 키스를 했다. 집시 소녀는 풀 먹인 레이스 코르셋을 풀어버리고 벌거벗은 몸이 되었다. 소녀는 이제 부풀어 오르기 시작한 젖가슴과 호세 아르카디오의

팔뚝보다도 가느다란 다리 때문에 개구리처럼 보였지만, 그 나약한 몸매
는 부드럽고 따스한 몸의 움직임 때문에 별 상관이 없었다. 그러나 집시
들이 서커스에 쓸 물건들을 찾으러 드나들고, 심지어는 주사위를 찾으려
고 침대 밑을 뒤지는 사람까지 있을 만큼 번잡한 천막 안이어서, 호세 아
르카디오는 여자의 몸짓에 잘 응해 줄 수가 없었다. 천막을 버티고 있는
막대기 꼭대기에서는 등불이 사방을 온통 환히 비췄다. 잠시 포옹을 풀
고 호세 아르카디오가 어떻게 해야 할지를 몰라서 벌거벗은 채로 멍하니
누워 있자, 집시 소녀는 그의 기운을 돋우려고 애를 썼다. 조금 있다가
살결이 매끄러운 집시 여인이, 집시들과 같이 온 사람도 아니고 마을 사
람도 아닌 어떤 남자와 함께 천막으로 들어오더니 침대 앞에 서서 옷을
벗기 시작했다. 우연히 그 집시 여자는 호세 아르카디오를 보고, 기운을
잃고 축 늘어져 있는 그의 훌륭한 짐승을 살펴보았다.

"참 안됐구먼." 집시 여자가 혀를 찼다. "다시 기운을 차리면 아주 좋
겠는걸."

호세 아르카디오의 옆에 누운 집시 소녀가 참견하지 말라고 하자 그
들은 침대 옆의 땅바닥에 자리를 잡고 누웠다. 그들의 격렬한 소리에 호
세 아르카디오는 정열을 되찾았다. 첫 접촉에 소녀의 뼈는 도미노 패牌
상자가 떨어지는 소리를 내며 와르르 무너질 듯싶었고, 그녀의 온몸에서
는 희미한 진흙 냄새를 풍기며 미끈미끈한 소리가 났고, 소녀는 땀에 범
벅이 되어서 눈물까지 흘렸다. 그러나 집시 소녀는 그 고통과 충격을 모
진 성격으로 잘 견뎌냈으며, 존경스러울 만큼 용감하게 일을 치렀다. 호
세 아르카디오는 하늘로 둥둥 뜨는 듯, 천사가 되어 나는 기분을 느꼈으
며, 그의 가슴은 활짝 열려 소녀의 귓속에다 다른 때에는 입에 담지 못할
추잡한 말들을 부드러운 목소리로 계속 퍼 넣었고, 그 말들은 알아듣지
못할 집시들의 말이 되어 소녀의 입을 통해 도로 쏟아져 나왔다. 그날은
목요일이었다. 토요일 밤에, 호세 아르카디오는 머리에 붉은 헝겊을 뒤
집어쓰고 집시들과 함께 떠났다.

그가 없어진 것을 알아채자 우르슬라는 온 마을을 몽땅 뒤졌다. 집시들이 천막을 쳤던 자리에는 쓰레기 더미와 아직 연기가 피어오르는 타다 만 모닥불만 남았다. 구슬을 주우려고 쓰레기를 파헤치던 어떤 사람이 우르슬라에게, 뱀인간을 가둔 우리를 마차에 싣느라고 법석을 피우던 집시들 틈에서 아들을 보았다고 일러주었다. "그 애가 집시가 되었어요!" 우르슬라가 소리를 질렀지만, 남편은 아들이 달아났다고 해서 조금도 놀란 기색이 아니었다.

"차라리 잘된 일이야." 호세 아르카디오 부엔디아는 불에 달구어서 1000번은 갈았을 회반죽 덩어리를 다시 갈면서 말했다. "그럼, 이제 그 녀석도 경험을 쌓고 제대로 어른이 될 테니까."

우르슬라는 집시들이 어디로 갔는지 수소문해 보았다. 그러곤 지금이라도 늦지 않으니 따라가서 잡을 수 있으리라고 믿고는 여기저기 길을 물으면서 따라갔다. 우르슬라는 마을에서 너무 먼 곳까지 와서 다시 돌아갈 생각을 못 하게 되었을 때까지 계속해서 걸어갔다. 호세 아르카디오 부엔디아는 인분과 버무린 회반죽이 끓기 시작해서 거기에만 신경을 쓰느라고 저녁 8시가 되도록 아내가 없어진 것을 모르고 있다가 어린 아마란타가 발악을 하며 우는 통에 제정신을 찾았다. 몇 시간 후에 그는 준비를 단단히 한 남자들을 몇 명 모아서, 아이를 돌보겠다고 나선 여자에게 아마란타를 맡기고 우르슬라를 찾아 어둠 속에서 보이지도 않는 길을 따라나섰다. 아우렐리아노도 그들과 함께 따라나섰다. 무슨 말을 하는지 알아듣지도 못할 어느 원주민은 손짓발짓을 해가면서 그 길을 지나간 사람은 아무도 보지 못했다는 얘기를 했다. 사흘 동안 헛된 고생만 하고 우르슬라를 찾지 못한 그들은 마을로 돌아왔다.

몇 주일 동안 호세 아르카디오 부엔디아는 안정을 되찾으려고 노력했다. 그는 어린 아마란타를 어머니처럼 보살폈다. 아이를 목욕시키고 옷을 갈아입히고 하루에 네 번씩 젖을 얻어 먹이러 데리고 다니고, 부를 줄도 모르는 자장가를 밤이면 불러주기도 했다. 그러던 어느 날 필라르 테르네라가 와서 우르슬라가 돌아올 때까지 집안일을 보살펴 주겠다고 나섰다. 이제는 제법 앞일을 내다보는 신비한 통찰력을 갖춘 아우렐리아노는 그 여자가 집에 들어서는 순간에 무엇인가 느끼는 바가 있었다. 그는 형이 도망치고, 결과적으로 어머니까지 행방불명이 된 원인이 필라르였다는 육감을 느끼게 되어서 그 여자와 얘기도 않고 쌀쌀하게 대해서, 다시는 집 안에 발을 들여놓지 못하게 했다.

시간이 흐르면서 모든 일이 자리가 잡혔다. 언제부터였는지 정확히 기억할 수는 없지만 호세 아르카디오 부엔디아와 그의 아들은 다시 실험실로 돌아가서 먼지를 떨고 배수파이프를 손질해서 인분 속에 파묻혀 몇 달을 묵고 있던 회반죽을 주물럭거리기 시작했다. 어린 아마란타까지도 바구니 속에 누워서, 수은 연기로 건조해진 공기가 가득 찬 실험실에서 연구에 몰두한 아버지와 오빠를 신기한 듯 구경했다. 우르슬라가 떠난지 몇 달 후부터 이상한 일들이 벌어졌다. 오랫동안 찬장에 넣어두고 잊어버렸던 플라스크는 옮길 수 없을 만큼 무거워졌다. 불을 피우지 않고 그냥 작업대에 올려놓은 그릇 속에서 물이 반시간씩이나 끓어서 수증기가 되어 모두 날아가기도 했다. 호세 아르카디오 부엔디아와 그의 아들은 놀라서 이런 일들을 물끄러미 지켜보았지만, 어떻게 된 일인지 알 수가 없었다. 다만 회반죽의 어떤 작용이려니 하고만 어렴풋이 짐작했다. 어느 날 아마란타가 들어 있는 바구니가 저절로 움직이면서 방 안을 한 바퀴 돌았고, 깜짝 놀란 아우렐리아노는 그 바구니를 잡으려고 달려갔다. 그러나 아버지는 조금도 당황하지 않았다. 그는 바구니를 끌어다가 책상다리에 꽁꽁 묶어놓고 이제 곧 기다리고 기다리던 순간이 다가올 것이라고 생각했다. 아우렐리아노는 그때 아버지가 이런 말을 하는 것을 들었다.

"하느님을 무서워하지 않는 자라도 금속은 두려워할지어다."

그러자 갑자기 다섯 달 동안이나 행방불명이 되었던 우르슬라가 돌아왔다. 우르슬라는 이 지방에서는 볼 수 없는 새로운 스타일의 옷을 입고, 기분이 좋아서 즐거운 표정으로 돌아왔다. 너무나 놀란 호세 아르카디오 부엔디아는 자리에서 일어설 기운도 없었다. "그래, 맞았어!" 그는 소리쳤다. "난 이런 일이 일어날 줄 알았어." 그리고 그는 몇 달 동안 회반죽과 씨름을 하며 골방에 틀어박혀 있는 동안에 마음속 깊이 진실로 기다리고 기다리던 기적이, 현인의 돌을 발견하거나 쇠붙이가 살아나서 숨쉬거나 문고리와 다른 쇠붙이로 된 물건들이 황금으로 변하는 것이 아니라, 지금 눈앞에 벌어진 기적, 즉 우르슬라가 돌아오는 것이었음을 깨닫게 되었다. 그러나 우르슬라는 남편처럼 흥분해서 기뻐하지는 않았다. 우르슬라는 마치 한 시간쯤 어디를 다녀오기라도 한 듯이 남편에게 가볍게 키스를 하고 말했다.

"밖에 좀 나가 봐요."

혼란한 머리를 정리하느라고 한참 자리에 앉아 있다가 밖으로 나간 호세 아르카디오 부엔디아는 길에 모인 군중을 보았다. 그들은 집시들이 아니었다. 그들은 피부가 검고 머리카락이 뻣뻣한, 그들과 같은 언어를 쓰고 같은 고민을 지닌 보통사람들이었다. 그들은 노새에서 짐을 내려 먹을 것을 풀고, 마차에서 가구와 가사에 필요한 물건들을 내린 뒤, 다른 장사꾼들처럼 법석을 떨지 않으면서 단순하고 흔한 물건들을 팔기 위해 늘어놓았다. 그들은 늪지대의 다른 쪽에 있는, 달마다 우편물을 받고 높은 수준의 생활을 영위하는 마을에서 온 사람들이었는데 그 마을은 마콘도에서 이틀만 가면 되는 거리에 있었다. 우르슬라는 집시들을 만나진 못했지만, 남편이 그토록 애써 찾으려다 실패한 길을 찾아낸 것이다.

3

필라르 테르네라가 낳은 아들은 태어난 지 일주일 만에 아이의 할아버지 집에 전해졌다. 우르슬라는 자기의 피가 조금이라도 섞인 아이가 버림을 받게 내버려둘 수가 없다는 남편의 고집에 다시 한 번 꺾여 불평을 하면서 그 아이를 받아들였지만, 그 아이의 족보가 남들에게 절대로 알려져서는 안 된다는 조건을 걸었다. 그 아이의 이름을 호세 아르카디오라고 지었지만, 할아버지의 이름과 혼동하지 않게 하려고 그냥 아르카디오라고만 부르기로 했다. 그때는 마을에도 바쁜 일이 많았고 집안일도 복잡했기 때문에 아이들을 돌보는 일은 소홀하게 되었다. 그래서 아이들을 돌보는 일은, 벌써 몇 년째 자기네 부족에 만연된 불면증 질병을 피해서 오빠와 함께 마콘도 마을로 도망을 온 구아히로 원주민 여자인 비지따시옹에게 맡겼다. 구아히로 남매는 워낙 순박하고 일을 잘 할 듯해서 우르슬라는 그들을 둘 다 집에 두고 집안일을 떠맡기기로 했다. 그래서 아르카디오와 아마란타는 스페인 말을 배우기도 전에 구아히로 말을 배웠고, 우르슬라가 전망이 좋은 동물과자 장사에 정신이 팔려 있는 사이에, 그들은 우르슬라 모르게 도마뱀 육즙과 거미알 먹는 법을 배웠다. 우르슬라를 따라서 마을에 왔던 사람들은 이곳이 토질이 좋고, 늪지대 한가운데 위치한 지리적인 조건이 유망하다는 말을 퍼뜨리고 다녔으므로 이 지역의 길목을 잡고 있던 마콘도 마을은 곧 가게와 공장과 장삿길을 갖춘 커다란 읍내가 되었으며, 장삿길을 따라서 헐렁헐렁한 바지를 입고 귀걸이를 한 아랍 상인들이 와서 구슬과 마코우야자를 바꿔 갔다. 호세 아르카디오 부엔디아는 잠시도 쉴 틈이 없었다. 광활한 우주에 대한 상상의 세계보다는 눈앞에 벌어진 현실에 더욱 흥미를 느끼게 된 그는 연금술 실험실 따위는 깡그리 잊어버리고 몇 달째 만져서 굳어진 회반죽도 구석으로 치워버리고, 처음 마을을 설계할 때 다른 집에서 누리지 못하는 태양의 특혜를 한 집에서만 누리지 않도록 주택 설계를 하거나 길을 뚫는 위치를 선정하던, 옛날의 활동적인 사람으로 되돌아갔다. 그는 새로 이주해 오는 사람들로부터 절대적인 권위를 인정받아서, 그에게 자문을 구하지 않고 벽을 쌓거나 기초공사를 하는 사람들은 아무도 없었으며, 토지의 분배도 그가 완전히 장악하게 되었다. 방랑하는 곡예사 집시들의 서커스단이 거대한 조직과 도박 기구를 갖추고 돌아왔을 때, 이제는 호세 아르카디오가 그들과 함께 돌아오리라는 기대에서 마을은 그들을 반갑게 맞아들이기로 했다. 그러나 호세 아르카디오는 돌아오지 않았으며, 우르슬라 생각에는 아들의 행방을 알고 있을 유일한 사람인 뱀인간도 찾을 수가 없게 되자, 집시들에게 이 도시 안에다 천막을 치지 못하도록 하고 앞으로는 발도 들여놓지 말라는 결정을 내리도록 했는데, 그것은 집시들이 색욕을 너무 밝히는 부도덕한 사람들이라는 까닭에서 내려진 조처이기도 했다. 그러나 호세 아르카디오 부엔디아는 긴 세월 동안 얻은 지혜와 과학의 신비를 가져와서 마을이 도시로 성장하는 데 크게 도움을 준 멜키아데스의 패거리만은 언제 와도 환영이라고 했다. 그러나 유랑자들에게서 들려오는 얘기로는 멜키아데스 패는 인간 지혜의 한계를 초월해 버려서 결국은 한 사람도 남지 않고 뿔뿔이 흩어졌다는 것이다.

　환상의 고통에서 벗어난 호세 아르카디오 부엔디아는 곧 도시 전체의 질서 있는 생활을 유지하기 위해 이것저것 통제하면서도 마콘도에서 집집마다 한 가지만은 마음대로 자유를 누릴 수 있도록 허락을 했는데, 그것은 마을이 처음 생겼을 때부터 피리 소리와 함께 노래를 불러 그들에게 즐거움을 주었던 새들을 놓아주고 그 대신에 음악시계를 사서 집에 달아놓는 것이었다. 아랍 사람들에게 마코우야자를 주고 바꾼 그 신기한 음악시계는 나무를 깎아서 만들었는데, 호세 아르카디오 부엔디아의 지시에 따라서 모두 정확하게 시간을 일치시키고 났더니, 반시간 간격으로 집집마다 정확히 시간을 알리는 음악 소리가 울려 나와서 점심때가 되면 한꺼번에 마을 전체에 왈츠가 울려 퍼지는 기분까지 들었다. 길가에 아카시아 대신에 편도나무를 심게 하고, 새로 심은 나무들이 죽지 않고 잘 살게 하는 비결을 알려준 것도 호세 아르카디오 부엔디아였다. 여러 해가 지난 다음에 마콘도에 양철지붕을 씌우고 나무로 지은 집들이 들어섰을 때에도, 누가 심었는지 기억하는 사람들은 없어도, 부러지고 먼지에 덮인 편도나무들은 옛 거리에 그대로 남아 있었다. 아버지는 마을을 정리하느라고 바쁘고, 어머니는 날마다 설탕을 입힌 닭이나 물고기 모양의 과자를 만들어 하루에 두 번씩 발사나무(콜롬비아에서 자생하는 나무 – 역주) 꼬치에 꿰어 팔며 부지런히 돈을 모으는 사이에 아우렐리아노는 잊혀진 실험실에 몇 시간씩 틀어박혀 혼자 실험을 하면서 은을 다루는 기술을 익혔다. 그는 어찌나 키가 빨리 자랐는지 곧 형의 옷조차 작아서 입지를 못하고 아버지의 옷을 빌려 입었는데, 아우렐리아노가 다른 식구들처럼 살이 찌지 않아 옷이 잘 맞지 않게 되자 비지따시옹은 셔츠의 주름과 바지 자락을 안쪽으로 접어 넣어 꿰매줘야 했다. 사춘기에 접어들자 그의 부드러운 목소리는 변했고 말수도 적어졌으며 혼자 시간 보내기를 좋아했지만, 태어날 때부터 지니고 있던 심각한 표정만은 그의 얼굴에서 사라지지 않았다. 그는 은세공 연구에 너무 열중해서 밥을 먹으러 실험실을 나오는 일조차 드물었다. 아들이 자꾸만 내성적이 되니까 아마 여자가 그리워서 그러는가 보다고 생각한 호세 아르카디오 부엔디아는 그에게 집 열쇠와 돈을 주었다. 그러나 아우렐리아노는 그 돈으로 실험에 쓸 염산을 샀고, 열쇠는 금을 입혀서 아름답게 꾸몄다. 그러나 그런 행동도 아르카디오나 아마란타가 부린 말썽에 비하면 아무것도 아니었으니, 그들은 벌써 이갈이를 하면서 비지따시옹 남매의 시계를 빼앗으러 쫓아다니거나 끝까지 고집을 부려 스페인 말은 하지 않고, 구아히로 말로만 얘기를 해서 부모는 그들의 얘기를 하나도 알아들을 수가 없었다. "당신은 불평을 할 권리도 없어요." 우르슬라가 남편에게 말했다. "애들이 몽땅 아버질 닮아 저렇게 미친 짓을 하니까요." 우르슬라가 한탄을 하면서 아이들이 피우는 말썽이 돼지꼬리 못지않게 고민거리라고 푸념을 하자, 아우렐리아노는 어머니가 당황해서 어쩔 줄 몰라 할 때까지 노려보았다.

"어머니, 누가 찾아올 겁니다." 그는 어머니에게 말했다.

아들이 예언을 하면 으레 그렇듯이 우르슬라는 아들 말이 당연히 맞는 얘기라는 것을, 여자다운 나름대로의 논리로 증명하려고 했다. 누가 찾아온다는 것은 정상적인 일이다. 별다른 뜻이 없이, 십여 명의 외부인이 날마다 마콘도로 찾아온다. 그러나 누가 뭐라고 해도 아우렐리아노의 예언은 어김이 없었다.

"찾아오는 사람이 누구인지는 모르겠어요." 그는 말했다. "하지만 그가 누구든지 간에, 그 사람은 벌써 이리로 오고 있는 중이에요."

일요일이 되자 한 소녀가 도착했다. 소녀는 그때 열한 살이었다. 그 소녀는 고생을 해가면서 피혁상인들과 함께 호세 아르카디오 부엔디아에게 가는 안내장 하나만 가지고 왔는데, 편지로 도움을 청해 온 사람이 누구인지는 아무도 자세히 몰랐다. 소녀가 가져온 짐이라고는 작은 트렁크 하나와, 손으로 꽃을 그려 넣은 작은 흔들의자, 부모의 뼈를 넣고 다녀서 딸가닥딸가닥 소리가 나는 자루뿐이었다. 호세 아르카디오 부엔디아 앞으로 보내진 그 편지는 세월이 흐르고 먼 곳에 떨어져 있어도 아직 그를 깊이 사랑하고 있다는 사람이 보내온 무척 온화한 내용을 담고 있었는데, 잊을 수 없는 친구인 니카노르 울로아와 그의 정숙한 아내 레베카 몬티엘 사이에서 태어난 딸이기 때문에 촌수는 멀더라도 호세 아르카디오 부엔디아의 친척이 되며, 우르슬라에게는 둘째 조카뻘이 되는 가련하고 돌보아줄 사람 없는 고아를 그에게 보내는 것이 인간의 도리로서 하지 않을 수 없는 기본적인 일임을 널리 이해해 달라고 했고, 이 여자아이가 가지고 가는 부모의 유해가 기독교 장례식에 따라 잘 묻혀서 하느님의 나라로 가기를 바란다고 덧붙였다. 편지에 적힌 이름들은 또박또박 써서 잘 읽을 수가 있었지만 호세 아르카디오 부엔디아나 우르슬라는 그런 이름을 가진 친척을 기억해 낼 수가 없었으며, 편지를 보낸 사람의 이름도 통 알 수가 없었고, 더군다나 마나우레라는 지명은 들어본 적이 없었다. 아이에게서도 별다른 도움이 될 얘기를 알아낼 수가 없었다. 소녀는 도착하자마자 흔들의자에 앉아 손가락을 빨면서 남들이 물어보는 말은 하나도 못 알아들은 듯한 표정을 지은 채 커다랗게 뜬 놀란 눈으로 주위를 둘러보았다. 소녀는 너무 입어서 낡아빠진, 검게 물들인 빗살무늬 드레스를 입고 더러운 가죽 구두를 신고 있었다. 머리는 귀 뒤에서 검은 리본으로 묶었으며, 땀에 절어서 무늬가 지워진 어깨옷을 걸치고 오른쪽 팔목에는 육식동물의 독니를 구리바탕에 박은 부적을 차고 있었다. 살갗이 푸르죽죽하고 배가 북처럼 빵빵하게 늘어난 것을 보니 건강은 말이 아니었고, 오랫동안 굶주린 것 같아 먹을 것을 주었지만, 접시를 받아서 무릎에 놓고는 손도 대지 않았다. 그래서 혹시 이 아이가 벙어리에 귀머거리가 아닌가 생각을 했지만, 비지따시옹이 구아히로 말로 물을 마시겠느냐고 묻자 눈을 돌려 그들을 아는 척하고 물을 달라고 머리를 끄덕였다.

그들은 달리 어쩔 도리가 없어서 소녀를 맡기로 했다. 아우렐리아노가 끈기 있게 참으면서 성인들의 이름이란 이름을 다 대어도 아이가 반응을 보이지 않았으므로 편지에 씌어 있는 그 아이의 어머니 이름을 따

서 레베카라고 부르기로 정했다. 그때까지 아무도 죽은 사람이 없어서
마콘도에는 묘지가 없었기 때문에 그들은 매장할 적당한 곳을 찾을 때까
지 유해가 들어 있는 자루를 집에다 우선 두기로 했다. 그 자루는 이리저
리 굴러다니다가 걸핏하면 사람의 발길에 차이거나 생각지도 않던 곳에
서 굴러 나오기 일쑤였으며, 그럴 때마다 뼈 부딪치는 소리가 덜그럭덜
그럭 울렸다. 오랜 시간이 지난 다음에야 레베카는 한 집안 식구처럼 느
껴지게 되었다. 레베카는 집 안의 가장 구석진 곳에서 흔들의자에 앉아
손가락을 빨면서 시간을 보내곤 했다. 어떤 일에도 흥미를 느끼지 않았
고, 다만 시계의 음악 소리만 나면 하늘에서 그 소리를 찾으려는 듯이 눈
을 크게 뜨고 휘휘 둘러보며 신경을 곤두세웠다. 달래고 꾀어도 레베카
는 며칠 동안 아무것도 먹지를 않았다. 그래도 어떻게 굶어죽지 않는지
신기하게만 생각되었는데, 그 비밀을 알아낸 것은 집 안 구석구석을 살
금살금 돌아다니며 사정을 환히 알고 있던 비지따시옹 남매였다. 레베카
는 마당의 젖은 흙과 벽에서 손톱으로 긁어낸 석회를 먹고 살았다. 그 아
이의 부모나, 또는 그녀를 기른 어느 누구든 그런 버릇을 몹시 꾸짖었던
모양이고, 그래서인지 레베카는 몰래 흙과 석회를 모았다가 아무도 보는
사람이 없을 때 혼자서 먹었다. 그래서 그 다음부터는 잠시도 한눈팔지
않고 그 아이를 감시하기로 했다. 그들은 레베카의 위험한 악습을 없애
주기 위해서 마당에는 소의 쓴 담즙을 뿌렸고, 벽에는 온통 매운 칠레고
추를 문질러서 줍거나 뜯어먹지 못하게 막았지만, 그래도 귀신같이 어디
선가 흙을 찾아다 먹는 통에 우르슬라는 좀더 완벽한 대책을 강구하기로
했다. 우르슬라는 오렌지 주스에 대황大黃을 섞어 그릇에 담아 내다두고
밤에 이슬을 맞힌 다음에, 그 약을 빈속에 먹도록 했다. 그것이 흙을 먹
는 버릇을 고치는 데 잘 들으리라고 아무도 말한 적 없지만, 우르슬라는
빈속에 그렇게 쓴 것을 먹으면 간장에 아무래도 무슨 영향을 주지 않을
까 하고 막연히 기대했다. 레베카는 그렇게 몸이 가냘프면서도 어찌나
힘이 세고 억세게 반항을 하는지, 억지로 약을 먹이려고 송아지처럼 손

발을 묶어도 마구 내지르는 발길질이나, 물어뜯고 침을 뱉어가면서 내뱉는 괴상한 고함은 견디기 힘들 정도였다. 나중에 놀라서 눈이 휘둥그레진 비지따시옹에게 물어봤더니 레베카가 퍼부은 욕설은 웬만한 나라의 말에는 있지도 않은 상스러운 내용의 것들이었다. 그 얘기를 듣고 난 우르슬라는 약을 다 먹인 다음에 회초리질도 했다. 대황과 회초리 가운데 어느 것이 말을 들었는지는 알 길이 없으나 아무튼 효과가 있어서 레베카는 몇 주일이 지나면서부터 건강이 회복되는 것 같았다. 레베카는 자기를 언니로 생각해 주는 아마란타나 아르카디오와 함께 놀기도 했고, 밥그릇과 수저도 제대로 다루면서 밥도 잘 먹었다. 얼마 안 가서 그들은 레베카가 원주민 말만큼이나 스페인 말도 잘하고 손재주도 대단하며, 가사를 지어서 시계의 왈츠 음악에 맞춰 노래를 부를 줄 안다는 것을 알게 되었다. 그래서 얼마 안 있다가 그들은 레베카를 한 식구처럼 생각하게 되었다. 레베카는 두 아이들보다도 우르슬라를 더 따랐으며, 아르카디오와 아마란타를 동생이라고 불렀고, 아우렐리아노를 아저씨, 그리고 호세 아르카디오 부엔디아를 할아버지라고 불렀다. 그렇게 되자 레베카도 이 집 안의 성을 따라도 좋을 것 같아서, 그 아이는 처음으로 성을 갖게 되었으며, 죽는 그날까지 레베카 부엔디아라는 이름을 자랑스럽게 여겼다.

레베카가 흙을 먹는 고약한 병이 나아 아이들 방에서 자게 된 어느 날 밤에, 아이들과 함께 자던 원주민 여자는 우연히 잠이 깨어 구석에서 나는 이상한 소리를 들었다. 안방으로 짐승이 들어온 줄 알고 깜짝 놀란 그 여자는 구석의 흔들의자에서 손가락을 빨고 있는 레베카의 눈이 고양이의 눈처럼 어둠 속에서 광채를 띠는 것을 보았다. 겁에 질린 비지따시옹은 그 눈을 자세히 살펴보고는 왕자와 공주였던 비지따시옹 남매가 왕국에서 쫓겨나게 된 이유였던 불면증이라는 무서운 질병의 징후를 레베카의 눈에서 읽을 수 있었다.

원주민 남매들 중 카타우레는 아침이 되기 전에 집을 떠났다. 그러나 끈질긴 운명에 쫓기던 비지따시옹은 이 비참한 질병이 자기를 어디까지라도 쫓아다닐 것이라는 예감이 들어 자포자기한 심정으로 그대로 눌러 있기로 했다. 세상의 끝까지 도망을 온 지금, 다른 곳으로 더 달아날 수도 없었다. 비지따시옹이 왜 그렇게 놀라고 겁에 질렸는지 아는 사람은 아무도 없었다. "잠이 적어지면 더 좋지 뭘 그래." 호세 아르카디오 부엔디아가 유쾌하게 말했다. "깨어 있는 시간이 많으면 그만큼 인생이 더 길어질 테니까." 그러나 비지따시옹은 불면의 고통이 잠을 못 이루거나 육체적으로 피로가 오기 때문이 아니라 시간이 흐를수록 기억력을 자꾸 상실하게 되기 때문이라고 설명했다. 잠을 못 자고 깨어서 여러 가지 공상에 잠기다 보면 어릴 적 추억을 뒤적일 시간이 줄어서, 과거가 자꾸만 사라진다는 얘기였다. 그러면 사람이나 사물의 이름을 잊게 되고 주위에 있는 사람들도 알아보지 못하게 되고, 심지어는 자기 자신까지도 잊게 되어서 결국은 과거를 망각한 백치 상태가 된다고 했다. 숨이 넘어갈 듯이 마구 웃어젖히던 호세 아르카디오 부엔디아는 그것을 원주민들이 상상해 낸 여러 가지 미신적인 병의 하나라고 넘겨버렸다.

몇 주일이 지나서, 비지따시옹의 공포가 많이 가신 어느 날 밤에 호세 아르카디오 부엔디아는 어쩐지 잠이 오지 않아 몸을 뒤척이고 있었다. 우르슬라도 잠이 깨어서는 왜 그러느냐고 물었다. "푸르덴치오 아귈라 생각을 또 하고 있었어." 그가 대답했다. 그들은 잠시 동안 잠을 자지 못했지만, 이튿날 아침에는 개운한 기분으로 일어나서 그 일을 곧 잊고 말았다. 이튿날 점심때 그 얘기를 듣고 아우렐리아노는 좀 놀란 표정으로, 자기도 우르슬라에게 생일선물로 줄 브로치를 만드느라고 실험실에서 꼬박 밤을 새웠지만, 조금도 피곤한 줄을 모르겠다고 말했다. 그러다 셋째 날 그들은 더욱 놀라고 말았으니, 밤이 되어도 아무도 졸린 사람이 없었으며, 벌써 50시간째 아무도 잠을 자지 않고 있었다.

"아이들도 모두 깨어 있어요." 원주민 여자는 숙명적인 사태가 다시 일어나고 있음을 느끼면서 말했다. "이 질병은 한번 집안에 발을 들여놓으면 아무도 내쫓을 수가 없어요."

그들은 정말로 불면증이라는 병에 걸려 있었다. 어머니에게서 약초의 영원한 효과에 대해 어려서부터 배워 알고 있던 우르슬라는 투구꽃으로 술을 담가서 돌아가며 먹었지만, 그래도 아무도 잠을 이루지 못하고 밤새도록 일어나서 돌아다니며 꿈을 꾸었다. 그렇게 혼미한 환각에 사로잡힌 상태에서 그들은 선 채로 꿈을 꾸었을 뿐 아니라, 남들이 꾸는 꿈도 잘 볼 수가 있었다. 자기의 꿈에 보이는 사람들도 실물처럼 나타나고 남의 꿈에 등장하는 사람들도 나타났기 때문에 집 안에는 사람들이 와글와글했다. 구석의 흔들의자에 앉아서 레베카는 흰 셔츠에 황금 단추를 달고 자기와 똑같이 생긴 남자가 꽃다발을 가져다주는 꿈을 꾸었다. 그 남자와 함께 손이 가냘픈 여자가 따라와서는 장미를 한 송이 뽑아 레베카의 머리에 꽂아주었다. 우르슬라는 레베카의 꿈에 나타난 사람들을 보고 그들이 레베카의 부모라고 믿었는데, 그들을 아무리 자세히 뜯어보아도 전에 어디서 본 기억이 전혀 없이 생소했다. 그러는 한편으로 집에서 만든 동물과자는 시내에서 잘 팔려나갔다. 아이들이나 어른 가릴 것 없이 모두들 달콤하고 푸른 불면증 수탉과, 앙증맞은 핑크빛 불면증 붕어와 보드랍고 노란 불면증 망아지를 마구 먹어댔고, 그러다 보니 월요일 새벽에는 온 동네 사람들이 모두 잠들지 못하고 깨어 있게 되었다. 처음에는 아무도 놀라지 않았다. 할 일은 엄청나게 많은데 시간이 없어서 고민하던 마콘도 사람들은 오히려 잠이 안 와서 잘된 일이라고들 생각했다. 그들은 잠을 안 자고 어찌나 열심히 일을 했는지, 새벽 3시가 되면 할 일이 없어서 팔짱을 끼고 시계의 왈츠 소리만 듣고 앉아 있게 되었다. 피곤해서가 아니라 꿈을 꾸고 싶어 잠을 자려는 사람들이 피곤해지기 위해서 온갖 수단을 다 부렸다. 그들은 함께 모여 앉아서 끝이 없는 지루한 얘기들을 주고받으며, 똑같은 농담을 몇 시간씩 되풀이하고, 거세시킨 수탉 얘기를 자꾸만 계속했다. 얘기가 끝나면 얘기하던 사람이 그 얘기를 또 듣겠느냐고 묻고, 그러면 둘러앉은 사람들은 그 얘기를 또 해달라고 하고, 그러면 같은 얘기를 또 하고…… 혹시 누가 그 얘기를 듣기 싫다 하더라도 그는 그 얘기를 되풀이했고, 얘기를 또 해줄까 물었을 때 아무 대꾸가 없어도 또 그 얘기를 되풀이했고, 그 얘기가 자꾸만 계속되는 동안에는 아무도 자리를 뜰 수가 없었다. 그래서 밤이 새도록 똑같은 얘기는 끝없이 되풀이되었다.

불면증이라는 병이 마을에 들어온 것을 알게 된 호세 아르카디오 부엔디아는 마을의 가장들을 한자리에 모아놓고 불면증이 어떤 병인지를 설명했다. 사람들은 이 병이 늪지대의 다른 마을로 전염이 되지 않도록 대책을 세우려고 오랫동안 의논을 했다. 그들은 아랍 사람들에게 야자열매를 주고 얻은 염소의 목에 매달았던 종들을 모두 떼어내어서 마을 어귀에 갖다 두고, 불면증에 걸리지 않은 타향 사람이 억지로 마을로 들어오려고 할 때는 반드시 그 종을 울리면서 다니게 했다. 그래서 마콘도 거리에서 종을 울리며 타향 사람이 지나가면 병든 마을 사람들은 병에 아직 안 걸린 사람을 가려낼 수 있었다. 종을 울리며 다니는 사람들은 마을에서 아무것도 먹거나 마실 수가 없었으니, 그것은 불면증이라는 병이 음식을 통해서 입으로 전염이 되기 때문이었다. 마콘도의 모든 먹을 것과 마실 것은 불면증으로 오염되어 있었다. 그렇게 해서 그들은 병이 마콘도를 벗어나지 못하게 했다. 병에 대한 그들의 모든 대책은 효과적으로 시행이 되어서 얼마 안 있다가 사람들은 다시 규칙적인 생활을 영위하게 되었으며, 잠을 자야 한다는 쓸데없는 걱정 따위는 잊게 되었다.

몇 달 동안 잠을 못 자서 상실하게 된 기억력을 되찾고, 기억력을 유지하는 비결을 알아낸 사람은 아우렐리아노였다. 그는 그 비결을 아주 우연히 알아냈다. 맨 처음에 불면증에 걸린 사람들 가운데 하나였던 그는 곧 불면증 전문가가 되었으며, 그의 은세공 기술도 거의 완벽에 가깝도록 발전했다. 어느 날 그는 쇠붙이를 두드려 광택을 내는 작은 모탕을 찾으려고 했는데 갑자기 자기가 찾던 물건의 이름이 생각나지 않았다. "그건 모탕이야." 아버지가 일러주었다. 아우렐리아노는 그 말을 종이쪽지에 써서 모탕 위에다 달아놓았다. 그렇게 적어놓으면 앞으로 그 말을 잊지 않을 것이라고 믿었다. 모탕이라는 말이 워낙 어려운 단어였기 때문에 잘 잊을 수도 없다고 생각한 그는, 이 사건이 그의 기억상실증의 시초라는 것을 깨닫지 못했다. 그러나 며칠 사이에 그는 실험실 안에 있는 모든 것들의 이름을 그가 계속해서 잊고 있음을 깨달았다. 그래서 그는 이름이 생각나지 않을 때 도움이 되라고 그 모든 것들의 이름을 종이쪽지에 써서 사방에 붙여놓았다. 아버지가 놀란 표정으로 어릴 적에 가장 감명 깊었던 어떤 사건이 기억나지 않는다고 걱정스런 어조로 얘기했을 때, 아우렐리아노는 기억력을 유지하기 위해서 자기가 어떻게 했는지를 얘기해 주었고, 그 얘기를 들은 호세 아르카디오 부엔디아는 곧 그 방법을 실천에 옮겨 집안 여기저기에 쪽지를 붙이며 돌아다녔고, 심지어는 밖으로 나가 마을에 온통 종이쪽지를 달아두었다. 그는 먹을 듬뿍 찍은 붓으로 온갖 이름을 다 표시해 두었다. '책상 · 의자 · 시계 · 문 · 침대 · 냄비…….' 그는 동물 우리로 가서 식물과 짐승의 이름도 표시했다. '소 · 염소 · 돼지 · 암탉 · 바나나 · 카사아 · 바칼라듐…….' 이렇게 조금씩 조금씩 기억을 상실해 가면 어느 날엔가 사람들은 모든 사물의 이름을 위에 써 붙인 글자를 읽고서 알기는 하겠지만, 결국 그 물건들의 쓰임새는 몽땅 잊게 될 것이라고 그는 생각했다. 그래서 그는 보다 효과적인 방법을 생각해 냈다. 마콘도 마을 사람들이 그들의 기억상실증을 어떻게 이겨낼 수 있을 것인가 하는 방법을 가장 대표적으로 보여줄 수 있는 것은 그가 소의 목에 걸어놓은 간판이었다. '이것은 암소입니다. 암소는 아침마다 짜주면 젖을 냅니다. 그리고 소의 젖을 끓인 다음에 커피와 섞어서 먹습니다.' 그렇게 사람들은 손아귀에서 빠져나가서 도망치려는 현실을 바둥거리면서 붙잡으려 했지만, 그들의 기억을 지탱시켜야 할 단어들이 하나씩 둘씩 그들의 머리에서 사라져, 결국 그들은 글의 가치를 잊게 되었다.

늪지대로 뻗어나간 길의 어귀에는 '마콘도'라는 간판과 그 간판보다 조금 큰 '신은 존재한다'라고 쓴 간판이 나란히 서 있다. 그리고 집집마다 기억해 두어야 할 일이나 사건들을 적은 쪽지가 잔뜩 붙어 있었다. 그러나 이렇게 간판과 쪽지를 써 붙인다는 일이 워낙 시간을 많이 잡아먹고 신경이 쓰이는 것이라서, 가능하다면 다른 쉬운 방법으로 그들의 기억력을 유지할 길을 찾고 싶어 하는 사람들의 수가 늘어났다. 그런 사람들의 소망을 가장 잘 풀어준 사람이 필라르 테르네라였으니, 필라르는 과거에 카드로 미래를 점치던 솜씨를 살려서, 이제는 과거에 무슨 일이 있었는지를 카드로 되짚어내서 사람들에게 알려 주는 새로운 일로 바쁘게 되었다. 때에 따라서는 정확히 과거를 점치지 못하는 카드의 농간 때문에 불면증 환자들은 4월 초에 이 마을에 도착한 어느 흑인이나 왼손에 금반지를 낀 얼굴도 모르는 여자가 어머니라든지, 아니면 월계수 위에서 종달새가 지저귀던 지난주 화요일에 자기가 태어났다는 해괴한 점괘가 나와도 그것을 믿어야 할지 걱정이었다. 그런 일 때문에 고민하는 사람들을 보다 못한 호세 아르카디오 부엔디아는 옛날 집시들이 가져오던 희미한 발명품들에서 영감을 얻어 기억하는 기계를 만들기로 작정했다. 그가 만들려는 기계는 한 사람의 생애에 일어난 과거의 모든 일들을 한나절 동안 처음부터 끝까지 회상하고 외울 수 있는 신기한 장치였다. 그의 계획에 따르자면, 그 기계의 축에 한 사람을 세워두면 그 사람의 과거에 일어났던 사건들 가운데 중요한 일들이 모두 눈앞에 순서대로 몇 시간 동안 펼쳐져서 그는 빙글빙글 도는 그 기계에서 기억력을 되찾게 된다는 것이었다. 그가 이 기계의 발명에 필요한 자료를 14000항목이나 수집하고 났을 때, 늪지대로 뻗은 길을 따라서 이상하게 생긴 노인이 종을 구슬프게 울리면서, 밧줄로 꽁꽁 묶은 가방을 들고 검은 헝겊을 덮은 수레를 끌고 나타났다. 그는 곧장 호세 아르카디오 부엔디아의 집으로 갔다.

　문을 열어주면서 비지따시옹은 그 사람이 누구인지 알아볼 수가 없었고, 모두들 기억상실증에 걸려서 물건을 살 생각도 못 하는 사람들에게 장사를 하려고 멋도 모르고 마콘도로 찾아온 장사꾼이려니 생각했다. 그는 병들고 노쇠한 사람이었다. 비록 그의 목소리가 자신 없이 떨리고 그의 손도 힘없이 흐늘거렸지만, 그래도 그는 아직 잠을 잘 수 있었으며 기억력을 잃지 않은 사람들이 사는 곳으로부터 온 사람임에 틀림없었다. 호세 아르카디오 부엔디아가 집으로 돌아오니 그 사람은 누덕누덕 기운 검은 모자로 부채질을 하며, 애처롭다는 듯이 벽에 붙은 쪽지들을 물끄러미 쳐다보고 있었다. 그는 방문객이 자기가 옛날에 만난 일은 있어도 지금은 누구인지 기억할 수 없는 어떤 사람일지도 모른다는 생각이 들어서 친한 척하면서 미소를 지었다. 손님은 그의 거짓 태도를 눈치 챘다. 그는 자기가 망각 속에 잊혀졌으며, 그 망각이 돌이킬 수 없는 마음의 망각이 아니라 그것보다 훨씬 잔인하고 뼈아픈 죽음의 망각 속에서 버림받았음을 깨달았다. 그는 이름조차 알 수 없는 기묘한 물건들로 가득 찬 가방을 열고, 그 안에서 유리병이 여럿 달린 작은 통을 꺼냈다. 그리고 그 통에서 맑은 빛깔의 물을 호세 아르카디오 부엔디아에게 주었다. 그것을 마시고 나니 호세의 머릿속에 다시 기억이 되살아났다. 그는 종이쪽지가 다닥다닥 달라붙은 물건들로 가득 찬 방 안에 있는 자신의 우스운 꼴과 그 쪽지들에 씌어 있는 터무니없는 내용들을 읽고서 부끄러움이나 슬픔을 느끼기 전에, 찾아온 손님을 알아보고 기쁨의 눈물을 흘렸다. 그 손님은 멜키아데스였다.

마콘도 마을 사람들이 되찾은 기억력을 축하하느라고 잔치를 벌이는 사이에 호세 아르카디오 부엔디아와 멜키아데스는 그들의 옛정을 되새기느라고 바빴다. 집시는 마콘도에 머물고 싶다고 말했다. 그는 정말로 죽었지만, 죽고 나니 너무 외로워서 다시 돌아왔노라고 말했다. 그는 삶에 너무 충실하다 보니 죽음과 초인간적인 세계를 지배하는 능력을 잃어서 다른 집시들에게 따돌림을 받고 말았으며, 그래서 갈 곳이 없게 되어 아직 죽음의 손길이 한 번도 뻗은 일이 없는, 지구의 끝에 있는 이 마을로 와서 은판사진술(銀版寫眞術, 옛 프랑스의 사진술 연구 – 역주)에 몸을 바치겠노라고 했다. 호세 아르카디오 부엔디아는 은판사진술에 대한 얘기는 들은 적이 없었다. 그러나 그는 자기 자신과 식구들의 모습이 은빛 쇠붙이 위에 영원히 박혀 있는 사진을 보자 너무 놀라서 할 말을 잃고 말았다. 그날 찍은 은판사진에서 호세 아르카디오 부엔디아는 말 털처럼 백발을 헝클고, 청동단추로 옷깃을 빳빳하게 세우고, 엄숙한 표정을 짓는다는 것이 그만 놀란 얼굴을 해서, 우르슬라가 까무러칠 듯 웃어젖히고는 '겁이 잔뜩 난 장군' 같다고 했다. 아닌게 아니라 사진을 찍던 날 아침에 호세 아르카디오 부엔디아는 은판에 얼굴이 사진으로 박히면 얼굴이 그만큼 닳아 없어지지나 않을까 해서 잔뜩 겁을 집어먹고 있었다. 멜키아데스에 대한 호세 아르카디오 부엔디아와 우르슬라의 태도는 그들도 모르는 사이에 어느 틈엔가 바뀌어버려서, 옛날과는 달리 멜키아데스더러 자기네 집에서 함께 살자고 나선 사람은 우르슬라였다. 그러나 우르슬라는 (자기가 한 말을 그대로 인용한다면) 죽고 난 다음에 손자들이 아직도 살아 있을 자기의 모습을 사진에서 보고 놀리는 것이 싫어서 사진 찍히는 일만은 극구 사양했다. 사진을 찍는 날 아침에 우르슬라는 아이들에게 가장 좋은 옷을 입히고, 얼굴에 분까지 발라준 뒤 멜키아데스의 희한한 기계 앞에 서 있게 된 2분 동안 몸을 움직이지 않도록 호리병박 시럽을 한 숟갈씩 먹였다. 꼭 한 번밖에 찍은 일이 없는 그 가족사진에서 아우렐리아노는 검은 벨벳 옷을 입고 아마란타와 레베카 사이에 자리를 잡았다. 그때의 그의 표정은 몇 년 뒤에 총살을 당할 때처럼 멍청했고, 무엇에 홀린 듯했다. 그러나 이때만 해도 그는 아직 그의 운명을 미리 점치지 못했었다. 그의 은세공 기술은 그 정교함을 크게 인정받아서 늪지대 어느 곳에서나 인기가 있었다. 멜키아데스와 반씩 나누어쓰던 좁은 실험실에서 일하는 동안에는 그의 숨소리조차 들을 수가 없었다. 아버지와 집시가 시험관과 접시 소리를 요란히 울리면서 노스트라다무스의 이론에 대해 시끄럽게 떠들고, 엎질러진 산酸의 냄새와 이리저리 구부려서 제 모습을 알아보기 힘든 은판 토막의 어지러운 혼돈 가운데서도 그는 침착하게 일을 했다. 일에 대한 헌신적인 태도와 주의 깊은 판단력으로 아우렐리아노는 그동안 우르슬라가 동물과자를 만들어서 번 돈보다 훨씬 많은 돈을 짧은 시일 안에 벌어들였지만, 사람들은 그가 그렇게 자랐으면서도 아직도 여자를 모른다는 것을 이상하게 생각했다. 그가 여태까지 한 번도 여자를 겪어보지 못한 것은 사실이었다.

몇 달이 지난 다음, 나이가 거의 200살이나 되고 자기가 지은 노래를 나눠주면서 가끔 마콘도 마을에 들르던 현인 프랜시스코가 돌아왔다. 현인 프랜시스코는 그의 노래를 통해서 그가 이곳으로 오던 중에 들른 모든 곳, 마나우레에서부터 늪지대까지 거치는 동안 들은 소식을 전해 주었으며, 남에게 알려줄 소식이나 전할 말이 있는 사람은 누구나 5센타보만 내면 그 얘기를 자기가 부르는 노래의 끝에다 첨부시켜 주겠다고 말했다. 우르슬라는 혹시 고향을 떠난 아들 호세 아르카디오의 소식을 들을까 해서 그의 노래에 귀를 기울였다가 자기 어머니가 죽었다는 소식을 듣게 되었다. 그의 본디 이름은 아무도 몰랐고, 언젠가 악마와 임기응변식 토론을 벌여서 이겼기 때문에 현인이라고 불리게 된 프랜시스코는 불면증이 마콘도를 휩쓸게 되자 어느 날 밤 마을을 떠났다가 다시 카타리노의 가게에 모습을 나타낸 것이다. 바깥세상에서 그동안 무슨 일이 있었는지를 알기 위해서 온 마을 사람들이 그의 노래를 들으려고 모여들었다. 그날 그와 함께, 어찌나 뚱뚱하고 무거운지 원주민 네 사람이 흔들의자에 앉혀서 들어올려야만 하는 여자가 나타났는데, 그 뚱뚱한 여자를 땡볕에서 가려주려고 혼혈 소녀 하나가 양산을 받쳐 들고 따라다녔다. 그날 밤 아우렐리아노는 카타리노의 가게로 갔다. 그는 구경꾼들에게 둘러싸여 한가운데 돌로 만든 카멜레온처럼 버티고 앉은 현인 프랜시스코를 보았다. 그는 기아나에서 웰터 랠리 경으로부터 선물로 받은 낡은 아코디언으로 반주를 하고, 초석 때문에 끝이 갈라진 커다란 지팡이로 박자를 맞추면서 늙은 목소리로 곡조도 맞지 않는 노래를 불러 소식을 전했다. 사람들이 드나드는 뒷문 앞에서는 그 뚱뚱한 여자가 흔들의자에 앉아 아무 말 없이 부채질만 했다. 시든 장미 한 송이를 귀에다 꽂은 카타리노는 모인 사람들에게 시큼해진 사탕수수 술을 팔다가 기회만 나면 사람들이 잔뜩 모인 곳으로 가서 보통 때에는 만지면 안 되는 부분을 슬그머니 만지기도 했다. 자정이 가까워 오자 더위는 참을 수가 없을 정도였다. 아우렐리아노는 끝까지 노래를 들었지만 자기 집 식구들과 관련된 얘기는 하나도 듣지 못했다. 그래서 집으로 돌아가려고 막 문을 나서려니까 문에서 버티고 앉아 있던 뚱뚱한 여자가 손짓을 했다.

"총각도 어서 안으로 들어가 봐." 그 여자가 아우렐리아노에게 말했다. "20센타보밖에 안 받을 테니까."

아우렐리아노는 그 뚱뚱한 여자가 무릎으로 받치고 앉아 있는 접시에 동전을 넣고 여자가 손으로 가리키는 대로 영문도 모르는 채 방으로 들어갔다. 낮에 본 혼혈 소녀가 조그마한 젖꼭지를 드러내고 발가벗은 몸으로 침대 위에서 기다리고 있었다. 그날 밤 아우렐리아노의 앞에는 63명의 사내가 이미 그 방을 거쳐 나갔었다. 그 사이에 워낙 분주히 드나들었던 탓에, 땀과 한숨으로 범벅이 된 방 안의 공기는 진흙처럼 질퍽했다. 소녀는 땀에 흠뻑 젖은 침대 시트를 걷어서 아우렐리아노더러 한쪽 끝을 잡으라고 했다. 시트는 물에 젖은 천막만큼이나 무거웠다. 그들은 시트의 양쪽 끝을 잡고, 시트가 다시 제 무게대로 가벼워질 때까지 비틀어 짰다. 둘이서 침대에 깐 매트리스를 뒤집어 들고 있자니까 땀이 방울져서 줄줄 흘러내렸다. 아우렐리아노는 앞으로 일어날 일이 걱정이 되어서 차라리 땀 짜는 일이나 끝없이 계속되기를 바랐다. 아우렐리아노는 사랑놀이의 기술에 대해 이론적으로는 다 알고 있었지만, 무릎이 떨려서 제대로 서 있을 수도 없었고, 피부가 불처럼 활활 달아오르면서 소름마저 돋기도 하여 뱃속에서 꿈틀거리는 말 못할 긴박한 느낌을 빨리 쏟아 버리고도 싶었다. 여자가 침대를 다 정리하고 그에게 옷을 벗으라고 말했을 때, 그는 어물어물 이렇게 설명했다. "난 들어가라고 해서 멋도 모르고 그냥 들어왔어요. 나더러 그릇에 돈을 넣으라고 하고는 어서 들어가라고 그러더군요." 소녀는 그가 왜 당황했었는지 그 까닭을 이해하는 것 같았다. "나갈 때 20센타보를 더 내면 나하고 오랜 시간을 보낼 수가 있어요." 소녀가 부드러운 목소리로 속삭였다. 아우렐리아노는 벌거벗은 자기의 몸이 형의 몸과는 비교도 안 될 거라고 부끄럽게 생각하면서 옷을 벗었다. 소녀가 여러 가지로 애를 썼지만 그는 점점 더 기운을 잃고 외로운 기분마저 들었다. "이따가 20센타보를 더 내죠." 그는 맥없는 목소리로 말했다. 소녀는 아무 대꾸도 없이 그저 고맙다는 표정만 지었다. 소녀의 등은 맨살이었다. 등에는 살이 없어 뼈만 앙상했고, 무척 지쳐 있어서 숨쉬는 데에도 힘이 드는 것 같았다. 2년 전에 그 소녀가 어느 타향에서 잠을 잘 때였다. 촛불을 켜놓은 채 잠이 들었다가 나중에 깨어보니 사방에 온통 불이 나 있었다. 그 불로 자기를 키워준 할머니와 함께 살던 집이 재만 남고 홀랑 타버렸다. 그때부터 할머니는 그 소녀를 끌고 이 마을에서 저 마을로 전전하면서 불타버린 집값을 벌어내라고 20센타보씩 거두어들이면서 그 소녀를 남자들과 재웠다. 소녀가 계산하기로는 하룻밤에 70명의 남자를 상대하면서 앞으로도 10년을 더 계속해야 그 집값을 다 뽑을 것 같았는데, 그것은 그들이 떠돌아다니는 경비와 흔들의자를 메고 다니는 원주민 네 명에 대한 인건비도 대야 했기 때문이다. 뚱뚱보 여자가 두 번째로 문을 두드렸을 때, 아우렐리아노는 아직 아무 일도 치르지 못한 채 그저 맘껏 울고 싶은 심정으로 방을 나섰다. 그날 밤 그는 욕망과 동정이 뒤섞인 감정으로 그 소녀 생각을 하면서 잠을 이루지 못하였다. 그는 그 소녀를 사랑하고 보호해야 한다는 감정을 지울 길이 없었다. 새벽녘에 불면증에 시달려서 열이 오른 몸으로 그는 할머니의 횡포에서 그 소녀를 해방시키고, 그 소녀가 70명의 사내를 만족시키는 그 만족감을 혼자 독차지하려는 생각에서, 차분한 심정으로 그 소녀와 결혼하기로 마음을 먹었다. 그러나 그가 카타리노의 가게에 도착한 아침 10시에 그 소녀는 이미 마을을 떠나고 없었다.

그의 발작적인 결심은 그래서 가라앉고 말았지만, 그의 좌절감은 더욱 깊어졌다. 그는 일에서 도피처를 찾으려고 했다. 그는 자기가 제대로 구실을 못 하는 남자라는 사실을 숨기기 위해서 평생 여자 없이 살기로 결심했다. 그러는 사이에 멜키아데스는 마콘도에서 사진에 담을 수 있는 것들은 모두 은판에 옮기고 난 다음, 그의 은판사진 실험실을 신의 존재를 증명하는 고학적 연구에 몰두한 호세 아르카디오 부엔디아에게 몽땅 넘겨주기로 했다. 집 안에 있는 모든 것들이 은판에 옮겨진 것을 본 그는 언젠가는 신을(만일 신이 존재한다면) 은판사진에 담을 수 있으리라고 믿고, 그렇게 해서 신의 존재에 대한 온갖 예측을 끝장내리라고 결심했다. 멜키아데스는 노스트라다무스의 원리를 연구하는 데 더욱 열중하게 되었다. 그는 이미 오래전에 빛을 잃은 반지를 낀, 참새처럼 앙상하고 자그마한 손으로 온갖 공식들을 써내려가면서, 숨을 못 쉴 정도로 목을 꽉 죄는 낡은 벨벳 조끼를 입은 채 밤늦도록 잠도 안 자고 연구에 몰두했다. 어느 날 밤에 그는 마콘도의 미래를 예측할 수 있는 길을 터득했다고 느꼈다. 그는 부엔디아 가家의 모든 면모를 말끔히 제거한, 유리로 지은 집들이 가득 찬 위대하고 빛나는 도시를 예견했다. "그렇게 될 리가 없어!" 호세 아르카디오 부엔디아가 소리쳤다. "얼음으로 지은 집이라면 나도 상상해 본 일이 있지만, 유리로 지은 집은 말도 안 되지. 그리고 부엔디아 가가 없어진다는 건 불가능해." 이렇게 허황된 생각으로 가득 찬 집안에서 그나마 제정신을 차리고 있던 사람은 우르슬라였다. 우르슬라는 동물과자 장사의 규모를 확장해서 밤새도록 일을 계속했고, 쉴 새 없이 빵과 여러 종류의 푸딩, 그리고 메렝게 과자(계란과 설탕으로 만드는 이탈리아 정통 과자 – 역주)와 비스킷을 만들었는데 그 과자들은 만들기만 하면 몇 시간 안에 통에 담겨 늪지대로 뻗은 길을 따라 사라졌다. 우르슬라는 이제 편히 쉬면서 지낼 나이가 되었지만, 오히려 날이 갈수록 점점 더 활동적으로 일을 했다. 우르슬라는 어찌나 바쁘게 일했는지 번창하는 사업에 쫓겨 정신없이 일하던 어느 날 오후에 기운이 빠져 좀 쉬려고, 비지따시옹이 밀가루 반죽에 설탕을 버무리는 사이에 힐끗 창밖을 내다보다가, 마당에 있는 낯선 두 사춘기 소녀를 보았는데 처음에는 누군지 몰라서 놀랐다가, 석양빛을 받으며 수를 놓고 있는 두 소녀를 다시 자세히 보았더니 그들은 다름 아닌 레베카와 아마란타였다.

끝끝내 고집을 부리면서 결국 3년 동안이나 입고 있던 할머니를 위한 상복을 벗고 밝은 빛깔의 옷차림을 한 그들은 완전히 딴사람이 된 것처럼 보였다. 상상했던 것과는 달리 레베카가 아마란타보다 훨씬 아름다웠다. 레베카는 안색이 밝았으며, 눈이 크고 평화스러웠고 손은 보이지 않는 실로 마술을 부리듯 아름답게 수를 놓고 있었다. 나이가 어린 아마란타는 좀 덜 우아했지만, 돌아가신 할머니를 닮았는지 깔끔한 품이 있어서 귀티가 났다. 그들 곁에 있던 아르카디오는 비록 아버지의 골격을 타고난 것이 눈에 띄기는 했어도 그들에 비하면 아직 어린애 같았다.

그는 아우렐리아노에게서 글쓰기와 읽기뿐만이 아니라 은세공 기술도 배우고 있었다. 우르슬라는 갑자기 집 안이 사람들로 꽉 찬 기분을 느꼈고, 아이들도 이제 다 자라서 결혼하고 자식을 볼 때가 되었으며, 집 안이 좁아 곧 분가를 할 때가 왔다고 느꼈다. 그래서 우르슬라는 몇 년 동안 고생해서 번 돈을 모두 긁어내어 단골손님들의 도움을 받아서 집을 증축하는 공사를 시작했다. 우르슬라는 손님을 맞을 거실과 낮에 시간을 보낼 편안하고 시원한 방, 손님들과 함께 어울릴 수 있도록 자리를 열두 개나 마련한 식당과, 마당 쪽으로 창문을 낸 침실 아홉 개, 대낮에 뜨거운 햇볕을 막을 장미꽃으로 단장된 정원과, 베고니아와 양치 화분을 죽 늘어놓을 선반이 마련된 기다란 현관을 지었다. 부엌도 넓혀서 과자를 굽는 오븐을 두 개나 들여놓도록 했다. 필라르 테르네라가 호세 아르카디오의 미래를 점쳐준다고 손금을 보던 곡식창고는 헐어내고, 대신 그 자리에 두 배나 큰 창고를 지어서 집에 양식이 항상 떨어지지 않게 했다. 마당의 밤나무 밑에는 화장실을 두 채 지어서 하나는 여자들이 그리고 하나는 남자들이 사용하도록 했고, 뒤뜰에는 마구간과 울타리를 친 닭장과 젖소 우리와, 들판에서 자라는 새들이 마음대로 날아와 살도록 사방이 터진 새집도 마련했다. 남편의 환상적인 정열 못지않게 열을 올리면서 우르슬라는 목수들과 석수장이들을 불러 조명과 난방장치를 마구 늘어놓고, 맘껏 터를 넓게 잡으면서 이것저것 지었다. 그래서 처음 지었던 촌스러운 집 안에는 연장과 건축 재료가 가득 찼고, 땀에 흠뻑 젖고 지친 일꾼들은 과로에 시달려서 사람만 만나면 귀찮게 굴지 말아달라고 빌기에 바빴다. 이렇듯 소란한 북새통으로, 마을 사람들은 마콘도 마을에서 뿐만이 아니라 늪지대 전체에서 가장 크고 아늑하고 시원한 집이 완성되어 가고 있다는 것을 깨닫지 못했다. 그런데 그들 가운데서도 신의 존재를 찾느라고 바쁜 호세 아르카디오 부엔디아는 그 사실을 전혀 모르고 있었다. 우르슬라가 집의 앞쪽을 그들이 계획했던 흰색이 아니라 푸른색으로 칠해야만 할 일이 생겼다는 설명을 하려고 그를 공상의 세계에서 밖으로 끌어냈을 때에는 집이 거의 다 완성된 단계였다. 우르슬라는 그에게 공문서를 보여주었다. 호세 아르카디오 부엔디아는 아내의 얘기를 잘 알아듣지 못하고 그 서류의 끝에 적힌 사인을 풀어 읽으려고 애썼다.

"이건 도대체 누구요?" 그가 물었다.

"군수님이죠." 우르슬라가 우울한 목소리로 말했다. "나라에서 내려보낸 높은 분이라고 하데요."

돈 아폴리나르 모스코테 군수는 소문도 없이 조용하게 마콘도로 왔다. 그는 장신구를 주고 마코우야자를 바꾸러 왔던 아랍 사람들이 지은 야곱 호텔에 들었다가, 그 다음 날 부엔디아의 집에서 두 구간 떨어진 곳에, 길 쪽으로 문이 난 작은 방을 세 내어 숙소를 옮겼다. 그는 야곱에서 산 책상과 의자를 차려놓고 자기가 가져온 나라의 상징인 방패를 못으로 박아 벽에다 걸고, 문에다는 간판을 내다걸었다. '군수.' 그가 마을 전체에 내린 첫 명령은 독립기념일을 축하하기 위해서 모든 집을 푸른 빛깔로 칠하라는 것이었다. 그 명령서를 손에 받아 쥔 호세 아르카디오 부엔디아가 군수를 찾아갔더니 그는 좁은 사무실에 걸어놓은 그물침대에서 낮잠을 자고 있었다. "당신이 이 명령을 내렸습니까?" 호세 아르카디오 부엔디아가 물었다. 불그레한 혈색에 나이가 들고 겁이 많은 돈 아폴리나르 모스코테가 그랬노라고 대답했다. "무슨 권리로 그랬죠?" 호세 아르카디오 부엔디아가 다시 물었다.

돈 아폴리나르 모스코테는 책상 서랍에서 종이를 하나 꺼내서 그에게 보여주었다. "나는 이 마을을 다스리는 군수로 임명받았소." 호세 아르카디오 부엔디아는 임명장에 눈도 돌리지 않았다.

"이 마을에서는 종이쪽지를 가지고 함부로 남들한테 명령을 내리지 못합니다." 그는 침착성을 잃지 않으면서 말했다. "그러니 당신도 그대로 알아서 하십시오. 이 마을에서는 심판할 일도 없으니 심판할 사람도 필요가 없습니다."

돈 아폴리나르 모스코테를 마주 보고 앉아서 그는 조금도 언성을 높이지 않고 처음에 어떻게 마을을 세웠는가 하는 얘기를 아주 자세하게 설명하고, 땅을 어떻게 분배했으며, 길을 어떻게 닦았으며, 나라의 도움을 조금도 받지 않고 어느 누구의 간섭도 받음이 없이 어떻게 그들이 마을을 발전시켜 왔는지를 소상하게 들려주었다. "우리는 워낙 평화롭게 살아왔기 때문에 아직 죽은 사람조차 하나 없습니다." 그는 말했다. "이 마을에는 묘지가 없다는 걸 알고 계시죠?" 나라에서 도와주지 않았다고 해서 섭섭하게 생각하는 사람은 아무도 없었다. 그런가 하면 여태까지 아무도 간섭을 하지 않아서 평화롭게 살았던 것도 다행이다. 그러니까 그대로 내버려두었으면 좋겠으며, 아무 관계도 없는 높은 사람이 와서 이래라 저래라 하는 것은 싫다고 했다. 작업복 윗도리에 흰 바지 차림의 돈 아폴리나르는 우아한 몸짓을 흐트러뜨리지 않았다.

"따라서 당신이 다른 사람들이나 마찬가지로 이곳에 정착해서 살겠다면 그것은 환영합니다." 호세 아르카디오 부엔디아가 결론을 내렸다. "하지만 만일 당신이 사람들더러 집을 파랗게 칠하라고 명령을 내리고 질서를 무너뜨릴 생각을 하고 있다면, 당신이 가져온 그 쓰레기 같은 보따리를 냉큼 싸들고 어서 돌아가십시오. 우리 집은 비둘기처럼 하얀 빛깔로 칠할 생각이니까요."

돈 아폴리나르 모스코테의 얼굴이 파랗게 질렸다. 그는 한 발자국 뒤로 물러서서는 턱에 힘을 주고 비위가 잔뜩 상했다는 듯이 말했다.

"한마디 충고하겠는데, 나는 무기를 지니고 있소."

호세 아르카디오 부엔디아는 옛날 말을 끌던 기운이 어느새 다시 불끈 솟았는지 알 수가 없었다. 그는 돈 아폴리나르 모스코테의 목덜미를 덥석 잡아서 공중으로 치켜들었다.

"당신을 죽이고 나면 공연히 당신 귀신이 내 뒤를 따라다니게 될 테니 그 꼴을 보기가 싫어서 그냥 살려두는 거요." 그는 말했다.

그는 군수의 목을 치켜들고 길 한가운데로 끌고 나와서, 늪으로 가는 길에다 그를 내려놓았다. 일주일이 지난 다음 군수는 맨발에 누더기를 걸치고 엽총으로 무장한 군인 여섯 명과 함께 소가 끄는 수레에 아내와 딸 일곱을 싣고 다시 돌아왔다. 나중에 가구와 짐 보따리와 살림 도구를 실은 마차 두 대가 뒤따라 도착했다. 그는 집을 장만할 때까지 가족과 함께 야곱 호텔에 머물기로 하고 군인들의 호위를 받으면서 사무실을 새로 차렸다. 침입자들을 내쫓기로 마음먹은 마콘도 마을 주민들은 호세 아르카디오 부엔디아의 명령과 지휘를 받으려고 그들의 아들들과 함께 찾아왔다. 그러나 그는 식구들이 보는 가운데 군수에게 창피를 준다는 것은 좋지 못한 일이므로 그럴 수가 없다고 설명하고, 그보다는 기분 좋은 방법으로 일을 해결하기로 마음먹었다.

아우렐리아노가 아버지를 따라나섰다. 아우렐리아노는 이때 거뭇거뭇하게 콧수염이 나기 시작했고, 나중에 전쟁터에서 그의 특징을 잘 살린 굵은 목소리가 영글고 있었다. 아무런 무기를 지니지 않고 경비병에는 신경도 쓰지 않으면서 그들은 곧장 군수의 사무실로 들어갔다. 돈 아폴리나르 모스코테는 침착성을 잃지 않았다. 그는 그 자리에 함께 있던 두 딸들을 그들에게 소개했다. 열여섯 살인 암파로는 그녀의 어머니처럼 가무잡잡했고, 이제 겨우 아홉 살인 레메디오스는 백합처럼 살결이 희고 눈이 파란 예쁜 계집아이였다. 그들은 상냥하고 예절이 깍듯했다. 남자들이 들어오자마자 인사도 하기 전에 그들은 앉을 의자부터 내놓았다.

그러나 부엔디아 부자는 그대로 버티고 서 있었다.

"자, 좋습니다, 친구들." 호세 아르카디오 부엔디아가 말했다. "당신들은 이 마을에서 머물러도 좋습니다. 하지만 문밖에 있는 총을 든 저 산적 같은 놈들 때문이 아니라, 당신의 아내와 딸들을 고려해서 여기에 살 것을 허락했다는 사실을 잊으면 안 됩니다."

돈 아폴리나르 모스코테는 무척 당황한 눈치였지만, 호세 아르카디오 부엔디아는 그가 대답할 틈을 주지 않았다. "단, 두 가지 조건이 있습니다." 그는 말을 계속했다. "첫째, 이 마을 사람들은 자기가 좋아하는 색깔로 집을 칠한다는 것. 둘째, 군인들은 당장 여기에서 떠나야 한다는 것. 그 조건을 들어준다면 우린 질서를 약속하죠." 군수는 손바닥을 펴고 그의 오른손을 들어 보였다.

"명예를 걸고 약속합니까?"

"당신의 적으로서 약속합니다." 호세 아르카디오 부엔디아가 말했다. 그리고 그는 단호한 목소리로 덧붙였다. "당신에게 이것 한마디는 해두어야겠습니다. 우리는 아직도 서로 적입니다."

바로 그날 오후에 군인들은 떠났다. 며칠 후에 호세 아르카디오 부엔디아는 군수의 가족이 기거할 집을 마련해 주었다. 모든 사람들이 다 평화를 되찾았지만 아우렐리아노는 달랐다. 군수의 어린 딸 레메디오스의 영상이, 비록 나이는 그의 딸뻘 되지만 그에게 고통을 주었다. 레메디오스의 생각만 하면 그의 몸 한 부분에 통증이 왔다. 그 육체적인 아픔은 신발에 들어간 돌처럼 걸어 다닐 때마다 그를 괴롭혔다.

4

비둘기처럼 하얀 새 집의 집들이를 하는 날 댄스파티가 열렸다. 우르
슬라가 처음 댄스파티를 열 생각을 가진 것은 레베카와 아마란타가 성숙
한 여인 티가 난다는 것을 뒤늦게 발견한 바로 그날이었으며, 집을 확장
하려는 공사의 숨은 목적도 사실은 레베카와 아마란타에게 손님을 맞을
장소를 마련해 주려는 데 있었다. 수리 공사를 하는 동안에 우르슬라는
조금도 손색이 없이 집을 꾸미기 위해서 갤리선에서 배 젓는 노예처럼
몸을 돌보지 않고 일했으며 실내장식이나 만찬 식기들을 마련하느라고
많은 돈을 들였다. 심지어는 온 마을 사람들이 놀라서 혀를 내두를 만큼
신기해하고 젊은이들이 좋아서 어쩔 줄 몰라한 자동피아노가 분해되어
여러 상자에 따로따로 포장된 채, 비엔나 가구와 보헤미안 수정과 인도
회사의 만찬 식기와 네덜란드의 식탁보와 여러 가지 멋진 등잔과 촛대와
커튼, 그리고 장식품과 함께 배달되기도 했다. 세관에서는 자기들 돈을
들여서 이탈리아 전문가 피에트로 크레스피를 보내어 자동피아노를 조
립하고 조율을 한 다음에, 그 피아노를 어떻게 만지는지 가르쳐주고 그

피아노가 자동으로 연주하게 될 여섯 곡의 최신 유행 댄스곡에 맞춰서 어떻게 춤을 추는지 알려주게 했다.

피에트로 크레스피는 여태껏 마콘도 마을에서는 본 일이 없을 만큼 미남인 데다 예절이 바른 젊은 금발 청년이었는데, 옷을 어찌나 단정하게 차려입는 성격이었는지 한여름 땡볕에 숨이 막힐 지경으로 날씨가 더워도 수놓은 조끼와 검은 빛깔의 무거운 윗도리를 꼭 입고 일을 했다. 그는 집주인 식구들이 어려워서였는지 항상 멀찍이 떨어져서, 땀에 흠뻑 젖은 몸으로 아우렐리아노가 은세공에 정성을 들이는 것만큼이나 열심히 거실을 장식하느라고 몇 주일 동안이나 밖에 나가지 않았다. 어느 날 아침 그는 문을 열어놓지도 않고, 자기가 이룰 기적을 보라고 아무도 부르지도 않은 채로 자동피아노 앞에 앉아서 자동적으로 첫 곡이 울려 나오게 키를 눌렀고, 이 질서 있고 산뜻한 음악 소리에 다른 듣기 싫은 망치 소리며 나무토막 부딪치는 소리는 놀라 조용해졌다. 사람들이 모두 거실로 뛰어와 모였다. 호세 아르카디오 부엔디아는 그 음악의 아름다운 소리 때문이 아니라 자동피아노의 키들이 자동으로 뛰노는 것이 신기해서 벼락이라도 맞은 듯이 놀랐고, 그래서 그 피아노를 연주하고 있을지도 모를 투명인간을 촬영해 보려고 멜키아데스의 은판 사진기를 가져왔다. 그날 그 이탈리아 사람은 그들과 함께 점심을 나누었다. 식탁을 차리던 레베카와 아마란타는 천사와 같은 그 남자가 하얗고 가냘픈, 반지를 끼지 않은 손으로 수저를 다루는 것을 보고 손이 다치지나 않을까 걱정스러웠다. 피에트로 크레스피는 응접실 옆에 있는 거실에서 그들에게 춤을 가르쳐주었다. 그는 여자들에게 손도 대지 않고 떨어져 서서, 딸들이 댄스교습을 받는 동안 잠시도 자리를 뜨지 않은 우르슬라가 즐거운 눈길로 지켜보는 가운데 메트로놈(악곡의 박절을 측정하거나 템포를 나타내는 기구 – 역주)으로 박자를 맞추면서 스텝을 가르쳤다. 피에트로 크레스피는 그 당시에 유행하던 몸에 꼭 끼고 신축성 있는 특수한 바지를 입고 무용 신발을 신고 있었다. "그렇게 걱정하고 감시할 필요는 없을 것이오." 호세 아르카디오 부엔디아가 우르슬라에게 말했다. "저 남자는 배짱이 하나도 없는 기생오라비 같은 사람이니까 말이오." 그러나 우르슬라는 댄스 교습이 끝나고 이탈리아 남자가 마콘도를 떠날 때까지 조금도 감시를 게을리 하지 않았다. 그 다음에 그들은 댄스파티를 열기 위한 준비를 시작했다. 우르슬라는 초청할 손님의 명단을 만드는 데 신경을 많이 썼고, 초청된 손님은 모두가 마콘도를 설립한 사람들의 자손들뿐이었으며, 유일한 예외는 그동안에 아버지가 누군지 알 수 없는 아이를 둘이나 더 낳은 필라르 테르네라의 가족이 포함되었다는 것뿐이었다. 그 손님 명단은 가히 이곳에서 상류 인사들만 뽑아낸 명단이라고 할 수 있었으며, 물론 개인적인 친분이 노골적으로 드러나기는 했지만 골고루 초청한 흔적이 엿보였으니, 함께 이주를 시작해서 이곳으로 와 마콘도를 일으켜 세운 호세 아르카디오 부엔디아의 옛 친구들과 그 친구들의 자식들이나 손자들, 아우렐리아노나 아르카디오가 어릴 적부터 친하게 함께 자라온 친구들, 그 외 레베카와 아마란타를 찾아와 말동무가 되고 같이 수를 놓는 계집아이들도 모두 포함되어 있었다. 나무 몽둥이로 무장한 두 경찰관이 제공하는 빈약한 자료를 분석하는 것 말고는 하는 일이라고는 아무것도 없는 돈 아폴리나르 모스코테는 명목상의 지위만 누리고 있었다. 그래서 그의 딸들이 집안을 먹여 살릴 돈을 벌려고 양장점을 열고, 조화나 구아버로 만든 과자를 팔았으며, 심지어는 연애편지도 써서 팔았다. 그러나 마을에서 가장 얌전하고 부지런할 뿐 아니라, 가장 아름답고 새로 유행하는 춤을 가장 잘 추었어도, 그들은 댄스파티의 초청 대상에 오르지도 못했다.

우르슬라와 두 딸이 가구를 풀고, 장미를 가득 실은 배에 탄 여자들 그림을 걸어서 새로 지은 집의 벌거숭이 벽을 장식하여 집 안에 생기를 돋우는 사이에, 호세 아르카디오 부엔디아는 신이 존재하지 않는다는 결론에 도달해서 신의 영상을 찾는 작업을 중단하고, 그 대신에 자동피아노의 마술적인 비밀을 알아내기 위해서 피아노를 뜯어보았다. 파티가 열리기 이틀 전에야 그는 겨우 키와 해머의 무더기 속에서 갈피를 잡지 못해 법석을 떨며, 한쪽으로 또르르 감겼다가 다른 쪽으로 후루룩 풀어지는 줄들이 마구 엉킨 가운데 어쩔 줄 몰라 애쓰다가 겨우 다시 뜯어맞출 수가 있었다. 그가 그때처럼 여러 가지 기상천외한 돌발 사고를 겪고 그토록 분주하게 일을 한 적이 전에는 없었을 정도로 그는 정신없는 나날을 보냈고, 그 덕택에 파티가 열리는 날 제시간에 손님 맞을 등불을 겨우 밝힐 수가 있었다. 손님을 맞으려 문을 열었을 때에도 아직 송진과 표백제 냄새가 물씬 풍겼으며, 마을을 세운 사람들의 자식이나 손자들은 베고니아와 양치꽃이 늘어선 현관과, 조용한 방들과, 장미 향기가 가득 찬 정원을 구경하고, 흰 헝겊을 씌워놓은 신기한 발명품을 구경하려고 응접실에 모여서 기다렸다. 늪지대의 다른 도시에서 한창 인기가 있던 피아노를 이미 구경한 사람들은 다시 낯익은 피아노를 보게 되어서 실망한 기색이 역력했으며, 아마란타와 레베카가 배워 익힌 춤을 추게 하려고 첫 곡을 틀려고 했다가 기계가 고장이 나서 제대로 돌아가지 않는 것을 뒤늦게 알게 된 우르슬라의 실망은 대단했다. 이미 노망기가 들고 눈까지 거의 다 멀어버린 멜키아데스가 기계를 고치려고 그의 무궁무진한 지혜와 기술을 다 동원했지만 그것도 헛일이었다. 그러다가 호세 아르카디오 부엔디아가 우연히 실수로 고장 난 한 부분을 건드렸더니 갑자기 온갖 소리들이 정신없이 한꺼번에 쏟아져 나와 불협화음을 이루었다. 순서도 틀리고 악보와도 맞지 않게 아무렇게나 줄들을 이리저리 연결했기 때문에, 해머들이 제멋대로 아무 줄이나 막 두드렸던 탓이다. 그러나 서쪽 바다를 찾아서 산을 넘고 찾아온 용감한 스물한 명의 개척자들의 피를 이어받은 억센 자손들은 그까짓 음악적인 혼란은 개의치 않고 새벽까지 춤을 추었다.

피에트로 크레스피가 자동피아노를 고치러 다시 왔다. 레베카와 아마란타는 그를 도와서 줄들을 순서에 따라 다시 연결했고, 그러다가 갑자기 폭포처럼 불협화음이 쏟아져 나오면 그네들은 마구 웃어젖혔다. 그들의 일하는 모습이 어찌나 재미있고 순진해 보였던지 우르슬라는 감시를 게을리 하게 되었다. 그가 떠나는 날 저녁에는 환송 댄스파티가 열렸는데 그는 자동피아노 소리에 맞춰서 레베카와 짝을 지어 현대식 댄스의 시범을 멋지게 보여주었다. 아르카디오와 아마란타도 짝을 지어서 우아하게 춤을 추었다. 그러나 문간에서 다른 사람들과 댄스 시범을 구경하던 필라르 테르네라가, 아르카디오의 엉덩이가 여자 엉덩이 같다고 말한 다른 여자와 서로 물어뜯고 머리채를 잡아채며 싸움을 벌이는 통에 시범은 중단되고 말았다. 자정이 다 되어서 피에트로 크레스피는 감상적이고 짤막한 연설을 한 뒤 곧 다시 돌아오겠다는 약속을 하고 떠나갔다. 레베카는 문간까지 그를 배웅하고 돌아와 문을 잠그고 불을 다 끄더니 자기 방으로 돌아가 홀로 흐느껴 울었다. 그 흐느낌은 며칠 동안이나 계속되었고, 아무도 위로할 수조차 없었다. 레베카가 왜 그렇게 울어댔는지 아마란타도 몰랐다. 레베카의 내성적인 성격은 이미 모두들 잘 알고 있었다. 레베카는 비록 겉으로 보기에는 마음이 넓고 사교적이었어도 고독한 성격이었으며, 아무에게도 마음을 내보이지 않았다. 이제는 성숙하고 아름다운 처녀가 되었어도 레베카는 아직도 자기가 이곳으로 올 때 가지고 와서 여러 번 손질을 하고 팔걸이도 달아나버린 흔들의자에 앉아 시간 보내기를 좋아했다. 그녀가 그렇게 컸어도 아직 손가락 빠는 버릇을 버리지 못했다는 것을 아무도 몰랐다. 레베카는 틈만 나면 화장실에 들어가 안으로 문을 잠그고 벽에 얼굴을 기댄 채 잠을 자곤 했다. 비가 내리는 오후에는 친구들과 함께 베고니아가 핀 현관에 둘러앉아서 수를 놓다가도 어느 틈엔가 얘기에 관심을 잃고 딴생각에 잠겨, 지렁이가 파헤쳐 놓은 축축하게 젖은 진흙을 바라보면서 향수에 젖어 수틀에 눈물방울을 떨어뜨리곤 했다. 그러다 오래전에 오렌지와 대황을 먹고 잊어버렸던 비밀의 맛을 회상하고는 억누를 수 없는 충동을 느껴서 흐느껴 울기 시작했다. 레베카는 다시 흙을 먹기 시작했다. 처음에는 호기심에서 흙을 먹었다. 흙의 텁텁한 맛을 보게 되면 흙을 먹고 싶어 하는 유혹을 물리칠 수 있으리라고 생각했기 때문이었다. 아닌 게 아니라 흙 맛은 참기가 힘들었다. 그러나 레베카는 억지로 참으면서 옛 입맛을 되찾았고 가장 기본적인 광물인 흙에서 한없는 만족감을 느꼈다. 레베카는 흙 한 줌을 주머니에 넣고 다니다가 남들이 보지 않는 곳에서 조금씩 먹었으며, 그럴 때마다 기쁨과 분노가 뒤범벅이 된 감정에 젖었다. 다른 동무들이 복잡한 뜨개질에 대해서 서로 가르쳐주거나 남자 얘기를 하는 동안에 레베카는 흙을 먹고 싶어서 참을 수가 없었다. 흙을 한 줌 먹을 때마다 레베카는 자기가 숭배하는 남자가 보다 가까운 곳에 있다고 느꼈으며, 이 세상의 다른 한쪽에서 멋진 가죽 구두를 신고 걸어 다니고 있을 그 남자가 밟았던 흙을 삼키는 순간에는 그의 묵직한 몸과 따뜻한 피가 자신의 몸 안으로 섞여 들어오는 것 같았고, 입 안에 흙 맛이 남아 감돌면 마음의 평화를 느끼게 되었다.

어느 날 오후, 별다른 이유도 없이 암파로 모스코테가 찾아와서 집을 구경시켜 달라고 했다. 생각지도 않던 방문을 받고 당황한 아마란타와 레베카는 뻣뻣하게 굳은 몸으로 예의를 깍듯이 지키며 찾아온 여자를 안내했다. 그들은 암파로에게 새로 지은 저택을 보여주고, 자동피아노에서 흘러나오는 음악을 들려주고, 오렌지 마멀레이드와 과자를 대접했다. 암파로는 위엄과 매력과 예절의 귀감을 보여주어서, 몇 분 동안 자리를 같이했던 우르슬라는 깊은 인상을 받았다. 두 시간쯤 지나 마음이 풀어지기 시작했을 때, 아마란타가 잠깐 주의를 게을리 하는 사이 암파로는 레베카에게 편지를 한 통 건네주었다. 레베카는 편지의 겉봉에 '존경하는 레베카 부엔디아 양 귀하' 라고 쓴 글씨체가 자동피아노를 만지는 방법을 가르쳐 주던 글씨와 똑같은 필체고, 잉크 빛깔도 똑같은 초록색임을 알아차리고는, 손끝으로 그 편지를 접어 앞가슴 속에 감추고 암파로 모스코테에게 한없는 고마움을, 그리고 죽을 때까지 비밀을 함께 나누겠다는 약속이 담긴 눈길을 보냈다.

암파로 모스코테와 레베카 부엔디아 사이에 갑자기 이루어진 우정은 아우렐리아노에게 희망을 불어넣었다. 어린 레메디오스에 대한 기억으로 아직도 괴로움을 겪고 있는 그였으나 아직 레메디오스를 만나볼 기회는 없었다. 개척자들의 자손이며 가장 친한 친구들인 마그니피코 비스발과 게리넬도 마르케스와 함께 거리를 걷다가도, 그는 초조한 표정으로 수예점 안을 훔쳐보며 그 소녀의 모습을 찾았지만 수예점에는 항상 언니들만 있었다. 그러던 차에 암파로 모스코테가 자기 집에 나타났다는 것은 좋은 징조라고 생각했다. "언젠가 같이 올 날이 있겠지." 아우렐리아노는 작은 목소리로 혼자 속삭였다. "꼭 올 거야." 그 말을 여러 번 되풀이하고 난 지금, 그의 희망은 신념으로 바뀌었다. 그러던 어느 날 오후에 황금물고기를 땜질하고 있던 그는 갑자기 자기의 희망이 드디어 실현되어 그의 마음이 전해졌다는 확신을 느꼈다. 조금 있자니까 그가 상상했던 대로 어린아이의 목소리가 들리고, 그가 머리를 들어 문간을 쳐다본 순간 거기에 분홍빛 오건디(아주 얇고 투명한 모직물로 여성용 여름 옷감이나 장식용으로 씀 – 역주)를 입고 하얀 구두를 신은 소녀가 있었고, 그의 마음은 얼어붙었다.

"레메디오스, 그 안으로 들어가면 안 된다!" 암파로 모스코테가 복도에서 소리쳤다. "일에 방해가 될 거야."

그러나 아우렐리아노는 소녀가 대답할 기회를 주지 않았다. 그는 작은 물고기의 입에 달린 쇠줄을 들어올려 보이면서 소녀에게 말했다.

"들어와요."

레메디오스가 다가와서 그 물고기에 대해서 이것저것 물었지만 그는 갑자기 기침이 나서 대답할 수가 없었다. 그는 백합 같은 피부와, 에메랄드 같은 눈동자와, 질문할 때마다 '선생님' 소리를 꼭 덧붙이는 그 목소리 곁에 영원히 머물러 있고 싶었다. 멜키아데스는 한쪽 구석의 책상에 앉아 암호 같은 이상한 부호를 끼적이고 있었다. 아우렐리아노는 별안간 그가 미워졌다. 아우렐리아노는 멜키아데스가 옆에 있기 때문에 기껏 그 물고기를 레메디오스에게 주겠다는 말밖에 못했다. 그 말을 들은 레메디오스는 너무 놀라서 당장 실험실을 떠나고 말았다. 그날 오후, 레메디오스와 만나게 되기를 기다리던 인내심을 아우렐리아노는 더 이상 지탱할 수가 없었다. 그는 자기 일을 게을리 했다. 여러 차례나 정신을 집중하고서 레메디오스가 다시 나타나기를 바랐지만, 그의 의지력의 호소에 대한 응답은 없었다. 그는 소녀의 모습을 찾으려고 언니들의 수예점을, 창문에 발을 내린 집 안을, 그리고 군수의 사무실을 훔쳐보았지만 그 모습은 눈에 띄지 않았다. 그는 응접실에서 레베카와 함께 자동피아노를 들으면서 시간을 보냈다. 레베카는 그 음악이 피에트로 크레스피가 춤을 가르칠 때 듣던 것이어서 귀를 기울이고 있었다. 그러나 아우렐리아노는 모든 것이, 음악까지도 레메디오스를 생각나게 해주기 때문에 그 음악을 들었다.

집안은 사랑으로 가득했다. 아우렐리아노는 자기의 사랑을 시작도 없고 끝도 없는 시로 표현했다. 그는 멜키아데스가 준 양피지에, 화장실의 벽이며 팔뚝에, 그 외 아무 곳에고 닥치는 대로 시를 썼고, 그 시 속에서 레메디오스의 여러 모습이 나타났다. 오후의 졸린 듯한 하늘 같은 레메디오스, 장미의 달콤한 향기 속의 레메디오스, 물시계의 비밀 같은 레메디오스, 아침에 김이 무럭무럭 피어오르는 빵 같은 레메디오스, 어디에나 레메디오스였고, 레메디오스는 영원 그것이었다.

레베카는 수를 놓으면서 오후 4시에 사람이 오기를 기다렸다. 우편배달부의 당나귀가 두 주일에 한 번밖에는 오지 않음을 알면서도 레베카는 그가 잘못 알고 다른 날에도 올지 모른다고 바라면서 날마다 한없이 기다렸다.

그러나 그런 실수는 없었다. 오히려 와야 할 날에 당나귀가 오지 않은 적도 있었다. 그날은 절망에 미칠 것 같아서 레베카는 한밤중에 일어나 마당으로 나가 자살이라도 하고 싶은 심정이 되어, 고통과 분노로 흐느껴 울면서 닥치는 대로 흙을 퍼서 집어삼켰고, 매끈매끈한 지렁이를 막 씹어 먹었으며, 달팽이 껍질은 입 안에서 아삭아삭 바스러졌다. 레베카는 동이 틀 때까지 먹은 것들을 토해 냈다. 열병에 걸린 듯 레베카는 정신을 잃고 쓰러져서 혼수상태에 빠졌다. 날벼락을 맞은 듯 놀란 우르슬라는 자물쇠를 부수고 레베카의 트렁크를 열어서 속에 숨겨둔 분홍 리본으로 묶은 향수를 뿌린 편지 열여섯 통과 낡은 책갈피에 차곡차곡 모아둔 잎사귀와 꽃잎을, 그리고 손을 대면 가루가 되어 부서지는 말린 나비들을 찾아냈다.

그런 고독감을 이해할 수 있는 사람은 아우렐리아노뿐이었다. 그날 오후에 우르슬라가 혼수상태에 빠진 레베카를 정신 차리게 하려고 분주한 사이에, 그는 마그니피코 비스발과 게리넬도 마르케스와 함께 카타리노의 가게로 갔다. 그동안 가게는 확장되어서 나무로 지은 방들이 생겼고, 그 방에서는 죽은 꽃 냄새가 나는 독신 여자들이 살았다. 아코디언과 드럼을 갖춘 한 무리의 사람들은 벌써 몇 년째 마콘도에 나타나지 않고 있는 현인 프랜시스코에 대한 노래를 불렀다. 세 친구는 사탕수수 즙으로 빚은 술을 마셨다. 비록 나이는 비슷하지만 세상물정에는 아우렐리아노보다 훨씬 밝은 마그니피코와 게리넬도는 익숙한 솜씨로 여자들을 무릎에 앉히고 마셔댔다. 여자들 가운데 한 여자가 와서 아우렐리아노를 끌어안았을 때 그는 몸이 떨렸다. 그는 그 여자를 물리쳤다. 술을 마시면 마실수록 더욱 레메디오스의 생각이 났지만, 그래도 고통을 참는 것이 좀 수월해졌음을 깨닫게 되었다. 그는 언제부터 정신이 오락가락하게 되었는지 정확히 알 수가 없었다. 그의 눈에는 무게나 부피가 없는 듯 밝은 광채를 내며 둥둥 떠다니는 친구들과 여자들이 보였고, 그들이 무슨 말을 하는지 입을 움직여댔지만 말소리는 하나도 들리지 않았으며, 이상한 손짓발짓을 해도 그 시늉들이 무엇을 뜻하는지 알 도리가 없었다. 카타리노가 그의 어깨에 손을 얹으면서 말했다. "11시가 다 되었는데……." 아우렐리아노가 고개를 돌려 뒤를 보니 귀에 조화를 꽂은 어마어마하게 커다랗고 멋대로 비틀어진 얼굴이 하나 있었으며, 그 후 그는 기억을 잃게 되었고, 망각의 시간을 한참 보낸 다음에 희뿌옇게 동이 터오는 새벽에 어느 낯선 방에서 다시 정신이 들었는데, 거기에는 맨발에 머리를 풀어 내리고 슬립만 걸친 필라르 테르네라가 믿을 수 없다는 듯 놀란 표정으로 그의 얼굴 위에 등불을 들고 서 있었다.

"아우렐리아노!"

아우렐리아노는 발치를 한번 살펴보고 머리를 들었다. 그는 어떻게 해서 자기가 이곳에 와 있는지 알 수가 없었지만, 이곳으로 온 목적만큼은 잘 알고 있었다. 그것은 그가 어릴 적부터 그 욕망을 몰래 간직해 왔기 때문이었다. "나 당신하고 같이 자려고 왔어요." 그는 말했다. 그의 옷은 진흙과 토사물로 범벅이 되어 있었다. 그 당시에 어린 두 동생과 단 셋이서만 살고 있던 필라르 테르네라는 아무것도 묻지 않았다. 필라르는 그를 침대로 데리고 갔다. 여자는 그의 얼굴을 물에 적신 헝겊으로 닦아 내고 옷을 벗긴 다음에, 자기도 옷을 모두 벗어버리고는 아이들이 잠에서 깨어도 넘겨다보지 못하게 모기장을 내렸다. 필라르는 함께 머물던 남자들이나, 떠나버린 남자들이나, 쪽지에 그린 지도가 잘못 되어서 자기 집으로 오는 길을 제대로 찾지 못한 수많은 남자들을 기다리기에 지쳐버렸다. 남자들을 기다리는 사이에 필라르의 살갗에는 주름이 잡혔고, 젖가슴은 쪼그라들었으며 마음속의 불꽃은 식어버렸다. 필라르는 어둠 속에서 아우렐리아노를 더듬어, 그의 가슴에 손을 얹고는 어머니처럼 부드럽게 그의 목덜미에 키스했다. "가엾은 아이야." 필라르가 중얼거렸다. 아우렐리아노는 부르르 몸을 떨었다. 그는 침착하게 자그마한 실수도 없이 오랫동안 누적된 슬픔을 벗어버리고, 끝없는 지평선 아래 펼쳐진 레메디오스의 늪으로 빨려들어 가서 설익은 동물의 냄새를 맡았다. 다시 늪에서 빠져나와 겉으로 떠올랐을 때 그는 흐느껴 울었다. 그 흐느낌은 주체할 수 없는 감격의 북받침에서 우러난 것이었다. 그리고 그는 고통스럽게 잔뜩 부풀어 오른 몸속의 그 무엇을 거침없이 내뽑았다. 필라르 테르네라는 손 끝으로 그의 머리를 긁어주면서 그의 영혼을 괴롭히는 어두운 그 무엇이 사라지기를 기다렸다. 그리고 어느 정도 진정된 듯하자 그에게 물었다. "누굴 생각하고 있지?" 그래서 아우렐리아노는 필라르에게 다 얘기했다. 필라르는 웃음을 터뜨렸는데, 다른 때 같으면 비둘기들이 그 소리에 놀라 달아날 정도의 웃음소리였지만 곁에서 자던 아이들은 잠도 깨지 않았다. "그 아이 같으면 우선 좀 자라야 할 텐데." 필라르는 조롱 삼아 말했지만, 아우렐리아노는 그 조롱 속에 이해가 깔려 있음을 깨달았다. 자기가 사내구실을 할 수 있을지 두려워하던 그의 궁금증과 여러 달 동안의 괴로움을 떨어버리고 방을 나서는 아우렐리아노에게 필라르 테르네라는 선뜻 약속을 했다.

"내가 그 아일 만나 얘길 해보지." 필라르가 말했다. "그 앨 쟁반에 담아 고이 대령할 테니 두고 봐."

필라르는 약속을 지켰다. 그러나 지난날과는 달리 집안이 평화스럽지 못해서 일이 어긋나고 말았다. 혼수상태에서 소리를 지르는 통에 세상에 드러난 레베카의 숨은 연정을 알게 된 아마란타도 열병에 걸리고 말았다. 아마란타는 외로운 사랑의 아픔에 시달리고 있었다. 아마란타는 화장실을 닫아 잠그고 안에 들어앉아서 절망적인 정열의 고뇌를 쏟아버리려고 정열적인 편지를 써서는 그 편지들을 트렁크 깊이 감추었다. 우르슬라는 병이 난 두 딸을 보살펴줄 기력이 없었다. 오랫동안 꼬치꼬치 캐물었지만 우르슬라는 무엇 때문에 아마란타도 병들게 되었는지 알아낼 길이 없었다. 그래서 우르슬라는 다시 생각나는 것이 있어서 자물쇠를 부수고 트렁크를 열어 그 속에 숨겨둔 분홍 리본으로 묶은 편지 꾸러미를 찾았는데, 편지봉투 사이에는 아직도 싱싱한 백합이 차곡차곡 끼여 있었고, 눈물로 얼룩진 봉투에는 피에트로 크레스피의 주소와 이름이 적혀 있었다. 너무 기가 막혀 울음을 참지 못하게 된 우르슬라는 자동피아노를 살 생각이 머리에 떠올랐던 그날을 저주하면서 수놓는 모임을 중단시키고는 아무도 죽은 사람이 없는데도 상을 당했다고 발표하고 딸들이 희망을 다시 찾는 날까지 기다리기로 했다. 피에트로 크레스피에 대한 첫인상을 바꾸고 악기를 다루는 그의 솜씨를 오히려 존경하기에 이른 호세 아르카디오 부엔디아가 아무리 타일러도 우르슬라는 막무가내였다. 그래서 필라르 테르네라가 아우렐리아노에게 레메디오스가 결혼할 결심을 했다는 얘기를 전했을 때 그는 그 소식이 도리어 부모의 마음만 더욱 어지럽힐 것이라고 판단했다. 할 말이 있다고 해서 아우렐리아노를 보려고 응접실로 나온 호세 아르카디오 부엔디아와 우르슬라는 아들의 선언을 돌처럼 굳은 표정으로 들었다. 그러다가 약혼녀의 이름이 나오자 호세 아르카디오 부엔디아는 화가 잔뜩 나서 얼굴을 붉혔다. "사랑도 병이야." 그는 고함을 쳤다. "예쁘고 얌전한 여자들이 헤아릴 수도 없을 만큼 많은데, 왜 하필이면 네가 생각한다는 것이 고작해서 원수의 딸이냐." 그러나 우르슬라는 그의 선택에 동의했다. 우르슬라는 모스코테 집안의 일곱 딸들을 정말 사랑스럽다고 얘기를 했으며, 그들의 아름다움과 일 솜씨와 겸손함과 본받을 만한 예절을 자기의 신중하고 빼어난 아들이 잘 판단했다고 말했다. 아내의 그러한 태도에 한 걸음 물러난 호세 아르카디오 부엔디아는 조건을 하나 내걸었다. 그 조건은 자기가 아끼는 레베카를 피에트로 크레스피와 결혼시켜야 한다는 것이었다. 그리고 아마란타는 우르슬라가 틈이 날 때 큰 도시로 데리고 가 다른 사람들을 만나게 해서 실망을 이겨내게 하기로 했다. 이 약속에 대한 얘기를 듣자마자 레베카는 말짱하게 병이 나았고, 당장 부모의 승낙에 따라 결혼하겠다는 즐거운 편지를 써서 본인이 받아볼 수 있도록 피에트로 크레스피에게 보냈다. 아마란타는 겉으로만 그 타협을 받아들이는 척해서 조금씩 열이 내렸지만, 속으로는 자기가 죽기 전에는 레베카가 결혼할 수 없을 것이라고 다짐했다.

다음 토요일에 호세 아르카디오 부엔디아는 지난번 파티가 있던 날 저녁에 입었던 검은 양복을 입고 사슴가죽 구두를 신고 레메디오스 모스코테를 만나러 갔다. 갑자기 찾아온 이유를 몰라서 걱정이 되기도 했지만, 기쁨을 감추지 못하면서 군수와 그의 아내는 그를 맞았고, 얘기를 듣고 나서는 그가 신부의 이름을 잘못 알고 온 것이 아닌가 의심했다. 그의 실수를 깨우쳐줄 생각에서 어머니는 레메디오스를 깨워 일으켜 아직도 잠이 덜 깨어 졸려하는 아이를 안고 거실로 왔다. 그들이 레메디오스에게 정말로 결혼하기로 작정했느냐고 물었더니, 레메디오스는 킹킹 울면서 졸려서 잠을 자고 싶다고 말했다. 모스코테 부처가 실망한 기색을 알고는 호세 아르카디오 부엔디아는 아우렐리아노와 다시 얘기를 해서 확인해 오겠다고 말하고 집으로 돌아갔다. 그가 다시 돌아와 보니 모스코테 부처는 정장을 한 채, 가구를 다시 정리하고 꽃병에 꽃도 꽂아놓고는 다른 나이가 찬 딸들과 함께 기다리고 있었다. 입장이 난처해진 데다가 옷이 꽉 죄어서 답답해진 호세 아르카디오 부엔디아는 단도직입적으로 레메디오스가 맞다고 말했다. "그건 말이 안 되는데요." 당황한 돈 아폴리나르 모스코테가 말했다. "우리 집에는 결혼할 나이가 찬 딸이 여섯이나 있고, 그 애들은 모두 처녀랍니다. 선생님 댁 아드님처럼 건실하고 부지런한 분의 아내가 되라면 누구든지 다 기쁘게 생각할 처지입니다만, 아우렐리아노 는 왜 하필이면 아직 어린 오줌싸개에게 관심을 두죠?" 그러자 눈과 표정 에는 고통이 담겼어도 참을성이 많은 그의 아내가 군수의 무례한 언사를 꾸짖었다. 결국 과일 펀치를 다 마시고 난 다음에, 그들은 아우렐리아노 의 결정을 받아들이겠다고 말했다. 그러고 나서 모스코테 부인은 우르슬 라와 만나서 단둘이 얘기를 나누고 싶다고 했다. 영문도 모르게 된 우르 슬라는, 남자들이 처리할 문제에 어째서 자기가 끼여야 하느냐고 불평을 했지만 이튿날 모스코테의 집으로 찾아갔다. 반시간 후에 돌아온 우르슬 라는 레메디오스가 아직 사춘기에도 접어들지 못했다는 얘기를 했다. 그 러나 아우렐리아노는 그까짓 것은 아무런 장애가 아니라고 고집했다. 여 태까지 기다려온 터이니 그렇다면 레메디오스가 임신할 수 있는 나이가 찰 때까지 기다리겠노라고 했다.

경사가 눈앞에 다가오는 듯싶더니 멜키아데스가 죽음을 맞았다. 그 의 죽음은 예측하던 바였으나 상황만큼은 달랐다. 그가 돌아온 후 몇 달 이 지나자 멜키아데스는 갑자기 빠른 노쇠 과정에 접어들어서 마치 그림

자처럼 침실을 배회하는가 하면, 다리를 질질 끌면서 지나간 옛이야기를
큰 소리로 떠들어대서, 어느 날 아침 침대에서 시체로 발견될 때까지는
아무도 거들떠보지 않는 쓸모없는 늙은이 취급을 받았다. 처음에 호세
아르카디오 부엔디아는 은판사진술이나 노스트라다무스 공부를 도와주
었다. 그러나 곧 의사소통이 어렵게 되자 멜키아데스를 혼자 내버려두고
점점 잊게 되었다. 그는 시력을 잃었을 뿐더러 제대로 듣지도 못했으며,
마주앉아서 함께 얘기를 나누는 사람과 옛날 먼 타향에서 만난 사람들을
자주 혼동하기도 했고 알아듣지도 못할 여러 나라 말을 아무렇게나 섞어
가면서 터무니없는 질문을 하기가 일쑤였다. 걸어갈 때에는 물속에서 허
우적거리기라도 하듯이 공중에서 손을 휘저었다. 어느 날 밤 그는 침대
곁의 유리잔에 물을 붓고 틀니를 담가두었다가 이튿날 다시 끼우는 일을
깜빡 잊더니, 그 후로는 영영 틀니를 쓰지 않았다. 우르슬라는 집을 확장
할 때 집 안의 법석거리는 소음이 들리지 않을 만큼 멀찍이 아우렐리아
노의 작업실 옆에다 멜키아데스가 머물 방을 따로 마련해서, 햇빛이 잘
들게 창문을 내고, 책장에는 좀이 먹고 먼지가 잔뜩 낀 책들을 꽂아놓고,
온통 이상한 기호로 가득 찬 종이 꾸러미들을 한쪽 구석에 쌓아두고, 이
름 모를 식물이 틀니에 뿌리를 내려 노란 꽃이 핀 유리잔도 가져다놓았
다. 멜키아데스는 새 방이 마음에 들었는지 다시는 밖에 모습을 나타내
지 않고, 식당에도 오지 않았다. 그가 가는 곳이라고는 아우렐리아노의
작업실뿐이었는데, 거기에서 그는 자기가 가져온 양피지에다 괴상한 낙
서만 몇 시간씩 계속했다. 그는 그곳에서 비지따시옹이 갖다주는 음식을
하루에 두 끼씩 들었으며, 나중에는 입맛을 잃어서 채소만 먹었다. 그의
표정은 곧 채식주의자들의 얼굴처럼 멍청해졌다. 그의 낡은 조끼처럼 그
의 얼굴에는 얇은 이끼가 끼었고, 그의 입에서는 잠자는 동물의 입에서
풍기는 냄새가 났다. 아우렐리아노는 시를 짓느라고 바빠서 그를 잊게
되었는데, 한 번은 멜키아데스가 혼자 중얼거리는 독백의 뜻을 알아들을
것 같아서 귀를 기울였다. 그러나 멜키아데스가 흥얼거리는 말들 가운데

는 자꾸만 반복되는 '분점分點, 분점, 분점'이라는 소리와 알렉산더 폰 훔볼트(독일의 여행가이며 지리학자 – 역주)라는 이름뿐이었다. 아르카디오는 아우렐리아노의 은세공 일을 도와주게 되면서부터 멜키아데스와 가까워졌다. 멜키아데스는 현실과는 동떨어진 얘기들을 스페인 말로 주워섬기면서 그의 여러 가지 질문에 아무렇게나 대답을 했다. 어느 날 오후에 그는 갑자기 어떤 감흥에 휩싸여서 광채를 발하는 듯싶었다. 몇 년이 지난 다음에 총살을 당하는 마당에서도 아르카디오는 멜키아데스가 그가 쓴 암호처럼 알아듣기 힘든 문장들이 적힌 몇 페이지의 글을 읽어주었을 때, 무슨 뜻인지는 몰라도 듣기에는 교황의 서한처럼 엄숙하게 느껴지던 그 얘기에 몸을 떨던 일을 회고했다. 그러더니 그는 정말로 오래간만에 미소를 짓고는 스페인 말로 이렇게 일러주었다. "내가 죽은 다음에 내 방에서 사흘 동안 수은을 태워주시오." 아르카디오가 그 얘기를 호세 아르카디오 부엔디아에게 해서, 호세가 그 말이 무엇을 뜻하는지를 알아내려 했더니, 멜키아데스는 다만 이렇게만 대답하고 말았다. "나는 영생의 비결을 알아냈소." 멜키아데스의 입에서 악취가 풍기기 시작했을 때, 아르카디오는 목요일 아침마다 그를 강으로 데리고 가서 목욕을 시켰다. 그랬더니 좀 나아지는 것 같았다. 그는 옷을 벗고 아이들과 어울려 강으로 들어갔으며, 신비한 방향감각을 지닌 탓이었는지 물이 깊고 위험한 장소는 잘 피해 나갔다. "우리는 모두 물에서 왔소." 언젠가 그는 이런 말도 했다. 그렇게 해서 멜키아데스는 집 안에서 아무의 눈에도 띄지 않으면서 오랫동안 지낼 수가 있었으며, 그가 사람들 앞에 나타난 것은 어느 날 밤 고장 난 자동피아노를 고치러 나왔을 때나 바가지를 겨드랑이에 끼고 야자기름 비누를 수건에 싸서 아르카디오와 강으로 갈 때뿐이었다. 어느 목요일, 강으로 목욕을 하러 가기 전에 아우렐리아노는 멜키아데스가 이런 말을 하는 것을 들었다. "나는 싱가포르의 모래언덕에서 열병으로 죽었다오." 그날 그는 강물에 들어갔다가 위험한 장소에 잘못 발을 들여놓아 행방불명이 되었는데, 이튿날 몇 킬로미터쯤 떨어진 강

하류의 강둑에서 발견되었으며, 그의 가슴에는 커다란 독수리 한 마리가
버티고 앉아 있었다. 자기 아버지가 죽었을 때보다도 더 구슬프게 울어
대던 우르슬라의 완강한 반대를 뿌리치면서 호세 아르카디오 부엔디아
는 멜키아데스를 매장하지 않겠다고 고집을 부렸다. "멜키아데스는 불
멸의 인간이야."

　　그가 말했다. "그는 자기가 부활하려면 어떻게 해야 되는지 그 방법
까지도 나에게 알려주었어." 그는 오랫동안 구석에 처박아두고 잊었던
배수파이프를 꺼내고 시체 옆에서 냄비에다 수은을 끓이기 시작했는데,
수은이 끓어 일어난 푸른 방울은 배수파이프를 통해서 멜키아데스의 시
체에 흘러들어 갔다. 돈 아폴리나르 모스코테는 물에 빠져죽은 사람을
묻지 않고 방치하면 다른 사람들의 건강을 해칠 거라고 말했다. "그런 일
은 절대로 없을 것이오. 멜키아데스는 엄연히 살아 있으니까요." 그렇게
대답을 한 호세 아르카디오 부엔디아는 수은 향료를 일흔두 시간 동안
태우는 일을 끝내었고, 시체에서는 납빛 형광이 발산되었으며, 집 안은
숨쉬기조차 곤란한 기체로 가득 찼다. 이렇게 모든 절차를 끝마친 다음
에야 그는 다른 사람들에게 멜키아데스를 매장하도록 허락했지만, 그 장
례는 흔히 볼 수 있는 평범한 것이 아니라 마콘도의 가장 훌륭한 사람이
서거하면 치러주려고 생각했던 규모로 거행해야 한다고 지시했다. 이것
은 마콘도에서 거행된 역사상 첫 장례식이었다. 조객이 그토록 많이 모
인 장례식은 100년이 지난 다음에야 다시 있었다. 그들은 공동묘지로 쓰
려고 잡아둔 터의 한가운데에 멜키아데스를 묻었으며, 비석에는 그들이
죽은 사람에 대해 알고 있는 모든 사실을 기록했으니, 그 기록은 '멜키아
데스'라는 이름이 전부였다. 마을 사람들은 멜키아데스를 위해서 9일 동
안 밤을 새우는 예식을 치렀다. 그들은 마당에 모여서 커피를 마시고 잡
담을 하고 카드놀이를 하면서 소란을 피웠다. 아마란타는 그 북새통에서
도 기회를 잡아서, 몇 주일 전에 레베카에게 앙심을 품고 다짐했던 것을
지키기 위해 마콘도로 돌아와 옛날에 아랍 사람들이 마코우야자와 그들

이 가져온 물건과 바꾸던 '터키 사람들의 거리' 라고 불리는 거리에, 악기와 기계장치가 된 장난감을 파는 가게를 연 피에트로 크레스피에게 몰래 자기의 사랑을 고백했다. 온 마을 여자들이 매혹되어 한숨을 짓게 하는 멋진 가발을 쓴 이탈리아 청년은 아마란타를 어린아이로만 생각해서 아마란타의 얘기를 별로 심각하게 받아들이지를 않았다.

"나한테는 남동생이 있지." 그는 아마란타에게 말했다. "가게 일을 도우러 곧 올 테니까 서로 알고 지내는 게 좋을 거야."

이 말을 듣고 모욕감을 느낀 아마란타는 분해서 치를 떨면서, 문밖에 나가 죽어 넘어지는 한이 있더라도 레베카의 결혼은 반드시 방해할 각오가 서 있다는 얘기를 피에트로 크레스피에게 했다. 그 협박하는 말투가 어찌나 실감 나고 인상 깊게 들렸던지 그는 그 얘기를 레베카에게 하고 싶은 충동을 도저히 억누를 수가 없었다. 그래서 결국 우르슬라가 바빠서 자꾸만 연기해 오던 아마란타의 여행은 일주일 내로 이루어지게 되었다. 아마란타는 여행에 대해서는 아무런 불평을 하지 않았지만 작별을 고하는 키스를 하면서 레베카의 귓속에다 이렇게 속삭였다.

"그렇게 너무 신이 나서 우쭐대지 마. 아무리 나를 세상의 반대쪽으로 쫓아 보내더라도, 난 무슨 수를 써서라도 네 결혼식을 방해하고 말 테니까. 너를 죽이는 한이 있어도 꼭 해낼 테야."

우르슬라도 떠나고, 멜키아데스가 가끔 이 방 저 방에 나타나서 발을 비척이며 돌아다녔으나 눈에 보이지 않았기 때문에, 집은 텅 비고 한없이 허전하기만 했다. 레베카가 집안일을 맡아서 돌보는 한편 비지따시용은 과자 굽는 일을 맡았다. 저녁에 피에트로 크레스피가 라벤더 비누 냄새를 풍기면서 선물로 줄 장난감을 가지고 찾아오면 그의 약혼녀 레베카는 남들의 눈총을 받지 않으려고 응접실의 문과 창문을 모두 활짝 열어 놓은 다음에 그를 맞았다. 이탈리아 청년 피에트로 크레스피는 존경을 받을 만큼 신사답게 처신을 해서, 한 해 안으로 자기의 아내가 될 여자인데도 손을 잡는 일조차 없었기 때문에, 그가 혹시 무슨 일을 저지를까 신경을 쓸 필요는 없었다. 그의 방문이 계속되자 집 안에는 온통 장난감들로 가득해졌다. 기계로 움직이는 발레리나, 노래상자, 재주를 부리는 원숭이, 씩씩하게 걸어가는 말과 탬버린을 두드리며 노는 광대. 멜키아데스의 죽음 때문에 슬픔에 잠겨 헤어나지 못하던 호세 아르카디오 부엔디아는 피에트로 크레스피가 가져온 값비싸고 신기한 장난감들의 비밀기계장치에 매혹되어서, 옛날 연금술에 정신이 팔려 있던 시절의 호세로 되돌아갔다. 그는 시계추의 원리를 따라서 모든 동작을 영구히 계속시킬 비결을 찾아내기 위해 장난감의 기계장치를 다 뜯어보았고, 그리하여 창자가 부서진 온갖 동물들이 뒤범벅을 이룬 천국에서 나날을 보냈다. 그런가 하면 아우렐리아노는 어린 레메디오스에게 읽기와 쓰기를 가르치느라고 정신없이 바빠서 작업실은 거들떠보지도 않게 되었다. 레메디오스는 처음에는 날마다 자기를 찾아오는 손님이, 장난감을 가지고 노는 대신에 목욕을 하고 옷을 갈아입고 응접실에 앉아서 손님을 맞으려고 기다리게 하는 모든 귀찮은 일의 원인이라고 생각했고, 아우렐리아노보다는 장난감을 훨씬 좋아했다. 그러나 아우렐리아노의 인내와 헌신이 드디어 결실을 맺어서, 레메디오스는 그와 함께 몇 시간씩 글자의 뜻을 배우고, 공책에다 색연필로 언덕 너머에 샛노란 해님이 빛나는 목장에서 노니는 암소와 집을 그리느라고 열심이었다.

그러나 레베카만은 아마란타의 협박을 잊을 수가 없어서 혼자 슬픔 속에서 지냈다. 레베카는 아마란타의 표독한 성격과 교만함을 잘 알고 있던 터여서, 아마란타가 화를 내면 어떻다는 것도 훤히 알았다. 그래서 레베카는 화장실에 들어앉아 흙을 먹고 싶은 끈질긴 충동을 이겨내려고 기운이 빠질 때까지 손가락을 빨아댔다. 앞일이 어떻게 될지 도무지 궁금해서 견딜 수가 없어진 레베카는 자기의 미래를 속 시원히 알아보려고 필라르 테르네라를 찾아갔다. 여러 가지 절차를 다 밟고 난 다음에 필라르 테르네라가 예언을 했다.

"부모의 뼈를 땅속에 묻을 때까지는, 불행은 너에게서 떠나지 않을 것이야."

　레베카는 걱정이 되었다. 레베카의 머릿속에서는 자기가 어린아이였을 적에, 트렁크와 작은 흔들의자와, 속에 무엇이 들었는지 전혀 기억이 나지 않는 자루를 하나 가지고 이 집으로 오던 생각이 꿈속에서처럼 아련히 떠올랐다. 레베카는 황금 단추가 달린 목이 꽉 죄는 옷을 입은 대머리 신사도 기억했다. 그리고 또한 향수를 뿌린 따스한 손을 가진 어느 아름답고 젊은 여자도 기억해 냈고, 꽃을 꺾어서 머리에 꽂아주던 수전증에 걸린 남자와, 초록빛 길을 거닐던 오후도 생각이 났다. 그 남자와 여자가 레베카의 부모였을까?

　"뼈가 어디에 있는지 알 수가 없어요." 레베카가 말했다.

　필라르도 당황한 듯했다.

　"나도 알 수가 없구나. 아무튼 카드에 그렇게 나왔어."

　레베카는 이해할 수 없는 억측으로 머리가 꽉 차서 아팠고, 그 얘기를 몽땅 호세 아르카디오 부엔디아에게 전했다. 그는 그까짓 카드로 친 점 따위를 믿는다고 겉으로는 야단을 쳤지만, 남모르게 옷장과 트렁크를 뒤지고, 자루를 이리저리 옮기고, 침대 밑과 마루 속까지 조사하면서 뼈를 담아둔 자루를 찾으려고 진땀을 뺐다.

　그는 집을 수리한 다음에는 그 자루를 한 번도 본 일이 없다는 사실을 기억해 냈다. 그는 은밀히 석수장이들을 불러 물어보았다. 그랬더니 그들 가운데 한 사람이 일을 하는데 그 자루가 자꾸만 거치적거려서 침실을 짓다가 벽 속에 넣고 발라버렸다는 얘기를 했다. 며칠 동안 벽에다 귀를 대고 들었더니 한곳에서 딸그락거리는 소리가 아련히 들려왔다. 그들이 벽을 뚫었더니 그 속에서 아직도 뼈가 그대로 들어 있는 자루가 발견되었다. 그들은 그날로 그 자루를 멜키아데스 무덤 곁에다 비석도 없이 묻고, 호세 아르카디오 부엔디아는 푸르덴치오 아귈라에 대한 기억만큼이나 그의 양심을 괴롭혔던 정신적인 짐을 홀가분하게 떨어버리고 집으로 돌아갔다. 그는 부엌으로 가서 레베카의 이마에 키스를 했다.

"이제 그런 터무니없는 걱정일랑 잊어버려라." 그는 레베카에게 말했다. "너도 이제부터는 행복해질 테니까."

아르카디오가 태어날 때 우르슬라가 굳게 닫았던 부엔디아 집안의 문이, 레베카와 친해지게 된 필라르 테르네라에게 다시 열렸다. 필라르는 아무 때나 염소 떼처럼 불쑥 들이닥쳐서는 힘든 일들을 도맡아서 거침없이 처리해 냈다. 때때로 필라르가 작업실로 가서 아르카디오를 도와 능숙하고 친절하게 은판사진의 감광 작업을 해내서 아르카디오는 난처한 기분을 느끼기도 했다. 아르카디오는 그 여자가 마음에 걸렸다. 햇볕에 그은 검은 살갗과 몸에서 풍기는 연기 냄새와, 암실에서 멋대로 웃어대는 소리에 정신이 산만해진 아르카디오는 걸핏하면 아무 데나 머리를 부딪곤 했다.

한 번은 아우렐리아노가 은을 가지고 정신없이 일을 하고 있는데 필라르 테르네라가 어깨 너머로 책상을 넘겨다보면서 그의 인내를 칭찬했다. 그는 갑자기 마음에 짚이는 바가 있었다. 아우렐리아노는 눈을 들어 필라르 테르네라를 보기도 전에 암실 안에 아르카디오가 있다는 사실을 확인했고, 필라르의 머릿속에 어떤 생각이 오가는지를 한낮의 햇빛처럼 환하게 알 수 있었다.

"좋아요." 아우렐리아노가 말했다. "무슨 말을 하고 싶어서 그러는 거죠?"

필라르 테르네라는 구슬프게 미소를 지으면서 입술을 깨물었다.

"아우렐리아노는 전쟁터에 가면 훌륭한 군인이 될 거야." 필라르가 말했다. "아우렐리아노의 눈은 총알처럼 무엇이나 꿰뚫어보니까."

아우렐리아노는 앞일을 미리 내다보기라도 한 듯 안심하는 눈치였다. 그는 아무 일도 없었다는 듯이 다시 일에 정신을 집중시켰고, 목소리는 침착하고 힘찼다.

"내가 인지를 해주겠어요." 그는 말했다. "아이를 낳으면 내 성을 따르게 하죠."

호세 아르카디오 부엔디아는 드디어 그가 바라던 것을 찾았다. 그가 시계의 부속뭉치를 발레리나 인형에 연결했더니 그 장난감은 계속되는 음악에 맞춰서 사흘 동안 쉬지 않고 춤을 추었다. 이 발견은 여태까지 그가 손을 댔던 어떤 연구보다도 더 보람 있는 것이었다. 그는 밥 먹는 것을 잊었다. 잠도 자지 않았다. 그가 치료할 수 없을 만큼 심하고 영원한 혼수상태에 빠지지 않고 건강을 유지할 수 있었던 까닭은 모두 레베카의 열성과 보살핌 때문이었다. 그는 밤잠을 설치고 방 안을 오락가락하면서 헛소리를 지껄여댔고, 시계추의 원칙을 마차와 맷돌과 모든 연장에 응용하여 들에서 일할 때 도움이 될 수 없을지를 끊임없이 연구했다. 불면증과 피로 때문에 머리에는 열이 오르고 정신이 흐릿해져서 그는 어느 날 새벽 동틀 녘에 자기의 침실로 찾아 들어온 백발노인을 보았을 때 그를 한눈에 알아보지 못했다. 찾아온 사람은 푸르덴치오 아귈라였다.

그가 누구라고 신분을 밝혔을 때 죽은 사람도 나이를 먹고 늙는다는 사실을 깨닫고 놀란 호세 아르카디오 부엔디아는 지나간 옛날이 생각나서 눈시울이 뜨거워졌다. "푸르덴치오." 그는 감격해서 불렀다. "그 먼 길을 용케도 찾아왔구나!" 그는 여러 해 동안 죽어서 지내려니까 살아 있는 사람들이 너무 그리웠고, 참을 수 없을 만큼 말동무가 필요했으며, 죽은 사람들하고만 함께 살자니 죽음이 더욱 소름끼치는 것 같아서, 결국 가장 미워하던 원수를 사랑하게 되었노라고 얘기를 길게 늘어놓았다.

그는 오랫동안 호세 아르카디오 부엔디아를 찾아 헤매면서 세월을 보냈다. 그는 리오하차에서 죽은 사람들과 우팔 계곡에서 죽은 사람들, 늪지대에서 온 사람들에게 그의 행방을 물었지만, 죽은 사람들은 새로 생긴 마콘도에 대해서 아무도 몰랐기 때문에 그를 찾을 길이 막막했고, 멜키아데스가 죽어서 도착한 다음에야 죽음세계의 얼룩덜룩한 지도에서 마콘도의 위치를 겨우 밝혀낼 수가 있었다. 호세 아르카디오 부엔디아는 푸르덴치오 아귈라와 새벽까지 얘기를 계속했다. 몇 시간 동안의 긴 얘기 끝에 기운이 빠진 그는 아우렐리아노의 작업실로 가서 물었다. "오늘이 무슨 요일이지?" 아우렐리아노는 오늘이 화요일이라고 말했다. "나도 화요일이라고 생각했어." 호세 아르카디오 부엔디아가 말했다. "그런데 갑자기 난 아직도 지금이 어제처럼 월요일이라는 생각이 들었어. 하늘을 봐. 벽을 보고 베고니아꽃을 봐. 오늘은 월요일이기도 해." 그의 별난 성격에 이미 익숙해진 아우렐리아노는 그의 말에 귀를 기울이지도 않았다. 수요일인 그 다음 날 호세 아르카디오 부엔디아는 작업실로 돌아갔다. "이거 큰 재난이 닥쳤구나." 그는 말했다. "저 하늘을 보라구. 태양이 내는 소리도 들어봐. 어제하고도 똑같고, 그저께하고도 마찬가지야. 오늘은 월요일이기도 해."

그날 밤에 피에트로 크레스피는 앞마당에서 호세 아르카디오 부엔디아가 푸르덴치오 아길라, 멜키아데스, 레베카의 부모와 자기의 부모, 그리고 지금은 죽은 모든 사람들을 생각하며 울고 있는 것을 보았다. 피에트로가 뒷발로 서서 줄타기를 하는 장난감 곰을 주었지만, 그는 슬픔과 우울증에서 벗어나지 못했다. 그는 호세에게 그가 며칠 전에 얘기한 사람을 실어 나를 수 있는 시계추가 달린 기계를 발명하겠다던 계획은 어떻게 되었느냐고 물었고, 호세는 시계추가 무엇이나 다 하늘로 들어올릴 수는 있어도 그 무거운 시계추를 들어올릴 다른 힘이 없어서 그 계획을 성공시킬 가능성이 희박하다고 대답했다. 목요일에 그는 다시 작업실에 나타났는데, 그의 표정은 씨를 뿌리려고 파헤친 땅처럼 고통스러워 보였다. "시간 기계가 부서져서 고장이 났어." 그는 흐느끼기 시작했다. "그리고 우르슬라와 아마란타는 그토록 먼 곳에 가 있단 말이야." 아우렐리아노는 아이를 야단치듯 그를 꾸짖었고, 호세는 뉘우치는 표정을 지었다. 그는 시간이 지났다는 어떤 흔적을 찾고 싶은 심정에서 겉모양이 어제와 달라진 것이 혹시 없을까 하고 이것저것 여섯 시간 동안을 꼼꼼히 뜯어보았다. 그는 잠자리에 들어서도 뜬눈으로 밤을 새우며 푸르덴치오 아길라와 멜키아데스와 모든 죽은 사람들을 불러 그의 슬픔을 함께 나누려고 했다.

그러나 아무도 오지 않았다. 금요일에 그는 아직 아무도 일어나기 전에 밖으로 나가 자연이 제 모습을 찾는 것을 쭉 지켜보고는 월요일이나 조금도 다를 바가 없음을 의심할 여지가 없다고 단정했다. 그리고 그는 문짝에서 빗장을 미친 듯이 잡아떼어서 그것을 마구 휘둘러 연금술 실험실과 은판사진실과 은세공 작업실의 기구들을 모두 산산조각을 내며, 고상한 말처럼 들리면서도 전혀 뜻을 알아들을 수 없는 소리를 유창하게 지껄이고 고함을 쳤다. 집에 남아 있는 것들을 그가 마저 두드려 부수려고 하는 순간에 아우렐리아노는 이웃 사람들에게 도움을 청했다.

사람들이 모두 몰려들어 그를 붙잡아서는 열네 명이 덤벼들어 꽁꽁 묶은 다음에 다시 스무 명이 합세하여 마당에 있는 밤나무로 끌고 가서, 입에서 초록빛 거품을 뿜으며 고함을 지르는 그를 나무에 묶었다. 우르슬라와 아마란타가 여행에서 돌아왔을 때 그는 아직도 손발이 밤나무에 묶인 채로 비에 흠뻑 젖어서 멍청한 표정을 짓고 있었다. 그들이 호세 아르카디오 부엔디아에게 말을 걸었으나 그는 그들을 알아보지 못하고 알아듣기도 힘든 말로 무엇인지 자꾸만 지껄여댔다. 우르슬라는 일단 묶인 끈에 상처를 입은 그의 손목과 발목을 풀어주고 허리만 그대로 나무에 묶어두었다. 나중에 그들은 햇빛과 비를 가리도록 그의 머리 위에다 야자나무 가지로 지붕을 만들어주었다.

5

아우렐리아노 부엔디아와 레메디오스 모스코테는 3월의 어느 일요일에 니카노르 레이나 신부가 응접실에 세운 제단 앞에서 결혼식을 올렸다. 그 결혼식은 모스코테 집안사람들이 레메디오스가 아직 아이 티도 채 벗기 전에 성년이 된 증거를 보여서 충격을 받은 지 네 주일 만에 치러졌다. 어머니가 사춘기에 들어서면 몸에 이상이 있을 것이라고 자세하게 미리 일러주었는데도, 2월의 어느 날 오후 레메디오스는 언니들이 아우렐리아노와 마주 앉아서 얘기를 나누고 있던 거실로 비명을 지르며 뛰어나와 초콜릿 빛깔의 반점이 묻은 자기의 팬티를 내보였다. 그래서 한 달 있다가 결혼식을 올리자는 합의가 당장 이루어졌다. 레메디오스에게 혼자서 세수를 하게 하고, 혼자서 옷을 입게 하고, 가정생활의 기초적인 상식을 알려주기에도 시간이 모자랄 지경이었다. 그들은 오줌 싸는 버릇을 고쳐주려고 레메디오스로 하여금 뜨겁게 불에 달군 벽돌 위에다 소변을 보게 했다. 결혼생활의 비밀을 지키는 것이 얼마나 중요한지를 깨우쳐주는 데는 상상할 수 없을 만큼 힘이 들었는데, 결혼 초야에 치르게 될 일이 어찌나 놀랍고 이상하게 들렸는지 레메디오스는 첫날밤에 있을 일들을 자세히, 모든 사람들에게 털어놓고 얘기해 주고 싶을 정도였다. 여러 가지로 무척 힘든 일이기는 했어도, 아무튼 결혼식 날짜가 닥치기 전에 언니 못지않게 세상일을 환히 알고 모든 마음의 준비가 갖추어졌다.

　돈 아폴리나르 모스코테는 딸의 팔을 이끌고, 여러 악단들이 음악을 연주하고 폭죽이 터져대는, 꽃과 화환으로 장식된 거리를 따라 걸어갔고, 레메디오스는 축하하는 사람들에게 마주 손을 흔들어주고 창가에서 행복을 빌어주는 사람들에게 감사의 뜻을 보냈다. 검은 양복 차림에, 몇 년 후에 총살을 당할 때도 신었던 쇠장식이 붙은 가죽 구두를 신은 아우렐리아노는 집 앞에서 신부를 맞을 때 얼굴이 창백해지고 목구멍에 무엇이 걸리기라도 한 듯 가슴이 울렁거렸다. 그는 레메디오스를 결혼식 제단으로 데리고 갔다. 레메디오스는 침착하고 자연스럽게 행동했으며, 자신의 손가락에 반지를 끼워주려다가 실수해서 떨어뜨린 아우렐리아노가 잔뜩 긴장하고 당황했을 때에도 조금도 자세를 흩뜨리지 않았다. 놀란 구경꾼들이 웅성거리고, 문 쪽으로 굴러가는 반지를 신랑이 발로 막아서 다시 집어 들고 허둥지둥 다시 돌아올 때까지 신부는 레이스가 달린 장갑을 벗어들고 맨손을 내민 채 그대로 기다렸다. 신부의 부모와 언니들은 레메디오스가 혹시나 실수를 하지 않을까 조바심을 하며 몸 둘 바를 모르다가, 그렇게 무난히 식이 끝나자 오히려 그들이 신부를 번쩍 추켜들고 키스하는 실수를 범하고 말았다. 바로 그날부터 레메디오스가 온갖 역경을 겪으면서도 책임감을 가지고 자연스런 우아함을 지니고 침착하게 행동해야 할 운명의 첫 단계가 시작되었다. 남이 그러라고 시키지도 않았건만 결혼케이크를 자른 다음에 가장 큰 덩어리를 남겨두었다가 그것을 접시에 받쳐 들고 포크와 함께 호세 아르카디오 부엔디아에게 가져다준 사람은 바로 레메디오스였다. 밤나무에 몸이 묶인 채로 야자나무로 엮은 지붕 밑의 나무의자에 엉거주춤하게 걸터앉아서, 덩치가 크고 햇볕과 비바람에 피부가 제 빛깔을 잃은 호세 아르카디오 부엔디아는 고맙다는 가냘픈 미소를 지어 보이고 손가락으로 케이크를 집으면서 알아듣지 못할 말로 무어라고 주문을 읊었다.

월요일 새벽까지 계속된 이 요란한 잔치 속에서 행복과 즐거움을 느끼지 못한 사람은 레베카 부엔디아뿐이었다. 그 파티는 레베카에게는 고통스러운 행사였다. 우르슬라가 처음에 계획한 대로만 되었다면 레베카의 결혼 잔치도 같은 날 하기로 되어 있었는데, 금요일에 피에트로 크레스피에게 어머니가 금방이라도 돌아가실 것 같다는 편지가 왔다. 결혼은 연기되었다. 편지를 받은 지 한 시간 뒤에 피에트로 크레스피는 어머니가 사는 도시로 떠났고, 그 바람에 그는 토요일에 날짜를 대서 길을 서둘러 오던 어머니와 길이 엇갈려, 시간 맞춰 토요일 저녁에 도착한 어머니는 아들의 결혼식에서 부르려고 준비해 온 아리아를 아우렐리아노의 결혼식에서 불러야만 할 처지가 되었다. 피에트로 크레스피는 자기가 속은 것을 뒤늦게 깨닫고 결혼식에 대서 돌아오려고 말을 도중에 다섯 번이나 갈아타고 달려왔지만, 일요일 자정에야 도착한 그는 잔치가 끝나고 남은 쓰레기를 치우는 일을 도맡아 해야만 했다. 가짜 편지를 누가 썼는지는 끝까지 밝혀지지 않았다. 우르슬라가 야단을 치고 매질을 해도, 아마란타는 울기만 하면서, 목수들이 아직 헐어내지 않은 제단 앞에서 자기는 결백하다고 맹세를 했다.

결혼식의 주례를 맡기려고 돈 아폴리나르 모스코테가 늪지대에서 모시고 온 니카노르 레이나 신부는 고마워할 줄 모르는 신도들에게서 핍박을 받는 늙은이였다. 그의 살갗은 애처로울 만큼 거칠었고, 뼈마디가 곳곳에 앙상하게 드러났으나 얼굴의 표정만큼은 천사 같았는데, 그의 천사 같은 표정은 착함에서보다는 어수룩한 그의 성격에서 우러나는 것 같았다. 결혼식이 끝나면 곧 자기 교구로 돌아갈 계획이었지만, 그는 거칠고 부도덕한 마콘도 주민들이 타고난 본성대로 살며, 아이들에게 영세도 주지 않고 교회 의식을 모두 무시하면서도 풍족하게 살아간다는 사실에 놀라움을 금할 수가 없었다. 신앙의 씨앗을 뿌려야 할 일이 그 어느 곳에서

보다도 이곳에 더 필요하다고 느낀 그는 일주일 동안 이곳에 더 머무르면서 할례를 한 사람들과 이교도들에게 세례를 해주고 내연의 관계에 있는 남녀를 정식 부부로 맺어주고, 죽어가는 사람들에게는 병자성사(사고나 질병, 고령으로 죽음에 임박한 자를 위한 성사 – 역주)를 행해야겠다고 마음먹었다. 그러나 그의 말에 귀를 기울이는 사람은 하나도 없었다. 그들은 신부가 없이도 여러 해 동안 잘 살아왔으며, 영혼에 대한 문제라면 하느님과 직접 타협해서 해결하고, 원죄 따위는 벌써 깨끗이 벗어났다고 말했다. 길바닥에서 설교를 하기에 지친 니카노르 신부는 세상에서 가장 큰 성당을 짓기로 결심했고, 성당에다 실물 크기의 석고상들을 세우고 옆에는 색유리 창을 달아서, 이 신앙의 전당에서 하느님을 경배하기 위한 사람들이 로마에서도 찾아오게 하겠다고 마음먹었다. 그는 청동접시를 들고 헌금을 걷으려고 구석구석 다 돌아다녔다. 사람들이 많은 헌금을 냈지만, 그는 물에 빠져죽은 사람도 그 소리를 듣고 떠오를 만큼 훌륭한 종을 마련하고 싶었기 때문에 돈이 더 필요했다. 그는 사람들을 설득하느라고 너무 애를 쓰다가 목이 잠겨 소리가 나오지 않게 되고 말았다. 그의 뼈마디에서는 온갖 소리가 다 났다. 어느 토요일에 문짝을 마련할 돈도 다 모으지 못한 채, 그는 정신을 잃고 기진맥진해서 쓰러졌다. 앞길이 막막해진 신부는 광장에다 제단을 세우고, 불면증이 마을을 휩쓸었을 때 사람들이 그랬듯이, 조그만 종을 울리고 돌아다니면서 사람들을 불러 노천미사에 오라고 했다. 호기심에 사람들이 많이 모였다. 종소리에 대한 향수를 느껴서 온 사람들도 있었다. 하느님의 대변자가 혼자서 모욕을 당하는 것 같은 느낌이 들어 동정하는 마음으로 모여들기도 했다. 그러다 보니까 마을사람들의 거의 절반이 아침 8시에 광장에 모였고, 니카노르 신부는 헌금을 거두러 다니면서 다 갈라진 목소리로 하느님의 말씀을 전했다. 나중에 모인 사람들이 흩어지기 시작할 때, 그는 손을 높이 들어 사람들의 눈길을 모았다.

"잠깐만 기다리시오." 신부가 말했다. "이제 우리는 하느님의 무한한 능력을 증명할 증거를 목격하게 될 것입니다."

미사를 돕던 복사服事 소년이 걸쭉하고 김이 무럭무럭 나는 초콜릿을 한 컵 가져왔고, 신부는 그것을 숨도 쉬지 않고 쭉 들이켰다. 그리고 그는 소매에서 손수건을 꺼내 입술을 닦더니 팔을 벌리고 눈을 감았다. 그러자 니카노르 신부는 땅 위로 한 뼘이나 떠올랐다. 그만하면 그럴듯한 시범이었다. 그는 초콜릿을 먹고 공중으로 떠오르는 시범을 되풀이하면서 집집마다 찾아다녔으며, 옆에 따라다니던 복사 소년은 자루에 가득 넘칠 만큼 헌금을 받아 모아서, 한 달이 못 되어 성당을 짓는 공사를 시작할 수 있었다. 하늘로 떠오르는 힘을 신이 내려주신 것이라는 점을 의심한 사람은 아무도 없었는데, 어느 날 아침에 신의 계시를 다시 한 번 구경하려고 밤나무 앞에 모인 마을 사람들을 본 호세 아르카디오 부엔디아는 얼굴 표정 하나 바꾸지 않고 신부의 시범을 쭉 지켜보고는 그 시범이 엉터리라고 생각하는 것 같았다. 그는 니카노르 신부가 자기가 앉아 있던 의자와 함께 공중으로 떠오르는 것을 보고는 의자에 앉은 채로 고개만 설레설레 흔들었다.

"그거야 간단한 일이지(Hoc est simplicissimus)." 호세 아르카디오 부엔디아가 말했다. "저 사람은 물체의 4차원 세계를 발견했으니까(Homo iste statum quartum materiae invenit)."

그 말을 듣고 니카노르 신부가 팔을 번쩍 들자 의자의 다리 네 개가 동시에 다시 땅에 닿았다.

"아니오(Nego)." 신부가 말했다. "이 사실은 신이 틀림없이 존재한다는 것을 증명합니다(Factum hoc existentiam Dei probat sine dubio)."

그래서 사람들은 드디어 호세 아르카디오 부엔디아가 여태까지 지껄이던 알아듣지 못할 말이 라틴 어임을 알았다. 니카노르 신부는 자기만이 그와 말이 통한다는 사실을 이용해서 그의 비뚤어진 마음을 바로잡고 신앙을 심어주려고 했다. 그래서 신부는 오후마다 밤나무가 있는 곳으로 와서 자리를 잡고 앉아 라틴 말로 설교를 계속했지만, 호세 아르카디오 부엔디아는 말솜씨를 부리거나 초콜릿으로 재주를 피우는 일은 집어치우고 신의 모습을 은판사진으로 찍어서 증거를 보여줘야 그 존재를 믿겠다고 했다. 그러자 니카노르 신부는 메달과 그림과 성녀 베로니카(십자가를 지고 골고다로 올라가는 예수에게 수건을 준 여인 – 역주) 그림의 복사품까지 가져다 보여주었지만 호세 아르카디오 부엔디아는 그것들이 모두 과학적인 근거가 없는 예술품에 지나지 않는다고 넘겨버렸다. 그의 고집에 져서 신앙을 심어주려는 계획을 포기한 니카노르 신부는 다만 인도주의적인 동정심 때문에 계속해서 밤나무가 있는 곳을 찾아갔다. 그러자 이번에는 호세 아르카디오 부엔디아가 온갖 이론을 전개하면서 신부의 신앙을 물리치려고 했다. 한번은 니카노르 신부가 장기판을 가지고 와서 밤나무 앞에 자리를 마련하고 같이 한 판 두자고 했더니, 호세 아르카디오 부엔디아는 쌍방이 합의한 법칙에 따라서 시합을 한다는 것은 아무 뜻도 없다는 이유로 시합을 거절했다. 그날 호세 아르카디오 부엔디아가 정한 규칙에 따라서 한 판 두고 난 니카노르 신부는 앞으로는 장기를 다시 두지 않겠다고 마음먹었다. 시합을 하는 동안에 호세 아르카디오 부엔디아의 정신이 아주 말짱하다는 사실을 깨달은 신부는 왜 사람들이 그를 미쳤다고 밤나무에 묶어놓게 되었느냐고 물었다.

"그 이유는 간단하죠(Hoc est simplicimum)." 그는 라틴 어로 대답했다. "내가 미쳤기 때문입니다."

그 다음부터 신부는 자신의 신앙 생활이 흔들릴까 염려되어 다시는 그를 찾지 않았고 성당을 빨리 짓는 데만 모든 전력을 기울였다. 레베카에게는 다시 희망이 보인다고 느껴졌다. 레베카의 장래는 성당 공사가 끝나는 시기와 끊을 수 없는 관계가 있었으니, 그것은 어느 일요일 니카노르 신부가 집으로 와서 점심식사를 하는 동안에 성당을 다 짓고 나면 거기에서 거행될 성스럽고 볼 만한 종교예식에 대한 얘기를 들려주었을 때, 아마란타가 이렇게 말했기 때문이었다. "성당 문을 열게 되는 날 가장 큰 기쁨을 누릴 사람은 레베카입니다." 그 말의 뜻을 잘 알아듣지 못한 레베카는 순진하게 미소를 지으면서, 그것이 무슨 얘기냐고 다시 물었다.

"성당이 문을 여는 날 거행될 레베카의 결혼식이 마을의 경사가 될 테니까."

레베카는 그 예언에 대해서 남들이 얘기를 하려고 하면 언제나 가로막고 나섰다. 공사가 진척되는 형편을 보아하니 성당을 다 지으려면 적어도 10년은 걸릴 것 같아서였다. 니카노르 신부는 그 말에 찬성하지 않았다. 신앙심이 깊은 신도들이 점점 더 헌금을 많이 하기 때문에 예상했던 것보다는 일찍 공사가 끝나리라고 생각했다. 은근히 골이 나서 점심 식사를 다 끝내지 못한 레베카와는 달리 우르슬라는 아마란타의 말에 감격을 해서 성당 공사를 더 빨리 끝내라는 뜻으로 어마어마한 헌금을 내놓았다. 니카노르 신부는 누군가 그만큼 헌금할 사람이 하나만 더 있어도 3년 안에 성당을 다 지을 수 있겠다고 했다. 아마란타가 겉으로 축복을 기원하는 투로 한 말 속에 사실은 악의가 깔려 있다고 생각한 레베카는 그때부터 다시는 아마란타와 얘기를 하지 않았다. "그것도 다 너를 위해서 그런 말을 한 거야." 그날 밤 그들이 심한 싸움을 벌였을 때 아마란타가 말했다. "적어도 3년 동안은 너를 죽일 필요가 없어졌으니까." 레베카는 그 도전을 받아들였다.

결혼식이 다시 연기되었다는 소식을 듣고 낙심한 피에트로 크레스피에게 레베카는 자기의 참된 마음을 증명하는 태도를 보여주었다. "당신이 가자고만 한다면 난 언제라도 같이 달아나겠어요." 레베카가 말했다. 그러나 피에트로 크레스피는 모험을 좋아하는 남자가 아니었다. 그는 자기의 약혼녀와는 달리 기분에 따라 처신하는 사람은 아니었으나, 사랑하는 사람의 언약만큼은 고이 간직했다. 그러자 레베카는 좀더 과감한 행동을 보이기 시작했다. 어디서 불어왔는지 알 수 없는 바람에 응접실의 촛불이 꺼지자, 우르슬라는 어둠 속에서 키스를 하고 있던 두 연인의 모습을 보고 깜짝 놀라고 말았다. 당황한 피에트로 크레스피는 요새 송진 등잔은 품질이 엉망이라는 애매한 설명을 하고, 심지어는 방 안의 조명 시설을 고치는 우르슬라를 돕겠다고 나서기도 했다. 그러나 다시 기름이 떨어지거나 심지어 응어리가 져서 불이 꺼졌고, 그럴 때마다 우르슬라는 약혼자의 무릎에 올라앉아 있는 레베카를 발견했다. 우르슬라도 이번에는 어떤 장난에도 넘어가지 않았다. 우르슬라는 빵 공장 일을 송두리째 비지따시옹에게 맡겨버리고, 피에트로가 찾아올 때마다 흔들의자에 자리를 잡고 두 연인을 감시하면서 옛날 자기가 젊었을 때 써먹던 어떤 속임수에도 넘어가지 않겠다고 잔뜩 각오를 하고 기다렸다. "불쌍한 어머니." 피에트로가 찾아왔을 때 지루함을 참느라고 하품을 하는 우르슬라를 보고 겉으로만 동정하는 척하면서 레베카가 말했다. "어머니는 돌아가신 다음에도 저 흔들의자에 앉아서 천당으로 가실 거야." 남의 감시를 받는 사랑을 석 달 동안이나 계속하며, 건축공사가 워낙 더디게 진행되어 조바심이 난 피에트로 크레스피는 지친 나머지 공사를 끝내는 데 필요한 돈을 한꺼번에 니카노르 신부에게 주었다. 아마란타는 조금도 서두르지 않았다. 오후마다 수를 놓으러 오는 동무들과 현관에 모여 앉아서 얘기를 나누는 동안에 아마란타는 새로운 계획을 짜곤 했다. 그러나 가장 효과적이라고 생각했던 계획은 사소한 실수로 인해 실패로 끝나고 말았다. 그 실수는 레베카가 웨딩드레스를 침실 경대로 옮겨 넣기 전에 너무 일찍 좀약을 치워버린 일이었다. 성당을 다 지으려면 아직도 두 달이나 남은 어느 날 아마란타는 좀약을 치워버렸다. 그러나 다가오는 결혼식에 초조해진 나머지 레베카는 아마란타가 생각했던 것보다 훨씬 일찍 드레스를 손질할 생각을 했다. 옷장을 열고 드레스를 꺼내서 겉에 싼 종이를 먼저 벗기고 다시 속에 싼 헝겊을 열어본 레베카는 드레스 자락과 베일의 가장자리와 그리고 오렌지꽃으로 장식한 관까지 마구 좀이 먹어 망가진 것을 알게 되었다. 비록 자기가 좀약을 한줌 넣어두었다는 사실이 분명하다고 믿었어도 그 사고가 너무 자연스러워 보여서 레베카는 섣불리 아마란타를 탓할 수도 없었다. 결혼식 날까지 겨우 한 달밖에 안 남아서 걱정이 되었지만 암파로 모스코테는 새 드레스 한 벌을 일주일 안에 구해다 주겠다고 약속했다. 어느 비 오는 날 오후에 암파로가 마지막 가봉을 하기 위해서 드레스 뭉치를 안고 집으로 들어섰을 때 아마란타는 절망으로 기절할 지경이었다. 얘기를 하려고 해도 입이 떨어지지 않았고, 등줄기를 따라서 식은땀만 줄줄 흘러내렸다. 퍽 오랫동안 아마란타는 겁에 질려 부들부들 떨면서 마지막 시간을 기다렸으며, 만일 레베카의 결혼을 막을 최후의 방법이 실패하고 모든 상상력을 동원해도 확실한 해결이 나지 않는다면, 결국 레베카를 마지막 순간에 독살하리라는 것을 스스로 너무나 잘 알고 있었다. 그날 오후에 암파로 모스코테가 한 아름 안고 온 옷감을 온몸에 뒤집어쓰고 숨 막힐 듯한 지루함을 끝까지 참으면서 수천 개의 핀이 제자리에 박혀 가봉이 끝나게 되기를 레베카가 기다리는 동안에, 아마란타는 크로셰 뜨개질을 하다가 여러 번 실수를 해서 바늘에 손을 찔리면서도 결국은 냉정을 되찾고는, 결혼을 막는 길은 결혼식이 있기 며칠 전 금요일에 레베카가 마실 커피에 아편으로 만든 독약을 섞어주는 방법밖에 없다고 결론을 내렸다.

그러나 예상치도 않던 커다란 사건이 일어나서 결혼은 다시 연기되었다. 결혼식을 일주일 앞두고, 어린 레메디오스가 갑자기 비명을 지르고 입에서 흰 거품을 뿜으며 한밤중에 일어나 배를 잡고 고통스럽게 뒹굴다가, 온몸에 독이 퍼져 사흘 만에 죽고 만 것이다. 아마란타는 비참한 레메디오스의 죽음을 보고 양심의 가책을 느꼈다. 왜냐하면 아마란타는 어떤 엄청난 사고가 저절로 생겨서 자기가 레베카를 독살하지 않고도 결혼식이 연기될 수 있게 해달라고 하느님에게 빌었기 때문이었다. 자기가 기도하고 바라던 사고가 결코 레메디오스의 갑작스런 죽음은 아니었다. 레메디오스는 죽기 전에 집안에 즐거움을 가져다주었었다. 레메디오스는 남편과 함께 작업실 근처의 방에다 살림을 차렸고, 방은 얼마 전 어린 시절에 가지고 놀던 인형과 장난감들로 예쁘게 꾸몄으며, 명랑하고 활발한 레메디오스의 성격은 침실을 가득 채우고도 남아서 베고니아가 활짝 핀 현관까지도 넘쳐흘렀다. 레메디오스는 새벽녘이면 노래를 했다. 레베카와 아마란타가 말다툼을 할 때 감히 나서서 말리려고 든 사람도 레메디오스뿐이었다. 호세 아르카디오 부엔디아의 시중을 들어주는 힘들고 까다로운 일을 맡고 나선 사람도 레메디오스였다. 레메디오스는 그에게 먹을 것을 가져다 주고, 날마다 필요한 것들도 마련해 오고 비누와 솔로 몸을 닦아주고, 머리카락과 수염의 이와 서캐도 잡아주는 한편, 야자나무 가지로 엮은 지붕도 손질했으며, 비가 오는 날이면 비가 새지 말라고 지붕 위에 방수천막을 씌우기도 했다. 죽기 얼마 전에는 초보적인 라틴어로 호세와 이야기도 나누었다. 아우렐리아노와 필라르 테르네라 사이에서 태어난 아들을 집으로 데려와 가족적인 분위기에서 영세를 하고 아우렐리아노 호세라는 이름을 지어주었을 때, 레메디오스는 그 아이를 집안의 장자로 대우하리라 작정했다. 우르슬라는 레메디오스의 모성 본능에 놀라고 말았다. 그런가 하면 아우렐리아노는 자기가 살아야 할 목적을 레메디오스에게서 찾았다. 그는 하루 종일 작업실에서 일했으며, 레메디오스는 아침이면 그에게 블랙커피를 날라다 주었다. 그들은 밤마다 모스코테 부부를 방문하러 갔다. 아우렐리아노가 밤이 가는 줄 모르고 장인과 도미노놀이를 하는 사이에 레메디오스는 어머니나 언니들과 함께 어른스런 얘기들을 주고받았다. 부엔디아 집안과 인척관계를 맺게 된 돈 아폴리나르 모스코테는 마을에서 그의 권위를 인정받게 되었다. 그래서 그는 명실 공히 마콘도의 대표자 자격을 갖추고, 도청을 여러 번 찾아가서 설득을 벌여 나라에서는 이곳에 학교를 세워주기로 약속했고, 그 학교는 할아버지에게서 교육에 대한 정열을 이어받은 아르카디오가 맡아서 운영하기로 했다. 그리고 그는 집집마다 돌아다니며 주민들을 납득시켜 독립기념일에는 거의 모든 집들이 바깥에다 푸른 칠을 하기에 이르렀다. 니카노르 신부의 요구를 받아들여서 그는 카타리노의 가게를 뒷골목으로 옮겼고 시내에서 번창하던 소문난 유흥업소 몇 군데는 아주 폐쇄해 버렸다. 그러던 어느 날 그는 장총으로 무장한 경관 여섯 명을 데려다가 마을의 치안을 유지하는 일을 맡겼는데, 무장한 사람은 아무도 마을 안에 들여놓지 못한다고 군수와 주민들이 처음 약속했던 일은 모두들 까맣게 잊어버리고 있었다. 아우렐리아노는 장인의 능률적인 일처리 솜씨가 마음에 들었다. "그렇게 장인을 좋아하다간 자네도 장인처럼 뚱뚱보가 될 걸세." 친구들이 그를 놀려댔다. 그러나 그가 항상 자리에 앉아서 시간을 보내기는 했어도, 몸무게가 늘거나 성격이 까다로워지지는 않았고, 기껏해야 광대뼈가 튀어나오거나 눈빛이 더욱 초롱초롱해졌다는 것밖에는 변한 점이 없었다. 뚱뚱해지기는커녕 그의 꽉 다문 입술은 고독한 명상과 미지의 결심으로 굳어지기만 했다. 아우렐리아노와 아내의 정은 두터웠고, 그들은 양쪽 집에서도 많은 사랑을 받아, 레메디오스가 아이를 가졌다고 발표를 했을 때에는 레베카와 아마란타까지도 휴전을 선언하고, 낳은 아이가 사내일 때 입힐 푸른 털옷과 계집아이일 때 입힐 분홍색 털옷을 힘을 모아 함께 떴다. 그래서 몇 년 후 아르카디오가 총살을 당할 때 머리에 떠오른 몇 안 되는 사람들 가운데에는 레베카도 끼어 있었다.

우르슬라는 레메디오스의 죽음을 애도하는 뜻에서 문과 창문을 모두 닫아 걸고, 아주 중요한 일이 아니라면 아무도 드나들지 못하게 했다. 우르슬라는 1년 동안 아무도 큰 소리로 얘기하지 못하게 금지시켰으며, 검은 리본을 두른 레메디오스의 은판사진을 시체가 누웠던 자리에 놓고 그 앞에 석유 등잔을 켜놓았다. 그 등잔불은 절대로 꺼뜨리면 안 되었는데 그 등불을 꺼뜨리지 않고 지키게 된 자손들은 은판사진에 있는 주름치마를 입고 흰 목구두를 신고 머리에 오건디 띠를 두른 소녀가 그들이 흔히 상상하는 증조할머니라는 이미지와는 조금도 통하는 데가 없어 어리둥절하게 되었다. 아우렐리아노 호세의 뒷바라지는 아마란타가 맡아서 하기로 되었다. 아마란타는 그 아이를 양자로 삼아서, 질투에 눈이 어두워 레메디오스의 커피에 본의 아니게 독을 풀어 넣은 것 때문에 느끼고 있던 양심의 가책과 고독감을 아이와 나눔으로써 그 고통을 조금이나마 벗어보려고 했다. 피에트로 크레스피는 날이 어두워지면 검은 리본을 단 모자를 쓰고 살그머니 집 안으로 숨어 들어와서 몰래 레베카를 만났고, 레베카는 소매가 팔목까지 내려오는 검은 드레스 속에서 핏기를 잃어가고 있었다. 이미 영원한 관계까지 맺은 사이라, 지금에 와서 다시 결혼날짜를 따진다는 것조차 우스꽝스러운 일이 되어버렸으며, 그들의 김빠진 사랑에 별 관심을 두는 사람도 없었고, 전에는 키스를 하려고 송진 등불을 몰래 꺼버렸던 그들 자신도 죽음의 그림자가 드리운 듯 맥이 빠졌다. 체면도 다 버리고 완전히 타락해 버린 레베카는 자포자기가 되어 다시 흙을 먹기 시작했다.

레메디오스를 위한 상을 다 치르고도 한참 지나서 다시 앞마당에 여자들이 모여서 뜨개질을 하던 어느 날 오후 2시, 적막한 한낮의 태양이 묵묵히 내리쬐는데, 갑자기 어떤 사람이 앞마당에서 뜨개질을 하는 아마란타와 그의 동무들과 침실에서 손가락을 빨고 있었던 레베카와 부엌에 있던 우르슬라와 작업실에 있던 아우렐리아노와 심지어는 밤나무에 외롭게 묶여 있던 호세 아르카디오 부엔디아조차 지진으로 집이 무너지는 것이나 아닌가 하고 착각할 정도로 요란한 소리를 내며, 길 쪽으로 난 문을 열어젖혔다. 몸집이 거대한 사람이 하나 나타났다. 그의 어깨는 문이 좁아서 들어오기가 힘들 정도로 떡 벌어졌다. 그는 물소 같은 목에 성모상이 새겨진 메달을 걸고, 팔뚝과 가슴에는 괴이한 문신이 가득했으며, 오른쪽 팔목에는 니뇨센 크루스 부적(예부터 내려오는 악을 물리치는 호신용 부적으로, 이 부적을 가진 자는 용사가 된다고 한다 – 역주)인 청동 팔찌를 차고 있었다. 그의 피부는 바닷바람에 검게 그을렸고, 머리카락은 노새의 털처럼 짧고 뻣뻣했으며, 턱은 쇳덩이같이 단단했고, 얼굴에는 구슬픈 미소를 짓고 있었다. 그는 말의 배에 두르는 띠보다 두 배나 두터운 허리띠를 차고 각반과 박차가 달리고 뒤축을 쇠로 만든 구두를 신었으며, 그를 쳐다보고만 있어도 지진으로 지축이 흔들리는 듯한 기분을 느낄 정도였다. 그는 손에 낡은 가방을 들고 응접실을 지나서 거실로 들어

98

왔는데, 천둥치듯 요란하게 집 안으로 들어서는 그를 보고 베고니아가 핀 마당에 있던 아마란타와 그의 친구들은 뜨개바늘을 멈춘 채 얼이 빠지고 말았다. "안녕들 하쇼." 그는 책상에 가방을 털썩 내려놓으며 힘없는 목소리로 그들에게 말하고는 집 뒤로 갔다. "잘들 있었어?" 그는 침실 앞을 지나면서 놀란 레베카를 보며 말했다. "잘 있었어?" 그는 신경을 곤두세우고 은세공 작업실 의자에 앉아 있는 아우렐리아노에게 말했다. 그는 누구와 얘기를 나누려고 걸음을 멈추지는 않았다. 그는 곧장 부엌으로 가서, 세상의 다른 쪽에서부터 시작한 여행길의 걸음을 처음으로 멈추었다. "안녕하셨어요?" 그는 말했다. 우르슬라는 몇 초 동안 어안이 벙벙해서 입을 벌리고 서 있다가 그의 눈을 찬찬히 들여다보고는 소리를 지르며 그의 목을 얼싸안고 기쁨에 넘쳐 소리를 지르고 울고 하였다. 호세 아르카디오였던 것이다. 그는 떠날 때처럼 빈털터리로 돌아와서, 우르슬라는 그가 빌려 타고 온 말 값 5페소를 물어주어야 했다. 그는 뱃사람의 억양이 물씬 풍기는 스페인 말을 썼으며, 그동안 어디에 가서 무엇을 하고 지냈느냐고 물었더니 이렇게 대답했다. "돌아다녔죠." 그는 방으로 안내를 받자 당장 그물침대를 걸고는 사흘 동안 계속 잠을 잤다. 그는 잠이 깨자 한꺼번에 달걀 열여섯 개를 먹고는 곧장 카타리노의 가게로 갔는데, 그곳에 있던 여자들은 그의 어마어마한 몸집을 보고 호기심과 놀라움을 표시했다. 그는 음악을 신청하고 모든 사람들에게 사탕수수 술을 한턱냈다. 그는 한꺼번에 다섯 명을 상대해서 인도식 씨름을 하겠다고 큰소리쳤다. "그건 영 자신이 없는걸." 사람들은 그의 팔 하나도 감당하지 못하겠다는 생각이 들어서 물러섰다. 사람의 힘이란 마술과는 달라서 한도가 있다고 생각한 카타리노는 그가 카운터를 밀어내면 12페소를 내겠다고 내기를 걸었다. 호세 아르카디오는 카운터를 잡아 뽑아서 번쩍 추켜들어 길 가운데다가 내동댕이쳤다. 그 카운터를 다시 들어다 제자리에 맞춰놓는 데는 열한 사람의 힘이 필요했다. 파티가 한창 열이 올랐을 때, 그는 자기의 엄청나게 큰 남성을 자랑삼아 보여주었는데, 그것은 여러 나라 말이 담긴 붉고 푸른 색깔의 문신으로 덮여 있었다. 그를 둘러싸고 간청하는 여자들에게 그는 누가 돈을 가장 많이 내겠느냐고 물었다. 돈이 가장 많아 보이는 여자가 20페소를 내겠다고 나섰다. 그러나 그는 10페소씩 내는 여자들 가운데 한 사람을 추첨으로 뽑겠다고 말했다. 가장 인기 있는 방의 여자가 하루에 버는 돈이 8페소였으니 그 가격은 터무니없는 것이기는 했지만, 그래도 모두들 추첨에 참가하겠다고 말했다. 그들은 종이쪽지에 자기 이름을 써서 모자에 넣고 흔든 다음에 쪽지를 하나씩 뽑았다. 쪽지가 두 개만 남자, 결국 누가 당첨될 것인지 모두들 궁금하게 생각했다.

"그럼 5페소씩만 더 내지." 호세 아르카디오가 제안했다. "그러면 두 사람을 다 받아들일 테니까 말이야."

그는 그런 식으로 밥벌이를 했다. 그는 국적이 없는 선원으로 등록하고 세계를 예순다섯 바퀴나 돌았다. 그날 밤 그와 함께 잠자리에 든 여자는 그를 발가벗겨서 댄스 살롱으로 데리고 나와 앞뒤로 발목에서 머리끝까지 문신이 뒤덮인 그의 몸을 다른 사람들에게 구경시켰다. 그는 식구들과 다시 어울릴 수가 없었다. 그는 낮이면 하루 종일 잠을 자고, 밤만 되면 홍등가로 나가서 내기를 걸고 힘자랑을 했다. 어쩌다가 우르슬라의 말을 듣고 식탁에 앉으면 그는 먼 타향을 여행하던 때의 재미있는 얘기들을 늘어놓아서 사람들을 웃겼다. 한번은 배가 파선되어 한국 동해에서 2주일 동안 표류하다가, 일사병으로 죽은 동료의 시체를 먹고 살았는데, 그 짭짤한 살은 햇볕에 잘 익어서 달콤하고 쫄깃쫄깃하더라는 얘기도 했다. 햇볕이 쨍쨍한 어느 대낮에는 그가 타고 가던 배의 선원들이 바다용을 잡았는데, 그 뱃속에서는 십자군 병정의 투구와 허리띠와 무기가 나왔다고 말했다. 카리브 해에서는 빅터 휴즈의 해적선이었던 배가 죽음의 바람에 돛이 갈기갈기 찢어지고 돛대가 바다벌레에 갉아먹힌 유령선이 되어 아직도 과달루페로 가는 뱃길을 찾아 헤매는 것도 보았다고 했다. 우르슬라는 호세 아르카디오가 자신이 겪은 모험과 고생을 적어 보냈지만 통 받을 수가 없었던 편지를 지금에서야 받기라도 한 듯이 얘기를 듣다가 훌쩍훌쩍 울었다. "떠나지 않고 우리와 함께 살았더라면 그런 고생은 하지 않았을 텐데 그랬구나." 우르슬라가 울면서 말했다. "우린 먹을 것이 남아서 돼지들에게 던져주기도 했는데." 그러나 우르슬라는 집시가 데려간 자기 아들이 점심으로 돼지 반 마리를 집어삼키는 촌뜨기가 되었다는 사실을 깨닫지 못하고 있었다. 그리고 식구들 사이에서는 그를 은근히 싫어하는 기색이 드러났다. 아마란타는 식탁에서 쓸데없이 큰 소리로 떠들어대는 호세 아르카디오에 대해 느끼는 증오를 감추지 못했다. 그들 사이의 관계가 어떤 비밀을 품고 있는지 헤아릴 길이 없었던 아르카디오는 어떻게 친해질 수 없을까 해서 건네는 그의 질문에 대답도 하지 않았다. 아우렐리아노는 같은 방에서 그와 잠을 자게 될 때마다 옛날 어릴 적에 있었던 복잡한 사건들을 다시 끄집어내려고 했지만 바다에서의 생활에 대해서도 기억해 둘 추억거리가 너무 많아 머리가 모자랄 지경이었던 호세 아르카디오는, 그런 옛일 따위는 까맣게 잊어버린 지가 오래였다. 처음 받은 충격을 그대로 가슴속에 간직한 사람은 레베카뿐이었다. 자기의 침실 앞을 지나가는 그를 본 순간 레베카는 온 집 안을 흔들 만큼 거칠게 숨을 몰아쉬는 남성의 전형처럼 느껴지는 호세 아르카디오에 비교한다면, 피에트로 크레스피쯤은 달콤한 사탕밖에 안 된다고 생각했다. 레베카는 어떻게 해서라도 무슨 핑계를 만들어 그에게 접근하고 싶었다. 한번은 그가 레베카의 육체를 뻔뻔스러운 눈길로 훑어보고는 이렇게 말했다. "애, 너 그만하면 벌써 계집 구실을 하겠구나." 레베카는 다리가 휘청거릴 만큼 제정신을 잃었다. 레베카는 옛날처럼 다시 탐욕스럽게 흙이나 벽의 석회를 긁어먹기 시작했으며, 어찌나 초조하게 손가락을 빨아댔는지 엄지손가락에는 군살이 박히고 말았다. 레베카는 구역질을 했고 그러면 입에서 죽은 거머리가 섞인 푸른 물이 쏟아져 나왔다. 밤새도록 열병에 떨고 혼수상태를 헤매면서 레베카는 새벽이면 집을 떠들썩하게 뒤집어엎으며, 호세 아르카디오가 돌아오기를 기다리느라고 밤을 꼬박 새우기 일쑤였다. 어느 날 오후 모든 사람들이 낮잠을 즐기고 있는 사이에 이제는 더 이상 참을 수가 없게 된 레베카는 그의 침실로 갔다. 그는 배에서 쓰는 밧줄로 대들보에 매단 그물침대에 속옷 바람으로 누워 있었다. 얼룩얼룩한 문신이 뒤덮인 어마어마한 그의 몸을 보고 가슴이 울렁거려서 레베카는 뒷걸음질을 쳐서 도망가고 싶은 충동을 느꼈다. "실례했어요." 레베카가 말했다. "여기 계신 줄 몰랐어요." 그러나 레베카는 다른 사람들이 잠에서 깨어나지 않도록 나지막한 목소리로 말했다. "이리 와." 그가 말했다. 레베카는 순순히 그의 말을 들었다. 호세 아르카디오가 손가락 끝으로 자기의 발목을, 그리고 종아리를 , 그리고 다리를 , 다음에는 허벅지를 쓰다듬는 동안에 레베카는 뱃속에서 이상한 응어리가 꿈틀거리는 기분을 느끼며 그물침대 옆에 가만히 서 있었다. "아, 내 어린 동생아. 내 어린 동생아." 호세 아르카디오가 중얼거렸다. 정신을 못 가눌 정도로 질풍노도 같은 힘이 허리를 껴안고 들어올려서 서너번 손길이 오가는 사이 은근한 부분이 드러났고, 작은 새처럼 자신을 으스러뜨리는 그의 몸짓에 눌려 죽지 않으려고 레베카는 초인적인 힘을 내야만 했다. 쏟아져 나오는 피를 잉크를 말리는 압지처럼 흡수하는 그물침대의 무더운 늪 속에서 허우적거리며 레베카는 참기 어려운 고통 속에서 자신을 잃고 다시 태어났음을 하느님에게 감사드렸다.

사흘 후 5시 미사가 열릴 때 그들은 결혼했다. 그 전날 호세 아르카디오는 피에트로 크레스피의 가게로 찾아갔다. 그는 치터(zither, 현악기의 일종-역주) 연주를 가르치고 있는 피에트로를 보고 다짜고짜 말했다. "난 레베카와 결혼할 거요." 피에트로 크레스피는 얼굴이 창백해져서 치터를 어느 학생에게 넘겨주고는 수업을 끝내버렸다. 악기와 기계인형들로 가득 찬 방에 단둘이 남게 된 다음에 피에트로 크레스피가 말했다.

"레베카는 당신 여동생이 아니오?"

"그런 건 상관없죠." 호세 아르카디오가 말했다.

피에트로 크레스피는 라벤더 향기를 흠뻑 먹인 손수건으로 이마에 흐르는 땀을 닦았다.

"그건 도리에 어긋나는 일입니다." 피에트로 크레스피가 설명했다. "그리고 그건 법에도 어긋나는 일입니다."

호세 아르카디오는 입씨름보다는 창백해진 피에트로 크레스피의 안색을 보고 화가 치밀어 참을성을 잃었다.

"도리에 어긋나고 말고가 도대체 뭐 그리 중요하다는 거요?" 그는 말했다.

"아무튼 내가 하고 싶은 얘기는 앞으로 다시는 레베카에게 허튼 수작을 부리지 말라는 거요."

그러다가 피에트로 크레스피의 눈에 눈물이 글썽글썽 괴는 꼴을 보고는 그의 야만적인 근성이 사그라졌다.

"좋소." 그는 목소리를 바꿔서 말했다. "당신이 정말 우리 집 식구들을 좋아한다면, 아마란타를 차지하도록 하쇼."

니카노르 신부는 일요일 설교에서 호세 아르카디오와 레베카가 단순한 오빠와 동생 사이가 아니라는 사실을 밝혔다. 사람 된 도리를 모른다는 사실에 화가 나서 절대로 용서를 않겠다고 결심한 우르슬라는 성당에서 집으로 돌아오자 그 신혼부부에게 다시는 집에 발을 들여놓지 말라고 명했다. 우르슬라에게는 그들이 죽어 없어진 것이나 마찬가지였다. 그래서 그들은 공동묘지 건너편에 있는 집에 세를 들어 자리를 잡았고 가진 세간이라고는 호세 아르카디오의 그물침대뿐이었다. 그들이 결혼한 날 밤에 전갈 한 마리가 레베카의 신발에 들어 있다가 레베카의 발을 물었다. 레베카는 혀가 굳어버렸지만, 그렇다고 해서 그들이 신혼을 제대로 보내지 못한 것은 아니었다. 그 지역에 사는 이웃 사람들은 온 동네가 떠나갈 듯한 비명 소리가 하룻밤에 여덟 번이나, 그리고 낮잠시간에 세 번씩이나 들려와, 잠을 설치고는 그들의 미친 듯한 정열 때문에 죽은 사람만이라도 잠에서 깨어나지 않도록 해달라고 기도를 했다.

그들을 위해서 걱정을 해준 사람은 아우렐리아노뿐이었다. 그는 그

들에게 가구를 마련해 주고 호세 아르카디오가 정신을 차리고 집 근처의
빈터를 일구고 일을 시작할 때까지 보태 쓰라고 돈도 주었다. 한편으로
아마란타는 비록 기대하지도 않던 만족감을 느낄 만큼 사태가 달라지기
는 했어도, 레베카에 대한 악감정을 버릴 수가 없었다. 자기가 겪은 수치
를 어떻게 이겨내야 할지 몰라서 쩔쩔 매던 피에트로 크레스피는 우르슬
라의 말을 받아들여 자기의 패배를, 체면을 잃지 않으면서 서서히 잊으
려고 애쓰며 화요일마다 꼬박꼬박 점심식사를 같이하러 부엔디아의 집
으로 찾아왔다. 그는 아직도 그 집 식구들을 존경하는 뜻으로 검은 리본
을 단 모자를 쓰고 다녔으며, 우르슬라에 대한 자기의 애정을 표시하기
위해서 포르투갈의 정어리라든가, 터키의 장미 마멀레이드, 그리고 심지
어는 예쁜 마닐라 숄 따위의 멋진 선물을 가져다주었다. 아마란타는 그
를 주의 깊게 지켜보았다. 아마란타는 그가 무엇을 요구하려고 하는지
미리 눈치를 채고, 그의 이름을 수놓은 손수건을 한 벌 만들어서 그에게
선물로 주었다. 화요일이면 점심을 먹고 나서 그는 아마란타가 뜨개질을
하는 동안 말동무가 되어주었다. 아마란타를 어린애라고 생각하고 그렇
게 다루어오던 피에트로 크레스피로서는 아마란타의 새로운 면모를 뒤
늦게야 깨닫게 되었다. 성미는 별로 고상하지 못했어도, 아마란타는 세
상살이의 즐거움을 그 나름대로 잘 받아들였고, 남모르는 부드러움까지
지닌 여자였다. 어느 화요일에, 그런 일이 일어나리라고 모든 사람이 기
대하고 있었던 대로, 피에트로 크레스피는 아마란타에게 결혼을 청했다.
아마란타는 그 얘기를 듣고도 일손을 멈추지 않았다. 귀밑에서 뜨겁게
달아오르는 기운이 다 가신 다음에 아마란타는 어른스러운 침착한 목소
리로 말했다.

　"물론 좋아요, 크레스피. 하지만 서로 더 잘 알게 된 다음에 하는 것
이 좋을 거예요. 서둘러서 잘 되는 일이라곤 없으니까요."

　우르슬라는 당황했다. 피에트로 크레스피의 사람됨을 잘 알고 있는
터이긴 하더라도, 레베카와 그렇게 오랫동안 소문이 날 만큼 약혼 상태

를 끌어오던 그가 이제 와서 새로 내린 결심이 도덕적으로 올바른 것인
지 아닌지를 얼핏 가릴 수가 없었다. 그러나 자기가 느낀 의심을 다른 사
람들은 아무도 가지지 않았기 때문에, 우르슬라는 그런대로 그 청혼을
받아들여야 되겠다고 결심했다. 그렇지만 집안의 가장노릇을 하는 아우
렐리아노의 결정적이면서도 애매한 의견이 우르슬라를 더욱 당황하게
했다.

"결혼 따위를 놓고 이런 생각 저런 생각 하며 돌아다닐 시간이 어디
있어요?"

몇 달이 지난 다음에야 우르슬라가 겨우 뜻을 이해하게 된 그 말은,
결혼뿐만 아니라 전쟁을 제외한 모든 것에 대해서 그 순간 그가 느꼈던
솔직한 심정에서 우러나온 것이었다. 그는 총살을 당하게 된 순간에 그
런 처지로 그를 몰아온 돌이킬 수 없는 오묘하고 우연한 사건들의 연쇄
작용을 이해하지 못했다. 레메디오스의 죽음은 처음에 생각했던 것만큼
절망을 느끼게 하지는 않았다. 그것은 절망이라기보다는 여자가 없이 자
포자기하고 살던 때의 감정과 비슷한, 나중에는 적적하고 수동적인 욕구
불만으로 탈바꿈을 한 막연한 분노에 가까웠다. 그는 다시 일에 열중하
게 되었지만, 장인과 도미노놀이만은 계속했다. 상을 당해 우울한 기운
이 감도는 집에서 그들은 사나이들 사이의 우정만은 두텁게 키웠다. "다
시 결혼을 하게나, 아우렐리토(아우렐리아노의 애칭 - 역주)." 장인이 그에
게 타일렀다. "나한테는 아직도 딸이 여섯이나 있으니 그 가운데서 하나
고르지그래." 선거가 있던 날 저녁에 자주 왕래하는 도청을 다녀온 돈 아
폴리나르 모스코테는 나라 안의 정세에 대해서 무척 걱정을 했다. 자유
파들은 전쟁을 시작할 각오가 되어 있었다. 그때만 해도 아우렐리아노는
자유파와 보수파의 다른 점을 제대로 가릴 만한 판단이 서 있지 않았기
때문에 장인이 그에게 파벌에 대해 자세히 설명해 주어야 했다. 그는 자
유파라는 사람들이 멋대로 구는 나쁜 사람들이며, 신부들을 처형하고,
이혼을 지지하고, 서자도 적자와 동등한 권리를 누려야 한다는 못된 생

각에 젖어 있으며, 절대적인 정권을 무너뜨리고 연방 제도를 채택해서 나라를 분열시키려는 음모를 꾸미고 있다고 설명했다. 그런 한편 보수파는 신에게서 직접 권리를 부여받아서 질서와 가정윤리를 지키려는 사람들이라고 했다. 그들은 그리스도의 신앙과 권리의 원칙을 수호하며, 나라가 지방자치제의 형태로 분산되는 것을 막으려고 한다고 말했다. 인도주의적인 기질을 가지고 있던 아우렐리아노는 사생아들의 권리까지도 인정하려는 자유파의 입장에 공감을 느끼기는 했지만, 그래도 아무튼 그는 사람들이 어쩌다가 손으로 만져볼 수도 없는 이념들을 가지고 전쟁이라는 극한 상황에 도달하게 되었는지 그것만은 납득이 가지 않았다. 아우렐리아노는 정치에 대해서 별 관심이 없는 사람들이 사는 마을로, 선거를 치른답시고 장총으로 무장한 군인 여섯 명과 그들을 지휘하는 상사까지 불러왔다는 것은 어쩐지 허세를 부리는 것만 같이 느껴졌다. 그 병사들은 도착해서 조용히 있는 것도 아니었고, 집집마다 찾아다니면서 사냥총과 벌목도구와 심지어는 부엌칼까지 모두 압수하고 난 다음에 스물한 살이 넘는 남자들에게 보수파 후보자의 이름이 적힌 파란 투표용지와 자유파 후보자의 이름이 적힌 빨간 투표용지를 나누어주었다. 선거를 하는 날 저녁에 돈 아폴리나르 모스코테는 술 판매를 금지하고, 한집안 식구 아닌 사람들이 세 사람 이상 한자리에 모이면 안 된다는 포고문을 직접 발표했다. 투표는 아무런 사고도 없이 진행되었다. 일요일 아침 8시에 여섯 명의 군인들이 지켜보는 가운데 나무로 만든 투표함이 광장으로 옮겨졌다. 투표를 두 번 하는 사람이 없는지 감시하기 위해서 아우렐리아노가 장인과 함께 하루 종일 지켜본 바와 같이, 투표는 자유로운 분위기에서 진행되었다. 오후 4시에 광장에서 북을 울려 투표소가 문을 닫는다는 것을 알렸고, 돈 아폴리나르 모스코테는 투표함을 봉한 다음 직접 투표함에 서명했다. 그날 밤에 아우렐리아노와 도미노놀이를 하던 장인은 개표를 할 테니 투표함의 봉인을 뜯으라고 했다. 투표함 속에는 파란 투표용지와 빨간 투표용지의 수가 서로 비슷하게 들어 있었지만, 상사는 빨간 투표용지를 열 장만 남겨두고 나머지는 모두 없애버렸다. 그리고 그들은 투표함에 봉인을 다시 붙이고, 이튿날 아침 날이 밝자마자 그 투표함을 도청으로 보냈다. "자유파들은 아닌 게 아니라 전쟁을 치를 각오가 되어 있겠어요." 아우렐리아노가 말했다. 돈 아폴리나르는 자기의 도미노 패에 정신을 집중했다. "투표용지에 손을 댔다고 그런 소리를 하는 모양인데 그건 잘 모르고 하는 소리일세." 그가 말했다. "빨간 투표용지를 몇 장 남겨두었으니까 그런 불평은 나오지 않을 거야." 아우렐리아노는 야당이 겪어야 할 약점이 무엇인지를 깨달았다. "내가 만일 자유파라면, 나는 이 투표용지 사건 때문에 전쟁을 하러 나서겠습니다." 그가 말했다. 장인은 안경 너머로 아우렐리아노를 쳐다보았다.

"이러지 말게, 아우렐리토." 그는 말했다. "만일 자네가 자유파라면, 비록 내 사위라고 하더라도, 내가 투표용지를 바꿔치는 건 볼 수 없었을 거야."

마을 사람들이 분노를 느낀 까닭은 개표 결과보다는 군인들이 무기를 돌려주지 않았기 때문이었다. 여자들이 떼를 지어 장인을 찾아와서, 잘 말해서 부엌칼을 돌려주게 하라고 부탁했다. 돈 아폴리나르 모스코테는 확신이 섰다는 듯한 말투로 그에게 자유파들이 전쟁을 준비하고 있다는 증거물로 그 무기들을 군인들이 가져갔다고 했다. 비꼬는 듯한 그의 말투에 아우렐리아노는 아연실색했다. 그때 그는 아무 말도 하지 않았지만, 어느 날 밤 게리넬도 마르케스와 마그니피코 비스발이 다른 친구들과 함께 칼 얘기를 하다가 그에게 자유파냐 보수파냐 하고 물었을 때, 주저하지 않았다.

"만일 나더러 어느 쪽에 가담하겠느냐고 묻는다면, 난 자유파가 되고 싶어." 그는 말했다. "그 까닭은 보수파가 나쁜 짓을 하기 때문이야."

이튿날 그는 친구들의 권고에 따라 간장에 생긴 염증을 치료하러 간다는 거짓 핑계를 꾸미고 의사인 알리리오 노구에라 박사를 찾아갔다. 그는 협잡이라는 말도 모르는 사람이었다. 알리리오 노구에라 박사는 몇 년 전에, 아무 맛도 없는 알약 한 상자와 아무도 믿으려고 하지 않는 '못은 못끼리 모인다' 라는 이상한 표어를 외며 마콘도로 찾아왔다. 알고 보니 그는 돌팔이 의사였다. 별로 권위도 없는 의사라는 순진한 얼굴 뒤에는, 5년 동안 감옥살이를 하며 족쇄를 차고 있느라 발목에 생긴 흉터를 가리기 위해서 짤막한 다리를 목이 긴 구두로 감춘 폭력주의자가 숨어 있었다. 연방주의자로서의 첫 싸움에서 포로로 잡혔던 그는, 자기가 세상에서 가장 싫어하는 신부의 옷으로 변장을 하고 겨우 쿠라카오로 도망칠 수 있었다. 오랜 망명 생활 끝에 그는 카리브 해 지역의 망명객들이 모두 쿠라카오로 모여들었다는 소식에 기운을 얻어서, 알고 보면 설탕 덩어리에 불과한 알약 한 병과 자기가 직접 위조해서 만든 라이프치히 대학교 졸업장 하나를 몸에 지니고 밀수선을 얻어 타고 리오하차에 나타났다. 그는 너무 실망해서 울음을 터뜨렸다. 건드리기만 하면 터질 화약고라고 망명자들이 알고 있었던 연방주의자들의 정열은 희미한 하나의 환상에 지나지 않았다. 실패의 쓴맛을 보고, 여생을 숨어 살 곳이나 그리워하게 된 그 가짜 의사는 마콘도를 찾게 되었다. 광장 한쪽에 있는 병이 가득 찬 좁은 방을 하나 얻은 그는, 오랫동안 병에 시달리면서 약이라는 약은 다 쓰고도 별 효과가 없어, 결국은 그의 설탕 덩어리를 찾게 된 병자들 덕택으로 입에 풀칠할 수가 있었다. 돈 아폴리나르 모스코테가 허수아비 지도자 노릇을 하는 동안에 선동자로서 그의 본능은 조금도 잠들지 않았다. 그는 지나간 일들을 회상하고, 해수병(기침을 심하게 하는 병-역주)과 싸우면서 세월을 보냈다.

그러다가 선거가 가까워오자 그의 반역적인 충동은 고개를 들었다. 그는 정치에 대해서는 아무것도 모르는 어수룩한 젊은이들을 찾아다니며 계속 선동했다. 투표함 속에서 그토록 많이 나와서 돈 아폴리나르 모스코테가 영문을 몰라 했던 빨간 투표용지들은 그의 입김을 받은 젊은이들이 던진 표였다. 그는 선거라는 행위가 사기에 지나지 않는다는 사실을 입증하기 위해서 젊은이들더러 빨간 투표용지를 넣어보라고 했다.

"가장 효과적인 방법은 폭력뿐입니다." 그는 자주 이렇게 말했다. 아우렐리아노의 친구들 대부분은 보수파 세력을 쳐부순다는 계획에 열을 올렸지만, 아우렐리아노만은 그의 장인의 지위와 고독하고 까다로운 성격 때문에, 자기네 패에 끼워줄 생각을 하지 않았다. 그리고 그가 장인이 지시한 대로 파란 투표용지를 용지함에 넣었다는 소문도 돌았다. 그랬기 때문에 그가 자기의 정치적인 소견을 밝힌 일은 그야말로 우연히 얻은 선물이었다.

그러나 그가 아프지도 않은데 의사를 만나러 가기로 결심한 것은 단지 호기심에서 나온 행동이었다. 거미줄 냄새로 가득 찬 골방에서 그는 숨쉴 때마다 허파에서 바람 소리를 내는 먼지를 뒤집어쓴 이구아나 도마뱀처럼 생긴 사람과 마주 앉았다. 질문을 하기 전에 의사는 그를 창문으로 끌고 가서 아래 눈꺼풀을 까뒤집어 보았다. "아픈 곳은 거기가 아닙니다." 아우렐리아노는 자기가 들은 대로 말했다. 그는 손가락으로 배를 꾹꾹 누르면서 덧붙였다. "여기가 아파서 통 잠을 잘 수가 없습니다." 그러자 노구에라 박사는 햇빛이 너무 많이 든다는 핑계를 대며 창문을 닫고는 보수파들을 암살하는 일이야말로 애국적인 임무라는 얘기를 쉬운 말로 풀어서 설명했다. 며칠 동안 아우렐리아노는 저고리 주머니에 알약을 담은 병을 넣고 다녔다. 그는 두 시간마다 손바닥에 알약을 세 개씩 꺼내 놓고, 톡 튀겨서 입 안에 넣고는 혓바닥으로 그것을 녹였다. 돈 아폴리나르 모스코테는 그따위 엉터리 의사를 믿고 아무 약이나 먹느냐고 비웃었지만, 음모에 가담한 사람들은 그를 보고 새로운 동지가 또 하나 생겼음을 알게 되었다. 개척자들의 아이들은 거의 모두 그 음모에 가담했지만, 그들이 앞으로 어떤 행동을 하게 될지는 아무도 알지 못했다. 그러나 의사가 아우렐리아노에게 비밀을 모두 털어놓은 날, 아우렐리아노는 그 음모의 모든 계획을 받아들일 생각은 전혀 없었다. 그는 비록 보수파 정권을 타도할 때가 눈앞에 다가왔다고 굳게 믿기는 했지만 그 계획은 좀 겁나는 것이었다. 노구에라는 암살계획을 짜고 있었다. 그의 암살계획이란, 전국적으로 하나씩 암살을 해서 단계적으로 보수파 앞잡이들과 그들의 가족, 특히 어린애들까지 모두 죽여서 보수파의 씨를 말려버리려는 속셈이었다. 돈 아폴리나르 모스코테와 그의 아내, 그리고 물론 여섯 딸들도 암살 대상에 들어 있었다.

“당신은 자유파도 아니고 아무것도 아니오.” 아우렐리아노가 침착성을 잃지 않고 말했다. “당신은 그저 사람 백정이오.”

“그렇게 생각한다면 그 병은 돌려주시오.” 의사도 마찬가지로 조용한 목소리로 말했다. “당신에게는 이제 그 약병이 필요가 없겠소.”

의사가 미래도 없고, 수동적인 성격에다 행동력이 결핍된 사람이라서 자기를 포기해 버렸다는 사실을 아우렐리아노가 알게 된 것은 그로부터 여섯 달이 지난 다음이었다. 그들은 아우렐리아노가 배반해서 음모를 밀고할 것이 걱정되어 항상 그의 주위를 맴돌았다. 아우렐리아노는 입을 다물겠다고 약속해서 그들을 안심시켰다. 하지만 그들이 모스코테 집안 식구들을 암살하러 찾아간 날 밤, 그는 집 앞에서 기다리고 있었다. 아우렐리아노가 그들과 싸울 태세를 갖추고 있었기 때문에 그들은 계획을 취소하지 않을 수 없었다. 이즈음에 우르슬라가 그에게 피에트로 크레스피와 아마란타의 결혼에 대해서 어떻게 생각하느냐고 물었고, 그래서 그는 그까짓 일을 생각해 볼 시간은 없다고 대답했다. 일주일 동안 그는 낡은 권총을 옷 속에 숨겨가지고 다녔다. 그는 친구들을 감시했다. 오후가 되면 그는 세간을 장만하기 시작한 호세 아르카디오와 레베카를 찾아가서 커피를 마셨고, 저녁 7시가 지나면 줄곧 장인과 도미노놀이를 했다. 벌써 어른 티를 내는 아르카디오와 점심을 먹다가 그는 아르카디오가 눈앞에 닥친 전쟁 때문에 무척 흥분해 있음을 알게 되었다. 아르카디오보다 훨씬 나이가 많은 학생들이나 이제 겨우 말을 하는 아이들이 함께 어울려 다니는 학교에서도 벌써부터 자유파 열풍이 불고 있었다. 니카노르 신부를 쏘아 죽이고, 성당을 학교로 만들고, 자유연애를 구가하자는 얘기들이 한창이었다. 아우렐리아노는 아르카디오를 진정시키려고 했다.

110

그는 신중과 분별의 중요성을 얘기했다. 그의 냉철한 이론과 현실에 대한 의식에는 귀도 기울이지 않고, 아르카디오는 그의 나약한 성격을 남들 앞에서 마구 비난했다. 아우렐리아노는 기다렸다. 결국 12월 초 어느 날, 우르슬라가 무척 당황해서 작업실로 뛰어 들어왔다.

"전쟁이 터졌어!"

사실 전쟁은 이미 석 달 전에 시작되었었다. 전국에 계엄령이 선포되었다. 그 사실을 당장 알게 된 사람은 돈 아폴리나르 모스코테였지만, 그는 군대가 마콘도를 기습해서 점령하러 오고 있는 도중에도 그런 얘기는 아내에게조차 하지 않았다. 그들은 동이 트기 전에 노새가 끄는 대포 두 대를 앞세우고 소리 없이 마을로 들어와서 학교에다 사령부를 설치했다. 6시부터 통금이 실시되었다. 전보다 더 심한 가택수색이 철저히 시행되었고, 이번에는 농기구까지 압수해 갔다. 그들은 노구에라 박사를 끌어내어서 광장에 있는 나무에 붙잡아 매고는 아무런 법적 절차도 밟지 않고 총살시켜 버렸다. 니카노르 신부는 공중으로 떠오르는 기적을 행해서 군중들을 놀라게 하려고 하다가 어떤 병사의 개머리판에 맞아 머리가 깨어졌다. 자유파들은 침묵의 공포를 맛보아야 했다. 얼굴이 창백하고 속마음을 알아낼 수 없는 아우렐리아노는 계속해서 장인과 도미노놀이를 했다. 그는 지금 비록 군사적인 지휘권까지 부여받았어도 돈 아폴리나르 모스코테가 여전히 꼭두각시임을 알게 되었다. 아침마다 공공질서를 지키기 위해서라고 공출을 계속하던 대위가 사실상 모든 결정권을 쥐고 있었다. 그가 거느린 병사 네 명은 집에서 기르던 미친 개한테 물린 어떤 여자를 붙잡아다가 개머리판으로 때려 죽였다.

점령당한 지 두 주일이 되던 일요일에 아우렐리아노는 게리넬도 마르케스의 집으로 가서, 설탕을 타지 않은 커피를 한 잔 달라고 무뚝뚝하게 말했다. 그들이 부엌에 단둘이 남게 되자 아우렐리아노는 여태까지 그에게서 볼 수 없었던 숙연함을 보였다. "모두들 준비하라고 해." 그는 말했다. "전쟁을 시작할 때가 되었어." 게리넬도 마르케스는 그를 믿을 수가 없었다.

"무기가 있어야 싸우지." 그가 말했다.

"놈들 것을 빼앗으면 돼." 아우렐리아노가 대답했다.

화요일 밤 자정, 식칼과 날을 세운 집 안 도구로 무장한 서른이 안 된 젊은이들 스물한 명이 아우렐리아노 부엔디아의 지휘를 받고, 감히 꿈도 꾸지 못할 작전을 전개해서 기습적으로 방위사령부를 점령하고 무기를 빼앗은 다음에, 마당에서 여자를 죽인 병사 네 명과 대위를 처형했다.

바로 그날 밤, 울려 퍼지는 총성 속에서 아르카디오는 마콘도의 사령관으로 임명되었다. 결혼한 사람들은 앞일을 아내에게 맡기고 인사도 제대로 하지 못한 채 떠났다. 그들이 공포로부터 해방시켜 준 사람들의 환송을 받으며 그들은 새벽에 마콘도를 벗어나서, 최근에 들은 소식에 의하면 현재 마나우레로 진군 중이라는 빅토리오 메디나 장군의 혁명군 부대와 합류하려고 떠났다. 떠나기 전에 아우렐리아노는 돈 아폴리나르 모스코테를 옷장에서 끌어냈다. "편히 쉬십시오, 장인." 그가 말했다. "새 정부는 당신과 당신 가족의 안전을 보장할 것입니다." 돈 아폴리나르 모스코테는 목이 긴 구두를 신고 어깨에 총을 멘 그 반역자가 저녁 9시까지 자기와 함께 도미노놀이를 하던 사위와 같은 사람이라는 사실을 믿지 못하는 듯했다.

"이건 미친 짓이야, 아우렐리토." 그가 소리 질렀다.

"미친 짓이 아닙니다." 아우렐리아노가 말했다. "전쟁이죠. 그리고 이제부터는 날더러 아우렐리토라고 부르지 마십시오. 이제 나는 아우렐리아노 부엔디아 대령입니다."

6

아우렐리아노 부엔디아 대령은 서른두 차례에 걸쳐서 무력 봉기를 일으켰고, 그 싸움에서 모두 졌다. 여자는 열일곱씩이나 알게 되어 그들에게서 하나씩 아이를 낳아 자식이 열일곱이었으나, 그들 가운데 가장 큰 아이가 서른다섯 살이 되던 해 그들은 모두 한꺼번에 암살되고 하나만 남게 되었다. 적들이 열네 번이나 그를 암살하려고 시도를 했고, 일흔세 차례의 기습을 받았으며, 총살형도 한 번 당했으나 그는 끝까지 살아남았다. 그는 말 한 마리를 단숨에 죽일 만큼 많은 분량의 스트리키니네를 탄 커피를 마시고도 목숨을 건졌다. 그는 공화국 대통령이 그에게 수여한 무공 훈장을 거절했다. 그는 혁명군 총사령관의 자리에 올라서 전국을 지배하여 통솔하게 되었고, 정부가 가장 두려워하는 인물로 손꼽힐 정도로 위세가 당당했지만, 결코 남들이 자기 사진을 찍게 내버려두지 않았다. 전쟁이 끝난 다음에 나라에서 준다고 하는 연금조차 그는 거절했으며, 늙은 다음에도 마콘도에 있는 은세공 작업실에서 스스로 만든 자그마한 황금붕어 장식을 팔아서 먹고 살았다. 많은 사람들을 거느리고 전투에서는 항상 앞장 서서 지휘를 했지만, 그가 당한 부상이라고는 20년 동안의 내란을 끝내는 네에를란디아 조약에 서명하고 난 다음에 자기가 스스로 입힌 작은 상처뿐이었다. 그는 자기 가슴을 권총으로 쏘았는데, 총알은 급소를 하나도 다치지 않고 관통해서 등으로 뚫고 나왔다. 어쨌든 이 모두가 그에게 남겨준 보람이라고는 마콘도의 어느 거리 이름이 그의 이름을 따서 불리게 된 것뿐이었다. 하지만 늙어 죽을 때까지 이러한 굴곡 많은 삶이 앞에 기다리고 있으리라고는, 그가 빅토리오 메디나 장군의 군대와 합세하기 위해서 스물한 명을 데리고 떠나던 날 새벽까지도 전혀 짐작 못 했다.

"마콘도에 대한 일은 모두 너에게 맡기겠다." 그가 떠나기 전에 아르카디오에게 남긴 말은 그것이 전부였다. "지금만 같아도 마콘도의 형편은 우리에게 무척 유리한 셈이다. 그러니 앞으로는 마콘도를 더 훌륭한 곳이 되도록 유지해라. 그러면 어느 날엔가 우리가 돌아올 테니까."

아르카디오는 그가 남긴 지시사항들을 다분히 주관적으로 풀이했다. 그는 멜키아데스의 책에 있는 그림을 본떠서 끈이 늘어진 제복을 만들어 입고, 어깨에는 원수의 견장을 달고, 허리에는 처형당한 대위가 차던 금빛 술이 달린 칼을 찼다. 그는 마을 입구에 대포를 두 문 설치하고 그가 가르치던 제자들에게 열변을 토해서 자기의 이념에 홀리게 함으로써 타향 사람들이 어쩌다가 이곳에 와서 보아도 마콘도는 감히 손을 대지 못할 막강한 곳이라는 인상을 주려고 했다. 그러나 이러한 속임수는 결국 마콘도에도 피해를 가져왔는데, 그것은 열 달 동안이나 마콘도를 넘겨다 볼 엄두도 내지 못하던 정부가 드디어 마콘도를 침공하러 왔을 때에는 지레짐작을 하고 마을 전체가 반시간도 버티지 못할 만큼 어마어마한 병력을 투입하게 되었다는 부작용이었다. 마콘도의 지휘권을 잡은 첫날부터 아르카디오는 포고령에 대한 자신의 기호를 드러내기 시작했다. 갑자기 머리에 떠오르는 기발한 계획을 알리거나 실현시키기 위해서 하루에 네 가지 포고문을 선포하는 일쯤은 흔히 있었다. 그는 열여덟 살이 넘는 모든 남자는 병역을 치러야 한다는 원칙을 세웠고 저녁 6시가 넘었는데도 길거리에서 멋대로 돌아다니는 가축은 공공소유물이 되며, 나이가 너무 많은 늙은이들은 팔에 붉은 완장을 차고 다니라고 시달했다. 그는 니카노르 신부를 집 안에 연금시키고 자유파의 승리를 축하하기 위한 행사를 위해서가 아닐 때에는 절대로 미사를 드리거나 종을 울리지 못하게 금지해 버렸다. 그는 또한 자기가 한 말을 어기면 어떤 엄한 벌을 받게 될 것인지를 보여주기 위해서 광장에 자기의 병사들을 모아 정렬시키고는 허수아비를 쏘아 총살시키는 연습을 시켰다. 그러나 처음에는 아무도 그의 행동을 진심이라고 생각지 않았다. 그러던 어느 날 밤, 아르카디오가 카타리노의 가게에 들어서는 것을 보고 트럼펫을 부는 사람이 팡파르를 울렸는데, 그 요란한 팡파르에 다른 손님들이 웃어대자 아르카디오는 당장 그의 권위에 대한 모욕적인 행동을 했다는 죄목으로 악사를 체포하여 총살해 버렸다. 그리고 그 처형에 대해 항의하는 사람들도 모조리 체포해서 학교 교실에 가두고 발에는 족쇄를 채운 다음 먹을 것이라고는 빵과 물만 주었다. "넌 살인자야!" 우르슬라는 그가 어떤 엉뚱한 일을 저지를 때마다 그에게 소리를 질렀다. "아우렐리아노가 돌아와서 네가 저지른 일들을 알게 되면, 당장 너를 총살할 거고, 그러면 나는 속이 후련해질 거야!" 그러나 아무리 그래 봐도 소용이 없었다. 그는 쓸데없는 일에 대해서도 사람들을 못살게 굴었으며, 결국에는 마콘도의 역사상 가장 잔혹한 통치자라는 말을 듣게 되었다. "자기들이 기다리던 새 세상이 어떤지 한번 맛들이나 보라지." 언젠가 돈 아폴리나르 모스코테가 말했다. "이것이 바로 자유파가 얘기하는 지상천국이란 말이야." 아르카디오는 돈 아폴리나르 모스코테가 한 말을 전해 들었다. 그래서 어느 날 순찰대를 이끌고 마을을 돌던 그는 모스코테의 집을 공격해서 가구를 파괴하고, 딸들에게는 채찍질을 하고, 돈 아폴리나르 모스코테를 밖으로 끌어냈다. 이 얘기를 듣고 분을 참지 못해서 채찍을 휘두르고 온갖 욕설을 퍼부으면서 아르카디오를 찾아 마을을 한 바퀴 돌고 난 우르슬라가 사령부의 마당으로 뛰어 들어온 순간, 아르카디오는 돈 아폴리나르 모스코테를 처형장에 세워놓고 자기가 스스로 총살 발포 명령을 내리려고 했다.

"그래, 어디 한번 해봐, 이 몹쓸 놈아!" 하고 우르슬라가 고함을 쳤다.

아르카디오가 미처 손을 쓸 사이도 없이 우르슬라는 들고 온 채찍으로 후려쳤다. "이 녀석, 어서 발포 명령을 해보라구! 살인마 같으니!" 우르슬라가 악을 썼다. "그리고 나도 죽이려무나. 이 근본도 모르는 어미에게서 태어난 놈아! 너 같은 악마를 내 손으로 키워놓았다는 걸 잊게 어서 나를 죽이라구!" 사정 없이 채찍을 휘두르며 우르슬라는 아르카디오를 뒷마당으로 몰고 갔고, 구석까지 쫓겨 간 아르카디오는 달팽이처럼 몸을 도사렸다. 돈 아폴리나르 모스코테는 전에 허수아비를 걸어두었다가 재미로 총살 연습을 하는 통에 갈기갈기 찢어져 없어지고 기둥만 남은 총살대에 묶인 채로 의식을 잃고 있었다. 자기들도 우르슬라가 채찍으로 칠까 봐 겁이 난 다른 사람들은 비실비실 하나씩 뿔뿔이 달아나버렸다. 우르슬라는 그들은 거들떠보지도 않았다. 우르슬라는 화가 나기도 하고 가슴이 아프기도 한 심정으로 소리를 지르며 아르카디오의 찢어진 제복을 만져본 다음에 돈 아폴리나르 모스코테의 포박을 풀어 집으로 데려다 주었다. 사령부를 떠나기 전에 우르슬라는 교실에 감금된 죄수들을 모두 풀어놓았다.

그 일이 있은 다음부터 실제로 마콘도를 다스린 사람은 우르슬라였다. 우르슬라는 일요일 미사를 부활하고, 노인들에게 붉은 완장을 차지 말라고 지시했으며, 돼먹지 않은 포고령은 모두 철회했다. 그러나 우르슬라는 그 강인한 성격으로도 자기의 운명을 이기지 못해서였는지 남몰래 울어야만 했다. 우르슬라는 참을 수 없을 만큼 깊은 외로움에 빠져서 밤나무에 묶어둔, 이미 사람들의 기억에서 사라진 남편을 찾아가서 그에게서나마 마음의 위안을 얻으려고 했다. "우리 꼴이 어떻게 됐는지 아시는지 모르겠어요." 7월의 빗발이 허름한 지붕을 당장이라도 무너뜨릴 듯 퍼부어대는 속에서 우르슬라가 얘기했다. "집 안은 텅 비었고 아이들은 산지사방으로 흩어져서 우리는 이제 옛날처럼 둘만 남았어요." 망각의 심연에 빠져 헤어나지 못하는 호세 아르카디오 부엔디아의 귀에는 우르슬라의 한탄 따위가 들릴 턱이 없었다. 정신이상 초기에 그는 얘기할 것이 있으면 라틴 어로 두서없이 말을 늘어놓고는 했다. 그리고 아마란타가 먹을 것을 가져오고 머릿속이 말끔히 걷히는 순간에 그는 자기를 가장 괴롭히는 것들에 대한 얘기를 늘어놓으며, 얌전히 병에 담아온 우유를 빨아먹거나 겨자를 친 음식을 받아먹었다. 그러나 위안을 얻으려고 우르슬라가 찾아갔을 때는 이미 그는 완전히 현실과 단절된 상태였다. 의자에 올라앉은 그의 몸을 이곳저곳 닦아주면서 우르슬라는 집안 소식을 전했다. "아우렐리아노가 전쟁터로 간 지 벌써 넉 달이나 되었는데 통 소식이 오지 않아요." 우르슬라는 비누질을 한 솔로 그의 등을 닦아주면서 말했다. "호세 아르카디오가 이젠 어른이 되어서 집으로 돌아왔어요. 당신보다도 훨씬 몸집이 커요. 온몸에 바늘로 무늬를 파고 왔더군요. 와서는 늘 말썽만 피우고 있어서 걱정이에요." 그러나 우르슬라는 자기가 전해 주는 슬픈 소식들이 남편의 마음만 더욱 상하게 한다는 것을 깨달았다. 그래서 거짓말을 하기로 했다. "내가 이런 얘기를 하면 아마 당신은 믿지 않을 거예요." 우르슬라는 남편의 배설물을 재로 덮은 뒤 삽으로 떠내면서 말했다. "호세 아르카디오와 레베카는 하느님의 뜻대로 결혼을 했어요. 그들은 지금 아주 행복하게 살고 있답니다." 우르슬라는 그만 거짓말을 하는 데 너무 열중해서 나중에는 자기 스스로 그 얘기들을 정말이라고 믿고 마음이 가라앉기도 했다. "이젠 아르카디오도 제법 정신을 차렸어요." 우르슬라는 말했다. "그런 데다 무척 용감하기도 해요. 제복을 입고 칼을 찬 모습을 보면 정말 대견스러워요." 호세 아르카디오 부엔디아는 이미 모든 세상일에 대한 걱정에서 해방된 사람이어서, 그와 얘기를 나누는 일은 죽은 사람과 얘기하는 것이나 다를 바가 없었다. 그러나 우르슬라는 얘기를 그치지 않았다. 남편은 무척 평화스러운 표정이었고, 어떤 일에든 조금도 관심이 없어서, 우르슬라는 그를 풀어주기로 결심했다. 그러나 그는 의자에서 떠나려 하지 않았다. 그는 아무 고통도 느끼지 않으면서 보이지 않는 어떤 힘으로 밤나무와 연결이라도 되어 있는 듯 햇볕이 쨍쨍 쬐거나 비가 마구 쏟아지거나 가리지 않고 그냥 그 자리에 머물렀다. 8월이 다 되어서 우르슬라는 거짓말 같지 않게 들리는 얘기를 그에게 전했다.

"우리에게 아직도 행운이 남아 있다는 것을 알고 있어요?" 우르슬라가 그에게 말했다. "아마란타와 자동피아노를 만지는 이탈리아 청년이 곧 결혼하게 되었답니다."

사실 아마란타와 피에트로 크레스피는 이제 더 이상 그가 찾아올 때마다 감시할 필요가 없어졌다고 믿게 된 우르슬라의 보호를 받으면서 상당히 가까운 사이가 되었다. 그들은 석양이 물들 때면 만나곤 했다. 단춧구멍에 치자나무꽃을 꽂고 해질녘에 찾아온 피에트로 크레스피는 아마란타에게 페트라르카의 소네트(14행시 – 역주)를 번역해서 읊어주었다. 그들은 오레가노(허브의 일종 – 역주)와 장미의 향기에 감싸여서 앞마당에 나가 마주 앉아, 그는 시를 읽고 그녀는 레이스 뜨개질을 하며 전쟁에 대한 나쁜 소식 따위에는 관심도 없이, 모기가 극성을 부려 응접실로 쫓겨 갈 때까지 함께 시간을 보냈다. 섬세하고 찬찬한 아마란타의 부드럽고 보이지 않는 손길이 약혼자를 헤어나지 못하게 거미줄처럼 얽어 묶었지만, 그는 가냘프고 흰 손으로 그 거미줄을 헤치고 벗어나서 저녁 8시가 되면 꼭 자리를 뜨곤 했다. 그들은 이탈리아에서 피에트로 크레스피에게 보내온 그림엽서들을 앨범에 함께 붙이면서 즐거운 시간을 보냈다. 그 그림엽서에는 한적한 공원의 여인들이나 화살이 꿰뚫은 하트, 황금리본이나 비둘기들이 그려져 있었다. "난 이 공원에 가 본 일이 있지. 이 공원은 플로렌스에 있어." 피에트로 크레스피는 엽서들을 훑어보면서 말했다. "모이를 들고 손을 뻗으면 비둘기들이 날아와 손바닥에 앉아서 모이를 쪼아 먹지." 어떤 때에는 베니스 풍경을 그린 수채화를 보고 있노라면 진흙 냄새와 운하에서 썩어가는 조개 냄새가 꽃향기처럼 함빡 풍겨오는 것 같아

118

서, 그들은 향수를 느끼기도 했다. 아마란타는 한숨을 짓거나 웃으면서 멋진 남자들과 아름다운 여자들이 어린애들처럼 즐겁게 얘기를 나누고 옛날의 영광을 그대로 지닌 도시의 폐허에 고양이들이 노니는 제2의 고향을 상상했다. 이렇듯 한없는 사랑의 바다를 건너면서, 레베카의 정열적이고 들뜬 손길에 머리가 혼란해지던 피에트로 크레스피는 비로소 사랑의 의미를 깨닫게 되었다. 행복은 번영을 가져왔다. 그의 가게는 한 구간을 겨우 다 차지하다시피 했고, 환상의 천국 같은 그의 가게에는 여러 가지 종소리의 음악회처럼 아름다운 소리로 시간을 알리는 플로렌스의 종탑을 본떠서 만든 탑과, 소렌토에서 가져온 노래상자와 뚜껑을 열면 다섯 곡의 음악을 연주하는, 중국에서 가져온 작은 통과 사람이 생각해 낼 수 있는 모든 악기들과, 기계로 움직이는 온갖 장난감들이 내는 소리로 가득했다. 음악학교 일을 보는 데만도 시간이 모자랄 지경이어서 피에트로 크레스피는 가게를 동생인 부에노 크레스피에게 맡겼다. 피에트로 크레스피 덕택에 온갖 잡동사니가 눈길을 어지럽힐 만큼 잔뜩 늘어선 터키 사람들의 거리는 아르카디오의 어처구니없는 횡포나 먼 곳에서 벌어지는 전쟁에 대한 막연한 두려움을 잊을 수 있는 음악의 오아시스가 되었다. 우르슬라가 일요일 미사를 부활시킨다는 명령을 내리자, 피에트로 크레스피는 독일에서 가져온 발풍금을 교회에 증정하고, 어린이 성가대를 조직해서 니카노르 신부가 거행하는 엄숙한 예식을 더욱 빛내줄 레퍼토리를 준비했다. 아마란타가 어디에 내놓아도 자랑스러울 남편감을 만났다는 점을 의심하는 사람은 아무도 없었다. 억누를 수 없는 어떤 감정에 쫓겨서라기보다는 마음속에서 우러나는 자연의 섭리를 그대로 따르자는 뜻에서 크레스피와 우르슬라는 결혼식을 올릴 날짜를 정하기로 했다. 공연히 우물쭈물하며 더 기다릴 이유가 하나도 없었기 때문이었다. 그들 앞에는 아무런 장애물도 없었다. 우르슬라는 쓸데없이 자꾸만 결혼을 연기해서 결국 레베카의 인생을 망친 것을 자기 탓이라고 굳게 믿었기 때문에 다시 그런 짓을 되풀이하여 고통만 더욱 느끼고 싶은 생각은 없었다. 전쟁 때문에 느껴야 하는 고통과 아우렐리아노가 집을 떠난 것, 아르카디오의 횡포와, 호세 아르카디오와 레베카를 쫓아낸 것 따위 여러 가지 뼈아픈 일들 때문에 레메디오스의 죽음에 대한 슬픔은 어느 틈엔가 가셔버린 듯했다. 결혼식이 임박했을 무렵 피에트로 크레스피는, 지금까지 아버지나 다름없는 애정을 베풀었던 아우렐리아노 호세를, 자신의 큰아들로 여기겠다는 뜻을 비쳤다. 그 모든 것을 봤을 때 아마란타가 아무 걸림돌 없는 행복을 향해 나아가고 있다는 것은 기정 사실이었다. 그러나 레베카와는 달리 아마란타는 조금도 조급한 내색을 보이지 않았다. 아마란타는 식탁보를 염색하고, 레이스 뜨개질을 하고, 바늘로 공작을 수놓을 때의 인내심을 가지고 피에트로 크레스피가 자기의 감정을 더 이상 감내하지 못하게 될 날이 오기만을 기다렸다. 별로 기분이 내키지 않는 10월의 비 오는 어느 날, 마침내 올 것이 왔다. 피에트로 크레스피는 아마란타의 무릎에 놓인 바느질그릇을 밀어내며 그녀에게 말했다. "우리 결혼식을 다음 달쯤에 올리는 것이 어때?" 아마란타는 얼음장처럼 차가운 그의 손길을 느끼고도 놀라지 않았다. 아마란타는 겁먹은 작은 짐승처럼 자기 손을 빼고는 뜨개질을 계속했다.

"그렇게 간단하게 생각하지 말아요." 아마란타가 미소를 지었다. "나는 죽으면 죽었지, 당신하고는 결혼하지 않겠어요."

피에트로 크레스피는 자제력을 잃고 말았다. 그는 체면도 가리지 않고 흐느껴 울면서 제 손가락을 부러뜨리려는 듯이 비틀어댔지만, 아마란타의 마음만은 멋대로 할 수가 없었다. "공연히 시간만 낭비하지 말아요." 아마란타가 한 말은 그것뿐이었다. "당신이 정말로 나를 그렇게 사랑한다면, 앞으론 다시는 집 안에 발을 들여놓지 말아요." 우르슬라는 창피해서 곧 미쳐버릴 것만 같았다. 피에트로 크레스피는 지칠 때까지 애걸했다. 그는 상상할 수도 없을 정도로 비굴하게 행동했다. 그는 우르슬라의 무릎에 얼굴을 파묻고 한나절을 울었으며, 우르슬라는 그를 위로할 수만 있다면 영혼까지라도 팔아버리고 싶은 심정이었다. 비가 내리는 밤이면 아마란타의 침실에 불이 켜지기를 기다리며 우산을 받고 마당에서 서성거리는 그의 모습을 볼 수가 있었다. 옷차림도 여느 때보다 더욱 신경을 썼다. 고뇌에 찬 황제의 얼굴처럼 엄숙한 그의 표정은 기묘한 위엄마저 풍기고 있었다. 그는 앞마당에서 같이 뜨개질을 하는 그녀의 친구들에게 아마란타를 설득해 달라고 애원했다. 그는 사업을 게을리 했다. 그는 말린 꽃잎과 나비를 곁들여서 아마란타에게 보낼 글을 쓰느라고 가게 뒷방에 처박혀 하루를 보내기가 일쑤였으며, 아마란타는 그렇게 써서 보낸 피에트로 크레스피의 편지를 뜯어보지도 않고 돌려보냈다. 그는 방 안에 들어앉아서 몇 시간씩 치터를 튕겼다. 어느 날 밤 그는 노래를 불렀다. 마콘도 사람들은 이 세상에서가 아니라 천국에서 들려오는 듯한 치터 소리와, 세상에서 그 어느 누구도 여태껏 느껴보지 못했을 만큼 깊은 사랑을 느끼고 있는 목소리가 어울려 빚어낸 하늘나라의 소리에 잠을 깨었다. 피에트로 크레스피는 길거리의 집집마다 하나씩 하나씩 창문에 불을 밝히는 것을 보았지만 아마란타의 방에만은 불이 켜지지 않았다. 12월 2일에 가게 문을 열던 피에트로 크레스피의 동생은, 불이란 불은 모두 켜두고 음악상자를 모조리 열어놓고, 시계란 시계는 모두 끝없이 울리게 한 이 광란의 음악회 한가운데서 동맥을 면도날로 끊고, 안식향安息香 대야에 손을 담근 채로 뒷방 책상에 엎드려 있는 피에트로 크레스피를 발견했다.

우르슬라는 자기 집에서 위령제를 지내겠다고 나섰다. 니카노르 신부는 종교적인 예식을 거행하거나 신성한 땅에 그를 묻는 것을 거부했다. 우르슬라가 반박했다. "신부님이나 나나 다 잘 모르는 일이지만요, 그 젊은이는 성인聖人일지도 모릅니다." 우르슬라가 말했다. "그러니까 난 신부님이 반대하시더라도 그를 멜키아데스의 무덤 곁에다 묻겠습니다." 마을 전체가 우르슬라의 뜻을 받들어서 아주 훌륭한 장례식이 거행되었다. 아마란타는 침실 밖으로 나오지 않았다. 침대에 파묻혀서 아마란타는 우르슬라의 울음과 집 안으로 몰려들어 온 수많은 사람들의 발자국 소리와 속삭이는 소리, 상객들의 통곡 소리와 짓밟힌 꽃 냄새의 무거운 침묵을 들었다. 날이 저물자 아마란타는 피에트로 크레스피가 풍기던 라벤더 향내가 자꾸만 어디서 풍겨오는 착각을 오랫동안 느꼈지만, 그러나 그 환각을 이겨낼 힘을 지니고 있었던 덕택에 겨우 정신을 가다듬을 수 있었다. 우르슬라는 아마란타를 거들떠보지도 않았다. 어느 날 오후 아마란타가 부엌으로 가서 스토브의 석탄불에 아프다 못해 나중에는 전혀 감각이 없어지고 불에 그슬린 살갗에서 타는 냄새가 날 때까지 손을 지질 때에도 우르슬라는 아마란타를 동정하기는커녕 눈 하나 깜짝하지도 않았다. 그런 식으로 양심의 가책에서 벗어날 수 있으리라는 생각은 아마란타의 오산이었다. 아마란타는 불에 탄 손을 계란 흰 자위만 모아서 담은 냄비에 담그고 며칠을 보냈는데, 화상이 다 나아갈 무렵에는 아마란타의 마음은 손에 더덕더덕 말라붙은 계란 흰자위 부스러기처럼 다 헐어버렸다. 그 비극이 남긴 외적인 흔적은 아마란타가 죽을 때까지 손에 감고 있던 시꺼먼 붕대뿐이었다.

아르카디오는 피에트로 크레스피의 장례식을 공개적으로 거행하겠다는 계획을 발표함으로써 오랜만에 보기 드문 관용을 베풀었다. 우르슬라는 아르카디오의 이러한 행동을 보고 길 잃은 양이 다시 찾아왔다고 기뻐했다. 그러나 그것은 오산이었다. 우르슬라는 아르카디오를 그가 제복을 입던 날부터가 아니라 처음부터 잃었었다. 레베카와 마찬가지로 우르슬라는 어떤 특혜나 차별을 주지 않고 그를 그저 평범한 아들로 길렀다고 생각했었다. 그러나 우르슬라가 모르고 있었던 사실은, 불면증이 마콘도를 휩쓸던 시절에 우르슬라가 돈을 버는 일에 너무 열을 올리고 있었고, 호세 아르카디오 부엔디아는 정신이상에 시달리고 있었고, 아우렐리아노는 연금술에 빠져 있었고, 아마란타와 레베카는 목숨을 걸 만큼 극렬한 대결을 하고 있던 그 오랜 기간 동안 아르카디오가 외롭고 겁에 질린 어린 시절을 홀로 보내고 있었다는 점이었다. 아우렐리아노는 다른 일에 바빠서 마치 남들한테 그러하듯 무관심하게 그에게 글을 읽고 쓰는 법을 가르쳐주었다. 그는 자기가 입던 옷을 아르카디오에게 물려주었고, 그러면 아르카디오는 비지따시옹이 손질한 그 헌옷을 떨어져서 버리게 될 때까지 입었다. 아르카디오는 너무 커서 헐렁헐렁하고 발이 아픈 구두를 물려받아 신었고, 기워댄 바지를 입어서 여자처럼 가냘픈 그의 엉덩이는 언제나 고통을 받았다. 아르카디오가 그나마 대화를 나눌 수 있었던 사람은 원주민 말로 얘기가 통하는 비지따시옹과 카타우레였다. 그리고 난해한 내용을 그에게 설명해 주려고 애쓰며 은판사진술에 대해 가르쳐 주던 멜키아데스만이 세상에서 아르카디오를 정말로 생각해 주던 유일한 사람이었다. 그가 남겨두고 간 원고들을 공부해서 멜키아데스를 죽음의 세계에서 다시 불러오려고 미친 듯이 연구에 빠졌던 아르카디오가 여태까지 남몰래 얼마나 울었는지를 아는 사람은 하나도 없었다. 그가 그러한 정신적인 고통에서 해방될 수 있었던 것은 학생들이 그에게 관심을 보여주며 존경하던 학교와, 멋진 제복을 입고 수없이 많은 포고령을 선포할 수 있게끔 그의 신분을 높여준 권력 덕택이었다. 어느 날 밤에 카타리노의 가게에서 어떤 사람이 용기를 내어 그에게 이런 말을 했다. "당신은 당신 가문을 부끄럽게 하는 사람이오. 부엔디아란 성을 당신이 더럽히고 있단 말입니다." 옆에서 지켜보던 모든 사람들이 예상하던 바와는 달리 아르카디오는 그 사람을 총살하지 않았다.

"내 성은 부엔디아가 아니오." 그는 말했다. "그리고 나는 그 사실에 대해서 긍지를 느끼고 있소."

아르카디오의 핏줄에 대해서 알고 있었던 사람들은, 그 얘기를 듣고 아르카디오 자신도 그 비밀을 알고 있다고 생각했지만, 그러나 그는 사실 그런 비밀을 조금도 모르고 있었다. 암실에서 그의 피를 끓어오르게 했던 그의 어머니 필라르 테르네라는 처음에 호세 아르카디오에게 그리고 그 다음에는 아우렐리아노에게 그랬듯이 아르카디오에게도 정신적으로 힘겨운 부담을 주었다. 비록 그동안에 매력과 밝은 웃음을 잃기는 했지만 아르카디오는 필라르를 찾아다녔고, 연기 냄새가 나는 곳에서 그녀를 찾아내곤 했다. 전쟁이 시작되기 얼마 전 어느 날 점심, 필라르 테르네라가 보통 때보다 조금 늦게 어린 아들을 데리러 학교로 갔을 때 그는 자주 낮잠을 자러 들르고, 나중에는 감옥으로 쓰게 된 교실에서 그녀를 기다리고 있었다. 필라르 테르네라의 아이가 마당에서 놀고 있는 동안에 그는 필라르가 이곳을 지나가리라는 것을 알고 초조한 마음으로 그물침대에 누워서 그녀를 기다렸던 것이다. 그녀가 나타나자 아르카디오는 그녀의 손목을 잡고 그물침대 안으로 끌어넣으려고 했다. "이러면 안 되는데, 이러면 안 되는데……" 필라르 테르네라가 겁에 질려서 말했다. "아르카디오를 즐겁게 해주고 싶은 생각이 없어서 그러는 게 아니고, 정말 하느님께 맹세하지만 우린 이러면 안 돼." 아버지에게서 물려받은 억센 힘으로 그녀의 손목을 낚아챈 아르카디오는 그녀의 살갗이 손에 닿는 순간 세상이 사라지는 듯한 기분을 느꼈다. "뭐 성녀인 체하지 말아요." 아르카디오가 말했다. "당신이 갈보라는 걸 모르는 사람은 하나도 없으니까요." 필라르는 자기의 운명이 불러온 이 역겨운 입장에서 느끼는 구역질을 겨우 참았다.

"이러면 아이들이 알게 돼." 필라르가 중얼거렸다. "지금보다는 이따가 밤이 더 안전하지. 문을 잠그지 말고 열어 둬요."

그날 밤, 아르카디오는 열병이라도 걸린 듯 몸을 부들부들 떨면서 그물침대에 누워 그녀가 오기를 기다렸다. 뜬눈으로 밤을 보내고 이른 아침이 다가오도록 잠들지 못한 귀뚜라미 소리와 도요새 소리에 귀를 기울이며 기다리다가, 뒤늦게야 혹시 속지나 않았나 하는 생각이 들었다. 초조한 감정이 드디어 분노로 바뀔 시간이 되어서야 문이 열렸다. 몇 달 후 총살을 당하는 순간에 아르카디오는 그날 밤 교실에서 주춤주춤 어둠 속의 길을 손으로 더듬으며 의자들 사이에서 여기저기 부딪히던 여인의 탐스러운 몸뚱어리가 다가와 손길에 닿던 것과, 자기 아닌 다른 사람이 내뿜는 숨결이 뜨겁게 닿던 느낌을 생생하게 기억할 수 있었다. 그는 손을 뻗어서 어둠 속에서 갈피를 잡지 못하고 헤매는, 반지를 두 개나 낀 다른 손을 잡았다. 그 손을 매만지면서 그 손의 핏줄과 가쁘게 뛰는 맥박과 죽음의 손아귀에 잡혀 도중에 끊어진 엄지손가락 밑의 생명선을 손바닥에서 더듬었다. 그리고 그는 이 여인이 자기가 기다리던 여자가 아닌 다른 여인임을 곧 깨달았다. 밤에 찾아온 여인에게서는 연기 냄새가 아니라 꽃으로 만든 로션 향기가 풍겼고, 남자처럼 젖꼭지가 단단한 잔뜩 부푼 젖가슴과 야자열매처럼 단단하고 동그랗게 부풀어 오른 두덩과, 흥분 속에서 보여준 어수룩한 부드러움을 느낄 수가 있었다. 그 여자는 처녀였으며, 밤에 예고 없이 나타난 여자답지 않게 이름이 산타[聖女] 소피아 드라 삐에다드였다. 필라르 테르네라는 이 여자에게 그 일을 시키기 위해 자기가 반평생 저축해서 모은 돈 50페소를 지불했었다. 아르카디오는 그 여자가 자기 아버지의 자그마한 식료품 가게에서 일하고 있는 것을 여러 번 본 일이 있지만, 그 여자가 워낙 덕망이 높은 여자 같아서 행운의 그날 밤 말고는 보통 흔한 여자들처럼 느껴지지가 않아 눈여겨본 적이 없었다. 그날 밤의 일이 있은 다음부터 그는 그 여자의 따뜻한 겨드랑이에 고양이처럼 파고들곤 했다. 필라르 테르네라가 저축한 돈의 나머지 반을 주고 설득한 보람이 있어서 그 여자는 부모들의 허락을 받고 낮잠 시간이 되면 학교로 찾아오곤 했다. 나중에 정부에서 그들이 사랑을 나누던 장소를 차지해 버리자 그들은 가게 뒤쪽의 돼지기름 깡통과 옥수수자루들이 잔뜩 쌓인 곳에서 사랑을 계속했다. 아르카디오가 행정 및 군사적 지휘권을 인수받게 될 때쯤에는 그들 사이에 딸이 하나 태어났다.

이 사실을 알고 있었던 친척들이라고는, 같은 핏줄이기 때문에가 아니라, 아르카디오가 공모하는 기분으로 사실을 얘기해 줘서 이 사실을 듣게 된 레베카와 호세 아르카디오뿐이었다. 호세 아르카디오는 이때 그의 목에 결혼의 멍에를 메고 있었다. 레베카는 강인한 성격과 한없는 충동과 끈질긴 욕망으로 이제는 여자나 쫓아다니는 게으른 남자에서, 무지막지하게 일만 해대는 동물이 된 남편의 엄청난 힘을 모두 흡수했다. 그들은 집을 깨끗하고 단정하게 가꾸었다. 레베카는 잠이 깨면 새벽에 문을 모두 활짝 열어놓았고, 그러면 무덤 쪽에서 창문으로 불어 들어온 바람이 문을 통해서 마당으로 빠져나가며 흰 벽과 가구에 죽은 사람의 뼛가루 자국을 남겼다. 흙을 먹으려는 욕망이나, 부모들의 뼈가 내던 딸그락딸그락 소리와 피에트로 크레스피의 수동적인 태도에서 느끼던 불안감은 어느덧 기억의 다락방 속으로 자취를 감추었다. 전쟁에 대한 두려움도 잊고, 하루 종일 창가에 앉아서 뜨개질을 하던 레베카는 남편이 돌아오는 요란한 소리에 찬장의 질그릇들이 서로 부딪쳐 덜그럭 소리를 내면 자리에서 일어나 음식을 데우고, 그러면 곧 더러운 사냥개들이 먼저 모습을 나타내고, 뒤를 이어서 각반과 박차를 차고 엽총을 둘러멘 남편이 어떤 때에는 어깨에 사슴 한 마리를 지고, 아니면 토끼나 오리 한 꾸러미를 꿰차고 나타났다. 마콘도의 통치자가 된 뒤의 어느 날 오후, 아르카디오가 갑자기 두 사람을 찾아왔다. 집을 나온 후로 여태까지 그를 만난 일이 없었지만, 아르카디오가 그들에게 친절하고 다정한 태도로 대했기 때문에 그들은 그를 저녁에 초대해서 스튜를 함께 먹자고 했다.

커피를 마실 시간이 되어서야 아르카디오는 그가 찾아온 진짜 이유를 설명했다. 그는 호세 아르카디오에 대해서 불평하는 진정서를 받았었다. 그 진정서에 따르면 호세 아르카디오가 자기 밭을 다 일구고 나서 곧장 이웃집 농토로 황소를 밀고 들어가 울타리와 건물을 부숴버리고 근처에 있는 땅들을 닥치는 대로 빼앗아버렸다는 얘기였다. 가진 땅이 별로 신통치 않아서 빼앗지 않고 그대로 둔 땅의 주인들로부터는 사냥개를 끌고 가서 사냥총으로 위협하면서 토요일마다 공출을 받아내기도 했다는 것이다. 그는 진정서의 내용을 부인하지 않았다. 그는 오히려 처음 마콘도 마을이 설 때에 호세 아르카디오 부엔디아가 모든 땅을 몰수해서 다시 분배했는데, 그 후에 아버지가 정신이상이 되었다는 것은 누구나 인정하는 일이어서 집안에서 자식들에게 물려줄 상속 재산까지 모두 남들에게 주어버렸으니, 자기로서는 그 땅을 도로 찾을 떳떳한 권리가 있다고 주장할 뿐이었다. 그랬더니 아르카디오는 자기가 등기소를 세울 테니까, 호세 아르카디오더러 몰수한 땅에 대한 소유권을 법적으로 인정받고 그 땅의 사용에 대한 사용료를 마콘도 행정부에 바치라고 말했다. 그들은 그 제안에 곧 합의했다. 여러 해가 지난 다음에 아우렐리아노 부엔디아 대령은 토지와 재산에 대한 등기서류들을 검토하면서 살펴보다가 자기 집이 있는 언덕에서부터 지평선 끝까지, 공동묘지까지도 모두가 형의 명의로 되어 있으며, 아르카디오는 자기가 마콘도를 통치하던 11개월 사이에 주민들에게서 공식적인 세금이나 공과금뿐만이 아니라 호세 아르카디오의 소유가 된 땅에 죽은 사람을 매장하는 데 대한 요금까지도 징수했다는 사실을 알게 되었다.

주민들이 우르슬라의 정신적인 고통을 조금이라도 더 자극하지 않으려고 아무 말도 하지 않았기 때문에 우르슬라는 남들이 다 알고 있었던 이 사실을 몇 달 동안 까맣게 모르고 지냈다. 처음 얘기를 들었을 때, 우르슬라는 그 말을 의심했다. "아르카디오가 집을 짓고 있어요." 우르슬라는 호박 즙을 한 숟갈 남편의 입에 떠먹여 주면서, 겉으로는 자랑스러운 척하면서 말했다. 그러나 우르슬라는 자기도 모르게 한숨을 쉬고 엉겁결에 덧붙였다. "왜 이런 기분이 드는지 모르겠지만, 하여튼 어쩐지 모든 일이 좀 수상한 낌새가 있어요." 그러나 나중에 아르카디오가 집만 짓는 것이 아니라 비엔나에서 가구까지 주문해서 가져오려는 생각을 하고 있다는 눈치를 챈 우르슬라는 손자가 공금을 착복하고 있다는 의심을 굳히게 되었다. "넌 어쩌자고 이렇게 집안 망신을 시키냐!" 어느 일요일 오후 미사가 끝난 다음에, 새로 지은 집에서 관리들과 함께 카드놀이를 하는 손자를 보고 우르슬라가 고함을 쳤다. 아르카디오는 우르슬라에게 눈도 돌리지 않았다. 우르슬라가 그에게 태어난 지 여섯 달 되는 딸이 있고, 결혼도 하지 않고 동거하는 산타 소피아 드 라 삐에다드가 다시 임신을 했다는 사실을 안 것도 그때였다. 우르슬라는 지금 어디에 있는지도 모르는 아우렐리아노 부엔디아 대령에게, 이런 일들을 어서 바로잡아달라고 편지를 쓸 생각을 했다. 그러나 그 당시의 급박한 사태들은 우르슬라가 마음먹은 계획들을 실현하지 못하게 했을 뿐더러 공연히 그런 생각을 했었다고 후회하게까지 만들었다. 그때까지만 해도 멀리서 벌어지고 있어서 막연하게만 느껴지던 전쟁이 갑자기 구체적이면서도 극적인 현실이 되어버렸기 때문이었다. 2월이 다 간 어느 날, 빗자루를 한 짐 잔뜩 노새에 실은 얼굴이 창백한 한 늙은 여자가 마콘도에 도착했다. 첫눈에 별로 대단치도 않아 보이던 그 여자를 보초들은 늪지대에서 찾아오는 수많은 장사꾼들이나 마찬가지로 빗자루나 팔려고 들른 떠돌이 여자라고 생각해서 그대로 통과시켰다. 그 여자는 곧장 막사가 있는 곳으로 갔다. 아르카디오는 그 여자를, 옛날에는 교실로 쓰다가 지금은 후방부대의 막사로 바꿔서, 벽에 박힌 못에는 둘둘 말아 올린 그물침대가 주렁주렁 걸리고 구석에는 매트리스를 쌓아두고 마룻바닥에는 온통 소총과 캘빈과 엽총이 너저분하게 흩어진 방으로 불러들여서 만났다. 그 늙은 여자는 갑자기 몸을 굳히고 군대식 경례를 붙인 다음에 자기의 신분을 밝혔다.

"나는 그레고리오 스티븐슨 대령입니다."

늙은 여자로 변장한 그 남자는 나쁜 소식을 가져왔다. 그가 보고한 바에 의하면 자유파 혁명군들이 장악하던 마지막 거점들이 완전히 소탕을 당해 가던 중이었다. 그는 리오하차 부근의 전투에서 패배하여 후퇴하던 중에 헤어진 아우렐리아노 부엔디아 대령이 보낸 전언傳言을 아르카디오에게 전해 주기 위해서 자기가 마콘도로 찾아왔다고 말했다. 자유파 사람들의 생명과 재산을 보호받기 위해서는 그 보호를 조건으로 내세우고 아무 저항 없이 보수파 군대에게 마콘도를 넘겨주어야 한다는 얘기였다. 아르카디오는, 생김새대로 보면 피난길에 오른 불쌍한 할머니처럼 보이는 그 전령을 찬찬히 뜯어보았다.

"물론 당신은 문서로 된 명령서 같은 것을 가지고 왔겠죠?" 아르카디오가 물었다.

"그럴 수가 없었습니다." 전령이 대답했다. "그런 것을 몸에 함부로 지니고 다닐 수는 없습니다. 이런 상황에서 신분을 드러내는 물건을 지니고 다녔다가는 목숨이 위태로우니까요."

그렇게 말하면서 그는 조끼 주머니로 손을 가져가서 황금으로 만든 작은 물고기를 꺼냈다. "이만하면 내 말을 믿으시겠죠?" 아르카디오는 첫눈에 그 황금물고기가 아우렐리아노 부엔디아 대령이 손수 만든 것이 틀림없음을 알았다. 그러나 전쟁이 터지기 전에 누구라도 그 황금물고기를 사거나 훔쳐서 가졌을 가능성이 있었으므로, 그것만 가지고는 안전통행의 자격을 주기에는 모자랐다. 그러자 전령은 자기의 신분을 납득시키려는 황급한 마음에서 군사비밀까지도 털어놓았다. 그가 털어놓은 비밀은, 자기가 지금 쿠라카오로 임무를 맡고 가는 중인데, 그곳에 가서 카리브 해 각지에서 모여든 망명객들을 모아 군대를 조직하고 그해 연말에 상륙작전에 필요한 무기와 군수품도 마련해야 한다는 얘기였다. 이 결정적인 작전에 기대를 품고 있는 아우렐리아노 부엔디아 대령으로서는 그때를 위해서 어떤 작은 희생도 바라지 않았다. 그러나 아르카디오는 남의 말을 듣는 사람이 아니었다. 그는 전령을 포로로 생각해서, 그의 신분이 밝혀질 때까지 감옥에 가두기로 하고, 목숨이 붙어 있는 한 마콘도를 사수하겠다고 결심했다.

결과를 볼 수 있기까지에는 별로 오래 기다릴 필요가 없었다. 자유파가 곳곳에서 패한다는 소식이 자주 들려오자 마콘도는 긴장감으로 휩싸였다. 3월이 끝나가는 어느 날 이른 새벽, 철에 맞지 않게 비가 뿌리는 가운데 몇 주일 동안 계속되던 조용한 긴장은 기병대의 요란한 나팔 소리와 성당의 종탑을 한방에 무너뜨린 대포 소리와 더불어 수라장으로 바뀌었다. 저항을 하려던 아르카디오의 결심은 사실상 미친 짓이나 마찬가지였다. 그가 거느린 군대라고는 제각기 20발의 총알밖에 없는 엉성한 무기를 가진 50명에 지나지 않았다. 그러나 아르카디오의 제자였던 그들 중에는, 겉만 번드르르하게 들리는 포고문에 흥분하여 제정신을 잃고 승산 없는 싸움에 목숨을 바치려는 사람들이 많았다. 요란한 구둣발 소리와, 양쪽에서 외치는 명령과 땅을 뒤흔드는 포성과 아무 곳에나 대고 쏘는 총성과, 발악하는 듯한 나팔 소리의 소란 속에서 스티븐슨 대령이라고 주장하던 사람은 겨우 기회를 얻어 아르카디오에게 말했다. "여자 옷을 입고 이렇게 뜻 없는 죽음을 당하는 모욕을 겪지 않게 나에게 기회를 주시오." 그는 아르카디오에게 애원했다. "만일 내가 죽어야 한다면, 나는 싸우다가 죽고 싶소." 그의 말은 아르카디오의 마음을 움직였다. 아르카디오는 부하들을 시켜서 스티븐슨 대령에게 탄환 20발을 나눠주고 다른 부하 다섯 명과 함께 사령부를 사수하라고 명령한 뒤에 반격을 가하려고 다른 부하들을 이끌고 사령부를 떠났다. 하지만 그는 늪지대로 빠지는 길에도 다다르지 못했다. 바리케이드는 이미 무너졌고, 그의 부하들은 처음에는 분배받은 20발의 탄환과 소총으로, 그러고는 소총에 대항해서 권총만으로 싸우며 시가전을 벌이다가 마지막에는 맨주먹으로 육박전에 돌입했다. 패배의 기색이 역력해지자 어떤 여자들은 몽둥이와 부엌칼을 들고 길로 뛰어나가 합세하여 싸웠다. 이런 북새통에 아르카디오는 잠옷 바람으로 호세 아르카디오 부엔디아가 쓰던 권총 두 자루를 들고 미친 여자처럼 뛰어다니며 자기를 찾아다니는 아마란타를 만났다. 그는 자기의 총을 전투에서 무기를 몽땅 잃은 어느 장교에게 넘겨주고 옆길로 빠져서 아마란타를 집으로 데려다주려고 몸을 피했다. 우르술라는 옆집 담벼락에 커다란 구멍을 뚫어놓은 대포의 포성도 아랑곳하지 않으면서 문간에 서서 기다렸다. 비는 조금씩 걷히기 시작했지만 길바닥이 녹아내린 비누처럼 미끄럽고 질퍽거렸으며, 사람들은 어둠 속에서 거리를 제대로 측정할 수도 없었다. 아르카디오는 아마란타를 우르술라에게 맡기고, 길모퉁이에서 맹렬히 총을 쏘아대는 두 명의 적군과 맞붙어보려고 했다. 하지만 몇 년 동안이나 장롱 서랍 속에 넣어두었던 권총이 제대로 말을 들을 리가 없었다. 우르술라는 아르카디오를 자기 몸으로 막아 보호하면서 그를 집 쪽으로 끌고 가려고 했다.

"제발 내 말 좀 듣고 하라는 대로 따라오려무나." 우르술라가 그에게 소리쳤다. "미친 짓은 이제 그만하면 충분해!"

적군이 그에게 총을 겨누었다.

"아주머니, 그 남자를 놓아두시오." 그들 중 한 사람이 소리쳤다. "말을 안 들으면 아주머니의 생명에 대해서는 책임질 수 없습니다."

아르카디오는 우르슬라를 집 쪽으로 밀치고 번쩍 손을 들어 항복했다. 얼마 안 있어 총격전은 끝났고, 성당에서는 종이 울리기 시작했다. 반격은 반시간도 지탱하지 못했다. 아르카디오의 병사들 가운데 살아남은 사람은 하나도 없었지만, 그래도 죽기 전에 적병을 300명이나 죽였다. 그들의 마지막 거점은 막사였다. 적의 공격이 시작되기에 앞서서 자칭 그레고리오 스티븐슨 대령이라던 사람은 감옥에 갇혀 있던 죄수들을 모두 풀어주고, 그들더러 길거리로 나가서 싸우라고 했다. 그리고 보기 드문 기동력과 정확한 사격술로 스티븐슨 대령이 발사한 단 20발의 탄환은 적으로 하여금 사령부가 철저한 방어태세가 갖추어졌다는 인상을 느끼게 했으며, 그래서 적은 대포를 동원해서 막사와 사령부를 산산조각을 내어 날려버렸다. 사령부를 공격하는 작전을 지휘했던 적군 대위는 전투가 끝난 다음에 폐허 더미 속에서 총구가 다 파열된 소총 한 자루를 움켜쥐고 속옷 바람으로 죽어 있는 시체 하나만을 발견하고는 놀라움을 금하지 못했다. 죽은 사람은 머리핀으로 붙잡아 맨 여자 가발을 쓰고 있었고, 목에는 황금으로 만든 물고기가 달린 목걸이가 걸려 있었다. 시체를 발끝으로 젖혀서 얼굴을 본 대위는 놀라서 소리를 질렀다. 다른 장교들이 그에게로 왔다. "하느님 맙소사." 대위가 혀를 찼다.

"이 친구 어디로 갔나 했더니 여기서 나타나는구먼." 대위가 말했다. "그레고리오 스티븐슨이야."

새벽에 약식 군사재판이 열린 다음에, 아르카디오는 공동묘지의 담벼락 앞에서 총살을 당하게 되었다. 그의 생애 중 마지막 남은 두 시간 동안 그는 어째서 어릴 적부터 그를 괴롭히던 공포가 흔적도 없이 삽시간에 사라져버렸는지 이해할 수가 없었다. 몸을 축 늘어뜨리고 최근에 겉으로 부리던 허세조차 다시 보일 생각도 하지 않으면서 그는 자기의 죄명을 끝없이 읽어대는 말소리를 차분하게 들었다. 지금쯤 밤나무 아래서 호세 아르카디오 부엔디아와 커피를 마시고 있을 우르슬라를 생각했다. 아직도 이름을 지어주지 못한 여덟 달 된 딸과 그리고 8월에 태어나게 될 아이를 생각했다. 어젯밤에, 다음 날 점심으로 먹으려고 사슴고기에 소금을 뿌리고 있던 산타 소피아 드 라 삐에다드를 남겨두고 나오던 일과, 어깨로 치렁치렁 쏟아져 내리는 그녀의 머리카락과 가짜처럼 보일 만큼 긴 속눈썹을 생각했다. 그는 아무런 감정에도 얽매이지 않은 심정으로 집안 식구들을 생각했다. 몇 시간만 있으면 삶이 완전히 끝나는 순간에 그는 자기가 가장 미워했던 사람들을 사실은 얼마나 사랑하고 있는가를 뒤늦게 깨달았다. 군사재판에서 재판관이 마지막 논고를 시작할 때에야 아르카디오는 벌써 두 시간이 지나갔구나 하고 생각했다. "지금까지 설명한 혐의들을 차치해 놓더라도 결과는 마찬가지라고 생각된다." 재판관이 말을 계속했다. "피고가 부하들을 선동해서 쓸데없이 목숨을 잃게 하고 피를 흘리게 한 무책임하고 범죄적인 행위만으로도 피고는 사형을 받아 마땅하다." 처음으로 권력의 위대함을 맛보았던 곳, 그리고 어렴풋이 사랑의 의미를 깨닫게 되었던 그 교실로부터 몇 걸음 안 떨어진 교실에서 사형을 선고받은 아르카디오는 죽음이 오히려 우스꽝스러운 장난같이 여겨졌다. 죽음이란 대단한 것이 아니었지만 삶은 뜻있는 것이었고, 그랬기 때문에 사형이 선고되자 그가 느낀 감정은 공포가 아니라 삶에 대한 향수였다. 마지막 소원이 무엇이냐고 그들이 물을 때까지 그는 아무 말도 하지 않았다.

"내 아내에게 이 말을 전해 주시오." 그는 차분히 가라앉은 목소리로 침착하게 말했다. "딸의 이름을 우르슬라라고 지으라고 전해 주십시오." 그는 잠깐 말을 끊었다가 다시 말했다. "할머니의 이름을 따서 우르슬라라고 지으라고 말입니다. 그리고 또 만일 태어나는 아이가 아들이라면, 그의 이름을 호세 아르카디오라고 지으라는 말도 전해 주십시오. 백부의 이름이 아니라 할아버지의 이름을 따서 말입니다."

처형장의 담벼락으로 그를 끌고 가기 전에 니카노르 신부는 아르카디오의 병자성사를 거행하겠다고 나섰다. "나는 회개할 일이 하나도 없습니다." 아르카디오는 그렇게 말하고, 블랙커피를 한잔 마신 다음에 총살 집행 명령에 따랐다. 총살대를 지휘하는 자는 군사재판을 전문으로 하는 사람이었는데 그 대위의 이름은 로케 카르니�쎄로였다. 우연치고는 너무 딱 맞아떨어지는 그 이름의 뜻은 '백정'이었다. 주룩주룩 끊임없이 내리는 비를 맞으며 처형장인 공동묘지로 가던 길에 아르카디오는 지평선에서부터 밝아오는 수요일 새벽의 눈부신 첫 빛을 보았다. 삶에 대한 향수는 안개처럼 사라지고 대신 그의 머릿속에는 신비감이 가득 찼다. 그들의 명령에 따라서 담 쪽으로 등을 대고 돌아선 순간 그는 젖은 머리에 분홍빛 꽃무늬가 진 드레스를 입은 레베카가 문을 열고 나오는 것을 보았다. 그는 레베카의 눈길을 끌어 자기가 여기에 있음을 알려주려고 했다. 우연히 벽 쪽으로 눈길을 돌렸던 레베카는 깜짝 놀라서 얼이 빠진 듯했고, 겨우 아르카디오의 작별인사를 뜻하는 눈짓에 안녕을 고할 수 있었다. 그 순간에 총구들이 그의 가슴을 겨누었고 멜키아데스가 외던 주문이 한 마디 한 마디 귓속에서 울려댔으며, 교실에서 앞을 못 보고 더듬거리던 처녀 산타 소피아 드 라 삐에다드의 발자국 소리가 아련히 들려왔다. 그의 콧구멍 속에서는 레메디오스의 시체 콧구멍에서처럼 차가운 기운이 감돌았다. "이런 염병할!" 그제야 그는 겨우 생각이 나서 중얼거렸다. "딸을 낳게 되면 이름을 레메디오스라고 지으라고 할걸." 그때 그는 날카로운 발톱에 몸이 찢길 찰나에 처한 것처럼 평생 동안 그를 괴롭히던 공포감에 다시 사로잡혔다. 대위는 발포 명령을 내렸다. 그는 가슴을 내밀고 머리를 들 시간도 거의 없었다. 어디에서 흘러내린 것인지도 모를 뜨거운 액체가 그의 허벅지를 적셨다.

"망할 자식들아!" 그는 소리쳤다. "자유파 만세!"

7

전쟁은 5월에 끝이 났다. 반역을 꾀하고 반란을 일으킨 자들을 모조리 잡아서 무자비하게 처형하겠다는 무시무시한 선포를 정부에서 발표하기 2주일 전에, 아우렐리아노 부엔디아 대령은 인도의 무당으로 변장하고 서쪽 국경을 막 넘으려다가 붙잡혀서 포로가 되었다. 그를 따라서 전쟁터로 간 스물한 명의 부하들 가운데 열넷은 전장에서 목숨을 잃었고, 여섯 명은 부상을 당해 낙오했으며, 마지막 패배의 순간까지 그를 따라온 사람은 게리넬도 마르케스 대령뿐이었다. 그가 체포되었다는 소식은 특별발표문을 통해서 마콘도 주민들에게 알려졌다. "그 애가 살아 있어요." 우르슬라가 남편에게 알려주었다. "적들이 그에게 자비를 베풀어 주도록 우리 하느님께 기도해요." 사흘 동안 울고 난 다음에, 달콤한 우유사탕을 만들려고 부엌에서 설탕물을 젓고 있던 우르슬라는 오후에 귓가에서 속삭이는 아들의 목소리를 들었다. "그건 아우렐리아노의 목소리였어요." 남편에게 그 소식을 전하려고 밤나무 쪽으로 뛰어가면서 우르슬라가 외쳤다. "어떻게 그런 기적이 이루어졌는지 모르지만, 하여튼 우리 아들은 아직 살아 있어요. 머지않아서 우린 그 애를 만나게 될 거예요.” 우르슬라는 당연히 그렇게 되리라고 생각했다. 그래서 우르슬라는 집 안의 마룻바닥을 깨끗이 닦고 가구들의 자리를 옮겨 다시 정돈했다. 일주일이 지난 다음 비록 그 사실을 확인할 포고령은 하나도 없었지만, 우르슬라의 예언을 뒷받침할 그럴 듯한 풍문이 어디에선가 바람결에 실려 왔다. 아우렐리아노 부엔디아 대령은 사형을 받기로 결정되었는데, 이곳 주민들에게 교훈을 남기기 위해 마콘도에서 그의 사형 집행을 치른다는 것이었다. 월요일 아침 10시 반에, 아우렐리아노 호세에게 옷을 입히던 아마란타는 멀리에서 들려오는 군인들의 행군 소리와 기병대의 나팔 소리를 들었다. 그 순간 우르슬라가 방으로 뛰어오면서 소리쳤다. “군인들이 그 애를 이리로 데려오고 있어!” 군인들은 몰려드는 사람들을 밀어내느라고 개머리판을 휘둘러댔다. 사람들 사이를 비집고 길모퉁이로 나간 우르슬라와 아마란타는 그를 보았다. 그는 거지꼴이었다. 그의 옷은 갈기갈기 찢어졌고 머리와 수염은 지저분하게 헝클어졌으며 맨발이었다. 장교가 탄 말의 머리에 연결된 밧줄로 손을 등에다 꽁꽁 묶인 그는 뜨거운 땅바닥을 느끼지도 못하는 듯 터벅터벅 걸었다. 그의 옆에는 역시 기가 죽고 거지꼴이 된 게리넬도 마르케스 대령이 함께 끌려왔다.

그러나 그들의 표정에는 슬픈 기색이 없었다. 그들은 오히려 군인들에게 온갖 욕설을 퍼붓는 마콘도 주민들의 떼거리에 더 신경이 곤두서는 것 같았다.

“내 아들아!” 우르슬라는 소란 통에서 아들을 소리쳐 부르며 자기를 뒤로 끌어당기려는 병사의 뺨을 때렸다. 장교가 타고 있던 말이 번쩍 앞다리를 들고 일어섰다. 그러자 아우렐리아노 부엔디아 대령은 걸음을 멈추고 어머니가 뻗은 손길을 피하고는 그녀를 보았다.

“집으로 가세요, 어머니.” 그는 말했다. “정식으로 허가를 받은 다음에 감옥으로 면회를 오세요.”

그는 머뭇거리면서 우르슬라 뒤에 두어 걸음 떨어져 서 있는 아마란

타를 보고 웃으면서 물었다. "아니, 손이 어쩌다 그렇게 되었냐?" 아마란
타는 검은 붕대를 감은 손을 들어 보였다. "화상을 입었어요." 대답을 하
면서 아마란타는 우르슬라가 말발굽에 짓밟히지 않도록 옆으로 끌어냈
다. 군인들이 출발했다. 호위병들은 포로들을 에워싸고 터벅터벅 감옥
쪽으로 갔다.

해가 질 녘에 우르슬라는 감옥으로 아우렐리아노 부엔디아 대령을
면회하러 갔다. 우르슬라는 돈 아폴리나르 모스코테를 통해서 면회 허가
를 받으려고 손을 써봤지만, 군대가 모든 실권을 장악한 지금에 와서 그
에게는 아무런 힘도 없었다. 니카노르 신부는 간장염에 걸려서 자리에
누워 있었다. 사형당하는 운명만은 벗어난 게리넬도 마르케스 대령의 부
모들도 감금된 아들을 만나려 했으나 개머리판을 휘두르는 병사들에게
밀려나고 말았다. 중간에 나서서 면회를 주선해 줄 사람은 하나도 없었
다. 새벽이 되면 아들이 총살당할 것이 뻔했으므로, 우르슬라는 아들에
게 가져다줄 물건을 꾸려가지고 혼자서 감옥으로 갔다.

"나는 아우렐리아노 부엔디아 대령의 어미 되는 사람이다." 우르슬라
가 말했다.

보초들이 우르슬라의 앞길을 막았다. "아무리 그래도 난 안으로 들어
갈 거요." 우르슬라가 말했다. "나를 쏘라는 명령을 받았다면, 어서 당장
쏴요." 우르슬라는 보초를 옆으로 밀어젖히고 안으로 들어가서 웃통을
벗은 병사들이 병기에 기름칠을 하고 있는 방으로 들어갔다. 불그스레한
얼굴에 도수 높은 안경을 쓴 야전복 차림의 점잖아 보이는 장교 한 사람
이 손짓을 해서 보초들더러 자리를 비키라는 시늉을 했다.

"나는 아우렐리아노 부엔디아 대령의 어미 되는 사람이오." 우르슬라
가 다시 말했다.

"그렇게 말씀하시는 것이 아닙니다." 장교는 친절하게 미소를 지으면
서 우르슬라의 말을 바로잡았다. "아우렐리아노 부엔디아 대령의 어머님
이 아니라, 아우렐리아노 부엔디아 씨의 어머님이시겠죠."

우르슬라는 그 장교의 말소리에서, 고원지대에서 격리되어 사는 까차꼬 부족의 느릿느릿한 억양을 가려냈다.

"아무래도 좋아요. 그럼 씨라고 부르죠." 우르슬라가 말했다. "어쨌든 난 아들만 만나면 됩니다."

사형을 선고받은 죄수들에게는 절대로 면회를 허락하면 안 된다는 상부의 지시가 있기는 했지만, 그 장교는 자기가 책임을 지기로 하고, 자신의 재량으로 우르슬라가 15분 동안 아들과 만날 수 있도록 허락했다. 우르슬라는 가져온 보퉁이를 풀어서 그 속에 들어 있는 것들을 꺼냈다. 갈아입을 깨끗한 옷 한 벌, 아들이 결혼식 날 신었던 짧은 장화, 그리고 아들이 돌아오리라는 예감을 갖게 된 날부터 오늘까지 아들이 돌아오면 주려고 따로 두었던 달콤한 우유사탕들이었다. 우르슬라는 감옥으로 사용되는 교실에서 겨드랑이에 물집이 생겨 쓰라린 팔을 쩍 벌리고 목침대 위에 누워 있는 아우렐리아노 부엔디아 대령을 만났다. 그는 간수들의 허락을 받아서 면도를 했었다. 끝을 꼬부려 말아 올린 콧수염 때문에 우뚝 솟은 그의 광대뼈가 더욱 눈에 띄었다. 우르슬라의 눈에는 아들이 떠날 때보다 훨씬 창백해 보였고, 키가 좀 자랐으며, 어느 때보다도 외로워 보였다. 그는 그동안 집안에서 일어난 일들을 다 알고 있었다. 피에트로 크레스피의 자살, 아르카디오의 엉뚱한 횡포와 총살을 당한 일, 밤나무 밑에 묶여 있는 호세 아르카디오 부엔디아의 신세. 처녀로 미망인이 된 아마란타가 아우렐리아노 호세를 기르는 데 일생을 바치기로 했고, 그 덕택에 그 아이는 각별한 판단력을 지니게 되었으며, 말을 배우기 시작하면서 읽기와 글쓰기도 한꺼번에 배웠다는 얘기도 그는 알고 있었다. 감방 안에 발을 들여놓는 바로 그 순간 우르슬라는 아들의 장성함과 사람을 이끄는 지휘력과 피부처럼 그의 몸에 밴 의젓함에 깊은 인상을 받았다. 그리고 아들이 그처럼 자세하게 집안 소식을 알고 있는 데 대해 놀라움을 숨길 수가 없었다. "내가 옛날부터 도사였다는 걸 알고 계셨잖아요?" 그는 농담을 했다. 그리고 그는 다시 심각한 목소리로 덧붙였다.

"오늘 아침에 병사들이 나를 이 방으로 끌고 와서 감금할 때, 나는 언젠가 이와 똑같은 상황을 겪은 일이 있었다는 기분이 들었어요." 길에서 사람들이 자기를 에워싸고 아우성을 치는 동안에 사실 그는 말짱한 정신으로 주위를 둘러보고, 마콘도가 그 사이에 참 많이 변했으며 자기도 나이를 먹었음을 느꼈다. 그동안 편도나무 잎들이 지고 나뭇가지가 꺾였다. 처음에는 푸른 칠을 했다가 다시 붉은 빛깔로 칠한 집들은 이제 무슨 색깔인지 알아보지도 못하게 색이 바랬다.

"그럼 지금쯤 어떠리라고 생각했니?" 우르슬라가 한숨을 쉬었다. "세월이란 흐르게 마련이란다."

"세상이 변한다는 건 알아요." 아우렐리아노가 고개를 끄덕였다. "하지만 이렇게까지 변하리라고는 상상도 하지 못했어요."

이렇듯 그들이 기다리고 기다리던 면회 시간 동안 나눈 대화는, 비록 그들이 무엇을 물어보고 어떤 대답을 할 것인지 오랫동안 두고두고 생각을 해두었어도, 결국 보통 때 나누는 평범한 대화와 별로 다를 바가 없었다. 간수가 면회 시간이 다 끝났다는 통고를 하자, 아우렐리아노는 목침대 매트리스 밑에서 땀에 전 종이 한 꾸러미를 꺼냈다, 그 종이에는 레메디오스에게서 영감을 얻어서 쓰고 마을을 떠날 때에도 몸에 지니고 갔던, 그리고 전쟁터에서 틈틈이 썼던 여러 편의 시가 적혀 있었다. "이 시를 아무에게도 보여주지 않겠다고 약속해 주세요." 그가 말했다. "오늘 밤에 집으로 가시자마자 이것을 아궁이에 넣어 태워버리세요." 우르슬라는 그러마고 약속을 한 다음 아들에게 작별키스를 하려고 자리에서 일어섰다.

"권총을 한 자루 가져왔다." 우르슬라가 낮은 목소리로 말했다.

아우렐리아노 부엔디아 대령은 보초가 눈치 채지 못했음을 확인했다. "저에겐 별로 도움이 되지 못할 텐데요." 그는 낮은 목소리로 말했다. "하지만 저한테 주세요. 공연히 도로 가지고 나가시다가 간수들이 몸수색을 할 때 탄로 나지 않게 말예요." 우르슬라는 허리춤에서 권총을 꺼내 매트리스 밑으로 밀어 넣었다. "그리고 작별인사는 하지 마세요." 그는 침착성을 잃지 않고 말했다. "누구한테도 애원하거나 필요 없이 굽실거리지 말아요. 오래전에 내가 총살당해 죽어버렸다고 생각하세요." 우르슬라는 울음을 참으려고 입술을 깨물었다

"물집이 터진 곳은 따끈따끈하게 불에 달군 돌로 지지면 좋단다." 우르슬라가 말했다.

우르슬라는 몸을 돌려 감방에서 나갔다. 아우렐리아노 부엔디아 대령은 깊은 생각에 잠겨 문이 닫힐 때까지 그대로 서 있었다. 그러다가 다시 팔을 쩍 벌리고 목침대 위에 누웠다. 자기에게 앞일을 미리 내다볼 수 있는 선견지명의 능력이 있다는 사실을 처음 깨닫게 된 어린 시절부터 그는 줄곧 언젠가 죽음이 자기 앞에 닥치면, 확실하고 돌이킬 수도, 부정할 수도 없는 어떤 예감이 찾아오리라고 믿어왔었는데, 지금은 죽을 시각이 몇 시간 안 남았는데도 죽음에 대한 아무런 예감을 느낄 수가 없었다. 언젠가 한번은 무척 아름다운 여자 한 사람이 투크린카에 있는 그의 부대로 찾아와서 보초들에게 아우렐리아노 부엔디아 대령을 만나게 해달라고 요청했다. 보초들은 좀더 나은 자손들을 가지려는 욕심에서 자기 딸들을 가장 뛰어난 용사들의 침실로 들여보내는 일이 허다하게 많다는 소문을 들었기 때문에, 찾아온 여자를 별로 의심하지도 않고 통과시켰다. 그날 밤 그 여자가 그의 방으로 찾아든 순간에 아우렐리아노 부엔디아 대령은 빗속에서 길을 잃고 헤매는 어떤 사람에 대한 시를 막 마무리 짓고 있던 참이었다. 그는 시를 적은 종이꾸러미를 넣어두는 서랍에 시 쓰던 종이를 넣고 자물쇠를 채우려고 여자 쪽으로 등을 돌리고 섰다. 그 순간에 그의 육감에 걸리는 것이 있었다. 그래서 그는 뒤를 돌아보지도 않고 서랍 속에 있는 권총을 움켜쥐었다.

"아가씨, 섣불리 총을 쏘지 말아요." 그가 말했다.

권총을 겨누고 그가 돌아서니, 여자는 권총 든 손을 떨어뜨리곤 어쩔 줄 몰라서 당황했다. 그와 비슷한 방법으로 육감의 힘을 입어서 그는 열

한 번이나 함정에 빠졌다가 목숨을 건질 수가 있었다. 또 한 번은 어느 날 밤 마나우레에 설치된 혁명군 사령부로 사람이 하나 어느 누구의 눈에도 띄지 않고 숨어 들어와서, 열병에 걸려 땀을 내려고 아우렐리아노 부엔디아 대령의 목침대를 빌려 누워 있던 그의 친한 친구 마그니피코 비스발 대령을 잘못 보고 칼로 찔러 죽인 일도 있었다. 같은 방 안에서 몇 발자국 떨어진 그물침대에서 잠을 자던 그가 아무것도 모르는 사이에 벌어진 사건이었다. 그는 자기가 가진 영험한 예감을 정리해서 체계적으로 운용하려고 애를 썼지만, 그것만은 마음대로 되지 않았다. 예감은 절대적이면서도 순간적인 믿음이 되어 초현실적인 투시력처럼 갑자기 물결치며 밀려왔지만, 그 투시력을 오랫동안 잡아둘 수는 없었다. 어떤 때에는 그의 머릿속에 떠오르는 예견이 어찌나 현실처럼 느껴지는지 시간이 훨씬 지난 다음에야 그것이 예감이었구나 하고 느낄 정도였다. 그러나 그런 예감은 다분히 미신적인 느낌이었다. 사형선고를 받게 되어 마지막 소원이 무엇이냐고 물어왔을 때, 그는 갑자기 그의 머릿속에 떠오르는 예감이 있어서 서슴지 않고 대답을 했다.

"사형 집행은 마콘도에서 행하여 주기를 바랍니다." 그가 말했다.

군사재판의 재판관은 그 말을 듣고 기분이 언짢았다.

"공연히 수작 부리지 마, 부엔디아." 재판관이 말했다. "어떻게 해서든지 처형당할 시간을 미루어보자는 속셈이지?"

"내 마지막 소원을 들어주지 않아서 공연히 입장이 난처해진다면, 그건 당신 책임이니까 마음대로 하시죠." 대령이 말했다. "어쨌든 내 마지막 소원은 그것뿐입니다."

그러나 그 다음부터, 예지력은 아우렐리아노 부엔디아 대령에게 다시 나타나지 않았다. 우르슬라가 그를 감옥으로 면회 온 날 그는 오랫동안 깊은 생각에 잠겨 이 궁리 저 궁리를 하다가, 지금 자기에게 죽음의 예감이 찾아오지 않는 이유는 자기를 처형하려는 자들의 마음이 동요되기 시작했기 때문이라는 결론을 내렸다. 그는 쓰라린 겨드랑이 때문에 아픔을 느껴 꼬박 뜬눈으로 밤을 지냈다. 동이 트기 조금 전에 그는 복도에서 들려오는 간수들의 발자국 소리를 들었다. "이제 데리러들 오는구나." 이렇게 혼자 중얼거리면서 그는 별다른 이유도 없이 호세 아르카디오 부엔디아를 생각했다. 그때 밤나무 밑의 호세는 어렴풋이 밝아오는 으스스한 새벽 하늘을 바라보며 아우렐리아노를 생각하고 있었다. 아우렐리아노 부엔디아 대령은 삶에 대한 아무런 향수도 느끼지 않았다. 다만 이 거짓죽음처럼 느껴지는 죽음으로 인해서 여태까지 마무리 짓지 못한 많은 일들의 결말을 못 보게 된 것만이 좀 섭섭할 따름이었다.

문이 열리고 커피 한 잔을 손에 받쳐 든 간수가 들어왔다. 이튿날에도 똑같은 시간에, 쑤셔대는 겨드랑이 때문에 아우렐리아노 부엔디아 대령이 고통스럽게 누워 화를 내고 있을 때, 똑같은 일이 벌어졌다. 목요일에는 우르슬라가 가져다준 달콤한 우유사탕을 간수들과 나눠먹기도 하며, 그는 이제 몸에 꼭 끼는 새 옷으로 갈아입고 가죽 구두를 신었다. 금요일이 되었어도 그들은 아직 아우렐리아노 부엔디아 대령을 처형하지 않았다.

사실은 병사들이 사형 집행을 꺼리고 있었다. 마콘도 주민들의 반발로 보아 아우렐리아노 부엔디아 대령을 처형하면 마콘도에서뿐만 아니라 늪지대 전역에서 심각한 정치적인 문제가 생길 것이라고 생각한 군인들은, 지레 겁을 먹고 앞일을 어떻게 처리해야 좋을지 고위층에 조회 중이었다. 그 회답이 올 때까지라도 그들은 사형 집행을 연기하여 기회를 기다리기로 했다. 상부의 지시가 도착하기를 기다리던 어느 토요일 밤에, 로케 카르니쎄로 대위는 다른 장교들 몇 명과 어울려 카타리노 술집으로 갔다. 협박까지 한 다음에야 겨우 여자 하나가 그를 방으로 안내했다. "곧 틀림없이 죽게 될 사람하고 같이 자는 것을 좋아할 여자는 하나도 없으니까 그런 거예요." 여자가 그에게 알려주었다. "어떻게 그런 계획이 이루어질 수 있는지는 아무도 모르지만, 아무튼 아우렐리아노 부엔디아 대령을 총살하는 장교와 사형을 집행하는 군인들은 모조리 목숨을 잃게 될 것이라고들 수군거려요. 한 사람씩 한 사람씩 도망도 치지 못하고 차례차례 모두 죽게 된대요. 지구의 다른 쪽 끝까지 도망을 쳐도 소용이 없을 거래요." 로케 카르니쎄로 대위는 그 얘기를 다른 장교들에게 전했고, 장교들은 다시 그 얘기를 그들의 상관에게 보고했다. 비록 터놓고 그 얘기를 꺼낸 사람도 없고 마을의 팽팽한 긴장감을 늦출 만한 조처를 군 당국에서 취한 일도 없었지만, 일요일쯤 돼서는 군인들이 어떤 핑계를 대서라도 사형 집행을 질질 끌다가 처형 임무를 벗어나고 싶어 한다는 소문이 주민들 사이에 널리 퍼졌다. 월요일 아침에 우편으로 공식명령이 마콘도에 도착했다. 사형 집행을 24시간 내에 집행하라는 명령이었다. 그날 밤 장교들은 자기들의 이름을 적은 종이쪽지 일곱 장을 모자에 넣고 흔들어 제비를 뽑았는데, 그 추첨 결과로 로케 카르니쎄로 대위의 암담한 미래를 약속하는 쪽지가 뽑혔다. "악운이라는 것은 조금도 빈틈이 없나 봐." 그는 매우 씁쓸한 기분으로 투덜거렸다. "난 태어날 때부터 개자식이었으니까, 죽을 때에도 개자식답게 죽어야지." 새벽 5시에 그는 추첨으로 총살형을 집행할 병사들을 뽑아서 마당에 모아놓고, 암시적인 말을 던지며 처형될 사람을 깨워 일으켰다.

"자, 갑시다. 부엔디아." 그는 포로에게 말했다. "이제 갈 시간이 되었소."

"아, 바로 이런 일이 있으려고 그랬구나." 대령이 대답했다. "겨드랑이 상처가 터지는 꿈을 꾸었거든."

새벽 3시에 일어난 레베카 부엔디아는 아우렐리아노가 총살되리라는 사실을 알게 되었다. 호세 아르카디오가 코를 고는 소리에 울려서 흔들리는 침대에 걸터앉아 레베카는 반쯤 열린 창문으로 공동묘지 담벼락을 물끄러미 내다보며 어둠 속에 있었다. 지난날 피에트로 크레스피의 편지를 기다릴 때처럼 끈질긴 참을성을 가지고 레베카는 일주일 내내 아침마다 일찍 일어나서 혹시 새벽에 총살형이 집행되지 않나 지켜보았다. "여기서 총살하지는 않을 거야." 호세 아르카디오가 레베카에게 말했다. "누가 총살을 시켰는지 모르게 하려고 아무도 모르게 한밤중에 부대 안에서 형을 집행하고, 아마 시체도 거기에 묻을 거야." 그러나 레베카는 계속 기다렸다. "여기로 온 군인들은 원래가 멍텅구리들이라 여기에서 형을 집행할 거예요." 레베카가 말했다. 레베카는 그러리라고 굳게 믿었으며, 어느 쪽 문을 열고 내다봐야 총살당하는 아우렐리아노 부엔디아 대령에게 손짓해 작별을 고할 수 있는지도 알았다. "길 한가운데로 그를 끌고 오지는 않을 거야." 호세 아르카디오가 고집을 부렸다. "주민들이 무슨 일을 저지를지 다 아는 터에, 겁쟁이 부하 여섯 명만 거느리고 감히 그러지는 못할걸?" 남편의 얘기는 조금도 귀담아듣지 않고 레베카는 계속 창가에서 기다렸다.

"두고 보세요." 레베카가 말했다. "그만큼 똑똑한 사람들이 아닐 테니까요."

화요일 새벽 5시에 호세 아르카디오가 커피를 마신 뒤 개를 밖으로 내보낼 때, 레베카는 갑자기 창문을 닫고 비틀거리는 몸을 의지하려고 침대 맡에 기대었다. "저길 봐요. 지금들 데리고 와요." 레베카가 한숨을 쉬었다. "아우렐리아노가 말끔해졌어요." 호세 아르카디오가 창문을 내다보니, 새벽빛에 어른거리는 그의 모습이 눈에 띄었다. 그는 벌써 담벼락 앞에 버티고 서서, 겨드랑이가 쓰라려 제대로 내릴 수 없는 팔을 허리에 대고 기다렸다. "난 앞뒤를 가리지 않고 기운을 너무 소진해 버렸어." 아우렐리아노 부엔디아 대령이 말했다. "멋모르고 쓸데없는 곳에만 정신을 팔다가 결국 이 꼴이 되어서 파리 같은 놈들조차 당해 내지 못하고 쓰러지게 되었어. 손도 써보지 못하고." 그는 화가 잔뜩 난 사람처럼 핏대를 올리며 그 말을 되풀이했는데, 로케 카르니쎄로 대위는 그것을 기도하는 소리로 잘못 듣고 오히려 그를 측은하게 여겼다. 병사들이 총을 겨누자 그는 손가락 하나 까딱할 수 없게 된 자신의 처지에 참을 수 없을 만큼 분노를 느껴서 혓바닥이 굳어 말도 나오지 않아 그저 눈만 감았다. 그러자 알루미늄 빛깔의 새벽이 시야에서 사라지고, 머릿속에 짧은 바지를 입고 목에는 타이를 두른 자신이 어느 아름다운 오후 아버지를 따라 천막 안으로 들어가서 얼음을 보던 장면이 떠올랐다. 고함 소리가 들리자 그는 그것이 마지막 사격 명령이라고 생각했다. 그는 총탄이 자기에게로 흰빛을 내뿜는 꽃불처럼 한꺼번에 날아올 것을 상상하고 호기심이 일어 눈을 떠보았더니, 로케 카르니쎄로 대위는 양 손을 번쩍 들고 서 있었고, 호세 아르카디오가 당장이라도 쏠 준비가 다 된 엽총을 겨누고 길을 건너오는 중이었다.

"쏘지 말아요." 대위가 호세 아르카디오에게 말했다. "당신이야말로 하느님께서 보내주신 사람일지도 모릅니다."

바로 그 자리에서 전쟁이 다시 시작되었다. 로케 카르니쎄로 대위와 그가 거느리던 부하 여섯 명은 아우렐리아노 부엔디아 대령의 부하가 되어, 리오하차에서 사형을 선고받은 빅토리오 메디나 장군 휘하의 혁명군을 구출하기 위해 함께 떠났다. 그들은 처음에 마콘도 마을을 세우러 올 때 호세 아르카디오 부엔디아가 더듬어 온 길을 따라 산을 넘으면 시간을 절약할 수 있으리라고 생각했지만, 일주일이 채 지나기도 전에 그들은 그 계획이 불가능한 일임을 깨달았다. 그래서 그들은 위험을 무릅쓰고, 총살대가 가지고 있던 무기만 지니고 능선을 따라 전진했다. 그들은 마을이 있는 곳에 다다르면 그 근처에서 야영을 하면서, 그들 가운데 한 사람이 변장을 한 다음 손에 황금물고기를 들고 대낮에 마을로 내려가서 피신 중인 자유파들을 만났다. 그러면 접촉을 받은 사람들은 이튿날 아침 일찍 사냥을 나간다고 집을 나서서 다시는 돌아오지 않을지도 모르는 긴 여행을 떠났다. 리오하차가 내려다보이는 어느 산의 능선에 그들이 도착했을 때에는 이미 빅토리오 메디나 장군이 총살을 당하고 난 뒤였다. 그래서 아우렐리아노 부엔디아의 부하들은 아우렐리아노가 카리브 해안 전역을 관장하는 혁명군 총사령관이라는 포고를 내렸고, 그의 계급도 장군이 되었다고 발표했다. 그는 그 직책을 받아들였지만, 장군으로 승진하는 것만큼은 보수파 정권을 완전히 몰아낼 때까지 미뤄두기로 했다. 석 달쯤 지나는 사이에 1000명 가량의 무장된 군대를 규합할 수 있었지만, 그들은 거의 전멸되고 말았다. 그들 가운데 생존자들은 동부전선으로 이동했다. 그들에 대해서 들려온 다음 소식은 그들이 안틸레스의 자그마한 여러 섬으로부터 카보 드 라 벨라에 상륙했다는 것이었고, 정부는 전국 방방곡곡으로 전문을 보내서 아우렐리아노 부엔디아 대령이 전사했다는 얘기를 전했다. 그러나 이틀이 지난 다음에, 먼저 발송된 전보의 뒤를 숨차게 뒤따라오기라도 한 듯 다른 전문들이 쏟아져 들어왔는데, 나중 소식에 의하면, 남부 평원지방에서 또 다른 반란이 일어났다는 것이었다. 이렇게 해서 신출귀몰하는 아우렐리아노 부엔디아 대령의 전설이 시작되었다. 저마다 엇갈리는 소식들이 동시에, 아우렐리아노 부엔디아 대령은 빌라누에바에서 승리했고, 구아카마얄에서 패배했고, 모띠용 원주민들에게 잡아먹혔고, 늪지대의 어느 마을에서 죽었고, 그런가 하면 다시 우루미타에서 봉기했다고 전했다. 이 당시에 벌써 의회에서 자리를 얻으려고 교섭 중이던 자유파들은 그를 자유파를 대변할 자격이 없는 단순한 모험가라고 낙인찍어버렸다. 한편 정부에서는 그를 산적이라고 못 박아서, 그의 목에 5000페소라는 현상금을 걸었다. 열여섯 차례의 패배 끝에 아우렐리아노 부엔디아 대령은 완전히 무장한 2000명의 부하를 거느리고 구아지라를 떠나 리오하차를 기습 공격해서 잠든 사이에 정부군의 보루를 함락시켰다. 그는 그곳에다 사령부를 설치하고 정부와 맞서서 전면전을 벌이겠다고 선언했다. 그가 정부에서 받은 첫 회신은, 혁명군을 모두 이끌고 당장 리오하차를 떠나 동부 국경지대로 가지 않는다면 게리넬도 마르케스 대령을 48시간 안에 총살하겠다고 위협하는 전보였다. 그의 참모장으로 임명된 로케 카르니쩨로 대령은 당황한 낯빛으로 전보를 넘겨주었지만, 그는 오히려 상상하기 어려울 만큼 기뻐하며 그 전보를 읽었다.

"아, 참 잘됐구나!" 그는 소리쳤다. "이제는 마콘도에도 전신국이 생겼어."

그의 회답은 단호했다. 그는 석 달 안에 마콘도에다 사령부를 설치할 계획이라고 통고했다. 그리고 마콘도에 입성할 때 만일 게리넬도 마르케스가 살아 있지 않으면, 그는 자기가 그때까지 포로로 잡은 모든 정부군 장교를 장군들로부터 하나씩 하나씩 모조리 총살시킬 것이며, 휘하 지휘관들에게도 전쟁이 끝날 때까지 포로로 잡는 장교는 하나도 남기지 말고 죽이라는 명령을 내리겠다고 회신을 보냈다. 석 달 후에 약속한 대로 전투에서 승리를 거두어 마콘도로 진주했을 때, 늪지대의 길까지 마중을 나와 그를 가장 먼저 껴안은 사람은 게리넬도 마르케스 대령이었다.

집안에는 아이들이 우글거렸다. 우르슬라는 산타 소피아 드 라 삐에다드의 첫딸, 그리고 아르카디오가 총살을 당한 지 다섯 달 만에 낳은 쌍둥이들을 불러다 한집에서 살기로 했다. 총살을 당한 아르카디오의 마지막 소원을 어기고 딸의 이름을 레메디오스라고 지어졌다. "아르카디오가 정말로 바랐던 이름은 그것이었을 거예요." 산타 소피아 드 라 삐에다드가 말했다. "그 아이의 이름을 우르슬라라고 하지는 않겠어요. 그 이름을 가진 사람은 고생을 너무 많이 해요." 쌍둥이는 호세 아르카디오 세군도와 아우렐리아노 세군도라고 이름 지었다. 아이들은 모두 아마란타가 돌보았다. 아마란타는 거실에 작은 나무의자들을 가져다놓고 탁아소를 차려서 이웃집 아이들까지 데려다 보살폈다. 아우렐리아노 부엔디아 대령이 폭죽 터지는 소리와 종이 울리는 소리에 휩싸여 마콘도로 돌아왔을 때, 집에서는 아이들의 합창이 그를 기다렸다. 할아버지를 닮아서 키가 큰 아우렐리아노 호세는 혁명군 장교의 제복을 입고 군대식으로 그를 영접했다.

그러나 모든 일이 다 잘 된 것은 아니었다. 아우렐리아노 부엔디아 대령이 도망을 친 다음 1년이 지나서, 호세 아르카디오와 레베카는 아르카디오가 지어놓은 집으로 이사를 갔다. 총살형을 그가 중단시켰다는 사실을 아는 사람은 없었다. 광장에서 위치가 가장 좋은 곳에, 방울새들이 둥지를 세 개나 튼 편도나무 그늘에 지은 그 커다란 집에는 손님이 드나드는 커다란 대문이 있었고, 채광을 위한 창문도 네 개 있었는데, 그들은 그 집에다 병원을 차렸다. 아직도 결혼을 못한 모스코테 집안의 네 딸과 다른 레베카의 친구들은 베고니아가 핀 앞마당에서 중단되었던 뜨개질 모임을 다시 계속했다. 호세 아르카디오는 자신이 몰수한 땅의 소유권을 보수파 정부에서도 인정받아 아직도 수입을 올리고 있었다. 날마다 오후가 되면 그는 쌍발 엽총을 메고 안장에 사냥한 토끼를 꾸러미로 엮어 매달고는 사냥개를 앞세우고 말을 타고 돌아왔다. 9월의 어느 날 오후 폭풍우가 쏟아질 기세가 보일 때, 그는 다른 날보다 훨씬 일찍 집으로 돌아왔다. 그는 식당에서 레베카에게 돌아왔다는 말을 전하고 마당에 사냥개들을 묶어둔 다음, 나중에 소금에 절이라고 토끼 꾸러미를 부엌에 걸어놓고는 옷을 갈아입으려고 침실로 들어갔다. 레베카는 나중에, 남편이 침실로 들어갔을 때 자기는 화장실 안에 있었기 때문에 아무 소리도 듣지 못했다고 했다. 그 말은 좀 믿기 힘들기는 했어도 자기를 행복하게 해준 남편을 살해할 동기가 아무것도 없었기 때문에, 사람들은 그 설명을 받아들일 수밖에 없었다. 그것은 마콘도에서 끝까지 풀리지 않은 유일한 의문의 사건이었다. 호세 아르카디오가 침실 문을 닫자마자 권총 소리가 집 안을 진동했다. 피가 흘러내려 문 밑으로 새어나와, 거실을 가로질러 바깥 길로 나가서, 울퉁불퉁한 테라스를 곧장 건너서 계단을 흘러내리고, 보도를 지나 터키 사람들의 거리로 뻗어나가 길모퉁이에서 오른쪽으로 돌았다가 다시 왼쪽으로 흘러나가서 곧장 부엔디아 집으로 흘러 닫힌 문 밑으로 들어가서는 응접실을 지나 양탄자를 적시지 않으려고 벽을 타고 가서, 다른 쪽 거실로 갔다가 식당의 식탁을 피해 멀리 한 바퀴 돌아서 베고니아꽃이 핀 현관을 통과하고 아마란타의 의자 밑을 거쳐서, 아우렐리아노 호세에게 산수를 가르치는 아마란타의 눈에 띄지 않고 식기를 둔 방을 빠져나간 다음 우르슬라가 빵을 만들려고 달걀 서른여섯 개를 깨뜨릴 준비를 하고 있는 부엌에 다다랐다.

　“하느님 맙소사!” 우르슬라가 소리쳤다.

　어디서부터 피가 흘러왔는지 알아내려고 핏자국을 되짚어가기로 한 우르슬라는 식기를 쌓아둔 방을 지나서 아우렐리아노 호세가 셋 더하기 셋은 여섯이고 여섯 더하기 셋은 아홉이라고 종알거리며 외우고 있는 베고니아꽃이 핀 현관을 지나 식당을 건너고 거실을 통과해서 길을 곧장 따라가다가 오른쪽으로 한 번, 그러고는 왼쪽으로 다시 꼬부라져서, 빵을 구울 때 걸친 앞치마와 집 안에서 신는 슬리퍼를 그대로 신고 있다는 것도 잊은 채 터키 사람들의 거리로 가서, 광장까지 나가 여태까지 들어가본 일이 없는 집의 대문을 들어서서 침실 문을 열었더니 코를 찌르는 화약 냄새로 질식할 것만 같았는데, 우르슬라는 막 벗어놓은 각반 위에 엎어져서 오른쪽 귀에서 피를 흘리고 있는 호세 아르카디오를 보았다. 그들은 그의 몸에서 상처 하나 찾을 수 없었고, 그를 해친 무기도 발견할 수가 없었다. 그러나 시체에서는 화약 냄새를 지울 수가 없었다. 처음에 그들은 시체에 비누를 칠해서 세 차례나 솔로 문질러댔고, 다음에는 소금과 생강으로 닦고, 다시 재와 레몬으로 씻었으며, 나중에는 양잿물을 풀어 넣은 나무통 속에다 여섯 시간 동안이나 담가두었다. 사람들이 어찌나 빡빡 문질렀는지 시체의 살갗에 있던 문신의 기묘한 무늬들도 거의 다 지워질 지경이었다. 결국 그들은 마지막 수단으로 후추와 커민(미나리과에 속하는 식물, 향신료의 하나 - 역주) 씨앗과 월계수 잎사귀로 시체를 버무려서 약한 불로 하루 종일 물에 삶았는데, 시체가 갑자기 흐물흐물 풀어져서 서둘러 매장해야만 했다. 사람들은 그의 시체를 길이가 일곱 자 반에 너비가 넉 자인, 안에는 철판을 대고 강철 나사못으로 조인 특수한 관에다 단단히 넣었지만, 그래도 장례식 행렬이 지나가는 동안 길거리에는 냄새가 진동했다. 간이 부어서 북처럼 팽팽해진 니카노르 신부는 병상에 누워서 명복을 빌어주었다. 비록 주민들이 몇 달에 걸쳐서 무덤 둘레에 담을 쌓아올리고, 담벼락 사이에 퇴비와 재와 톱밥과 생석회를 다져 넣었어도 몇 년 동안 공동묘지에서는 화약 냄새가 가시지 않았다. 바나나 회사의 건축기사들이 콘크리트로 무덤을 덮어버린 다음에야 겨우 그 냄새가 사라졌다.

　주민들이 시체를 방에서 끌어내자마자 레베카는 문을 모두 닫아 걸고, 세상의 어떤 유혹도 깨뜨릴 수 없는 두터운 수치의 껍질에 싸여서, 스스로 산 채로 집 안에 파묻혀버렸다. 녹슨 은빛 신발에 작은 꽃으로 엮은 모자를 쓰고 레베카가 다시 길 밖에 모습을 나타낸 것은 그녀가 아주 늙었을 때, 유태인 방랑자가 마을을 지나면서 숨 막히는 더위를 몰고 와서 밖에서 새들이 창문을 뚫고 들어와 침실에 떨어져 죽었을 때였다. 그 전에 레베카를 주민들이 본 것은 그녀의 집 문을 부수고 들어오려는 도둑을 레베카가 단 한 발로 쏘아 죽였을 때였다. 언젠가 한번은 레베카가 자기와 사촌뻘이 된다는 어느 주교에게 편지를 썼다는 얘기가 나돌았지만, 그 편지의 회답이 왔는지 어쨌는지는 아는 사람이 없었다. 마콘도는 레베카를 잊어버렸다.

　비록 개선을 해서 돌아오기는 했지만 아우렐리아노 부엔디아 대령은 사태가 돌아가는 기미를 보니 별로 신이 나지 않았다. 정부군은 아무런 저항도 하지 않고 물러섰고 승리의 환멸에 사로잡힌 자유파 사람들은 파괴와 살상을 자행할 기분도 나지 않았으며, 혁명군들, 그들 가운데에서도 특히 아우렐리아노 부엔디아 대령은 숨은 진실을 깨닫게 되었다. 그가 그 당시에 비록 5000이상을 헤아리는 부하를 지휘하고 해안의 두 州를 장악하고 있었어도, 그의 앞에는 바다가 가로막힌 데다가 사태가 모두 아리송하게만 돌아가서 앞으로 어떻게 일들이 전개될 것인지 예측하기가 어려웠다. 혼란이 거듭되었고, 하잘것없는 일도 뜻대로 되지를 않았다. 군대의 대포를 맞고 무너진 성당 종탑을 복구하라는 공사 명령을 내렸을 때 니카노르 신부가 병상에서 한 말은 당시의 뒤죽박죽인 상태를 잘 나타내고 있었다. "거 참 우스운 일이구먼. 그리스도 신앙을 옹호하는 사람들(보수파를 일컬음 – 역주)은 성당을 파괴하고, 자유파들은 복구를 하다니." 사태를 수습할 구멍을 찾으려고 그는 전신국에 들어앉아서 다른 도시의 사령관들과 의견을 주고받았지만, 새로운 소식을 전해

들을 때마다 그는 전쟁의 양상이 점점 더 궁지로 몰린다는 인상만 새롭게 받을 뿐이었다. 자유파가 승리를 거두었다는 새로운 소식이 들어올 때마다 신나게 포고를 하고 기분들을 냈지만, 싸움이 있었던 곳을 지도에서 자세히 살펴보면 막상 그의 군대는 현실에서는 점점 멀어져 가면서, 말라리아모기와 싸움을 벌이며 정글 속으로만 자꾸 들어가고 있다는 사실을 알게 되었다. "이건 시간 낭비야." 그는 장교들에게 불평을 했다.

"소위 자유파라고 나서는 녀석들이 의회에서 자리나 하나 얻어볼까 하고 눈치만 보느라고 바쁜데, 우린 이런 구석에서 시간만 낭비하고 있단 말이야." 전에는 사형선고를 받고 죽음만 기다리던 바로 그 방에서 그는 지금 그물침대를 걸고 누워서 뜬눈으로 밤을 보내며, 추운 겨울아침에 몸을 웅숭그리며 대통령 관저에서 나오는 변호사들이 옷깃을 귀까지 세워 올리고 손을 비비면서 귀엣말을 주고받으며 음산한 새벽 날씨를 피해 카페로 몰려가서, 대통령이 그렇다고 했을 때 그 동의가 무엇을 의미하고 아니라고 한 것은 무슨 뜻이었으며, 겉으로만 어떻다고 무슨 얘기를 꺼냈을 때 대통령의 마음속에는 진짜로 무슨 생각이 오고 갔을 것인지를 따져보는 모습을 혼자 상상하면서, 손으로 모기를 쫓으며 섭씨 35도의 더위에 시달리다가, 또다시 두려운 하루가 다가오느라고 동녘이 밝으면 부하들에게 차라리 바다에 몽땅 다 빠져죽으라고 명령을 내리고 싶은 생각이 솟구쳤다.

이렇게 회의에 젖어 지내던 어느 날 밤, 그는 마당에서 병사들과 노래를 부르는 필라르 테르네라의 목소리를 듣고는, 그녀에게 자기의 미래를 카드로 점쳐달라고 부탁했다. "입을 조심해야 되겠는걸." 카드를 세 번이나 펼쳐놓았다가 추린 다음에 필라르 테르네라가 한 말은 그것뿐이었다. "그게 무슨 뜻인지는 모르겠지만, 카드에서 분명히 그렇게 나왔어. 입을 조심해."

이틀 후에 어떤 사람이 블랙커피 한 잔을 당번 병사에게 건네주었다. 당번은 그 커피를 다른 사람에게 주었고, 그렇게 손에서 손으로 넘어간 커피는 결국 아우렐리아노 부엔디아 대령의 사무실에 다다랐다. 그는 누구에게도 커피를 가져오라고 부탁을 하지 않았었지만, 이왕 가져온 것이라 별 생각 없이 그것을 마셨다. 그 커피에는 말 한 마리 정도는 쉽게 죽일 수 있는 마전자(馬錢子, 약용으로 쓰이는 독성 식물 – 역주)가 들어 있었다. 사람들이 그를 집으로 옮겨갔을 때에는 그는 몸을 웅크린 채 뻣뻣하게 굳어버렸고, 혓바닥은 이빨 사이로 삐져나와 있었다. 우르슬라는 그를 살리려고 결사적이었다. 구토제로 뱃속을 깨끗하게 훑어낸 다음에 우르슬라는 그를 따뜻한 담요로 싸고, 꼴이 비참한 그의 몸이 체온을 되찾을 때까지 이틀 동안 계란 흰자위를 먹여주었다. 나흘이 지나자 그는 위험한 단계를 벗어나게 되었다. 그러고 싶은 생각은 없었지만 그는 우르슬라와 장교들이 만류하는 바람에 억지로 일주일 동안을 더 누워 있어만 했다.

자기가 쓴 시를 우르슬라가 태워버리지 않았음을 알게 된 것은 바로 이때였다. "뭐 그렇게 서두를 필요가 없다고 생각했지." 우르슬라가 그에게 말했다. "그날 밤 그 종이 꾸러미를 태우려고 아궁이에 불을 지피러 갔다가 난 네 시체가 집에 도착할 때까지라도 그대로 가지고 있다가 태워도 늦지 않으리라고 생각했지." 회복이 되어가느라고 머릿속이 아른아른할 때, 아우렐리아노 부엔디아 대령은 레메디오스의 낡은 인형들에 둘러싸여서 그 시를 읽음으로써, 자기 인생에서 가장 소중했던 시절을 생생하게 회고할 수 있었다. 그는 다시 집필을 시작했다. 별로 장래성이 내다보이지 않는 전쟁의 허무맹랑한 대차대조표와 씨름을 하다가 그는 몇 시간쯤 틈을 내어 운을 맞춰가며 시를 써서 죽음의 해안에서 그가 겪었던 경험을 엮어냈다. 그러면 그의 머릿속은 아주 맑아져서 시에 담긴 일들을 다시 훑어보고 모든 일의 앞뒤를 환히 이해하게 되었다. 어느 날 밤, 그는 게리넬도 마르케스 대령에게 물었다.

"친한 친구로서 한마디 묻겠는데, 자넨 왜 전쟁에 뛰어들었지?"

"왜? 무슨 다른 이유라도 있어야 하나?" 게리넬도 마르케스 대령이 말했다. "물론 난 위대한 자유파를 위해서 싸우고 있어."

"싸우는 이유를 알고 있다니 자넨 참 행복한 사람이야." 그는 말했다. "그런데 내 얘기를 한다면 말이야, 난 그저 자존심 때문에 전쟁을 하고 있다는 걸 이제 와서야 겨우 깨닫게 되었어."

"그것 참 안됐군." 게리넬도 마르케스 대령이 말했다.

아우렐리아노 부엔디아 대령은 친구의 놀란 표정을 보고 재미있다는 듯이, 미소를 지었다. "안됐다고 생각될지도 모르지." 그가 말했다. "하지만 어쨌든 간에, 왜 싸우는지도 모르면서 싸우는 것보다야 낫지 않겠어?" 아우렐리아노 부엔디아 대령은 친구를 뚫어져라 쳐다보다가는 다시 미소를 머금고 덧붙였다.

"그리고 자네처럼 누구에게도 아무 의미 없는 목적을 위해서 싸우는 것보다도 낫지."

그는 자존심 때문에, 자유파의 지도자들이 그를 산적이라고 규정지었던 것을 공개적으로, 그리고 정식으로 철회할 때까지는 국내의 어떤 군사집단과도 접촉을 하지 않았다. 그는 마음속에 숨기고 있던 그런 악감정만 해소된다면, 악순환을 거듭하는 이 전쟁에 새로운 전환점을 가져올 자신이 있었다. 몸이 회복되는 동안에 그는 이런 것들을 따져볼 시간이 있었다. 그리고 우르슬라를 설득해서 숨겨둔 상속 재산과 여태까지 저축했던 많은 돈을 받아내는 데 성공했다. 그는 게리넬도 마르케스 대령에게 마콘도의 행정 및 군사 지휘권을 넘겨주고, 국내 반란군들과 연락을 하려고 떠났다.

게리넬도 마르케스 대령은 아우렐리아노 부엔디아 대령과 사이가 가장 가까운 동료였을 뿐 아니라 우르슬라도 한집안 식구처럼 대하는 터였다. 그는 나약하고, 겁이 많고, 마음씨가 좋긴 했지만, 관리 일을 맡기보다는 전쟁에 더 적당한 인물이었다. 그의 정치고문들은 미궁처럼 난해한 이론을 전개해 가면서 곧 그를 멋대로 조종할 수 있었다. 그래도 그는 마콘도에 전원적인 평화의 분위기를 다시금 조성해서 아우렐리아노 부엔디아 대령이 오랫동안 꿈꾸어오던, 작은 황금물고기를 만들다가 편안하게 늙어 죽을 수 있을 환경을 마련할 수 있었다. 그는 부모들과 함께 집에서 살았지만 일주일에 두어 번씩 우르슬라와 점심을 먹으러 찾아왔다. 그는 아우렐리아노 호세에게 무기 다루는 법을 가르치고, 초보적인 군사 훈련도 시켰으며, 우르슬라의 허락을 얻어서 그를 몇 달 동안 군인들의 막사로 데려다가 병영생활을 시켜 떳떳한 어른으로 키우려고 했다.

몇 년 전, 아직 젊었을 때 게리넬도 마르케스는 아마란타에게 사랑을 고백한 일이 있었다. 그때에는 피에트로 크레스피에 대해서 불타는 짝사랑을 느끼고 있던 아마란타였는지라, 그녀는 그의 사랑을 코웃음으로 넘겨버렸었다. 게리넬도 마르케스는 기다렸다. 그러다가 한번은 아마란타에게 자기 아버지 이름의 머리글자를 수놓아 새긴 삼베 손수건을 한 벌 만들어 보내달라고 감옥에서 편지를 보낸 적이 있었다. 그는 손수건을 만드는 데 필요한 돈도 함께 보냈다. 일주일이 지난 뒤 아마란타는 손수건을 만들고 돈도 도로 가져왔다. 감옥에서 만난 그들은 몇 시간 동안 지나간 얘기들을 나누었다. "내가 감옥에서 나가면 당신과 결혼하고 싶소." 아마란타가 돌아갈 시간이 되자 게리넬도 마르케스가 말했다. 아마란타는 그 말을 듣고 웃어버렸지만, 그래도 아이들에게 공부를 가르치는 동안에 그에 대해 생각했고, 피에트로 크레스피에 대해서 느꼈던 정열을 되살려보려고 애썼다. 죄수들에게 면회를 가는 토요일이면 그래도 아마란타는 꼭 게리넬도 마르케스의 부모의 집으로 찾아가 그들을 모시고 면회를 하러 갔다. 그러던 어느 토요일 오후, 우르슬라는 부엌의 빵 가마 앞에서 기다렸다가 가장 잘 구워진 비스킷을 모아 수놓은 손수건으로 싸는 아마란타를 보고 깜짝 놀랐다.

"왜 결혼해 주지 그러니?" 우르슬라가 아마란타에게 말했다. "그만한 사람을 구하기도 쉬운 일이 아니란다."

아마란타는 겉으로 불쾌한 듯한 표정을 지어 보였다.

"난 남자를 구하러 쫓아다닐 생각은 없어요." 아마란타가 대답했다.

"내가 이 비스킷을 가져다주는 건 다른 뜻이 있어서 그러는 게 아니라 곧 총살을 당해 죽게 될 그가 좀 안됐다고 생각돼서 그럴 뿐이에요."

아마란타는 별 생각도 없이 그런 소리를 했는데, 그만 자기가 예언한 대로 얼마 안 있다가 정부는, 반란군이 리오하차에서 물러나지 않는다면 게리넬도 마르케스 대령을 총살하겠다고 위협했다. 아마란타의 감옥 방문이 중단되었다. 아마란타는 그 소식을 듣고 자기가 아무렇게나 내던진 한마디 말이 그에게 죽음을 가져오기라도 한 듯이, 레메디오스가 죽은 다음에 그녀를 괴롭히던 죄책감과 마찬가지의 죄의식에 시달려, 울면서 집 안에 틀어박혀 외출을 하지 않았다. 우르슬라는 아마란타를 위로했다. 어머니는 아우렐리아노 부엔디아 대령이 틀림없이 총살 집행을 막을 방도를 마련할 것이라고 안심하라고 했고 전쟁이 끝나면 게리넬도 마르케스의 기분을 자기가 알아서 돌리도록 하겠다고 약속했다. 우르슬라는 예상보다 빨리 그녀의 약속을 지켰다.

게리넬도 마르케스가 행정과 군사지휘권을 부여받고서 위엄을 부리며 다시 집으로 찾아왔을 때, 우르슬라는 그를 아들처럼 맞아주고, 그를 집안에 조금이라도 더 오래 붙잡아두려고 온갖 듣기 좋은 소리를 해가며 기분을 맞춰주었고, 그가 아마란타와 결혼하겠다고 했던 말을 잊지 않게 하려고 신경을 썼다. 우르슬라의 소망은 이루어지는 듯싶었다. 점심을 먹으러 집으로 오는 날 오후면 그는 베고니아가 핀 앞마당에서 산책을 하거나 중국 장기를 두며 아마란타와 시간을 보냈다. 우르슬라는 그들에게 커피와 우유와 과자를 가져다주고, 방해가 되지 않도록 아이들을 모두 자기가 맡아서 데리고 놀았다. 아마란타는 진심으로 이미 불 꺼진 옛날의 정열을 다시금 마음속에 불러일으키려고 애썼다. 걷잡을 수 없는 초조감에 젖어서 아마란타는 그와 점심을 먹고 중국 장기를 두는 날이 오기를 기다렸고, 옛날의 아름다웠던 일들을 불러일으키는 이름을 가진 그 역전의 용사가 장기의 말을 옮길 때마다 보일 듯 말 듯 떨리는 손을 보고 있노라면 시간은 날아가듯 빨리 지나갔다. 그러나 막상 게리넬도 마르케스 대령이 청혼을 다시 하던 날, 아마란타는 그의 청을 거절했다.

"난 아무하고도 결혼하지 않겠어요." 아마란타가 그에게 말했다. "당신하고는 더구나 안 돼요. 당신은 아우렐리아노를 정말 좋아하고, 그래서 그와 결혼하고 싶지만 남자라 그럴 수 없으니까 결국 나와 결혼하려고 그러는 거죠."

게리넬도 마르케스는 참을성 있는 남자였다. "난 내 마음을 굽히지 않을 겁니다." 그가 말했다. "언젠가 당신도 내 마음을 알아줄 날이 있을 테니까요." 그는 계속해서 집으로 찾아왔다. 침실 안에 처박혀서 몰래 눈물을 삼켜가며, 아마란타는 우르슬라에게 전쟁에 대한 최근의 형세를 알려주는 그의 목소리를 듣지 않으려고 손가락으로 귀를 막았으나 밖으로 나가서 그를 보고 싶어 죽을 지경이었다. 그러나 겨우겨우 그 충동을 억제할 수가 있었다.

이즈음에 아우렐리아노 부엔디아 대령은 2주일에 한 번씩 상황을 자세히 알려주는 편지를 마콘도에 보낼 짬을 낼 수 있을 만큼 시간적인 여유가 있었다. 그러나 그는 마콘도를 떠난 지 여덟 달이 지난 다음에야 우르슬라에게 첫 편지를 써 보냈다. 대령이 정성 들여서 손수 쓴 편지를 넣고 단단히 봉한 봉투 하나를 특별전령이 직접 집으로 가져다주었다. "아버지가 곧 돌아가실 것이니, 잘 보살펴주시기 바랍니다." 우르슬라는 편지를 읽고 놀라움을 감추지 못했다. "아우렐리아노가 이런 편지를 보낸 걸 보니, 그 애가 아무래도 아버지의 죽음을 예감한 모양이다." 우르슬라가 말했다.

그래서 우르슬라는 사람들을 불러 호세 아르카디오 부엔디아를 그의 침실로 옮겼다. 본디 육중하고 무겁기도 했지만, 밤나무 밑에 앉아서 오랜 세월을 보내는 동안에 마음대로 체중을 늘리거나 줄이는 비법을 터득했기 때문에 그를 안으로 들어 옮기려고 일곱 사람이 달라붙었어도 꼼짝을 하지 않아서, 결국 질질 끌어서 옮겼다. 태양과 비바람으로 고색이 창연해진 거대한 노인이 숨을 쉬자, 침실의 공기는 부드러운 버섯과 꽃나

무의 화분花粉과 온갖 들판 냄새로 가득 차게 되었다. 이튿날 아침에 일어나서 보니 그는 어디론가 나갔고, 침대는 텅 비어 있었다.

다시 그를 데리러 갔을 때, 그는 비록 아직도 무궁무진한 힘을 지니고 있었지만 저항할 생각은 하지 않았다. 호세 아르카디오 부엔디아는 조금도 변한 데가 없었다.

그가 밤나무를 자꾸만 찾아가는 까닭은 그러고 싶어서가 아니라 다만 몸에 그런 습관이 배어 있었기 때문이었다. 우르슬라는 그를 보살피고, 식사를 시키고, 그에게 아우렐리아노에 대한 소식을 전해 주었다. 그러나 그가 오랫동안 의사를 소통할 수 있었던 사람이라고는 오직 푸르덴치오 아귈라뿐이었다. 죽음의 세계에서도 여전히 진행되는 노쇠 현상으로 거의 가루가 되어버린 푸르덴치오 아귈라는 하루에 두 번씩 그를 찾아왔다. 그들은 만나면 싸움닭 얘기를 나누었다. 그들은 이제는 필요가 없어진 승리의 쾌감을 맛보기 위해서보다는 죽음의 일요일이면 별로 할 일이 없어서, 소일거리를 만들기 위해 멋진 닭들을 키울 양계장을 세우기로 약속했다. 그를 닦아주고, 먹여주고, 그리고 누구인지 알 수도 없는 전쟁터에서 싸우는 아우렐리아노 대령이라는 사람에 대한 소식을 알려주는 이도 사실은 푸르덴치오 아귈라였다.

혼자 있는 동안 호세 아르카디오 부엔디아는 끝없이 연결된 넓은 방들을 꿈꾸며 시간을 보냈다. 그는 침대에서 일어나 문을 열고 똑같은 쇠장식이 붙은 침대들이 있는 방으로 들어가고 그 안에서 똑같은 등나무 의자와 뒷벽에 붙어 있는 성모 마리아의 그림을 구경하는 환상을 보았다. 그 방에서 나온 그는 먼젓번 방과 똑같은 다른 방으로 들어갔다. 거기서 다시 문을 열면 또 다른 똑같은 방이 나타났으며, 그리고 또다시 문을 열면 똑같은 방이 나타나고, 계속해서 똑같은 방들이 나타났다. 그는 한없이 계속되는 방들을 드나드는 것이 재미있었다. 거울들을 나란히 세워 놓은 방처럼 끝없는 미궁을 이루는 방들 사이를 헤매는 그의 방황은 푸르덴치오 아귈라의 손이 그의 어깨에 닿으면 중단되었다. 그러면 그는 지나온 방들을 되짚어 온 길을 되돌아가 현실의 방에서 기다리는 푸르덴치오 아귈라를 만났다. 그러던 어느 날 밤, 자기 침실로 옮겨온 지 2주일이 지난 날 푸르덴치오 아귈라는 중간에 있든 어느 방에서 그의 어깨를 잡았다. 그래서 그는 그 가운데 방에서 헤어나지 못하면서 그 방이 현실의 방이라고 생각했다.

이튿날 아침, 식사를 가져오던 우르슬라는 복도를 나오는 어떤 사람을 만났다. 그는 키가 작달막하고 똥똥한 사람이었는데, 검은 옷을 입고 눈까지 내리덮는 어마어마하게 큰 까만 모자를 쓰고 있었다. "믿을 수가 없구나." 우르슬라는 생각했다. "까딱했으면 멜키아데스로 착각할 뻔했어." 그는 불면증이 만연했을 때 마콘도를 떠나서 여태까지 소식이 없었던, 비지따시옹의 동생인 카타우레였다. 비지따시옹이 무엇 하러 갑자기 돌아왔느냐고 물었더니 그는 엄숙한 목소리로 대답했다.

"왕의 장례식에 참석하려고 왔지요."

그리고 그들은 호세 아르카디오 부엔디아의 방으로 가서 힘껏 그를 흔들어보고 귀청이 떨어져라 소리를 지르고 콧김이 나오나 보려고 코앞에 거울을 갖다대었지만, 그는 다시 깨어나지 않았다. 얼마 있다가 목수들이 호세 아르카디오 부엔디아의 관을 만들려고 치수를 재는 동안에, 그들은 창밖에 작고 노란 꽃들이 하늘에서 가볍게 빗발처럼 흩날리는 것을 보았다. 꽃비는 소리 없이 밤새도록 내려서 지붕을 덮고 문을 열 수 없을 만큼 집 앞에 쌓였으며, 바깥에서 잠자던 짐승들은 꽃에 덮여 질식했다. 하늘에서 어찌나 꽃송이가 퍼부어댔던지 아침에는 길바닥이 폭신폭신한 방석처럼 두텁게 꽃으로 깔렸다. 장례 행렬이 지날 때에는 길에 깔린 꽃 더미를 삽이나 갈퀴로 밀어내야만 했다.

8

일감을 무릎에 놓고 잠깐 쉬면서 등나무 흔들의자에 앉아 있던 아마
란타는, 턱에 비누거품을 잔뜩 바르고 생전 처음 면도를 하려고 긴장해
서 서 있는 아우렐리아노 호세를 지켜보았다. 그의 얼굴에 있는 여드름
자국에는 피가 비쳤고, 노란 솜털을 꼬아 올려 만든 콧수염을 손질하다
잘못해서 윗입술은 면도날에 상처를 입었다. 면도를 다 끝냈어도 별로
달라진 것이 눈에 띄지 않았지만, 그래도 정성스럽게 열중한 그를 보면
서 아마란타는 이제 자기도 퍽 늙었다는 기분을 느끼게 되었다.

"넌 꼭 네 나이 때의 아우렐리아노를 닮았구나." 아마란타가 말했다.
"너도 이제는 어른이 되었어."

그는 벌써 오래전부터 어른이 다 되어 있었지만, 그것을 눈치 채지
못한 아마란타는 아직도 그를 어린애로 생각하고 아무렇지도 않다는 듯
이 옛날에 그랬던 것처럼 목욕탕에 그와 함께 들어가서 그가 지켜보는
가운데 옷을 훌훌 벗어버리기가 일쑤였다. 필라르 테르네라에게서 그를
떠맡아 기르기 시작했던 옛날이나 지금이나 아마란타는 그를 똑같은 아

이로만 생각했다. 맨 처음 아마란타를 보았을 때 그의 관심을 끌었던 것은 아마란타의 젖가슴 사이에 움푹 파인 골짜기였다. 그때만 해도 아무것도 모르고 있었던 그는 아마란타에게 왜 그렇게 가슴 한가운데가 파였느냐고 물었고, 아마란타는 손가락으로 그 파인 곳을 파내는 시늉을 하면서 이렇게 말했다. "잘못하다가 이렇게 깊이 칼에 베었지 뭐냐." 좀더 세월이 흘러서 아마란타가 피에트로 크레스피의 자살에 대한 충격을 거의 다 잊게 되어 다시 아우렐리아노 호세와 목욕을 함께 하게 되었을 때, 그는 가운데가 파인 곳에는 별 흥미가 없었고 젖꼭지가 갈색인 그 멋진 젖가슴을 보고 혼자 이상한 경련을 일으키곤 했다. 그는 그때부터 열심히 아마란타를 뜯어보게 되었으며, 기적처럼 아마란타와의 사이에 은밀한 관계가 조금씩 조금씩 이루어져 간다는 사실을 느끼게 되었고, 물에 닿아서 아마란타의 살갗이 팽팽해지는 것을 보면, 자기 살갗도 마찬가지로 팽팽해지고 있음을 느꼈다. 아주 어렸을 때부터 그는 그물침대에서 자다 말고 한밤중에 일어나 아마란타의 곁에서 살을 맞대고 자면 무서움이 사라진다고 느껴져, 자주 그녀의 침대로 가서 아침까지 같이 자곤 했었다. 그러나 아마란타의 앞에서 벌거벗은 자기의 모습을 의식하게 된 바로 그날부터, 그가 모기장을 들추고 아마란타의 침대로 기어 들어가는 까닭은 어둠에 대한 두려움 때문이 아니라 그보다는 새벽에 느낄 수 있는 아마란타의 따뜻한 입김 때문이었다. 아마란타가 게리넬도 마르케스의 청혼을 거절했을 무렵의 어느 날 아침 일찍, 그는 숨 막히는 듯한 기분을 느끼면서 잠에서 깨어났다. 아마란타의 손가락이 보드랍고 초조한 작은 벌레처럼 그의 배를 아래 위로 더듬고 있었다. 잠결에 뒤채는 척하면서 그는 몸을 돌려 아마란타가 자기를 만지기 쉬운 자세를 취했다. 그랬더니 화상을 입어 감고 있던 검은 붕대를 풀어버린 아마란타의 손길이 눈먼 조개처럼 미끄럽게 그의 뜨겁게 달아오른 곳을 찾았다. 서로 상대방이 알고 있음을 모르는 척하면서, 그러면서도 서로 상대방이 알고 있다는 것을 의식하면서, 그들은 그날부터 밤이면 굳게 비밀을 지키면서 오묘한 기분으로 서로 얽혔다. 아우렐리아노 호세는 응접실의 시계가 자정을 알리는 왈츠를 울릴 때까지 잠을 이룰 수가 없었고, 벌써 피부가 젊은 기운을 잃어가는 무르익은 여인은 나중에 자신의 고독감을 풀어주게 될 어른으로 자랄 줄을 꿈에도 생각지 않았던 몽유병자가 손으로 더듬어 모기장을 들추고 침대로 기어 들어올 때까지 잠시도 마음이 놓이지 않았다. 나중에 그들은 밤마다 벌거벗고 서로 포옹을 나누면서 함께 잤을 뿐 아니라, 낮에도 시간을 가리지 않고 틈만 나면 집의 구석구석을 뒤지며 서로를 찾아다녔고, 기회가 생기기만 하면 문을 안으로 잠그고 침실 안에서 영원히 충족하지 못할 흥분의 상태에서 시간을 보냈다. 어느 날 곡식창고에 숨어서 키스를 하려는 순간, 마침 창고에 들어선 우르슬라에게 그들의 은밀한 행동을 들킬 뻔했다. "넌 고모를 무척 좋아하는 것 같구나." 아무것도 모르는 우르슬라는 아우렐리아노 호세에게 순진하게 말했다. 그는 그렇다고 대답했다. "고모를 잘 따르는 건 좋은 일이야." 우르슬라는 대견하다는 듯 고개를 끄덕이며 밀가루를 자루에 넣고 부엌으로 돌아갔다. 이 사건으로 아마란타는 제정신을 차렸다. 아마란타는 자기가 벌써 위험한 상태에 도달해 있고, 어린아이와 키스놀이에 지나지 않는 장난을 치고 있는 것도 아닌, 위험하고도 미래가 없는 때늦은 정열에 발버둥치고 있다는 사실을 깨닫게 되어, 그 관계를 끝내기로 단호히 결심했다. 그때 군사훈련을 받고 있던 아우렐리아노 호세도 마찬가지로 현실을 깨닫게 되어 잠을 잘 때가 되면 꼭 부대로 돌아갔다. 토요일이 오면 그는 다른 군인들과 어울려 카타리노의 가게로 갔다. 그는 그곳에서 시든 꽃 냄새를 풍기는 여자들과 시간을 보내며 설익은 청춘을 발산하여 갑자기 닥쳐온 외로움을 잊으려 했으며, 어둠 속에서 같이 잠자리에 든 여인을 아마란타처럼 느끼려고 온갖 상상을 다하면서 애썼다.

얼마 안 있다가 갈피를 잡을 수 없는 전쟁에 대한 소식들이 전해져 왔다. 정부에서는 반란이 점점 더 확대되어 가고 있다는 사실을 공식적으로 인정하는 한편, 마콘도의 장교들은 계속해서 평화협상이 곧 이루어지리라는 보고를 받았다. 4월 초순의 어느 날, 특별전령이 게리넬도 마르케스 대령을 찾아와 신고를 했다. 그는 자유파의 지도자들이 국내의 반란군 지휘자들과 접촉하고 있는 것이 사실임을 전하면서 만일 자유파가 반란을 중지한다면 정부는 내각 구성에 있어서 장관 자리를 그들에게 셋이나 내주고, 의회에 소수파로서 동참하게 하고, 무기를 버리는 자는 모두 사면을 시키겠다는 휴전을 위한 타협안을 내놓았다고 알려주었다. 그리고 그 전령은 이런 휴전 조건에 찬동하면 안 된다는 아우렐리아노 부엔디아 대령의 극비 명령을 전달했다. 게리넬도 마르케스 대령은 가장 유능한 심복 다섯 명을 골라서 함께 국외로 도피할 준비를 하라는 명령을 받았다. 철저히 비밀을 지키면서 이 명령을 수행하라고 했다. 휴전협정이 발표되기 일주일 전, 엇갈리는 풍문이 나도는 가운데 아우렐리아노 부엔디아 대령은 로케 카르니쎄로 대령을 포함한 열 명의 심복 장교들과 함께 자정이 넘은 한밤중에 남몰래 마콘도로 숨어들어 와서, 사령부를 해체하고 무기를 땅에 묻어버리고 서류를 모두 불태웠다. 새벽에 그들은 게리넬도 마르케스 대령과 그의 부하 다섯 사람을 데리고 날이 밝기 전에 마콘도를 떠났다. 그들이 민첩하게 비밀리에 작전을 수행했기 때문에, 우르슬라는 누가 자기 침실의 창문을 조용히 두드려 깨울 때까지 아무것도 몰랐다. 전령이 목소리를 낮추어 우르슬라에게 알려주었다. "시간이 없으니 아우렐리아노 부엔디아 대령을 뵙고 싶으면, 빨리 문간으로 나오십시오." 우르슬라는 잠옷을 그대로 걸친 채 침대에서 뛰어나와 문간으로 나가서, 구름처럼 먼지를 일으키며 조용히 마콘도를 벗어나서 사라지는 말 탄 사람들을 보았다. 아우렐리아노 호세가 아버지를 따라 떠났다는 소식을 우르슬라가 알게 된 것은 이튿날이 되어서였다.

정부와 야당이 전쟁이 끝났음을 알리는 공동선언을 발표한 지 열흘이 되어서 서쪽 변방 지역에서 무력봉기를 했다는 아우렐리아노 부엔디아 대령에 대한 소문이 처음으로 전해졌다. 숫자도 얼마 안 되고 무기도 변변히 갖추지 못한 그의 군대는 일주일도 채 지탱하지 못하고 뿔뿔이 흩어졌다. 자유파와 보수파가 협상에 성공해서 그들의 단결을 국민에게 알리려고 온갖 노력을 다 기울이던 그 해에, 아우렐리아노 부엔디아 대령은 일곱 차례에 걸쳐서 반란을 일으켰다. 어느 날 밤, 그는 리오하차로 배를 끌고 가서 집중포화를 때리고는 방위사령부를 점령하여, 열네 명의 자유파 우두머리들을 집에서 끌어내어 총살시킴으로써 개인적인 욕망에 눈이 먼 자유파들에게 본보기를 보여주었다. 그는 국경의 세관을 2주일 이상이나 점령하고 있으면서 전면적인 전쟁을 개시해야 한다는 명령을 전국에 시달했다. 국경을 떠나서 수도의 외곽지대를 공략하기 위해 강행군을 하던 그는 처음으로 1600킬로미터나 되는 미개척지를 횡단하려는 무모한 작전을 세웠다가 정글 속에서 석 달 동안 헤매기도 하였다. 또 한 번은 마콘도에서 24킬로미터밖에 안 떨어진 곳까지 진격을 했다가 정부군 정찰대에 포착되지 않으려고, 오래전에 그의 아버지가 침몰된 스페인 배를 찾아낸 곳 부근의 숲속에 숨어 지내야만 했다.

비지따시옹이 죽은 것은 이때쯤이었다. 비지따시옹은 불면증이 두려워 왕의 자리까지 버린 덕택에 평화로운 자연사를 누릴 수 있었다. 죽기 전에 마지막으로 남긴 그의 소원은 20년 동안이나 봉급을 받아 침대 밑에 모아둔 돈을 꺼내서 몽땅 아우렐리아노 부엔디아 대령에게 보내 무기를 사게 하고 전쟁 비용에 보태 쓰게 해달라는 것이었다. 그러나 이때쯤에는 아우렐리아노 부엔디아 대령이 어느 주州를 공격하려고 상륙작전을 벌이다가 전사했다는 소문이 파다하던 때여서, 우르슬라는 비지따시옹의 돈을 꺼내는 일에는 관심도 두지 않았다. 2주일 안에 네 번씩이나 공식적으로 발표된 아우렐리아노 부엔디아 대령의 죽음은 사실인 것 같았다. 발표가 있은 지 여섯 달이 지났어도 그에 대한 다른 소식이 하나도 들려오지 않았기 때문이다. 우르슬라와 아마란타가 다시 장례식 준비를 하려는 참에, 예기치 않던 소식이 전해졌다. 아우렐리아노 부엔디아 대령이 아직 살아 있지만, 그는 이제는 자기 나라의 정부하고만 전쟁을 할 생각을 버리고, 카리브 해의 여러 공화국을 통합하려는 싸움에 휘말려들었다는 얘기였다. 그에 대한 소식이 들려올 때마다 그는 점점 더 먼 곳에 가 있었다. 이때 그의 머릿속을 지배하던 생각은, 나중에 알려진 바에 의하면, 중앙아메리카의 모든 반란군을 통합하여 연합군을 구성하고 그 군대로 알래스카에서 파타고니아에 이르는 모든 지역에서 보수파 세력을 쓸어버리겠다는 것이었다. 그가 고향을 떠난 지 여러 해가 지난 다음에 처음으로 우르슬라에게 직접 보내진 소식은 쿠바의 산티아고에서 온 것이었는데, 그 편지는 여러 손을 거치는 동안에 노랗게 색이 바래고 다 구겨져 있었다.

"이제 이 애는 완전히 잃어버린 자식이나 마찬가지야." 우르슬라는 편지를 읽으면서 중얼거렸다. "자꾸만 이런 식으로 가다가는 이번 크리스마스는 지구의 끝에서 지내고 말 거야."

우르슬라한테서 이 말을 듣고 그 편지를 받아 읽은 사람은 전쟁이 끝난 다음에 마콘도의 시장이 된 보수파 군대의 장군인 호세 라쿠엘 몬카다였다. "이 아우렐리아노라는 친구 말입니다." 그는 편지를 보고 한마디 했다. "보수파였더라면 좋을 뻔했어요." 그는 정말로 아우렐리아노 부엔디아 대령을 좋아했다. 많은 보수파 민간인들이 그랬듯이 호세 라쿠엘 몬카다도 군대에 지원해서 자기 파를 수호하기 위해 전쟁에 참여했으며, 비록 직업군인은 아니었어도 전쟁터에서 공을 세워 장군으로 승진했다. 그러나 한편으로 그는 많은 사람들이 그랬듯이 언제나 무력에는 반대했다. 그는 군인들이란 세련되지 못한 게으름뱅이요, 야망에 불타는 모략가들이며, 불안정한 때에 번영을 누리기 위해서 민간인들을 억누르려는 사람들이라고 생각했다. 지성적이고 성격이 활달하고 혈기왕성한 그는 식성이 좋고 닭싸움을 좋아했으며 한때 아우렐리아노 부엔디아 대령의 좋은 적수였다. 그는 광범위한 해안 지역의 여러 군사지도자들에게 영향력을 발휘하는 사람이었다. 어느 전투에서 그는 작전상 그가 장악하던 어느 거점을 아우렐리아노 부엔디아 대령의 군대에게 내어주게 되었는데, 그는 후퇴를 하면서 두 통의 편지를 남겨두었다. 그 중 한 통은 무척 길었는데, 그 편지에는 전쟁을 좀더 인간적으로 수행하는 데 힘을 같이하지 않겠느냐는 제안을 담은 내용이 적혀 있었다. 다른 한 통은 자유파가 장악한 지역에 살고 있는 아내에게 보내는 편지였는데 꼭 아내에게 전해 달라는 부탁의 말도 덧붙여 있었다. 그 다음부터 아무리 살벌한 전투가 진행되는 동안에라도 두 사령관은 가끔 포로 교환을 하기 위해서 잠정적인 휴전을 하곤 했다. 이런 휴전이 성립될 때에는 축제 기분까지 들었으며, 몬카다 장군이 아우렐리아노 부엔디아 대령에게 체스 두는 법을 가끔씩 가르쳐준 때도 이러한 휴전 기간 동안이었다. 그들은 아주 좋은 친구가 되었다. 그들은 심지어 자리를 같이하고, 군사계 인물들이나 직업적인 정치인들을 젖혀놓고 자기들끼리 힘을 합해서 보수파와 자유파의 바람직한 요소들만 골라 절충해서 이상적이고도 인도주의적인 새로운 정권을 수립할 가능성도 타진해 보았다. 전쟁이 끝나고 아우렐리아노 부엔디아 대령이 끝없는 반란을 계속하며 산길을 따라 헤매는 동안에 몬카다 장군은 마콘도의 군수로 임명되었다. 그는 군복을 벗고 민간인 옷을 입었으며, 무장하지 않은 경찰을 군인들로 대치하고 사면법을 통과시키고 전쟁 중에 목숨을 잃은 자유파 투사들의 가족을 돌봐주었다. 그는 마콘도를 시로 승격시켜서 자연히 마콘도의 첫 시장에 취임하였고, 시민들에게 안정된 분위기를 조성해 줌으로써 전쟁이란 지난날의 악몽에 지나지 않는다는 생각을 불어넣었다. 간장염으로 몸이 쇠진해 버린 니카노르 신부의 후임으로는 첫 연방전쟁의 역전용사로, '풋내기'라는 별명을 가진 코로넬 신부가 왔다. 암파로 모스코테와 결혼한 부르노 크레스피의 장난감과 악기를 파는 가게는 크게 번창했으며, 부르노가 세운 극장은 스페인 연극인들이 순회공연을 할 때에는 꼭 들르는 곳이 되었다. 그 넓은 노천극장에는 나무벤치와 희랍 가면으로 장식한 벨벳 막과, 매표구를 사자머리의 입 속에 들어앉은 것처럼 꾸민 매표소가 세 개 있었다. 학교가 증축된 것도 이 무렵이었다. 학교를 보수하는 일의 모든 책임은 늪지대에서 데려온 선생인 돈 멜초르 에스칼로나가 맡았는데, 그는 게으름뱅이 학생들에게 벌을 줄 때면 학부형들의 허락을 미리 얻어가지고 대리석을 깐 마룻바닥을 무릎으로 걷게 하고 교실에서 떠드는 아이들에게는 매운 고추를 씹어 먹게 하는 괴팍한 사람이었다. 새 교실에서 처음으로 공부를 시작한 아이들은 산타 소피아 드 라 삐에다드의 쌍둥이인 호세 아르카디오 세군도와 아우렐리아노 세군도였다. 그들은 책받침과 분필과 자기들의 이름을 새긴 알루미늄 물통을 가지고 학교에 다녔다. 어머니의 청순한 아름다움을 타고난 레메디오스는 곧 '미녀 레메디오스'로 알려지게 되었다. 세월이 흘러서 상복을 입고 지낸 기간이 무척 길었고, 온갖 재난에 계속 시달리기는 했어도 우르슬라는 별로 늙지 않았다. 산타 소피아 드 라 삐에다드의 도움을 받으면서 우르슬라는 빵 장사에 더욱 열을 올려서, 몇 년 사이에 아들의 전쟁비용을 대느라고 축났던 재산을 다시 모았을 뿐 아니라, 침실 안에 묻어놓은 그릇 속에는 곧 금덩어리가 꽉꽉 들어찼다. "하느님이 내 목숨을 거두어 가시는 마지막 날이 올 때까지 이 집안에서는 절대로 돈이 떨어지지 않을 거야." 우르슬라는 가끔 그런 말을 했다. 아우렐리아노 호세가 니카라과에서 연합군과 함께 싸우다가 탈영하여 독일 배의 선원으로 일자리를 얻어, 몸이 말처럼 건강해지고 얼굴은 검게 타고 머리카락을 치렁치렁하게 기른 다음에, 아마란타와 무슨 일이 있어도 결혼해야 하겠다는 결심을 품고 고향으로 돌아와 부엌에 모습을 나타냈을 때의 마콘도는 그런 상황이었다.

부엌에 들어서는 그의 모습을 본 아마란타는 그가 입을 열기도 전에 왜 갑자기 그가 나타났는지, 그 이유를 한눈에 알 수 있었다. 식탁에 마주 앉았을 때 그들은 감히 얼굴을 들고 서로 쳐다볼 수가 없었다. 그러나 그가 돌아온 지 2주일이 지난 뒤로는 우르슬라가 함께 있는 것도 개의치 않은 채 그는 아마란타를 뚫어져라 쳐다보면서 이렇게 말할 만큼 대담해졌다. "난 그동안 당신 생각을 꽤 많이 했어요." 아마란타는 그를 피해 다녔다. 우연하게라도 만나지 않으려고 잔뜩 신경을 썼다. 그리고 언제나 미녀 레메디오스의 곁에 붙어다녔다. 손에 입은 화상이 다 나았는데도 아직도 손에 감고 다니는 검은 붕대를 언제쯤 돼야 풀어버리겠느냐고 그가 물었을 때, 아마란타는 그 붕대가 자기의 정조를 상징하는 것임을 알아차리고는 부끄러워서 낯을 붉혔고, 낯을 붉혔다는 사실에 대해서 부끄러움을 느꼈다. 처음 그가 돌아왔을 때 아마란타는 잘 때면 언제나 침실 문을 잠그고 잠들었는데, 며칠 동안 그가 옆방에서 아무 일 없이 평화롭게 코를 골며 자는지를 확인하고는, 나중에는 그만 문 잠그는 것을 잊어버리고 말았다. 그가 돌아온 지 두 달쯤 지난 어느 날 새벽 일찍 아마란타는 자기 방으로 몰래 들어오는 그의 발자국 소리를 들었다. 그런데 처음에 마음먹었던 것과는 달리, 아마란타는 도망을 치거나 소리를 지르는 대신에 오히려 마음이 포근하게 풀리는 기분만을 느꼈다. 아마란타는 그가 어렸을 때 자주 그랬듯이 모기장을 들추고 미끄러져 들어오는 것을 알았고, 어릴 적처럼 그가 옷을 하나도 걸치지 않고 발가벗은 몸이라는 것을 알아채자, 식은땀이 등골에 솟고 떨려서 이가 마주쳤다. "어서 가지 못해?" 아마란타는 은근히 기다리는 마음에서 숨이 막힐 듯하면서 속삭였다. "빨리 가지 않으면 소리를 지르겠어." 그러나 아우렐리아노 호세는 이제는 어린애가 아니라, 다 큰 군인이었기 때문에 자기가 할 일이 무엇인지를 잘 알고 있었다. 그날 밤부터, 그들 사이에는 밤마다 지루한 싸움이 일어나서 새벽까지 계속되었지만, 별다른 진전을 보지 못했다. "난 네 고모란 말이야." 기운이 빠진 고모가 중얼거렸다. "난 나이도 너한테 엄마뻘이 될 뿐 아니라, 젖만 먹이지 않았을 뿐이지, 어떻게 봐도 너한테는 엄마와 마찬가지야." 아우렐리아노는 동틀 녘이 되면 몰래 빠져나갔다가 이튿날 새벽에 다시 돌아왔는데, 올 때마다 아마란타가 문을 열어둔 것을 알아채고는 더욱 흥분해서 몸도 제대로 가누지 못했다. 그는 아마란타에 대한 욕망을 잠시 동안이라도 버린 적이 없었다. 그는 점령당한 도시의 어느 집 컴컴한 침실 안에서 특히 넋을 잃고 축 늘어진 여자들에게서 아마란타의 모습과 느낌을 더듬어 찾았으며, 부상당한 병사들의 붕대에 말라붙은 핏자국에서 아마란타를 더욱 강렬하게 느꼈고, 죽음이 눈앞에 닥친 위기의 순간에, 어느 곳에서나 어느 순간에나 아마란타를 잊지 못했다. 그는 아마란타의 모습을 잊기 위해서 도망쳤다. 그는 멀리 떠나서 아마란타에 대한 기억을 머릿속에서 지워버리려고 남들이 만용이라고 비웃을 만큼 분노에 가까운 용기를 내어 전쟁에 열중했지만 전쟁의 똥구덩이 속에서 허우적거리면 허우적거릴수록 아마란타의 모습은 더욱 생생하게 머릿속에 살아남았고, 드디어는 전쟁 자체가 아마란타처럼 느껴지기도 했다. 그래서 그는 아마란타를 잊는 길이라고는 죽음밖에 없다고 믿어서 함부로 생명을 내던지며 고민했다. 그러던 어느 날, 그는 고모와 결혼해서 족보를 따지다보니 자기가 낳은 아들이 손자뻘이 되어버렸다는 사람의 얘기를 어떤 늙은 군인에게서 듣게 되었다.

"그럼 자기 고모하고도 결혼을 할 수가 있단 말입니까?" 그는 깜짝 놀라서 물었다. "어디 고모하고 뿐이겠나?" 다른 군인이 대꾸했다. "자기 어머니하고도 결혼할 수 있는 세상을 만들려고 우리들이 이렇게 신부님들과 전쟁을 하는 것이 아니겠나?"

2주일 후에 그는 탈영했다. 그는 아마란타가 기억보다 훨씬 시들었고, 고독한 데다 수줍어한다는 사실을 알았으며, 이제는 성숙의 마지막 구비를 돌면서도 침실의 어둠 속에서는 어느 때보다도 더욱 기운이 팔팔하고, 맹렬하게 저항하고 있음을 느꼈다. "넌 짐승 같은 애로구나." 그의 화끈한 욕망에 유린당하면서 아마란타는 그에게 말했다. "교황한테서 특별히 허락을 얻지 않고는 넌 고모한테 이런 몹쓸 짓을 하면 안 돼." 아마란타가 그들 사이를 가로막은 담을 없애준다면 교황의 발에 키스를 하러 무릎으로 기어서라도 유럽을 횡단해서 로마로 가겠다고 아우렐리아노 호세는 약속했다.

"그렇다고 다 해결되는 것도 아냐." 아마란타가 말했다. "우리가 아이를 낳으면 아마 돼지꼬리가 달린 애가 태어날 거야."

아우렐리아노 호세는 어떤 얘기에도 귀를 기울이지 않았다.

"아르마딜로가 태어나도 그까짓 것 상관없어요."

어느 날 아침 일찍, 발산하지 못한 욕망의 고통을 참다못한 그는 카타리노의 가게로 갔다. 그곳에서 젖가슴이 맥없이 흐물흐물하고, 값이 싸고 기분을 잘 맞추는 여자를 하나 골라서 얼마 동안 그 여자에게서 굶주림을 채웠다. 그러고는 아마란타를 경멸함으로써 새로운 해결방법을 찾으려고 시도했다. 그는 앞마당에서 이제는 꽤 손에 익숙해진 재봉틀을 돌리며 일을 하고 있는 아마란타를 보고는 일부러 못 본 척 얼굴을 돌리고 말도 걸지 않았다. 아마란타는 겨우 한숨을 돌리고, 자기도 모르게 게리넬도 마르케스 대령과 같이 지내던 시간들과, 중국 장기를 두던 때의 아련한 옛일을 머릿속에서 뒤적이며, 심지어는 그와 함께 잠자리에 들었으면 하고 남 몰래 꿈꿀 만큼 추억 속에 잠기게 되었다. 우스꽝스러운 무관심 작전을 한참 벌이다가 제풀에 지친 아우렐리아노 호세는 더 이상 참지 못하고 어느 날 밤 아마란타의 방으로 기어들어 갔는데, 그는 그 사이에 자기의 입장이 얼마나 불리해졌는지를 전혀 모르고 있었다. 아마란타는 단호하게 노골적으로 그를 거절했고, 침실 문을 영원히 잠가버렸다.

아우렐리아노 호세가 고향으로 돌아온 지 몇 달이 지난 어느 날, 재스민 향수 냄새를 풍기는 입심 좋은 어떤 여자가 다섯 살 된 아들을 하나 데리고 집에 나타났다. 그 여자는 자기가 데려온 아이가 아우렐리아노 부엔디아 대령의 아들이며, 영세를 시키려고 마콘도로 데려왔노라고 말했다. 이름도 없는 그 아이가 누구에게서 태어났는지 의심하는 사람은 아무도 없었다. 그 아이는 처음으로 얼음을 구경하려고 아버지를 따라나섰을 당시의 대령을 그대로 뽑아놓은 듯싶었다. 그 여자는 아이가 태어날 때 두 눈을 부릅뜨고 태어나서는 주위에 둘러선 사람들을 어른스러운 눈초리로 찬찬히 뜯어보았으며, 눈 한번 깜짝하지 않고 응시하는 그 눈초리가 무섭더라는 얘기를 했다. "애비하고 똑같구먼." 우르슬라가 말했다. "좀 다른 점이 있다면, 애비는 눈으로 노려보기만 해도 흔들의자가 저절로 움직였다는 것뿐이야." 아버지가 인지하기 전에는 아버지의 성을 따를 수 없다는 법의 제한 때문에 그 아이는 어머니의 성을 대신 받고 이

름을 아우렐리아노라고 지어서 세례를 받게 했다. 몬카다 장군이 대부代
父가 되었다. 아마란타가 그 아이를 맡아서 기르겠다고 나섰지만, 아이
어머니는 그 호의를 거절했다.

이때만 해도 우르슬라는 씨앗이 좋은 수탉의 우리에 암탉들을 풀어
놓듯, 부모들이 젊은 처녀들을 용감한 군인의 침실로 들여보내는 풍습을
모르고 있었지만, 몇 년이 안 되어서 우르슬라는 그 관습을 실감나게 느
끼게 되었다. 아우렐리아노 부엔디아 대령의 아들이 아홉 명이나 영세를
받으러 우르슬라를 찾아왔다. 가장 큰 아이는 아버지의 집안과는 조금도
닮지 않고, 초록빛 눈동자에 피부가 검었고, 나이는 벌써 열 살이나 되었
다. 찾아오는 아이들은 나이와 피부 색깔이 저마다 달랐지만 하나같이
모두가 사내아이들이었으며, 얼굴에는 아버지의 핏줄을 증명하는 고독
한 표정이 서려 있었다. 그들 가운데 특히 한 아이가 돋보였다. 제 나이
에 비해서 몸집이 큰 그 아이는 손만 닿으면 무엇이나 다 산산조각을 내
는 재능을 가지고 있어서 꽃병이나 사기그릇은 모조리 박살을 냈다. 또
한 아이는 어머니를 닮아 밝은 빛깔의 눈동자에 금빛의 머리카락이 길게
자라서 여자처럼 곱실거렸다. 그는 마치 이 집에서 오랫동안 살기라도
한 듯 아주 익숙한 태도로 집 안으로 들어서서는 곧장 우르슬라의 침실
에 있는 장롱 앞으로 가서 졸랐다. "기계로 움직이는 발레리나 장난감을
주세요." 우르슬라는 깜짝 놀랐다. 우르슬라는 장롱을 열고 멜키아데스
가 살아 있던 시절에 쓰던 낡고 망가진 물건들을 헤집어서, 언젠가 피에
트로 크레스피가 선물로 가져왔으나 모두들 잊고 있던, 스타킹에 싸여
처박힌 장난감 발레리나를 찾아냈다. 약 12년 동안에 걸쳐서 그들은 아
우렐리아노 부엔디아 대령이 이곳저곳 전투지를 전전하면서 씨 뿌려 태
어난 열일곱 명의 아이들이 찾아오는 대로 모두 아우렐리아노라고 이름
짓고 성은 어머니를 따라서 영세를 받게 했다. 처음에 우르슬라는 찾아
온 아기어머니들에게 주머니에 가득 차도록 여비를 넣어주고, 아마란타
는 그들 모자들을 집에 머물게 하려고 했다. 그러나 시간이 지남에 따라

그들은 대모代母 노릇이나 하고 선물을 주는 정도로 손님치레를 하기로 작정했다. "영세만 받게 해줬으면 우리 일이야 다 한 게 아니겠니?" 태어난 아이의 출생지와 생일, 그리고 어머니의 이름과 주소를 장부에 기입하면서 우르슬라가 말했다. "이렇게 모두 자세히 기록해 두면 아우렐리아노가 돌아와서 일을 처리하려고 할 때 도움이 될 거야." 점심을 나누면서 몬카다 장군과 이 엄청난 번식 문제를 의논하던 우르슬라는 어서 아우렐리아노 부엔디아 대령이 돌아와서 산지사방에 흩어져 있는 아들들을 모두 거두어들였으면 좋겠다고 말했다.

"조금도 염려하지 마십시오." 몬카다 장군이 야릇한 표정을 지으면서 말했다. "아우렐리아노가 생각했던 것보다는 무척 빨리 돌아올지도 모르니까요."

몬카다 장군이 알고 있었으면서도 그날 점심때 털어놓지 않았던 사실은 아우렐리아노 부엔디아 대령이 그때 여태까지 유례가 없었던 장기적이고 과격하며 처참한, 새로운 싸움을 벌일 계획을 추진하고 있다는 것이었다.

첫 전쟁이 일어나기 몇 달 전 못지않게 모든 사태가 다시 긴박해졌다. 시장이 앞장 서서 시작했던 닭싸움은 중단되었다. 방위대의 지휘관인 아킬레스 리카르도 대위는 시의 주둔군을 훈련하는 일을 맡았다. 자유파 사람들은 그가 전쟁을 꾸미고 있다고 수군거렸다. "곧 무슨 일인지 심상치 않은 사태가 벌어질 모양이구나." 우르슬라가 아우렐리아노 호세에게 말했다. "6시가 넘으면 공연히 밖에서 쏘다니지 마라." 그런 얘기는 하나마나였다. 예전에 아르카디오가 그랬듯이, 아우렐리아노 호세는 이미 우르슬라의 손아귀를 벗어난 지 오래였다. 그의 귀향은 생존을 위한 투쟁이 끝났음을 뜻했고, 아우렐리아노 호세의 마음속에서는 그의 삼촌 호세 아르카디오의 욕정적이고 게으른 천성이 되살아나는 듯싶었다. 아마란타에 대한 그의 열정은 아무 상처도 남기지 않고 수그러졌다. 그는 이곳저곳 배회하면서, 당구로 시간을 보내거나 아무나 걸려드는 여자와 어울려 고독을 잊고, 우르슬라가 묻어두고 잊어버린 돈을 찾아내는 데 신경을 썼다. 옷을 갈아입기 위해서나 집을 찾아올 뿐이었다. "그저 모두들 다 똑같구나." 우르슬라는 한탄했다. "처음에는 하는 짓이 모두 얌전하고, 말도 잘 듣고, 부지런하고 파리 한 마리도 제대로 못 죽일 것 같던 애들이 그저 수염만 꺼뭇꺼뭇 나기 시작하면 그땐 다 끝장이란 말이야." 어떻게 자기가 태어나게 되었는지를 끝까지 모르고 살았던 아르카디오와는 달리 그는 자기가 필라르 테르네라의 아들이라는 사실을 알아냈으며, 필라르는 그가 자기 집에 오면 낮잠을 자고 갈 수 있도록 그물침대를 걸어주기도 했다. 그들은 어머니와 아들의 관계였을 뿐 아니라, 고독을 함께 나누는 동지 같았다. 필라르 테르네라는 희망이라고는 조금도 남지 않은 단계에 이르렀다. 그녀의 웃음소리는 풍금 소리처럼 왕왕거렸고, 젖가슴은 남들이 너무 주물러서 이제는 별 감촉도 느끼지 못할 만큼 힘이 없었으며, 뱃가죽과 허벅지는 여러 삶의 공동소유인 여자들이 마땅히 겪는 과정을 거쳤지만, 그러나 마음만은 별로 괴로움을 겪지 않으면서 늙어갔다. 살이 피둥피둥하게 찌고, 수다스러워진 데다 몰락해 버린 귀부인 티까지 내면서 필라르 테르네라는 자기의 카드에 나타나는 영험한 계시 따위는 잊어버리고 남들의 연애를 도와주는 일에서나 평화와 위안을 얻는 신세가 되었다. 아우렐리아노 호세가 와서 낮잠을 자고 가는 바로 그 방에서 이웃에 사는 여자들은 연인을 맞아들였다. "방 좀 빌려주세요, 필라르." 그들은 불쑥 안으로 들어와서 무턱대고 부탁하기가 일쑤였다. "물론 빌려주지." 필라르는 시원시원하게 대답했다. 그리고 이미 다른 사람들이 방을 차지하고 있을 때에는 이렇게 설명을 했다.

"침대에서 그렇게들 즐거워하는 걸 보면 나도 기분이 좋단 말이야."

필라르 테르네라는 돈을 하나도 안 받으면서 그런 호의를 베풀었다. 자기를 욕심내던 수많은 남자들을 하나도 거절하지 않았듯이 누구의 어떤 부탁도 거절하지 않았으며, 이제는 벌써 황혼기에 접어든 필라르 테르네라는 돈이나 사랑은 받는 일이 없고, 그저 가끔 마음의 즐거움을 대가로 받았다. 그녀에게서 불타는 욕정의 씨앗을 물려받고 태어난 다섯 딸들은 사춘기에 접어들면서부터 방황을 시작해서 끝내 저마다 뿔뿔이 흩어지고 말았다. 필라르 테르네라가 손수 키운 두 아들 가운데 하나는 아우렐리아노 부엔디아 대령이 지휘하는 부대에서 싸우다가 목숨을 잃었으며, 다른 한 아들은 열네 살 나던 해에 늪지대의 어느 마을에서 병아리를 훔치다가 부상을 당하고 붙잡혔다. 카드로 점을 칠 때마다 키가 크고 얼굴이 거무스름한 아우렐리아노 호세는 하트의 킹이 지난 반세기 동안 그녀를 위해 세상에 나타나리라고 약속을 거듭했던 바로 그 남자처럼 느껴졌으며, 카드의 점이 약속한 대로 그녀에게 찾아왔던 모든 남자들이 그랬듯이, 그는 필라르 테르네라의 마음을 두근거리게 했다. 그러나 그에게는 이미 죽음의 낙인이 찍히고 말았다. 필라르는 카드에서 죽음을 보았다.

"오늘밤에는 외출을 하지 마라." 필라르 테르네라가 말했다. "카르멜리타 몬티엘이 네 침실에 들여보내 달라고 어찌나 졸라대는지 나도 견딜 수가 없으니, 오늘은 여기서 그 아가씨하고 자도록 하고 바깥출입은 하지 마라."

아우렐리아노 호세는 그 부탁의 밑바닥에 깔린 애절한 감정을 미처 눈치 채지 못하고 말았다.

"자정까지는 돌아올 테니 기다리라고 하세요." 그는 말했다.

자유파들이 보수파더러 '고트 사람들'(로마에 침입하여 이탈리아·프랑스·스페인을 건설한 튜튼 민족의 한 무리 – 역주)이라고 불러대는 까닭이 궁금해진 그는 아킬레스 리카르도 대위가 〈여우의 단검短劍〉이라고 제목만 바꿔버린 조릴라(호세 조릴라, 1817~1893 스페인의 시인·극작가 – 역주)의 연극을 스페인 극단이 공연 중인 극장으로 갔다. 문간에서 극장표를 낸 다음에야 아우렐리아노 호세는 아킬레스 리카르도 대위가 부하 두 사람을 거느리고 관객들을 수색하는 광경을 보았다.

"한마디 일러두겠소, 대위." 아우렐리아노 호세가 경고를 했다. "어느 누구도 감히 내 몸에 손을 댈 수는 없소." 그래서 대위는 강제로 아우렐리아노 호세의 몸수색을 하려고 했고, 무기를 지니고 있지 않았던 그는 도망을 치려고 했다. 병사들은 총을 쏘라는 명령에 복종하지 않았다. "저 사람은 부엔디아 집안사람입니다." 병사 하나가 설명했다. 분노에 눈이 어두워진 대위는 소총을 빼앗아들고 길 한복판으로 뛰어나가서 겨냥을 했다.

"겁쟁이들 같으니라구!" 그는 소리쳤다. "아우렐리아노 부엔디아 대령이라면 오히려 좋겠어."

총성이 울렸을 때, 스무 살 난 처녀인 카르멜리타 몬티엘은 오렌지 꽃물에 목욕을 하고 필라르 테르네라의 침대에 로즈메리(충실·정조·추억을 상징하는 꽃 – 역주) 잎사귀를 뿌리고 있었다. 카드로 쳐본 점에 따르면 아우렐리아노 호세는 이 여자에게서 아마란타가 거절했던 행복을 찾고, 아이를 일곱이나 낳고 늙어서 이 여인의 품에서 죽기로 되어 있었지만, 카드의 점을 제대로 알아듣지 못한 총탄이 그만 그의 등을 뚫고 들어가 가슴을 찢어놓았다. 그리고 그날 밤에 정말로 죽을 운명이었던 아킬레스 리카르도 대위는 아우렐리아노 호세보다 네 시간 전에 죽었다. 아우렐리아노 호세를 쓰러뜨린 총성과 함께, 어디서 날아왔는지 알 수 없는 두 발의 총성이 동시에 들렸으며, 그 총알에 맞고 대위가 쓰러지자, 많은 사람들의 외침 소리가 밤하늘을 울렸다.

"자유파 만세! 아우렐리아노 부엔디아 대령 만세!"

아우렐리아노 호세가 목숨을 잃을 만큼 피를 쏟고, 카르멜리타 몬티엘이 카드로 점을 쳐서 그녀의 미래에는 공백만이 남아 있음을 알게 된 12시쯤, 400명이 넘는 사람들이 줄을 지어 극장 앞을 지나가면서 내버려둔 아킬레스 리카르도 대위의 시체에다 권총을 쏘아댔다. 총알이 잔뜩 박혀서 무거워지고 물에 불린 빵조각처럼 너덜해진 그 시체를 치우려고 순찰대는 손수레를 써야만 했다.

정규군의 횡포에 분개한 호세 라쿠엘 몬카다 장군은 정치적이 영향력을 동원하기 시작했고, 다시 군복을 입고, 마콘도의 행정과 군사 지휘권을 맡았다. 그러나 그는 자기의 회유책이 꼭 오고야 말 일을 미리 막지는 못할 것임을 알았다. 9월에 들려온 소식은 앞뒤가 맞지 않았다. 정부에서는 전국적으로 안정을 되찾았다고 말했다. 그러는 한편으로 자유파들은 내란이 곳곳에서 일어나고 있다는 소식을 비밀리에 전해 들었다. 정부에서는 어느 날 피고가 참석하지 않은 군법회의에서 아우렐리아노 부엔디아 대령에게 사형을 구형할 때까지는 그들이 전쟁 상태에 임해 있다는 사실을 인정하려고 들지 않았다. 누구든지 아우렐리아노 부엔디아 대령을 포로로 잡으면 즉석에서 총살을 하라는 명령이 떨어졌다. "이런 지시가 내린 걸 보니 아우렐리아노가 돌아온 모양이군요." 우르슬라는 기뻐하면서 몬카다 장군에게 말했다. 그러나 장군도 아우렐리아노 부엔디아 대령의 행방에 대해서는 아는 바가 없었다.

아우렐리아노 부엔디아 대령은 이미 한 달 전에 귀국했다. 그가 돌아오기 전에는 앞뒤가 맞지 않는 소문들이 많이 퍼져 있었고, 귀국했다는 소문 못지않게 아주 먼 곳에 있다는 얘기도 파다해서 몬카다 장군까지도 그가 해안에 있는 주州 두 개를 점령했다는 공식발표를 듣기 전에는 그의 귀국을 믿으려고 하지 않았다. "축하합니다." 그는 전보를 보여주면서 우르슬라에게 말했다. "그는 곧 여기에 도착할 겁니다." 그러자 우르슬라는 처음으로 걱정이 되었다. "그러면 당신은 어떡하겠어요?" 우르슬라가 물었다. 몬카다 장군은 자기 자신에게 벌써 여러 번 그 질문을 던져 보았다.

"그가 취할 행동과 똑같은 행동을 취할 겁니다." 그는 대답했다. "나는 내 임무를 수행할 따름이죠."

10월 1일 새벽에 아우렐리아노 부엔디아 대령은 무장이 잘 된 부하 1000명을 거느리고 마콘도를 공격했고, 방위사령부는 끝까지 저항하라는 명령을 받았다. 몬카다 장군이 우르슬라와 점심을 같이 먹고 있는 동안에, 마콘도를 뒤흔드는 반란군의 대포 소리와 더불어 시청 재무실의 앞쪽이 가루가 되어 날아갔다. "그들은 우리들만큼이나 무장이 잘 되어 있군요." 몬카다 장군이 한숨을 쉬었다. "그런 데다 그들은 싸울 각오가 단단히 되어 있습니다." 오후 2시가 되어, 양편에서 쏘아대는 포화에 지축이 흔들릴 때 몬카다 장군은 이 싸움이 자기에게 승산이 없음을 깨닫고, 우르슬라와 작별인사를 했다.

"오늘 밤에 아우렐리아노를 집 안에 들여놓지 않으시기를 신에게 기도드리겠습니다." 그는 말했다. "만일 그가 집 안에 발을 들여놓게 되면, 제 대신에 포옹을 해주십시오. 난 그를 보지 못하게 될 테니까요."

그날 밤 그는 아우렐리아노 부엔디아 대령에게 그들이 다같이 바라는 것은 전쟁을 인간적으로 수행한다는 것이며, 아우렐리아노 부엔디아 대령이 군사지도자들의 부패와 양쪽 정치인들의 야망과 싸워서 최후의 승리를 거두기 바란다는 편지를 남기고 마콘도에서 피신하려다가 붙잡히고 말았다. 이튿날 아우렐리아노 부엔디아 대령은 혁명군의 군사재판에서 그의 운명이 결정되기를 기다리며 몬카다 장군과 우르슬라의 집에서 점심식사를 같이했다. 점심식사는 친구 사이의 해후와 같았다. 그러나 두 적수가 마주 앉아 지난 일을 회고하는 동안에 우르슬라는 자기의 아들이 침략자라는 생각이 들어 기분이 우울했다. 우르슬라는 아들이 시끄러운 군대를 끌고 들어와서, 위험이 없음을 확인할 때까지 침실을 온통 뒤집어놓은 꼴을 본 순간부터 그렇게 느꼈다. 아우렐리아노 부엔디아 대령은 반란군 병사들이 그런 짓을 하도록 용납했을 뿐 아니라, 그의 호위병들이 집 둘레를 경비하려고 돌아가면서 위치를 잡을 때까지 우르슬라를 포함한 아무도 자기 근처에 접근하지 못하게 하라고 명령을 내렸다. 그는 계급장을 달지 않은 평범한 작업복을 걸치고, 진흙과 피가 말라붙은 박차가 달린 높다란 구두를 신었다. 가슴에는 권총집을 가로질러 메고, 손은 아무 때라도 당장 권총을 잡아뽑아 쏠 준비가 되었고, 눈은 쉴 새 없이 긴장해서 주위를 살폈다. 깊숙이 머리가 벗겨지기 시작한 이마는 오븐에 넣고 천천히 구워낸 듯했다. 카리브 해의 소금기로 검게 그은 그의 얼굴은 쇠붙이처럼 굳었다. 그는 차가운 성격을 그대로 드러내는 강한 개성 때문에 영원히 늙지 않을 듯싶었다. 그는 이곳을 떠날 때보다 키가 컸고, 핏기를 잃고 말랐으며, 얼굴에는 향수병의 초기 증상이 드러났다. "이럴 수가 있나?" 우르슬라는 혼잣말을 했다. "이젠 무슨 짓이라도 눈 하나 깜짝 않고 저지를 사람 같아 보이는구나." 그는 사실 그랬다. 아마란타에게 주려고 가져온 아즈텍(멕시코의 원주민 - 역주) 숄과, 점심을 먹으며 그가 회상하던 옛일들이나, 그가 들려준 재미있는 얘기들이란 모두가 다 지난 일들의 찌꺼기에 불과한 느낌을 주었다. 죽은 사람들을 모두 파묻는 일이 끝나자 그는 로케 카르니쎄로 대령에게 군사 재판을 준비하라는 지시를 하고, 마콘도에서 보수파 정권이 손을 댄 것은 돌조각 하나 남기지 않고 없애버리려는, 끝없이 대폭적인 개혁을 실시하는 엄청난 일을 앞장 서서 지휘했다. "우리는 우리 당을 대표한다고 자칭하는 자들보다 앞서서 모든 일을 해야 한다." 그는 부관들에게 말했다. "그들이 눈을 뜨게 되면 그들은 우리가 성취해 놓은 일들을 직접 목격하고 놀랄 것이다." 그리고 그는 지난 100년 동안 마콘도 지역의 토지에 대한 소유권이 어떻게 바뀌었는지를 철저히 검토하다가 형 호세 아르카디오가 범한 횡포를 모두 알게 되었다. 그는 펜을 들어 단 한 줄로 그 모든 소유권을 무효로 했다. 그리고 자기가 한 일에 대해서 마지막으로 동의를 얻기라도 하려는 듯, 그는 온갖 바쁜 업무들을 한 시간 동안 깨끗이 잊고, 자기가 시행하려는 일의 계획을 알려주기 위해서 레베카를 찾아갔다.

집 안의 어둑어둑한 그늘에서 혼자 외롭게 살고 있던, 한때 그의 사랑을 독차지했고, 그의 생명까지 구해 준 일이 있는 미망인은 한낱 과거에서 헤어나지 못하는 유령처럼 보였다. 온몸을, 손가락 발가락까지 검은 옷으로 뒤덮고 마음은 모두 불타고 꺼져서 재만 남은 그녀는 전쟁에 대해서 거의 아무것도 모르고 있었다. 아우렐리아노 부엔디아 대령은 레베카가 뼛속에 든 인광燐光이 살갗을 뚫고 밖으로 발산되며, 아직도 화약 냄새가 속속들이 스며서 풍겨나오는 정체된 공간 속에서 세인트 엘모의 불꽃(도깨비불, 매일 밤 양초를 들고 정처 없이 마을의 거리를 헤매 다니던 프랑스 신부 '엘모'에게서 유래 – 역주) 같은 분위기 속에서 살고 있다고 느꼈다. 그는 우선 레베카에게 그토록 비통한 슬픔은 잊고 집 안의 공기를 좀 바꾸고, 호세 아르카디오에게 죽음을 가져온 세상 사람들을 용서해 주라는 얘기부터 꺼냈다. 그러나 레베카는 이미 모든 즐거움과 쾌락을 잊어버렸다. 처음에는 흙의 맛을, 그리고는 피에트로 크레스피의 향수를 뿌린 편지를, 다음에는 거친 남편과 같이 지낸 침대 속에서의 모든 즐거움을 다 맛보고 난 레베카는 모든 옛일을 회상 속에서 현실로 바꾸면서 사방이 단절된 방 속에서 평화를 찾았었다. 등나무 흔들의자에 기대어 앉아서 과거에서 돌아온 유령은 자기가 아니라 아우렐리아노 부엔디아 대령이라는 표정으로 얘기를 듣던 레베카는 호세 아르카디오가 약탈한 땅들을 본래 주인들에게 되돌려주겠다는 말을 듣고는 조금도 놀라지 않았다.

"바라시는 대로 아무렇게나 하세요, 아우렐리아노." 레베카가 한숨을 쉬었다. "여태까지 죽 그렇게 생각했었지만, 지금 이 순간처럼 당신이 배신자라는 사실을 아주 절실하게 느낀 적은 없었어요."

마을의 개혁이 이루어지는 동시에 약식 군사재판이 게리넬도 마르케스 대령의 주관으로 거행되었으며, 그 재판을 거쳐서 혁명군에게 포로로 잡힌 모든 정규군 장교들은 사형을 선고받았다. 호세 라쿠엘 몬카다의 군법회의가 맨 나중에 열렸다. 우르슬라가 재판에 간섭을 했다. "그가 통치하던 시절의 마콘도는 어느 때보다도 더 안정된 생활을 누렸단다." 우르슬라가 아우렐리아노 부엔디아 대령에게 말했다. "그 사람이 얼마나 마음이 좋고, 또 우리 집안 식구들에게 얼마나 잘해 줬는지는 내가 얘기하지 않아도 넌 환히 알고 있겠지?" 아우렐리아노 부엔디아 대령은 우르슬라에게 얼굴을 찌푸려 보였다.

"재판에는 나도 마음대로 간섭할 수가 없어요." 그는 대답했다. "하고 싶은 말이 있으시면 재판정에 나가서 하세요."

우르슬라는 군사재판이 열리자 자진 출두했을 뿐 아니라, 마콘도에 사는 모든 혁명군 장교들의 어머니들을 출두시켜 몬카다 장군을 위한 증언을 하게 했다. 옛날에 마콘도를 설립한 개척자들이었던 늙은 여인들, 그들 가운데서도 험한 산을 남편을 따라 넘어온 여자들이 차례로 출두해서 몬카다 장군의 높은 덕망에 대해서 입이 마르도록 칭찬했다. 그들 가운데 가장 나중에 증언대에 선 사람은 우르슬라였다. 그녀의 음산한 위엄과 이름이 풍기는 권위와, 모든 사람들로 하여금 머리를 끄덕이게 만든 그녀의 열변에 법정은 잠시 동안 판단하는 데 혼란을 겪었다.

"이 엄청난 일에 여러분들은 정말 진지한 자세로 임해 왔으며, 그리고 여러분들은 열심히 의무에 충실했고, 맡겨진 일을 모두 훌륭하게 해냈습니다." 우르슬라는 재판정에 모인 사람들에게 말했다. "하지만 하느님이 우리들의 목숨을 지탱하도록 허락하시는 마지막 순간까지 우리들은 여러분의 어머니들임을 잊으면 안 되고, 여러분들이 아무리 혁명적이라고 떠들고 나서도 조금이라도 부모들의 뜻을 거역하려고 한다면 그땐 우리들이 당장 여러분들의 바지를 벗기고 매질을 할 권리가 있다는 것을 잊지 말아요." 군인 막사로 개조된 교실에서 우르슬라가 한 말들을 다시 검토해 보기 위해서 법정은 휴회를 했다. 자정에 호세 라쿠엘 몬카다 장군은 사형을 선고받았다. 우르슬라가 부당한 처사에 대해서 맹렬히 공박했지만, 아우렐리아노 부엔디아 대령은 감형이나 사면은 고려하지 않았다. 날이 새기 조금 전에 그는 감옥으로 쓰이는 교실로 사형을 선고받은 친구를 만나러 찾아갔다.

"내 말을 잘 들어두게, 친구." 그는 사형수에게 말했다. "자네를 총살하는 건 내가 아닐세. 자네를 처형하는 건 혁명이 내린 결정이니까."

들어오는 그를 보고도 몬카다 장군은 야전침대에서 일어서지도 않았다.

"어디 가서 죽어버리기라도 하게, 친구." 몬카다 장군이 대꾸했다.

다시 마콘도로 돌아온 뒤로 이 순간까지 아우렐리아노 부엔디아 대령은 몬카다 장군과 속을 털어놓고 얘기할 기회가 전혀 없었다. 그는 놀란 눈으로 몬카다의 늙어버린 얼굴과, 그의 떨리는 손과 죽음을 각오하고 기다리는 표정을 훑어보고는, 자기 자신에 대한 혐오감과 상대방에 대한 동정을 한꺼번에 느꼈다.

"이런 건 아마 자네가 나보다 더 잘 알고 있을 거야" 하고 아우렐리아노 부엔디아 대령이 말했다.

"군사재판이란 본디 우스꽝스러운 장난에 지나지 않지. 자네는 남들이 지은 죄의 대가를 혼자 대신해서 치르고 있어. 아무튼 이번에는 우리가 전쟁에서 이기고 있으니까, 처형을 당하는 건 내가 아니라 자네란 말일세. 입장이 바뀌었다면 아마 자네도 똑같이 행동했을 거야."

몬카다 장군은 셔츠 자락으로 자기의 금테 두른 안경을 닦으려고 일어섰다. "그랬을지도 모르지." 그는 말했다. "하지만 내가 걱정하는 건 자네가 날 쏘아 죽인다는 문제가 아닐세. 우리들이야 언제고 결국 이런 식으로 죽고 말 몸이 아닌가?" 그는 안경을 침대 위에 놓고 줄이 달린 시계를 꺼냈다. "내가 걱정하는 건 다른 문제야."

그는 말을 계속했다. "자네는 너무나 군사정권을 미워하고, 그들과 너무 오랫동안 싸움을 하고, 그리고 그들에 대한 생각을 너무 깊이 해왔기 때문에 결국 자네도 그들 못지않게 나쁜 사람이 되고 말았어. 그토록 비참한 타락을 겪으면서까지 추구할 만큼 고귀한 이상은 이 세상에 없을지도 모르지." 그는 결혼반지를 빼고 성모 마리아의 조상이 달린 목걸이를 풀어서 시계와 안경 옆에 나란히 놓았다.

"난 자네가 어떤 사람이 되어가고 있는지 벌써 환히 알겠어." 몬카다 장군이 결론을 내렸다. "자네는 마콘도의 역사상 가장 폭군적이고 악질적인 독재자가 될 뿐 아니라, 필요하다면 당장 우르슬라도 총살을 하고 말 사람이야."

아우렐리아노 부엔디아 대령은 맥을 놓고 그대로 서 있었다. 그러자 몬카다 장군은 그에게 안경과, 목걸이와, 시계와 반지를 넘겨주고는 목소리를 바꾸었다.

"하지만 난 자네를 꾸짖으려고 불러달라고 한 것은 아닐세." 그는 말했다. "이것들을 내 아내에게 전해 달라는 부탁을 하고 싶어서 자네를 오라고 했으니까."

아우렐리아노 부엔디아 대령은 그것들을 받아서 주머니에 넣었다.

"자네 부인은 아직도 마나우레에 살겠지?"

"그래, 아직 마나우레에 살아." 몬카다 장군이 대답했다. "자네가 지난번에 편지를 전해 준, 교회 뒤에 있는 그 집에서 옛날과 같은 방에서 살지."

"물건들은 꼭 전해 주지, 호세 라쿠엘." 아우렐리아노 부엔디아 대령이 말했다.

안개가 피어오르는 푸른 바깥으로 나온 그는 그 옛날 어느 새벽처럼 얼굴이 축축이 젖어왔고, 문을 나서면서 사형 집행은 공동묘지에서가 아니라 학교 마당 안에서 하라는 지시를 했던 생각이 났다. 문간에서 기다리던 총살을 집행할 병사들이 그를 보고, 한 나라의 대통령에게나 보일 법한 존경 어린 경례를 했다.

"이제 데리고 나오게 해." 그는 명령을 내렸다.

9

전쟁의 덧없음을 가장 먼저 느낀 사람은 게리넬도 마르케스 대령이었다. 마콘도의 군사 및 행정 담당관으로 있으면서 그는 일주일에 두 번씩 전신국에 앉아서 키를 두드리며 아우렐리아노 부엔디아 대령과 전보로 대화를 나누었다. 초기에 그들이 주고받은 전보의 내용에 따라 전쟁의 양상이 크게 좌우되었으며, 앞으로 어디에서 어떤 규모의 전투가 있을는지도 미리 윤곽이 잡혔다. 비록 그때 아우렐리아노 부엔디아 대령이 아무리 가까운 친구라 할지라도 자기의 속마음을 털어놓은 일이 없기는 했어도, 그의 말투에는 다른 한쪽에서 전보를 받는 사람이 첫마디에 당장 누구인지를 알 수 있을 만큼 유별난 친근미가 담겨 있었다. 흔히 그들의 대화는 처음에 생각했던 것보다 훨씬 길어져서 아우렐리아노는 집안일 따위의 사소한 얘기까지도 꺼내곤 했다. 그러나 전쟁이 점점 더 심해지고 확대되어 가는 사이에, 그의 영상이 조금씩 비현실의 세계로 사라져가는 느낌이 들었다. 그의 말은 개성을 잃기 시작했으며, 그들 두 사람이 주고받은 대화는 곧 무의미한 어휘로만 가득 찼다. 그래서 게리넬도 마르케스 대령은, 다른 세계에 사는 낯선 이와 전신기의 키 소리로만 접촉하고 있다는 헛헛한 인상을 받으면서, 전보가 오면 잠자코 받고만 있기로 마음먹었다.

"무슨 얘긴지 알겠다, 아우렐리아노." 그는 전보가 끝나는 순간이면 그렇게 키를 두드렸다. "자유파 만세!"

게리넬도 마르케스는 결국 전쟁으로부터 완전히 단절되었다. 다른 때였더라면 터져 나오는 젊음의 욕망에 쫓겨 목말라했을 것들도 지금의 그에게는 막연한 개념으로만 느껴졌다. 모든 것이 공허했다. 그가 누리는 안식처는 아마란타의 바느질방뿐이었다. 그는 날마다 오후가 되면 아마란타를 찾아갔으며, 미녀 레메디오스가 돌리는 재봉틀에서 거품처럼 부풀어 나오는 속치마에 주름을 잡아주는 아마란타의 손길을 지켜보며 흐뭇해했다. 그들은 함께 있다는 사실에 서로 조용한 만족을 느끼며 아무 말도 나누지 않으면서 몇 시간씩 보냈다. 아마란타는 속으로 그가 보여준 헌신의 불꽃을 은근히 즐겼는데, 그녀의 미묘한 마음속에 어떤 비밀이 숨어 있는지를 그는 미처 눈치 채지 못했다. 그가 마콘도로 돌아온다는 소식을 듣자 아마란타는 흥분해서 숨이 막히는 듯했었다. 그러나 아우렐리아노 부엔디아 대령의 떠들썩한 호위병들에게 둘러싸여 집 안에 들어선 그를 보고 아마란타는 망명생활에서 겪은 고통으로 초췌해지고, 망각 속에서 늙고, 땀과 먼지에 범벅이 되어 소몰이꾼처럼 악취를 풍기고, 누추한 꼴에 총을 멘 그의 모습에 환멸을 느껴 졸도를 할 지경이었다. "맙소사." 아마란타는 생각했다. "내가 기다리고 기다리던 사람이 이런 사람이란 말인가?" 그러나 다음 날이 되자 그는 말끔히 면도를 하고, 콧수염에는 라벤더 향수를 뿌리고, 총은 던져버리고, 깨끗한 모습으로 다시 집에 나타났다. 그는 표지에 자개를 박은 성경책을 아마란타에게 선물로 주었다.

"남자들이란 참 이상하군요." 별다른 할 얘기가 없었던지 아마란타가 불쑥 말을 꺼냈다. "신부들하고 전쟁을 할 때는 언제고, 이제는 성경책을 선물로 갖다주나요?"

그때부터 그는 비록 전쟁이 아무리 극한 상황에 달할 때라도 하루도 빼놓지 않고 오후만 되면 아마란타를 찾아왔다. 미녀 레메디오스가 없을 때에는 그가 대신 재봉틀 바퀴를 돌렸다. 아마란타는 그만큼 권력을 쥐고 있으면서도 무기를 모두 안방에 남겨두고 맨손으로 재봉실에 들어서는 그를 볼 때마다 그가 보여주는 참을성과 진실성과 온순함에 오히려 당황할 지경이었다. 그러나 그가 4년에 걸쳐서 끊임없이 사랑의 고백을 거듭했어도 아마란타는 항상 그의 기분을 상하지 않게 거절하고는 빠져나갈 핑계가 준비되어 있었다. 하지만 어느덧 아마란타는 비록 그를 사랑하지는 않아도, 그가 없이는 살 수 없다고 느끼게 되었다. 무슨 일에도 흥미를 느끼지 못하고 지능이 모자란 아이라고 여겨지던 미녀 레메디오스조차 그의 헌신적인 자세만은 느낄 수가 있었든지 게리넬도 마르케스 대령의 호의에 민감하게 반응을 보였다. 아마란타는 갑자기 여태까지 자기 손으로 키운 계집아이가 이제 사춘기로 들어서면서 마콘도에서는 여태껏 볼 수 없었던 가장 아름다운 여자로 자라났다는 사실을 깨달았다. 아마란타의 마음속에서는 지난날 레베카에 대해서 느꼈던 증오가 되살아났고, 그래서 자기의 미움이 너무 짙어져서 미녀 레메디오스의 죽음을 바라게 되지 않기를 하느님께 빌면서 그녀를 바느질방에서 쫓아냈다.

게리넬도 마르케스 대령이 전쟁에 대해서 권태를 느끼기 시작한 때는 이 무렵이었다. 그는 자기의 값진 청춘을 다 희생하고 나서 늦게나마 아마란타에게 영광을 돌리기 위해서 온갖 설득을 벌이고 정성을 기울였다. 그러던 어느 8월의 오후에 자기 자신의 고집을 이기지 못해 절망을 느낀 아마란타는 자기가 죽는 그날까지 혼자서 울면서 고독하게 평생을 보내리라고 결심하고는 침실로 들어가 문을 닫아 걸기에 앞서 이렇게 말했다.

"우린 이제 영원히 서로 잊기로 해요." 아마란타가 그에게 말했다. "우린 이런 짓을 하기에는 너무 늙어버렸으니까요."

그날 오후에 게리넬도 마르케스 대령은 아우렐리아노 부엔디아 대령으로부터 전보로 호출을 받았다. 그날의 대화는 소강상태에 들어선 전쟁에 대한 얘기와는 조금도 관계가 없는 평범한 내용의 정기적인 통신이었다. 얘기가 다 끝나갈 무렵에 게리넬도 마르케스 대령은 인적이 드문 길거리와 편도나무 잎사귀에 수정처럼 맺힌 빗방울을 보고 갑자기 외로움에 젖었다.

"아우렐리아노." 그는 우울한 기분으로 전신기의 키를 두드렸다. "마콘도에는 지금 비가 내린다."

오랫동안 침묵이 흘렀다. 갑자기 전신기의 키가 뛰기 시작하며, 아우렐리아노 부엔디아 대령의 비정한 말들을 전해 왔다.

"바보 같은 소리 말아라, 게리넬도." 신호가 왔다. "8월에 비가 내린다는 것은 당연한 일이다."

그들이 워낙이 오랫동안이나 서로 연락이 없었기 때문에 게리넬도 마르케스 대령은 아우렐리아노의 차가운 반응에 좀 놀라지 않을 수 없었다. 그러나 두 달이 지난 다음에 아우렐리아노 부엔디아 대령이 마콘도로 돌아오자, 당황했던 그의 기분은 아연한 놀라움으로 바뀌었다. 그가 얼마나 변해 있었는지 우르슬라조차 놀랄 지경이었다. 그는 소리도 없이 호위병도 거느리지 않고, 더위에도 불구하고 외투로 몸을 감싸고 세 명의 정부를 끌고 와서 그 집에 함께 머물게 하고는 그물침대에 누워서 대부분의 시간을 보냈다. 정기적인 작전 결과를 보고하기 위해서 마르케스가 보내는 전보를 그는 거의 관심도 없이 보아 넘겼다. 한번은 국제적인 문제로까지 번질 만한 위험한 사태가 벌어질 것 같은, 변방 지역에서 주민을 철수하는 문제에 대해서 게리넬도 마르케스 대령이 의견을 물은 적이 있었다.

"그런 사소한 일로 신경 쓰이게 해서 나를 괴롭히지 말게." 그는 명령을 내렸다. "그런 걸 알고 싶으면 하느님에게 직접 물어보지그래."

그때는 전쟁에서 가장 결정적인 순간이었을지도 모른다. 혁명 초기에 가장 적극적인 후원자였던 자유파 지주들이 이때 토지의 소유권을 갱신당하지 않기 위해서 보수파 지주들과 비밀리에 결탁을 하고 있었다. 전쟁 자금을 대던 망명객들은 민중으로부터 반발을 사고 있어서 아우렐리아노 부엔디아 대령도 난처한 입장에 처해 있었지만, 그는 그러한 문제쯤은 거들떠보지 않았다. 그는 그의 트렁크 속에 쌓인 다섯 권에 달하는 자작시는 읽지도 않고 이제는 관심도 없었다. 그는 밤이나 낮잠을 자는 시간이 되면 여자를 하나 불러서 잠시 동안 만족을 얻고, 사소한 걱정 따위는 몽땅 잊은 채 돌멩이처럼 깊이 잠들곤 했다. 그때 그가 의식하고 있었던 것은 그의 마음이 영원한 불신으로 병들어 있다는 점이었다. 처음에 그는 영광스런 귀향에 도취하고 찬란한 승리에 매혹되어 위대함의 심연에 빠져 헤어나지 못했다. 그는 그에게 전쟁 예술을 가르치고, 짐승 가죽과 호랑이 발톱으로 온몸을 감싸고 있어서 어른들의 존경과 아이들의 경탄을 한 몸에 받고 있던 말보로 백작을 오른팔처럼 쓰며 거느리고 있었다. 우르슬라를 포함한 어떤 사람도 그에게 열 자 이상 가까이 접근할 수 없다는 생각이 든 것은 바로 그즈음이었다. 그의 주위를 둘러싼 부관들이 그가 멈추는 곳마다 설정한 보호지역에는 그 자신만이 드나들 수 있었고, 그는 그 범위 밖에서 일어나는 일들에 대해서는 개의치 않았다. 몬카다 장군을 총살하고 난 다음에 그가 처음으로 마나우레에 진군했을 때, 그가 몬카다 장군의 마지막 소원을 들어주기 위해서 그의 부인을 찾아갔지만, 부인은 안경과 목걸이와 시계와 반지만 받고는 그를 집 안에 들여놓지 않았다.

"집 안에 들어오시면 안 됩니다, 대령님." 미망인이 그에게 말했다. "당신은 이 전쟁을 마음대로 할 수 있을지 모르지만, 이 집 안을 다스리는 사람은 나니까요."

아우렐리아노 부엔디아 대령은 조금도 분노한 기색을 보이지 않았지만, 그의 호위병들이 그 집을 포위하고 불을 질러서 잿더미로 만든 다음에야 기분이 풀렸다. "자네 마음을 잘 보살펴서 다시 살리도록 하게, 아우렐리아노." 게리넬도 마르케스 대령이 충고를 했다. "자네는 산 채로 썩어가고 있어." 이 무렵에 그는 반군들의 지휘자들을 두 번째로 불러 모아 회합을 열었다. 그들 가운데에는 온갖 사람들이 다 모여 있었다. 이 상주의자들, 야망에 불타는 사람들, 모험가들, 사회적으로 불만을 가진 사람들, 그리고 평범한 범죄자들도 있었다. 그리고 그들 가운데에는 공 금을 착복해서 처벌을 받게 되어 도망을 친 전직 보수파 공무원도 끼여 있었다. 그들의 대부분은 왜 그들이 전쟁을 하고 있는지 그 이유조차 몰 랐다. 서로 다른 가치관 때문에 언제 폭발할지 모르는 그 어정쩡한 무리 들 가운데에는 그나마 숙연한 권위자가 한 명 있었으니, 그는 테오필로 바르가스 장군이었다. 그는 조용한 분노에 끓고 구세주적인 의무감에 불 타서 부하들에게서 왜곡된 종교적 신뢰감을 불러일으키는, 거칠고 무식 하며 토착 원주민의 피를 이어받은 사람이었다. 아우렐리아노 부엔디아 대령은 정치인들의 모략을 이겨낼 방법을 강구하려고 반란군 지휘자들 의 단결을 모색하던 참이었다. 테오필로 바르가스 장군은 그의 계획을 미리 간파하고는 몇 시간 안에 반란군 지휘자들 사이의 파벌을 모두 깨 뜨리고 전체적인 지휘권을 장악하기에 이르렀다. "그 친구는 감시해야 할 난폭한 짐승이나 마찬가지야." 아우렐리아노 부엔디아 대령이 자기 부하들에게 주의를 환기시켰다. "그 친구는 우리들에겐 국방장관보다도 더 위험한 인물이야." 그러자 여태까지는 수줍기로 이름난 장교로 알려 졌던 어떤 젊은 대위가 경고하는 말투로 얘기했다.

"아주 간단한 해결 방법이 있기는 합니다." 그가 제안했다. "그 친구 를 아예 죽여버립시다."

아우렐리아노 부엔디아 대령은 그 제안의 냉혹성에는 조금도 놀라지 않았지만, 그 제안을 듣는 짧은 순간에 앞으로 자기가 해야 할 일이 무엇 인지 깨닫는 듯싶었다.

"내가 그런 명령을 내리리라고 섣불리 기대하지는 말게." 그는 단호 히 말했다.

　그는 정말로 당장 그런 명령은 내리지 않았다. 그러나 2주 후에 테오필로 바르가스 장군은 습격을 받아 벌목도로 갈기갈기 찢겨 죽었으며, 아우렐리아노 부엔디아 대령이 지휘권을 잡게 되었다. 그의 지휘권이 반란군 지휘자들에게 인정을 받게 된 바로 그날 밤부터 그는 겁에 질려 잠에서 깨어나 춥다며 담요를 찾게 되었다. 태양이 쨍쨍 내려쬐는 순간에도 그의 뼛속을 파고들며 그를 괴롭힌 내적인 차가움은 몇 달 동안 그를 잠 못 이루게 했고, 그 불면은 드디어 습관이 되기에 이르렀다. 연속되는 불안의 파도에 밀려서 권력의 도취는 산산조각이 났다. 그 두려움을 잊기 위해서 그는 테오필로 바르가스 장군을 살해하자고 제안했던 젊은 장교를 제거했다. 그의 계획은 명령이 떨어지기도 전에, 미처 그가 생각하기도 전에 저절로 이루어졌고, 그가 감히 명령을 내리지 못할 정도로까지 잔혹한 지경에 이르렀다.

　그는 엄청난 권력 속에서 고독을 느끼고 드디어는 방향감각을 잃기에 이르렀다. 점령한 마을로 진군할 때 자기를 환영하는 인파가 정부군을 위해서도 같은 환호성을 울렸으리라는 생각에 마음이 어지러워졌다. 그는 어디를 가든지 자기를 쳐다보는 청년들을 만나고, 그들과 애기를 나누고, 자기가 그들에게 그러하듯이 자기에게 불신을 품고 보내는 인사말을 받아들이고, 그리고 그들을 자기의 아들이라고 겉으로 떠들어댔다. 그는 자신의 몸이 갈기갈기 찢기고 마구 절단당하는 상상 속에서 어느 때보다도 더욱 외로움을 느꼈으며, 자기 부하들조차 자기를 속이고 있다고 믿었다. 그는 걸핏하면 말보로 백작과 말다툼을 벌였다. "이 세상에서 가장 훌륭한 친구는 누구일까?" 그는 그 당시에 가끔 혼잣말처럼 뇌까리곤 했다. "조금 아까 죽어간 사람이다." 불확실한 미래에 지치고 영원한 전쟁의 악순환 속에서 항상 제자리걸음을 하면서 나이를 먹고, 지치고, 미지의 세계에서 영문을 모르는 채 어디에 서 있는지도 모르는 자신을 발견하고 그는 정신적으로 방황했다. 그가 쌓아올린 벽 밖에는 언제나 타인이 있었다. 돈이 필요한 사람이나, 해수병에 걸린 아들 때문에 걱정인 사람이나, 전쟁에 찌들려 입에서 퀴퀴한 냄새가 풍겨 어디로 달아나 한없이 잠을 자고 싶은 사람과, 그리고 항상 부동자세로 그에게 보고를 올리는 사람들이 그의 주위에 있었다. "모두 이상 없습니다, 대령님!" 정상적인 상태는 전쟁에서 가장 두려운 것이었다. 아무 일도 통 일어나지 않았다. 미래에 대한 걱정에 떨면서 홀로 떨어진 그는, 죽는 마지막 날까지 그의 곁을 떠나지 않을 몸서리치는 공포에 휩싸여 도피처를 찾으면서, 따스한 옛 추억이 서린 마콘도에서 마지막 안식처를 찾을 수 있으리라고 생각했다. 그는 자기의 내적 고민에 너무 깊이 잠겨서, 자유파의 사절단이 도착했을 때, 잠에서 아직 완전히 깨지도 않은 채 그물침대에서 몸을 뒤채며 말했다.

"그 친구들 창녀들한테로 보내버려라."

이런 푸대접을 받은 사절단은 높다란 모자를 쓰고 검은 프록코트를 입은 여섯 명의 변호사들이었는데, 그들은 뜨거운 11월의 태양에 아랑곳하지 않고 꼿꼿하게 서 있었다. 우르슬라는 그들을 집으로 데려다 재웠다. 그들은 꽉 막힌 침실에서 하루를 보내며 은밀히 얘기를 나누더니 날이 저물녘에 아코디언을 연주하는 사람들과 안내자를 데려다달라고 해서는 카타리노의 가게로 갔다. "멋대로들 하게 내버려둬." 아우렐리아노 부엔디아 대령이 명령했다. "저 친구들 무슨 꿍꿍이수작을 벌이려는지 다 알고 있으니까." 12월 초순에, 많은 사람들이 질질 끌고 결말은 보지 못하리라고 생각했던 면담이 드디어 이루어졌는데, 그 면담은 한 시간도 안 가서 끝났다.

숨 막힐 듯 무더운 응접실에서 아우렐리아노 부엔디아 대령은 흰 헝겊을 덮어씌운 자동피아노 곁에 서서 부관들이 설정한 안전 범위를 벗어날 만큼 가까이에서 사절단을 만나주었다. 그는 자기를 찾아온 정치고문들 사이에 의자를 놓고 앉아서, 두터운 담요로 몸을 감싸고 침묵을 지키며, 그들이 열거하는 제안에 귀를 기울였다. 그들은 그에게 우선 자유파 지주들의 지지를 얻기 위해서는 토지개혁을 다시 환원해야 한다고 말했다. 그리고 둘째로 기독교인들의 지지를 얻기 위해서 신부들의 영향력을 받는 사람들과의 싸움을 즉시 중지해야 한다고 말했다. 마지막으로 가정의 윤리를 지키기 위해서, 적자와 서자에 대한 동등한 권리를 부여했던 포고문은 철회해야 한다고 말했다. 사절단이 편지를 다 읽고 나자 아우렐리아노 부엔디아 대령은 미소를 지으면서 말했다.

"그렇다면 당신들이 바라는 바는, 나더러 현 정권을 위해서 싸워달라는 것 아니오?"

"그저 전략적으로 부분적인 수정을 해달라는 뜻일 뿐입니다." 사절단의 한 사람이 말했다. "지금 우리가 바라는 가장 큰 목적은 민중 속에서 보다 확고한 기반을 마련하고 싶다는 것입니다. 그러면 다시 고려해 볼 필요가 있는 문제들이 드러나죠."

아우렐리아노 부엔디아 대령의 정치고문들 가운데 한 사람이 서둘러서 말을 가로막았다.

"그건 모순입니다." 그는 말했다. "그러한 수정이 좋은 일이라면, 그것은 곧 보수파 정권이 옳음을 인정한다는 뜻이 되고 맙니다. 당신이 말하듯이 그러한 수정 작업이 민중들에게 호응을 얻게 된다면, 그것은 현 정권이 국민들 사이에 더 깊이 뿌리를 내리는 결과를 가져옵니다. 그것은 간단히 말하자면, 우리는 지난 20년 동안 국민이 바라지 않는 것을 앞세워 싸워왔다는 결론을 내릴 수밖에 없다는 얘기죠."

그는 얘기를 계속하려고 했지만, 아우렐리아노 부엔디아 대령이 손짓을 해서 그의 말을 막았다. "쓸데없이 시간을 낭비하지 마시오, 박사." 그는 말했다. "나는 우리가 앞으로 현 정권을 옹호하는 자세를 갖추게 될지도 모른다는 결론을 내렸소." 계속 미소를 지으면서 그는 사절단이 가져온 서류를 받아들고 그 서류에 서명을 할 준비를 했다.

"사태가 이렇게 된 바에야 별다른 도리도 없겠죠." 그는 결론을 지었다. "그러니 이 제안을 그대로 조건 없이 받아들이기로 합니다."

그의 부하들은 당황해서 서로 얼굴을 마주보았다.

"실례합니다, 대령님." 게리넬도 마르케스 대령이 작은 목소리로 말했다. "배반을 하려고 이러시는 겁니까?"

잉크를 찍은 펜을 들고 서서 아우렐리아노 부엔디아 대령은 무서운 눈초리로 그를 쏘아보았다.

"무기를 모두 풀어놓게." 그는 명령했다.

게리넬도 마르케스 대령은 일어서서 몸에 지녔던 무기들을 모두 책상 위에 내려놓았다.

"막사로 가시오." 아우렐리아노 부엔디아 대령이 그에게 명령했다. "자네를 혁명재판에 회부할 테니까."

그리고 그는 선언서에 서명을 하고 그 종이를 사절단에게 넘겨주면서 말했다.

"자, 여러분, 서류가 여기 있소. 이것이 당신들에게 조금이나마 도움이 되기를 바라오."

이틀 후에 게리넬도 마르케스 대령은 반역음모라는 죄명으로 사형을 선고받았다. 아우렐리아노 부엔디아 대령은 그물침대에 누워서, 처벌을 하지 말아달라는 청원에는 귀도 기울이지 않았다. 처형을 하기 전날 밤에 우르슬라는 귀찮게 하지 말라는 명령을 어기고 그의 침실로 찾아갔다. 검은 옷을 걸치고, 보기 드문 위엄을 갖춘 우르슬라는 3분 동안 면담을 하면서 자리에 앉지도 않았다. "네가 게리넬도를 총살하리라는 건 잘 안다." 우르슬라가 침착하게 말했다. "그리고 나로서는 어쩔 도리가 없다는 것도 알고 있어. 하지만 너한테 경고를 한마디 해두마. 게리넬도의 시체를 보게 되는 순간에 나는 네가 어디에 숨어 있더라도 꼭 찾아내서 내 손으로 널 죽이고 말겠다고 우리 아버지와 어머니의 뼈에, 그리고 호세 아르카디오 부엔디아의 영혼에, 그리고 또 하느님께 맹세하마." 그의 대답을 기다리지도 않고 방을 나서면서 우르슬라는 단호하게 이야기를 매듭지었다.

"차라리 네가 돼지꼬리를 달고 태어났더라도, 이보다는 나았겠다."

게리넬도 마르케스 대령이 아마란타의 바느질방에서 지냈던 무료한 오후를 회상하며 보낸 길고 긴 밤에 아우렐리아노 부엔디아 대령은 고독의 두꺼운 껍질을 벗어나려고 몇 시간씩 몸을 비틀었다. 아버지를 따라서 얼음을 구경하러 갔던 어느 날 오후부터, 그 이후에 그가 행복을 느꼈던 순간들이라고는 은세공 작업실에서 황금으로 물고기를 만들 때뿐이었다. 그가 40년이라는 세월을 헛되이 보내고 난 다음에 겨우 단순한 삶의 가치를 깨닫게 될 때까지 그는 서른두 차례 전쟁을 벌였고, 체결했던 조약들을 거듭 파기했으며, 영광의 수렁에 빠져서 돼지처럼 허덕였다.

고통스러운 긴장의 밤에 지칠 대로 지친 그는 새벽녘이 되자, 형을 집행하기 한 시간 전에 감옥으로 찾아갔다. "친구여, 이제 엉터리 희극은 끝났네." 그는 게리넬도 마르케스 대령에게 말했다. "자네가 모기들한테 물려서 목숨이 끊어지지 전에 어서 여기서 나가세." 게리넬도 마르케스 대령은 갑작스럽게 변한 그의 태도에서 느낀 모욕을 참을 수가 없었다.

"아니야, 아우렐리아노." 그는 대답했다. "자네가 폭군이 되는 꼴을 보느니 차라리 죽는 편이 났겠어."

"그런 꼴은 보지 않을 거야." 아우렐리아노 부엔디아 대령이 말했다. "어서 신발을 신고 나와서 이 거지 같은 전쟁을 빨리 끝내버릴 수 있게 도와주게."

이런 말을 한 순간에 그는 전쟁을 끝낸다는 일이 새로이 전쟁을 시작하기보다 훨씬 어렵다는 사실을 모르고 있었다. 정부가 반란군에 유리한 휴전 조건을 약속하도록 하는 데는 1년 동안이나 피땀 어린 노력을 기울여서 악착같이 투쟁해야 했으며, 그러한 조건이 이루어지자 그 조건을 받아들여야 한다고 반란군 지휘자들을 설득하는 데도 또다시 1년이라는 세월이 필요했다. 그는 부하들의 반란을 진압하기 위해서도 상상하기조차 어려울 만큼 잔혹한 수단을 써야 했으며, 최후의 승리만이 목표라고 고집하는 부하들의 기를 꺾으려고 오히려 정부군의 도움이 필요할 때도 있었다.

군인으로서 그가 가장 위대했던 때는 이 무렵이었다. 추상적인 이념이라든가 정치인들이 상황에 따라 이리 왜곡하고 저리 해석하는 슬로건이 아니라, 자신의 참된 해방을 위해서 싸우고 있다는 확신을 가지게 된 그의 가슴은 불타는 정열로 가득 찼다. 승리를 위해서 싸울 때 못지않게 신념과 충성을 가지고 패배를 위해서도 열심히 싸우던 게리넬도 마르케스 대령은 그에게 쓸데없는 만용은 부리지 말라고 했다. "걱정 말게." 그는 미소를 지으며 말했다. "사람이 죽는다는 게 그렇게 쉬운 일은 아니니까." 그의 경우, 그 말은 그대로 들어맞았다. 자기가 죽을 날은 따로 정해져 있다고 굳게 믿은 그는 죽음에 대해서 신비한 면역성을 지녔고, 그날이 올 때까지는 아무리 위험한 전투에서도 결코 죽지 않으리라는 일종의 불멸성을 믿었기에, 승리보다도 더욱 어렵고, 더욱 처절하고, 더욱 값비싼 패배에 있어서도 성공을 할 수 있었다.

거의 20년 동안 전쟁을 치르면서 아우렐리아노 부엔디아 대령은 여러 번 고향을 찾아갔지만, 그가 고향에 돌아올 때마다 어디를 가나 호위병들이 그의 뒤를 따르고, 우르슬라까지도 느낄 수 있었던 전설적인 환상이 그의 주위에 서려 있어서, 사람들은 결국 그를 낯선 사람처럼 느끼게 되었다. 마지막으로 그가 마콘도에 찾아와 세 명의 첩을 거느리고 집에 머무는 동안, 그는 저녁식사 초대를 받아들여 함께 식탁에 앉았던 두어 번만 겨우 식구들과 어울렸을 뿐이었다. 전쟁 통에 태어난 미녀 레메디오스와 쌍둥이들은 그를 거의 모르고 있었다. 아마란타는 자기가 어렸을 때 황금물고기를 만드느라고 골몰하던 오빠의 인상을, 지금은 모든 사람들로부터 3미터 이상 항상 떨어져 서 있는 신화적인 용사와 쉽게 연결 지을 수가 없었다. 사람들은 휴전의 분위기가 무르익어가자 그가 다시 제대로 인간이 되어, 오랫동안 걸친 냉담한 시기를 벗어나 다정한 성격을 되찾고 고향으로 돌아오기를 기다렸다.

"우리 집안에서도 이제 남자를 볼 수 있게 되겠구나." 우르슬라가 말했다.

영원히 그를 잃게 되지나 않나 하는 생각을 처음으로 한 사람은 아마란타였다. 휴전협정이 맺어지기 일주일 전 어느 날, 그는 호위병을 거느리지 않은 채 집에 들어섰는데, 맨발의 당번병 두 명이 당나귀에서 안장을 내려 현관에 놓고 시詩의 원고가 들어 있는 가방과 보잘것없는 다른 짐을 부리는 사이에, 아마란타는 바느질방 앞을 지나가는 그를 보고 불러 세웠다. 아우렐리아노 부엔디아 대령은 얼핏 아마란타를 알아보지 못했다.

"나 아마란타예요." 그가 돌아와서 즐거워진 아마란타는 기분 좋은 목소리로 말하면서 검은 붕대를 감은 손을 보여주었다. "자, 봐요."

오래전에 사형선고를 받고 마콘도로 끌려왔던 날 아침에 붕대로 손을 감은 아마란타를 처음 보았을 때나 마찬가지로 아우렐리아노 부엔디아 대령은 미소를 지었다.

"참 덧없다는 생각이 들어." 그가 말했다. "세월이란 참 빨리도 흐르는구나."

반란군 대신에 정부 정규군이 집 주위를 경비했다. 그는 남들의 모욕적인 욕설을 들으며, 타협에서 조금 유리한 입장을 얻기 위해서 쓸데없이 전쟁을 확대했다는 비난을 받으면서 돌아왔다. 그는 추위와 열병으로 덜덜 떨었고, 겨드랑이에는 다시금 물집이 생겨서 쓰라렸다. 여섯 달 전에 휴전이 이루어지리라는 얘기를 들은 우르슬라는 문들을 활짝 열어젖히고, 신방을 깨끗이 쓸어낸 뒤 몰약(沒藥, 감람과의 교목. 아라비아·아프리카 등지에 분포. 향기가 있고 쓴맛이 난다 – 역주)을 구석구석에 피워 퀴퀴한 냄새를 없애, 그가 돌아오면 레메디오스가 가지고 놀던 낡은 인형들과 더불어 그 방에서 한가한 삶을 누리며 늙어가게 하리라고 생각했다. 그러나 그는 지난 마지막 2년 동안 인생을 위해서 바칠 모든 대가를 한꺼번에 치렀고, 그 대가에는 늙음도 포함되어 있었다. 우르슬라가 특별히 신경을 써서 열심히 가꾸어놓은 은방銀房 앞을 지나치면서도 그는 문의 자물쇠에 꽂혀 있는 열쇠조차 알아채지 못했다. 오랜 세월이 지남에 따라 집 이곳저곳에 금이 갔으며, 추억을 가다듬어 온 사람이라면 오랜만에 돌아와서 낙심을 할 만큼 옛 자취가 모두 사라졌다는 것도 알아채지 못했다. 벽에서 벗겨져 일어나는 석회나, 구석구석에 지저분한 솜처럼 엉킨 거미줄이나, 베고니아 위에 쌓인 먼지나, 흰개미가 갉아먹어 나이테가 앙상히 드러난 대들보나, 문틀에 낀 이끼나, 향수를 불러일으키는 것들을 보고도 그는 전혀 가슴 아파하지 않았다. 그는 구두를 신은 채로 몸에 담요를 두르고 과거가 다 걷혀버리기를 기다리듯, 오후 내내 베고니아에 내리는 비를 지켜보았다. 그런 모습을 보고 우르슬라는 아들이 집에 오래 머물지 않으리라는 예감을 느꼈다. '전쟁이 그를 다시 데려가지 않는다면, 아마 죽음이 그를 데려갈지도 모르지.' 우르슬라는 생각했다. 그 예측은 우르슬라의 머릿속에 어찌나 뚜렷하게 자리를 잡았는지, 그것은 예감이라기보다는 어떤 조짐처럼 느껴졌다.

그날 밤 저녁밥을 먹을 때, 아우렐리아노 세군도는 오른손으로 빵을 뜯고 왼손으로 수프를 마셨다. 그의 쌍둥이 형인 호세 아르카디오 세군도는 왼손으로 빵을 뜯고 오른손으로 수프를 마셨다. 마주앉은 두 아이의 동작이 어찌나 흡사했는지, 그들은 두 형제가 아니라 거울 앞에서 노는 한 아이처럼 보였다. 고향으로 돌아온 사람을 위해서 쌍둥이들은 그들의 닮은 모습을 이용해서 흥을 돋우려고 했다. 그러나 아우렐리아노 부엔디아 대령은 그들을 거들떠보지도 않았다. 그는 어떤 일에도 관심이 없는 듯싶었으며, 미녀 레메디오스가 알몸으로 그의 앞을 지나 침실로 가는데도 아무런 반응을 보이지 않았다. 그의 허탈한 기분을 감히 깨뜨릴 생각을 한 사람은 우르슬라뿐이었다.

저녁을 반쯤 마쳤을 때 우르슬라는 그에게 이렇게 말했다. "또다시 어디로 가버릴 생각이라면, 적어도 오늘 저녁을 우리가 어떻게 보냈는지는 기억해 다오."

그러자 아우렐리아노 부엔디아 대령은 별로 놀라지도 않으면서, 자기의 비참한 상태를 꿰뚫어본 사람은 우르슬라뿐이라고 느꼈고, 그래서 몇 년 만에 처음으로 그녀의 얼굴을 마주 보았다. 우르슬라의 피부는 가죽처럼 뻣뻣하게 굳었고 이빨은 썩었으며, 색이 바래서 부옇게 된 머리카락은 푸슬푸슬했고 잔뜩 겁을 먹은 표정이었다. 그는 자기의 추억 중 가장 오래전인 어느 날, 끓는 국이 담겨 있던 냄비가 식탁에서 떨어져 쏟아지리라는 예감을 느꼈던 순간의 우르슬라를 돌이켜보고는 그동안에 우르슬라가 완전히 늙어버렸다고 느꼈다. 어떤 순간에 그는 반세기에 걸친 고달픈 생애가 남긴 자취인 상처와 흠집이 우르슬라의 온몸 이곳저곳에 남아 있음을 보았지만, 이상하게도 그런 상처들을 보면서도 불쌍한 생각은 들지를 않았다. 그래서 그는 자기의 마음속에서 마지막으로 사랑이 썩어 없어진 흔적이나마 찾아보려고 했지만 그 흔적마저 찾아내지 못했다. 언젠가 한번은 자기 몸에서 우르슬라의 체취를 느끼고 미묘한 수치심을 느낀 일도 있었고, 그가 믿는 바가 어머니의 의견과 달랐던 적도 흔히 있었다. 그러나 그 모든 것은 전쟁에 쓸려 내려가 사라졌다. 그의 아내 레메디오스조차 옛날 자기 딸 또래였던 한 여자에 대한 아련한 인상으로만 머릿속에 희미하게 남았다. 그의 씨를 받아서 해안 지역에 널리 뿌린 수많은 여자들도 그의 가슴 속에 있는 사랑의 사막 위에 아무런 느낌도 남기지 못했다. 그 여자들 대부분은 어둠 속에서 그의 방으로 스며들었다가는 날이 밝기 전에 떠나갔고, 이튿날이면 그 여자들에 대해서는 육체적인 피로감이라는 관념밖에 느끼는 것이 없었다. 시간과 전쟁에 구애받지 않고 그를 지배했던 유일한 애정은 어렸을 때 호세 아르카디오와 나누었던 사랑이었는데, 그것도 사랑보다는 공동의식에 더 깊이 뿌리를 박은 감정이었다.

"용서하세요." 그는 우르슬라의 애원을 듣고 변명했다. "이 전쟁이 모든 것을 다 망쳐버렸거든요."

그때부터 며칠 동안 그는 분주히 돌아다니면서 그가 겪어온 모든 세상살이의 발자취를 모조리 파괴하기 시작했다. 그는 은세공을 하던 작업실을 산산조각이 나도록 때려 부쉈고, 당번병들에게 자기의 옷을 모두 나누어주었으며 그의 아버지가 푸르덴치오 아귈라를 죽인 다음에 창을 땅속에 묻으면서 느꼈던 참회의 기분을 그대로 느끼면서 자기가 지녔던 무기들을 마당에 묻었다. 그는 탄알을 한 발만 장전한 권총 한 자루만 남겨두었다. 우르슬라는 그가 하는 일에 간섭하지 않았다. 그의 행동을 막고 나섰던 때는 오직 한 번뿐이었는데, 그것은 불을 항상 켜놓은 응접실 등잔 앞에 걸어둔 레메디오스의 은판사진을 부수려고 했을 때였다. "그 사진은 벌써 오래전부터 네 소유가 아니란다." 우르슬라가 그에게 말했다. "이제 그 사진은 집안의 유물이나 마찬가지야." 휴전협정이 이루어지기 전날 밤 그의 과거를 돌이켜보게 할 물건들이 완전히 다 사라졌을 때, 그는 시 원고를 담은 가방을 가지고 산타 소피아 드 라 삐에다드가 아궁이에 불을 지피고 있는 빵 공장으로 갔다.

"이걸로 불을 지피려무나." 그는 색이 노랗게 바랜 종이뭉치를 내주면서 말했다. "아주 낡은 것이라 훨씬 잘 탈 테니까 말이야."

언제나 조용하고, 겸손하고, 자기 아이들이 한 말이더라도 남의 말에는 대꾸하는 일이 없는 산타 소피아 드 라 삐에다드는 그 종이를 함부로 태우면 안 될 듯한 인상을 받았다.

"무척 중요한 서류들인 것 같아요." 그녀가 말했다.

"뭐 별로 그렇지도 않아." 대령이 말했다. "이건 한 사람의 고백을 적어둔 것에 지나지 않으니까."

"그렇다면, 그 종이는 손수 태우시는 편이 좋겠어요, 대령님." 그녀가 말했다.

그는 자기 손으로 그 원고들을 태웠을 뿐 아니라, 도끼로 가방을 토막토막 잘라서 그것도 불속에 던져 넣었다. 몇 시간 전에 필라르 테르네라가 그를 만나러 왔었다. 그토록 오랫동안 만나보지 못했던 필라르 테르네라가 그 사이에 너무나 늙고 뚱뚱해져서 아우렐리아노 부엔디아 대령은 놀라움을 금할 수가 없었다. 그러나 비록 그 밝은 매력적인 웃음을 잃기는 했어도 카드에 나타난 미래를 아직도 놀랄 만큼 집요하게 풀이해

나가는 그녀의 능력에 그는 감탄을 하지 않을 수 없었다. "입을 조심해야 되겠어요." 이 말을 듣고, 그는 자기가 한창 영광을 누리던 시절 그와 똑같은 예언을 듣고는 별로 대수롭지 않게 그 말을 넘겨버렸던 일이 생각났다. 얼마 안 있다가 겨드랑이의 상처를 보아주려고 주치의가 찾아왔을 때, 그는 별다른 관심도 없으면서 심장이 정확히 어디에 있는지 알려달라고 했다. 의사는 청진기로 열심히 소리를 들으며 더듬다가 그의 가슴에다 요오드를 적신 솜으로 동그라미를 그려주었다.

따뜻하게 내리는 빗속에서 휴전협정이 이루어질 화요일 아침이 밝아왔다. 아우렐리아노 부엔디아 대령은 5시도 안 되어서 부엌으로 나와 버릇대로 설탕을 넣지 않은 블랙커피를 한 잔 들었다. "네가 태어난 날도 바로 오늘처럼 날씨가 이랬지." 우르슬라가 그에게 말했다. "네가 눈을 뜨고 태어나서 모두들 깜짝 놀랐단다." 그는 밖에서 정렬하는 군인들과, 나팔 소리와, 새벽 공기를 울리면서 외치는 구령 소리에 귀를 기울이느라고 어머니의 말에는 신경을 쓰지 않았다. 그토록 여러 해 동안 전쟁을 치르면서 계속해서 들어온 소리라 이제는 퍽 귀에 익숙해졌을 만도 하지만, 그는 젊었을 적에 처음으로 벌거벗은 여자와 자리를 같이했을 때처럼 기운이 없어 무릎이 떨리고 살갗이 땅기는 기분을 느꼈다. 그는 머릿속이 매우 혼란해졌고, 드디어 노스탤지어의 포로가 되어서, 만일 그때 그 여자와 결혼을 했더라면 자기는 전쟁이나 영광을 모르는 이름 없는 한 시민이요, 행복한 한 마리의 짐승처럼 여태까지 살아왔으리라고 생각했다. 뒤늦게 몸서리를 치면서 여태까지 생각해 보지도 않았던 그런 일에 신경을 쓰다보니 그는 아침 밥맛을 잃고 말았다. 아침 7시에 게리넬도 마르케스 대령은 반란군 장교들을 거느리고 그를 데리러 왔다가, 아우렐리아노 부엔디아 대령이 어느 때보다도 더 말이 없고, 깊은 생각에 잠겨 있고, 고독해 보인다는 것을 깨달았다. 우르슬라는 그의 어깨에 덮개를 하나 더 둘러주려고 했다. "정부 사람들이 널 어떻게 여길지 생각 좀 해봐라." 우르슬라가 그에게 말했다. "네 몰골을 보면 네가 외투를 살

돈도 없어서 견디다 못해 항복을 하는 줄 알겠다." 그러나 그는 어머니의 호의를 물리쳤다. 문을 나서기 전에 그는 어머니로부터 호세 아르카디오 부엔디아가 쓰던 낡은 모자만 하나 받아서 썼다.

그러자 우르슬라가 그에게 말했다. "아우렐리아노야, 지금 가서 네가 고난을 겪게 되더라도, 이 어미를 생각해서 꼭 참겠다고 나에게 약속해 다오."

그는 손을 펴서 들어 보이고 멋쩍은 웃음을 띠고는, 말 한마디도 없이 집을 나서서 사람들의 아우성과 욕설과 저주를 들으면서 마을을 떠났다. 우르슬라는 죽을 때까지 다시는 문을 열지 않겠다고 다짐하면서 빗장을 질렀다. "우리는 이 안에서 썩어버릴 거야." 우르슬라는 생각했다. "우리는 남자가 없는 이 집에서 썩어 한줌의 재가 되겠지만, 그렇더라도 우리가 우는 꼴을 남들에게 보이는 일은 절대로 없을 거야." 우르슬라는 아침 내내 집 안 구석구석을 뒤지며 아들의 추억을 찾아내려고 했지만, 아무것도 찾을 수가 없었다.

휴전을 위한 기념식은 마콘도에서 24킬로미터 떨어진 곳의 어느 거대한 쎄이바나무 밑에서 거행되었는데, 훗날 그곳에는 네에를란디아라는 마을이 생겼다. 정부와 당에서 파견된 사절단과 반란군 대표단에게서 무기를 접수해서 정리하며 그들을 영접한 사람들은 비바람에 놀란 비둘기 떼처럼 시끄럽게 떠들며 법석대는 흰옷을 입은 성직자들이었다. 아우렐리아노 부엔디아 대령은 흙투성이 나귀를 타고 도착했다. 그는 면도도 하지 않았고, 영광과 영광에 대한 추억도 다 초월하여 지금은 아무런 희망도 없고, 이루지 못한 위대한 꿈에 대한 좌절감 따위도 별로 느끼지 못했으며, 다만 겨드랑이의 물집이 아파서 무척 고통스러울 뿐이었다. 그의 요구에 따라서, 폭죽도 터뜨리지 않았고 종도 울리지 않았으며 승리를 외치는 환호성도 물론 없었다. 어느 의전儀典 사진사가 기념으로 보관해 두려는 뜻에서 그의 사진을 한 장 찍었지만, 사진사는 그 사진을 현상도 하지 못하고 그 자리에서 필름을 꺼내 찢어버려야만 했다.

의식은 서류에 서명을 하는 동안만 계속되었다. 누덕누덕 기운 곡마단 천막의 한가운데 마련한 엉성한 나무탁자의 둘레에는 끝까지 아우렐리아노 부엔디아 대령에게 충성을 바친 장교들로 구성된 대표단이 앉았다. 서명을 하기에 앞서서 공화국의 대통령이 보낸 개인사절은 항복규약을 낭독하려고 했지만 아우렐리아노 부엔디아 대령이 반대했다. "그런 의식을 치르느라고 시간을 낭비하지 맙시다." 그는 그렇게 말하면서 서류를 읽지도 않고 서명할 준비를 했다. 그러자 천막 안의 숨 막힐 듯한 침묵을 깨뜨리고 장교 하나가 말했다.

"대령님, 이 서명만은 대령님보다 저희들이 먼저 하게 해주십시오." 아우렐리아노 부엔디아 대령이 그 청을 받아들였다. 종이 위를 스치는 펜촉의 소리만 듣고서 서명된 이름이 누구의 것인지를 짐작할 수 있을 만큼 고요한 침묵 속에서 서류뭉치가 탁자를 한 바퀴 다 돌고 난 다음에도 맨 위 칸은 그대로 비어 있었다. 아우렐리아노 부엔디아 대령이 그 빈 칸을 채우려고 했다.

다른 장교 한 사람이 말했다. "대령님, 우리는 아직 희망을 버리면 안 됩니다. 모든 것이 제대로 될 날이 올지도 모르니까요."

아우렐리아노 부엔디아 대령은 얼굴 표정을 하나도 바꾸지 않고 휴전협정서의 첫 페이지에 서명을 했다. 마지막 페이지에 막 서명을 하려는 순간 반란군 대령 하나가 나귀 등에 함을 두 개 싣고 나타났다. 문간에 나타난 대령은 나이가 무척 젊으면서도 얼굴은 푸석푸석했고, 표정만 보아도 인내심이 많은 사람임을 알 수 있었다, 그는 마콘도 지역에서 혁명 수행을 위한 재정을 관장하던 사람이었다. 그는 굶어서 허우적거리는 나귀를 끌고 휴전협정이 이루어지는 시간에 대 오기 위해서 엿새 동안이나 힘든 여행을 했다. 무척이나 아깝다는 표정을 지으면서 그는 함을 내려놓고 뚜껑을 열어 일흔두 개의 금 덩어리를 하나씩 하나씩 책상 위에 늘어놓았다. 그 엄청난 재물이 그들의 소유였다는 사실을 모두들 잊고 있었다. 중앙의 지휘권이 무너지고 혁명이 지휘자들 사이의 살벌한 투쟁으로 바뀌어버린 지난 한 해 동안의 무질서 속에서 재정관리 책임을 누가 지고 있었는지에 그들은 관심도 두지 않았다. 혁명에 쓰려고 모은 황금은 모두 녹여서 덩어리로 만들고 진흙을 입혀 벽돌처럼 해놓았으므로, 이제는 그 황금 덩어리들의 소재를 파악하기도 힘들었다. 아우렐리아노 부엔디아 대령은 항복동의서에 황금 덩어리 일흔두 개를 반납한다는 조항을 첨부하고 아무도 연설을 하지 못하게 하고는 의식을 끝내버렸다. 초라한 젊은 대령은 그의 앞에 마주 서서 조용한 사탕 빛깔의 눈으로 아우렐리아노 부엔디아 대령의 눈을 들여다보았다.

"뭐 아직도 할 말이 남아 있나?" 아우렐리아노 부엔디아 대령이 그에게 물었다. 젊은 대령은 입술을 깨물었다.

"영수증을 주셔야죠." 그는 말했다.

아우렐리아노 부엔디아 대령은 손수 영수증을 썼다. 그러고 나서 그는 성직자들이 분주히 돌아다니며 나누어주는 비스킷 한 조각과 레모네이드 한 잔을 받아 마시고, 쉬고 싶을 때 들어가 휴식을 취하라고 마련된 야전천막으로 들어갔다. 안으로 들어간 그는 셔츠를 벗고, 목침대 가에 걸터앉아 있다가 오후 3시 15분에 권총을 꺼내 그의 주치의가 요오드를 적신 솜으로 그의 가슴에 그려준 동그라미를 쏘았다. 바로 그 순간 마콘도에서는, 우르슬라가 난로에 얹어둔 우유가 이상하게도 끓지를 않아 수상하게 생각하면서 주전자 뚜껑을 열었다. 그 안에는 구더기가 가득 차 있었다.

"놈들이 우리 아우렐리아노를 죽였구나." 우르슬라가 소리쳤다.

고독을 느낄 때마다 하던 버릇대로 우르슬라는 마당으로 눈을 돌렸고, 그곳에는 죽을 때보다 훨씬 늙은 호세 아르카디오 부엔디아가 비에 함빡 젖어서 쓸쓸한 모습으로 앉아 있었다. "비겁하게 놈들이 아우렐리아노를 뒤에서 쏴 죽였어요." 그리고 우르슬라는 다시 자세한 설명을 한마디 덧붙였다. "그리고 죽은 그 애의 눈을 감겨줄 만큼 착한 사람은 아무도 없었지요." 날이 저물자 눈물이 가득히 괸 눈으로 우르슬라는 휘황

찬란한 광채를 내며 하늘을 가로질러 날아가는 불빛을 보며, 그것이 죽음을 뜻하는 섬광이라고 생각했다. 피가 말라붙어 뺏뻣해진 담요에 싸여 화가 나서 눈을 부릅뜬 아우렐리아노 부엔디아 대령이 사람들에게 들려서 돌아왔을 때, 우르슬라는 아직도 밤나무 밑에 꿇어앉아서 남편을 붙잡고 울고 있었다.

그는 이미 위험한 상태를 벗어났다. 총알은 그의 가슴에 깨끗하게 구멍을 내며 뚫고 빠져나가서, 의사는 요오드를 바른 끈을 가슴으로 넣어서 등으로 잡아뽑을 수 있었다. "이만하면 내가 이룩한 최고의 걸작이 아니겠소?" 의사는 만족한 듯이 웃으며 말했다. "치명적인 곳을 조금도 다치지 않고 총알이 말끔히 꿰뚫고 나갈 자리를 내가 정확하게 짚어냈으니까요." 아우렐리아노 부엔디아 대령 주위에는 성직자들이 그의 명복을 빌기 위해서 결사적으로 기도를 드리며 서 있었고, 그는 자기가 필라르 테르네라의 예언대로 입천장에다 권총을 쏘지 않았음을 못내 후회했다.

"만일 아직도 나에게 권한이 있다면 내가 하고 싶은 일이 꼭 하나 있소." 아우렐리아노 부엔디아 대령은 의사에게 말했다. "당신을 내 손으로 총살했으면 속이 후련하겠소. 내 생명을 건져냈기 때문이 아니라, 날 바보 취급했으니 말이오."

실패로 끝난 그의 자살 기도는 그에게 잃었던 모든 명예를 되찾아주었다. 그가 황금 덩어리로 벽을 쌓아올린 집을 뇌물로 받고 전쟁을 포기해 버렸다는 소문을 퍼뜨린 바로 그 사람들은 미수로 끝난 그의 자살을 명예로운 행위라고 부르짖고, 그를 순교자라고까지 추켜세웠다. 그리고 공화국 대통령이 그에게 수여하려던 명예훈장을 그가 거절하자, 아우렐리아노 부엔디아 대령의 가장 무서운 적이었던 사람들조차 그의 방으로 몰려와서 휴전협정을 파기하고 다시 전쟁을 일으키자고 부추겼다. 집 안에는 언제나 그의 환심을 사려고 보내온 선물들이 가득했다. 옛 전우들의 끈질긴 후원을 끝내 이겨낼 듯싶지가 않았는지, 아우렐리아노 부엔디아 대령은 그들의 호의를 저버리거나 실망시키지 말아야겠다고 생각했다. 가끔 그는 전쟁을 다시 시작해야겠다는 흥분에 제정신을 잃을 지경이어서, 게리넬도 마르케스 대령은 조그마한 핑계만 있다면 당장 그가 전쟁을 일으키고 말리라고 느꼈다. 공화국 대통령이 자유파건 보수파건 가리지 않고 퇴역한 군인들에게 연금을 지급하지 않고, 특별위원회가 퇴역군인들이 연금을 탈 자격이 있는지를 한 사람씩 일일이 검토하여 의회에서 승인을 받을 때까지 일절 연금에 대한 거론도 허락하지 않겠다고 발표했을 때, 그만하면 사실 전쟁을 일으키기에는 충분한 핑계가 마련된 셈이었다.

"이건 도대체 말도 안 돼." 아우렐리아노 부엔디아 대령이 화가 나서 소리쳤다. "의회가 결정을 내릴 때까지 기다리다가는 모두들 늙어 죽고 말 거야." 그는 우르슬라가 몸이 회복될 때까지 들어가 쉬라고 사다준 요람에서 처음으로 일어나 침실을 오락가락하면서 공화국의 대통령에게 보낼 긴 전문을 받아쓰게 했다. 끝까지 공개되지 않은 그 전보 속에서 그는 네에를란디아 조약이 최초로 위반되었다는 사실을 지적하여 대통령을 심하게 공박했고, 앞으로 2주일 안에 연금에 대한 법안이 통과되지 않는다면 목숨을 걸고 죽을 때까지 전쟁을 벌이겠다고 협박했다. 자기 입장이 어느 모로 보아도 정당했기 때문에 만약 전쟁이 재발한다면 보수파 투사들의 지원도 받을 자신이 있었다. 그러나 그의 강력한 항변에 대해서 정부 측에서 보여준 반응이라고는 그를 보호한다는 명목으로 그의 집 둘레에 배치했던 군인 경비원들의 숫자를 늘렸다는 것과 어떤 사람과도 접촉을 못 하도록 그를 연금시켰다는 것뿐이었다. 감시가 필요하다고 여겨지는 모든 지도자들에게 비슷한 일들이 전국적으로 행해졌다. 이 작전은 적시에, 전면적으로 그리고 능란한 방법으로 행해져서, 휴전협정이 이루어진 두 달 후 아우렐리아노 부엔디아 대령이 완전히 회복되었을 때에는, 그에게 가장 충성스러웠던 헌신적인 동료들은 이미 죽었거나 추방을 당했고, 또는 공무원으로 발탁되어 영원히 정부를 위해 일할 준비를 했다.

아우렐리아노 부엔디아 대령은 12월에 그의 방에서 나와 테라스와 앞마당을 멍하니 쳐다보면서 다시는 전쟁에 대해 생각하지 않기로 결심했다. 우르슬라는 그 나이에 어떻게 그럴 수가 있을까 싶을 만큼 온 정성을 쏟아서 집에 다시 생기가 돌도록 치장을 했다. "이젠 이만하면 모두들 내 실력을 알아주겠지." 아들의 얼굴에 돌아온 생기를 보고 우르슬라가 말했다. "온 세상을 다 뒤져봐도 우리 집보다 넓고, 탁 트이고, 시원하고, 훌륭한 집은 없을 거야." 우르슬라는 집을 깨끗이 닦아내고, 페인트를 칠하고, 가구를 바꾸고, 정원을 손질해서 꽃을 새로 심고, 침실 안에까지 여름의 햇살이 눈부시게 들어오도록 문과 창문을 모두 열어 젖혔다. 여태까지 계속해서 치르던 상(喪)도 다 끝내겠다고 선언을 한 다음에 우르슬라는 스스로 낡아빠진 헌 가운을 벗어버리고 젊어 보이는 옷으로 갈아입었다. 자동피아노에서 음악이 울려 나오고, 집안은 밝고 즐거운 분위기가 되돌아왔다. 그 음악을 들으며 아마란타는 피에트로 크레스피와 그의 치자나무꽃과, 그에게서 풍기던 라벤더 향기를 생각했고, 찌들어버린 마음의 깊숙한 곳에서는 세월이 흘러 지금은 순수해진 옛날의 원한이 되살아났다.

어느 날 오후, 응접실을 정돈하던 우르슬라는 집을 감시하던 군인들을 불러서 일을 거들어달라고 했다. 그들을 지휘하던 젊은 장교는 부하들에게 일을 돕도록 허락했다. 조금씩 조금씩 우르슬라는 그들에게 새로운 심부름을 시키기 시작했다. 우르슬라는 그들을 식사에 초청하고, 옷과 구두도 마련해서 나누어주고, 글 읽기와 쓰기도 가르쳤다. 정부에서 보초들을 철수하고 난 다음에도 한 사람은 남아서 몇 년 동안 집에서 그들과 함께 살면서 우르슬라의 일을 도왔다. 미녀 레메디오스에게 거절당하고 미쳐버린 그 젊은 장교는 1월 1일 그녀의 방 창문 아래에서 시체로 발견되었다.

여러 해가 지나 죽음에 임박한 아우렐리아노 세군도는, 첫아들을 보려고 침실로 들어갔던 7월의 어느 비 오는 날 오후를 회상하였다. 비록 그 아이가 힘없이 울기만 하고, 부엔디아 집안의 특성을 하나도 타고 나지 못했어도 그는 아이의 이름을 짓는 데 별 힘이 들지 않았다.

"이 아이는 호세 아르카디오라고 부릅시다." 그는 말했다.

작년에 그와 결혼한 아름다운 여인인 페르난다 델 까르뻬오는 그러자고 했다. 그러나 우르슬라만큼은 막연한 회의를 숨기지 못했다. 집안의 역사를 돌이켜보건대, 똑같은 이름을 자꾸만 되풀이해서 쓰다 보니, 우르슬라는 어떤 단정적인 결론들을 얻게 되었다. 아우렐리아노라는 이름을 가진 아이들은 머리는 좀 좋은 편이면서도 성격만은 내성적이었고, 호세 아르카디오라는 이름을 받은 아이들은 충동적이며 모험심을 타고 났으며 어떤 비극적인 면모를 지지고 있었다. 그 차이점을 얼핏 가려낼 수 없는 경우라고는 호세 아르카디오 세군도와 아우렐리아노 세군도뿐이었다. 서로 질세라 장난이 심했던 그들은 어릴 적에 서로 어찌나 닮았는지, 산타 소피아 드 라 삐에다드조차 누가 누구인지를 구별할 수 없을 지경이었다. 영세를 받은 날 아마란타가 그들의 이름을 박은 팔찌를 하나씩 채워주고, 이름의 첫 글자를 수놓은 데다 색깔이 다른 옷을 따로 입혔지만 아이들은 학교에 들어간 다음에 서로 옷을 바꿔 입고, 팔찌도 바꿔 차고서는 이름을 바꿔 부르며 돌아다녔다. 푸른 셔츠를 입고 다니는 아이가 호세 아르카디오 세군도라고만 알고 있던 멜초르 에스칼로나 선생은 그 아이가 아우렐리아노 세군도의 팔찌를 차고, 그리고 다른 아이는 흰 셔츠를 입고 호세 아르카디오 세군도의 이름이 박힌 팔찌를 차고 있으면서도 자기의 이름이 아우렐리아노 세군도라고 우기는 통에 머리가 돌아버릴 것만 같았다. 그 일이 있은 다음부터 선생은 누가 누구인지 통 알아낼 자신이 없었다. 그들이 자라서 살아오던 과정에서 서로 개성이 좀 달라지기는 했어도, 우르슬라는 아이들이 짓궂게 남들을 혼란스럽게 하려고 장난을 치며 이름을 바꾸다가 언젠가 한 번쯤 잘못해서 자기들도 모르는 사이에 실수로 이름이 혹시 완전히 바뀌지나 않았는지 도무지 자신이 없었다. 사춘기에 들어섰을 때 그들은 완전히 똑같은 기계 두 대나 마찬가지였다. 그들은 똑같은 시간에 잠에서 깨어 일어났고, 화장실에 가고 싶은 시간도 똑같았으며, 병이 나도 똑같이 났고, 심지어는 꿈도 똑같이 꾸었다. 남들이 혼동하는 것이 재미있어서 장난을 치려고 그들이 일부러 똑같이 행동한다고 믿었던 집안 식구들은, 어느 날 산타 소피아 드 라 삐에다드가 한 아이에게 레모네이드 한 잔을 주었더니 그것을 받아 입에 대자마자 다른 아이가 설탕을 넣어달라고 말했다는 얘기를 듣고는 생각을 바꾸었다. 레모네이드에 설탕을 깜빡 잊고 타지 않았던 산타 소피아 드 라 삐에다드는 그 신기한 사건을 우르슬라에게 얘기해주었다. "그 애들은 본디 그런 애들이 아니냐?" 우르슬라는 조금도 놀라지 않고 말했다. "태어날 때부터 특이했으니까." 시간이 지남에 따라 혼란스러운 분위기는 차츰 가라앉았다. 남들이 혼동하는 것을 재미로 삼는 장난을 중지한 아우렐리아노 세군도라고 믿어지는 아이는 할아버지들을 닮아서 몸집이 엄청나게 컸고, 호세 아르카디오 세군도라는 이름을 가진 아이는 대령처럼 뼈만 앙상했는데, 그들 사이의 유일한 공통점이라면 둘 다 집안 대대로 물려받은 고독한 성격을 지녔다는 점이었다. 모습과 이름과 성격이 서로 엇갈리고 닮은 자손들을 보면 우르슬라는 그들의 특징이 카드를 섞어놓은 듯 오묘하게 얽혀 있음을 느꼈다.

가장 두드러진 차이점은 전쟁 통에 나타났는데, 그것은 호세 아르카디오 세군도가 사형을 집행하는 장면을 구경시켜 달라고 게리넬도 마르케스 대령에게 부탁했다는 점이었다. 우르슬라가 무척 말리려고 애를 썼지만, 그는 결국 보고 싶은 것을 볼 수 있었다. 그러나 아우렐리아노 세군도만은 사형 집행이라는 말만 들어도 겁이 나서 벌벌 떨었다. 그래서 그는 집에서 쉬기로 했다. 열두 살이 되던 해에 그는 우르슬라에게 자물쇠를 채운 방에 무엇이 있느냐고 물었다. "종이들뿐이야." 우르슬라가 말했다. "멜키아데스가 읽던 책들이나 그가 죽기 얼마 전에 글을 적어둔 종잇조각들만 잔뜩 있지." 그 설명을 듣고 그의 호기심은 가라앉기는커녕 오히려 더 심해졌다. 그는 그 방을 보여달라고 끈질기게 졸랐고, 방 안에 있는 물건들은 하나도 훼손하지 않겠다고 하면서 자꾸만 달라붙는 바람에 우르슬라는 결국 방 열쇠를 주고 말았다. 멜키아데스의 시체를 치우고 문에 자물쇠를 채운 다음에는 아무도 그 방에 들어간 일이 없었는데, 자물쇠는 낡고 녹이 슬어서 용접을 해놓은 것처럼 한 덩어리의 쇠뭉치가 되어 있었다. 그러나 아우렐리아노 세군도가 창문을 열었을 때는 날마다 방 안을 비추던 낯익은 햇살이 쏟아져 들어왔고 방 안은 장례식이 있던 날보다 더 말끔하게 청소가 되어 모든 것이 깨끗하게 손질되어 있었다. 거미줄이라고는 흔적도 찾아볼 수 없었고 잉크병 속의 잉크도 마르지 않은 채 그대로였고, 쇠붙이도 산화되지 않아 그대로 광택이 났고 호세 아르카디오 부엔디아가 증발시키던 수은 찌꺼기도 배수로로 흘러나가지 않은 채 그대로 남아 있었다. 책장 선반에는 태양에 그은 사람의 살갗처럼 투명한 재료를 입힌 합지合紙로 제본된 책들이 꽂혀 있었고,

206

원고들도 완전한 상태였다. 방문을 여러 해 동안 닫아두었음에도 불구하고 방 안의 공기는 집 안의 어느 다른 곳에서보다도 신선하게 느껴졌다. 흘러간 세월의 자취가 하나도 없어서, 몇 주일 후에 방 안을 솔로 닦고 물청소를 하려고 물통을 들고 들어온 우르슬라는 할 일이 없어 그냥 도로 나와야만 했다. 아우렐리아노 세군도는 책을 읽느라고 정신이 팔려 있었다. 표지도 없고 제목조차 아무 곳에서도 찾을 수 없기는 했어도, 그는 탁상에 앉아 핀으로 쌀겨를 집어먹고 다른 음식은 하나도 먹지 않는 여자에 대한 이야기나, 그물에 달 쇠붙이를 빌려주고 그 대가로 잡아온 물고기를 받았는데, 그 물고기의 뱃속에서 다이아몬드가 나왔다는 이야기, 그리고 사람의 소원을 들어주는 마술 등잔과 날아다니는 양탄자에 대한 이야기들을 흥미롭게 읽었다. 깜짝 놀란 그는 우르슬라에게로 가서 그 얘기들이 모두 정말인지 아닌지 물었고, 우르슬라는 그 얘기들이 모두 정말이며, 여러 해 전에 집시들이 마술 등잔이나 날아다니는 양탄자를 가지고 마콘도에 찾아왔었다고 말했다.

"그런데 이제는 사정이 좀 달라졌어." 우르슬라가 한숨을 쉬었다. "세상의 종말이 서서히 다가오게 되니까 이곳에서는 이제 그런 물건들도 볼 수 없게 되었어."

찢겨 나간 페이지들이 많아서 하나도 제대로 끝난 것이 없는 이야기들을 모조리 다 읽고 난 다음에 아우렐리아노 세군도는 원고에 적힌 글들을 풀기 시작했다. 그것은 불가능한 일이었다. 종이에 적힌 글자들은 햇볕에 말리려고 빨랫줄에 멋대로 걸어놓은 빨래들 같았으며, 글씨라기보다는 오히려 악보 원고에 가까웠다. 어느 무더운 날 정오에 원고에 정신이 팔려 있던 그는 갑자기 그 방 안에 자기 혼자만 있는 게 아니라는 걸 느꼈다. 멜키아데스가 창문으로 들어오는 햇빛을 받으며 두 손을 무릎 위에 놓고 가만히 앉아 있었던 것이다. 그는 아직 마흔도 채 돼 보이지 않았다. 그는 항상 입고 다니던 낡아빠진 조끼를 입고 까마귀 날개처럼 보이는 모자를 썼으며, 머리카락은 땡볕에 녹아서 관자놀이 위로 줄

줄 흘러내렸는데, 그의 모습은 아우렐리아노와 호세 아르카디오가 어렸을 때 처음 보았던 그 모습 그대로였다. 할아버지의 기억력을 유전으로 물려받았을 뿐만 아니라 그의 기억가지 갖고 있던 아우렐리아노 세군도는 멜키아데스를 한눈에 알아볼 수 있었다.

"안녕하셨어요?" 아우렐리아노 세군도가 인사를 했다.

"응, 잘 있었니?" 멜키아데스가 말했다.

그로부터 몇 해 동안 그들은 오후가 되면 거의 날마다 만났다. 멜키아데스는 그에게 세상 얘기를 들려주면서 자기의 해묵은 지식을 전해 주려고 했지만, 자기가 남긴 원고를 해석해 주는 것만은 거절했다. "100살이 될 때까지는 누구도 이 원고의 내용을 알아서는 안 된단다." 멜키아데스가 설명했다. 아우렐리아노는 그들이 만난다는 사실을 끝까지 비밀로 했다. 한번은 멜키아데스가 아직 방 안에 있는 동안 우르슬라가 갑자기 들어와서, 그는 자기의 비밀세계가 모두 무너졌다는 느낌이 들었다. 그러나 우르슬라의 눈에는 멜키아데스가 보이지 않았다.

"너 도대체 누구하고 얘기를 하고 있는 거냐?" 우르슬라가 물었다.

"그저 혼자 얘기하고 있어요." 아우렐리아노 세군도가 말했다.

"네 증조할아버지가 곧잘 그랬지." 우르슬라가 말했다. "그 양반은 걸핏하면 헛소리를 하곤 했단다."

이런 일이 있는 사이에 호세 아르카디오 세군도는 드디어 소원대로 총살이 집행되는 장면을 구경하게 되었다. 그는 죽는 마지막 날까지 여섯 발의 총성이 동시에 울리면서 뿜어내던 불꽃과, 언덕에 울리던 총성의 메아리와 슬픈 미소를 띠고 어쩔 줄 몰라 하는 눈길로 서 있던 사형수의 셔츠를 물들이던 피와, 말뚝에서 풀어 내려 생석회를 가득 채운 관 속에 넣을 때까지 미소를 짓고 있던 그 사람을 결코 잊지 못했다. "저 사람은 아직 살아 있구나." 그는 생각했다. "사람들이 그를 산 채로 땅에 묻으려고 그러는구나." 그때의 인상이 어찌나 강렬했던지 그때부터 그는 군사훈련이나 전쟁을 혐오했으며, 총살 집행보다는 산 사람을 그대로 묻어버리는 관습을 더 두려워했다. 그가 언제부터 교회의 종을 울리고, 풋내기 신부의 뒤를 이어받은 안토니오 이사벨 신부를 도와서 미사를 드리고, 교회 사택에서 싸움닭을 돌보기 시작했는지 정확히 알고 있는 사람은 아무도 없었다. 게리넬도 마르케스 대령은 그런 사실을 알게 되자 자유파에서 금지하는 일을 배우는 그를 심하게 꾸짖었다. "다 그럴 만한 이유가 있어서 그렇습니다." 그는 대답했다. "사실 나는 그동안에 보수파가 되었으니까요." 그는 자기가 그렇게 된 과정이 숙명이라고 굳게 믿었다. 너무 놀란 게리넬도 마르케스 대령은 그 이야기를 우르슬라에게 해주었다.

"차라리 잘 되었는지도 모르죠." 우르슬라는 납득했다. "그 애가 신부님이 되어 우리 집에도 하느님이 찾아와 주시기를 빕시다."

안토니오 이사벨 신부가 그에게 첫 영성체를 줄 생각이라는 사실이 곧 밝혀졌다. 신부는 그가 싸움닭의 목덜미 털을 베어내는 동안에 교리문답을 가르쳤다. 아이가 조는 닭들을 닭장에 넣는 동안에 신부는 아주 구체적인 예를 들어가면서 하느님께서 세상을 창조하는 둘째 날에 달걀 안에서 생겨나는 병아리를 어떻게 만들어냈는지를 설명했다. 그러나 이 무렵에 마콘도 교구의 신부는 망령기가 들어서, 몇 년이 지난 후 그는 하느님을 반역한 악마가 하느님과의 싸움에서 이겼다는 해괴한 얘기도 했고, 정신을 제대로 차리고 있지 않는 얼치기들을 함정에 빠뜨리기 위해서 신분을 감추고 하늘나라의 왕좌에 앉아 있는 자도 하느님이 아니라 악마라고 설명했다. 이렇게 몇 달 동안 끊임없는 선도를 받은 호세 아르카디오 세군도는 악마와 논쟁을 해도 이길 만큼 신학의 미묘한 이론 전개에 익숙해졌고, 그러는 사이에 닭싸움에 대한 지식도 많이 늘었다. 아마란타는 그에게 칼라와 타이가 달린 무명옷을 한 벌 만들어주고, 흰 구두를 한 켤레 마련해 주었으며 금박으로 그의 이름을 새겨 리본을 묶은 양초를 가져다주었다. 첫 영성체를 주기 이틀 전 밤에, 안토니오 이사벨 신부는 그와 함께 성구 안치소에 들어앉아서 죄악의 사전을 뒤져가면서 고해를 들었다. 고해는 한없이 계속되어서 저녁 6시만 되면 잠자리에 들던 신부는 고해가 끝나기도 전에 의자에 앉은 채 잠이 들고 말았다. 그 심문은 호세 아르카디오 세군도에게는 새로운 발견이었다. 여자들하고 혹시 나쁜 짓을 하지 않았느냐고 신부가 물었을 때 그는 조금도 놀라지 않았으며, 솔직하게 그런 일은 없었다고 대답을 했지만 그런 짓을 혹시 짐승하고는 한 일이 없었느냐는 질문을 듣고는 무척 당황했다. 5월의 첫 금요일에 그는 호기심에 가득 차서 영세를 받았다. 나중에 그는, 종탑에 살면서 박쥐를 잡아먹고 산다고 소문난 병자 성당지기 페트로니오에게 신부와 가졌던 대화에 대해서 물었고, 그랬더니 페트로니오는 이렇게 대답했다. "암탕나귀하고 그 짓을 하는 몹쓸 기독교인들이 있다고 하더군." 호세 아르카디오 세군도는 신기하게 생각하는 것들이 한없이 많아서 자꾸만 질문을 계속했고, 페트로니오는 마침내 참을성을 잃었다.

"난 화요일 밤이면 그런 곳에 가지." 그는 고백을 했다. "누구한테도 비밀을 지켜준다면, 다음 화요일에 널 그곳으로 데려다주겠어."

아닌 게 아니라 다음 화요일이 되자, 페트로니오는 어디에 쓰는 것인지 아무도 모르고 있던 나무의자를 하나 가지고 종탑에서 내려와 호세 아르카디오 세군도를 데리고 근처의 들판으로 나갔다. 그는 밤나들이에 흠뻑 빠져서, 오랫동안 카타리노의 가게에서 그의 모습을 볼 수가 없었다. 그는 닭싸움 패가 되었다. "그 망측한 것들 좀 치워버려!" 멋진 싸움닭을 안고 들어오는 그를 보자마자 우르슬라가 야단을 쳤다. "우리 집안은 벌써 닭 때문에 온갖 고초를 다 겪었으니, 너까지 닭을 가지고 돌아다닐 필요는 없어." 호세 아르카디오 세군도는 아무런 대꾸도 하지 않고 그냥 싸움닭들을 치워버렸지만, 그를 집에 오게 하려고 무엇이라도 내주던 할머니 필라르 테르네라의 집에서 계속해서 닭을 치기 시작했다. 그는 안토니오 이사벨 신부에게서 배운 지식을 곧 투계장에서 발휘하기 시작해서 얼마 안 가서 닭을 잘 먹여 키우고도 남아 사내의 욕정을 만족시키는 데에도 쓸 수 있을 만큼 많은 돈을 벌었다. 우르슬라는 이때 두 쌍둥

210

이 형제를 비교해 보고는, 어릴 때 그토록 똑같았던 그들이 어쩌다가 서로 그렇게 달라졌는지 도무지 이해를 할 수가 없었다. 그러나 그런 걱정은 별로 오래 가지 않았다. 왜냐하면 아우렐리아노 세군도가 게으름과 낭비벽의 기미를 보였기 때문이다. 멜키아데스와 한방에 들어앉아 있을 때 그는, 아우렐리아노 부엔디아 대령이 젊었을 때 자주 그랬듯이 자기 일에만 골몰했다. 그러나 네에를란디아 조약이 체결된 얼마 후 아주 사소한 사건으로 인해 그는 아집의 껍질을 벗어나 현실을 마주 보게 되었다. 아코디언이 걸린 복권을 파는 어떤 젊은 여자가 오래전부터 서로 알고 있기라도 한 듯한 친근한 태도로 그에게 인사를 했다. 사람들이 걸핏하면 자기를 쌍둥이 형제로 혼동해서 잘못 보고 인사하는 일이 많았기 때문에 아우렐리아노 세군도는 모르는 여자의 이상한 태도에도 별로 놀라지 않았다. 그러나 그는 여자의 착오를 일깨워주지 않았으며, 여자가 흐느껴 울면서 자기의 마음을 녹이려고 할 때도 잠자코 있었고, 그래서 그는 결국 여자를 따라 그녀의 침실로 갔다. 여자는 처음 만났을 때부터 그에게 퍽 만족을 느껴, 그가 추첨에서 아코디언을 탈 수 있도록 조작을 해두었다. 2주일이 지난 후 그는 여자가 자기와 호세 아르카디오 세군도를 한 사람이라고 생각하고 그들과 교대로 잠자리에 들고 있음을 알았지만, 사실을 밝히는 대신에 오히려 그 상태를 더욱 연장하려고만 들었다. 그는 멜키아데스의 방으로 돌아가지 않았다. 그는 마당에서 귀동냥으로 배운 아코디언을 연습하며 오후를 보냈는데, 우르슬라는 아코디언이라면 현인 프랜시스코의 후손들인 떠돌이들이나 연주하는 악기라고 천하게 여겼고 집안에서는 상을 치르고 있으니까 음악이라면 질색을 했다. 하지만 아우렐리아노 세군도는 아코디언의 명수가 되었고, 그의 아코디언 연주 솜씨는 그가 결혼해서 아이를 낳고 마콘도의 유지가 된 다음에도 유명했다.

두 형제는 두 달 동안이나 그 여자를 함께 즐겼다. 아우렐리아노 세군도는 항상 형을 지켜보면서 계획을 짜고, 호세 아르카디오 세군도가 그 여자를 만나러 가지 않는 날이면 자기가 가서 여자와 자곤 했다. 그러던 어느 날 아침, 그는 자기가 병에 걸렸음을 알았다. 이틀 후에 그는 화장실에서 기둥을 잡고 땀에 흠뻑 젖어서 눈물을 흘리고 있는 형을 보고 어떻게 된 일인지를 알았다. 형은 나중에 자기가 추잡한 병에 걸려서 여자가 자기를 쫓아냈다고 고백했다. 그리고 자기의 병을 고쳐주려고 필라르 테르네라가 무척 애를 썼다는 얘기도 했다. 아우렐리아노 세군도는 고통을 참으면서 양잿물과 이뇨제利尿劑 치료를 받았으며, 두 사람은 저마다 석 달 동안 고생을 치른 끝에 병이 나았다. 호세 아르카디오 세군도는 그 여자를 다시는 만나지 않았으나 아우렐리아노 세군도는 형의 허락을 받아 죽을 때까지 계속해서 그 여자와 관계를 유지했다.

그 여자의 이름은 페트라 코테스였다. 그 여자는 전쟁 통에 우연히 알게 된 추첨권 장수인 남편과 함께 마콘도로 왔으며, 남편이 죽은 다음에는 그의 사업을 이어받았다. 그 여자의 인상은 표범처럼 날카로웠고 눈은 편도열매처럼 생긴 깨끗하고 젊은 혼혈아였지만 마음만은 너그러웠으며, 사랑에 대해서는 남다른 소질이 있었다. 호세 아르카디오 세군도가 닭싸움에 빠지고 아우렐리아노 세군도가 첩의 집에서 난잡한 파티를 벌이며 아코디언을 연주한다는 것을 알게 된 우르슬라는 이러다가는 자기가 미쳐버리겠다고 느꼈다. 그 두 아이들에게는 집안 핏줄의 모든 단점만이 종합되어 되살아났고, 부엔디아 집안의 미덕이라고는 하나도 물려받지 않은 듯 생각되었다. 그래서 우르슬라는 앞으로 누구에게도 아우렐리아노나 호세 아르카디오라는 이름을 붙여주지 않겠다고 굳게 결심했다. 그러나 아우렐리아노 세군도가 첫아들을 얻었을 때, 우르슬라는 아우렐리아노 세군도의 뜻을 굽힐 수가 없었다.

"좋아, 마음대로 해라." 우르슬라가 말했다. "하지만 조건이 하나 있어. 그 아이는 내 손으로 키우겠다."

비록 우르슬라가 벌써 100살이 되었고, 백내장白內障으로 눈이 멀어가고 있었어도, 그녀는 육체적으로 활동적이었고, 성격은 고결했으며,

정신상태도 완전했다. 전쟁이라든가, 싸움닭이라든가, 나쁜 여자들이라든가, 황당무계한 모험 같은, 말하자면 부엔디아 집안의 몰락을 초래한 네 가지 재앙과는 거리가 먼 덕망이 있는 사람을 키워서 가문의 체통을 되찾을 수 있는 능력을 가진 사람으로서는 사실 우르슬라를 뒤따를 사람도 없었다. "이 아이는 자라면 신부가 될 거야." 우르슬라가 엄숙하게 선언했다. "그리고 하느님이 나에게 장수할 수 있는 복을 내려주신다면, 이 아이를 꼭 교황으로 키우겠어." 이 이야기를 듣고는 침실 안에 있었던 사람들뿐만 아니라, 집 안에 모여서 놀던 아우렐리아노 세군도의 장난꾸러기 친구들도 폭소를 터뜨렸다. 악몽의 다락방에 처박혀 있던 전쟁에 대한 추억도 샴페인 병이 터지는 소리와 함께 되살아났다.

"그럼 우리 다같이 교황의 건강을 비는 의미에서 한잔 들지." 아우렐리아노 세군도가 축배를 들었다.

손님들이 이구동성으로 교황의 건강을 위해서 축배를 들었다. 그러자 주인이 아코디언을 연주했고, 사방에서 폭죽이 터졌으며, 온 마을에는 축하의 북소리가 요란히 울렸다. 이 거창한 잔치에 놀란 사람은 없었다. 아우렐리아노 세군도가 집안일을 떠맡게 된 다음부터는 교황의 탄생을 축하한다는 그럴싸한 구실이 없었어도 언제나 잔치가 끊이지 않는 실정이었다. 몇 년 동안에 그는 단순히 운이 좋아서 자기가 키우는 짐승들이 엄청나게 많이 새끼를 치는 통에, 늪지대에서는 손꼽힐 만큼 어마어마한 재산을 모았다. 그가 기르던 암말들은 세 쌍둥이 망아지를 낳았고, 암탉들은 하루에 두 번씩 알을 낳았으며, 그의 돼지들은 마술의 힘이 아니라면 불가능할 만큼 엄청나게 살이 쪘다. "이럴 때 저축을 해야 한단다." 우르슬라가 방탕한 증손자에게 충고를 했다. "이런 행운이 평생토록 계속될 리는 없으니까." 그러나 아우렐리아노 세군도는 우르슬라의 말에 조금도 귀를 기울이지 않았다. 친구들과 어울려 샴페인을 터뜨리면 터뜨릴수록 그의 짐승들은 더 새끼를 많이 쳤고, 그래서 그는 자기의 행운이 자기의 처신과는 관계가 없으며, 언제나 숨을 헐떡여대는 맹렬한 그의 첩 페트라 코테스의 정열이 이런 행운의 원동력이라고 믿게 되었다. 이런 이유로 그는 페트라 코테스가 가축 울타리 곁에서 절대 멀어지지 않도록 항상 붙잡아두었고, 결혼해서 아이를 낳은 다음에도 부인 페르난다의 동의 하에 계속해서 그녀와 함께 살았다. 할아버지들을 닮아서 건강하면서도, 그들과는 달리 삶을 즐기고 마음의 여유를 가졌던 아우렐리아노 세군도는 자기가 기르는 짐승들을 돌볼 겨를이 별로 없었다. 그가 하는 일이라고는 페트라 코테스를 말에 태워서 가축들의 우리를 돌아다니며, 모든 짐승들이 그녀가 지닌 고질적인 병인 다산증多産症에 전염되게 하는 것이었다.

그의 평생 동안 찾아왔던 모든 행운이 그렇듯, 이 엄청난 부도 우연히 그에게 찾아들었다. 전쟁이 끝날 때까지 페트라 코테스는 추첨권 장사에서 얻은 수입으로 생계를 유지했고, 아우렐리아노 세군도는 가끔 우르슬라가 저축한 돈을 조금씩 빼내기도 했다. 말하자면 그들은 천박한 한 쌍이어서, 그들에게는 아무 걱정거리도 없었고, 그저 관심이 있다면 밤마다, 그것도 금지된 날에까지 한데 어울려 사랑놀이를 하며 새벽까지 장난을 치는 것뿐이었다. "저 여자가 널 아주 망쳐놓고 말겠구나." 몽유병자처럼 에부수수한 표정으로 집 안으로 들어서는 손자를 볼 때마다 우르슬라가 고함을 쳤다. "그 여자한테 네가 그렇게 홀려 있다가는 얼마 안 가서 넌 복통이 나서 몸이 비비 꼬일 거야." 오랜 시간이 걸려서야 자기 자리를 빼앗겼다는 사실을 알게 된 호세 아르카디오 세군도는 동생이 왜 그토록 그 여자한테 빠져 있는지 이해를 할 수가 없었다. 그가 기억하고 있던 바로는 페트라 코테스는 침대에 들면 별로 열을 안 내고, 사랑의 기교도 모자라는 여자였다. 아우렐리아노 세군도는 그때 우르슬라의 시끄러운 불평이나 형의 빈정거리는 얘기에는 귀도 기울이지 않으며, 페트라 코테스와 함께 살 집을 어떻게 해서라도 마련하고, 열 나는 한밤의 행위 가운데 그녀의 위에서, 아니면 그녀의 밑에서 둘이 함께 황홀하게 죽는 길이 없을까 하는 데만 정신이 팔려 있었다. 아우렐리아노 부엔디아 대

214

령이 노년기의 평화로운 매력에 이끌려 다시 작업실 문을 열었을 때, 아우렐리아노 세군도는 자기도 황금물고기를 만들면 장삿속이 괜찮으리라는 생각이 들었다. 그는 대령이 뜨거운 방 안에 몇 시간씩 들어앉아 반복되는 환멸을 인내로 이겨내면서 딱딱한 금속판을 천천히 황금비늘로 만들어놓는 것을 지켜보았다. 그 작업 과정이 워낙 힘들어 보인 데다 페트라 코테스의 생각이 잠시도 머리를 떠나지 않아서, 그는 겨우 3주일을 버티다가는 작업실에서 자취를 감추었다. 토끼를 추첨에 붙여 팔아보겠다는 생각이 페트라 코테스에게 떠오른 때는 바로 이즈음이었다. 토끼들이 어찌나 빨리, 그리고 많이 새끼를 쳤던지 미처 추첨권을 팔 시간도 모자랄 지경이었다. 처음에는 아우렐리아노 세군도도 토끼가 번식하는 놀라운 속도를 알아채지 못했다. 그러나 이제는 동네 사람들이 토끼 추첨에는 관심도 없어졌을 무렵의 어느 날 밤, 그는 마당으로 난 문 쪽에서 들려오는 이상한 소리를 들었다. "뭐 걱정할 필요는 하나도 없어요." 페트라 코테스가 말했다. "토끼들 소리니까요." 그들은 토끼들이 내는 소란스러운 잡음 때문에 잠을 이룰 수가 없었다. 동녘이 밝아오자 아우렐리아노 세군도는 문을 열고 밖을 내다보았다. 마당은 새벽빛을 받아 푸르스름한 토끼들로 완전히 덮여 있었다. 허리가 끊어져라 웃어대던 페트라 코테스가 그에게 알려주었다.

"저 토끼들은 전부 어젯밤 사이에 태어난 것들이에요."

"믿어지지가 않는걸?" 그리고 그는 말했다. "어때? 이왕이면 소를 경품으로 해서 추첨권을 팔아볼까?"

며칠 후에 마당을 치우려는 생각에서 페트라 코테스는 토끼들을 몽땅 주고 소를 한 마리 사들였는데, 그 소는 두 달 있다가 송아지를 세 마리나 낳았다. 이것이 모든 일의 시초였다. 삽시간에 아우렐리아노 세군도는 땅과 가축을 얻게 되었고, 창고와 돼지우리를 증축할 시간도 없을 만큼 모든 것이 한꺼번에 번창했다. 너무나 어처구니없는 일이어서 그는 웃을 수밖에 없었으며, 마음이 좋은 그였던지라 기분을 내려고 엉뚱한 짓도 많이 했다. "자, 소들아, 새끼 좀 그만 낳으라구! 삶은 짧은데 새끼만 낳고 지낼 거야?" 우르슬라는 그가 혹시 어떤 나쁜 일에 얽혀들지나 않았는지 걱정이 되어서, 그가 어디서 도둑질을 해오는 것이나 아닌지, 저러다가 소도둑으로 잡혀가지나 않을지 걱정이었으며, 그가 단순히 재미로 샴페인을 따서 머리를 감는 꼴을 볼 때마다 소리를 지르며 그의 낭비벽을 꾸짖었다. 꾸지람을 듣고 기분이 나빠진 아우렐리아노 세군도는 어느 날 아침에 일어나서 기분이 좋아지자, 돈을 한 아름 안고 풀 한 통과 붓 한 자루를 들고 나타나서, 현인 프랜시스코가 부르던 노래들을 목청을 돋우어 부르며, 집 안팎을 바닥에서 꼭대기까지 구멍 하나 남기지 않고 1페소짜리 지폐로 몽땅 도배했다. 자동피아노를 들여놓을 때 하얗게 칠했던 낡은 저택은 이제 이상한 회교 사원처럼 보였다. 집안 식구들이 놀라서 흥분하고, 우르슬라가 기가 막힌다는 듯 소리를 지르는 가운데 마을 사람들은 이 낭비의 축제를 구경하려고 모여들어 길을 꽉 메웠다. 아우렐리아노 세군도는 계속해서 집 안과 부엌에, 화장실과 침실들을 모두 도배하고, 남은 돈은 마당에다 뿌렸다.

"자, 다들 보았죠?" 그는 단호하게 선언했다. "이제 다시는 날더러 돈에 대해서 아무도 이래라 저래라 하지 말았으면 좋겠어요."

그 말에 감히 거역할 생각을 가진 사람은 없는 것 같았다. 우르슬라는 담벼락에 붙어서 돈을 모두 뜯어내고, 집은 다시 흰 페인트를 칠했다. "하느님, 비옵나이다." 우르슬라는 기도했다. "우리가 처음 마콘도 마을을 세울 때처럼 다시 가난하게 되어서, 우리가 저세상에서 이 엄청난 낭비에 대한 벌을 받지 않아도 되도록 해주시기를 비옵나이다." 우르슬라의 기도에 대한 응답은 반대로 나타났다. 돈을 뜯어내느라고 일하던 일꾼들 가운데 한 사람이 잘못해서, 전쟁이 끝나갈 무렵에 어떤 사람이 집에 가져다두었던 커다란 성 요셉 석고상에 부딪쳤고, 석고상은 넘어져 마룻바닥에서 산산조각이 나버렸다. 그 안에는 금화가 가득 들어 있었다. 사람만큼이나 커다란 석고상을 집으로 가져온 사람이 누구였는지 아

는 사람은 아무도 없었다. "그때 세 사람이 이걸 가져왔어요." 아마란타
가 설명을 했다. "비가 멈출 때까지 이걸 맡겨두고 싶다고 해서, 난 사람
들이 부딪치지 않게 저쪽 구석에 두라고 했더니 그 사람들이 바로 저기
에 놓았어요. 그 다음에 그 사람들이 다시 찾아오지를 않아서 여태까지
그 자리에 있었어요." 우르슬라는 그 석고상의 머리 위에다 촛불을 밝히
고 자기가 경배하는 것이 성인聖人이 아니라 약 200킬로그램에 달하는
황금이었음을 미처 깨닫지 못한 채, 그 앞에 엎드려 기도를 드렸었다. 그
러다가 뒤늦게 자기의 행동이 이교도적인 행위였음을 깨닫고, 우르슬라
는 더욱 당황했다. 그녀는 그 엄청난 금화 더미에 침을 뱉고, 그 돈을 자
루 셋에 나누어 담아서 아무도 모르는 곳에 몰래 묻어버리고 세 사람이
그 돈을 찾으러 곧 돌아와주기를 빌었다. 오랜 세월이 지난 다음에 노망
기가 들어 고생을 하게 되는 우르슬라는 지나는 길에 집에 들르는 길손
들을 만나기만 하면 이야기를 하는 도중에 말을 가로막고, 혹시 전쟁 통
에 이 집에 와서 비가 멎으면 찾아가겠다고 하면서 성 요셉의 석고상을
맡기고 간 일이 없느냐고 묻곤 했다.

　우르슬라의 마음을 산란하게 하던 비슷한 사태는 이 당시에 흔히 일
어났다. 마콘도는 주체할 수 없을 정도로 기적적인 번영을 누렸다. 개척
자들이 지었던 블록집들은 다 헐려서 없어지고, 그 자리에는 오후 2시의
숨 막히는 무더위를 견디기에 훨씬 수월한 시멘트와 벽돌로 지은 건물들
이 들어섰다. 호세 아르카디오 부엔디아가 세운 옛 마을의 흔적 가운데
그대로 남아 있는 것들이라고는 어떤 세월의 변화에도 끈질기게 견디는
편도나무들과 뱃길을 트느라고 운하를 만들기 위해 호세 아르카디오 세
군도가 망치로 가루를 낸 유사 이전의 바위들이 깔린 깨끗한 강뿐이었
다. 바위가 울퉁불퉁한 강바닥과 수많은 급류 때문에, 마콘도에서 바다
로 빠져나가는 운하를 판다는 계획은 할아버지가 저질렀던 어느 엉뚱한
계획 못지않게 미친 짓이었다. 그러나 맹목적인 무모함에 휘말린 호세
아르카디오 세군도는 그 계획을 끝까지 밀고 나가겠다고 고집을 부렸다.

이때까지만 해도 그는 상상력이 모자라는 사람으로 통했었다. 페트라 코
테스와의 미묘한 관계 말고는 그는 여자를 가까이 한 일이 없었다. 우르
슬라는 그를 집안의 역사를 모두 뒤져봐도 찾아볼 수 없는 가장 무기력
한 인물이라고 생각했으며, 닭싸움에서도 별로 대수로운 성공을 하지 못
했다. 그러던 그는 아우렐리아노 부엔디아 대령으로부터 전쟁 중에 다
삭아 없어지고 잔해만 남은 스페인 배를 바다에서 12킬러미터쯤 떨어진
곳에서 본 일이 있다는 얘기를 들었다. 여러 해 동안 마콘도 사람들의 흥
밋거리였던 이 이야기는 호세 아르카디오 세군도에게 새로운 세계를 보
여주는 듯싶었다. 그는 싸움닭들을 경매에 붙여서 돈을 가장 많이 내겠
다는 사람에게 팔아치우고, 사람을 모으고 도구를 사들여서 돌을 깨고,
운하를 파고, 급류를 가라앉히고 심지어는 폭포의 물길을 돌리겠다는 기
막힌 계획에 착수했다. "난 이제 무슨 일이 일어날지 빤히 다 알고 있
어." 우르슬라가 기가 막혀서 소리를 쳤다. "마치 옛날로 돌아가기라도
하는 것 같구나." 운하를 뚫을 수 있다는 결론에 도달한 호세 아르카디오
세군도는 자기의 계획을 실현하는 데 필요한 예산을 자세히 계산해서 동
생에게 주었으며, 아우렐리아노 세군도는 그 사업에 필요한 자금을 대주
었다. 그는 오랫동안 종적을 감추었다. 시간이 흘러서 배를 사오겠다던
얘기는 결국 동생의 돈을 속여서 빼앗으려는 책략이었다는 소문이 퍼질
때쯤 되어서, 이상한 배가 마콘도 쪽으로 오고 있다는 소문이 들려왔다.
호세 아르카디오 세군도의 어마어마한 계획을 이미 까맣게 잊어버리고
있던 마콘도의 주민들은 강가로 달려가서, 이 마을에서는 처음이자 마지
막으로 정박하려고 떠오는 배를 보고는 믿어지지가 않아서 모두들 눈알
이 튀어나올 지경이었다. 그 배는 강둑을 따라서 스무 명이 굵은 밧줄로
끌어당기는 통나무 뗏목에 지나지 않았다. 뗏목 앞에서는 만족과 환희로
눈이 빛나는 호세 아르카디오 세군도가 힘겨운 배 끌기 작업을 지휘했
다. 그 뗏목에는 뜨거운 태양을 알록달록한 양산으로 가리고, 어깨에 부
드러운 벨벳 수건을 두르고, 얼굴에는 빛깔 내는 크림을 바르고, 머리에

218

는 싱싱한 꽃을 꽂고, 팔에는 황금빛 구렁이를 감고, 이빨에는 다이아몬
드를 박은 돈 많고 호화로운 부인처럼 보이는 여자들의 무리가 그와 함
께 타고 있었다. 호세 아르카디오 세군도가 마콘도까지 끌고 올 수 있었
던 것이라고는 통나무를 엮은 뗏목뿐이었고, 그나마 그것도 한 번뿐이었
지만, 그는 자기의 계획이 실패로 끝났다고는 전혀 생각지 않았으며, 오
히려 자기의 행동은 의지력의 승리를 뜻한다고 우겼다. 그는 자기가 겪
은 일들을 동생에게 대충 얘기해 주고는 다시 닭싸움을 돌보는 일로 되
돌아갔다. 실패로 끝난 그의 모험이 남긴 결과는 프랑스 여인들이 와서
전통적인 사랑의 기술이나 여인들의 사회적인 신분을 쇄신했으며, 카타
리노의 구식 가게를 무너뜨리고 일본식 등불과 옛 생각을 불러일으키는
아코디언 소리로 길거리의 분위기를 완전히 바꾸어놓았다는 점이었다.
그들은 마콘도가 사흘 동안 정신을 잃고 흥청거릴 만큼 굉장한 카니발을
열도록 만든 장본인들이었으며, 그들이 남긴 업적 가운데 손꼽을 수 있
는 일은, 아우렐리아노 세군도가 페르난다 델 까르피오를 만날 기회를
마련해 주었다는 것이었다.

미녀 레메디오스는 카니발의 여왕으로 뽑혔다. 손녀가 너무 아름다
워서 마음이 놓이지 않던 우르슬라도 그 결정만은 미리 손을 써서 막을
길이 없었다. 그때까지만 해도 우르슬라는 미녀 레메디오스를 길 밖에
내보내지 않았으며, 고작 외출을 시킨다고 해야 아마란타와 함께 미사를
드리러 성당에 보낼 때뿐이었고, 그럴 때에도 얼굴은 검은 솔을 가리고
가도록 했다. 카타리노의 가게에서 가장 추잡한 소리를 해대는, 종교하
고는 거리가 먼 사람들까지도 늪지대가 흥분으로 온통 술렁댈 만큼 아름
답다고 소문이 난 미녀 레메디오스의 전설적인 미모를 잠시라도 훔쳐볼
생각으로 성당에 갔다. 그러나 얼굴을 한 번 보기만 하는 데도 오랜 시일
이 걸려야 겨우 기회를 얻는 실정이었으며, 일단 미녀 레메디오스의 얼
굴만 보았다 하면 두고두고 잠을 설쳐서 고생하기 때문에 차라리 보지
않음만 못했다. 어떤 외국인 한 사람은 미녀 레메디오스의 얼굴을 보고

는 마음의 평화를 잃고 비참함과 허탈감의 수렁에 빠져 헤매면서 몇 년 동안 고생을 한 끝에 어느 날 기찻길에서 그만 깜박 잠이 들었다가 지나가는 기차에 치여 갈기갈기 찢겨 죽었다. 그가 처음 성당에 나타났을 때, 초록빛 벨벳 양복과 수놓은 조끼를 입은 그를 보고 사람들은 첫눈에 그가 아주 먼 곳에서, 아마도 나라 밖 아주 멀고도 먼 곳에서 미녀 레메디오스의 마력적인 미모에 이끌려왔음을 알 수 있었다. 그는 얼굴도 잘났고, 우아하고 고결한 품위가 있어서, 그의 곁에 나란히 세워두고 비교한다면 피에트로 크레스피쯤은 그저 보잘것없는 놈팡이로 여겨질 정도였으며, 그 남자의 환심을 살 가망이 없는 여자들은 씁쓸한 미소를 지으면서 그 사람이 숄까지 둘렀더라면 더욱 잘 어울렸으리라고 빈정댔다. 그는 마콘도에 사는 사람들하고는 아무와도 얘기하지 않았다. 그는 일요일 새벽에 동화에 나오는 왕자님처럼 은등잔과 벨벳 담요로 장식한 말을 타고 나타나서는 미사를 드린 다음에 나갔다.

그의 출현은 처음부터 모든 사람들의 관심거리가 되었으며, 그가 성당에 나타나자 마콘도 사람들은 그와 미녀 레메디오스 사이의 긴장된 침묵의 대결이 결국은 사랑으로 끝나지 않고 죽음으로까지 연결되리라고 믿었다. 여섯 번째 일요일에 그 신사는 노란 장미 한 송이를 손에 들고 나타났다. 그는 언제나 그랬듯이 자리에 앉지 않고 한쪽에 서서 미사를 드렸고, 미사가 끝나자 미녀 레메디오스의 앞으로 나아가서 가져온 한 송이의 꽃을 바쳤다. 미녀 레메디오스는 그런 일이 있을 줄을 미리 알고 있기라도 한 듯이 자연스러운 태도로 그 꽃을 받았으며, 그에게 감사의 미소를 주기 위해서 얼굴에 드리운 숄을 거두었다. 그녀가 한 일은 그뿐이었다. 그 신사뿐만이 아니라, 그날 미녀 레메디오스의 얼굴을 보는 특권을 누렸던 모든 사람들에게 그 순간은 영원과 마찬가지였다.

그때부터 그 신사는 악단을 보내 미녀 레메디오스의 창 밖에서 음악을 연주하게 했고, 어떤 날은 그 음악이 동틀 녘까지 계속되었다. 그 신사를 측은하게 생각한 아우렐리아노 세군도는 부질없는 그의 고민을 깨우쳐주려고 했다. "자, 이젠 시간 낭비 그만 하시지그래." 어느 날 밤 그는 신사를 타일렀다. "이 집안 여자들은 하나같이 노새보다 고집이 세니까 말이오." 그는 신사를 불러 인사를 나누자고 하고, 같이 샴페인으로 목욕을 하자고 청했으며, 자기 집안 여자들은 모두 마음이 차돌 같다는 점을 납득하게 하려고 했지만, 그 사나이는 조금도 고집을 굽히려 하지 않았다. 밤이면 계속되는 끊임없는 음악 소리에 화가 난 아우렐리아노 부엔디아 대령은 그 신사의 고통을 권총 몇 발로 깨끗이 잊게 해주겠다고 협박까지 했다. 그러나 그의 마음을 돌이킬 수 있는 길은 오직 그의 사기가 극도로 저하되기만을 기다리는 것뿐이었다. 처음에는 옷도 잘 차려입고 깔끔했던 그 사람은 차츰 너저분하게 누더기를 걸친 모습으로 바뀌었다. 어디서 왔는지 아무도 모르는 그 사람이 머나먼 곳에 있는 고향의 권력과 재산도 송두리째 포기해 버렸다는 소문이 나돌았다. 그는 걸핏하면 사람들과 말다툼을 벌였고, 술집에서 싸움판을 벌이고, 아침이면 자기가 토해 낸 더러운 토사물로 온몸이 범벅이 된 채로 카타리노의 가게 마룻바닥에서 눈을 떴다. 그리고 이 이야기에서 가장 비극적인 점은 미녀 레메디오스가 왕녀처럼 차려입고 성당에 나타났을 때에도 그를 눈여겨보지 않았다는 사실이었다. 그녀는 아무런 악의도 없이, 그저 그의 요란한 행동이 좀 우습다고 생각하면서 별 생각 없이 노란 장미를 받았을 뿐이며 숄을 들춘 까닭도 자기의 얼굴을 보여주기 위해서가 아니라, 그의 얼굴을 좀 자세히 쳐다보기 위해서였던 것이다.

사실 미녀 레메디오스는 보통 사람들과 달랐다. 완전히 사춘기에 들어선 다음에도 산타 소피아 드 라 삐에다드는 미녀 레메디오스가 몸을 씻는 것을 돕고, 옷 입는 것을 거들어야 했으며, 레메디오스가 자신이 눈 똥을 막대기로 찍어서 벽에다 동물 그림이라도 그리지나 않을까 해서 항상 감시를 해야만 했다. 스무 살이 되었어도 그녀는 글을 읽거나 쓸 줄을 몰랐으며, 식탁에서 수저도 제대로 다루지 못했고, 모든 관습을 본능적으로 거부해서 발가벗은 채로 집 안을 돌아다니곤 했다. 집을 호위하던 젊은 장교가 그녀에게 사랑을 고백했을 때, 미녀 레메디오스는 그 장교의 경솔함에 놀라 거절을 해버렸다. "그 사람 참 단순하기도 하더군요." 미녀 레메디오스가 아마란타에게 말했다. "나 때문에 자기가 죽고 싶을 지경이라고 하는 걸 보니, 아마 날 복통쯤으로 알고 있나 봐요." 그러다가 정말로 그 장교가 자기의 방 창 밑에서 죽은 시체로 발견되자, 미녀 레메디오스는 자기의 첫인상이 옳았다고 자신하게 되었다.

"내가 뭐라고 그랬나요? 그 사람은 정말로 바보였어요."

그녀에게는 모든 사물의 실체를 초월한 어떤 면모를 꿰뚫어볼 수 있는 능력이라도 있는 듯싶었다. 모두들 미녀 레데디오스가 정신박약아라고 말해도 그렇지 않다고 굳게 믿었던 아우렐리아노 부엔디아 대령만은 적어도 이렇게 생각했다. "20년 동안 전쟁터로 갔다가 막 돌아온 아이 같아." 우르슬라는 자기 나름대로 집안에 순결한 아이를 내려주셨다고 고맙게 생각해서 하느님께 감사를 드렸고, 그러면서도 미녀 레메디오스가 지닌 미덕과는 어울리지도 않는 뛰어난 미모가 순결의 한가운데 도사린 사악한 함정처럼 여겨져서 걱정도 되었다. 그런 까닭에 우르슬라는 미녀 레메디오스를 모든 속된 유혹으로부터 보호하려고 바깥세상과 단절을 시키기 위해 신경을 썼으며, 그냥 내버려두어도 절대로 병들지 않을 운명을 레메디오스가 어머니의 뱃속에서부터 타고났다는 것은 까맣게 모르고 있었다. 우르슬라는 카니발이라는 아수라장 속에서 미녀 레메디오스가 아름다움의 여왕으로 뽑히리라고는 꿈에도 생각지 못했었다. 호랑이로 가장을 하고 싶어서 몸살이 날 지경이었던 아우렐리아노 세군도는 우르슬라가 생각하는 것처럼 카니발이 이교도적인 축제가 아니라 천주교의 전통을 물려받은 행사임을 납득시키기 위해서 도움을 얻으려고 안토니오 이사벨 신부를 집으로 데려왔다. 결국 마지못해 우르슬라는 대관식을 열어도 좋다고 동의했다.

미녀 레메디오스 부엔디아가 축제의 여왕 자리에 오르리라는 소식은 몇 시간 안에 늪지대에 널리 퍼지고, 그녀의 아름다움이 아직 잘 알려지지 않았던 먼 곳에까지 소식이 전해져서, 반역의 상징처럼 여겨지는 그녀의 성姓을 듣고는 다시금 불안에 휩싸인 사람들도 있었다. 그러나 그들이 불안해할 이유는 하나도 없었다. 아우렐리아노 부엔디아 대령으로 말할 것 같으면, 나이를 먹고 환멸에 쫓긴 나머지 서서히 나라 안 정세 따위의 현실에서는 거리가 멀어졌고, 접촉도 끊겼다. 자기 작업실에 틀어박혀서, 바깥 세계와 그가 관계를 가진 것은 황금물고기를 파는 일밖에는 아무것도 없었다. 전쟁이 끝난 직후에 그의 집을 지키던 군인들 가운데 한 사람이 남아 그가 만든 황금물고기들을 늪지대의 마을로 가지고 가서 판 다음에 돈과 소식을 잔뜩 가지고 돌아오곤 했다. 그는 보수파 정권이 자유파의 협력을 얻은 가운데, 대통령의 임기를 100년으로 규정하기 위해서 달력을 고친다는 소문도 가져왔다. 교황청과의 정교조약政敎條約도 드디어 체결되어서, 로마에서 대주교 한 사람이 다이아몬드를 박은 왕관과 순금으로 만든 왕좌王座를 가지고 찾아왔으며, 자유파 장관들이 무릎을 꿇고 앉아서 대주교의 반지에 입을 맞추며 사진을 찍었다는 소식도 있었다. 어느 스페인 연예단이 수도首都를 들러 여행하던 길에 주연 여배우가 복면강도들에게 강제로 납치되었는데 다음 일요일에 그 여자가 공화국 대통령의 여름 별장에서 발가벗고 춤을 추더라는 소문도 들려왔다. "정치 얘기만은 나한테 하지 말게." 대령이 가끔 주의를 주었다. "우리가 할 일은 황금물고기를 파는 일뿐이니까." 그가 작업실에서 황금물고기를 만들어서 재미를 보고 부자가 되더니 대령이 국내 정세에 대해서는 전혀 얘기조차듣기 싫어하게 되었다는 소식을 전해 들은 우르슬라는 웃음을 참을 수가 없었다. 무척 실질적이고 계산에 밝은 우르슬라로서는, 작은 황금물고기와 금화를 바꿔다가 금화로 다시 물고기를 만들고, 그렇게 계속하다 보면 한심한 악순환만 거듭하게 되는데, 구태여 왜 그런 일을 하는지 도대체 대령의 사업을 이해할 수가 없었다. 사실 그가 흥미를 가졌던 바는 돈을 버는 것이 아니라 일 그 자체였다. 비늘을 서로 꿰맞추고 깨알만 한 루비를 눈에다 박고, 아가미에 광택을 올리고, 지느러미를 붙이느라고 온갖 정성을 쏟으며, 신경을 집중하다 보면, 전쟁의 환멸 따위에 부질없이 낭비할 시간은 자연히 없어지고 말았다. 워낙 섬세한 기술을 필요로 하는 그 작업은 엄청나게 신경을 소모시켜서, 그는 작업실에서 보낸 얼마 안 되는 기간 동안 전쟁 통에 늙었던 것보다 훨씬 더 많이 늙고, 언제나 쭈그리고 앉아 있어서 그의 척추는 굽고, 세밀한 일을 하다 보니 시력은 감퇴했지만, 그래도 완전한 정신 집중은 그에게 영혼의 평화를 가져다주었다. 전쟁과 연관이 있는 사건에 대해서 그가 마지막으로 흥미를 보였던 것은, 정부에서 약속만 해놓고 질질 끌면서 실행하지 않던 종신 연금제도의 승인을 받기 위해 양쪽 파의 재향군인들이 그에게 도움을 청하러 찾아왔을 때뿐이었다. "그런 건 잊어버리는 게 좋아." 그는 찾아온 사람들에게 말했다. "나처럼 그까짓 연금은 필요 없다고 잊어버리면, 쓸데없이 연금 나오기만 기다리며 평생을 걱정 속에서 보낼 필요는 없어지니까."

처음 얼마 동안은 저물녘이면 게리넬도 마르케스 대령이 찾아와, 길가에 난 문 옆에 마주 앉아서 지난날들을 돌이키면서 시간을 보냈다. 그러나 이제 완전히 대머리가 벗겨져서 벌써 노인의 인상을 주는 게리넬도 마르케스 대령에 대한 추억이 가슴속에서 피어오르면, 그 추억에 짓눌린 아마란타는 공연히 그에게 듣기 싫은 소리를 해서 그를 괴롭혔다. 그러자 그는 점점 발길이 뜸해져서 특별한 일이 있을 때나 찾아왔고, 그러다가 결국은 중풍을 만나 완전히 자취를 끊고 말았다. 말없이 조용한 나날을 보내며, 집안에 넘쳐흐르는 새로운 생명력에는 관심도 보이지 않고, 아우렐리아노 부엔디아 대령은 노년기를 훌륭하게 보내는 비결이란 고독과 영광스러운 조약을 체결하는 길뿐이라는 것을 깨닫게 되었다. 그는 아침 5시에 얕은 잠에서 깨어나, 부엌으로 가서는 언제나 변함없는 씁쓰레한 커피를 한잔 마시고 하루 종일 작업실에 들어앉아서 일을 하고, 오후 4시가 되면 의자를 끌고 테라스로 나가서는, 불타오르듯 강렬한 장미 숲과 한낮의 밝은 태양과 끓는 주전자처럼 씩씩 소리를 내며 고집스레 우울을 짓씹는 아마란타는 의식하지도 않고, 어둠이 내리도록 그 자리에 앉아서 모기들의 성화에 못 이겨 쫓겨 들어갈 때까지 줄곧 앉아 있었다. 한 번은 어떤 사람이 그가 누리는 고독을 깨뜨리려고 했다.

"안녕하세요, 대령님?" 그는 지나가는 얘기처럼 인사말을 던졌다.

"여기에서 곧 이 앞을 지나갈 내 장례행렬을 기다리고 있지." 대령이 대답했다.

상황이 이러했기 때문에, 미녀 레메디오스가 축제의 여왕으로 뽑혀 그의 성姓이 다시 사회 표면에 떠오를 거라는 걱정은 기우에 지나지 않았다. 그러나 많은 사람들이 그런 식으로 생각하지를 않았다. 언제 닥칠 지도 모르는 비극을 까맣게 모르는 마콘도 사람들은 즐겁게 떠들어대며 광장으로 쏟아져 나왔다. 카니발은 광란의 극치에 달하게 되었고 마침내 호랑이처럼 차려입겠다는 꿈을 실현하게 된 아우렐리아노 세군도는 너무 떠들어서 쉰 목소리로 소리를 지르며 군중 사이를 돌아다녔다. 늪지대 쪽으로 난 길을 따라서 꿈에도 보기 힘들 만큼 매혹적인 여자를 태운 황금빛 가마를 들고 몇 사람이 행진을 해왔다. 마콘도 사람들은 딱딱한 종이로 만들지 않고 정말로 권위 있는 사람들이 정성들여 만든 듯한 에메랄드 관을 쓰고 흰 담비케이프를 두른 채 실려 온 눈부신 미녀가 누구인지 좀더 자세히 보려고 가면을 벗었다. 그러나 아우렐리아노 세군도는 곧 마음을 가라앉히고 나서, 지금 막 도착한 사람들을 이 축제의 내빈으로 맞아들이겠다고 선언했으며, 솔로몬 왕의 지혜를 동원해서 그는 미녀 레메디오스와 타향에서 가마를 타고 불쑥 나타난 여왕을 같은 자리에 나란히 앉혔다. 자정이 될 때까지 유목민으로 가장한 타향 사람들은 함께 카니발의 광란을 즐겼으며, 심지어는 집시들의 재주만큼이나 볼 만한 폭죽놀이와 곡예로 흥을 돋우기까지 했다. 그러다가 축제 분위기가 한창 무르익어가는데 누가 즐거운 분위기를 깨뜨렸다.

"자유파 만세!" 그는 큰 소리로 외쳤다. "아우렐리아노 부엔디아 대령 만세!"

휘황찬란한 폭죽은 총성과 더불어 사라지고, 공포의 비명 소리에 음악도 사라지고, 즐거움은 전율로 바뀌었다. 몇 년 후에까지도 타향 여왕의 호위병으로 가장했던 사람들은 정부에서 내어준 총을 도포 속에 감추고 온 정규군 병사들이었다고 주장하는 사람들이 있었다. 정부에서는 그런 주장을 부인하는 특별 포고문을 발표했으며, 이 참혹한 사건의 진상을 철저히 조사해서 밝히겠다고 약속했다. 그러나 진실은 끝까지 밝혀지지 않았으며, 호위병들은 아무런 도발행위가 없었는데도 지휘자가 신호를 하자 당장 전투 위치로 퍼져서 군중에게 무자비하게 발포를 했다는 얘기가 가장 그럴싸하게 들렸다. 다시 질서가 잡혔을 때에는 가짜 유목민들은 단 한 사람도 마콘도에 남아 있지 않았으며, 광장에는 죽거나 부상을 당해서 쓰러진 사람들이 많았고, 그들 가운데에는 광대가 아홉, 콜롬비아 여자가 넷, 카드에 나오는 킹이 열일곱, 악마가 하나, 방랑시인이 셋, 프랑스 귀족이 둘, 그리고 일본 왕비가 셋 있었다. 전율의 혼란 속에서도 호세 아르카디오 세군도는 미녀 레메디오스를 구출해 냈으며, 아우렐리아노 세군도는 드레스가 다 찢기고, 흰 담비케이프가 피로 얼룩진 타향에서 온 여왕을 안아 집으로 데려갔다. 그 여자의 이름은 페르난다 델 까르삐오였다. 그 여자는 전국에서 모인 5000명의 미녀들 가운데서도 가장 아름다운 미녀로 뽑혔으며, 자기에게 마다가스카르의 여왕이라는 명칭을 줄 예식에 참석하러 가자고 사람들이 유혹하는 바람에 마콘도로 따라왔다고 했다. 우르슬라는 그 여자를 친딸처럼 보살펴주었다. 마을 사람들은 그 여자의 말이 정말인지 아닌지 의심도 하지 않고, 오히려 그녀의 순진함을 동정했다.

학살사건이 있은 지 여섯 달이 지나서, 부상을 당했던 사람들의 상처가 아물고 집단묘지에서 마지막 꽃이 진 다음에 아우렐리아노 세군도는 그 여자가 아버지와 함께 살고 있는 도시로 찾아가 페르난다 델 까르삐오를 데리고 와서는 마콘도에서 결혼식을 올리고, 20일 동안이나 떠들썩하게 잔치를 열었다.

11

아우렐리아노 세군도는 페트라 코테스를 달래기 위해서 그녀를 마다 가스카르의 여왕으로 분장하게 하고 사진을 찍었다가, 결혼 두 달 만에 파경을 맞을 뻔했다. 그 사실을 알아낸 페르난다는 신혼가방을 다시 꾸리고는 작별인사도 한마디 없이 마콘도를 떠나버렸다. 아우렐리아노 세군도는 페르난다를 쫓아가서 늪지대로 빠지는 길목에서 겨우 붙잡을 수 있었다. 그는 한없이 빌고 거듭거듭 다짐을 한 다음에야 겨우 신부를 다시 집으로 데려올 수 있었으며, 그 다음부터는 첩을 거들떠보지도 않았다.

그러나 자기가 지닌 힘을 워낙 잘 알고 있었던 페트라 코테스는 조금도 걱정하는 기색을 보이지 않았다. 그녀는 그가 당당한 사내로 자란 것이 자기의 힘 때문이었음을 알고 있었다. 그가 아직 어렸을 때, 멜키아데스의 방에 틀어박혀 살면서 머릿속에는 환상적인 생각만 가득 차 현실과는 단절되어 있던 그를 밖으로 끌어내어 세상에 발붙일 곳을 마련해 준 사람도 페트라 코테스였다. 그는 천성적으로 위축되고 말이 적어서 무척 편협하고 사념적인 인간이 될 기질이 농후했지만, 그녀는 그의 성격을 완전히 바꾸어서 활동적이고, 대담하고, 융통성 있는 사람으로 만들었고, 그로 하여금 돈을 물 쓰듯 쓰고 즐기는 데에서 얻는 환희와 쾌락을 흠씬 맛보게 하여 사춘기 때부터 몰래 꿈꾸던 이상적인 남자로 그를 완전히 개조했다. 그러나 그는, 모든 아들이 결혼해서 훌쩍 떠나듯 불쑥 결혼을 해버렸다. 그는 결혼 얘기를 선뜻 페트라 코테스에게 할 용기가 없었다. 그래서 그는 난처한 입장을 벗어나고 싶어서 어린애 같은 짓을 하게 되었으니, 곧 화를 벌컥 내면서 거짓으로나마 후회한다는 표정을 지음으로써 페트라 코테스 스스로 그를 떠나게 하려고 했다. 어느 날 아우렐리아노 세군도가 이유도 없이 자기를 꾸짖으려고 하는 눈치를 채고, 페트라 코테스는 그 함정을 벗어난 다음에 모든 얘기를 솔직하게 털어놓게 하는 편이 좋겠다고 생각했다.

"뭐 그렇게 여러 말 할 필요도 없어요." 그녀는 말했다. "당신은 그 여왕하고 결혼하고 싶어서 그러는 거죠?"

거짓말을 하려다 창피한 생각이 든 아우렐리아노 세군도는 갑자기 화가 났다는 듯 위세를 부리며 자기를 잘못 보고 그런 모욕을 했다고 떠들며, 다시는 그 집을 찾아가지 않겠다고 말하고는 나가버렸다. 페트라 코테스는 휴식을 취하고 있는 짐승처럼 꼼짝 않고 앉아서 마치 아우렐리아노 세군도가 생각해 낸 새롭고 희한한 장난이라도 벌어진 듯 결혼식장에서 들려오는 음악과 폭죽이 터지는 소리를 들었다. 페트라 코테스는 자신의 기구한 팔자를 동정하는 사람들에게 오히려 미소를 보였다. "걱정들 하지 마세요." 페트라 코테스가 그들에게 말하곤 했다. "두고 보세요. 여왕이 내 심부름이나 하고 돌아다니게 될 테니까요." 도망간 애인을 다시 돌아오게 하기 위해서 그 남자의 초상화 앞에다 켜놓을 초를 한 묶음 가져다주던 옆집 여자에게 페트라 코테스는 신비한 확신을 가진 듯 말했다.

"그를 돌아오게 할 단 하나의 촛불은 언제나 불타고 있답니다."

페트라 코테스가 예상하고 있었던 대로 아우렐리아노 세군도는 신혼

여행이 끝나자마자 그녀의 집을 찾아갔다. 그는 항상 어울려 돌아다니는 친구들과 떠돌이 사진사 한 사람을 데리고, 카니발이 벌어지는 동안 페르난다가 입었던 드레스와 피로 얼룩진 흰 담비 망토를 가지고 왔다. 그날 밤 한참 기분 좋게 놀다가 흥이 잔뜩 올랐을 때 그는 페트라 코테스에게 여왕의 옷을 입히고, 그녀에게 왕관을 씌워주면서 마지막 죽는 날까지 마다가스카르의 여왕 자리를 누릴 것이라고 하고는, 그때 찍은 사진을 친구들에게 한 장씩 나누어주었다. 페트라 코테스는 소란한 그 장난을 함께 즐기면서도 한편으로는 자기와 화해를 하기 위해서 이토록 요란한 일을 치르지 않으면 안 될 만큼 그가 겁을 잔뜩 집어먹고 있다는 생각이 들어서, 속으로는 그를 불쌍히 여기기도 했다. 저녁 7시가 되자 아직도 여왕처럼 차리고 있던 페트라 코테스는 침대에서 그를 맞았다. 그는 이제 결혼한 지 겨우 두 달밖에 되지 않았지만, 그의 신방생활은 어딘가 제대로 되어가지 않는다는 것을 곧 눈치 챈 그녀는 은근한 쾌감을 맛보면서 그에게 실컷 앙갚음을 했다. 그러나 이틀 후 그는 다시 찾아올 용기가 없었던지, 자기가 직접 오지 않고 대신 중개인을 보내서 결별에 대한 조건을 협의하고자 했을 때, 체면을 위해서라면 자기 자신까지도 희생할 각오가 아우렐리아노 세군도에게 서 있음을 깨닫고, 페트라 코테스는 자기가 생각했던 것보다 훨씬 많은 참을성이 필요하리라고 생각하게 되었다. 그러나 그녀는 이때에도 조금도 당황하거나 흥분하지 않았다. 남들이 흔히 생각하고 있듯이 자기는 별로 신통한 악마도 못 된다는 것을 증명이라도 하려는 듯 페트라 코테스는 다시 한 번 조용히 물러나 아무런 말썽을 피우지 않았으며, 그녀가 간직한 물건들 가운데 아우렐리아노 세군도의 추억을 담은 것이라고는, 그가 죽어서 관에 들어갈 때나 신을 생각이라고 스스로 말했던 가죽장화 한 켤레뿐이었다. 그녀는 그 장화를 헝겊으로 싸서 트렁크 밑에 넣어두고, 별다른 절망의 느낌도 없이 추억에만 의지해서 살아갈 각오를 했다.

 "어느 날엔가 다시 찾아오겠지." 페트라 코테스는 스스로 자신을 위로했다. "적어도 죽는 날이 되면 장화를 신기 위해서라도 올 테니까."

　그러나 생각했던 대로 그렇게까지 오래 기다릴 필요는 없었다. 사실 아우렐리아노 세군도는 결혼 첫날밤부터 줄곧 자기가 가죽장화를 신으러 가게 될 날보다는 훨씬 일찍 다시 페트라 코테스의 집으로 돌아가리라는 것을 알고 있었다. 페르난다는 세상을 겪은 여자였기 때문이었다. 페르난다는 마콘도에서 약 1000킬로미터 떨어진 곳에 있는 음울한 도시에서 태어나 자랐는데, 그 도시에서는 음산한 밤만 찾아오면 옛 총독들의 귀신이 타고 가는 마차의 바퀴가 덜그럭거리는 소리를 들을 수 있었다. 오후 6시가 되면 서른두 개의 종탑에서 만가挽歌가 울려 퍼졌다. 관 뚜껑처럼 생긴 돌조각으로 지은 영주의 집 안에서는 햇빛이라고는 구경도 할 수가 없었다. 마당의 노송나무에서 침실의 장식물에서, 그리고 사철나무들이 들어선 정원의 고색이 창연한 반달문에서 바람이 잠들었다. 사춘기에 접어들 때까지 페르난다가 느낄 수 있었던 바깥 세계라고 하면, 여러 해가 흘러도 도대체 낮잠이라고는 잘 줄 모르는 옆집의 어떤 사람이 연습 삼아 열심히 두들기는 울적한 피아노 소리뿐이었다. 창문으로 들어오는 희뿌연 햇살에 초록빛으로 보이는 병든 어머니가 머무는 방에서 익숙하고 끈질기고 비정한 피아노 소리에 귀를 기울이면 그녀는 자기가 장례식에 쓰일 화환을 엮고 있는 동안에 그 음악만은 세상이 어떤지 멋대로 맛보고 있다는 생각이 들었다. 어머니는 5시만 되면 열이 올라서 지난날의 멋진 얘기만 두서없이 늘어놓았다. 아주 어린 계집아이였던 어느 달이 밝은 밤에, 페르난다는 흰옷을 입은 아름다운 여인이 교회로 가려고 정원을 지나가는 모습을 보았다. 그 여자를 본 페르난다는 그 여자에게서 20년 후의 자기 모습을 그대로 보고 있다는 생각이 불현듯 들어, 잡힐 듯 말 듯한 그 환상 때문에 마음이 편치 않았다. "그건 여왕이었던 네 증조할머니란다." 심한 기침이 잠시 멈추자 어머니가 페르난다에게 알려주었다. "마늘을 한 접이나 까다가 그만 그 독한 냄새에 돌아가시고 말았지." 여러 해가 지나서 자기가 증조할머니보다 부족할 데가 하나도 없다는 생각이 들게 되었을 때, 페르난다는 자기가 어렸을 적에 보았던 환상을 의심하게 되었고, 그랬더니 어머니는 그녀의 불신을 꾸짖었다.

"우리 집안은 말도 못할 정도로 부자이고 권력도 대단하단다." 어머니가 말했다. "너도 언젠가는 여왕이 될 테니까 두고 봐라."

비록 그때 그들이 광목 식탁보를 덮은 기다란 탁자에서 은수저를 가지고 먹을 것이라고는 초콜릿과 단빵밖에는 없었어도, 페르난다는 그 말을 믿었다. 비록 아버지 돈 페르난도가 그녀에게 혼숫감을 마련해 주려고 집을 저당 잡히기는 했어도, 페르난다는 결혼식을 올리는 그날까지 전설에 나오는 왕국을 꿈꾸었다. 너무 순진했거나 화려함에 대한 헛된 꿈을 가졌기 때문이 아니었다. 부모들이 페르난다를 그렇게 키웠기 때문이었다. 자라서 머리가 깨이게 되자, 페르난다는 자기가 아주 어렸을 때에 집안 문장이 새겨진 황금요강에다 볼 일을 보았던 때가 생각났다. 열두 살이 되자 그녀는 마차를 타고 집을 떠나서 두 구간밖에 안 떨어진 수녀원 학교로 갔다. 같이 공부를 하게 된 아이들은 페르난다가 다른 학생들과는 따로 떨어져서 혼자 허리를 꼿꼿하게 펴고 앉을 뿐 아니라, 노는 시간에도 남들과 어울리지 않는 것을 보고는 놀라움을 감추지 못했다. "그 아이는 좀 별난 데가 있어." 수녀들이 설명했다. "저 아이는 나중에 크면 여왕이 될 몸이란다." 페르난다가 그들이 여태까지 알았던 어느 누구보다도 예쁘고, 뛰어나고, 침착한 계집아이였기 때문에, 다른 아이들은 그 얘기를 정말이라고 믿었다. 8년 동안 학교에서 라틴 어로 시를 쓰거나, 클라비코드(피아노가 발명되기 전의 건반 현악기 ― 역주)를 연주하거나, 신사들과 매 사냥을 하거나, 주교들과 변증론辨證論에 대해 이야기하거나, 나랏일을 다른 나라의 수뇌들과 의논하거나 신에 대한 문제를 교황과 토론하거나 하는 것들을 모두 다 배우고 난 다음에 페르난다는 집으로 돌아가 부모와 함께 장례식에 쓸 화환을 엮는 일을 다시 시작했다. 집에 남아 있는 물건들이라고는 없어서는 안 될 가구들과 장식용 가지가 달린 은촛대와 은제 식기들뿐이었고, 나머지 일상용품은 모두 그녀의 교육비를 충당하느라고 팔아서 없어졌다. 어머니는 열병으로 이미 돌아가셨다. 검은 상복을 입고 금시계 줄을 늘인 아버지 돈 페르난도는 월요일이 되면 지난 주에 만들어놓은 조화를 몽땅 내다 판 다음에 집안 살림을 꾸리라고 은전 한 닢을 딸에게 주었다. 아버지는 거의 언제나 서재에 들어앉아 있었으며, 어쩌다가 외출을 하게 되더라도 딸과 함께 로사리오의 기도를 외우기 위해서 꼭 돌아왔다. 그녀에게는 친한 친구가 하나도 없었다. 전국을 휩쓸어 피로 물들인 전쟁에 대해서도 단 한마디도 얘기를 들은 적이 없었다. 오후 3시만 되면 꼬박꼬박 피아노 연습을 계속했다. 어느 날 조심스럽게 두 번 문을 두드리는 소리가 나서, 페르난다가 문을 열어주었다. 그녀의 앞에 상처 난 얼굴에 가슴에는 금빛 훈장을 단 멋진 장교 한 사람이 나타났던 그 순간, 그녀는 이미 여왕이 되겠다는 환상을 잃어가고 있었다. 페르난다가 예의 바르게 그를 맞았고, 그 장교는 아버지의 서재로 들어가 문을 잠그고 오랫동안 비밀스런 얘기를 계속했다. 두 시간 있다가 페르난다를 데리러 아버지가 바느질방으로 왔다. "네 짐들을 챙기도록 해라." 아버지가 말했다. "넌 아주 먼 길을 떠나게 되었단다." 그렇게 해서 페르난다는 카니발이 벌어진 마콘도로 오게 되었다. 단 하루 사이에, 페르난다에게 오랫동안 숨겨져 왔던 삶이 한꺼번에 현실로 나타나자, 그녀는 가누지 못할 만큼 심한 충격을 받았다. 집으로 다시 돌아온 페르난다는, 이미 묘한 운명으로 딸이 받았을 상처를 지워주려고 돈 페르난도가 늘어놓는 온갖 애원과 설명에는 귀도 기울이지 않고 방 안에 틀어박혀 울기만 했다. 아우렐리아노 세군도가 그녀를 데려가려고 찾아왔을 때에는, 페르난다는 죽는 날까지 다시는 자기 방을 떠나지 않겠다고 맹세했던 참이었다.

모든 것이 다 운명의 탓이었는지는 몰라도, 하여튼 페르난다는 분노와 혼란에 휘말리고 자신에 대한 수치심을 느낀 나머지, 결코 자기의 진짜 신분을 알아내지 못하게 하기 위해서 아우렐리아노 세군도에게 거짓말을 했다. 그래서 아우렐리아노 세군도가 그녀를 찾아 나섰을 때에는,

페르난다에 대해서 그가 알고 있었던 점이라고는 얘기할 때 쉽게 구별이 가는 고지대의 억양을 쓴다는 것과, 조화를 만들어 판다는 것뿐이었다. 그는 쉬지 않고 그녀를 찾아다녔다. 마콘도를 일으켜 세우기 위해서 산맥을 넘었던 아르카디오 부엔디아의 결심과, 헛되이 끝나버리고 만 전쟁을 이끌어가던 아우렐리아노 부엔디아 대령의 맹목적인 긍지와, 아무리 세월이 흘러도 끈질기게 살아가는 우르슬라의 광적인 참을성을 가슴속에 지닌 채 아우렐리아노 세군도는 조금도 쉬지 않고 페르난다를 찾아다녔다. 조화를 파는 집이 어디에 있느냐고 물으면, 사람들은 가장 훌륭한 꽃을 사다가 장례식에 쓰게 해주려고 아우렐리아노 세군도를 끌고 이집 저집으로 안내했다. 그리고 이 세상에서 가장 아름다운 여자를 자기가 찾고 있다고 얘기를 하면, 만나는 여자들마다 하나같이 자기 집 딸들을 끌고 왔다. 그는 안개 낀 갈래길에서 방향을 잃었고, 망각 속에서 헤맸으며, 실망의 미로에서 방황했다. 그는 사람들의 생각이 소리로 메아리치고 불안한 마음이 불길한 신기루가 되어 피어오르는 누런 황무지를 건넜다. 몇 주일 동안 헛고생을 하고 난 다음에 그는 여기저기서 종들이 만가挽歌를 울리는 이름 모를 도시에 이르렀다. 그는 이상하게도 첫눈에, 삭아서 구멍이 파인 벽과 벌레가 먹어서 무너져가는 발코니와, 비바람에 거의 다 지워진 초라한 간판에 씌어 있는 '조화 팝니다' 라는 글을 보고는 언젠가 어디서 본 듯한 친근감이 들었다. 바로 그 순간부터 페르난다가 수녀원장의 보호를 받으며 집을 떠났던 날씨가 쌀쌀한 어느 날 아침까지 수녀들은 혼숫감을 장만하고, 지난 200년 동안 가문이 서서히 몰락해 왔음에도 불구하고 끝까지 남은 은촛대와 은제 식기와 금으로 만든 요강과, 그리고 다른 수많은 허섭스레기들을 여섯 개의 트렁크에다 꾸려 넣느라고 눈코 뜰 사이가 없었다. 돈 페르난도는 같이 가자고 한 그들의 제안을 받아들이지 않았다. 남은 일들을 모두 처리하고 나면 뒤따라가겠다고 하고서, 그는 딸에게 축복을 기도한 다음에 곧장 서재로 들어가서 애도하는 듯한 글을 쓰고 집안의 문장을 그려 넣고는 결혼을 알리는 그 편지를 다른 사람들에게 보냈다. 이것은 페르난다와 그녀의 아버지가 평생 동안 바깥세상 사람들과 가졌던 최초의 진지한 접촉이었다. 그날은 페르난다가 진실로 세상에 태어난 생일을 맞은 것이기도 했다. 그러나 아우렐리아노 세군도에게는 결혼이 행복의 시초이면서 동시에 종말이기도 했다.

페르난다는 자기의 영혼을 돌봐주던 수녀원장이 보랏빛 잉크로 금욕을 해야 할 날들을 표시해 준, 작은 황금열쇠가 달린 달력을 몸에 지니고 다녔다. 부활주일 일요일, 성스러운 날들, 매달 첫 금요일, 피정 기간, 성찬일, 그리고 주기적으로 찾아오는 날은 모두 제하면, 페르난다가 남편과 관계를 가져도 좋은 날은 1년에 42일로 줄어들고, 그날들은 자줏빛 × 표 사이에 듬성듬성 흩어져 있었다. 이 잔혹한 일정표에서 언젠가는 풀려날 날이 오리라고 믿은 아우렐리아노 세군도는 그래서 일부러 결혼 잔치를 뒤로 미루었다. 집 안을 치우느라고 브랜디와 샴페인 빈 병들을 날마다 거두어내는 데 짜증이 나고, 폭죽과 음악이 요란히 울리는 가운데 남들은 소를 잡아 잔치를 벌이느라고 바쁜데, 신부와 신랑은 다른 방에서 다른 시간에 따로따로 자는 것을 알아채고 머리가 복잡해진 우르슬라는 불현듯 자기의 신혼생활이 생각나서, 얼마 못 가 이웃 사람들의 놀림감이 되고, 결국은 비극을 초래할지도 모를 정조대를 혹시 페르난다도 차고 있지 않을까 궁금했다. 그러나 페르난다는 두 주일만 지나면 남편에게 자기 몸을 허락할 생각이니 조금도 걱정을 마시라고 그랬다. 아닌 게 아니라 그 기간이 지나고 나니까 페르난다는 죄 없는 희생자에게 속죄해야 할 필요가 있다고 체념하고 침실의 문을 열어주었으며, 방 안에 들어선 아우렐리아노 세군도는 베개 위에 긴 구릿빛 머리카락을 늘어뜨린 겁에 질린 동물 같은, 그러나 눈빛은 영광으로 불타는, 세상에서 가장 아름다운 여자를 눈앞에 볼 수 있었다. 그 환상적인 모습에 너무 홀렸던 그는 페르난다가 소매가 길고, 단춧구멍이 둥글며, 커다랗고 섬세하게 옷섶을 손질한 하얀 드레스를 발목까지 덮히도록 입었음을 처음에는 눈치 채지 못했다. 아우렐리아노 세군도는 터져 나오는 웃음을 참을 길이 없었다.

"내 평생에 이토록 정숙한 장면은 처음 보겠어." 그의 웃음소리가 집 안에 쩌렁쩌렁 울렸다. "내가 순결한 수녀하고 결혼했단 말이지."

아내의 잠옷을 끝내 벗기지 못한 그는 결혼한 지 한 달이 지나자 페트라 코테스를 여왕처럼 꾸며놓고 사진을 찍었다. 나중에 그가 다시 페르난다를 집으로 데리고 왔을 때, 아내는 화해를 하고 싶다는 욕심에 억지로 그의 욕정에 응해 주기도 했지만, 그가 아내를 데리러 서른두 개의 종탑에서 만가가 울리는 도시로 갔던 이후로 그는 아내로부터 자기가 그토록 꿈꾸던 만족감은 얻은 적이 없었다. 아우렐리아노 세군도는 헤어나지 못할 만큼 깊은 외로움만을 아내에게서 느꼈다. 첫아이가 태어나기 얼마 전, 어느 날 밤에 페르난다는 남편이 은밀하게 페트라 코테스의 침대로 다시 찾아갔다는 사실을 알게 되었다.

"그래, 갔었어." 그는 서슴지 않고 대답했다. 그러고는 어떻게 해볼 방법이 없다는 듯 체념한 목소리로 말했다. "하지만 가축들이 새끼를 잘 치게 하려고 그랬을 뿐이지 다른 뜻은 없어."

그처럼 이상한 변명을 가지고 아내를 납득시키기 위해서는 시간이 좀 필요했지만, 아무튼 반박할 수도 없는 증거를 대가면서 마침내 설득에 성공했고, 페르난다는 남편이 첩의 침대에서 급살을 맞아도 모르는 체할 테니 섭섭해하지 않겠다는 약속을 하라고 대들다가 흐지부지 그만두었다. 그래서 세 사람은 서로 간섭을 하지 않으며 살아가게 되었다. 아우렐리아노 세군도는 시간을 정확히 배당하면서 두 여자를 다 사랑해 주었고, 페트라 코테스는 화해가 이루어져 으쓱해졌고, 페르난다는 아무것도 모르는 체했다.

그러나 페르난다를 한집안 식구로 만드는 일만은 실패했다. 우르슬라는 페르난다에게 남편의 밤시중을 드는 동안만이라도 그 주름이 잔뜩 잡힌 구식 옷을 벗어버리라고 했지만 소용이 없었고, 이웃 사람들은 침대에서의 페르난다의 옷차림을 두고 수군거렸다. 욕실이나 화장실에서 일을 보고 황금요강은 아우렐리아노 부엔디아 대령에게 황금물고기나 만들게 하라고 암만 얘기해도 페르난다는 막무가내였다. 아마란타는 자기가 쓰는 어휘들이 천박한 데다 페르난다가 얘기할 때는 걸핏하면 상징적인 화법을 구사해서 좀 아니꼬운 생각이 들어, 골탕을 먹이려고 일부러 말을 빨리 하며 지껄여댔다.

"너버느븐 구붕두붕이비르블 사바시비나바무부처버러범 흐븐드블어버대밴다바." 약이 오른 아마란타는 걸핏하면 알아듣기 힘든 말장난을 쳐댔다.

자기를 놀리는 것 같아서 화가 난 페르난다는 어느 날, 아마란타가 자기에게 하는 말이 도대체 무슨 말인지 알고 싶어서 그것이 무슨 소리냐고 물었고, 그랬더니 아마란타는 제대로 이렇게 말했다.

"내가 무슨 말을 했냐고?" 아마란타가 말했다. "너는 궁둥이를 사시나무처럼 흔들어댄다고 그랬지."

그때부터 그들은 서로 얘기를 하지 않았다. 어쩌다가 꼭 할 얘기가 있으면 쪽지에 글로 적어서 주고받았다. 비록 집안 식구들의 반발이 대단하기는 했어도, 페르난다는 굽히지 않고 자기의 조상들이 지켜온 관습을 끝까지 살리려고 했다. 배가 고파서 먹을 생각이 나면 아무 때나 부엌으로 가서 식사를 하는 식구들의 버릇을 바로잡고, 페르난다는 지정된 식사 시간이 되면 모든 식구가 다함께 식당에 모여서 밥상보를 씌우고 은촛대를 올려놓은 식탁에 둘러앉아 은식기로 식사를 하도록 요구했다. 우르슬라가 생각하기에도 하루의 일과 가운데 가장 간단했던 식사 시간이 이토록 장엄해지자, 가장 말이 없는 호세 아르카디오 세군도가 그 삼엄한 예식에 제일 먼저 반발을 했다. 그러나 이 새로운 습관은 저녁식사에 앞서서 로사리오의 기도를 드리는 일이나 마찬가지로 억지로 실행되었고, 이 예식은 곧 이웃 사람들의 호기심을 끌게 되어 얼마 안 있어서 이웃들 사이에는, 부엔디아 집안에서는 식사를 할 때도 남들처럼 식탁에 앉아서 먹지를 않고, 때마다 대미사를 드린다는 소문이 퍼졌다.

전통적으로 물려받았다기보다 그때그때 얻은 영감으로 이루어진 우르슬라의 신앙은, 부모에게서 조직적으로 물려받아 잘 정리된 페르난다의 신앙과 걸핏하면 충돌을 빚었다. 그래도 우르슬라가 제대로 기동을 하는 동안만은 그나마 옛 관습들이 지켜졌고, 식구들의 생활에서는 감정적인 요소가 그대로 남았지만, 우르슬라가 눈이 잘 안 보이게 되고 나이가 너무 먹어 구석으로 밀려나게 되자, 처음 시집을 올 때부터 나타나던 페르난다의 끈질긴 성격이 마음대로 발휘되어 드디어 집안 운명은 페르난다에 의해 좌우되기에 이르렀다. 우르슬라의 뜻을 이어받아서 산타 소피아 드 라 삐에다드가 운영하던, 빵이나 작은 동물과자를 만드는 사업을 하잘것없는 일이라고 단정한 페르난다는 그 사업을 중단하게 하는 데 주저할 까닭이 없었다. 새벽부터 잠자리에 들 때까지 항상 활짝 열어두던 문들은 햇빛이 들어 침실 안에 열기가 찬다는 이유로 낮잠 시간에 모두 닫아버렸고, 결국 그 문들은 열리는 일이 없게 되었다. 마을이 처음 설 때부터 문 위에 모아두었던 알로에 가지와 빵 덩어리는 자취를 감추었고, 그 자리에는 대신 예수의 성심聖心을 안치하는 적소適所가 자리 잡았다. 아우렐리아노 부엔디아 대령은 어떻게 알았는지 이러한 집안의 변화를 알았으며, 그 결과도 예견했다. "우리도 이젠 귀족들이 되어가고 있군." 그는 못마땅한 목소리로 말했다. "이런 식으로 나가다가는 보수파 정권하고 또 한 번 싸움을 벌여야 할 판이군. 왕정을 수립하기 위해서 말이야." 페르난다는 그의 기분에 어긋나지 않으려고 용의주도하게 처신했다. 그녀는 속으로 그의 자주적인 사고방식이나 온갖 사회적인 인습에 대한 반항을 은근히 꺼렸다. 페르난다는 새벽 5시에 커피를 마시는 그의 습관이나, 작업실의 지저분한 분위기나, 다 떨어진 그의 담요나, 해질녘이면 길바닥에 나앉는 그를 보면 울화가 치밀었다. 그러나 그 늙은 대령이 오랜 세월과 실망을 겪으면서 다소곳해진 맹수로서, 노망기 든 반발심으로 발작을 일으켜 집안을 뿌리째 뒤흔들어놓을 수 있는 사람임을 알고 있었기 때문에 페르난다는 이 집안의 조직 가운데 이가 맞지 않는 한 부분품인 아우렐리아노 부엔디아 대령만큼은 억지로라도 참아주기로 했다. 첫아들이 태어나서 남편이 증조할아버지를 따라서 이름을 짓자고 했을 때, 시집을 온 지 1년밖에 안 된 페르난다는 감히 반대할 엄두도 내지 못했다. 그러나 첫딸을 낳은 다음에는 그 아기의 이름을 친정어머니를 따라 레난타라고 짓겠다고 강력히 고집했다. 우르슬라는 그 아이를 레메디오스라고 부르자고 했다. 아우렐리아노 세군도가 두 사람을 중재하는 역할을 맡은 가운데, 그 대립은 끝났고 그들은 그 아기를 레난타 레메디오스라고 이름 지어 영세를 받게 했지만, 페르난다는 굽히지 않고 레난타라고만 불렀으며, 남편의 식구들이나 이웃 사람들은 레메디오스라는 이름을 줄여서 레메라고 불렀다.

　페르난다는 처음에 친정 식구들에 대해서는 거의 얘기를 하는 일이 없었으나 시간이 흐름에 따라 친정아버지를 조금씩 이상화하기 시작했다. 식탁에서 그녀가 하는 얘기를 듣고 있노라면, 돈 페르난도는 모든 허영과 헛된 생각을 초월한 인간으로서 머지않아 틀림없이 성인聖人이 될 사람처럼 들릴 정도였다. 장인을 거침없이 영광된 성인으로 추켜세우는 얘기를 듣고 처음에는 놀랐던 아우렐리아노 세군도는 곧 아내가 듣지 않는 곳에서 심심하면 그 얘기를 우스갯거리로 삼았다. 다른 식구들도 그를 본떴다. 집안의 조화를 유지하려고 무척이나 세심하게 신경을 쓰면서 집안에 마찰이 생기면 속으로 고통을 참고 있던 우르슬라까지도 자기의 4대 손자가 '성인의 손자이며, 여왕과 소도둑의 아들'이기 때문에 틀림없이 장차 교황 자리에 오르리라고 농담을 했다. 다른 식구들이 말없이 미소를 지으면서 재미있어하는 사이에 아이들은 그들의 외할아버지가 성스러운 시구詩句로 편지를 쓰고, 크리스마스가 오면 문으로 가지고 들어오기가 힘들 만큼 많은 선물을 보내는 전설적인 사람이라는 생각을 차츰 가지게 되었다. 알고 보면 그 선물들이란 유산으로 물려받은 영광스런 옛날의 찌꺼기들이었다. 그들은 그것들을 가져다가 아이들의 침실에다 제단을 만들고, 그 옆에는 좀더 실감나게 보이라고 안경까지 걸쳐준 사람만한 성인聖人 석고상을 세웠는데, 그 성인은 마콘도의 어떤 주민이 입은 옷보다도 더 멋있게 수를 놓은 옷을 걸치고 있었다. 낡고 추운 집 안에 감돌던 화려한 장례식 분위기는 조금씩 조금씩 부엔디아 집안으로 옮겨왔다. "온 집안 식구들이 벌써 다 죽어서 공동묘지에 온 기분이군." 어느 날 아우렐리아노 세군도가 한마디 했다. "이제 비석하고 늘어진 수 양버들만 있으면 제대로 구색을 갖추겠어." 아이들이 가지고 놀 만한 선물이 담긴 상자가 온 일은 한 번도 없었지만, 골동품 같은 선물조차도 그나마 1년 내내 구경도 할 수 없었기 때문에 아이들은 해마다 12월이 오기를 기다렸다. 어린 호세 아르카디오가 신학교에 갈 준비를 할 무렵 열 번째 크리스마스를 맞았는데, 단단히 못질을 하고 송진으로 빈틈없이 막은 다음에 낯익은 모난 글씨로 도나 페르난다 델 까르삐오 드 부엔디아 부인 귀하라고 주소를 써 넣은, 외할아버지가 보낸 어마어마하게 큰 상자가 그해에는 다른 때와 달리 좀 일찍 도착했다. 페르난다가 방 안에서 편지를 읽는 동안에 아이들은 그 상자를 열었다. 해마다 그랬듯이 아우렐리아노 세군도의 도움을 받으면서 그들은 봉함을 떼고, 뚜껑을 열고, 빈칸에 채워 넣은 톱밥을 퍼내고, 안에 들어 있는, 납으로 만들어 놋쇠 못으로 조인 기다란 상자를 찾아냈다. 아우렐리아노 세군도는 아이들이 조바심을 내며 기다리는 가운데 여덟 개의 놋쇠 못을 풀어내고, 납뚜껑을 열고 안을 들여다본 순간 소리를 지르며 아이들을 옆으로 밀쳐냈다. 그 납상자 속에는 거품이 이는 스튜처럼 피부가 짓물러 터지고 악취를 풍기는 돈 페르난도가 검은 옷을 입고 가슴에는 십자가를 얹은 채 누워 있었다.

딸이 태어난 지 얼마 안 되어, 네에를란디아 조약의 기념일을 축하하는 뜻에서 아우렐리아노 부엔디아 대령을 위한 축제를 열기로 한다는 정부의 계획이 갑작스레 발표되었다. 도대체 정부의 시책과는 조금도 어울릴 듯싶지가 않은 그 행사에 대한 얘기를 듣고, 대령은 그 계획에 맹렬히 반대하면서 그 영광을 거절했다. "난 축제라는 말조차 처음 들어." 그는 말했다. "축제가 뭐에다 쓰는 건지 내 알 바 아니지만, 하여튼 어딘가 좀 수상한 낌새가 있단 말이야." 좁아터진 작업실은 사절들로 가득 찼다. 옛날에는 대령의 주위를 맴돌며 까마귀들이 날개를 치듯 파닥거리면서 따라다니던 그들이 이제는 나이도 먹고 풍채도 그럴 듯한 의원들이 되어 검은 옷들을 입고 돌아왔다. 전쟁을 끝내려고 그들이 찾아왔을 때도 그랬지만, 이번에도 대령은 그들의 찬사가 비꼬는 얘기로만 들렸다. 그는 그들에게 자기가 민족의 영웅은커녕, 기껏해야 일하다가 지쳐서 황금물고기에 둘러싸여 망각과 고난 속에서 죽기만을 유일한 꿈으로 가진 하잘 것없는 장인匠人에 지나지 않으니 조용히 혼자 지낼 수 있게 내버려두고 어서 돌아가라고 명령했다. 대령의 성미를 가장 심하게 건드린 얘기는, 마콘도에서 열릴 그 식전에 공화국의 대통령이 몸소 참석해서 그에게 명예훈장을 달아 줄 계획이라는 것이었다. 아우렐리아노 부엔디아 대령은 사절에게 한마디씩 또박또박, 전체주의적인 행동을 했거나 그의 정권이 시대착오를 범해서라기보다는 아무에게도 해를 끼치지 않는 노인을 조금도 존경할 줄 모르는 그 처사가 괘씸해서, 비록 좀 늦기는 해도 대통령이 이곳에 오면 꼭 그를 쏘아 죽이겠다고 말했다. 그의 협박이 어찌나 지독했던지 공화국의 대통령은 마지막 순간에 마콘도를 방문할 계획을 포기하고 사절을 통해 훈장을 보냈다. 온갖 압력에 견디다 못해서 게리넬도 마르케스 대령은 중풍으로 누워 있던 몸을 이끌고 전날의 전우를 설득하려고 집을 나섰다. 네 사람이 들어 나르는 흔들의자에 실려서 커다란 베개들 사이에 몸을 눕히고 오는, 젊은 시절에 언제나 승리와 패배를 함께 나누던 친구의 모습을 보자, 아우렐리아노 부엔디아 대령은 자기의 행동에 공감을 표하기 위해 저렇게 힘을 들여서 자기를 찾아오고 있구나 하고 생각했다. 그러나 그가 찾아온 본디 목적을 알게 되자, 그는 친구를 작업실에서 쫓아냈다.

"너무 늦기는 했지만 그래도 이제는 무엇이 올바른 일인지를 가릴 수

240

있게 되었어." 그는 게리넬도 마르케스 대령에게 말했다. "그때 자네가 총살을 당하도록 그냥 내버려두었더라면 그것이 오히려 자네를 위해서 좋았을 텐데."

그리하여 부엔디아 집안사람들이 아무도 참석하지 않은 가운데 축제는 계획대로 진행되었다. 이 축제는 우연히도 사육제 주일과 같은 때에 거행되었는데, 아무도 이 우연이 그를 더욱 잔인하게 모욕하기 위해서 정부에서 일부러 꾸민 짓이라는 생각을 아우렐리아노 부엔디아 대령의 머리에서 지워낼 수가 없었다. 외로운 작업실에서 그는 군대 음악과 예포, 성당의 종소리와 그의 성을 따서 이름을 붙인 집 앞 길거리에서 들려오는 연설 소리를 들었다. 그의 눈에는 분노의 눈물이 글썽거렸고, 전쟁에 패배하고 나서는 처음으로, 지금 자기에게 보수파 정권을 깡그리 휩쓸어버릴 전쟁을 시작할 만한 젊음과 힘이 없는 것을 분하게 여겼다. 우르슬라가 작업실 문을 두드렸을 때에도 그에 대한 찬사는 아직도 밖에서 계속되고 있었다.

"귀찮게 굴지 말아요." 그는 말했다. "난 바쁩니다."

"어서 문 열어라." 우르슬라가 예사로운 목소리로 말했다. "축제하고는 아무 상관이 없는 일이니까."

아우렐리아노 부엔디아 대령이 빗장을 내리고 문을 열었더니, 그곳에는 저마다 얼굴이 다르고, 모습이나 피부 빛깔도 제각각이었지만, 이 세상 어디에 가 있더라도 그들이 누구인지를 한눈에 알아볼 수 있는 고독한 분위기를 지닌 열일곱 명의 사내들이 서 있었다. 그들은 모두 그의 아들들이었다. 미리 약속을 한 일도 없었고, 서로 모르는 사이였지만, 그들은 축제에 대한 얘기를 듣고 전국 각지에서 먼 거리를 여행해서 왔다. 그들은 모두 아우렐리아노라는 자랑스러운 이름을 갖고, 성은 제각기 어머니의 성을 따랐다. 우르슬라에게는 큰 기쁨을 안겨주었고, 페르난다에게는 기가 막힐 지경이던 사흘 동안에 그들은 마치 큰 전쟁을 치르기라도 하는 듯 법석을 떨었다. 우르슬라는 그들의 이름과, 생일과, 영세를 받은 날짜를 기록해 둔 장부를 찾아내어서 빈 칸에 그들의 현주소를 적어 넣었다. 그 명단은 20년에 걸친 전쟁을 생생하게 보여주었다. 그 명단을 훑어 내려가면 환상적인 혁명을 위해 스물한 명의 부하를 거느리고 그가 새벽에 마콘도를 떠나던 바로 그날부터 피가 뻣뻣하게 말라붙은 담요에 싸여 돌아오던 날까지 대령이 어디에서 어떻게 밤을 보냈는지 그 일정표가 명확하게 나타났다. 아우렐리아노 세군도는 마침 좋은 기회라도 만났다 싶어서 축제가 열리는 통에 어물어물 지나가 버린 사육제를 뒤늦게나마 즐기자고 사촌들에게 샴페인과 아코디언으로 흥청대는 잔치를 열어주었다. 그들은 집에 있던 접시를 반이나 깨뜨려버렸고, 붙들어 매려다가 놓쳐서 달아나는 소를 쫓아다니느라고 장미 밭을 엉망으로 짓밟아놓고, 총을 쏘아대며 닭을 잡았고, 아마란타로 하여금 피에트로 크레스피에게서 배운 슬픈 왈츠를 추게 했고, 미녀 레메디오스에게 남자 바지를 입혀서 기름을 바른 장대를 기어오르게 했고, 식당에서는 미끈미끈하게 돼지기름을 바른 산돼지를 풀어놓아 난리를 쳐서 페르난다가 질색을 하게 하였다. 이렇게 오래간만에 집안에 활기가 지진처럼 일게 되자 집안 물건이 부서지는 것쯤은 페르난다 말고는 조금도 안타깝게 생각하는 사람이 없었다. 아우렐리아노 부엔디아 대령은 처음에 그들을 불신하는 태도로 맞았고, 그들 가운데 몇 명은 자기의 진짜 아들이 아닐지도 모른다는 의심을 했지만, 그들의 거친 장난에 곧 마음이 흐뭇해져서 떠나기 전에 그들에게 황금물고기를 나누어주기까지 했다. 소심한 호세 아르카디오 세군도까지도 흥이 나서 오후에 그들에게 닭싸움을 보여주었지만, 몇 명의 아우렐리아노들은 안토니오 이사벨 신부의 속임수쯤은 한눈에 간파할 수 있을 만큼 닭싸움에는 명수여서, 잘못하다가는 말썽이 생길 뻔했다. 마친 사람들 같은 친척들과 어울리면 앞으로도 한없이 신나게 놀아댈 수 있으리라는 생각이 들었던 아우렐리아노 세군도는 그들에게 모두 마콘도에 정착해서 같이 일을 하자고 제안했다. 그 제안을 받아들인 아우렐리아노는 할아버지의 탐험심과 행동력을 타고난 몸집이 큰 혼혈아 아우렐리아노 트리스테뿐이었다. 그는 이미 전 세계의 반을 헤매고 돌아다니며 자기의 운명을 시험했기 때문에 이제 와서는 어디에 정착해서 사느냐 하는 문제는 별로 상관이 없었다. 다른 아우렐리아노들은 비록 아직 결혼도 안 한 몸이기는 했지만, 이미 저마다 기반을 닦아놓았기 때문에 그 제안에 관심이 없었다. 그들은 가정을 가졌고, 재주가 있는 사람들이었으며, 평화를 사랑했다. 그들이 해안 지역으로 뿔뿔이 흩어져 떠나기 전 성회일聖灰日에 아마란타는 그들에게 옷을 차려 입혀서 성당으로 데려갔다. 신앙심이 깊어서라기보다는 흥미를 느껴서, 별다른 생각도 없이 그들은 신부 앞으로 나갔고, 안토니오 이사벨 신부는 재로 그들의 이마에 십자가를 그려주었다. 집으로 돌아온 다음에 막내 아우렐리아노는 이마를 닦으려고 하다가 자기의 십자가 표지뿐만 아니라 형들의 십자가도 지워지지 않음을 알았다. 그래서 그들은 물과 비누로, 흙으로, 솔로 문지르고 심지어는 경석輕石과 양잿물까지 써서 지우려고 했지만 아무 소용이 없었다. 그러나 아마란타나 미사에 갔던 다른 사람들은 십자가를 지우는 데 하나도 힘이 들지 않았다. "그것 참 오히려 잘됐구나." 우르슬라는 그들과 작별인사를 나누면서 말했다. "이제부터는 너희들을 알아보기가 훨씬 수월하겠어." 그들은 악대를 앞세우고 폭죽을 터뜨리면서 줄을 지어 떠났고, 마콘도 사람들은 그들을 보고 부엔디아의 핏줄은 몇 세기를 지나도 절대로 끊어지지 않으리라는 인상을 받았다. 이마에 재 십자가를 한 아우렐리아노 트리스테는 마을 주변에 호세 아르카디오 부엔디아가 한창 발명에 미쳤을 때 꿈꾸었던 얼음 공장을 세우느라고 바쁘게 돌아다녔다.

도착한 지 몇 달이 안 되어서 어느새 이름도 나고 호감을 사게 된 아우렐리아노 트리스테는 어머니와 (대령의 딸이 아닌) 여동생을 데려다 함께 살 집을 마련하려고 알아보다가 광장 한쪽 구석에 오랫동안 돌보지 않고 내버려둔 낡고 커다란 집에 흥미를 느꼈다. 그는 누가 그 집의 주인이냐고 물었다. 어떤 사람이 말하기를, 그 집은 지금 주인이 없으나 옛날에는 흙과 담벼락에서 석회를 긁어먹는 어떤 여자가 살았으며, 사람들이 그 여자를 마지막으로 본 것은 작은 조화를 모자에 달고 낡은 은빛 구두를 신고 대주교에게 보낼 편지를 부치러 우체국으로 가기 위해서 두 번집을 나서서 광장을 건넜을 때였다고 알려주었다. 사람들에게 얘기를 들어보니, 그 여자는 개건 고양이건 집 안으로 들어오는 짐승이란 짐승은 가리지 않고 모조리 죽여 그 시체를 길에다 내버려 주민들이 그 악취에 얼굴을 찌푸리게 만든 인정머리 없는 하녀와 함께 살았는데, 그 집에서 마지막으로 버린 죽은 동물이 햇볕에 북어처럼 바짝 마른 일도 벌써 오래전이어서, 그 집에서 살던 여자와 하녀는 전쟁이 끝나기 훨씬 전에 벌써 죽었으리라고 모두들 믿게 되었으며, 아무도 그 집에 살지 않는데도 집이 무너지지 않은 까닭은 지난 몇 해 동안 태풍이 분 적도 없고, 겨울나기도 심하지 않았던 덕택이라고 믿는 것 같았다. 그 집의 문틀과 경첩은 녹이 슬어 삭았고, 문들은 엉킨 거미줄에 매달려 겨우겨우 달려 있었으며, 창문은 습기가 차서 부풀어 땜질이라도 한 듯 꼼짝도 하지 않았고, 마룻바닥에는 여기저기 잡초와 들꽃들이 피었으며, 갈라진 마루 틈에는 적어도 지난 50년 동안에 이곳에서 아무도 살지 않았음을 확인이라도 하듯 온갖 벌레들과 도마뱀들이 자리를 잡아 살고 있었다. 그러나 성미가 급한 아우렐리아노 트리스테는 그런 것들에 별 신경을 쓰지 않고 집 안으로 들어섰다. 그가 어깨로 가운데 문을 밀어서 열었더니 벌레에 먹힌 낡은 나무문들이 먼지와 벌레들이 범벅이 된 마룻바닥에 소리 없이 넘어져 떨어졌다. 아우렐리아노 트리스테가 문간에 서서 먼지가 가라앉기를 기다려 시야가 걷힌 다음에 보니 방 한가운데에 지난 세기에나 입던 옷을 아직도 입고 대머리가 벗겨진 머리에는 노란 머리카락이 몇 가닥만 남고, 희망의 마지막 별빛이 이미 다 꺼지기는 했어도 아직도 아름다운 커다란 두 눈망울을 지니고, 얼굴의 피부는 고독의 쓰라림으로 주름 진 한 추한 여자가 서 있었다. 마치 다른 세계에서 오기라도 한 듯한 그 모습에 어찌나 놀랐던지 아우렐리아노 트리스테는 그 여자가 자기를 겨누고 있는 낡은 구식 권총을 처음에는 알아보지 못했다.

"실례하겠습니다." 그는 입속말로 중얼거렸다.

그 여자는 눈앞에 나타난 어깨가 딱 벌어지고 이마에는 재로 십자가의 문신을 박은 거인을 조금씩 뜯어보면서 잡동사니가 가득 찬 방 한가운데 꼼짝 않고 서 있었으며, 곧 찾아온 거인에게서 옛날에 먼지안개를 헤치고 나타나곤 하던, 어깨에 쌍발엽총을 메고 손에는 토끼를 줄에 꿰어 든 낯익은 사람을 연상하게 되었다.

"하느님, 굽어 살피소서." 그 여자는 작은 목소리로 중얼거렸다. "저에게 옛 추억이 다시 떠오르도록 저에게 그를 보내시는 일이 없게끔 해주십시오."

"이 집에 세를 들고 싶어서 왔는데요." 아우렐리아노 트리스테가 말했다.

그 여자는 권총을 높이 들어서, 팔목을 받치면서 그의 이마에 재로 그린 십자가를 겨누고 어떤 애원도 들어주지 않을 만큼 단호한 결심으로 방아쇠에 손가락을 걸었다.

"어서 나가요." 여자가 명령했다.

그날 밤 저녁을 먹으면서 아우렐리아노 트리스테는 집안 식구들에게 아까 있었던 일을 얘기했으며, 그 애기를 들은 우르슬라는 당황해서 울기 시작했다. "아, 하느님, 이럴 수가." 우르슬라는 손으로 머리를 쥐어뜯으면서 한탄했다. "아직도 그 애가 살아 있다니!" 시간과 전쟁에 쫓기고, 날마다 고된 생활을 하다보니 우르슬라는 그만 레베카에 대한 일을 까맣게 잊고 살아왔다. 레베카가 아직도 살아 있으면서 버림받은 집에 파묻혀 썩어가고 있다는 것을 잠시도 잊지 않고 항상 의식하고 있었던 사람은 늙어가면서도 마음은 언제나 세심했던 아마란타뿐이었다. 아마란타는 외로운 침대에서 마음속의 차가운 얼음에 잠이 깨어 일어나는 새벽이면 레베카를 생각했고, 지금은 다 쭈그러진 젖가슴이나 가냘픈 뱃가죽에 비누질을 하면서, 빳빳하게 풀을 먹인 속치마를 입거나 구식 코르

셋을 차면서, 그리고 손에 감은 검은 붕대를 새 것으로 갈 때마다 레베카를 생각했다. 언제나, 어느 순간이나, 잠을 자거나 깨어 있거나, 가장 황홀한 순간이나 가장 두려운 절망의 순간에도 아마란타는 레베카에 대한 생각만 했으니, 그것은 고독이 추억을 정리하여 마음속에 누적되었던 인생의 감상적인 쓰레기 더미를 불태워 없애고, 추려낸 추억을 순수하게 하고, 확대하고, 그리고 가장 쓰라린 부분들만 영원히 남게 하였기 때문이었다. 미녀 레메디오스는 레베카에 대한 얘기를 아마란타에게서 들어 알고 있었다. 쓰러져가는 그 집 앞을 지날 때마다 아마란타는 증오에 얽힌 불쾌한 사건에 대한 얘기를 하면서, 옛날부터 지녀온 악감정을 조카와 나누려고 했지만, 남의 감정은 젖혀놓고 자기 자신에 대한 것조차 모든 격렬한 감정에는 면역이 되어 있는 미녀 레메디오스였는지라 그 계획은 실패로 끝나고 말았다. 아마란타와는 반대쪽 편에 서서 고통을 겪었던 우르술라는 레베카에 대한 불결한 기억도 모두 잊고, 부모의 뼈를 담은 자루를 가지고 나타났던 어렸을 때의 모습만 생각날 뿐, 이제는 한집안 식구라고 생각조차 하지 않았다. 아우렐리아노 세군도는 집으로 레베카를 데려다가 돌봐주기로 작정했지만 그의 착한 행동은 고독의 특권을 누리기 위해서 오랜 세월을 고통 속에서 비참하게 살아왔고, 거짓된 자선에 흔들리지 않을 만큼 나이를 먹은 레베카의 굽힐 줄 모르는 비타협적인 자세 때문에 좌절되고 말았다.

아직도 이마에 십자가 표시가 지워지지 않은 아우렐리아노 부엔디아 대령의 열여섯 아들들이 다시 찾아온 2월, 떠들썩한 잔치를 벌이는 자리에서 아우렐리아노 트리스테는 그들에게 레베카에 대한 얘기를 했고, 그 얘기를 듣고 그들은 한꺼번에 달라붙어서 문짝과 창문을 새로 만들어 달고, 밝은 빛깔로 집에 페인트를 칠하고 벽에는 버팀대를 대고, 바닥에는 시멘트를 깔아 한나절 동안에 집의 바깥 모습을 완전히 바꾸어놓았으나 집의 내부도 손질하겠다던 그들의 계획은 끝내 좌절되고 말았다. 레베카는 문간까지도 나오지 않았다. 광란의 보수공사가 다 끝난 다음에 그녀

는 그 공사에 든 비용이 얼마나 되었는지 혼자 계산을 한 다음에, 아직도
함께 지내고 있던 하녀 아르헤니다를 시켜서, 지난번 전쟁이 끝난 다음
에 폐기되어 이미 통화가치를 잃은 지 오래지만, 아직도 쓰이는 줄로 잘
못 알고 있던 돈을 한줌 보냈다. 그제야 그들은 레베카가 어느 정도로 오
랫동안 세상에서 격리되어 홀로 살아왔는지 실감나게 느낄 수 있었으며,
레베카에게 목숨이 붙어 있는 동안에는 도저히 그 폐쇄된 삶에서 그녀를
끌어낼 수 없으리라는 사실도 깨달았다.

　아우렐리아노 부엔디아 대령의 아들들이 두 번째로 마콘도를 찾아온
다음에 그들 가운데에서는 두 번째로 아우렐리아노 쎈테노가 마콘도에
남기로 했고, 그는 아우렐리아노 트리스테와 손을 잡고 일하기로 작정했
다. 그는 남들보다 먼저 영세를 받으려고 찾아왔던 아들 가운데 하나였으
며, 집에 오자마자 반시간 만에 손에 닿는 것은 모조리 부수며 돌아다녔
기 때문에, 우르슬라와 아마란타는 그를 잘 기억하고 있었다. 이제는 보
통 키에 천연두 자국이 얼굴을 얽어놓은 그는 세월이 흘러서 어렸을 적의
충동적인 성격은 많이 누그러지긴 했지만, 그래도 손으로 물건을 때려 부
수는 놀라운 힘만은 그대로 간직하고 있었다. 그는 일부러 손을 대지 않
고도 닥치는 대로 집안 물건들을 부수는 재주가 있어서, 페르난다는 그가
값비싼 사기그릇을 모두 박살내기 전에 양은그릇을 사다가 쓰게 했는데,
그 튼튼한 양은 접시도 곧 그의 손에서 우그러지고 비틀리고 말았다. 그
러나 씻을 수 없는 그 버릇에 대한 자책감에서 그는 무척 겸손하게 행동
했으며, 그러한 태도는 곧 남들의 신임을 얻었다. 그는 한번 일에 달라붙
으면 엄청난 힘을 발휘했는데, 그가 짧은 시간 동안에 어찌나 엄청나게
많은 얼음을 만들어냈던지, 마콘도에서 실컷 쓰고도 얼음이 잔뜩 남을 지
경이어서, 아우렐리아노 트리스테는 사업을 늪지대의 다른 도시로까지
확장시킬 방도를 강구해야만 했다. 아우렐리아노 트리스테가 그의 사업
을 현대화시킬 뿐 아니라, 마콘도를 바깥세상과 연결 지어야겠다는 생각
에서 결정적인 행동을 취하기로 마음먹었던 때가 바로 이 무렵이었다.

"우리는 마콘도에 철도를 끌어들여야 합니다." 그는 말했다.

마콘도 사람들이 '철도'라는 말을 처음으로 들은 것도 이때였다. 호세 아르카디오 부엔디아가 태양을 이용한 무기를 만들기 위해서 그렸던 설계도를 그대로 이어받은 것처럼 보이는, 아우렐리아노 트리스테가 책상 위에 그려놓은 그림을 보고, 우르슬라는 세상은 역시 돌고 돈다는 생각을 더욱 굳혔다. 그러나 그의 조상과는 달리, 아우렐리아노 트리스테는 잠을 못 이루고 식욕을 잃거나 난해한 소리를 하면서 남들을 괴롭히는 일은 없었고, 아무리 봐도 터무니없는 계획들을 곧 실현할 것처럼 신중히 따지고, 비용과 공사 일정을 냉정하게 계산했으며, 조금도 감정에 휩쓸리지 않고 일을 진행시켰다. 아우렐리아노 세군도에게 증조부와 닮았으면서도 아우렐리아노 부엔디아 대령이 지녔던 자질이 모자랐던 점을 굳이 따진다면, 그것은 남의 엉뚱한 생각을 조금도 비웃을 줄 모른다는 점이어서, 그는 형이 운하를 파겠다고 했을 때만큼이나 가벼운 마음으로 철도를 끌어들이려는 계획에 돈을 내주었다. 아우렐리아노 트리스테는 달력을 검토하고는 장마철이 지난 다음에 돌아올 계획으로 다음 수요일에 마콘도를 떠났다. 그러고는 그에 대한 소식은 하나도 들려오지 않았다. 얼음 공장의 엄청난 설비에 깊은 인상을 받았던 아우렐리아노 쎈테노는 물 대신에 과일즙을 재료로 얼음을 만드는 실험을 진행하고 있었는데, 그는 그러려고 생각해 본 일도 없었고, 그렇게 되어가는 줄도 모르고 있으면서도, 이미 과즙 아이스크림을 만드는 기초원리를 터득해 가고 있었다. 장마철이 지나도 아우렐리아노 트리스테가 돌아올 기미가 보이지 않고, 아무 소식도 없이 여름이 다 지나가게 되자, 그는 얼음 공장이 자기의 개인사업이 되었다는 생각이 들어 제품을 다양화하려는 계획을 짜기 시작했다. 그러나 다시 겨울이 찾아왔을 때, 어느 날 날씨가 가장 포근한 시간을 골라 강에서 빨래를 하던 한 여자가 놀라서 헐레벌떡거리며 비명을 지르다시피 시내로 뛰어왔다.

"옵니다, 와요!" 그 여자가 숨을 돌리고 난 다음에 설명했다. "부엌처럼 생긴 것이 뒤에다 동네를 하나 끌고 오는 모양이 무시무시해요."

바로 그 순간 무시무시한 반향을 일으키는 기적이 울리고, 식식거리며 숨을 헐떡이는 소리에 마콘도가 뒤흔들렸다. 지난 몇 주일 동안 사람들이 몰려와서 침목을 놓고 철로를 깔았어도 마콘도 사람들은 그들이 호루라기와 탬버린을 가지고 와서 그들이 알고 있던 옛 노래를 부 르며 방랑하는 예루살렘 예술가들의 춤을 추며 소란을 떠는 집시들이라고만 생각해서 신경도 쓰지 않고, 집시들이 또 무슨 수작이나 부리려는 줄 알았다. 그러나 기적 소리와 숨을 헐떡이는 소리에 놀란 가슴을 가라앉히고 길로 쏟아져 나온 주민들은 기관차 위에서 손을 흔드는 아우렐리아노 트리스테와 처음 계획보다는 여덟 달이나 늦긴 했지만 생전 처음 마콘도에 도착한 꽃으로 화려하게 장식된 기차를 보고는 얼이 빠진 듯 멍하니 서 있었다. 그리고 죄 없는 그 샛노란 기차는 마콘도에 수많은 불안과 확신을, 기쁘거나 슬픈 수많은 순간들을, 그토록 많은 변화와 재앙을, 그리고 옛 시절에 대한 한없는 그리움을 가져다주게 되었다.

12

　그토록 여러 가지 기막힌 발명품들을 맞게 된 마콘도 사람들의 놀라움은 끝이 없었다. 그들은 아우렐리아노 트리스테가 두 번째 기차여행에서 돌아올 때 가져온, 기계가 먹여 살리는 창백한 전구를 쳐다보며 꼬박 밤을 새웠고, 그 기계의 답답한 '퉁퉁퉁' 소리에 익숙해질 때까지는 시간과 노력이 필요했다. 그들은 돈을 잘 벌어대던 장사꾼 브루노 크레스피가 사자머리처럼 매표소를 만든 극장에서 움직이는 그림을 보았을 때, 한 영화에서 죽어서 땅에 묻혀 그들이 애도의 눈물까지 흘려주었던 사람이 다음 영화에서는 아랍 사람으로 바뀌어 다시 나타나는 장면을 보고는 화를 냈다. 배우들과 함께 어려움을 나누어 겪으려고 5레알씩 내고 들어왔던 관객들은 그런 엉터리 사기를 참을 수가 없어서 극장 의자를 부숴버렸다. 브루노 크레스피의 재촉에 따라 마콘도 시장은 영화가 환각기계이므로 관객의 감정적인 소요는 용납하지 않는다는 포고령을 냈다. 기를 죽이는 그런 설명을 듣고 난 많은 사람들은 그들이 겉만 번드르르한 새로운 집시 무리의 제물이 되었다고 느껴서, 환각 같은 인간들이 꾸며낸 불행 때문에 새삼스럽게 눈물을 흘리지 않더라도 그들은 이미 고생을 실컷 한 처지라는 생각이 들어서 다시는 영화를 보러 가지 않기로 결심했다. 낡아빠진 아코디언 대신에 쓰려고 놀자판 프랑스 여자들이 가져와 한때 악사들의 생계에 심각한 영향까지 준 나팔이 달린 축음기를 놓고도 비슷한 사태가 벌어졌다. 처음에는 호기심 때문이었는지 그 금지된 구역을 드나드는 단골손님의 수가 늘었고, 직접 그 신기한 물건을 보기 위해서 막일꾼으로 변장을 하고 그곳을 찾아가는 지체 높은 여자들까지 있다는 소문도 나돌았지만, 그렇게 많은 사람들이 그것을 자세히 살펴보고 얻은 결론은, 그것이 창녀들의 얘기를 듣고 모든 사람들이 믿었던 신들린 맷돌이 아니며, 감동적이고 인간적이며 생활에 밀착한 악사들과는 비교도 안 되는 단순한 기계에 지나지 않는다는 것이었다. 그들의 실망이 어찌나 컸던지, 집집마다 축음기를 하나씩 들여놓을 만큼 그것이 유행되었을 때에도 그들은 그것이 어른들을 위한 오락기구가 아니라 아이들이 뜯어보고 즐기기에나 좋은 물건이라고 생각하기에 이르렀다. 그런가 하면, 어떤 사람이 역으로 가서, 돌리는 손잡이가 같아서 축음기의 시초라고 모두들 믿었던 전화를 직접 실험할 기회가 있었는데, 역에 설치해 둔 전화 얘기를 듣고는 당황하지 않는 사람이 없었다. 그 당시의 사태는 마치 하느님이 인간을 놀라게 할 수 있는 모든 능력을 전부 시험해 보려는 결심이라도 하고, 마콘도 사람들로 하여금 현실의 한계가 어디까지인지를 아무도 깨닫지 못하게 해서 흥분과 실망을, 그리고 회의와 터득을 끝없이 되풀이하게 만드는 듯싶었다. 이런 사태에, 밤나무 밑에 있던 호세 아르카디오 부엔디아의 환영은 진실과 환각이 뒤범벅이 된 꼴을 보고는 참을성을 잃고 몸부림치며 대낮에도 집 안에서 방황하게 되었다. 철도가 공식적으로 개통이 되었고, 기차가 수요일 11시면 정기적으로 마콘도에 도착하고, 책상 하나와 전화 한 대와 매표구를 갖춘 엉성한 목조 역사(驛) 숍가 세워진 다음부터는, 마콘도의 길거리에는 날마다 이곳에 도착해서 정상적인 관습이나 예절을 따르며 사는데도 어쩐지 곡마단 사람들처럼

만 느껴지는 남자들이나 여자들이 나타났다. 집시들의 농간에 시달린 일이 있는 이 도시에서는 집시들 못지않게 철면피 노릇을 하면서 소리 나는 냄비나 일용품을 팔아대며, 그들의 상품이 제7일 안식일에 영혼을 구제할 수 있다고 떠드는 장사꾼 곡예사들은 이곳에서 미래를 약속받을 수 없었다. 그러나 상품을 사라는 시달림에 지쳐 동의하거나 본디 조심성이 없는 사람들로부터 그들은 어마어마한 수입을 올렸다. 그러던 어느 수요일, 승마복 바지에 각반을 차고, 헬멧을 쓰고 쇠붙이로 테를 두른 안경을 쓰고, 토파즈 빛깔의 눈에 피부는 수탉처럼 보이는 한 사람이 그런 극적인 사람들 틈에 끼여서 마콘도에 도착했는데, 살이 통통 찌고 항상 미소를 머금은 미스터 허버트라는 그 손님은 부엔디아 집에 초청되어 식사를 했다.

식탁에서 그 손님의 존재에 신경을 쓴 사람은 처음에는 아무도 없었고, 바나나 한 다발을 다 먹어치운 다음에야 그들은 그 손님에게 눈길을 돌렸다. 아우렐리아노 세군도는 야곱 호텔에 방을 얻을 수 없게 되자 서투른 스페인 말로 불평을 늘어놓던 그 사람을 우연히 만나게 되었으며, 낯선 사람을 보면 자주 그렇듯 그는 하던 버릇대로 그 사람을 집으로 데리고 왔다. 그는 풍선 사업을 하는 사람으로서 풍선 장사에 재미를 톡톡히 보면서 전 세계의 절반을 돌아다녔는데, 집시의 날아다니는 양탄자를 타본 일이 있어서 풍선쯤은 구식이라고 생각한 마콘도 사람들은 그의 상품에는 관심도 두지 않았다. 그래서 그는 다음 기차로 이곳을 떠나려던 참이었다. 점심때가 되어서 부엌 벽에 걸어두었던 호랑이처럼 얼룩진 바나나 다발을 식탁으로 가져오자, 그는 별로 마음이 내키지 않으면서도 바나나 한쪽을 집어 들었다. 그러더니 그는 얘기를 하면서도, 식도락가로서의 즐거움을 누리기 위해서가 아니라, 계산 빠른 사람의 본능에서 맛을 보며 꼭꼭 씹어 계속해서 바나나를 먹어댔고, 한 다발을 몽땅 먹어치운 다음에는 한 다발만 더 갖다달라고 말했다. 그리고 그는 항상 몸에 지니고 다니는 연장그릇에서 광학光學도구들이 담긴 작은 상자를 끄집어냈다. 그는 다이아몬드를 다루는 사람처럼 세심한 주의를 기울이면서 바나나를 꼼꼼히 검토해 보고, 특수한 외과용 메스로 바나나를 해부하고, 약방에서 쓰는 저울에 바나나를 한쪽씩 달아 무게를 계산하고 총포상에서 쓰는 측경양각기(測經兩脚器, 무기제조업자들이 사용하는 게이지 – 역주)로 폭을 재어보았다. 그러고 나서 그는 다른 상자에서 여러 가지 도구를 꺼내서는 마콘도의 온도를 측정하고, 습도를 재고, 그리고 광선의 강도를 재었다. 미스터 허버트가 시행한 예식이 어찌나 복잡해 보였던지 식구들은 그가 실험을 끝내고 결론을 내리기를 기다리느라고 마음 놓고 식사를 할 수가 없었는데, 미스터 허버트는 자기가 한 실험의 목적이 무엇인지를 아무도 눈치 채지 못하게 하려는 생각에서였는지 그들에게 아무 얘기도 해주지 않았다.

그 다음 며칠 동안 작은 그릇과 잠자리채를 들고 다니면서 나비를 잡으러 마콘도 교외를 돌아다니는 그의 모습을 볼 수가 있었다. 수요일이 되자 기사들과 농경학자들, 수문학자水門學者들과 지형학자들, 그리고 측량사들이 무리를 지어 마콘도로 와서는 미스터 허버트가 나비를 잡으러 돌아다니던 지역을 여러 주일 동안 답사했다. 나중에는 노란 기차에 연결한, 온통 은빛을 입히고 진홍 벨벳을 깔고 지붕은 푸른 유리로 덮은 찻간에 타고 미스터 브라운이라는 사람이 도착했다. 그 특별차량에는 한때 아우렐리아노 부엔디아 대령이 가는 곳마다 따라다니며 설치던 검은 양복을 입은 근엄한 변호사들도 미스터 브라운의 주위에서 활개를 치며 함께 도착했고, 그래서 마콘도 사람들은 이곳을 찾아온 농경학자들과 수문학자들과 지형학자들과 측량사들은 물론이고, 풍선이나 알록달록한 나비에 열중한 미스터 허버트나, 무시무시한 독일 셰퍼드를 데리고 영묘靈廟처럼 꾸민 기차를 타고 온 미스터 브라운도 모두 무슨 전쟁을 꾸미러 모여든 줄로만 알았다. 그러나 그런 것들에 미처 신경을 쓸 시간도 없이, 마콘도 사람들은 지구를 반 바퀴나 돌면서 자리에 앉거나 통로뿐 아니라 지붕 위에 올라타고서 기차에 실려 온 수많은 외국 사람들이 들어가 살려고 나무로 엮고 양철로 지붕을 덮은 집들이 마콘도의 절반을 차지해서 그들이 살아온 도시의 모습이 무슨 수용소처럼 바뀌자, 도대체 세상이 어떻게 되어가는 건지 궁금하게 여겼다. 나중에 무명옷을 걸치고 베일을 단 커다란 모자를 쓴 기운 빠진 아내들까지 데려온 그 그링고(미국인을 비하하는 말 – 역주)들은 기찻길 건너편에 따로 그들의 마을을 세워서 길거리에는 종려나무를 심고, 차양을 창문에 드리운 집들을 짓고, 테라스에는 작고 하얀 탁자들을 늘어놓고 천장에는 선풍기를 달고, 그리고 돈을 많이 들여서 장만한 잔디밭에다 공작과 메추라기를 길렀다. 그링고 지역에는 철로 만든 울타리가 세워졌으며, 그 울타리 위엔 전기가 통하는 철조망을 올려놓아서, 서늘한 여름날 아침이면 전기로 구워진 참새들이 까맣게 타서 철조망에 매달려 있곤 했다. 그들이 바라는 바가 무엇인지를 아는 사람은 아무도 없었다. 단순히 박애주의자들에 지나지 않을지도 모르는 일이었지만, 그들은 옛날에 이곳에 왔던 집시들보다도 훨씬 심각한 불안감을 이곳에 조성했고, 잠시 머물다가 떠나갈 사람들이 아닌 것만은 분명했다. 그들에 대해서는 아무것도 이해할 수가 없었다. 옛날 같으면 전지전능하신 하느님만이 가능했던 여러 가지 힘을 발휘해서 그들은 필요에 따라 장마철을 조절했고, 수확 주기를 촉진시켰으며, 강줄기를 이제까지 있었던 자리로부터 마콘도의 다른 쪽, 즉 공동묘지 뒤쪽으로 옮겨놓았다. 시체에서 풍겨나오는 화약 냄새가 강물을 오염하지 않게 하려고 호세 아르카디오의 무덤에 다시금 콘크리트 벽을 쌓아올린 것도 이때였다. 애인과 함께 오지 못한 외국인들은 프랑스에서 온 사랑을 파는 여인들의 거리를 여태까지보다는 훨씬 넓은 지역으로 바꾸어놓았다. 어느 찬란한 수요일 아침에 그들은 기차로 하나 가득 이상한 갈보들을 실어왔는데, 그 여자들은 바빌론 여인들처럼 전통적인 사랑의 기교에 익숙했을 뿐 아니라 흥분이 되지 않는 남자들을 자극하는 온갖 연고軟膏와 도구를 능숙하게 다루었고, 탐욕스런 남자들을 한껏 만족시켰으며, 겸손한 남자의 흥을 돋우고, 한 가지 방법밖에 모르는 사람들에게 기술을 연마

하게 하고, 그리고 외로운 사람들의 성격까지도 바꿔놓는 재주가 있었
다. 옛날 장터가 무색해질 만큼 밝은 색깔로 치장이 되고, 외국에서 가져
온 상품들로 가게마다 휘황찬란해진 터키 사람들의 거리는 토요일 밤만
되면 재미를 보러 나오는 사람들로 넘쳐흘렀다. 그들은 도박장이나, 사
격장이나, 미래를 점치거나 해몽을 하는 점쟁이들이 모여 사는 골목이
나, 음식과 술로 휘청거리는 식탁 주변에서 밀고 밀려 다녔으며, 일요일
아침이면 길바닥에는 기분 좋게 취한 주정뱅이들이나, 싸움 구경을 하다
가 총에 맞거나, 두들겨 맞거나, 칼에 찔리거나, 깨진 병에 다쳐서 죽은
사람들의 시체가 발견되었다. 마콘도로 밀려드는 사람들의 물결이 너무
나 엄청나고 무절제해서, 그들이 이주해 오던 초기에는 길바닥에 늘어놓
은 가구와 트렁크들과, 아무한테도 허가를 받지 않고 빈터만 있으면 마
구 집을 지어대던 사람들이 법석대는 소란과, 길거리의 편도나무 사이에
그물침대를 걸어놓고 남들이 보거나 말거나 대낮에 일을 치르는 염치없
는 부부들 때문에 길거리에 나돌아 다니기도 힘들 지경이었다. 마콘도에
서 그나마 좀 조용한 구석이 있었다면, 그것은 서인도 제도에서 이주해
온 평화로운 흑인들이 정착한 곳이었는데, 그들은 길 한쪽에 무더기로
목조건물을 짓고, 해질녘이면 문밖에 나앉아서 알아듣기도 힘든 불협화
음을 빚어가며 슬픈 찬송가를 부르곤 했다. 짧은 기간 동안에 어찌나 많
은 일들이 한꺼번에 일어났든지, 미스터 허버트가 마콘도를 찾아온 후
여덟 달이 지났을 때에는 옛날부터 마콘도에서 살아온 주민들은 그들의
도시가 알아보기 힘들 정도로 새롭게 바뀌어 있음을 깨닫게 되었다.

"어쩌다가 우리가 이런 꼴이 됐는지 알기나 해." 아우렐리아노 부엔
디아 대령이 어느 날 말했다. "다 그 그링고를 집에 데려다가 바나나 맛
을 보여주었기 때문이야."

남들이 뭐라고 해도 아우렐리아노 세군도만은 외국인들이 물밀 듯
밀려 들어오자 기뻐서 어쩔 줄 몰랐다. 집에는 갑자기 낯선 사람들이 가
득 차서 앞마당에는 새로 침실을 들이고, 식당을 넓혀서 낡은 식탁을 없

애버리는 대신 열여섯 사람이 함께 앉아서 식사를 할 수 있는 새 식탁을 들여놓고, 사기그릇과 은식기도 새로 장만했지만, 그래도 점심때가 되면 조를 짜서 교대로 식사를 해야만 할 지경이었다. 페르난다는 속이 상해도 억지로 참고 정말로 형편없는 손님들을 임금님 모시듯 대접해야 했는데 몰려드는 손님들은 더러운 신발을 신고 들어와 현관을 어지럽히고, 정원에다 소변을 보고, 아무 곳에나 매트리스를 깔고 낮잠을 자고, 신경이 예민한 숙녀들을 아랑곳하지도 않으면서 신사답지 못한 얘기들을 마구 지껄여댔다.

천박한 사람들이 그렇게 몰려들게 되자 겁이 난 아마란타는 옛날처럼 부엌에서 식사를 했다. 손님들 가운데 자기를 찾아서 작업실을 방문한 대부분의 사람들이 자기를 존경하거나 공감을 느껴서가 아니라 박물관의 화석이나 마찬가지인 역사적인 유물로 생각하고 호기심에서 자기를 구경하러 온다는 생각이 들게 된 아우렐리아노 부엔디아 대령은 작업실 문에 빗장을 걸고 어쩌다가 한 번씩 길가에 나가 앉는 경우 외에는 남들 앞에 모습을 나타내지 않았다. 한편 우르슬라는, 진작부터 발을 질질 끌면서 걸어 다니고 손으로 벽을 더듬어서 갈 길을 찾아가는 몸이 되었어도, 기차가 도착할 시간이 되면 어린애처럼 기뻐했다. "고기도 준비하고 생선도 좀 장만해야지!" 산타 소피아 드 라 삐에다드의 침착한 지시를 받으면서 제시간에 모든 준비를 마치려고 서두르는 네 명의 요리사에게 우르슬라가 명령을 했다. "먹을 것은 뭐든지 다 준비해야 한단 말이야!" 우르슬라가 주장했다. "찾아올 손님들이 뭘 먹고 싶어 할지 모르니까!" 한낮 가장 더운 시간에 기차가 도착했다. 점심때가 되면 집 안은 장터처럼 북적거렸고, 자기들을 초청한 집주인이 누구인지도 모르는 손님들은 땀을 뻘뻘 흘리면서 식탁에서 가장 좋은 자리를 차지하려고 법석을 피웠고, 요리사들은 수프를 담은 무지막지하게 큰 솥들과, 고기를 담은 냄비들과, 야채를 듬뿍 담은 커다란 바가지와, 밥을 담은 나무통을 나르느라고 서로 부딪치고 야단이었으며, 큼직한 국자들이 레모네이드가 담긴 커

256

다란 물통 속을 쉴 새 없이 들락날락했다. 걷잡을 수 없는 무질서 속에서 페르난다는 손님들 가운데 식사를 두 번이나 하는 사람들이 많은 것 같아서 거기에 신경을 쓰느라고 머리가 아팠으며, 여기를 식당으로 착각한 어떤 손님이 식사를 마치고 그녀에게 계산서를 가져다달라고 했을 때에는 야채 장수처럼 마구 욕지거리를 퍼붓고 싶어도 겨우 참은 적이 한두 번이 아니었다. 미스터 허버트가 이곳을 찾아온 지도 1년이 지났지만, 호세 아르카디오 부엔디아와 그가 거느린 사람들이 위대한 문명세계로 통하는 길을 찾아서 산을 넘었던 지역에 그링고들이 바나나를 심을 계획을 세우고 있다는 것 말고는 그들이 무엇을 하려는지 아무것도 알 수가 없었다. 아직도 이마에 재로 그린 십자가가 남아 있는 아우렐리아노 부엔디아 대령의 두 아들이 지축을 뒤흔드는 기적 소리에 끌려서 또 마콘도로 찾아왔는데, 그들이 이곳으로 오게 된 동기는 결국 모든 사람들이 몰려온 동기와 마찬가지였다.

"우리가 찾아온 이유는 간단합니다!" 그들이 말했다. "모두들 이곳으로 오니까 우리도 왔어요."

이 바나나 열병에 조금도 흔들리지 않은 사람은 미녀 레메디오스뿐이었다. 미녀 레메디오스는 찬란한 청춘기에 접어들면서 차분하게 가라앉아서 미움과 시기심에는 점점 더 무관심해졌고, 날이 갈수록 형식에는 점점 더 무디어졌으며, 자기 주위의 단순한 현실에만 만족했다. 여자들이 무엇 때문에 코르셋이나 속치마에 신경을 써서 삶을 복잡하게 만드는지 도저히 이해할 수가 없었던 미녀 레메디오스는 아무렇게나 헐렁한 옷 한 벌을 만들어 몸에 걸치고는 옷 걱정은 싹 잊어버렸으며, 자기가 벌거벗고 있는 꼴이나 다름이 없어도 그런 것은 상관하지도 않았고, 오히려 집에 있을 때에는 그런 옷차림이 가장 적합하지 않겠는가 하고 생각했다. 치렁치렁한 머리카락이 허벅지를 덮을 만큼 길게 자라자 사람들이 폭포처럼 쏟아지는 그 머리카락을 자르라거나, 땋아서 댕기를 드리라거나, 빗과 빨간 리본으로 다듬으라거나 자꾸만 귀찮게 구는 것이 싫어진 미녀 레메디오스는 머리를 빡빡 밀어버리고, 그 머리카락으로 성인 석고 상에 씌울 가발을 만들었다. 모든 것을 단순하게 처리하려는 그녀의 본 능에는 놀라운 힘이 숨겨져 있어서 미녀 레메디오스가 편의를 위해서 유 행을 무시하면 무시할수록, 그리고 즉흥적으로 전통과 형식을 저버리면 저버릴수록, 그녀가 지닌 아름다움은 그만큼 더 돋보였으며, 남자들의 눈에는 더욱더 자극적으로만 보였다.

아우렐리아노 부엔디아 대령의 아들들이 처음 마콘도에 모였을 때, 우르슬라는 그들의 핏줄 속에도 그녀의 증손녀와 같은 피가 흐르고 있다 는 사실을 생각해 내고는, 오랫동안 잊고 있었던 두려움에 몸을 떨었다. "너 눈을 크게 뜨고 단단히 조심을 해야 하느니라." 우르슬라가 미녀 레 메디오스에게 경고를 했다. "저애들 가운데 누구하고라도 사고를 내면, 넌 돼지꼬리가 달린 아이들을 낳을 테니까 말이다." 그러나 그런 경고는 조금도 염두에 두지 않고 미녀 레메디오스는 남자처럼 차려입고 모래밭 에서 마구 뒹굴고, 기름을 바른 장대를 기어올라서, 눈으로 보고만은 참 기 어려운 이 광경을 본 열일곱 명의 사촌들과 비극을 잉태할 위험한 지 경에 이를 것이 뻔했다. 그들이 마콘도에 머물면서도 집에서 자지 못하 고, 끝까지 뒤에 남은 네 사람도 우르슬라의 고집에 못 이겨 셋방에서 기 거하게 된 이유가 바로 여기에 있었다. 이러한 사전 조처에 대해서 미리 알았더라면 미녀 레메디오스는 배꼽이 떨어져라 웃었으리라. 그녀가 생 명이 붙어 있을 마지막 날까지 남들의 마음을 어지럽혀서 날마다 재앙을 불러올 운명을 타고났다는 것을 우르슬라는 모르고 있었다. 우르슬라의 명령을 거역하고 미녀 레메디오스가 식당에 나타나기만 하면 타향 사람 들은 흥분해서 소란을 피웠다. 허술한 잠옷 밑에 미녀 레메디오스가 아 무것도 걸치지 않고 있다는 것은 너무나 뻔한 사실이었으며, 면도로 밀 어버린 말끔한 머리통은 모든 사람들에게 어떤 도전처럼 느껴졌고, 바람 을 쐬려고 옷을 쳐들어 허벅지를 드러내는 대담성이라든지, 식사를 끝내 고 힘차게 손을 빨아대는 버릇은 범죄적인 도발도 아니었고, 은근한 쾌감을 혼자 맛보려고 그러는 것도 아니었다. 미녀 레메디오스의 체취가 마음을 동요하게 하는 힘을 가지고 있으며, 그녀가 지나간 자리에서는 몇 시간이 지나도 그 강한 냄새가 남는다는 것을 낯선 사람들이 알아채 기까지에는 별로 시간이 걸리지 않음을 집안 식구들은 아무도 모르고 있 었다. 온 세상을 돌아다니며 경험으로 배워서 사랑에 대한 정신적인 동 요에 대해서는 전문가가 된 사람들도 미녀 레메디오스에게서 풍기는 자 연스러운 체취가 일으키는 초조감은 그 유례를 찾아보기 힘들 만큼 강렬 하다고 말했다. 베고니아꽃이 핀 현관이나 정원에서, 응접실에서, 그리 고 집안의 어느 곳에서도 미녀 레메디오스가 머물렀던 정확한 장소와 그 녀가 얼마 동안 그곳에 있었는지를, 그리고 얼마 전에 어떤 곳을 지나갔 는지를 알아내기는 힘든 일이 아니었다. 오랫동안 함께 살아왔기 때문에 그 냄새와 한 덩어리가 된 집안 냄새가 워낙 몸에 배어버린 집안 식구들 은 분명하고도 찾기 쉬운 그 냄새의 흔적을 전혀 느끼지 못하고 있었지 만, 처음 찾아온 타향 사람들은 그 냄새를 곧 느낄 수가 있었다. 따라서 집을 호위하고 있던 젊은 장교가 어째서 사랑에 병들어 죽었고, 먼 타향 에서 찾아온 어떤 신사가 왜 절망에 빠져 헤어나지 못하고 말았는지를 처음 제대로 이해하게 된 사람들도 타향 손님들이었다. 자기가 지나가는 곳마다 초조해지는 사람들의 수가 늘어가고, 옆을 스치는 사람들이 지극 히 은밀한 정신적 재앙을 당하게 되는 것을 의식하지도 못하면서, 미녀 레메디오스는 그 남자들을 아무런 악감정도 없이 대하고는 결국 종말에 가서는 그들로 하여금 비참한 절망을 맛보게 했다. 바깥 사람들의 눈에 띄지 않게 하기 위해서 미녀 레메디오스더러 부엌에서 아마란타와 식사 를 같이 하라는 명령을 우르슬라가 관철시킨 다음부터 그녀는 오히려 간 섭을 받지 않아도 좋게 되어서 더욱 마음이 편했다. 사실 식사를 어디에 서 하느냐 하는 것은 조금도 문제가 안 되었으며, 시간을 맞출 필요가 없 이 입맛이 당길 때면 아무 때나 식사를 해야 속이 편한 일이었다. 어떤 때에는 새벽 3시에 일어나서 밥을 먹어치우고, 하루 종일 잠만 자기도 했으며, 이렇게 무질서한 하루 일과는 어떤 결정적인 사건이 일어나서 생활이 다시 제자리를 찾게 될 때까지 몇 달 동안이나 계속되었다. 사정이 좀 좋으면 미녀 레메디오스는 오전 11시에 일어나서, 오랫동안 계속되던 잠에서 깨어나 정신을 차리려고 목욕탕으로 들어가 옷을 홀랑 벗어 버리고 그곳에 있는 전갈들을 잡아 죽이느라고 오후 2시까지 시간을 보냈다. 전갈 사냥이 끝나면 물통에서 바가지로 물을 퍼서 온몸에 끼얹었다. 이 목욕하는 과정이 어찌나 오래 걸리고 조심스럽고 의식적이었는지 그녀를 잘 모르는 사람이 보았더라면 미녀 레메디오스가 자신의 육체적인 아름다움에 스스로 매혹되어 예식이라도 치르는 줄 알았으리라. 그러나 그녀 자신에게 있어서는 그 외로운 의식은 아무런 육감적인 뜻을 지니지 못했고, 다만 배가 고파질 때까지 시간을 보내기 위한 한 가지 방편일 뿐이다. 어느 날, 미녀 레메디오스가 막 목욕을 하려고 하는데, 어떤 낯선 남자 한 명이 지붕 위에서 기왓장 하나를 들춰내고 내려다보다가, 그녀의 나체를 보고 그 굉장한 모습에 그만 숨이 막히는 듯했다. 미녀 레메디오스는 깨진 기왓장 틈으로 안타까워하는 그 남자의 눈을 보고는 부끄러움보다는 놀라움이 앞섰다.

"조심하세요." 미녀 레메디오스가 소리를 질렀다. "그러다가 떨어지겠어요."

"난 당신의 모습을 보고 싶을 뿐입니다." 지붕 위의 외국인이 중얼거렸다.

"아, 그래요? 좋아요." 미녀 레메디오스가 말했다. "하지만 조심하세요. 기와가 다 삭았으니까요."

그 낯선 이의 얼굴에는 고통스러우면서도 멍한 표정이 역력했으며, 그는 지금 자기가 보고 있는 환상이 사라지지 않기를 바라면서 마음속에서 혼자 말없는 투쟁을 벌이고 있는 것 같았다. 미녀 레메디오스는 지붕이 무너질까 봐 겁이 나서 그 남자가 괴로워하는 줄 잘못 알고, 그 남자를 위험에서 빨리 해방시켜 주려는 마음에서 보통 때보다 빨리 목욕을 끝내려고 서둘렀다. 물통에서 물을 퍼 끼얹으면서 미녀 레메디오스는 그 남자에게 기왓장 밑에 깔아 넣은 나뭇잎들이 빗물에 다 썩어서 지붕이 무너질 지경이고, 썩은 나뭇잎 때문에 목욕탕 안에 전갈이 많다고 설명했다. 그 낯선 남자는 그녀의 설명을 은근한 유혹으로 받아들이고는 미녀 레메디오스가 몸에 비누질을 하기 시작하자, 이왕 내친걸음에 한 발자국 더 나가고 싶은 생각이 났다.

"내가 비누질을 해드리고 싶은데요." 남자가 중얼거렸다.

"말씀만은 참 고마워요." 미녀 레메디오스가 말했다. "하지만 나한테도 손이 있어요."

"등이라도 밀어주겠어요." 그 외국인이 애원을 했다.

"그런 소리는 마세요." 미녀 레메디오스가 말했다. "목욕할 때 등까지 비누질을 하는 사람이 있다는 얘긴 들어본 적도 없어요."

그러자 미녀 레메디오스가 수건으로 몸을 닦는 동안 그 낯선 이는 눈물을 철철 흘리면서 자기와 결혼해 달라고 애원했다. 그녀는 그 얘기를 듣고서, 목욕하는 여자를 구경하느라고 점심 먹으러 가는 것도 잊고 한 시간씩이나 낭비할 만큼 단순한 남자하고는 절대로 결혼하지 않겠다고 진지하게 대답했다. 미녀 레메디오스가 헐렁한 수도복 같은 옷을 뒤집어쓰는 것을 본 그 남자는 모두들 상상하고 있던 대로 그 겉옷 밑은 완전히 알몸임을 깨닫게 되었다. 그 비밀을 직접 눈으로 보아서 확인하고 나니 온몸이 불에 달군 쇳덩이처럼 달아올랐다. 그래서 그는 목욕탕으로 내려오려고 기왓장을 두 개 더 치웠다.

"지붕이 아주 높아요." 겁에 질린 미녀 레메디오스가 그에게 경고를 했다. "그러다가 잘못하면 떨어져 죽을지도 몰라요."

삭은 기왓장들이 와르르 무너져 내렸고, 그 남자는 미처 공포의 비명을 지를 사이도 없이 목욕탕 시멘트바닥으로 떨어져서 머리통이 깨져 그 자리에서 죽어버렸다. 식당에 있다가 그 소리를 듣고 달려온 외국인들은 시체를 치우려고 서두르다가, 죽은 남자의 시체에서 미녀 레메디오스의 숨 막히는 체취가 풍기고 있음을 깨달았다. 그 체취가 어찌나 깊숙이 그의 몸속에 배어들었던지 갈라진 그의 두개골에서는 붉은 피 대신에 은밀한 향취가 풍기는 주홍빛 기름만 흘러나왔다. 그래서 그들은 미녀 레메디오스의 체취가 남자들이 죽어서 뼈가 모두 먼지가 될 때까지도 그들을 괴롭히게 되리라는 것을 알게 되었다. 그래도 그들은 미녀 레메디오스 때문에 과거에 목숨을 잃었던 두 남자와 이 사건을 연결 짓지는 않았다. 타향에서 온 사람들이나 마콘도에서 오랜 세월을 살아온 사람들이 미녀 레메디오스가 사랑의 체취를 풍기는 것이 아니라, 생명을 빼앗아가는 냄새를 발산한다는 전설을 믿게 되기까지는 또 다른 제물이 필요했다. 그 사실을 증명하게 된 사건은 그로부터 몇 달이 지난 어느 날 미녀 레메디오스가 여자 친구들과 함께 밭으로 새 모종을 구경하러 갔을 때 일어났다. 돋아나는 새싹을 구경하는 놀이는 마콘도의 소녀들에게는 웃음과 놀라움, 그리고 두려움과 농담의 원천이었으며, 그래서 밤이면 그들은 낮에 돌아다니며 구경한 것들을 꿈속에서 보기라도 했다는 듯이 이야기했다. 미녀 레메디오스에게는 이 놀이가 둘도 없는 큰 즐거움이었으므로, 우르슬라도 그것을 막지 못했고, 모자를 쓰고 얌전한 옷차림만 갖춘다면 가도 좋다고 허락을 했다. 여자들이 밭에 들어서자 사방은 살인적인 향기로 가득 찼다. 밭고랑에서 일을 하던 남자들은 이상한 기운에 매혹되어 홀린 듯 느꼈으며 보이지 않는 어떤 위험에 공포를 느끼기도 했고, 많은 남자들은 그 자리에 엎드려서 울고 싶은 심정이었다. 미친 듯이 무리를 지어 달려들려는 그 사내들을 보고 놀란 미녀 레메디오스와 다른 여자들은 겨우 근처의 어느 집으로 몸을 피할 수가 있었다. 얼마 안 있다가 무적의 상징인 양 이마에 성스러운 재 십자가를 하고 다니는 네 명의 아우렐리아노들이 와서 여자들을 구출했다. 미녀 레메디오스는 법석을 떠는 사이에 그 사내들 가운데 한 사람이 절벽 바위 끝을 움켜쥐고 매달린 독수리의 발톱처럼 집요한 손길로 그녀의 가슴을 쥐어뜯듯 주물렀지만 그 얘기를 아무에게도 하지 않았다. 미녀 레메디오스는 자기에게 덤벼든 남자를 힐끗 쳐다보았는데, 그때 본 그 사내의 서글픈 눈망울은 그녀의 가슴 속에 연민의 불꽃으로 깊은 자국을 남겼다. 그날 밤 그 남자는 자기가 미녀 레메디오스의 젖가슴을 만졌다는 얘기를 자랑삼아 떠들고 다녔으며, 그런 행운을 누릴 기회가 있었다는 것을 뽐내며 터키 인들의 거리를 으스대고 걷다가, 자랑을 늘어놓기 시작한 지 몇 분도 되지 않아 말발굽에 가슴을 차여서 외국인들이 지켜보는 가운데 길 한복판에서 자기가 토해 낸 토사물에 범벅이 되어 그만 죽어버렸다.

그래서 미녀 레메디오스가 죽음의 힘을 지니고 있다는 소문은 네 차례에 걸친 부인할 수 없는 사건들에 의해 굳어지게 되었다. 비록 걸핏하면 말만 앞세우는 사람들이 그토록 사람을 흥분하게 하는 여자와 하룻밤을 같이 잔다면 그까짓 목숨쯤이야 못 버릴 일도 아니라고 말했지만, 그러나 정말로 그 말을 실천에 옮긴 사람은 하나도 없었다. 미녀 레메디오스를 소유할 뿐만 아니라, 그녀가 지닌 위험까지도 쫓아낼 수 있는 길이 단순하고 원시적인 사랑의 감정만 있으면 된다는 사실을 그 누구도 모르고 있었다. 우르슬라는 미녀 레메디오스에 대해서는 더 이상 걱정을 하지 않았다. 세상 사람들을 위해서 그녀를 곱게 간직하고 키워야 한다는 생각을 아직 버리지 못하고 있던 시절에 우르슬라는 미녀 레메디오스로 하여금 단순한 집안 생활에 재미를 느끼도록 애를 쓴 일도 있었다. "남자들이란 네가 생각하는 것보다 훨씬 많은 것들을 요구한단다." 우르슬라는 알쏭달쏭한 얘기들을 가끔 했다. "음식을 장만해야 하고, 청소도 많이 해야 하고, 네가 생각하는 것보다는 훨씬 할 일들이 많아." 남자들이란 일단 욕망을 채우고 난 다음에는 여자가 조금만 게으름을 피워도 단 하루도 참아낼 사람이 이 세상에 하나도 없다는 어처구니없는 사실을 너무나 잘 알고 있었던 우르슬라는, 여자는 집안 살림에 재미를 붙여야만 행복을 찾을 수 있다고 자신을 스스로 속이고 있었는지도 모른다. 그러다가 최근에 호세 아르카디오가 태어나고, 그를 교황으로 키우겠다는 확고한 계획을 세우고 난 다음에, 우르슬라는 증손녀에 대해서는 더 이상 걱정을 하지 않게 되었다. 우르슬라는 미녀 레메디오스가 자기의 타고난 숙명에 따라 살아가도록 내버려두기로 했으며, 머지않아 무슨 기적이라도 일어나서 모든 일이 가능한 이 세상 어느 구석에서 증손녀의 게으름 따위는 아무렇지도 않게 생각할 만큼 게으른 남자가 찾아올 수도 있다고 속편하게 생각하기도 했다. 벌써 오래전부터 아마란타는 미녀 레메디오스를 조금이라도 쓸모 있는 여자로 만들려는 계획을 포기해 버렸다. 미녀 레메디오스가 재봉틀 손잡이를 만지기조차 싫어한다는 것을 알게 된 어느 날 오후부터 아마란타는 그녀가 바보나 마찬가지라는 생각을 하게 되었다. "제비를 뽑아서 아무나 널 주워가라고 해야 할까 보다." 어떤 남자도 미녀 레메디오스와 맺어질 가능성이 사라지자, 화가 난 아마란타가 말했다. 나중에 우르슬라가 미녀 레메디오스더러 얼굴을 숄로 가리고 미사를 드리러 가라고 말했을 때, 아마란타는 그런 신비한 행동은 결국 남자들의 호기심을 더욱 자극해서, 누가 될지는 모르지만 어떤 남자가 그녀의 마음에서 여린 부분을 알아내려고 머리를 짜내고 말 것이라고 믿었다. 그러나 어떻게 보면 왕자님보다도 여러 면에서 탐이 나는 멋쟁이 남자를 미녀 레메디오스가 바보처럼 거절하는 꼴을 보고서는 아마란타도 완전히 포기하지 않을 수가 없었다. 미녀 레메디오스가 피로 물들어버린 카니발에서 여왕처럼 차려입고 나타났을 때 아마란타는 그녀가 기가 막히게 아름답다고 생각했다. 그러나 손으로 음식을 먹는 꼴과, 멍청한 인간이기에 기적이 일어나기 전에는 별 수도 없었겠지만 남들이 묻는 말에 대답도 못하는 꼴을 보고, 그녀는 집안의 백치들이 왜 차라리 빨리빨리 죽어 없어지지도 않나 하고 안타깝게 여겼다. 아우렐리아노 부엔디아 대령은 미녀 레메디오스야말로 이 세상에서 가장 총명한 인간이며, 그 총명함이 다른 사람들과의 관계를 명확히 끊어버릴 때마다 드러난다고 믿고 있었지만, 다른 사람은 모두 미녀 레메디오스를 포기하고 될 대로 되라고 내버려두었다. 그래서 미녀 레메디오스는 고독의 사막을 방황하면서 등에는 아무 십자가도 짊어지지 않고, 악몽이 배제된 꿈속에서 성숙해 갔고, 끝없는 목욕을 되풀이하고, 아무 때나 생각나는 대로 식사를 하면서, 기억에도 남지 않을 길고 긴 침묵에 잠겨 지냈다. 그러던 3월의 어느 날 오후, 페르난다는 브라반트장미를 수놓은 담요를 접어 안으로 들여오는 데 도움을 청하기 위해 집안에 있는 식구들을 마당으로 불러냈다. 담요를 막 접으려고 하던 아마란타는 미녀 레메디오스의 온몸이 창백한 빛깔로 바뀌는 것을 보았다.

"왜, 어디가 아프냐?" 아마란타가 물었다.

다른 한쪽에서 담요를 잡고 있던 미녀 레메디오스는 처량한 미소를 지었다.

"아니, 그렇지 않아요." 미녀 레메디오스가 말했다. "아프기는커녕, 난 이제껏 이렇게 기분이 좋았던 적이 없었어요."

이 말이 미처 끝나기도 전에 페르난다는 가냘픈 광선이 비추고 바람이 불어오는 것을 느꼈으며, 손에 잡고 있던 담요가 저절로 빠져나가려고 하면서 눈앞에 활짝 펼쳐졌다. 아마란타는 자기가 입고 있던 속치마의 레이스가 신비스럽게 떨리는 것을 느꼈고 앞으로 고꾸라지지 않으려고 담요를 움켜쥐고 바둥대는 순간, 미녀 레메디오스가 공중으로 떠오르기 시작했다. 이 무렵에 거의 장님이 다 되다시피 한 우르슬라만이 그 신기한 바람이 왜 불어오는지 이해할 만큼 침착했으며, 그래서 광선이 이끄는 대로 담요가 날려가도록 손을 놓았고, 미녀 레메디오스는 자기를 떠받치고 공중으로 떠올라서 날개를 치는 담요의 한복판에서 손을 흔들며 작별을 고하고, 풍뎅이와 다알리아가 있는 정원을 뒤로 하고 오후 4시의 하늘을 날아올라서, 아무리 높이 나는 새도 쫓아가지 못할 만큼 높은 창공으로 영원히 사라졌다.

외국 사람들은 물론 미녀 레메디오스가 자기가 타고난 운명에 따라 여왕벌이 되어 날아가 버렸다고 생각했고, 그런 승천에 대한 얘기에 샘이 잔뜩 난 페르난다도 결국은 기적이 일어났음을 인정하게 되었으며, 담요나 도로 보내달라고 하느님께 기도를 드렸다. 거의 모든 사람들이 기적이 일어났음을 믿었고, 촛불을 밝혀 9일 기도를 드리기로 했다. 아우렐리아노들을 멸족하게 하려는 야만적인 사건이 영광을 경악으로 바꾸어놓지만 않았더라면, 마콘도 사람들은 오랫동안 다른 얘기는 않고 그 기적에 대해서만 얘기했을지도 모른다. 그것이 나쁜 징조라고 생각해 본 일은 없었지만, 아우렐리아노 부엔디아 대령은 그의 아들들이 맞을 종말에 대한 예감을 미리부터 느끼고 있었다. 아우렐리아노 세라도와 아우렐리아노 아르카야가 소란 통에 마콘도에 찾아와서 이곳에서 머물러 살겠다는 뜻을 비쳤을 때, 아버지는 그들의 결심을 철회하게 하려고 애썼다. 그는 하룻밤 사이에 위험천만한 곳으로 바뀌어버린 마콘도에 남아서 도대체 그들이 무엇을 하려고 하는지 이해할 수가 없었다. 그러나 아우렐리아노 쎈테노와 아우렐리아노 트리스테는 아우렐리아노 세군도의 찬성을 얻어서 그들을 사업에 참여하도록 했다. 아우렐리아노 부엔디아 대령은 갈피를 잡을 수 없는 묘한 이유를 대면서 그 결정에 반대했다. 마콘도에서는 역사상 처음 나타난 자동차인 샛노랗고, 개들도 겁을 먹을 만큼 잘 짖어대는 경적이 달리고, 지붕을 덮었다 젖혔다 할 수 있는 자동차를 타고 나타난 미스터 브라운을 보자, 나이 먹은 군인인 아우렐리아노 부엔디아는 사람들이 굽실대며 흥분에 들떠 있는 꼴을 보고 불쾌한 생각이 들었으며, 또한 마콘도 사람들이 지난날 처자식들을 남겨둔 채 어깨에 엽총을 걸머지고 전쟁터로 떠날 때보다 훨씬 변했음을 느꼈다. 네에를란디아 휴전협정이 이루어진 뒤의 이곳 지방 관리들이란 결정권을 하나도 가지지 못한 시장이거나, 마콘도의 보수파들 사이에서 뽑은 지치고 말썽 없는, 장식용 판사 노릇을 하는 자들뿐이었다. "이 정권은 거지 같은 놈들이 다스리는 정권이야." 아우렐리아노 부엔디아 대령은 맨발에 나무몽둥이를 들고 지나가는 경찰관들을 보고 한마디 했다. "우린 그토록 여러 번 전쟁에 나가서 싸웠는데, 결국 전쟁 끝에 우리가 얻은 것이라곤 집에 푸른 페인트를 칠할 수 있는 권리뿐이었어." 그러나 바나나 회사가 도착해서 자리를 잡은 다음에는 마콘도의 끄나풀들은 모두 독재적인 외국

266

인들에게 밀려 쫓겨났고, 미스터 브라운은 그가 데려온 외국인들을 (그의 설명에 따르자면) 그들의 신분에 맞는 권위를 지키고, 또한 더위나 모기나, 이 부족한 것이 많은 도시에서 겪어야 할 수많은 불편함에 시달리지 않게 하려고, 전기 철조망을 친 닭장 속에다 몰아넣었다. 늙은 경찰관들은 벌목도를 휘두르는 직업적인 암살자들로 대치되었다. 작업실에 틀어박혀 있으면서, 그는 자기가 침묵의 고독 속에서 보낸 몇 해 만에, 처음으로 바깥에서 벌어지고 있는 변화에 대해서 생각했고, 자기가 전쟁을 완전히 마무리 짓지 못하고 도중에 중단한 것이야말로 엄청난 실수였음을 깨닫게 되었다. 그 무렵의 어느 날, 이미 잊혀진 마그니피코 비스발 대령의 동생이 그의 일곱 살 난 손자에게 마실 것을 사주려고 광장에 있는 손수레 장수에게로 걸어가다가, 아이가 그만 실수를 해 어느 경찰관과 부딪혀서 마실 것이 그 경찰관의 옷에 튀어 얼룩을 냈는데, 그러자 그 야만인은 벌목도를 휘둘러 어린아이를 갈기갈기 토막을 냈고, 옆에서 달려오던 할아버지마저 다시 벌목도를 휘둘러 단숨에 목을 잘라버렸다. 모든 마을 사람들은 사람들의 부축을 받고 걸어가는 목이 없는 노인과 뒤에서 한 여자가 그의 잘린 머리의 머리카락을 감아쥐고 질질 끌면서, 피투성이가 된 자루 속에 아이의 시체 토막들을 담아 넣고 따라가는 것을 보았다.

그 사건은 아우렐리아노 부엔디아 대령에게는 참회의 한계점을 뜻했다. 그는 갑자기 자기가 젊었을 때, 어떤 여자가 미친 개한테 물렸다는 이유로 두들겨 맞고 죽은 시체를 내려다보던 때에 느꼈던 것과 같은 분노로 고통스러워했다. 그는 집 앞에 죽 둘러선 구경꾼들을 한차례 둘러보고 자기 자신에 대한 모멸감에 가득 차서 옛날처럼 쩌렁쩌렁한 목소리로 더 이상 마음속에만 담아두고 참을 수가 없었던 분노를 그들에게 쏟아내었다.

"이제 모두들 두고 보라구." 그는 고함을 쳤다. "난 내 아들들을 전부 무장시켜서 이 개 같은 그링고 자식들을 싹 쓸어버릴 테니까."

　2주일이 지나가는 동안 해안을 따라 펼쳐진 각 지역에서 그의 열일곱 아들들은 그들의 이마에 재로 그린 십자가를 겨누어 쏘려는, 보이지 않는 악당들에게 토끼처럼 쫓기며 사냥을 당했다. 저녁 7시에 어머니와 함께 집에서 나오던 아우렐리아노 트리스테는 어둠을 찢으며 울린 장총 소리와 함께 이마에 구멍이 났다. 아우렐리아노 쎈테노는 공장에 자주 걸어놓고 자던 그물침대 위에서, 이마에 얼음 찍는 꼬챙이가 손잡이만 남겨놓고 완전히 박힌 채 시체로 발견되었다. 아우렐리아노 세라도는 영화 구경을 하고 나서 애인을 집까지 바래다준 다음 대낮처럼 환한 터키 인들의 거리를 거쳐서 집으로 돌아오던 도중, 누군지 신원이 끝까지 밝혀지지 않은 한 사람이 갑자기 군중 속에서 뛰어나와 그에게 권총을 발사했으며, 그 총에 맞은 그는 납이 펄펄 끓는 가마솥에 빠져 목숨을 잃었다. 그리고 몇 분 안 되어서, 아우렐리아노 아르카야가 어떤 여자와 함께 있는 방 밖에서 누군가 소리를 질렀다. "어서 나와요. 당신 형제들이 막 죽어가고 있습니다." 그와 함께 있던 여자가 나중에 들려준 얘기에 따르면, 아우렐리아노 아르카야가 침대에서 뛰쳐나가 문을 열자마자 모젤 권총이 불을 뿜고 그의 두개골이 날아가 버렸다고 했다. 그 죽음의 밤에 집 안 식구들이 죽어간 네 아우렐리아노를 위해서 밤샘 준비를 하는 동안 페르난다는 아우렐리아노 세군도를 찾으려고 미친 여자처럼 시내를 뛰어다녔고, 한편 멸족시키라는 명령이 대령의 성을 가진 사람을 모조리 살해하라는 얘기라고 생각한 페트라 코테스는 그를 옷장 속에 숨기고 문을 잠가버렸다. 페트라 코테스는 그를 나흘 동안이나 옷장 속에 숨겨두었다가 해안 지역에서 온 전보들을 보고, 보이지 않는 적이 쫓는 사람들은 재로 이마에 십자가를 그린 형제들뿐임이 분명해진 다음에야 꺼내주었다. 아마란타는 조카들에 대한 기록을 담아둔 장부를 꺼내다가 전보가 도착할 때마다 하나씩 줄을 그어 이름을 지웠고, 결국은 제일 나이 든 아우렐리아노 하나만 남게 되었다. 그들은 검은 피부와 초록빛 눈이 두드러지게 대조적인 대령의 첫아들을 생생하게 기억하고 있었다. 그의 이름은 아우렐리아노 아마도르였으며, 어느 산 밑에 들어앉은 외진 마을에서 목수 일을 하면서 살았다. 그가 죽었다는 소식을 알리는 전보가 오기를 2주일이나 기다리다가 아무런 연락이 없자 아우렐리아노 세군도는 눈앞에 닥친 위기를 혹시 그가 모르고 있을지도 모른다는 생각이 들어서 경고를 하려고 사람을 보냈다. 심부름을 갔던 사람은 아우렐리아노 아마도르가 안전하다는 소식을 가지고 돌아왔다. 씨를 말려버리라는 명령이 내린 날 밤에 두 사람이 그를 죽이려고 집으로 찾아가서 권총을 쏘아댔지만 그들은 이마의 십자가를 제대로 맞히지 못했다. 아우렐리아노 아마도르는 마당의 담을 뛰어넘어서, 장작을 사느라고 친분이 두터워진 원주민들 덕택에 그곳 지리를 자기 손바닥만큼이나 환히 알고 있던 산속으로 도망쳤다. 그 후 그에 대한 소식은 알 수가 없었다.

아우렐리아노 부엔디아 대령에게는 그때가 암흑의 시절이었다. 공화국 대통령은 그에게 전보를 보내 조의를 표했으며, 이 사건을 철저히 규명하겠다고 약속하고, 죽은 사람들에게 경의를 나타냈다. 그 명령을 받들어 시장은 조화를 네 개 가져다가 관 위에 얹으려고 했지만, 대령은 그 꽃들을 길바닥에 던져버리라고 했다. 장례식이 끝난 다음에 그는 손수 전보를 써서 공화국 대통령에게 보내려고 했는데, 전신국에서는 그런 과격한 전보는 발송할 수 없다고 거절했다. 그래서 그는 그 전보에 개인적인 감정을 더욱 노골적으로 표현하는 구절들을 보태서 봉투에 넣어 편지로 발송했다. 그의 아내가 죽었을 때나 그가 가장 아끼는 친구들이 전쟁에서 죽어갈 때마다 그랬듯이, 그는 이번에도 슬픔을 느끼기보다는 맹목적이면서도 방향감각을 잃은 분노에 끓어 막연한 무감각 상태에 이르렀다. 그는 안토니오 이사벨 신부가 적들이 그의 아들들을 쉽게 알아볼 수 있도록 도와주기 위해 이마에 재로 십자가를 그려주어 적들과 내통했다며 비난했다. 이제는 조직적으로 여러 가지 얘기를 연결 짓지도 못하고 걸핏하면 설교를 하다가 황당무계한 해석을 곁들여서 신자들을 당황하게 만들던 노쇠한 신부는 어느 날 오후, 문제의 수요일에 썼던 재를 담은 그릇을 가지고 집으로 찾아와서 그 재는 물로 깨끗이 씻어낼 수 있음을 증명하기 위해서 식구들에게 모두 십자가를 내리겠다고 우겼다. 그러나 그들이 겪은 비극이 너무나 골수에 깊숙이 박혀 있었던지라 페르난다까지도 신부가 자기에게 실험을 하려는 것을 막고 나섰으며, 그 이후로 부엔디아 집안에서는 성회일聖灰日에 제단으로 나가 무릎을 꿇는 사람이 없어졌다.

아우렐리아노 부엔디아 대령은 오랫동안 마음의 평화를 되찾지 못했다. 그는 황금물고기를 만드는 일을 중단했으며, 식사도 제대로 하지 못했고, 조용한 분노를 씹으면서 담요를 질질 끌고 몽유병자처럼 집 안을 배회했다. 그렇게 석 달이 지나고 나니 머리는 백발이 되고, 윤기 있던 콧수염은 핏기를 잃은 입술 위로 흘어져 내렸지만, 그의 눈빛만은 달아오른 석탄 덩어리처럼 이글거려서 옆에 있던 사람들을 놀라게 했고, 나중에는 뚫어져라 쳐다보기만 해도 가만히 있던 의자가 흔들거릴 것처럼 맹렬히 불타기 시작했다. 고통스런 분노 속에서 그는 적막한 영광의 황무지를 헤맬 때 그의 젊음을 인도했던 영감을 되찾으려고 애썼지만, 헛일이었다. 그 어떤 것도, 그 어떤 사람도 그의 마음속에 조그마한 애정도 불러일으키지 못하는 낯설어진 집에서 그는 길을 잃고 방황하게 되었다. 한번은 전쟁 전의 과거를 회상할 수 있는 자취를 발견하고 싶은 마음에서 멜키아데스의 방문을 열었으나, 그가 그곳에서 찾은 것이라고는 여러 해 동안 잊혀져 그곳에 쌓여 있던 쓰레기와, 휴지와, 먼지 더미뿐이었다. 아무도 한 번도 열어본 일이 없어서 습기에 양피지가 묵직해진 책에서는 흙빛의 꽃이 한 송이 피어 있었으며, 옛날에는 가장 깨끗하고 밝던 방 안의 공기 속에서는 썩은 추억의 냄새만 감돌고 있었다. 어느 날 아침 그는 밤나무 밑에서 죽은 남편의 무릎에 매달려 울고 있는 우르슬라를 발견했다. 바깥에서 비바람에 50년 동안이나 시달린 강인한 그 노인을 아직도 볼 수 없었던 집안사람은 아우렐리아노 부엔디아 대령뿐이었다.

"아버지에게 인사하렴." 우르슬라가 그에게 말했다. 그는 밤나무 앞

에 잠시 멈추어 섰지만, 자기 앞에 있는 텅 빈 공간에서 아무런 정도 느
끼지 못했다.

"아버지가 뭐라고 그러시나요?" 그는 물었다.

"아버지는 지금 무척 슬퍼하고 계신단다." 우르슬라가 대답했다. "아
버지는 네가 곧 죽을 거라고 생각해서 슬퍼하시는 거란다."

"그럼 이렇게 말씀드려요." 아우렐리아노 부엔디아 대령이 미소를 지
으면서 말했다. "사람은 꼭 죽어야 할 때 죽는 것이 아니라 죽을 수 있을
때에 죽는다고 말입니다."

죽은 아버지의 불길한 예언은 그의 마음속에 남은 마지막 자부심을
불러일으켰으며, 그는 그 자부심을 힘의 약동이라고 잘못 생각했다. 때문
에 그는 성 요셉의 석고상 속에서 발견된 금화를 마당의 어디에 묻었는지
대라고 우르슬라를 윽박질렀다. "넌 절대로 그걸 찾지 못할 거야." 우르
슬라는 옛날에 얻은 교훈을 다시 한 번 마음속에 다지면서 고집스럽게 말
했다. "언젠가는 그날이 올 거야." 우르슬라가 말을 이었다. "그 돈의 임
자가 어느 날 나타날 터이고, 그 사람만이 그 돈을 캐낼 수 있어." 언제나
그처럼 마음이 너그럽던 사람이 어째서 갑자기 그토록 악착같이 돈을 탐
내었는지 그 이유는 아무도 몰랐으며, 그것도 급한 일을 처리하는 데 필
요한 적은 액수의 돈이 아니라, 아우렐리아노 세군도가 그 돈의 액수만
듣고도 놀라서 얼굴이 하얘질 만큼 엄청난 돈을 그가 원한 이유는 더욱
알 수가 없는 노릇이었다. 옛날에 그와 같은 파였던 친구들에게 그가 그
돈을 구하러 찾아갔을 때, 친구들은 모두 그를 피했다. 그때가 되어서야
그는 이런 말을 했다. "자유파와 보수파가 다른 점을 구태여 꼽는다면, 자
유파는 5시에 미사를 드리러 가고, 보수파는 8시에 미사를 드리러 간다는
것뿐이지." 아무튼 그는 상상도 못 할 만큼 참을성을 가지고 애걸을 하고
다니면서, 체면 따위는 깡그리 잊고 여기에서 조금, 저기에서 조금씩 도
움을 받아 부지런히, 그리고 악착같이 사람들에게 달라붙어서 결국은 우
르슬라가 땅에 묻은 것보다도 훨씬 많은 돈을 여덟 달 동안에 모을 수가

있었다. 그리고 나서 그는 병이 들어 앓고 있는 게리넬도 마르케스 대령을 찾아가서 전면적인 전쟁을 시작할 생각이니 도와달라고 했다.

비록 중풍에 걸려 수족을 제대로 못 놀리는 처지라도 혁명의 낡은 줄을 조종할 수 있는 사람은 게리넬도 마르케스 대령뿐이었던 때도 있었다. 네에를란디아의 휴전협정이 이루어진 다음에 아우렐리아노 부엔디아 대령이 황금물고기를 만드는 일에서 도피처를 찾고 있던 시절에도 그는 혁명군이 패배할 때까지 그에게 충성을 바쳤던 장교들과 계속해서 접촉을 했다. 그들과 함께 그는 날마다 굴욕을 당해야 하는 슬픈 전쟁을 수행했으니, 탄원을 하고 진정서를 내고 ‘내일 다시 생각해 보자’ 거나, ‘언제라도 기회가 오면’ 이라든가, ‘당신 문제를 성의껏 검토하고 있다.’ 는 말에 밀려서 하루하루를 속아 살았다. 종신연금 증서에 서명을 했어야 하지만, 서명을 하려고 들지 않던 ‘당신의 친애하는’ 수많은 사람들과의 싸움은 끝내 패배로 끝났다. 20년 동안 피를 흘려 싸웠던 다른 전쟁은, 영원히 연기만 되는 부식성 전쟁보다는 차라리 피해가 적었다. 세 번이나 자객을 피하고, 다섯 차례나 부상을 당하면서도 살아남고, 수많은 전투에서도 상처 하나 없이 거뜬하게 살아난 게리넬도 마르케스 대령조차도 기다림이라는 잔혹한 포위망에 끝내 항복하고 말았고, 다이아몬드처럼 빛나는 햇살 속의 아마란타에 대한 생각만 되씹으면서, 늙어감에 따라 비참한 패배 속에 점점 빠져들게 되었다. 그가 마지막으로 얘기를 나누었던 전우들은 공화국의 이름 없는 대통령 옆에서 얼굴을 치켜들고 사진을 찍어 그 사진을 신문에 실었으며, 대통령은 자기의 얼굴이 박힌 단추를 그들에게 나누어주었으며, 그러면 그들은 그 단추를 옷깃에 자랑스럽게 달았고, 나중에 그들이 죽은 다음에 관 위에 씌워달라며, 그들이 지니고 있던 피와 화약으로 찌든 깃발을 바쳤다. 보다 명예로운 다른 사람들은 국가의 자선이 베푸는 그늘 속에서 굶주림으로 죽어가면서 분노를 씹으며 살았고, 영광의 오묘한 똥 속에서 늙어 썩어갔다. 그래서 아우렐리아노 부엔디아 대령이 그에게 부패한 정권의 모든 허울을 벗겨버리고 외국인 침략자들의 농간을 물리치기 위해서 결사적인 전쟁을 시작하자고 제안했을 때, 게리넬도 마르케스 대령은 연민으로 몸을 떨지 않을 수 없었다.

"아, 아우렐리아노." 그는 한숨을 쉬었다. "난 자네가 이제 퍽 늙은 줄은 알고 있었지만, 보기보다도 훨씬 더 늙었구먼그래."

13

말년에 혼란한 나날을 보내느라 우르슬라가 호세 아르카디오를 교황으로 키우기 위한 교육에 전념할 수가 없었으므로, 그는 공부를 계속하기 위해서 곧 신학교로 떠날 채비를 했다. 그런가 하면, 페르난다의 엄격함과 아마란타의 아집 사이를 오가면서 바삐 살아오던 그의 여동생 레메도 거의 동시에, 클라비코드 연주의 대가가 되기 위해 수녀 학교에 갈 나이가 되었다. 우르슬라는 무기력한 교황견습생의 영혼을 인도하려던 자기의 방법이 별로 효과적이지 못했다는 심각한 회의가 들어서 무척 걱정하고 고통스러워하고 있었지만, 그 잘못을 자신이 나이가 너무 먹어 수족을 제대로 놀리지 못한다거나 앞에 놓인 물건도 잘 알아보지 못할 만큼 시력이 나빠졌다는 데 돌리지 않고, 오히려 스스로 제대로 파악하지도 못한, 발전을 위한 일시적인 파멸이라는 애매모호한 이유를 들어서 변명했다. "요새 세상은 옛날하고는 일이 돌아가는 양상이 많이 달라졌어." 매일매일의 현실이 손가락 사이로 빠져 달아나는 듯한 기분을 느끼면서 우르슬라는 때때로 그런 얘기를 했다. 옛날에는 아이가 하나 크려면 무척 오랜 세월이 걸렸는데, 하고 우르슬라는 생각했다. 호세 아르카디오가 집시들을 따라서 고향을 떠났다가 온몸에 뱀처럼 문신을 하고 돌아와서 천문학자들이 늘어놓음직한 얘기를 떠들어댈 때까지 얼마나 많은 세월이 흘렀고, 그리고 집에서도 아마란타와 아르카디오가 원주민들의 말을 잊고 스페인 말을 배우게 되었을 때까지 얼마나 많은 일들이 있었는지를 생각해 보면, 당장 그런 기분이 되었다. 호세 아르카디오 부엔디아가 밤나무 밑에서 지내는 동안 흘러간 태양과 이슬의 날짜만 헤아려 보아도 쉽게 알 수 있었고, 아우렐리아노 부엔디아 대령이 죽어가는 몸으로 그토록 오랫동안 전쟁 속에서 고통을 겪고 고향으로 돌아왔을 때에 그의 나이가 아직 쉰도 안 되었다는 사실만 해도 그렇다. 어떤 때에는 동물과자를 만들면서 하루를 꼬박 보내고 나서도, 아픈 아이의 눈자위를 까뒤집어 보고는 그 아이에게 피마자기름을 발라주고 병을 치료하느라고 많은 시간을 보내야 했다. 그러나 이제는 별로 할 일이 없는 듯싶어서 호세 아르카디오나 궁둥이에 태워주며 새벽부터 저녁까지 시간을 보내다 보면, 어느덧 하루는 다 갔는데 하다 만 일들이 남아 있곤 했다. 사실상 우르슬라는 지금은 나이가 몇 살인지조차 오래전에 까먹었을 만큼 늙었으면서도 늙음에 대해서 맹렬히 저항했고, 그래서 이것저것 온갖 일에 골고루 참견을 해대거나, 낯선 사람들만 나타나면 전쟁이 있던 시절에 비가 멈출 때까지만 보관해 달라고 성 요셉의 석고상을 맡긴 일이 없느냐고 물어대는 바람에 사방에서 온통 눈총만 받게 되었다. 우르슬라가 언제부터 시력을 잃게 되었는지 정확히 알고 있는 사람은 물론 하나도 없었다. 침대에서 내려설 기운조차 없을 만큼 몸이 쇠약해진 말년에도, 우르슬라가 기력을 잃었음은 모두 알고 있었어도 장님이 되었다는 사실만은 아무도 몰랐다. 우르슬라 자신은 자기가 장님이 되어간다는 사실을 호세 아르카디오가 태어나기 전부터 알고 있었다. 처음에는 일시적인 시력감퇴인 줄 알고 남몰래 눈에 꿀을 바르고 뼛골시럽을 복용했지만, 얼마 안 가서 자기가 되돌아올 수 없는 암흑으로 영원히 빠져들고 있음을 깨달았고, 그래서 마콘도에 처음으로 전기가 들어왔을 때에도 전깃불을 제대로 못 보고 어렴풋이 흐릿한 광채만 느꼈을 뿐이어서, 전기라는 현대문명의 새로운 발견에 대해 별로 느끼는 바가 없었다. 장님이 되었다는 사실을 밝히면 자신이 이제 쓸모없어졌음을 여러 사람들에게 알리는 결과만 초래할 거기 때문에, 우르슬라는 그 사실을 비밀로 덮어두고 아무한테도 얘기하지 않았다. 우르슬라는 백내장白內障으로 시력을 잃어서 이제는 느껴서 판단할 수 없는 거리감을, 물건들이 놓여 있던 자리를 기억해 내고 사람들의 소리를 들음으로써 측정하려는 공부를 아무도 모르게 조용히 계속했다. 나중에 어둠 속에서 부피나 빛깔보다는 훨씬 도움이 되는 냄새의 쓰임새를 터득한 뒤, 우르슬라는 드디어 수치스러운 패배의식에서 벗어날 수 있었다. 그녀는 어둠 속에서 방 안에 앉아 바늘에 실을 꿰고 단추를 달 만큼 익숙해졌고, 우유가 끓는 시간도 정확히 알게 되었다. 무엇이 어디에 놓여 있는지도 어찌나 확실하게 알았던지 자기가 장님이 되었다는 사실도 때로는 의식하지 못할 정도였다. 한번은 결혼반지를 잃어버리고 페르난다가 온통 집 안을 뒤지는 법석을 부렸는데 우르슬라가 그 반지를 아이들의 침실에 있는 선반 위에서 찾아내기도 했다. 다른 사람들이 별로 신경을 쓰지 않고 오가는 동안에 우르슬라는 간단히 네 가지의 감각만 동원해서 남들이 눈치 채지 못하게 혼자 그들을 지켜보고, 집안 식구들이 모두 자기도 모르는 사이에 날마다 같은 길만 거듭해서 돌아다니고, 같은 행동을 반복한다는 사실을 발견했으며, 그들이 그녀가 장님이 되었다는 사실을 눈치 채지 못하게 했다. 그리고 그들이 날마다 반복하는 과정에서 벗어날 때만 무엇인가 잃게 된다는 사실도 알아냈다. 그래서 페르난다가 반지를 잃어버렸다고 소란을 피우는 소리를 듣자, 우르슬라는 그날 페르난다가 한 행동 가운데 다른 날과 달랐던 것은 전날 밤에 침대에서 빈대가 나왔다고 레메가 얘기해서 침대 매트리스를 마당으로 내다가 햇볕에 쬐었다는 것뿐이었음을 생각해 내었다. 빈대 때문에 소동을 벌일 때 아이들도 함께 있었기 때문에 페르난다가 반지를

276

아이들의 손이 닿지 않는 곳에 빼어두었으리라는 결론을 얻었고, 그래서 우르슬라는 선반을 지목했다. 그러나 페르난다는 날마다 자기가 꼭 지나다니는 곳들만 찾아댔고, 날마다 계속되는 과정에서는 물건을 잃지 않는다는 진리를 몰라서 헛된 고생만 계속하는 듯했다.

집 안에서 날마다 변하는 세밀한 사항들에 대해서 뒤떨어지지 않고 항상 준비가 되어 있으려는 힘든 과업을 성취하는 데 있어서는 어린 호세 아르카디오를 키우는 일이 큰 도움이 되었다. 아마란타가 침실에 있는 성인들의 석고상에 새 옷들을 입히고 난 다음에, 우르슬라는 아이에게 색깔 공부를 시키는 척하면서 얘기를 나누었다.

"자, 가만 있자!" 우르슬라는 호세 아르카디오에게 얘기를 했다. "라파엘 천사가 입은 옷이 무슨 색인지 맞춰봐라."

이렇게 해서 눈으로 보지 못해 알 수 없던 사실들을 우르슬라는 아이에게 들어서 익혔고, 호세 아르카디오가 신학교로 공부를 하러 떠나기 훨씬 전에 성인들이 입고 있는 옷의 감촉만으로도 그 옷이 무슨 빛깔인지 환히 알게 되었다. 그러나 때때로 예기치 않은 사태들이 벌어지기도 했다. 어느 날 오후에 베고니아꽃이 핀 앞마당에서 뜨개질을 하던 아마란타를 보지 못해서 우르슬라는 그만 그녀와 부딪히고 말았다.

"도대체 왜 이러시는 거예요?" 아마란타가 종알댔다. "앞에 누가 있는지 잘 보고 다니시면 안 되나요?"

"그건 다 네 잘못이란다." 우르슬라가 대답했다. "오늘은 네가 자리를 잘못 잡아서 길목에 앉아 있으니까 그렇지."

우르슬라는 자기가 한 말에 자신이 있었다. 그러나 그 일이 있었던 다음에 우르슬라는 남들이 쉽게 넘겨버려서 잘 모르고 있던 사실을 하나 터득하게 되었는데, 그것은 태양이 1년 동안 서서히 그 궤도를 바꾸고 있으며, 그에 따라서 앞마당에 나앉아 있는 식구들도 그들이 모르는 사이에 조금씩 조금씩 위치를 바꾸고 있다는 것이었다. 그래서 그날부터는 아마란타가 앉아 있는 정확한 자리를 알아내려면 그날이 몇 월 며칠인지만 알아내면 되었다. 비록 눈에 띨 만큼 손이 떨리고 몸을 제대로 가누기 힘들 만큼 발이 무거워지기는 했어도 우르슬라는 어느 때보다도 쏘다녔다. 그녀는 옛날 집안 살림을 혼자 떠맡았을 때 못지않게 부지런했다. 그리고 노쇠한 몸을 이끌고 헤어나지 못할 적막감 속에 살면서 새로운 통찰력을 얻은 그녀는 지극히 보잘것없는 집안일까지도 철저히 관찰하면서, 지난날 앞을 보던 시절의 바쁜 삶을 보내던 때 있었던 일들도 새로운 눈으로 이해하기에 이르렀다.

호세 아르카디오를 신학교에 보낼 준비를 서둘 무렵에 우르슬라는 이미 마콘도라는 마을이 처음 생길 때부터의 집안 역사를 세밀히 따지며 머릿속에 정리했고, 그동안 자손들에 대해서 자기가 인식하고 있던 여러 생각들을 다시 고쳐갖게 되었다. 우르슬라는 이제까지 자기가 생각했던 대로 아우렐리아노 부엔디아 대령이 전쟁에 시달린 탓에 마음이 굳어 집안 식구들에 대한 사랑을 잃어버린 것이 아니라, 그의 아내였던 레메디오스를 포함해 전쟁 통에 하룻밤을 지낸 여자들, 그의 아들들까지 그 어느 누구도 결코 사랑한 적이 없다는 사실을 깨달았다. 그리고 그가 (다른 사람들이 생각했던 것처럼) 어떤 이상주의를 추구하기 위해서 그토록 오랫동안 여러 전쟁을 치렀거나 (다른 사람들이 생각했던 것처럼) 전쟁에 지쳐서 최후의 승리를 포기한 것이 아니라, 싸움에서 이기거나 진 모든 이유는 단 하나, 순수하면서도 죄악이나 마찬가지인 자존심 때문이었음을 깨닫게 되었다. 그래서 우르슬라는 자기가 모든 삶을 쏟아넣었던 자기 아들에게는 사랑할 수 있는 능력이 전혀 없었다는 결론을 내렸다. 아직 그 아이가 뱃속에 있었을 때 우르슬라는 뱃속에서 아이가 흐느껴 우는 소리를 들은 적이 있었다. 그 울음소리가 어찌나 분명하게 들렸던지 옆에서 자다가 잠이 깨어 일어난 호세 아르카디오 부엔디아는 아이가 태어나면 복화술사(腹話術師, 입을 열지 않고도 이야기를 하는 광대 - 역주)가 될 것이라는 생각에 기뻐서 어쩔 줄을 몰랐다. 다른 사람들은 그 아이가 태어나면 예언자가 될 것이라고 말하기도 했다. 그러나 우르슬라는 그 깊은 신음 소리야말로 아이가 돼지꼬리를 달고 태어나리라는 첫 조짐이라고 굳게 믿어서, 아이가 뱃속에서 죽기만을 하느님께 빌었다. 이제 늙어서 통찰력을 얻게 된 우르슬라는 어머니의 뱃속에서 아이가 울었던 것은 복화술의 시범이나 예언자의 능력을 나타내는 것은 절대 아니고, 아이가 태어나면서 사랑할 능력이 완전히 결핍된 인간이 되리란 것을 증명하는 조짐이었다는 사실을 터득해서 남들에게도 자주 그런 얘기를 해주었다. 아들에 대한 생각을 이렇게 격하하고 나니, 아들에게 주려던 모든 사랑과 연민을 다시 따져보게 됐다.

그런가 하면 자신의 냉정한 마음에 겁을 먹고, 스스로 자학하고 있던 아마란타는 우르슬라의 마지막 분석 과정에서 이 세상의 어느 누구보다도 부드러운 여인이었음이 분명해져서, 우르슬라는 아마란타에 대해 동정을 느꼈고, 피에트로 크레스피를 고통 받게 만든 까닭은 모든 사람들이 생각했던 대로 복수를 하려는 욕망에서 야기된 것이 아니었고, 게리넬도 마르케스 대령의 인생을 절망으로 망치게 한 것도 모든 사람들이 생각했던 대로 자신이 겪은 괴로움에 대한 앙갚음에서 연유한 것이 아니라, 그 두 가지 사건 모두 헤아릴 수 없을 만큼 깊은 사랑과 물리칠 수 없었던 비겁함의 결사적인 투쟁 과정에서 빚어진 결과였으며, 마침내는 아마란타가 자신의 고통스러운 마음에 대해서 느끼고 있던 어처구니없는 두려움이 승리를 거두었다는 결론을 내렸다.

이 무렵 우르슬라는 자기 젖을 받아먹고 자라지 못하고, 대지의 흙과 담벼락의 석회를 긁어 먹었으며, 자기 피를 물려받지 않았고, 무덤 속에 묻히지 못한 채 뼈만 남아 딸그락거리던 낯선 사람들에게서 받은 피가 핏줄 속에 흐르던 레베카를 깊이 이해하게 되면서, 뒤늦은 후회와 갑작스런 감탄으로 빚어진 사랑을 느끼며 그녀를 회고하고 레베카의 이름을 부르며 찾곤 했다. 열정적인 마음과 불타는 자궁의 소유자였던 레베카만이 우르슬라가 이 집의 핏줄 속에 흐르기를 바랐던 속박할 수 없는 용기를 지니고 있었다.

"레베카." 우르슬라는 벽을 쓰다듬으면서 이름을 불렀다. "우리가 너한테 정말 너무했던 것 같구나."

집안에서는 모두들 우르슬라가 정신이 나간 줄 알았으며, 특히 가브리엘 천사처럼 오른쪽 팔을 들고 걸어 다니게 되었을 때에는 끝장이 났다고 생각했다. 그러나 페르난다만은 우르슬라가 별로 주저하지도 않고 지난 한 해 동안 집에서 나간 돈이 전부 얼마나 되는지 단숨에 척척 맞히는 것을 보고는, 갈팡질팡하는 듯싶은 그 그늘진 마음 한쪽에는 명철한 판단의 양지가 아직도 남아 있음을 깨달았다. 어느 날 부엌에서 우르슬라가 냄비에다 수프를 끓이다가, 남들이 옆에서 듣고 있는 줄도 모르는 채 불쑥, 처음 집시들이 마콘도를 찾아왔을 때 사두었다가 호세 아르카디오가 예순네 번의 세계일주를 하기 위해 마을을 떠나기 전에 잃어버렸던 옥수수 빻는 기계가 아직 필라르 테르네라의 집에 있다는 말을 듣고서는 아마란타도 페르난다와 비슷한 생각을 하게 되었다. 이제 100살이 다 되었으면서도 그 뚱뚱한 몸으로서는 믿어지지 않을 만큼 민첩하게 활동해서, 옛날에 웃음소리로 비둘기들이 놀라 달아나게 했듯이, 지금은 날렵한 동작으로 아이들을 깜짝깜짝 놀라게 하는 필라르 테르네라는 카드로 치는 점보다는 나이가 들어 깨우친 현명함이 훨씬 뛰어나다는 사실을 경험으로 배웠기 때문에 우르슬라의 말이 맞음을 알고도 조금도 놀라지 않았다.

그런데도 우르슬라는 호세 아르카디오가 성직을 맡게 되는 날을 볼 만큼 오래 살 것 같지 않음을 깨닫고는 가끔 자기도 모르게 불안에 잠겨 초조해지기 시작했다. 그래서 그녀의 통찰력을 빌면 훨씬 더 명확하게 파악할 수 있었던 것들조차 눈으로 보려는 실수를 범하게 되었다. 어느 날 아침에 우르슬라는 병에 담긴 물이 장미 향수인 줄 잘못 알고 아이의 머리에다 잉크를 부었다. 남들이 재미있어하면서 즐기면 갑자기 욕심이 나서 모든 일에 한축 끼려고 서두르다가 걸핏하면 걸려 넘어지기도 했으며, 어둠에서 벗어나려고 몸을 뒤틀면 더욱 죄어드는 좁은 옷(미친 사람이나 광폭한 죄수에게 입히는 삼베로 만든 윗옷 - 역주)처럼 암흑의 거미줄 속에서 발버둥쳤다. 그때가 되어서야 우르슬라는 자기의 우둔함이 노쇠함이나 어둠이 거둔 첫 승리가 아니라, 시간이 내려준 형벌임을 깨달았다. 우르슬라는 터키 사람들이 올이 가느다란 무명천을 젤 때 쓰던 단위인 달이나 해라는 기간을 하느님이 이렇게 함정으로 바꾸어놓기 전인 옛날에는 모든 사물들이 달랐었다고 생각했다. 이제는 아이들만 빨리 자라는 것이 아니었고, 사람의 마음도 옛날과는 달라졌다. 레메디오스의 육체와 영혼이 하늘로 날아오르자마자 페르난다는 자기 담요가 없어졌다고 투덜거리며 돌아다녔다. 아우렐리아노들이 죽어서 시체가 식기도 전에 아우렐리아노 세군도는 집 안에 다시 불을 환히 밝히고, 술주정꾼들을 잔뜩 불러서 아코디언을 켜고, 샴페인으로 목욕을 했으며, 그들은 죽은 사람들이 기독교인이 아니라 그저 개에 지나지 않는 듯 행동했고, 그토록 많은 고통을 겪으며, 그토록 많은 동물과자를 만들어서 겨우 마련한 집을 파멸의 쓰레기가 잔뜩 쌓인 광란의 터전으로 바꾸어 놓으려고 했다. 호세 아르카디오의 짐을 꾸리는 동안에 이런 생각들을 하면서 우르슬라는 차라리 지금 당장 죽어버리고 그들로 하여금 자기 몸 위에 흙을 뿌리게 하는 편이 더 낫지 않을까 하는 궁리도 했으며, 아무런 두려움도 없이 인간으로 하여금 이토록 심한 고통과 엄청난 곤욕을 치르도록 한 것을 보니 인간이 쇳덩어리로 만들어진 줄 아느냐고 하느님에게 물었다. 이러한 생각을 혼돈 속에서 자꾸 되풀이하면서 우르슬라는 당장 밖으로 뛰쳐나가 외국인들처럼 멋대로 횡포를 부리면서 모든 것에 대한 반역을 시작해서, 좌절감 따위는 다 던져버리고, 온갖 것들에 똥이나 싸갈기고, 지난한 세기 동안 참고 참으면서 마음속에 차곡차곡 다져둔 온갖 몹쓸 욕설을 한껏 퍼부어대고 싶은 욕망이 참을 수 없을 만큼 치밀어 올랐다.

“염병할 것!” 우르슬라가 고함을 쳤다.

트렁크에 옷을 꾸려 넣고 있던 아마란타는 그 말을 듣고 우르슬라가 전갈에 물리기라도 한 줄 알았다.

“어디 있어요?” 아마란타가 깜짝 놀라서 물었다.

“뭐 말이냐?”

“전갈 말예요.” 아마란타가 물었다.

우르슬라는 손가락으로 가슴을 가리키며 대답했다.

“이 속에 있다.”

목요일이 되자 호세 아르카디오는 오후 2시에 신학교로 출발했다. 그 날 작별인사를 나눌 때 풀이 죽어 있으면서도 심각하게, 그녀가 그에게 가르쳤듯이 눈물을 흘리지 않고, 구리단추가 달리고 옷깃이 빳빳한 코르 덴 양복을 입고 땀을 철철 흘리던 그의 마지막 모습을 우르슬라는 오랫 동안 두고두고 잊지 못했다. 우르슬라가 냄새만 맡고도 뒤따르기 쉽게 머리에 뿌린 코를 찌르는 장미 향수 냄새를 식당에 남기고 호세 아르카 디오는 떠나갔다. 마지막 점심 식사를 함께 나누는 동안에 식구들은 떠 들썩한 잔치 기분을 냄으로써 초조감을 조금이나마 감추려고 애썼으며, 안토니오 이사벨 신부가 한 말들을 자꾸만 반복하면서 그들의 기쁨을 과 장해 흥을 돋우려고 애썼다. 그러나 귀퉁이에는 은장식을 박고 벨벳 끈 으로 묶은 트렁크를 꺼내오자, 모든 식구들은 눈앞에 관을 놓고 앉은 듯 한 표정을 짓고 말았다. 이 작별행사에 참석하지 않은 사람은 아우렐리 아노 부엔디아 대령뿐이었다.

“그만하면 우리 집에도 갖출 건 다 갖추게 되었구먼.” 그는 툴툴거렸 다. “이제 교황까지 나오게 되었으니 말이야!”

그로부터 석 달이 지난 다음에 아우렐리아노 세군도와 페르난다는 레메를 학교로 데려다주고 오는 길에 클라비코드를 가져왔는데, 그것은 자동피아노의 자리를 대신 차지하게 되었다. 아마란타가 자신의 수의를 뜨기 시작한 것도 그 무렵이었다.

바나나 열병은 이때 이미 진정되어 있었다. 마콘도의 옛 주민들은 자 기들이 낯선 침입자들에 의해 구석으로 밀려났음을 깨닫게 되었고, 지난 날의 보잘것없는 생활 방편에 매달려 살고 있으나, 어쨌든 엄청난 파선

破船에서 살아남았다는 일종의 안도감을 느끼고 있었다. 집에는 변함없이 점심때가 되면 손님들이 들끓었으나, 옛날 분위기는 여러 해가 지난 다음 바나나 회사가 이곳을 떠날 때까지 찾아볼 길이 없었다. 이즈음에는 페르난다가 집안을 거의 다스리다시피 해서, 손님들에게 베푸는 친절의 개념에도 대폭적인 변화가 있었다. 우르슬라는 어둠 속에 갇혀 살다시피 했고, 아마란타도 옷을 짜는 일에만 한없이 빠져 있어서, 한때 여왕으로 추대되었던 여인은 자기가 손수 손님을 가려 초대할 권리를 확보하게 되었으며, 엄격한 자기의 부모들에게서 배웠던 규칙들을 지키도록 그 손님들에게 강요할 수 있었다. 외부에서 온 사람들이 손쉽게 번 돈을 제멋대로 낭비하던 도시에는 맞지 않게, 페르난다가 강요한 준엄한 예절은 낡아 잊혀진 옛 관습들을 이 집에 되살려 일으키는 듯싶었다. 그녀에게 있어서 올바른 사람들이란 더 물어볼 필요도 없이 바나나 농장과는 아무런 관계가 없는 사람들을 뜻했다. 그녀의 시아주버니인 호세 아르카디오 세군도까지도 멋진 싸움닭들을 버리고 바나나 회사의 십장이 되자 그녀의 경계를 받는 대상이 되고 말았다.

"호세 아르카디오 세군도는 이제 다시는 이 집안에 발을 들여놓지 못할 거예요."

페르난다가 선언했다. "외국인들의 무분별한 행동을 따르는 한, 그는 이 집 식구가 아니죠."

집안 사정이 점점 빡빡해지게 되자 아우렐리아노 세군도는 오히려 페트라 코테스의 집에서 편안함을 느꼈다. 처음에 그는 아내의 짐을 덜어준다는 핑계로 잔치를 벌이는 장소를 옮겼다. 그리고 가축들이 새끼를 친다는 핑계를 대면서 곡식창고와 마구간들을 옮겼다. 마지막으로 그는 첩의 집이 더 시원하다는 핑계를 대고 자기가 사업을 보는 작은 사무실까지도 그곳으로 옮겨갔다. 페르난다가 남편이 아직 멀쩡하게 살아 있으면서도 생과부가 되었음을 깨달았을 때에는 이미 모든 것이 너무 늦어서 원상복귀를 할 수 없는 상태였다. 아우렐리아노 세군도는 집에서 식사를

하는 일이 거의 없었으며, 어쩌다가 아내와 함께 자려고 가끔 집에 들르
긴 했지만 그것만 가지고는 아무도 그들 사이가 온전하다고 믿지 않았
다. 그러던 어느 날 밤에 그는 그만 날이 밝을 때까지 페트라 코테스의
침대에 머무르고 말았다. 그러나 생각했던 바와는 달리 페르난다는 조금
도 그를 나무라지 않았고, 안타까운 한숨도 쉬지 않았으며, 오히려 그날
로 그의 옷을 꾸려 담은 트렁크 두 개를 첩의 집으로 보냈다. 그녀는 모
든 사람들이 그 꼴을 보고 나면 바람난 남편이 부끄러움을 이기지 못해
서 머리를 숙이고 다시 집으로 돌아오려니 생각해서, 사람이 많이 다니
는 한길 복판을 가로질러서 가라는 지시를 하고 그 짐을 대낮에 보냈다.
그러나 그 영웅적인 행동은 페르난다가 자기의 부모들과는 판이하게 다
른 남편의 성격이나 이곳 사람들의 기질을 조금도 이해하지 못하고 있다
는 사실을 다시 한 번 증명한 셈이 되었다. 한길을 따라 버젓이 지나가던
그 짐들을 보고 사람들은 그들이 이미 알고 있었던 사실을 거듭 증명할
뿐이라 놀라기는커녕 당연한 일로 받아들였고, 아우렐리아노 세군도는
공식적으로 자기에게 자유가 부여되었음을 축하하는 뜻에서 사흘 동안
이나 잔치를 벌였다. 페르난다가 속이 더욱 상한 노릇은, 자기는 기다란
구식 드레스를 입고 옛날 장신구로 치장을 하고 낡아빠진 자부심만 지닌
채 슬픈 중년을 맞아야 할 처지였지만, 첩은 오히려 벨벳으로 지은 울긋
불긋한 드레스를 차려입고, 눈은 호랑이 털처럼 표독한 불꽃으로 활활
타오르며 두 번째 청춘의 폭발을 만끽하게 되었다는 사실이었다. 아우렐
리아노 세군도는 청춘 시절의 광폭한 정열이 다시 살아나서, 페트라 코
테스가 자기도 모르는 사이에 두 쌍둥이 형제와 사랑을 하고 두 남자와
번갈아가면서 잠자리에 들며, 남자 두 사람의 몫을 해낼 만큼 정력이 대
단한 남자를 만난 줄 알고 행운을 하느님께 감사하면서 맘껏 즐기던 시
절 못지않게 희열을 맛볼 수가 있었다. 다시 되살아난 그의 정열은 주체
할 수 없을 정도여서, 식사를 하려고 식탁에 마주 앉았다가 그들의 눈길
이 서로 마주치면 아무것이나 손에 잡히는 것으로 식탁을 덮어두고 곧장

침실로 가서 배가 고프고 사랑놀이에 지쳐 죽을 지경이 될 때까지 기운을 뺀 일도 한두 번이 아니었다. 몰래 프랑스 창녀들을 찾아갔을 때 봐둔 것이 생각난 아우렐리아노 세군도는 창녀들의 방 분위기를 살리기 위해 페트라 코테스에게 차양이 달린 멋진 침대를 사주고, 창문에는 벨벳 커튼을 치고 침실의 천장과 벽에는 큼직한 수정 거울을 달았다. 그러는 한편 그의 바람기와 낭비벽은 어느 때 못지않게 심해졌다. 날마다 11시면 도착하는 기차 편으로 그는 샴페인과 브랜디를 계속해서 실어 왔다. 역에서 돌아오는 길에 그는 지위의 높낮음을 가리지 않고 원주민들이나 외국인들, 아는 사람들이나 아직 사귀지 않은 사람들을 붙잡아 끌고 와서 즉흥적으로 잔치를 벌였다. 이상한 언어로만 얘기를 하면서 요리조리 잘 빠져나가는 미스터 브라운까지도 유혹의 손길에 말려들어서 여러 번이나 페트라 코테스의 집까지 끌려와 정신을 잃을 만큼 술에 취했고, 한번은 자기가 가는 곳마다 끌고 다니는 독일 셰퍼드로 하여금 자기가 아코디언의 연주에 맞춰서 멋대로 불러대는 텍사스 노래에 따라 춤까지 추게 했다.

"낳아라, 소들아." 잔치가 한창 흥겨워지면 아우렐리아노 세군도가 소리를 버럭 질렀다. "삶은 짧으니 어서어서 새끼를 낳아라."

그는 신수가 훨씬 좋아졌으며, 어느 때보다도 많은 사람들에게 사랑을 받았고 가축들은 정신없이 새끼를 쳤다. 계속되는 잔치 때문에 수많은 소와 돼지와 닭들이 끊임없이 도살당했으며, 앞마당의 흙은 잡아먹힌 가축들이 흘린 피로 검은빛이 되었고, 언제나 질퍽질퍽했다. 뼈다귀와 창자들이 마당에 잔뜩 쌓이고, 쓰레기가 진흙구렁텅이에 범벅이 되어서, 그들은 몰려드는 말똥가리새들이 손님들에게 달려들어 눈알을 쪼아대지 못하게 하려고 쉴 새 없이 다이너마이트를 터뜨려야만 했다. 세계를 두루 여행하고 갓 돌아왔을 때의 호세 아르카디오가 보여준 식욕과 맞먹을 만큼 먹성이 좋았던 아우렐리아노 세군도는 몸이 불고, 피부는 자줏빛이 되고, 모습은 똥똥한 거북이를 닮아갔다. 그의 엄청난 폭식暴食과 어처구니없는 낭비벽과 듣도 보도 못할 만큼 대단한 손님 접대는 그 명성을 뒤따를 자가 없어서, 곧 소문이 늪지대의 경계선을 넘어 퍼져나가 해안 지대 각처에서 소문난 대식가들이 줄을 지어 몰려들었다. 누가 가장 많이 먹고 견뎌낼 수 있는지를 겨루는 시합이 페트라 코테스의 집에서 열리게 되자, 이 주책없는 경기에 참여하기 위해 각처에서 이름난 먹보들이 찾아왔다. 어느 불운한 토요일에 '코끼리'라는 별명으로 전국에 잘 알려진 몸집이 거대한 여자 까밀라 사가스투메가 나타날 때까지는 아우렐리아노 세군도가 무적의 대식가로 이름을 날렸다. 그들의 대결은 화요일 새벽까지 계속되었다. 시합 첫날, 송아지 한 마리에 카사바와 마(고구마와 비슷한 알뿌리 식물의 일종 – 역주)와 튀긴 바나나를 곁들여 먹고, 거기에다 샴페인 한 상자 반을 마신 다음에 아우렐리아노 세군도는 자기가 이 시합에서 이긴 것이나 마찬가지라고 자신했다. 그는 그의 적보다 더 신이 나 있었고, 기운도 넘치는 것 같았으나, 침착한 상대방은 경험이 많아서였는지 자기 나름대로의 스타일도 가지고 있었고, 집 안을 꽉 메울 만큼 모여든 구경꾼들에게 신경도 덜 쓰는 편이었다. 빨리 이기고 싶은 조급한 마음에서 아우렐리아노 세군도가 덥석덥석 먹을 것을 삼킨 반면에, '코끼리'는 고기를 외과 의사만큼이나 차분한 솜씨로 잘게 썰어서 서두르지 않고 천천히, 별 맛도 보지 않으면서 차근차근 먹었다. '코끼리'는 몸이 질기고 우람했지만, 몸집이 거대하면서도 여성적인 부드러움만은 지니고 있었고, 얼굴이 무척 아름답고 손은 잘 가꾸어서 아주 고운데다 남의 마음을 사로잡을 만한 매력의 소유자여서, 집으로 들어서는 그녀의 모습을 처음 보았을 때 아우렐리아노 세군도는 낮은 목소리로, 식탁에서가 아니라 침대에서 시합을 벌였으면 더 좋겠다고 말하기도 했다. 그러나 나중에 식탁에서의 예절을 조금도 어기지 않으면서도 송아지의 옆구리를 깨끗하게 집어삼키는 광경을 본 다음에, 그는 진지한 표정을 지으면서 저렇게 섬세하고 황홀하고 지칠 줄 모르는 코끼리 인간이야말로 어떻게 보면 이상적인 여인이 아니겠느냐고 논평했다. 그의 말이 맞았다. '코끼리'가 마콘도에 도착하기 전에 퍼졌던, 그녀가 레슬러라는 소문은 근거 없는 헛소문이었다. 그녀는 사람들이 얘기했듯이 백정도 아니었고, 희랍 곡마단의 수염 난 여자도 아니었으며, 음성音聲을 다듬는 학교의 원장이었을 뿐이었다. '코끼리'가 먹기에 대한 공부를 시작한 때는 그녀가 이미 존경받을 만한 한 집안의 어머니가 된 다음부터였는데, 그것도 식욕을 돋우기 위한 어떤 인위적인 방법을 써서가 아니라, 영혼의 절대적인 안정 상태를 유지함으로써 어떻게 하면 식사를 더 잘 할 수 있는가 하는 길을 자식들에게 가르치기 위해서 연구를 시작하다가 그렇게 되었다. '코끼리'가 시범을 통해서 보여준 이론은 모든 의식 세계가 완전히 안정 상태를 찾게 되면 피곤함 때문에 멈출 때까지 아무런 부담도 없이 식사를 계속할 수 있다는 원칙을 바탕으로 삼고 있었다. '코끼리'가 집과 학교를 떠나서, 전국적으로 위대하긴 해도 버릇없는 대식가라고 소문이 난 남자와 시합을 하러 온 까닭은 도덕적인 이유와 약간의 흥미에 충동을 받았기 때문이었다. 아우렐리아노 세군도를 보자, 그녀는 첫눈에 그의 밥통이 못 견뎌서가 아니라 인품이 모자라서 그가 시합에서 지리라는 것을 알았다. 첫날의 시합이 마무리될 무렵 '코끼리'가 용감하게 먹어대고 있는 동안, 아우렐리아노 세군도는 떠들고 웃어대면서 자기도 모르게 기운을 빼고 있었다. 그들은 네 시간 동안 잠을 잤다. 잠에서 깨어나자 저마다 오렌지 마흔 개를 짜낸 주스와, 커피 2리터와, 날달걀 30개씩을 먹어치웠다. 이튿날 아침에 돼지 두 마리와, 바나나 한 다발과, 샴페인 네 상자씩을 다 처분하고 밤을 꼬박 새운 다음에 '코끼리'는, 아우렐리아노 세군도가 무작정 시합을 이끌고 가는 사이에 자기도 모르게 그녀의 비결을 몸에 익혔음을 깨달았다. 그래서 그는 '코끼리'가 생각했던 것보다는 훨씬 위험한 적수였음이 밝혀졌다. 하지만 페트라 코테스가 구운 칠면조 두 마리를 식탁에 올려놓았을 때, 그는 한 걸음 물러섰다.

"자신이 없으면 이 칠면조는 먹지 마세요." '코끼리'가 그에게 말했다. "시합은 무승부로 끝났다고 하면 되니까요."

'코끼리'는 자기 자신도 이제는 한 술도 더 들 수가 없다고 생각했으며, 이러다가는 상대방이 생명까지 잃을지도 모른다고 걱정이 되어서 진심으로 그렇게 말했다. 그러나 아우렐리아노 세군도는 그것을 새로운 도전이라고 풀이하고, 한이 없을 듯싶은 그의 식성도 당하지 못할 줄 알면서도 그 칠면조를 말끔히 삼켰다. 그는 기절했다. 그는 개처럼 입에서 거품을 뿜고 고통스럽게 신음을 하면서, 뼈다귀가 수북한 접시에 얼굴을 파묻으며 고꾸라졌다. 어둠 속으로 빨려 들어가는 기분을 느끼면서 그는 누가 자기를 높은 탑의 꼭대기에서 바닥이 보이지 않는 구덩이로 집어던진 기분을 느꼈고, 마지막으로 잠깐 지나가는 불빛처럼 의식이 들었을 때, 자기가 빠져 들어가는 수렁의 밑바닥에서 죽음이 기다리고 있음을 의식했다.

"나를 페르난다에게 데려다줘." 그는 겨우 입을 열어서 말했다.

첩의 침대에서는 절대로 임종을 맞지 않겠다고 그가 아내에게 했던 약속을 지킬 수 있도록 도와준 그의 친구들은 그를 집에 남겨두고 가버렸다. 페트라 코테스는 그가 죽어서 관에 들어갈 때 신겠다던 가죽 구두를 깨끗이 닦은 다음에, 그 구두를 전해 줄 사람을 구하고 있었는데, 그러던 중에 아우렐리아노 세군도가 겨우 위험한 상태를 벗어났다는 전갈이 왔다. 그는 정말로 일주일이 다 가기도 전에 완전히 회복되었고, 2주일 후에는 자기가 살아났음을 축하하기 위해서 이제까지 볼 수 없었던 거창한 잔치를 열었다. 그는 계속해서 페트라 코테스의 집에서 살면서 날마다 페르난다를 찾아갔고, 가끔 식구들과 식사를 함께 해서, 이제는 운명의 장난으로 그가 첩의 남편에다가 아내의 정부가 된 듯싶었다.

페르난다에게는 휴식의 계기가 찾아왔다. 버림받은 권태의 시간 동안에 그녀가 취미를 붙일 수 있었던 일은 낮잠 시간에 하는 클라비코드 공부와 아이들의 편지를 읽는 것뿐이었다. 그녀가 2주일에 한 번씩 아이들에게 보낸 편지에는 진실이 하나도 없었다. 페르난다는 자기가 겪고 있는 고통을 아이들에게는 하나도 알리지 않았다. 페르난다는 베고니아를 비추는 불빛과, 오후 2시의 소란함과, 길거리에서 사람들이 물밀 듯 몰려들어와 벌이는 잔치가 끊임없이 계속됨에도 불구하고, 시집이 구식 식민지식 친정집이나 별로 다르지 않다는 집안의 슬픔을 아이들에게만 숨겼다. 페르난다는 살아 있는 세 유령과, 그녀가 응접실에서 클라비코드를 연주할 때 가끔 나타나서 희미한 불빛을 받으며 빤히 쳐다보는 호세 아르카디오 부엔디아의 죽은 유령 사이를 오가면서 홀로 살았다. 아우렐리아노 부엔디아 대령은 그림자나 마찬가지였다. 아무런 승산도 없는 전쟁을 벌이고자 게리넬도 마르케스 대령을 만나러 가기 위해 나섰던 마지막 나들이 이후로, 그는 밤나무 밑으로 소변을 보러 갈 때 말고는 작업실에서 나오는 일이 없었다. 그는 3주일에 한 번씩 찾아오는 이발사 이외에는 손님도 맞지 않았다. 그는 아무것이나 페르난다가 하루에 한 번씩 가져다주는 음식을 먹었으며, 옛날이나 마찬가지로 정열을 쏟으며 황금물고기를 만들었지만, 사람들이 그 물고기를 예술품으로 생각해서가 아니라, 역사적인 유물로 여겨서 사간다는 것을 알게 된 다음부터 그것을 팔지 않기로 했다. 그는 결혼할 때부터 지금까지 그들의 침실을 장식하고 있던 레메디오스의 인형들을 앞마당으로 내다가 불태웠다. 항상 다른 사람들을 주의 깊게 살피고 있던 우르슬라는 아들이 무슨 짓을 하는지 알았지만, 그를 말릴 수는 없었다.

"네 마음은 돌덩이로 된 모양이구나." 우르슬라가 그에게 말했다.

"이건 마음과는 아무 상관 없는 일이에요." 그는 말했다. "방 안이 온통 좀벌레투성이가 되었잖아요?"

아마란타는 자기 수의를 짜고 있었다. 페르난다는 왜 그녀가 가끔 레메에게 편지를 쓰고 선물까지 보내면서도 호세 아르카디오에 대한 얘기는 듣기도 싫어하는지 이해할 수가 없었다. "그들은 이제 이유도 모르고 죽게 될 테니까요." 우르슬라를 통해서 물어보았더니 아마란타는 그렇게 대답했는데, 이 미묘한 대답은 페르난다의 마음속에 영원히 풀 수 없을 듯한 수수께끼를 남겼다. 키가 크고, 어깨가 넓고, 자부심이 강하고, 언

제나 레이스가 달린 풍성한 속치마를 입고 오랜 세월과 나쁜 추억을 잘
도 견뎌온 아마란타는 이마에 처녀성을 상징하는 재로 그린 십자가라도
달고 다니는 것 같았다. 사실 그녀의 처녀성은 빨아서 다리미질을 하고
다시 손에 감아 잘 때에도 풀어놓지 않는 검은 붕대 속에 고이 담겨 있었
다. 아마란타는 자기 수의를 짜느라고 평생을 보낼 것 같았다. 낮이면 그
것을 짜다가 밤이면 다시 풀어버리는지도 모를 노릇이었는데, 이 뜨개질
은 그녀가 고독을 물리치려는 뜻에서가 아니라, 그와는 반대로 오히려
고독을 누리기 위해서 하는 일인 듯싶었다.

　버림받았던 시절에 페르난다가 가장 고통스럽게 여겼던 걱정거리는
레메가 첫 방학을 맞아 놀러왔다가 아우렐리아노 세군도가 집을 나갔다
는 사실을 알게 되는 것이었다. 그러나 그 두려움은 곧 사라졌다. 레메가
집으로 돌아왔을 때, 부모들은 미리 짜고서 그녀로 하여금 아우렐리아노
세군도가 아직도 집안에 충실한 모범 남편이라고 믿게 하고, 또한 집안
의 슬픔을 하나도 눈치 채지 못하게 했다. 해마다 두 달 동안 아우렐리아
노 세군도는 모범적인 남편 역을 배우처럼 해냈고, 여학생인 딸이 흥겹
게 놀도록 아이스크림과 과자와 클라비코드 연주를 곁들인 신나는 파티
를 열어주고는 했다. 이때부터 벌써 레메가 어머니의 성격을 거의 닮지
않았음이 드러나기 시작했다. 레메는 오히려 아직 인생의 괴로움을 알지
못하던 열두 살이나 열네 살 때의, 그러니까 피에트로 크레스피에 대한
그녀의 숨은 정열이 그녀의 마음을 결국 뒤틀어놓기 전에, 춤을 추면서
집안에 활기를 불어넣던 아마란타와 사뭇 비슷한 데가 있었다. 그러나
아마란타와는 달리, 그 어느 누구와도 달리, 레메는 아직도 집안의 고독
한 운명을 깨닫지 못한 채로 세상과 완전히 어울렸으며, 오후 2시에 엄격
한 지도를 받으며 클라비코드 연주를 공부할 때에도 집안의 진짜 분위기
를 눈치 채지 못했다. 레메는 분명히 집이 마음에 들었으며, 그래서 한 해
동안 내내 고향으로 돌아가서 젊은 사람들과 어울려 신나게 놀 일만 꿈꾸
었고, 아버지에게서 찾아볼 수 있는 무턱대고 놀기 좋아하고 사람 좋아하

는 기질도 그녀의 마음속에서 싹트고 있는 것 같았다. 이 불길한 유산의 첫 조짐은 레메가 세 번째 방학을 맞아서 집에는 전혀 알리지도 않고, 제멋대로 네 명의 수녀와 예순여덟 명의 학생들을 초청해서 집으로 끌고 왔을 때 분명해졌다.

"이럴 수가 있나!" 페르난다가 한탄했다. "이 아이도 제 아빠 못지않은 야만인이구나!"

침대와 그물침대를 이웃집에서 닥치는 대로 빌려야 했고, 식사 시간에는 아홉 개로 조를 짜서 교대로 먹도록 준비를 하고, 화장실 관리에도 신경을 쓰고, 궁둥이가 사내들처럼 거센 푸른 제복을 입은 계집아이들이 하루 종일 이곳저곳 싸돌아다니는 꼴을 보지 않으려고 의자를 마흔 개나 마련해야만 했다. 그들의 방문 뒤치다꺼리를 하기란 마치 난리를 치르는 셈이었고, 시끄러운 여학생들이 아침 식사를 아홉 차례 교대해 가면서 끝내면 곧 점심시간이었으며, 그러고는 또 저녁 식사가 뒤따라서, 일주일 동안 그들이 농장에 나가볼 기회는 한 번뿐이었다. 저녁이 되면 지쳐서 움직일 수도 없는 수녀들이 무슨 명령을 해도 막무가내로 신나게 놀아대던, 지칠 줄 모르는 소녀 군대는 곡조도 안 맞는 교가校歌를 멋대로 불러댔다. 어느 날 혹시 그들에게 일을 좀 도와달라고 부탁할 마음에서 나섰던 우르슬라는 그들이 가장 빈번하게 돌아다니는 길목에 섰다가 짓밟혀 죽을 뻔했다. 또 한번은 마당에서 노는 여학생들을 아랑곳하지 않고 아우렐리아노 부엔디아 대령이 밤나무 밑에서 오줌을 누어서 수녀들이 소동을 벌이기도 했다. 아마란타가 부엌에서 수프에 소금을 치는 순간에 들어온 수녀가 공연히 그 하얀 가루가 무어냐고 물었다가 아마란타가 장난삼아 한 대답에 놀라 때 아닌 소동을 빚기도 했다.

"이것 쥐약이에요."라고 아마란타는 대답했었다.

그들이 도착하던 날은 여학생들이 워낙 오랫동안 대소변을 참았기 때문에 잠자리에 들기 전에 모두들 화장실에 갔다 오려고 했으며, 새벽 1시가 되도록 차례를 기다려 화장실에 가는 아이들이 있었다. 페르난다가 머리를 짜내서 요강 일흔두 개를 마련했는데, 비록 한밤중의 소동은 해결되었지만, 대신 아침마다 다시 한 차례씩 난리를 치러야 했던 노릇이, 새벽부터 너도나도 손에 요강을 든 계집아이들이 요강을 닦을 차례를 길게 줄을 지어 서서 기다려야만 했던 것이다. 그들 가운데 몇 명은 열이 오르고, 또 몇 학생은 모기에 물려 고생을 했지만, 그래도 대부분은 놀랄 만큼 저항력이 강해서 웬만한 고통쯤은 깨끗이 잊고 땡볕이 쨍쨍 내리쬐는 마당에서 멋대로 뛰어다녔다. 나중에 그들이 떠난 다음에 보니 꽃들은 모두 짓밟혔고, 가구도 망가졌고, 벽은 온통 낙서와 그림으로 지저분했지만, 그래도 그들이 떠났다는 안도감 때문에 그까짓 손해쯤은 얼마든지 참을 수 있었다. 페르난다는 빌려온 침대와 의자를 모두 돌려주고, 일흔두 개의 요강은 멜키아데스의 방에 넣어두었다. 이 집안의 정신적인 삶의 중심지 노릇을 했던 자물쇠를 채워둔 그 방은 이때부터 '요강방'이라는 이름으로 불리게 되었다. 멜키아데스의 방에 이제껏 조금도 먼지가 쌓이지 않고 파손된 곳이 없어서 신기하게 생각하고 있던 다른 식구들과는 달리, 그 방이 벌써부터 똥구덩이처럼 더러워졌다고 생각한 아우렐리아노 부엔디아 대령은 새로 붙인 그 방 이름이 그야말로 제격이라고 생각했다. 아무튼 누구의 생각이 정확한지 따위는 그에게는 별 관심이 없었으며, 그 방의 운명이 어떻게 바뀌었는지를 그가 알 게 된 것은 요강을 치우느라고 한나절을 방 앞을 왔다 갔다 하는 소란 때문에 그의 일이 방해를 받았을 때였다.

이 무렵에 호세 아르카디오 세군도가 집에 다시 모습을 나타냈다. 그는 아무한테도 인사를 하지 않고 현관에서 곧장 작업실로 가서 대령과 얘기를 나누었다. 비록 눈이 멀어서 그를 보지는 못했어도 우르슬라는 그가 신고 온 십장들 사이에 유행하는 구둣발 소리를 듣고는 그와 집안 식구들 사이에 거리감이 생겼음을 느꼈으며, 어렸을 때에는 둘이 똑같이 생긴 것을 이용해서 기발한 장난을 함께 쳤지만, 지금은 아무런 공통 기질을 찾기 힘들게 된 그의 쌍둥이 동생과도 거리가 멀어졌음을 깨닫고 놀랐다. 그는 군살이 빠져 날씬해졌고, 근엄해 보이고 항상 생각에 잠긴 듯했으며, 사라센 사람(시리아 아라비아 사막에서 사는 유목민 - 역주)처럼 슬픈 분위기를 풍겼으며, 얼굴에는 가을 빛깔처럼 우울한 광채가 감돌았다. 그는 그의 어머니 산타 소피아 드 라 삐에다드를 누구보다도 많이 닮았다. 우르슬라는 자기가 다른 식구들과 얘기를 할 때 걸핏하면 그를 잊고 빼놓는 습관이 있어서 미안한 생각을 가지고 있던 터였는데, 그가 집으로 찾아오자 대령이 한참 일할 시간이면서도 작업실로 맞아들이는 것을 눈치 채고는 차분히 지난 일들을 돌이켜보다가, 어린 시절 어느 때인지는 몰라도 두 형제의 위치가 바뀌어서 그의 진짜 이름은 아우렐리아노라고 믿었던 것이 생각났다. 그의 생활을 자세히 아는 사람은 아무도 없었다. 한때 그는 일정한 거처조차 없어서, 필라르 테르네라의 집에서 싸움닭을 기를 때에는 가끔 그 집에서 밤을 지내기도 했지만, 거의 언제나 프랑스 창녀들의 방을 전전하고 있었다. 그는 우르슬라의 태양계 안에서 방황하는 하나의 행성처럼 야망도 없고 애정도 없이 방황했다.

게리넬도 마르케스 대령을 따라 군인들의 막사에 처형하는 광경을 보러 갔다가, 평생 잊지 못하게 된, 사형수의 그 애처롭고도 경멸하는 미소를 목격했던 아주 오래전 어느 날 새벽 이후, 호세 아르카디오 세군도는 사실상 이 집 식구가 아니었으며, 그것은 그가 가지고 있는 가장 오래된 추억일 뿐 아니라, 어린 시절에 대한 유일한 추억이기도 했다. 그가 가지고 있던 또 다른 추억은 낡은 조끼를 입고 까마귀 날개처럼 차양이 늘어진 모자를 쓴 노인이 그에게 신기한 얘기들을 들려준 일이었는데, 그것이 어느 시절에 있었던 일인지는 확실히 알지 못했다. 교훈을 주지도 못하고 향수조차 불러일으키지 않는 희미한 추억에 지나지 않았지만, 그와는 반대로 처형당한 사람에 대한 기억만은 세월이 흐름에 따라 점점 더 가까워오기라도 하는 듯 늙어갈수록 더욱 또렷하게 머릿속에서 되살아나 결국 사실상 그가 가야 할 인생 방향을 정해 주었다. 우르슬라는 아우렐리아노 부엔디아 대령을 은둔 생활에서 끌어내는 데 호세 아르카디오 세군도의 힘을 빌려야겠다고 작정했다. "영화 구경이라도 가라고 애기나 해보려무나." 우르슬라가 그에게 말했다. "그 애가 영화를 재미있어하지 않더라도, 적어도 바깥바람을 쐴 수는 있지 않겠니?"

그러나 우르슬라는 곧 그가 남이 애원을 해도 대령 못지않게 반응이 없고, 그들이 똑같이 사랑이라고는 조금도 느끼지 못하는 사람들이라는 것을 깨달았다. 그들이 작업실에서 오랜 시간 함께 있으면서 무슨 얘기를 나누었는지, 그녀는 물론 아무도 몰랐지만, 우르슬라는 그 두 사람이 서로 어딘가 비슷한 데가 있어서 집안에서 그들 둘이서만 가까이 지낼 수 있는 것이나 아닐까 하고 생각했다.

사실 호세 아르카디오 세군도에게도 대령을 폐쇄적인 삶에서 끌어낼 힘은 없었다. 여학생들이 패거리를 지어 몰려온 다음부터 그 인내의 한계는 낮아졌다. 입맛을 끌 만한 레메디오스의 인형들을 모두 없애버려도 좀벌레들이 계속해서 침실에서 극성을 부린다는 핑계를 대고 그는 작업실에다 그물침대를 걸어 맨 다음 자연의 섭리에 따라 앞마당으로 나가 일을 볼 때 말고는 그곳을 떠나는 일이 없었다. 우르슬라는 하찮은 얘기나마 그와 나눌 기회가 없었다. 먹을 것을 가지고 가도 음식 따위는 거들떠보지도 않고 의자 한쪽 귀퉁이에 내버려두었다가 작은 물고기를 다 만든 다음에나 식사를 하고, 음식이 식거나 수프가 굳어버리는 일쯤은 신경도 쓰지 않는다는 것을 우르슬라는 잘 알고 있었다. 그가 제안한 망령스런 전쟁을 게리넬도 마르케스 대령이 마다한 다음부터 그의 성격은 점점 더 다루기 힘들어졌다. 그는 자기 자신 속에 숨어들어 가 자물쇠를 채워버렸으며, 그래서 식구들은 결국 그를 죽은 사람이나 마찬가지로 생각하기에 이르렀다. 어느 날 곡마단이 행진하는 것을 보려고 길가로 난 문에 그가 모습을 나타낸 10월 11일까지, 그에게서는 아무런 인간적인 반응도 찾아볼 수 없었다. 아우렐리아노 부엔디아 대령에게는 그날도 지난 몇 해 동안의 여느 날들과 마찬가지였다. 새벽 5시에, 그는 담벼락 저쪽에서 울어대는 두꺼비와 귀뚜라미 소리에 잠이 깨었다. 토요일부터 내리기 시작한 보슬비는 아직도 끊임없이 내렸고, 그는 뼛속까지 파고드는 차가운 비 기운을 느꼈기 때문에, 문을 열고 정원의 나뭇잎에 빗발이 내리치는 소리를 듣지 않아도 비가 내리는 것을 알고 있었다. 그는 언제나 그렇듯이 담요를 둘러쓰고, 곰팡이가 슬고 너무 낡아서 자기도 '고오트 (3, 4세기 튜튼 족의 한 파 – 역주) 잠방이'라고 불러대면서도 입으면 편해서 아직도 걸치고 다니는 기다랗고 허술한 잠방이 차림이었다. 그는 목욕을 할 생각이었으므로 몸에 꼭 끼는 바지를 입고도 단추는 채우지 않았고, 다른 때처럼 옷깃에 황금단추를 끼우지도 않았다. 그는 담요를 고깔처럼 머리 위에서부터 덮어쓰고 빗물에 젖은 콧수염을 손가락으로 쓸어 다듬고는 오줌을 누려고 마당으로 나갔다. 아직 해가 뜨려면 시간이 많이 남아 있어서, 호세 아르카디오 부엔디아는 이제는 빗물에 썩은 종려나무 잎사귀로 엮은 엉성한 지붕 밑에서 아직도 졸고 있는 중이었다. 이제껏 자기 아버지의 유령을 한 번도 본 일이 없는 그는 나무 밑에 있는 호세 아르카디오 부엔디아를 볼 수가 없었으며, 뜨거운 오줌이 신발로 흘러들어가자, 놀라 잠이 깬 유령이 이상한 언어로 그에게 한 말도 듣지 못했다. 그는 추위나 눅눅한 날씨 때문이 아니라 10월의 답답한 안개 때문에 목욕을 뒤로 미루기로 했다. 작업실로 돌아가던 길에 그는 산타 소피아 드 라 뻬에다드가 난로에 불을 붙이려고 켠 관솔 냄새를 맡고는 부엌에서 설탕을 타지 않은 커피를 한 컵 얻어가려고 커피가 다 끓기를 기다렸다. 아침마다 버릇처럼 날짜를 묻던 산타 소피아 드 라 뻬에다드는 오늘이 무슨 요일이냐고 그에게 물었으며, 그는 오늘이 화요일이고 10월 11일이라고 대답했다. 지금 이 순간이나 그의 일생의 어느 순간에도 완전하게 존재한 적이 없었던 사람처럼 느껴지던 그녀의 얼굴에 돌연 불빛이 뛰노는 모습을 지켜보던 그는 전쟁 중 어느 해던가 10월 11일에, 자기와 같이 자던 여자가 죽어버렸다는 잔혹한 예감이 들어 갑자기 잠에서 깨어났던 사건을 불현듯 기억해 냈다. 그 여자는 정말로 죽어 있었으며, 한 시간 전에 그 여자가 오늘이 며칠이냐고 그에게 물었기 때문에 그는 그

날짜를 잊을 수가 없었다. 그러한 추억을 회상하면서 그는 미래를 내다보는 그의 능력이 벌써 오래전부터 그를 저버렸을지도 모른다는 것을 생각해 보지도 않았으며, 커피가 끓는 동안에 별로 깊은 향수는 느끼지 않으면서 그저 약간의 호기심에 끌려, 어둠 속에서 그물침대로 스며들어와서 이름도 모르고 얼굴도 보지 못했던 그 여인을 생각했다. 같은 식으로 그에게 접근했던 수많은 여인들이 결국 공허감을 남기고 사라져버렸지만, 그들 가운데 오직 그 여인만이 단 하룻밤을, 그것도 겨우 한 시간도 같이 있지 못했지만 눈물을 줄줄 흘리면서 자기가 죽을 때까지 그를 사랑하겠노라고 정신없이 고백했던 사실을 그는 기억하지 못했다. 그는 김이 무럭무럭 피어오르는 커피를 들고 작업실로 들어간 다음에는 그 여인이나 다른 어떤 여인들에 대한 생각도 말끔히 잊고, 양철그릇에 담아둔 그가 만든 작은 황금물고기들을 헤아려보려고 등잔에 불을 켰다. 물고기는 열일곱 개였다. 그는 황금물고기를 팔지 않기로 작정했던 터여서, 하루에 두 개씩 만들다가는 스물다섯 개가 되면 그것들을 모두 녹여서 다시 만들곤 했다. 그는 아침 내내 온 정신을 쏟으면서 아무런 잡념도 갖지 않고, 아침 10시가 되어 빗줄기가 굵어져서 누군가 작업실 앞으로 뛰어 지나가면서 어서 문을 닫지 않으면 집 안이 온통 물바다가 되리라고 소리를 지르는 것도 의식하지 못하고, 자기 자신에 대한 생각도 잊은 채, 우르슬라가 그의 점심을 가지고 들어와서 불을 끌 때까지 일을 계속했다.

"비도 참 억세게 오는구나!" 우르슬라가 말했다.

"10월이니까요." 그는 말했다.

그렇게 말했을 때, 그는 그날 만든 첫 황금물고기의 눈에 루비 알을 박아 넣던 참이었으므로 얼굴도 들지 않았다. 그 물고기를 다 완성하고 나서 그것을 다른 것들과 함께 그릇에 담은 다음에야 그는 수프를 마시기 시작했다. 그리고 다른 접시에다 차려온 양파를 넣고 구운 고기와, 흰밥과 바나나 튀김을 천천히 먹었다. 그의 식욕은 상황이 좋거나 나쁨을 가리지 않고 언제나 똑같았다. 점심을 먹고 나니 식곤증으로 졸음이 왔다. 일종의 과학적인 미신을 믿었던 그는 식사를 하고 나서 소화를 하는 처음 두 시간 동안에는 일을 하거나 책을 읽거나, 목욕을 하거나, 육체관계를 하는 일이 절대로 없었으며, 이 규칙만은 철저하게 지켜서 전쟁 통에 부하들이 소화불량에 걸리지 않게 하려고 작전까지도 연기한 일이 여러 번이나 있었다. 그래서 그는 그물침대에 누워서 장도粧刀로 귀지를 후벼내다가 얼마 후에 잠이 들었다. 그는 자기가 담벼락을 하얗게 칠한 어느 빈 집으로 들어가는 꿈을 꾸었는데, 자기가 그 집에 발을 들여놓은 첫 번째 사람이라는 생각에 부담을 느꼈다. 그는 꿈속에서 이 꿈과 똑같은 꿈을 어제도 꾸었고, 지난 여러 해 동안에 자주 꾸었지만 이 꿈은 꿈속에서만 기억에 남아서 잠만 깨면 말끔히 잊게 된다는 것을 알았다. 잠시 후에 이발사가 와서 문을 두드리자 아우렐리아노 부엔디아 대령은 자기가 아차 하는 사이에 깜빡 몇 초 동안 잠이 들었고, 그 짧은 사이에 꿈을 꿀 시간은 없었다는 기분을 느끼며 깨어났다.

"오늘은 그만두지." 그는 이발사에게 말했다. "돌아오는 금요일에 다시 와요."

수염이 사흘이나 자랐으며 희끗희끗한 곳도 있었으나, 그는 금요일이 되면 이발을 할 것이고, 그때 수염도 한꺼번에 깨끗이 밀어버릴 테니 일부러 지금 면도를 할 필요는 없다고 생각했다. 낮잠을 자서 땀이 끈끈하게 솟아나자 겨드랑이의 상처가 다시 쓰라졌다. 하늘은 말끔하게 걷혔으나 해는 나지 않았다. 그는 삼켰던 시큼시큼한 수프를 다시 접시에 게워낼 만큼 쩌렁쩌렁한 소리로 재채기를 하고는 담요를 어깨에 두르고 화장실로 갔다. 그는 나무통 속에서부터 발효되어 풍기는 구린 똥 냄새를 맡으며 쪼그리고 앉아, 필요 이상의 시간을 화장실에 머물렀다. 화장실에 앉아 있는 동안 그는 오늘이 화요일이며, 바나나 농장에서는 오늘이 봉급을 주는 날이라 호세 아르카디오 세군도가 작업실에 들르지 않았다는 생각이 났다. 이런 회상은 지난 여러 해 동안 모든 회상이 그랬듯이, 그가 느끼지 못하는 사이에 그로 하여금 전쟁에 대해서 생각하게 만들었다. 그는 게리넬도 마르케스 대령이 언젠가 그에게 얼굴에 흰 별이 박힌 말을 한 마리 구해주겠다고 약속을 했지만 아직까지 그 얘기를 다시 해본 적이 없었다는 사실을 깨달았다. 그리고 그는 이것저것 산만하게 흩어진 일화들을 생각해 보았으며 잊을 길이 없는 옛 추억들 때문에 자신의 감정이 흔들리지 않도록 언제나 차가운 마음으로 지난 일들을 돌이켜보는 버릇을 키웠던 덕택에 아무런 판단을 하지 않으면서 과거를 회상할 수 있었다. 작업실로 돌아가던 길에, 내렸던 비가 열기에 마르는 것을 보고 그는 목욕을 하기에 꼭 좋다고 생각했으나, 목욕탕에는 이미 아마란타가 들어가 자리를 잡고 있었다. 그래서 그는 두 번째 물고기를 만들기 시작했다. 그가 물고기 꼬리에 고리를 달고 있을 때 맹렬한 빛을 뿜으면서 태양이 솟아나왔다. 사흘 동안 보슬비에 씻긴 맑은 하늘에는 날아다니는 개미들이 가득했다. 그러자 그는 오줌을 누고 싶었지만, 작은 물고기를 다 끝낼 때까지 한참이나 화장실 가기를 미루고 있었음을 깨달았다. 그는 오후 4시 40분에 마당으로 나갔으며, 멀리서 들려오는 나팔 부는 소리와, 북이 울리는 소리와, 아이들이 외치는 소리를 듣고는 어린 시절이 지난 다음, 자기가 처음으로 의식하는 가운데 향수의 감정에 빠져서 집시들이 와글거리던 신기한 오후에 아버지를 따라서 얼음을 구경하러 갔던 일을 회상했다. 산타 소피아드 라 삐에다드는 일감을 떨어뜨리고 부엌에서 달려 나와 문간으로 갔다.

"곡마단이 왔구나!" 그녀는 소리쳤다.

밤나무가 있는 곳으로 가는 대신에 아우렐리아노 부엔디아 대령도 역시 길가로 난 문 쪽으로 가서는 행진을 벌이는 곡마단을 구경하는 사람들 속에 섞여들었다. 그는 코끼리 머리 위에 앉아 있는 황금빛 옷을 입은 여자를 보았다. 그는 구슬퍼 보이는 단봉單峰 낙타를 보았다. 그는 네덜란드 여자처럼 옷을 차려입고 음악에 맞춰서 수프 국자로 튀김판을 두드리는 곰을 보았다. 그는 행렬의 끝에서 바퀴로 재주를 피우는 어릿광

대들을 보았고, 그리고 그러한 모든 것이 다 지나간 다음에 다시 뒤에 남은 비참한 고독과 마주 섰으며, 밝고 넓은 길거리는 텅 비어 있었고, 하늘에는 개미들이 날아다녔고, 길에 남은 몇몇 구경꾼들은 미지의 세계를 기웃거렸다. 그러자 그는 곡마단 생각을 하면서 밤나무 밑으로 갔고 오줌을 누면서도 곡마단 생각만 하려고 했지만, 더 이상 기억을 찾을 수가 없었다. 그는 어린 병아리처럼 머리를 두 어깨 사이에 처박고 이마를 밤나무에 기대고는 꼼짝도 않고 그 자리에 서 있었다. 이튿날 아침 11시에 쓰레기를 버리려고 뒷마당으로 나갔던 산타 소피아 드 라 삐에다드는 콘도르들이 날아 내려오는 것을 보고 웬일인가 하고 둘러보다가 밤나무 밑에서 아우렐리아노 부엔디아 대령을 발견했다.

14

레메의 마지막 방학은 아우렐리아노 부엔디아 대령의 초상을 치르는 동안에 시작되었다. 문을 닫아 잠근 집에서 파티를 벌일 수는 없는 노릇이었다. 그들은 숨죽인 목소리로 얘기를 했고, 침묵을 지키며 식사를 하고, 하루에 세 번씩 로사리오 기도를 드렸으며, 낮잠 시간이 한창일 때 연주하던 클라비코드까지도 장례식 분위기에 맞는 곡만 울렸다. 페르난다는 속으로는 은근히 대령을 미워했으면서도, 정부가 죽은 적을 장엄하게 추모하는 것에 깊은 인상을 받아, 모든 슬픔을 다함께 나누자고 엄격히 강요했다. 아우렐리아노 세군도는 약속한 대로 딸의 방학 기간 동안에는 집에 와서 잤는데 그 사이에 페르난다가 법적으로 자기가 그의 아내라는 명예를 되찾기 위해서 무슨 수라도 썼던 탓인지 다음 해에는 레메에게 꼬마 여동생이 생겼으며, 페르난다의 반대에도 불구하고 아기 이름을 아마란타 우르슬라라고 지었다.

레메는 공부를 다 마쳤다. 연주회의 클라비코드 연주자 자격을 부여한 그녀의 졸업장에 부끄럽지 않게, 레메는 졸업을 축하하러 모인 사람들 앞에서 17세기에 인기 있던 곡들을 훌륭한 솜씨로 연주했으며, 이 연주회와 더불어 식구들은 탈상脫喪을 했다. 사람들은 레메의 예술성보다는 그녀의 이중성에 놀랐다. 무척이나 까다롭고 어떤 때에는 철부지 같은 짓도 해서, 도대체 심각한 맛이란 하나도 없을 것만 같았는데, 일단 클라비코드 앞에 앉으면 생판 다른 사람이라도 된 듯 갑자기 성숙해서 어른이 된 듯싶었다. 레메는 언제나 그런 식이었다. 그녀는 장차 어떤 훌륭한 인간이 되어보겠다는 야망은 조금도 가지고 있지 않으면서도, 어머니의 마음을 상하게 해드리지 않겠다는 단순한 이유 때문에 부지런히 공부를 해서 최고의 점수만 받게 되었다. 그들이 레메에게 음악이 아닌 어떤 분야의 공부를 시켰더라도 결과는 똑같았으리라. 페르난다의 엄격한 성격이나 항상 극단적인 해결 방법만 찾으려는 버릇 때문에 레메는 아주 어렸을 때부터 어머니에 대해서 신경을 많이 써야 했으며, 어머니의 옹고집을 거스르지 않기 위해서라면 레메는 클라비코드 공부가 아니라 그것보다도 훨씬 더 큰 희생조차 마다하지 않았을 것이다. 졸업식이 거행되는 동안 레메는 양피지 졸업장에 씌어 있는 고딕 글자들과 요란하게 단장한 머리글자들이, 복종심에서가 아니라 단지 귀찮아서 받아들였던 무게에서 드디어 자기를 해방시켜 주리라는 인상을 받았고, 이제부터는 아무리 고집이 센 페르난다라고 해도, 수녀들까지도 박물관의 화석만큼이나 고물로 여기는 그까짓 악기에 대해서는 다시 신경을 쓰지 않겠거니 생각했다. 처음 몇 년 동안에 레메는 자기 예측이 엉뚱하게 빗나갔다고 생각하게 되었다. 레메가 응접실에서뿐 아니라, 모든 자선단체와 학교 기념식과 마콘도에서 있는 모든 애국적인 행사에서 연주를 하여, 청중을 실컷 졸게 만든 다음에도 그녀의 어머니는 딸의 재능을 이해하고 감상할 능력이 있어 보이는 모든 사람들을 계속해서 집으로 초청해 왔기 때문이다. 아마란타가 죽어서 집안이 또 한 번 초상을 치르느라 식구들이 집 안에 들어앉아 지내게 되었을 때에야, 레메는 클라비코드의 뚜껑을 닫아 잠그고 옷장 서랍에 클라비코드 열쇠를 넣어두고, 페르난다의 기분을 별로 상하지 않게 하려고 언제 누가 잘못해서 잃어버렸는지도 알수 없도록 열쇠가 저절로 없어지게 할 여유를 겨우 마련했다. 레메는 연주회가 있을 때마다 학교에서 공부할 때처럼 냉정한 마음으로 모든 것을 참아냈다. 그것은 자유를 위해서 치른 대가였다. 페르난다는 레메의 고분고분한 태도가 마음에 들었고, 그녀의 예술이 불러일으키는 영감이 자랑스러워서 집 안이 꽉꽉 차도록 친구들을 데리고 오거나, 숲속에서 오후를 보내도 아무 잔소리를 하지 않았고, 안토니오 이사벨 신부가 설교를 하는 가운데 좋다고 승인한 영화라면 아우렐리아노 세군도나 다른 믿을 만한 부인과 함께 보러 가는 것을 언제나 허락해 주었다. 이렇게 휴식의 순간이 돌아오면 레메의 참된 면모가 드러났다. 그녀를 위한 행복이란 엄격한 생활의 반대쪽 끝에 있었으니, 시끄러운 잔치라든지, 애인에대한 뒷소문이라든지, 여자 친구들과 어울려 오래오래 얘기를 한다든지, 담배를 피우며 남자들에 대한 얘기를 주고받는다든지, 어쩌다가 사탕수수 술을 마시고 취해서 모두들 벌거벗고 그들 몸의 이곳저곳을 자로 재보고 서로 비교를 한다든지 하는 장난들이 바로 기쁨의 샘이었다. 레메는 어느 날 밤에 감초과자를 씹으면서 집으로 돌아와서, 자신이 술을 마셨다는 사실을 감쪽같이 숨기고, 페르난다와 아마란타가 서로 말 한마디하지 않으면서 마주 앉아 식사를 하는 데 끼어들었던 일을 결코 잊지 못하리라. 레메는 어느 여자 친구의 침실에서 두 시간 동안이나 두려움과웃음과 흐느낌 속에서 기가 막힌 즐거움을 맛보고 막 돌아온 길이었으며, 모든 위기를 극복하고 나서 가질 만한 용기가 가슴속에 부푸는 기분을 느끼며, 다 때려치우고 학교에서 달아나고 싶고 클라비코드는 기껏해야 관장제灌腸劑 노릇이나 할 뿐이라고 어머니에게 마구 얘기할 생각이들 정도로 마음이 들떠 있었다. 식탁의 머리 쪽에 앉아서 부활의 불로불사약처럼 여겨지는 닭고기 수프를 뱃속에 부어넣던 레메는 페르난다와아마란타가 서로 노리고 앉아서 살벌한 분위기를 짓고 있음을 눈치 채게되었다. 그들의 옹졸함이나, 가난한 영혼이나, 영광에 대한 착오 따위를 까뒤집어 보여주고 싶은 충동을 억제하느라고 레메는 무척 애를 썼다.
두 번째 방학 때부터 레메는 아버지가 눈가림을 하려고 집에 와서 잔다
는 사실을 알았으며, 페르난다에 대해서는 알 만큼 알고 있었고, 나중에
페트라 코테스를 다른 사람의 소개로 만난 다음에는 아버지의 판단이 옳
았다고 생각하게 되었다. 레메는 자기가 차라리 첩의 딸이었으면 하고
바라기도 했다. 술기운에 머리가 조금은 몽롱해진 레메는 자기가 지금
생각하고 있는 것들을 당장 여기서 털어놓는다면 사람들이 얼마나 놀랄
까 하고 상상을 해보았으며, 그런 몹쓸 상상에 혼자 즐거워하는 빛이 얼
굴에 너무나 역력하게 드러나서 페르난다가 눈치를 챘다.

"너 왜 그러냐?" 페르난다가 물었다.

"아무것도 아니에요." 레메가 대답했다. "제가 두 분을 얼마나 사랑
하고 있는지 여태까지는 잘 의식할 수 없었는데 갑자기 알 듯한 기분이
들어서요."

아마란타는 그녀가 한 선언에 담긴 노골적인 증오의 무게를 느끼고
놀라지 않을 수 없었다. 그러나 페르난다는 그 말에 어찌나 감동을 했던
지, 그날 밤 레메가 깨질 듯한 두통을 느끼고 일어나서 시큼시큼한 토사
물 속에서 뒹구는 꼴을 보고는 미칠 것만 같았다. 페르난다는 레메에게
피마자기름이 든 약병을 주고, 가슴에는 염증을 삭이는 압정포壓定布를,
그리고 이마에는 얼음덩이를 얹어주고 닷새 동안 침대에 누워 있으라고
하면서, 낯선 지방에서 새로 온 프랑스 의사가 두 시간 이상이나 진찰을
한 다음에 레메가 여자에게만 있는 이상한 병을 앓는다는 애매한 진단을
내린 다음에 처방으로 내린 식이요법에 따라 먹을 것을 마련해 주었다.
그래서 용기도 잃고, 사기가 떨어진 비참한 상태에서 레메는 모든 것을
참는 수밖에 없다는 결론을 내렸다. 이제는 완전히 눈이 멀었어도 아직
혈기왕성하고 판단력이 명철했던 우르슬라는 레메에 대해서 정확한 진
단을 내렸다. "내 생각에 이 증상은 술을 너무 많이 마셔서 생긴 거야."
그러나 우르슬라는 곧 그 진단이 틀렸다고 생각했고, 섣불리 그런 생각

을 한 자신도 꾸짖었다. 레메가 넋이 빠져 있는 꼴을 본 아우렐리아노 세군도는 양심의 가책을 받고 이제부터는 레메를 좀더 잘 돌봐주어야겠다고 혼자 다짐했다. 그래서 그들 부녀 사이에는 동료의식이 이루어졌으며, 그 덕택에 그는 흥청대는 잔치에서 느껴오던 뼈아픈 외로움에서 해방되었고, 레메는 그때 필연적으로만 여겨졌던 집안의 위기를 겪지 않고도 페르난다의 감시하는 눈길에서 풀려날 수 있었다. 그 당시 아우렐리아노 세군도는 모든 약속을 취소하면서까지 레메와 함께 시간을 보내며, 딸을 데리고 영화나 곡마단 구경을 다녔고, 한가한 시간이 나면 꼭 레메와 놀았다. 최근에 그는 구두를 신기도 힘들 만큼 엄청난 비만에 짜증이 나 있었고, 닥치는 대로 먹어치워야 만족을 느끼는 먹성이 성격을 뒤틀리게 만들던 참이었다. 그러나 딸을 되찾게 되자 그는 옛날의 쾌활한 성격을 되찾았고, 레메와 함께 지내는 즐거움으로 낭비벽을 서서히 고쳐나갔다. 레메는 나이를 먹으면서 영글어갔다. 아마란타가 아름다웠던 점이 없었듯이 레메도 아름답지는 않았지만, 그래도 그녀는 쾌활하고 까다롭지 않았으며, 만나는 사람 모두에게 좋은 첫인상을 주는 미덕을 지니고 있었다. 페르난다의 깐깐한 성격이나 제대로 표정을 감추지 못하는 단순한 마음에 큰 상처를 줄 만큼 현대적인 정신을 지닌 레메의 마음가짐을 아우렐리아노 세군도는 기꺼이 키워주고 싶었다. 어렸을 때부터 그녀에게 두려움을 불어넣었던, 눈을 부라리고 있는 성인聖人들이 가득 들어찬 침실에서 레메를 끌어내기로 한 사람도 아우렐리아노 세군도였는데, 그는 딸이 사용할 새 방을 페트라코테스의 방과 똑같이 꾸미고 있다는 사실을 알아차리지 못한 채, 으리으리한 침대와 커다란 화장대를 들여놓고, 벨벳 커튼으로 장식해 주었다. 그는 레메에게 어찌나 함빡 빠져 있었던지 딸에게 쓰는 돈을 전혀 아끼지 않았는데, 레메 자신이 필요하면 마음대로 아버지의 주머니를 뒤져서 돈을 꺼내가곤 했기 때문에 돈을 얼마나 주는지도 모를 정도였고, 바나나 회사의 매점에 최신 화장도구가 도착하는 대로 무엇이든지 알아서 곧장 딸에게 사다 주곤 했다. 레메의 방은 손톱을 손질하는 경석輕石과, 머리카락 결을 다듬는 기계와, 칫솔과, 눈을 게슴츠레하게 만드는 물약과, 새로운 화장품과 미용기구로 가득 차서, 페르난다는 방에 들어설 때마다 딸의 화장대가 프랑스 창녀들의 화장대와 똑같으리라는 생각을 하고 기겁을 할 지경이었다. 그러나 그때 페르난다는 장난이 심하고 병에 걸린 어린 아마란타 우르슬라의 뒷바라지를 하며 얼굴도 모르는 의사들에게 애절한 편지를 써 보내느라고 눈코 뜰 새 없이 바빴다. 그래서 아버지와 딸 사이에 미묘한 관계가 이루어져 가고 있음을 깨닫고도 아우렐리아노 세군도에게 레메를 절대로 페트라 코테스의 집에 데리고 가지 않겠다는 약속을 받아내는 데서 머물고 말았다. 그러나 페트라 코테스도 그녀의 정부와 딸 사이의 동지의식에 짜증이 나서 레메를 꼴도 보기 싫어하던 터였으므로, 그런 약속은 받아둘 필요도 없었다. 페트라는 본능적으로 레메가 만일 그럴 마음만 있다면 페르난다가 할 수 없었던 어떤 일이라도 해낼 수 있다는 생각이 들어서, 남모르는 두려움에 시달리고 있었다. 레메라면 죽는 마지막 날까지 계속될 수 있을 듯했던 사랑을 그녀에게서 앗아갈 수 있었다. 아우렐리아노 세군도는 처음으로 첩의 심한 욕설과 앙탈을 받게 되었고, 이러다가는 길바닥에서 오락가락하던 그의 트렁크들이 자칫하면 다시 한 번 집으로 이사를 하게 될지도 모른다는 생각이 들었다. 그러나 그런 일은 없었다. 페트라 코테스가 그녀의 정부를 파악한 만큼 아우렐리아노 세군도에 대해서 잘 알고 있는 여자는 아무도 없었으며, 잔손질을 하고 변화를 맛보기 위해서 생활을 복잡하게 만들 만큼 아우렐리아노 세군도가 멋대로 굴 위인이 아니라는 것을 알고 있었기 때문에 페트라 코테스는 그 트렁크들이 자기 집에 그대로 머물러 있으리라고 자신했다. 그래서 트렁크는 그냥 머물러 있었고, 페트라 코테스는 딸이 아버지에게 쓸 수 없는 무기를 동원해서 그를 정복하려고 했다. 그러나 레메가 아버지의 생활에 간섭할 마음이 조금도 없었기 때문에 그것도 다 필요 없는 수고였으며, 만일 레메가 아버지의 일에 간섭을 했다면, 그것은 틀림없이 첩에게 유리한 쪽으로 기울어졌을 것이다. 레메는 어느 누구의 일에도 간섭할 만큼 한가하지가 않았다. 레메는 수녀들에게서 배운 대로 제 방을 스스로 쓸고, 잠자리를 돌보았다. 아침이면 발로 돌리는 아마란타의 낡은 재봉틀로 바느질을 하며 제 옷을 손질했다. 다른 사람들이 낮잠을 자는 동안에도 레메는 페르난다의 기분을 맞춰 주기 위한 희생을 치르느라고 클라비코드를 연습했다. 같은 이유 때문에, 비록 신청 횟수가 자꾸 줄기는 했어도, 교회 행사나 학교 파티에서 연주회를 계속했다. 저녁이 되면 몸치장을 하고 수수한 옷을 하나 걸치고 딱딱하고 목이 긴 구두를 신고는 아버지와 같이 시간을 보낼 계획이 없을 때에는 친구들 집으로 가서 저녁 식사 때까지 놀았다. 이 무렵에는 아우렐리아노 세군도가 거의 날마다 저녁이면 그녀를 불러서 함께 영화 구경을 갔다.

레메의 친구들 가운데에는 전기철망을 친 닭장을 뚫고 나와서 마콘도의 계집아이들과 친해진 미국 소녀가 셋 있었다. 그들 가운데 하나가 파트리샤 브라운이었다. 아우렐리아노 세군도의 호의를 고맙게 여기고 있던 미스터 브라운은 레메에게 자기 집을 개방하고, 그링고들과 원주민들이 함께 어울릴 수 있던 유일한 행사인 토요일 무도회에 그녀를 초청했다. 이 사실을 알게 된 페르난다는 아마란타 우르슬라나 얼굴도 모르는 의사들을 잠시 잊고 무척 감정적이 되었다. "생각을 좀 해봐라." 페르난다가 레메에게 얘기했다. "무덤 속에서 대령님이 이 얘기를 들으면 뭐라고 그러시겠니?" 물론 그녀는 우르슬라가 말을 거들기를 바랐다. 그러나 눈이 먼 늙은 여인은 모든 사람들이 생각한 바와는 반대로, 레메가 분별력 있게 처신하고 프로테스탄트로 개종만 하지 않는다면 춤을 추러 가서 제 나이 또래의 미국 소녀들과 친해지는 것을 조금도 나무랄 필요가 없다고 말했다. 레메는 우르슬라가 바라는 바가 무엇인지 재빨리 알아채고는 춤추고 온 다음 날이면 다른 날보다 일찍 일어나서 미사를 드리러 갔다. 그러나 페르난다의 반대는 미국 사람들이 레메의 클라비코드 연주를 듣고 싶어 한다는 소식을 그녀로부터 전해 들을 때까지 계속되었다.

그 악기는 다시 끄집어내져 미스터 브라운의 집으로 옮겨졌고, 그곳에서 젊은 예술가는 가장 진지하고 열광적인 찬사를 한 몸에 받았다. 그 다음부터 레메는 토요일 댄스파티뿐 아니라, 수영장에서 열리는 일요일 파티와 일주일에 한 번씩 열리는 오찬회에도 초청받았다. 레메는 수영을 배워 프로 선수 못지않게 실력이 늘었으며, 정구도 배우고, 파인애플을 곁들여 버지니아 햄을 먹는 방법도 익혔다. 춤을 추고, 수영을 하고, 정구를 치다보니 레메는 어느덧 영어로 얘기를 나누는 데 익숙해졌다. 딸의 이러한 진보적인 변화에 신이 난 아우렐리아노 세군도는 세일즈맨에게서 천연색 사진이 많이 들어 있는 여섯 권으로 된 영어 백과사전을 사주고 틈이 나면 읽으라고 했다. 레메는 한때 사내아이들에 대한 얘기에 열중했던 만큼이나 독서에 열중했고, 여자아이들과 침실에서 시간을 보냈던 때만큼이나 오랜 시간을 혼자 지내며 책에 빠졌는데, 그것은 누가 공부를 강요했기 때문이 아니라 남들과 즐겨 나누던 신비한 얘기들에는 아주 싫증이 나서 따로 마음을 둘 곳이 없던 탓이었다. 한때 술에 취해 난리를 피우던 일들은 모두 어린애 같은 짓에 불과했다는 생각이 들었다. 그때 일을 생각하면 저절로 웃음이 나와 한번은 그 얘기를 아우렐리아노 세군도에게 했고, 그는 그 얘기를 듣더니 레메보다도 더 재미있어했다. “네 어머니가 그걸 알았더라면 재미있었겠다.” 그는 허리가 끊어져라 웃으면서, 레메가 비밀 얘기를 털어놓을 때마다 하던 얘기를 다시 했다. 그는 레메에게 그녀가 첫사랑에 빠지면 꼭 말해 달라고 다짐을 시켰고, 그 얘기를 듣자 레메는 부모를 따라 집에서 방학을 보내려고 찾아왔던 어느 빨강 머리 미국 소년을 좋아했었다는 얘기를 했다. “그럴 줄이야 누가 알았나?” 아우렐리아노 세군도가 웃으면서 말했다. “네 어머니가 그걸 알았더라면 재미있었겠다.” 그래서 레메는 그 소년이 이미 고국으로 돌아갔고, 이제는 만날 수도 없어졌다는 이야기도 했다. 그녀의 어른스런 판단력은 집안에 평화를 가져왔다. 그래서 아우렐리아노 세군도는 페트라 코테스를 위해 더 많은 시간을 바쳤으며, 비록 몸과 마음이 지난날의 방

탕을 더 이상 감당할 수 없었어도 주저치 않고 사람들을 시켜서 이제는
몇 개의 열쇠를 구두끈으로 묶어 달아둔 낡은 아코디언을 다시 꺼내게
했다. 아마란타는 집에서 끝없이 수의만 짓고 있었으며, 노쇠한 우르슬
라는 밤나무 밑에 있는 호세 아르카디오 부엔디아의 귀신밖에는 눈에 보
이지 않는 집안을 거닐었다. 페르난다는 권위를 굳혀갔다. 이 무렵 아들
호세 아르카디오에게 매달 보낸 편지에는 거짓이 하나도 없었으며, 편지
에서 숨긴 사실이라고는 요즈음 자기가 낯선 의사들과 편지를 주고받았
더니 의사들이 그녀의 대장에 양성 종양이 생겼다고 진단하고 정신감응
精神感應 수술을 준비하고 있다는 얘기뿐이었다. 새로운 소동을 불러온
아마란타의 갑작스런 죽음만 아니었더라면 맥 빠진 부엔디아 저택에는
오랫동안 평화와 행복이 가득 찼을 것이다. 그 죽음은 예기치 않던 사건
이었다. 비록 나이가 많이 들었고, 남들과는 떨어져 살았어도, 아마란타
는 언제나 그랬듯이 돌처럼 단단한 건강을 유지했다. 게리넬도 마르케스
대령을 마지막으로 거절하고 집 안에 틀어박혀서 그녀가 흐느껴 울던 어
느 날 오후부터 아마란타의 머릿속에 어떤 생각이 오갔는지는 아무도 몰
랐다. 그녀가 밖으로 나왔을 때는 이미 눈물이 다 말라 있었다. 그녀는
미녀 레메디오스가 하늘로 날아 올라갔을 때나, 아우렐리아노 형제들이
떼죽음을 당했을 때나, 다른 사람들이 아우렐리아노 부엔디아 대령의 시
체를 밤나무 밑에서 찾아낸 다음에야 자신의 감정을 드러냈고, 언제나
속으로는 아우렐리아노 부엔디아 대령을 세상에서 가장 사랑했으나, 그
가 죽었을 때도 결코 남에게 눈물을 보인 일은 없었다. 아마란타는 그의
시체를 옮기는 일을 거들었었다. 그녀는 그에게 군복을 입히고, 면도를
해주고, 머리를 빗겨주고, 그의 수염에 기름을 발라 그가 영광을 누리던
시절보다도 더 멋지게 다듬었다. 사람들은 워낙 아마란타가 죽음의 예식
에는 경험이 많다는 것을 잘 알고 있었기 때문에 그런 번거로운 예식에
사랑이 얽혀 있으리라고는 아무도 생각지 않았다. 그 광경을 보고 충격
을 받은 페르난다는 천주교가 삶보다는 죽음과 더 깊은 관계를 가진 종

교이고, 종교라기보다는 차라리 장례식의 모든 관습을 간추린 형태라고 느꼈다. 가지처럼 주렁주렁 매달린 추억들에 깊이 빠진 아마란타는 그런 미묘한 문제들은 깨닫지 못했다. 그녀는 옛 추억들을 모두 깨끗하게 가슴속에 지닌 채 늙었다. 피에트로 크레스피의 왈츠를 듣던 청춘 시절에 그런 충동을 느꼈듯이 그녀는 갑자기 울고만 싶었으며, 세월은 아무 뜻 없는 고통스런 교훈만 가르칠 뿐이라고 생각했다. 다 썩어버렸다는 구실을 가지고 자기 스스로 쓰레기통으로 집어던졌던 음악 소리는 그녀의 추억 속을 맴돌며 울렸다. 그녀는 조카 아우렐리아노 호세와 나누었던 끈 적끈적한 욕망 속으로 가라앉으려고도 했고, 게리넬도 마르케스 대령의 차분하고 꿋꿋한 품안에서 보호를 받으며 피신을 하고도 싶었지만 결국 아무것도 할 수 없었고, 신학교로 가기 3년 전 어린 호세 아르카디오를 씻기면서 할머니가 손자를 안아주는 것이 아니라, 이야기를 들은 바로는 프랑스 창녀들이 그러하듯이, 그리고 열두 살 때인가 열네 살 때에 몸에 꼭 끼는 바지를 입고 메트로놈과 박자를 맞추려고 마술지팡이를 까딱이면서 춤을 추던 피에트로 크레스피를 보고는 그와 그러고 싶었듯이, 한 여자가 한 남자를 껴안 듯 손자를 껴안았어도, 늙은이의 그런 절망적인 행위로는 마음을 풀 길이 없었다. 때때로 그런 비참한 기분이 쏟아져 마구 흘러내리면 아마란타는 아픔을 느꼈고 어떤 때는 그 비참한 상태에 분노를 이기지 못해서 바늘로 손가락을 찔러대기도 했지만, 무엇보다 가장 고통스러워하고, 분노하고, 가슴이 쓰라렸던 것은 그녀를 죽음으로 이끌고 가는 향기롭고도 벌레가 많은 사랑의 반석류(열대 아프리카 생의 작은 관목 – 역주) 숲이었다. 아우렐리아노 부엔디아 대령이 피할 수 없었던 전쟁에 대해서 느꼈던 바를 아마란타는 레베카에게서 느꼈다. 그러나 그녀의 오빠가 자기의 추억들을 말살시킬 수 있었던 반면에, 아마란타는 그녀의 추억을 펄펄 끓이기만 했다. 그녀는 무척 여러 해 동안, 레베카가 죽기 전에는 하느님이 자기를 죽음의 나라로 불러가지 말도록 기도를 드렸었다. 레베카가 살던 집 앞을 지나갈 때마다 집이 점점 무너져가는 것을 보고 아마란타는 하느님이 자기의 기도를 들어주었다고 마음을 놓게 되었다. 어느 날 오후 앞마당에서 바느질을 하던 아마란타는 그 자리에 그렇게 같은 자세로 가만히 앉아 있으면 곧 누군가 달려와서 레베카가 죽었다는 소식을 자기에게 전해 주리라는 생각이 갑자기 들었다. 아마란타는 가만히 앉아서 편지를 기다리는 사람처럼 그 소식이 오기를 기다렸고, 단추를 다 달고 나서도 소식이 오지 않으니까 아무 일도 않고 기다리기가 너무 초조하고 참을 수 없을 것 같아서 달았던 단추들을 모두 뜯어 다시 달기도 했다. 그날 아마란타가 만들던 옷이 레베카의 수의壽衣였음을 식구들은 아무도 모르고 있었다. 나중에 아우렐리아노 트리스테가 그녀의 모습이 가죽처럼 너덜너덜하고 해골에 금발머리 몇 가닥이 늘어진 유령처럼 변했음을 얘기를 했을 때, 아마란타는 그 귀신의 모습이 여태껏 자기가 상상해 온 그대로였기 때문에 조금도 놀라지 않았다. 아마란타는 레베카가 죽고 나면 그 시체를 가져다가 얼굴에서 썩어 없어진 부분은 밀랍으로 땜질을 하고, 성인 석고상의 가발을 벗겨다가 머리에 씌워서 본디 모습을 갖추어놓으리라고 마음먹었다. 그러곤 리넨 수의를 입히고, 자줏빛 테를 두른 플러시 천으로 짠 관에 넣어서 멋진 장례식을 치른 다음에 벌레들에게 먹이로 제공할 계획이었다. 아마란타는 이 계획을 짜면서 항상 증오에 가득 차 있었기 때문에 사랑하는 마음으로 계획했어도 조금도 다르지 않았을 그 장례식 절차가 머리에 떠오르기만 해도 몸을 부르르 떨었고, 그렇다고 해서 당황해서 일을 망치는 경우는 조금도 없었으며, 침착하고 치밀하게 세부적인 일들을 수정하고 보완해서 나중에는 죽음의 예식에 있어서 전문가 정도가 아니라, 대가大家의 경지에 이르게 되었다. 그러나 이 무시무시한 계획을 짜내면서 아마란타가 잊고 있었던 한 가지 가능성은, 그녀가 아무리 하느님에게 기도를 드렸어도 자기가 레베카보다 먼저 죽을지도 모른다는 것이었다. 그리고 결국은 사태가 그렇게 되고 말았다. 그러나 마지막 단계에 가서 아마란타는 좌절감을 느끼지는 않았고, 오히려 그와는 반대로, 죽음이 찾아오기 여러 해

310

전에 자기에게 미리 죽을 날을 알려주었다는 영광을 누리게 되어서 모든 쓰라린 감정을 잊게 되었다. 아마란타가 자기의 죽음을 예견한 때는 레메가 학교로 떠난 지 얼마 안 된 어느 불타는 오후, 앞마당에서 뜨개질을 하고 있을 때였다. 그녀는 그것을, 푸른 옷을 입고 머리가 긴 데다 고전적인 모습을 지닌, 그러니까 집에 와서 부엌에서 잡일을 거들던 시절의 필라르 테르네라와 닮은 어떤 여인의 모습을 보고 깨달았다. 그 여자의 모습이 그토록 생생하고, 사람과 똑같고, 심지어는 아마란타더러 바늘에 실을 꿰어달라고 부탁까지 했어도, 옆에 같이 있던 페르난다는 여러 차례나 나타난 그 여자를 보지 못하는 것 같았다. 죽음은 아마란타에게 그녀가 언제 죽을 것인지, 또는 레베카보다 먼저 죽을 것인지 아닌지는 알려주지 않고서, 돌아오는 4월 6일부터는 수의를 짓기 시작하라고 명령했다. 그리고 아마란타에게 그 수의를 만들 때처럼만 열심히 한다면 시간이 아무리 많이 걸려도 괜찮다고 했으며, 그 수의를 다 만드는 날 해질녘에 아무런 고통이나, 두려움이나, 회한을 느끼지 않고 죽을 것이라고 했다. 될 수 있는 대로 시간을 많이 벌려는 생각에, 아마란타는 거친 아마亞麻를 사들여 스스로 실을 자았다. 아마란타가 어찌나 조심스럽게 일을 했는지 실을 잣는 데만도 4년이 걸렸다. 그러고 나서 그녀는 바느질을 시작했다. 무슨 수를 써도 자꾸만 마지막 날이 다가오자, 그녀는 기적이 일어나기 전에는 레베카가 죽는 날까지 이 일을 끌고 갈 수가 없음을 깨달았고, 결국 차분한 마음을 되찾게 되었다. 이때가 되어서야 그녀는 아우렐리아노 부엔디아 대령이 왜 자꾸 황금물고기를 다시 만드는지 그 까닭을 이해하게 되었다. 온갖 세상사가 그녀의 살갗에 흔적을 남겼지만, 내적 세계는 모든 미움에서 해방되었다. 그녀는 자신이 지닌 추억들을 순화하고, 새로운 불빛 아래서 우주를 재창조하고, 해질녘이면 피에트로 크레스피의 라벤더 향기를 회상하며 몸을 떨고, 사랑이나 증오 때문이 아니라 고독에 대한 심오한 이해로 레베카를 비참의 구렁텅이에서 건져 줄 시간이 아직 있었을 때 그런 진리를 깨닫지 못했다는 사실이 가슴 아팠다. 어느 날 밤 레메가 자기에게 한 말에 증오가 담겼음을 느끼고도 아마란타는 조금도 당황하지 않았으며, 다만 지난날 자기 자신처럼 때 묻지 않았던 한 마음이 증오로 얼룩지는 과정이 되풀이될지도 모른다는 걱정만 했다. 그러나 이때 그녀는 이미 모든 개선의 가능성이 사라졌음을 알고도 그대로 감수할 만큼 서슴없이 숙명을 받아들이기로 마음먹은 후였다. 아마란타의 목적은 어서 수의를 다 지어야 한다는 것뿐이었다. 처음에 그랬듯이 쓸데없이 자질구레한 손질을 하느라고 시간을 질질 끄는 대신에, 이제는 일을 빨리 끝내려고 잔뜩 서둘렀다. 2월 4일 밤에 마지막 바느질을 끝낼 예정으로 일을 하던 그녀는 일이 끝나기 일주일 전에, 자기 속마음은 털어놓지 않으면서 레메에게 나중에 있을 클라비코드 연주회 계획을 앞으로 당기는 것이 어떻겠냐고 제안했는데, 레메는 그 말에 전혀 신경 쓰지 않았다. 그래서 아마란타는 이틀 동안이라도 바느질을 더 연장할 길을 찾았는데, 다행히도 2월 4일 밤에 태풍이 불어 발전소에 사고가 나서 전기가 들어오지 않았다. 그 다음 날 아침 8시에 아마란타는 마지막으로 이 세상의 어떤 여자도 흉내 내지 못할 만큼 아름다운 수를 놓고, 조금도 극적인 분위기를 풍기지 않으면서 자기가 그날 해질녘에 죽으리라고 선언했다. 아마란타는 그 얘기를 집안 식구들뿐 아니라 온 마을 사람들에게 전했는데, 그 이유는 평생을 나쁜 마음만 지니고 살아왔으니까 마지막으로 한 번이라도 사람들에게 좋은 일을 해줌으로써 죄를 좀 씻을까 하는 생각이 들었기 때문이었고, 자기가 할 수 있는 일은 살아 있는 사람들의 편지를 죽은 사람들에게 전해 주는 것이라고 생각했다.

아마란타 부엔디아가 죽은 사람들에게 전해 줄 편지를 모아가지고 해질녘에 죽음의 나라로 가리라는 소식이 곧 마콘도 전체에 전해졌으며, 오후 3시에는 응접실에 준비해 둔 상자가 편지로 가득 찼다. 편지를 쓰고 싶지 않은 사람들은 아마란타에게 전해 줄 말을 남겼고, 아마란타는 그 말과 그 얘기를 전해 들을 사람의 이름과 사망한 날짜를 공책에 적었

다. "걱정들 하지 말아요." 아마란타는 부탁하러 오는 사람들에게 말했
다. "내가 그곳에 가면 우선 그분이 어디 계시는지 물어봐서 찾아가지고
당신의 얘기를 전해 드릴 테니까요." 이 모든 일은 어떤 희극 같기도 했
다. 아마란타는 조금도 슬퍼하거나 초조한 기색을 보이지 않았으며, 이
런 일을 떠맡게 되어서 오히려 신이 나는 듯했다. 아마란타는 젊을 적 못
지않게 날씬하고, 허리가 조금도 굽지 않았다. 광대뼈만 그렇게 도드라
지지 않고, 이 몇 개가 빠지지 않았더라면 아마 훨씬 더 젊어 보였을 것
이다. 아마란타는 사람들을 시켜 편지를 잘 정리해서 상자에 넣은 다음
에 송진으로 빈틈을 막고, 자기가 죽은 다음에 자기 시체 옆에 그 상자를
놓고 습기가 차지 않도록 조심해서 묻으라고 했다. 아침에 그녀는 목수
를 불러서, 새 옷을 맞출 때처럼 응접실에 서서 몸을 재어 관을 맞추었
다. 아마란타가 마지막 순간에 이렇게 열을 내고 돌아다니는 모습을 본
페르난다는 사람들을 골탕 먹이려고 공연히 장난을 치는 것이나 아닌가
하고 의심까지 했다. 그러나 부엔디아 집안에서는 병으로 죽은 사람이
하나도 없었다는 사실을 경험으로 알고 있던 우르슬라는 아마란타가 자
기의 죽음에 대한 예감을 어디에선가 얻었다고 믿었지만, 그래도 편지
때문에 소동을 피우고, 그 편지가 어서 전해지기를 바라는 사람들이 정
신없이 저렇게 법석대다가 그만 실수로 아마란타를 산 채로 묻어버리지
나 않을까 걱정이 되었다. 그래서 우르슬라는 이리저리 돌아다니며 집
안을 정리하고, 집 안으로 몰려들어 오는 사람들에게 고함을 지르며 쫓
아보내서 오후 4시에는 그나마 질서가 잡혔다. 그동안 아마란타는 가진
물건들을 가난한 사람들에게 모두 나누어줘서 싸늘한 관 뚜껑 위에는 죽
을 때 입고 갈 간단한 옷 몇 가지와 슬리퍼만 남았다. 아우렐리아노 부엔
디아 대령이 죽었을 때 그를 관에 눕히려다가 보니 그에게 신길 신발이
라고는 작업실에서 신던 침실 슬리퍼뿐이어서 사람들이 뒤늦게 신발을
사러 갔던 일이 생각난 아마란타는 자기가 죽어서 신을 신발을 미리 챙
기기로 했다. 5시 조금 전에 연주회에 가려고 레메를 데리러왔던 아우렐

리아노 세군도는 집안에 장례를 치를 준비가 다 되어 있는 것을 보고 놀랐다. 주위를 둘러보니 아마란타는 혼자 심각한 표정으로 있었으나 조금도 죽을 여자 같이 보이지는 않았다. 그래서 아우렐리아노 세군도와 레메는 그녀에게 장난기가 가득한 작별인사를 하고, 돌아오는 토요일에는 아마란타의 부활을 축하하는 잔치를 열어주겠다고 농담까지 하고 나갔다. 아마란타 부엔디아가 죽은 사람들에게 전해 줄 편지를 접수한다는 소문을 들은 안토니오 이사벨 신부는 그녀를 위한 종부성사를 거행하기 위해 5시에 도착해서는, 그 예식을 받을 여자가 목욕을 끝내고 나올 때까지 15분 동안이나 기다렸다. 잠옷을 입고 머리카락을 어깨에 드리운 아마란타가 나타나자, 노망기가 있던 신부는 그녀가 무슨 장난을 치고 있다고 생각했는지 복사腹事를 보내버렸다. 신부는 병자성사를 할 필요가 없다고 생각했지만, 그래도 이 기회를 이용해서 지난 20년 동안 냉담했던 아마란타에게서 고해를 들어야겠다고 생각했다. 아마란타는 이제 자기의 양심이 깨끗해졌으니 정신적인 도움은 하나도 필요 없다고 말했다. 그 말을 듣고 페르난다는 기겁했다. 남들이 듣건 말건 개의치 않고, 페르난다는 아마란타가 고해의 부끄러움이 두려워 이단자로서 죽음을 맞으려고 하니 그 죄가 얼마나 무서운 것이냐고 큰 소리로 떠들어댔다. 그러자 아마란타는 그 자리에 벌렁 누워서 자기의 처녀성이 더럽혀지지 않았다는 것을 남들이 보는 앞에서 확인하고 증언해 달라고 우르슬라에게 부탁했다.

"어느 누구도 그릇된 생각을 가지면 안 된답니다." 아마란타는 페르난다더러 들으라고 큰 소리로 말했다. "아마란타 부엔디아는 이 세상으로 올 때와 똑같은 상태로 이 세상을 떠납니다."

아마란타는 다시 일어나지 않았다. 아마란타는 정말로 병이라도 앓는 사람처럼 방석을 깔고 누워서, 관 속으로 들어갈 때 그렇게 준비하라고 죽음이 일러준 대로 그녀의 긴 머리를 땋아 귀 옆에서 따리를 틀었다. 그리고는 우르슬라에게 거울을 가져다달라고 해서 40년 만에 처음으로,

늙음과 괴로움으로 황폐해진 자신의 얼굴을 비춰보았으며, 자기가 여태까지 상상하고 있었던 죽음의 영상과 자기 얼굴이 얼마나 닮았는지를 깨닫고 놀랐다. 우르슬라는 침실이 조용해지는 것을 알아채고는 날이 저물어온다고 느꼈다.

"페르난다에게 작별인사를 하려무나." 우르슬라가 아마란타에게 빌었다. "한순간의 화해란 평생의 우정보다 훨씬 값진 것이란다."

"이제는 다 쓸데없는 일이죠." 아마란타가 대답했다.

서둘러 엉성하게 만든 무대 위에 불이 밝혀지고 연주회의 제2부가 시작되려고 하자, 레메는 자꾸 아마란타가 머리에 떠올랐다. 한 곡을 반쯤 연주했을 때, 누가 그녀의 귀에 속삭여서 소식을 전했고 음악회는 중단되었다. 집으로 돌아온 아우렐리아노 세군도는 추하고 검은 붕대로 손을 감고 멋진 수의로 몸을 감싼 늙은 처녀의 핏빛 잃은 시체를 보려고 모여선 사람들을 밀치고 들어갔다. 아마란타는 응접실의 편지 무더기 옆에 누워 있었다.

아마란타의 초상을 치르느라고 9일 동안 잠을 못 잔 우르슬라는 다시는 자리에서 일어날 수 없어서 산타 소피아 드 라 삐에다드의 시중을 받았다. 산타 소피아 드 라 삐에다드는 끼니마다 먹을 것과 아나또 나무즙을 탄 목욕물을 침실로 가져오고, 마콘도에서 있었던 최근 소식들을 전해 주었다. 아우렐리아노 세군도는 우르슬라를 자주 찾아와서 옷을 가져다주었으며, 우르슬라는 그 옷들을 다른 일용품들과 함께 침대에 늘어놓아서, 손만 뻗으면 모든 일을 침대에 누워서 처리할 수 있게끔 필요한 물건들을 다 침실에 모았다. 우르슬라를 무척 닮았으며, 그녀에게서 글 읽기를 배웠던 아마란타 우르슬라는 우르슬라를 무척 사랑하게 되었다. 사람들은 우르슬라의 총명함과, 혼자서 모든 일을 꾸려갈 수 있는 능력이 100년 동안이나 살면서 터득한 지혜에서 온 것이라고 믿었으며, 비록 가끔 시력이 나빠진 듯이 행동하기는 했어도 그녀의 눈이 아주 멀어버렸다는 사실을 아는 사람은 아무도 없었다. 우르슬라는 혼자서 보내는 시간이 무척 많아졌고, 마음속에도 침묵이 묵직하게 자리를 잡고 있었기 때문에, 집안에서 일어나는 일들을 세심히 관찰할 만한 여유가 있었고, 그래서 레메의 말없는 시련을 가장 먼저 눈치 챈 사람도 우르슬라였다.

"얘야, 이리 오너라." 우르슬라가 레메를 불렀다. "자, 이제 우리끼리만 있으니까 어서 이 할미에게 뭐가 걱정스러워서 그러는지 얘기나 좀 해봐라."

레메는 짧게 웃고는 얘기를 꺼내지 않으려고 했다. 우르슬라는 억지로 얘기를 시키지는 않았지만, 레메가 다시 돌아오지 않는 것을 보고는 자기가 생각하던 바가 옳았음을 깨달았다. 우르슬라는 레메가 다른 때보다 훨씬 일찍 일어나고, 외출을 하기 전에는 불안해서 잠시도 차분한 마음으로 쉬지 못하고 안달을 하며, 옆에 있는 자기 침실에서 밤새도록 잠을 이루지 못하고 바장이는 데다, 나비들이 팔락이는 소리에 시달리고 있음을 알아냈다. 한번은 레메가 아우렐리아노 세군도를 만나러 간다고 외출을 했는데, 얼마 안 있다가 아우렐리아노 세군도가 레메를 찾으러 왔는데도 페르난다가 조금도 의심하지 않는 것을 보고 우르슬라는 페르난다의 우둔함에 놀랐다. 어떤 은밀한 문제가 있어서, 레메가 불안하고 답답한 심정에 빠져 있다는 것을 우르슬라는 오래전부터 알고 있었는데 드디어 어느 날 밤 페르난다는 레메가 영화 구경을 가서 어떤 남자와 키스하는 장면을 보고 와서는 집안을 발칵 뒤집어놓았다.

당시 정신이 완전히 딴 데 팔려 있던 레메는 어머니에게 발각되자 우르슬라가 고자질이라도 한 줄 알고 화를 내었다. 그러나 고자질은 레메 스스로 한 것이나 다름없었다. 사실 오래전부터 레메가 아무리 둔한 사람이라도 눈치를 챌 만한 흔적들을 뒤에 남기고 다녔음에도 불구하고, 페르난다는 남모르게 타향 의사들과 편지를 주고받느라고 바빠서 그것을 눈치 채지 못하고 있었을 뿐이었다. 그래도 페르난다는 뒤늦게라도 레메의 깊은 침묵과, 갑작스런 신경질과, 주체할 수 없이 바뀌는 기분과, 이유 없는 반발을 눈치 채게 되었다. 그래서 페르난다는 딸이 눈치 채지 못하게 용의주도한 감시를 시작했다. 페르난다는 겉으로는 아무렇지도 않은 척하면서, 딸이 다른 여자 친구들과 외출을 하게 하고, 토요일 파티에 입을 옷을 골라 손질해 주고, 딸의 의심을 살 만한 질문은 조금도 하지 않았다. 페르난다는 레메가 벌써부터 거짓말을 해가면서 딴짓을 하고 있다는 증거를 충분히 가지고 있었지만, 딸의 의심을 살 만한 행동은 조금도 범하지 않으면서 적당한 계기가 찾아오기만을 기다렸다. 어느 날 밤 레메가 아버지와 함께 영화 구경을 가겠다고 했다. 그러나 조금 있다가 페르난다는 페트라 코테스의 집 쪽에서 들려오는 폭죽이 터지는 소리와 아우렐리아노 세군도가 연주하는 아코디언 소리를 들었다. 그래서 서둘러 옷을 갈아입고, 극장으로 가서 어둠 속에서 딸이 앉아 있는 좌석을 찾아냈다. 컴컴한 구석에서 딸과 키스를 하는 남자를 알아보고 페르난다는 가슴이 철렁했지만, 그래도 마음을 진정하고 관객들이 떠들고 웃어대는 소란 속에서 그 남자가 떨리는 목소리로 하는 얘기에 귀를 기울였다. "미안해, 자기." 페르난다는 그 남자가 하는 얘기를 듣고 단 한마디 말도 없이 레메를 극장에서 끌어내, 시끄러운 터키 사람들의 거리를 지나, 집으로 끌고 와서는 레메를 침실에 가두고 자물쇠를 채워버렸다.

다음 날 오후 6시, 페르난다는 딸을 찾아온 남자가 레메를 부르는 소리를 들었는데, 그 목소리는 어제 극장에서 들은 바로 그 목소리였다. 그 남자는 얼굴이 창백하고 바짝 마른 데다, 집시를 본 일이 없는 사람들이라면 누구나 놀랄 만큼 우울하고 검은 그림자를 담은 눈을 갖고 있었으며, 전체적으로 풍기는 꿈꾸는 듯한 분위기는 페르난다보다 조금이라도 덜 질긴 마음을 가진 여자라면 누구나 왜 딸이 그런 짓을 하게 되었는지 충분히 이해가 갈 만큼 은은했다. 그는 후줄근한 옷에 하얀 양철을 겹겹이 덧대 아무렇게나 기운 구두를 신었으며, 손에는 지난 토요일에 산 새 밀짚모자를 들고 있었다. 그 남자는 평생 그때처럼 겁이 난 적은 없었을 것 같아 보였지만, 그래도 수치심을 이길 만큼 침착성과 위엄을 지녔고, 힘든 일을 해서 이곳저곳 갈라진 손과 손톱만 아니었더라면 무척 우아한 사람으로 여겨질 만했다. 그러나 페르난다는 그가 단벌 외출복 차림인데다, 그 속에는 바나나 농장의 표시가 찍힌 셔츠를 입고 있다는 것도 용납하고 싶지 않았고, 조금 있다가 샛노란 나비들이 떼를 지어 몰려들자 문을 닫지 않으면 안 되었다.

"어서 가." 페르난다가 그 남자에게 명령했다. "너 같은 남자는 뼈대 있는 집안사람들을 찾아다닐 이유가 없어."

그의 이름은 마우리치오 바빌로니아였다. 그는 마콘도에서 태어나 그곳에서 컸으며, 지금은 바나나 농장의 정비 공장 견습 기계공이었다. 레메는 어느 날 오후에 파트리샤 브라운과 함께 숲으로 드라이브를 나가려고 차를 가지러 갔다가 우연히 그를 만났다. 마침 운전수가 몸이 아파 못 나와서 그들은 그 남자더러 운전을 맡으라고 시켰으며, 레메는 운전수가 어떻게 차를 운전하는지 보고 싶은 생각에서 그의 옆자리를 차지하게 되었다. 다른 운전수들과는 달리 마우리치오 바빌로니아는 그들에게 실질적인 기술을 가르쳐주었다. 이 무렵에 레메는 미스터 브라운 댁을 처음으로 드나들기 시작했었고, 이때만 해도 여자들이 차를 운전하는 것은 옳지 않다고들 생각하고 있었다. 그래서 레메는 운전에 대한 기술적인 얘기만 듣고 만족할 수밖에 없었으며, 그 일이 있고 다음 몇 달 동안 마우리치오 바빌로니아를 다시 만나지 못했다. 나중에 이 당시를 생각하면서 레메는 자기가 비록 그의 손이 험해 보이기는 했어도 그의 남성적인 아름다움에 마음이 끌렸었음을 깨달았지만, 파트리샤 브라운에게는 그 남자가 너무 자신 있어하는 꼴이 건방져 보였다는 얘기만 했다. 아버지와 영화를 보러 극장에 간 첫 토요일에 레메는 허술한 옷차림으로 몇 자리 건너에 앉아 있던 그를 다시 보았으며, 마우리치오 바빌로니아가 영화에는 별로 신경을 쓰지도 않으면서 자꾸만 자기를 훔쳐보려고 고개를 돌리는 것을 눈치 챘다. 레메는 그렇게 치근치근하게 구는 것이 거슬렸다. 나중에 마우리치오 바빌로니아는 그들에게 와서 아우렐리아노 세군도에게 인사했고, 그때가 되어서야 레메는 그 남자가 전에 아우렐리아노 트리스테의 발전소에서 일했기 때문에 두 사람이 서로 아는 사이임을 알았으며, 그 남자가 자기 아버지를 회사의 윗사람으로 대접하는 것도 눈치 챘다. 이런 사실을 알고 나서야 그의 치근한 행동에 기분이 상했던 레메의 마음이 누그러졌다. 그 뒤로도 그들은 단둘이서 시간을 보낸 일도 없고, 인사를 나누는 외에는 얘기도 안 했는데, 어쩐 일인지 레메는 어느 날 밤 배가 난파되었는데 그 남자가 자기를 구출하는 꿈을 꾸었고, 꿈속에서조차 레메는 고마움은커녕 화가 나서 참을 수가 없었다. 마우리치오 바빌로니아뿐 아니라, 자기에게 관심을 가진 어떤 남자에 대해서도 자기를 도와주는 기회를 주기보다는 오히려 자기가 그 남자를 이끌어가고 싶었던 레메로서는 그에게 그런 기회를 주도록 배가 난파된 것이 속상해 죽을 지경이었다. 그래도 레메는 그런 꿈을 꾸고 나서 화가 치밀었으면서도 그를 미워하기는커녕 빨리 그를 만나보고 싶었다. 일주일 동안 점점 마음이 초조해진 레메는 토요일에 영화 구경을 가서 마우리치오 바빌로니아가 그녀를 보고 아는 체하며 인사를 했을 때, 목구멍까지 올라온 말을 도로 삼키고 모르는 체하려고 무척 애를 먹었다. 쾌감과 분노가 뒤엉킨 묘한 기분에 사로잡힌 레메는 정신이 혼란해져서 처음으로 그에게 손을 내밀었으며, 그러자 마우리치오 바빌로니아도 머뭇머뭇 그녀의 손을 잡고 악수를 했다. 레메는 자기가 충동을 이기지 못했다는 사실을 잠깐 후회하다가 말았고, 그나마 그녀의 후회는 그의 손이 싸늘하고 땀이 나 있다는 사실을 깨닫고 곧 차가운 만족으로 바뀌었다. 그날 밤 레메는 마우리치오 바빌로니아에게 공연히 딴생각을 품고 좋아하지 말라고 말해 버리기 전에는 마음이 잠시도 편치 않으리라는 것을 깨달았으며, 초조한 마음을 가누지 못하면서 다시 일주일을 보냈다. 레메는 온갖 쓸데없는 핑계를 대가면서 파트리샤 브라운에게 같이 차를 가지러 정비 공장으로 가자고 했다. 그러다가 드디어 이 무렵에 마콘도에서 방학을 보내고 있던 빨강 머리 미국소년을 설득해서 신형차를 보러가자는 핑계를 대고 함께 정비 공장으로 갔다. 그를 만난 순간부터 레메는 지금까지 자기가 스스로를 속여왔고, 마우리치오 바빌로니아와 단둘이만 있고 싶은 욕망에 미칠 지경임을 깨닫기에 이르렀는데, 그녀가 도착하는 것을 보고 그가 한눈에 그것을 알아챘다는 듯 자신 있는 표정을 짓자 레메는 화가 치밀었다.

"새로 나온 차들을 구경하러 왔어요." 레메가 말했다.

"핑계가 참 그럴 듯하군요." 그가 말했다.

레메는 마우리치오 바빌로니아가 자만심으로 지글지글 끓고 있다는 생각이 들었으며, 그에게 모욕감을 주고 싶었다. 그러나 그는 레메에게 그럴 만한 시간의 여유를 주지 않았다. "그렇게 당황할 필요는 없습니다." 그는 나지막한 목소리로 그녀에게 말했다. "남자 하나 때문에 여자가 미친 일은 얼마든지 있으니까요." 너무나 굴욕을 느낀 나머지 레메는 자동차 구경은 하지도 않고 정비 공장에서 도망쳤으며, 집으로 와서는 밤새도록 잠도 못 자고 화가 나서 흐느껴 울며 몸을 뒤채었다. 그녀가 한때 흥미를 느꼈었던 빨강 머리 미국 소년은 갑자기 기저귀를 찬 어린애 같이 여겨졌다. 이즈음에 레메는 마우리치오 바빌로니아가 가는 곳에는 노랑나비들이 앞장 서서 나타난다는 것을 알게 되었다. 전에도 정비 공장에서 그 나비들을 본 일이 있었지만, 그때는 페인트 냄새를 맡고 몰려든 나비들이려니 하고 넘겨버렸었다. 한번은 영화를 보려고 극장으로 들어가려는 순간에 그녀의 머리 위에서 팔랑이는 나비들을 본 일도 있었다. 그러다가 마우리치오 바빌로니아가 그녀를 그림자처럼 따라다니게 되자, 그의 모습을 군중 속에서도 가려낼 수 있게 되었고, 그가 나타날 때마다 보이는 나비와 그 사이에 어떤 필연적인 관계가 있다는 생각을 하게 되었다. 마우리치오 바빌로니아는 연주회나, 영화나, 대미사 때에는 언제나 사람들 틈에 끼여 있었으며, 그가 와 있는지 아닌지 확인하려고 주위를 둘러볼 필요도 없었으니, 그가 있는 곳에는 언제나 나비 떼가 있기 때문이었다. 한번은 숨 막힐 정도로 펄럭이는 나비들 때문에 아우렐리아노 세군도가 신경질을 부리는 것을 보고, 레메는 그에게 모든 비밀을 알려주겠다고 약속했던 대로 그에게 나비의 비밀을 얘기해 주려고 했지만, 그런 얘기를 해봤자 믿지도 않고 코웃음만 칠 아버지였는지라 그만두었다. "네 엄마가 그 얘기를 들었다면 뭐라고 했겠니?" 하고 말하면서 아버지는 그 말을 그냥 흘려버렸으리라. 어느 날 아침에 장미 가지를 치고 있던 페르난다는 겁에 질려 비명을 지르고, 미녀 레메디오스가 하늘로 날아오른 자리에 서 있던 레메를 잡아끌었다. 페르난다는 어디서 날개가 퍼덕이는 소리를 듣고, 미녀 레메디오스의 기적이 딸을 통해서 다시 되풀이될 것 같은 예감을 순간적으로 느꼈다. 그 소리는 나비들이 내는 소리였다. 마치 빛에서 솟아난 듯한 그 나비들을 본 레메는 갑자기 가슴이 울렁거림을 느꼈다. 그 순간 마우리치오 바빌로니아는 파트리샤 브라운이 보내주는 선물이라면서 꾸러미를 하나 들고 들어섰다. 레메는 부끄러움을 삼키고, 고뇌를 단숨에 잊고는 겨우겨우 자연스런 미소까지 지으면서, 자기가 여태까지 흙을 만져서 손이 더러워졌으니 그 꾸러미를 난간에 두고 가라고 말했다. 불과 몇 달 전에 집에서 쫓아버린 그를 기억하지도 못한 페르난다가 눈여겨본 것은 담즙 색을 띠고 있는 그의 피부였다. "그 사람 어딘가 이상한 데가 있더구나." 페르난다가 말했다. "그 사람 얼굴을 보니 곧 죽을 사람 같아."

레메는 어머니가 나비들에게서 이상한 인상을 받았으리라고 생각했다. 장미덩굴을 다 손질하고 난 다음에 레메는 손을 씻고 그 꾸러미를 끌러보려고 침실로 갔다. 그것은 중국 장난감처럼 생겨서 상자를 하나 열면 그 속에서 또 상자가 나왔는데, 다섯 번째 상자를 열었더니 그 속에서 겨우 글씨를 쓸 줄 아는 솜씨로 힘을 들여 적은 쪽지가 나왔다. "토요일 오후에 극장에서 만납시다." 레메는 뒤늦게 그 상자를 호기심 많은 페르난다가 언제라도 열어볼 수 있는 자리에 한참 동안 놓아두었다는 생각에 놀랐으며, 비록 마우리치오 바빌로니아의 단순함이나 건방진 태도에 마음은 조금 언짢았어도, 자기가 그 약속을 지켜줄 것이라고 믿은 그의 꾸밈없는 마음에 감동을 받았다. 그때 레메는 돌아오는 토요일에 아우렐리아노 세균도와 약속이 있다는 것을 알고 있었다. 그러나 일주일이 지나는 동안 그녀의 마음속에서는 조바심이 끊임없이 일었고, 그래서 토요일에는 아버지를 설득해 극장에서 혼자 영화를 볼 테니 영화가 끝나면 다시 데리러 와달라고 했다. 영화관에 불이 켜 있는 동안 밤나비들이 그녀의 머리 위에서 팔랑거렸다. 그러고는 일이 벌어졌다. 불이 나가자 마우리치오 바빌로니아가 그녀의 옆자리로 옮겨와 앉았다. 레메는 망설임의 늪에서 허우적거렸으며 어둠 속에서 잘 보이지도 않는 그 남자가 기름 냄새를 풍기며 꿈속에서 그랬듯이, 그녀의 손을 이끌어 구해 주기를 바랐다.

"만일 당신이 오지 않았더라면, 당신은 다시는 나를 보지 못했을 겁니다." 그는 말했다.

레메는 그의 손이 그녀의 무릎 위로 미끄러져 오는 것을 느꼈으며, 그 순간에 두 사람은 동시에 무기력한 상태에 빠졌다.

"당신은 참 사람을 놀라게 하는 데 명수예요." 레메가 미소를 지으면서 말했다.

"당신은 해서는 안 될 말만 꼭 골라서 하거든요."

레메는 그 남자에게 미쳐버리고 말았다. 잠을 잘 수도 없었고, 입맛도 잃고, 외로움 속으로 깊이깊이 빠져서 아버지까지도 귀찮게만 여겨질 정도였다. 레메는 자꾸만 거짓말을 해서 페르난다로 하여금 뭐가 뭔지 모르게 만들었고, 여자 친구들과는 전혀 만나지도 않았고, 어디에서 어느 때라도 마음만 내키면 마우리치오 바빌로니아를 만나기 위해서 모든 약속을 깨뜨렸다. 처음에 레메는 그의 거칠고 촌스러운 점에 짜증이 났었다. 정비 공장 뒤에 있는 황폐한 벌판에서 처음으로 단둘이서 만났을 때, 그는 레메를 짐승처럼 거칠게 다뤄 기진맥진하게 만들었다. 그것 역시 하나의 애정 표현이라는 것을 레메가 알게 되기까지는 시간이 걸렸으며, 그 다음부터 그녀는 침착성을 잃고 그를 위해서만 살았고, 그가 풍기는 잿물로 닦아낸 기름 냄새에 정신없이 빠지고 싶은 욕망에 이성을 잃고 말았다. 아마란타가 죽기 얼마 전에, 레메는 광란 속에서 갑자기 의식의 들판으로 나가 정신을 차리고는 불확실한 미래에 대해 두려움에 떨었다. 그러고는 카드로 미래를 점친다는 여자가 있다는 얘기를 듣고 몰래 그 여자를 만나러 갔다. 그 여자는 필라르 테르네라였다. 들어서는 레메를 본 순간에 필라르는 왜 그녀가 자기를 찾아왔는지 그 이유를 당장에 눈치 챘다. "어서 앉아라." 필라르 테르네라가 레메에게 말했다. "부엔디아 집안사람의 미래를 점치는 일이라면 난 카드 따위는 필요하지도 않아." 레메는 100살이나 먹은 그 마녀가 자신의 증조모라는 사실을 모르고 있었으며, 그 비밀은 영원히 알 수 없을 운명이었다. 그리고 적극적인 현실에 입각해서, 사랑에 빠진 사람의 불안감은 침대 안에서가 아니고는 없앨 수 없으리라고 필라르 테르네라가 얘기했을 때에도 레메는 그 얘기를 믿을 수가 없었다. 그런 말은 마우리치오 바빌로니아도 했는데, 보잘것없는 기계공의 머리에서 나온 그런 생각을 레메는 믿으려고 하지 않았다. 그때 레메는 욕망을 채우고 난 남자는 조금 전의 배고픔을 부인하는 버릇이 있다고 믿었으므로, 한 가지의 사랑은 다른 사랑을 말살시킨다고 생각했었다. 필라르 테르네라는 레메의 잘못된 생각을 고쳐주고, 자기가 레메의 할아버지인 아르카디오를, 그리고 그 다음에는 아우렐리아노 호세를 차례로 잉태한 침대를 빌려주겠다고 제안했다. 필라르는 또한 겨자즙을 증발시켜서 바라지 않는 임신을 피하는 방법도 가르쳐주었으며, '양심의 가책까지도' 쫓아버릴 수 있는 묘약을 만드는 비결도 알려주었다. 필라르 테르네라를 만나고 난 레메는 자기의 마음속에서 지난번 술에 취해서 소동을 피울 때처럼 용기가 솟아오름을 느꼈다. 그러나 아마란타의 죽음 때문에 레메는 그녀의 결심을 실천하는 것을 뒤로 미루지 않으면 안 되었다. 아흐레 동안 초상을 치르는 사이 레메는 밀려드는 조객들 틈에 끼여 찾아온 마우리치오 바빌로니아 곁을 잠시도 떠나지 않았다. 장례예식은 계속되었으며, 그들은 그동안 떨어져 있어야만 했다. 그 긴 기간은 내적인 불안과, 참을 수 없는 초조와, 억압된 충동의 나날이었으며, 그래서 외출을 하게 된 첫 날 저녁에 레메는 곧장 필라르 테르네라의 집으로 갔다. 레메는 아무런 반항도, 아무런 부끄러움도, 아무런 인사치레 하나도 없이, 무척이나 유연한 재능을 보이고 현명한 통찰력을 발휘하면서 그에게 모든 것을 바쳐서, 마우리치오 바빌로니아가 아닌 다른 사람이었다면 그녀가 무척 경험이 많은 여자라고 믿었을 만큼 자기를 버렸다. 그들은 엄격한 어머니에게서 레메를 해방시켜 주려는 마음에서 아무런 의심도 하지 않고 레메와 자기가 시간을 같이 보냈다고 거짓말을 해준 아우렐리아노 세군도의 결백한 공모에 힘입어 석 달 동안 일주일에 두 번씩 몸을 나누었다.

페르난다가 극장에서 그 두 사람을 기습한 날 밤 아우렐리아노 세군도는 몹시 마음이 찔리는 기분이어서, 딸이 자기에게 털어놓아야 마땅할 마음속 얘기들을 해주려니 하는 기대를 품고 침실에 갇혀 있는 레메를 만나러 찾아갔다. 그러나 레메는 모든 것을 부인했다. 레메가 어찌나 완강하게 부인하고, 혼자서 얼마나 외로움에 깊이 빠져 있었던지 아우렐리아노 세군도는 이제 그들 사이에는 더 이상 아무런 연관이 없어졌다는 인상을 받았으며, 그들의 동지애나 신의는 과거의 환상에 불과한 듯했다. 그는 옛날에 자기가 윗사람이었다는 것을 미끼삼아 겁을 주고 진실을 캐낼 생각으로 마우리치오 바빌로니아를 직접 만나려고 했지만, 페트라 코테스가 그런 것은 여자들이 알아서 처리할 일이라고 하는 바람에 이러지도 못하고 저러지도 못하고 망설이면서, 안에다 가두어두면 딸 문제가 해결되지 않을까 하는 막연한 희망에 매달려 공중에 뜬 상태가 되었다.

레메는 조금도 고통을 겪지 않는 것 같았다. 그와는 반대로 우르슬라는 옆방에서 레메가 평화롭게 잠든 숨소리와, 조용히 자기 일을 하는 침착성과, 식사를 주문하는 소리로, 소화도 잘 하고 건강한 상태라는 것을 느낄 수 있었다. 거의 두 달 동안 벌을 받고 난 레메에게 달라진 것이 있었다면 그것은 다만 그녀가 남들처럼 아침이 아니라, 저녁 7시에 목욕을 한다는 알쏭달쏭한 사실뿐이었다. 한번은 목욕탕에 있는 전갈을 조심하라고 주의를 해주고 싶은 생각도 들었지만, 레메를 이미 남에게 빼앗겨 먼 곳에 가 있다는 기분이 들어서, 늙은 할머니의 잔소리로 괴롭히고 싶은 마음은 곧 없어졌다. 노랑나비들은 해질녘이면 집 안으로 날아 들어왔다. 밤마다 목욕을 하고 방으로 돌아갈 때마다 레메는 결사적으로 살충제로 나비를 죽이는 페르난다를 볼 수 있었다. "이건 영 재수 없는 일이야." 페르난다가 비명을 질렀다. "밤에 나비를 보면 액운이 낀다고 얘기하는 걸 항상 들어왔으니까."

어느 날 밤 레메가 목욕탕에 있는 사이에 페르난다는 우연히 그녀의 침실로 들어갔는데, 방 안에는 거의 숨도 쉬지 못할 만큼 나비가 꽉 들어차 있었다. 페르난다는 그 나비들을 쫓으려고 아무것이나 손에 잡히는 헝겊을 집어 들었는데, 그 보따리에서 마룻바닥으로 굴러 떨어진 겨자덩어리를 보고 그 겨자와 딸의 밤 목욕을 연결 지어 생각해 본 그녀는 겁에 질려 심장이 굳어버리는 것 같았다. 페르난다는 처음에 그랬듯이 기회가 오기를 기다리지는 않았다. 그 이튿날 그녀는 새로 부임한 시장을 점심에 초대했다. 그녀와 마찬가지로 시장은 고원지대에서 온 사람이었는데, 페르난다는 그에게 요즈음 자꾸만 닭을 도둑맞는 형편이니 뒷마당에다 경비원을 하나 배치시켜 달라고 부탁했다. 그날 밤 그 경비원은, 지난 몇 달 동안 거의 매일 밤이면 그랬듯이, 전갈과 나비들 사이에 발가벗고 서서 사랑에 몸이 달아 기다리는 레메를 만나려고 찾아와 목욕탕으로 들어가려고 기왓장을 들어내던 마우리치오 바빌로니아를 발견했다. 총알이 그의 척추에 깊숙이 박혔고, 그는 평생 동안 침대에서 몸을 움직이지도 못할 신세가 되고 말았다. 그는 신음도 없이, 불평도 없이, 단 한 순간의 배반도 없이, 그를 잠시도 편안하게 내버려두지 않던 나비들과 추억에 시달리면서, 닭 도둑으로 몰린 채 늙어 죽었다.

15

레메 부엔디아의 아들을 집으로 데려올 때쯤에는 마콘도가 결정적인 타격을 받게 될 사건의 조짐이 조금씩 드러나고 있었다. 마콘도 전체에 걸린 문제가 워낙 불확실한 상태에 처해 있었으므로 사람들은 그들의 개인적인 문제에 신경을 쓸 만큼 한가한 기분이 아니었으며, 페르난다는 그런 어수선한 분위기를 잘 이용해서 집으로 데려온 아이를 세상에 존재하지도 않는 것처럼 남들로부터 완전히 숨길 수 있었다. 그녀는 도저히 거절할 상황이 못 되었던 탓으로, 아이를 받아들일 수밖에 없었다. 속으로 그 아이를 목욕탕의 하수구에 처넣어 빠져 죽게 하려고 결심했지만, 마지막 순간에 그럴 만한 용기가 나지 않아 내키지 않으면서도 그 아이와 평생을 같이 보낼 운명에 처한다. 페르난다는 아이를 아우렐리아노 부엔디아 대령이 쓰던 작업실에 넣고 가두어버렸다. 그녀는 산타 소피아 드 라 삐에다드로 하여금 그 아이가 바구니에 담겨서 물에 떠내려 왔다는 얘기(모세에 대한 이야기를 인용한 것임 – 역주)를 믿도록 만드는 데 성공했다. 우르슬라는 어디에서 그 아이가 왔는지도 모르는 채 죽어야 했다.

페르난다가 아이에게 밥을 먹이는 동안에 작업실로 들어온 어린 아마란타 우르슬라도 물에 떠내려 온 바구니 얘기를 곧이들었다. 레메의 비극을 일방적으로 페르난다가 멋대로 처리한 다음에 그녀와 사이가 멀어진 아우렐리아노 세군도는, 3년이 지난 어느 날, 페르난다가 그만 한눈을 파는 사이에 그 아이가 탈출하여 아주 잠깐 동안 발가벗은 채 머리는 헝클어지고 성기는 칠면조 벼슬처럼 이상하게 보이는, 백과사전에서 설명하는 식인종 같은 모습을 하고 현관에 나타났다가 집 안으로 끌려 들어오는 것을 보고서야 처음으로 그 아이의 존재를 알게 되었다.

페르난다는 돌이킬 수 없는 운명의 몹쓸 장난이 자신에게 닥쳐오리라고는 조금도 눈치 채지 못했다. 그 아이의 출현은 페르난다가 오래전에 영원히 집에서 몰아냈다고 생각했던 수치가 되돌아온 것이나 마찬가지였다. 사람들이 몰려들어 척추가 부러진 마우리치오 바빌로니아를 옮겨가자마자, 페르난다는 자기 어깨에 걸린 무거운 짐을 깨끗이 털어버리기 위한 치밀한 계획을 짜냈다. 페르난다는 남편에게 한마디 의논도 없이 짐을 꾸리고, 딸이 갈아입을 옷 세 벌을 작은 손가방에 챙겨넣고는, 기차가 도착하기 반시간 전에 레메의 방으로 갔다.

"자, 레난타, 어서 가자." 페르난다가 딸에게 말했다.

페르난다는 아무 설명도 하지 않았다. 그런가 하면 레메도 어머니에게서 아무런 설명도 기대하지 않았다. 레메는 그들이 어디로 가는지 알지도 못했고, 자기를 끌고 도살장으로 간다고 해도 별로 신경도 쓰지 않았을 것이다. 레메는 뒷마당에서 울린 총성과 더불어 들려온 마우리치오 바빌로니아의 고통스런 비명 소리를 듣고 난 그 순간부터 입을 열지 않았고, 평생 동안 다시는 말을 안 할 것만 같았다. 방에서 나오라고 어머니가 명령했을 때, 레메는 머리를 빗거나 세수를 하지도 않고 뒤따라 나서서 아직도 그녀의 뒤를 따르는 노랑나비 떼도 의식하지 못하면서 몽유병자처럼 기차 안으로 들어섰다. 그 무거운 침묵이 레메의 단호한 결심으로 인한 것인지 아니면 비극에서 받은 충격으로 벙어리가 된 것인지 페르난다는 알지 못했고, 그렇다고 해서 알아낼 마음도 없었다. 레메는 한때 황홀하게 보였던 고향땅을 건성으로 내다보았다. 기찻길 양쪽에 늘어선, 끝없이 그늘이 진 바나나 숲을 그녀는 보지 않았다. 먼지와 더위에 빛깔이 바랜, 그링고들이 사는 하얀 집들과 정원을, 그리고 테라스에서 카드놀이를 하는, 반바지에 파란 줄이 간 셔츠를 입은 여자들을 그녀는 보지 않았다. 바나나 무더기를 잔뜩 싣고 먼지를 풀썩이며 흙길을 가는 우마차들을 그녀는 보지 않았다. 기차를 타고 가는 승객들이 탐을 내고 아쉬워할 만큼 멋진 젖가슴을 자랑하는 여자들이 송어처럼 강물 속에서 팔딱거리고 있는 것을, 마우리치오 바빌로니아의 노랑나비들이 팔랑이며 날아다니곤 하던 곳에 모여 있는 우중충하고 초라한 노무자들의 움집들을, 그런 집들의 문간에서 요강에 올라앉은 푸르죽죽하고 구질구질한 아이들을, 그리고 기차에다 욕지거리를 퍼붓는 애 밴 여자들을 그녀는 보지 않았다. 학교 공부를 끝내고 고향으로 돌아오는 길에는 멋진 놀이라도 벌어지는 듯했던 창밖에서 미끄러지는 풍경은 이제 레메의 마음에 조그마한 감동조차 불러일으키지 못했다. 기차가 불타는 듯한 숲을 지나다 삭아버린 스페인 노예선이 아직도 남아 있는 양귀비가 무성한 들판을 지나, 한 세기 전에 호세 아르카디오 부엔디아의 환상을 좌절시킨, 거품이 이는 더러운 바닷가의 맑은 대기로 나갈 때까지, 레메는 창밖을 내다보지 않았다.

　오후 5시에 늪지대의 마지막 역에 도착하자 레메는 페르난다가 시킨 대로 기차에서 내렸다. 그들은 골골거리는 말들이 끄는 커다란 박쥐처럼 보이는 작은 마차에 타고 어느 황막한 도시의 소금에 전 끝없는 길을 따라, 어디에선가 페르난다가 소녀 시절에 낮잠시간이 되면 들을 수 있었던 것과 같은 피아노를 연습하는 소리가 들려올 때까지 갔다. 그리고서 다시 나무바퀴가 불에 타는 듯한 소리를 내고 녹슨 쇠붙이 장식들이 냄비 끓는 소리를 내는 배로 옮겨 타고 강을 따라 여행했다. 레메는 자기 선실에서 꼼짝도 하지 않았다. 하루에 두 번씩 페르난다는 레메의 침대 곁에 식사를 가져다두었고 그 가운데 하나는 손도 대지 않은 채로 다시 물러나왔는데, 레메가 식사를 하지 않은 것은 굶어죽겠다고 결심을 했기 때문이 아니라, 음식의 냄새까지도 역겨웠고 물만 마셔도 뱃속이 편치 않았기 때문이었다. 레메 자신도 그녀의 출산력이 겨자쯤은 쉽게 이길 수 있으리라는 것을 모르고 있었고, 페르난다도 그때부터 한 해가 지난 다음에 아이가 집에 도착하게 되었을 때까지는 그 헛구역질의 원인이 무엇인지를 몰랐다. 숨이 막힐 듯한 선실 안에서, 쇠붙이 장식들이 덜그렁대는 소음과 바깥에서 풍겨나오는 진흙 냄새로 미칠 듯했던 레메는 날짜를 헤아리는 것조차 잊을 지경이었다. 무척 오랜 시간이 흐른 후, 마지막 노랑나비가 선풍기 날개에 부딪쳐 찢겨 죽었을 때 레메는 마우리치오 바빌로니아가 그 순간에 죽었다고 생각했다. 그러나 그녀는 포기를 함으로써 패배당하도록 가만히 있지는 않았다. 아우렐리아노 세군도가 이 세상에 태어난 사람들 가운데 가장 아름다운 여인을 찾아가다가 길을 잃었던 신기루의 고원을 노새 등에 타고 횡단하면서, 그리고 원주민들이 다니는 오솔길을 따라 산을 넘고 돌을 쌓아 올려 만든 음울한 담벼락의 골목에서 서른두 개의 교회 종탑이 만가를 울리는 음산한 도시에 들어설 때까지 레메는 쉬지 않고 마우리치오 바빌로니아에 대한 생각만 했다. 그날 밤 그들은 사람이 살지 않는 식민지 시대의 저택으로 들어가 잡초가 무성한 어느 방 마룻바닥에 널빤지를 깔아 잠자리를 마련하고, 창문에서 잡아 뜯은 커튼 조각으로 몸을 감고 잤는데 그 커튼 조각은 몸을 뒤챌 때마다 푸석푸석 부스러져 나갔다. 레메는 무척 오래전 불면증으로 잠을 이루지 못하던 어느 크리스마스에, 납으로 만든 커다란 상자에 담겨 집으로 왔던 검정 옷을 입었다. 이튿날 미사를 드리고 나서 레메는 어머니가 들려준 얘기에서 여러 번 들었던, 어머니를 여왕으로 키워준 수녀원임을 한눈에 알아볼 수 있는 어느 음침한 건물에 도착하고는, 이제 그녀의 여행이 끝났음을 알아챘다. 페르난다가 옆방 사무실에서 어떤 사람과 얘기를 나누는 동안 레메는 아직도 검은 꽃무늬가 진 에타민 천으로 만든 드레스를 입고, 고원지대의 추위를 견디기 위해서 두툼하게 만든 높직한 구두를 신은 식민지 시절 대주교들의 커다란 유화 초상화들이 잔뜩 걸린 응접실에서 기다렸다. 색유리 창문에서 흘러내리는 샛노란 빛을 받고 응접실 한가운데에 서서 마우리치오 바빌로니아에 대해 생각하고 있는데 레메가 갈아입을 옷 세 벌이 들어 있는 손가방을 들고 아주 아름다운 수녀가 사무실에서 나왔다. 그 여자는 걸음도 멈추지 않고 레메의 손을 잡았다.

"따라오렴, 레난타." 수녀가 레메에게 말했다.

레메는 수녀의 손을 잡고 가자는 대로 이끌려갔다. 수녀를 따라잡으려고 서두르며 쫓아오던 페르난다가 마지막으로 레메를 보았을 때, 수녀원의 쇠창살 문이 무겁게 닫혔다. 아직도 레메는 마우리치오 바빌로니아와 그의 기름 냄새와, 후광처럼 그를 따라다니던 나비들을 생각하고 있었으며, 이름도 바뀌고 머리도 삭발한 채, 한마디 말도 없이 크라코우의 병원에서 늙어 죽게 된 어느 먼 훗날 가을 아침의 마지막 순간까지 그에 대한 생각만 했다.

페르난다는 무장경관의 호위를 받으면서 기차를 타고 마콘도로 돌아왔다. 여행하면서 그녀는 승객들 사이에 떠도는 긴장감과, 철로 주변의 읍내들에서 진행되고 있던 전투 준비와, 그리고 무언가 심각한 일이 곧 일어날 것만 같은 산만한 분위기를 느꼈지만, 마콘도에 도착해서 식구들로부터 호세 아르카디오 세군도가 바나나 농장의 인부들을 선동해서 파업을 일으키려고 한다는 얘기를 듣게 되었을 때까지는 아무것도 모르고 있었다. "이젠 이 집안도 제대로 구색을 갖추게 되었구나." 페르난다가 혼잣말을 했다. "무정부주의자까지 나타났으니 말이야." 파업은 2주일 후에 시작되었지만, 사람들이 기대하던 극적인 사건들은 뒤따르지 않았다. 노무자들은 일요일만큼은 바나나를 베고 싣는 일을 하지 않도록 해 달라고 요구했고, 그들의 주장은 사실 정당했으므로 안토니오 이사벨 신부까지도 노무자들의 뜻이 하느님의 율법과 통한다는 결론을 내리고 사건에 끼어들어 노무자들의 편을 들었다. 호세 아르카디오 세군도의 이번 승리와 그 다음 몇 달 동안 일어난 사건들은, 여태까지 프랑스 창녀들을 불러다 읍내를 잡스럽게 만든 것 말고는 아무런 쓸모도 없다고 알려졌던 그로 하여금 제법 이름을 드날리게 했다. 어처구니없이 선박업을 시작하겠다는 생각에서 싸움닭을 몽땅 경매에 붙여 팔아버렸을 때만큼이나 충동적인 결단을 내려서, 그는 바나나 회사의 십장 자리를 내놓고 노무자들의 편에 서기로 했다. 그는 곧 국가 질서를 어지럽히려는 어느 국제 음모에 가담했다는 손가락질을 받게 되었다. 침울한 소문들이 계속해서 나돌던 어느 날 밤, 그는 어떤 비밀 모임을 끝내고 빠져나오는 순간, 신원을 알 수 없는 자가 쏜 네 발의 총알을 기적적으로 피해 살아났다. 그 후 몇 달 동안, 마을 분위기는 컴컴한 방구석에서 홀로 지내던 우르슬라도 느낄 수 있을 만큼 긴장되었으며, 그래서 그녀는 아들 아우렐리아노가 주머니에 반역을 상징하는 동종요법(대량으로 사용하면 건강체에 환자와 비슷한 증세를 일으키는 약제를 환자에게 소량 투입시킴으로써 치료하는 요법 – 역주) 알약을 넣고 다니던 시절의 위태위태한 삶을 다시 되풀이해서 살아가는 기분이 들었다. 우르슬라는 호세 아르카디오 세군도를 만나 얘기를 하고 옛날에 무슨 일이 있었는지를 알려주려고 기회를 노렸지만, 그를 저격하려던 사건이 있던 날 밤 이후로 그의 행방을 아는 사람은 아무도 없다고 아우렐리아노 세군도가 우르슬라에게 얘기해 주었다.

"아우렐리아노하고 어쩌면 그렇게 똑같은지 모르겠구나." 우르슬라가 한탄했다. "세상은 결국 돌고 돈다는 얘기가 맞는 것 같아."

페르난다는 그 시절의 불안한 상태에 대해서는 별로 느끼는 바가 없었다. 아무런 상의도 하지 않고 레메의 운명을 멋대로 결정해 버린 다음 남편과 격렬한 말다툼을 하고 나서 그녀는 여태까지 바깥 세계와 접촉 없이 살았다. 아우렐리아노 세군도는 필요하다면 경찰의 도움을 얻어서라도 잃어버린 딸을 찾으려고 했지만, 페르난다는 레메가 스스로 수녀원으로 가기를 결정했다는 사실을 증명하는 서류를 그에게 보여주었다. 레메는 수녀원의 쇠창살 문 안에 들어선 다음, 어머니에게서 끌려서 그곳까지 올 때처럼 무관심한 상태에서 그 서류에 서명했다. 그러나 아우렐리아노 세군도는, 마우리치오 바빌로니아가 닭을 훔치려고 뒷마당으로 숨어들었다는 얘기를 믿지 않았던 것과 마찬가지로 그 증거물의 신빙성을 믿지 못했지만, 아무튼 그 믿지 못할 두 가지 일은 그의 양심의 가책을 훨씬 가볍게 했으며, 그래서 아무런 난처한 기분도 느끼지 않으면서 페트라 코테스의 그늘을 찾아갔고, 그곳에서 다시 시끄러운 흥청거림과 한없는 먹어치우기 행사를 부활시켰다. 읍내의 술렁거리는 분위기를 조금도 실감하지 못하고, 우르슬라의 조용한 예언은 듣지도 않으면서, 페르난다는 전부터 품고 있던 계획에 마지막 나사못을 죄었다. 그녀는 그 무렵에 첫 의식을 집전하게 되었던 호세 아르카디오에게 긴 편지를 써 보냈는데, 그 편지에 레난타가 하느님의 평화 속에서, 황열병 때문에 검은 피가 섞인 구토를 계속하다가 숨졌다고 적었다. 그런 다음 산타 소피아 드 라 삐에다드에게 아마란타 우르슬라를 돌봐달라고 부탁한 후 그동안 레메 사건 때문에 중단되었던 타향 의사들과 편지 왕래를 다시 시작하는 데 온 정신을 쏟았다. 가장 먼저 처리하기로 한 것은 연기되었던 정신감응 수술을 실시할 날짜를 명확히 결정하는 일이었다. 그러나 타향의 의사들은 마콘도에서 사회적인 소요가 계속되는 동안에는 수술을 실시하지 않는 편이 현명하리라는 답장을 보내왔다. 워낙 마음이 조급해지고 사정에도 어두웠던 페르난다는 편지를 다시 써서, 마콘도에는 사회적인 불안정 따위는 없으며, 마콘도에 대해서 이상한 소문이 나 있는 것은 모두 다 옛날에 닭싸움이나 선박에 대해서 미친 일이 있었던 그녀의 시동생이 이제는 노동조합인지 뭔지 하는 것을 가지고 떠들며 돌아다니는 통에 빚어진 미친 짓들 때문이라고 설명했다. 의사들과 아직도 합의가 이루어지지 못한 어느 찌는 듯한 수요일, 손에 조그만 바구니를 든 늙은 수녀 하나가 찾아와서 문을 두드렸다. 산타 소피아 드 라 삐에다드는 문을 열어 주고는 누가 선물이라도 보낸 줄 알고 예쁜 레이스 헝겊을 덮은 바구니를 받으려고 손을 내밀었다. 그러나 그 바구니를 아무도 모르게 직접 도나 페르난도 델 까르피오에게 전해 주어야 한다는 지시를 받고 찾아온 늙은 수녀는 내민 손을 막았다. 그것은 레메의 아들이었다. 예전에 페르난다의 영혼을 인도하던 선생은 편지로, 이 아이는 두 달 전에 태어났으며, 어머니가 자기 뜻을 밝히려고 입을 여는 일이 전혀 없었던 탓으로 아이의 이름은 그들이 할아버지의 이름을 따서 아우렐리아노라고 지어 영세를 주었다고 알려주었다. 페르난다는 이 운명의 장난 때문에 속이 뒤집히는 듯싶었지만, 그래도 그 감정을 수녀가 보는 눈앞에서만은 겨우 숨길 힘이 있었다.

"남들한테는 바구니에 담겨서 물에 떠내려 오는 걸 발견했다고 하면 될 거예요." 페르난다가 미소를 지으면서 말했다.

"그런 얘기를 누가 믿겠어요?" 수녀가 말했다.

"성경에 나오는 얘기는 다들 믿잖아요?" 페르난다가 대답했다. "똑같은 얘기를 내가 한다고 해서 남들이 믿지 않을 까닭은 없죠."

수녀는 돌아갈 기차를 기다리면서 집에서 점심을 들었고, 단단히 부탁을 받았기 때문에 아이에 대한 얘기는 다시 꺼내지도 않았지만, 페르난다는 그 수녀가 자기의 수치를 목격한 달갑지 않은 증인이라고 생각했고, 나쁜 소식을 가져오는 사신들을 목매달아 죽이던 중세의 관습이 없어져 버렸음을 몹시 아쉬워했다. 수녀가 돌아가자마자 아이를 하수구에 집어넣어 물에 빠뜨려 죽이려는 결심을 했지만, 그러나 그런 짓을 할 만큼 그녀의 심장은 튼튼하지 못해서, 하느님의 뜻대로 모든 일이 이루어지고 결말이 나기를 끈기 있게 기다리는 편이 좋겠다고 생각했다.

새로 태어난 아우렐리아노가 겨우 한 살을 넘겼을 때, 아무런 예고도 없이 마을의 긴장이 폭발하고 말았다. 여태까지 지하에서 숨어 지내던 호세 아르카디오 세군도와 다른 조합지도자들이 어느 주말에 갑자기 나타나서, 바나나 지역의 마을들을 휩쓰는 시위행진을 꾸몄다. 경찰은 그냥 교통정리만 했다. 그러나 월요일 밤이 되자 주모자들은 집에서 끌려

나와 발에 5킬로그램짜리 족쇄가 채워진 채 도청 소재지에 있는 감옥으로 잡혀갔다. 그들 가운데에는 호세 아르카디오 세군도도 있었고, 멕시코 혁명 당시에는 대령이었다가 마콘도로 망명한 아르테미오 크루스 동지의 영웅적인 행동을 직접 목격했다고 자랑하던 로렌조 가빌란도 있었다. 그러나 그들은 정부와 바나나 회사 중 어느 쪽에서 그 죄수들에게 먹을 것을 대주어야 하느냐 하는 문제를 놓고 다투다가 해결을 보지 못하는 통에, 석 달도 안 되어서 모두 감옥에서 풀려나왔다. 이때 노무자들이 항의를 한 것은 그들의 숙소에 위생시설이 모자라고, 의료시설이 전혀 없고, 작업 조건이 악랄하다는 점이었다. 더 나아가 그들은 그들이 일한 대가로 돈을 받는 것이 아니라 회사의 구매소에서 버지니아 햄을 살 때 이외에는 쓸모가 없는 배급표를 받는 처사가 부당하다며 떠들고 나섰다. 호세 아르카디오 세군도는 구매소에서 팔 상품을 운송하지 않는다면 뉴올리언스에서 바나나 항구까지 빈 배로 돌아와야 할 과일선박의 유지비를 조달하기 위해서 그런 배급표 제도를 생각해 냈다는 얘기를 폭로했다가 감옥으로 가게 되었다. 다른 불평들이란 누구나 다 알고 있던 흔한 일들이었다. 회사의 전속 의사들은 아픈 사람들을 진찰도 하지 않고 진료실에서 길게 줄지어 서서 기다리게 만들고, 간호부라는 사람은 찾아온 환자가 학질을 앓거나, 임질에 걸렸거나, 변비에 시달리거나를 가리지 않고 아무나 입을 벌리라고 하고는 황동黃銅 빛깔의 알약을 혓바닥 위에 놓아주었다. 걸핏하면 그 알약을 주었기 때문에 아이들은 여러 차례 줄에 들어가 서서 기다리다가는, 받은 알약들을 삼키지 않고 모아서 집으로 가져가 빙고놀이를 했다. 회사의 노무자들은 다 쓰러져가는 비좁은 막사에 모여 살았다. 화장실을 짓는 대신에 기사들에게는 크리스마스가 되면 50명 앞에 하나씩 휴대용 변기를 나누어주었고, 그 변기를 어떻게 사용해야 가장 오랫동안 쓸 수 있는지를 시범으로 보여주었다.

옛날에는 아우렐리아노 부엔디아 대령을 끊임없이 따라다녔지만, 이제는 바나나 회사의 손아귀에 들어간 검은 옷을 입은 늙은 변호사들은 노무자들의 그런 요구사항들을 마술이라도 부리는 듯한 솜씨로 처리해 나갔다. 노무자들이 만장일치로 결정한 사항들을 정리해서 바나나 회사에 보고하자마자 미스터 브라운은 유리로 벽을 만든 호화로운 찻간을 기차에 연결하고는, 손꼽히는 회사 간부들을 데리고 마콘도를 떠나 피신했고, 그래도 몇 명의 노무자들은 그 다음 토요일에 어느 사창굴에서 달아나던 회사 간부 한 사람을 붙잡았고, 붙잡힌 간부는 미리 짜고서 그를 함정에 빠뜨린 여자들과 함께 벌거벗은 몸으로 침대에 쪼그리고 앉아서 노무자들이 요구하는 사항들이 담긴 서류에 서명을 했다. 그러나 변호사들은 흐물흐물한 목소리로, 법정에서 서류에 서명한 사람은 회사 간부가 아닌 다른 사람이라고 주장했으며, 남들이 그 말을 의심하지 않게 하려고 남의 이름을 사칭한 사기꾼이라는 죄목을 붙여 그 사람을 감옥에 가두었다. 얼마 있다가 신분을 숨기며 3등 객차로 여행하던 미스터 브라운은 예기치 않은 기습을 받아 신분이 탄로 났고, 노무자들이 요구하는 대로 청원서에 서명을 하지 않을 수 없었다. 그러나 그 다음 날, 그는 머리를 검은 빛깔로 염색하고 재판관들 앞에 나타나서 유창한 스페인 어를 지껄여댔다. 변호사들은 그 사람이 앨라배마 주 프레스벌에서 태어난 바나나 회사의 관리자 미스터 브라운이 아니라, 마콘도에서 태어나서 다고 베르토 폰세카라는 이름으로 영세를 받은 마음 착한 양초판매상임을 증명했다. 다시 얼마 있다가 노무자들이 또 들고 일어나려고 하자, 변호사들은 두 나라의 영사관과 외무부의 공증까지 받은 미스터 브라운의 사망확인서를 공개하였는데, 그 사망확인서에는 미스터 브라운이 시카고에서 불자동차에 치여 지난 7월 9일에 죽었다고 적혀 있었다.

그런 어처구니없는 말장난에 지쳐버린 노무자들은 마콘도 당국을 거부했고, 불만사항을 들고 상급 재판소로 올라갔다. 그곳에서 법률 곡예사들은 바나나 회사가 여태까지 상근 직원을 한 사람도 고용한 사실이 없으며, 지금도 한 사람도 고용하고 있지 않을뿐더러, 앞으로도 고용할 계획이 없고, 그저 가끔씩 임시 노동자들을 시간제로 데려다 쓰곤 했기 때문에 노무자들의 항소는 아무런 법적 효력을 지니지 못한다고 간단히 설명해 버렸다. 그래서 버지니아 햄이나, 만병통치 알약이나, 크리스마스 때 나눠주었던 휴대용 변기에 대한 얘기는 모두 다 꾸며낸 이야기가 되어버렸으며, 법원의 결정에 의해 바나나 농장에는 상근 직원이 없었다고 판정·발표되었다.

대규모 파업이 개시되었다. 밭을 반쯤 갈다가 일이 중단되었고, 과일은 나무에서 썩어 떨어졌고, 120개의 차량이 달린 기차는 한 귀퉁이에 버려졌다. 마을마다 할 일 없이 노는 노무자들로 넘쳐흘렀다. 터키 사람들의 거리에서는 토요일에만 흥청대던 사람들이 이제는 며칠씩 눌러앉았고 야곱 호텔의 당구장은 스물네 시간을 교대로 일하면서 하루 종일 문을 열어두었다. 호세 아르카디오 세군도는 이 마을의 질서를 되찾기 위해서 군대가 파견되어 오리라는 얘기를 당구장에서 들었다. 비록 그는 예감과는 거리가 먼 사람이었어도 그 얘기는 아주 오래전 어느 날 아침 게리넬도 마르케스 대령의 허락을 받고 사형이 집행되는 장면을 보았을 때부터 그가 계속해서 기다려온 죽음의 선언처럼 들렸다. 그러나 그런 불길한 예감에도 불구하고 그는 침착성을 잃지 않았다. 그는 치려던 공을 잘 겨누어서 쳤으며, 공은 뜻대로 돌아갔다. 조금 있다가 북을 두드리는 소리와 날카로운 나팔 소리와 사람들이 고함을 지르고 뛰어나오는 소리를 듣고서 그는 이 당구놀이도 끝장이 났으려니와 새벽의 사형 집행을 본 때부터 줄곧 혼자서 즐기던 조용한 침묵의 외로운 놀이도 끝났음을 느꼈다. 그는 바깥 길로 나가서 그들을 보았다. 땅을 뒤흔드는 북소리에 발을 맞추며, 3개 연대가 행군해 들어왔다. 머리가 수없이 많이 달린 용처럼 그들은 한낮의 태양을 가릴 만큼 먼지를 일으키며 왔다. 그들은 키가 작고, 뚱뚱했으며, 짐승 같아 보였다. 말처럼 땀을 흘렸고, 햇볕에 탄 가죽 냄새를 풍겼으며, 고지대 사람들의 특성인, 말없고 끈질긴 참을성을 지니고 있었다. 그들이 다 지나갈 때까지는 한 시간 이상이 걸렸지만, 구경하는 사람들은 몇 분대에 지나지 않는 병정들이 원을 그리고 서서

뱅뱅 돌고 있다는 인상을 받을 만큼 그들은 서로 똑같아 보였다. 그들은 전부 다 똑같은 몹쓸 놈들이었고, 배낭과 물통을 똑같이 꾸려 짊어지고 모두 소총 끝에다 대검을 꽂고 있었으며, 맹목적인 복종과 명예의식이 얼굴에 드러나 보였다. 우르슬라는 어둠 속에서 침대에 누워 그들이 지나가는 소리를 듣고는 손가락으로 십자가를 그었다. 산타 소피아 드 라 삐에다드는 일손을 멈추고 다리미질을 갓 끝낸 탁상보 위로 몸을 뻗어 잠깐 길 쪽을 넘겨다보고는 아들 호세 아르카디오 세군도 생각을 했는데, 그는 같은 시간에 야곱 호텔 앞에서 얼굴 표정 하나 바꾸지 않고 지나가는 마지막 병사들을 지켜보고 있었다.

계엄령이 선포되어서 군대는 계속되는 반목의 중재자 역할을 맡게 되었지만, 화해를 도모하려는 노력을 할 기색은 조금도 보이지 않았다. 마콘도에 도착하자마자 군인들은 총을 내려놓고 곧장 바나나를 잘라 기차에 싣고는 수송을 시작했다. 그때까지 태연하게 지켜보고만 있던 노무자들은 그 광경을 보자 그들이 가진 벌목도 이외에는 아무 무기도 없이 숲으로 뛰어 들어가 일을 방해하기 시작했다. 노무자들은 농장과 구매소를 불태워버리고, 기차가 지나다니지 못하게 철로를 뜯어내 던져버렸고, 군인들은 기차를 통과시키기 위해서 기관총을 발사했으며, 노무자들은 이어 전기와 전신을 절단했다. 도랑은 피로 물들었다. 전기장치를 한 닭장 속에서 말짱히 살아 있던 미스터 브라운은 그의 가족과 동료들과 함께 군대의 보호를 받으면서 안전지대로 피신했다. 당국에서 노무자들에게 마콘도 역으로 모이라고 소집령을 내렸을 때, 급박해진 상황은 여태까지 볼 수 없었을 만큼 처절한 내란으로 번질 기미가 뚜렷했다. 그 소집령에 따르면, 도의 행정지도자들과 군대 지휘관들이 돌아오는 금요일에 이곳의 충돌을 진압하기 위해서 마콘도에 도착할 예정이라고 했다.

금요일이 되자 아침 일찍부터 호세 아르카디오 세군도는 역 앞에 모인 군중 속에 섞여서 기다렸다. 이에 앞서서 조합 지도자들과 모임을 가졌었는데, 거기에서 그는 가빌란 대령과 함께 주민들이 소집되는 날 군중 속에 섞여 들어가 사태의 진전을 보고 적절한 명령을 내리는 일을 맡았다. 그는 별로 몸이 좋지 않았으며, 작은 광장 둘레에 기관총이 설치되어 있고, 철망으로 담을 두른 바나나 농장이 대포로 무장되었음을 보고는 입천장에 소금기가 앉는 것 같았다. 12시가 가까워오자, 오지 않는 기차를 기다리면서 3000명이 넘는 노무자와 여자들과 아이들이 역 앞 공터로 몰려나와 설 자리도 없어 옆길로 밀려 들어갔는데, 줄지어 늘어선 기관총들을 둘러싼 군인들이 길목을 모두 막고 버티고 있어 빠져나갈 수도 없었다. 이때만 해도 그들은 기다리는 군중이라기보다는 놀러 나온 패거리들 같았다. 그들은 터키 사람들의 거리에서 튀김이나 마실 것을 파는 판매대를 끌고 와서, 지루함과 태양의 뜨거움도 아랑곳하지 않고 기분 좋게 기다리고 있었다. 오후 3시가 조금 못 되어서, 기차가 제시간에 오지 않고 내일이나 되어야 올 것 같다는 소문이 퍼졌다. 모인 사람들은 실망해서 한숨을 쉬었다. 그러자 기관총 열네 개가 군중을 겨누고 있는 역 지붕으로 육군 중위 하나가 올라가서 조용히 하라고 소리를 질렀다. 호세 아르카디오 세군도 옆에서는 네 살짜리와 일곱 살짜리 두 아이를 데리고 나온 아주 뚱뚱한 여자가 맨발로 서 있었다. 그 여자는 작은아이를 팔에 안고 호세 아르카디오 세군도가 누구인지도 모르면서 그렇게 다른 아이를 안아 올려서 사람들이 하는 얘기를 좀 듣게 해주라고 부탁했다. 호세 아르카디오 세군도는 그 아이를 어깨 위에 올려놓았다. 여러 해가 지난 다음에 그 아이는 자기가 호세 아르카디오 세군도의 어깨 위에서, 중위가 낡은 축음기 나팔을 대고 도의 행정 및 군사 지휘자가 쓴 포고령 4호를 읽는 것을 보았다는 얘기를 두고두고 했다. 그 포고령에는 카를로스 코르테스 바르가스 장군과 그의 비서관인 엔리크 가르시아 이사자 소령이 서명을 했는데, 80단어로 된 그 포고령의 세 항목은 파업을 한 노무자들을 '불량배들'이라고 못 박고, 군대로 하여금 그런 자들을 사살할 권리를 부여했다.

　모인 사람들이 귀가 먹먹할 정도로 항의를 하는 가운데 그 포고령을

338

읽고 나자, 역 지붕에 있던 중위는 어느 대위에게 자리를 내주었으며, 대위는 나팔을 흔들어서 자기도 할 얘기가 있다는 시늉을 했다.

"신사 숙녀 여러분." 대위는 느릿느릿하고 힘 빠진 목소리로 나지막하게 말했다. "여러분들은 이제 5분 안에 집으로 돌아가야 합니다."

군중은 더욱 큰 소리로 야유를 하고 소리를 질렀으며, 군중의 떠드는 소리에 잠겨 숫자를 헤아리는 말은 들리지도 않을 지경이었다. 자리를 뜨려는 사람은 아무도 없었다.

"자, 5분이 다 지났습니다." 대위는 아까와 똑같은 목소리로 말했다. "다시 1분의 시간을 드릴 테니, 어서 그 안에 돌아가십시오. 1분이 지나면 발포하겠습니다."

호세 아르카디오 세군도는 식은땀을 흘리며 어깨에서 아이를 내려 여자에게 되돌려주었다. "저 자식들 저러다가 정말로 쏘겠어." 그 여자가 중얼거렸다. 호세 아르카디오 세군도가 그녀의 말에 대꾸할 사이도 없이 옆에 있던 가빌란 대령이 그 여자가 방금 한 말을 그대로 되풀이해서 큰 소리로 외쳤다. 긴장과, 신비할 정도로 깊은 침묵에 도취된 호세 아르카디오 세군도는, 죽음의 환상에 사로잡힌 그 군중을 움직이게 할 수 있는 것이 아무것도 없음을 알고서 앞에 서 있는 사람들의 머리를 딛고 올라가서, 평생 처음으로 고함을 쳤다.

"야! 이 나쁜 놈들아!" 그는 소리쳤다. "1분을 다 기다릴 필요도 없으니 지랄을 할 테면 해봐라!"

그가 소리를 지르고 나자, 두려움보다는 일종의 환각을 불러일으키는 듯한 사건이 벌어졌다. 대위가 사격을 개시하라는 명령을 내렸고, 열네 개의 기관총들이 동시에 그의 명령을 따랐다. 눈앞에서 마치 희극 같은 장면이 벌어졌다. 얼핏 보기에는 기관총에 뇌관雷管만 잔뜩 장전되어 있는 것같이 숨 가쁘게 울리는 총성이 들리고 뿜어 나오는 불꽃은 볼 수가 있었어도, 처음에 군중들에게서는 아무런 반응도 보이지 않고, 갑자기 한데 굳어버린 듯 비명이나 한숨 소리도 들려오지 않았다. 그러나 갑자기 역 한쪽에서 찢어져 나온 죽음의 비명이 신비한 침묵을 열었다. "아 아아악, 어머니!" 지진처럼 진동하는 목소리, 화산 같은 숨소리, 홍수의 성난 부르짖음이 군중 한가운데서 폭발해 단숨에 사방으로 흩어졌다. 호세 아르카디오 세군도는 겨우 아이를 안아 올릴 여유가 있었으며, 다른 아이와 그의 어머니는 삽시간에 공포에 젖어 휘몰아치는 군중 속에 휩쓸려 들어갔다.

여러 해가 지난 다음에 그 아이는, 남들이 그를 보고 미친 늙은이라고 손가락질을 하든 말든, 그때 호세 아르카디오 세군도가 어떻게 자기를 머리 위로 번쩍 쳐들어서, 마치 군중의 공포 위를 둥실 떠가듯, 그를 사람들의 머리 위로 던져서 가까운 옆길로 피신시켜 주었나 하는 얘기를 곧잘 했다. 그때 군중들과는 떨어진 자리에 있었던 그 아이는 순간적으로 눈을 돌려 서로 먼저 구석으로 달아나려는 사람들과 불을 뿜는 기관총들을 보았다. 여러 사람들이 동시에 소리쳤다.

"엎드려! 엎드려라!"

총탄이 휩쓸고 가자 앞에 있던 사람들은 대부분 땅에 엎어져 있었다. 살아난 사람들은 땅바닥에 엎드리는 대신에 자꾸만 작은 광장으로 달아나려 했고, 겁에 질린 사람들이 용의 꼬리처럼 한데 엉켜서 물결을 이루고 한쪽에서 달려 나오면 반대쪽에서도 또 다른 무리가 용의 꼬리처럼 달려 나와서 서로 얽혔고, 방향을 어느 쪽으로 돌려도 그곳에서는 기관총이 기다리고 있다가 쉬지 않고 불을 뿜어댔다. 그들은 꼼짝없이 가운데 갇혀서 거대한 회오리바람처럼 빙글빙글 돌면서 기관총이라는 기계가위로 끊임없이 조직적으로 벗겨내는 양파처럼 가장자리에 있는 사람들이 계속해서 떨어져 나갔으며, 군중은 점점 안으로 오그라들면서 줄어들었다. 그 아이는 신기하게도 군중의 그러한 폭주에 조금도 개의치 않으면서 팔로 십자가를 긋고 아무도 없는 곳에 무릎을 꿇고 앉아 있는 여자를 보았다. 호세 아르카디오 세군도는 그를 내려놓자마자 얼굴이 피범벅이 되어서 고꾸라졌고, 얼마 안 있다가 무자비한 군대는 무릎을 꿇은 여자와, 그 여

자가 있던 곳과, 높고 가뭄에 찌든 하늘과, 우르슬라 이구아란이 동물과
자를 그렇게 많이 팔았던 너저분한 터전을 깡그리 쓸어내었다.

호세 아르카디오 세군도가 정신을 차렸을 때 그는 어둠 속에서 하늘
을 보고 누워 있었다. 그는 자기가 한없이 길고 소리가 안 나는 기차에
실려 가고 있으며, 머리에 피가 말라붙었고 온몸이 쑤시는 기분을 느꼈
다. 그는 자고 싶어서 견딜 수가 없었다. 공포와 두려움에서 벗어났으니,
여러 시간 잠부터 자고 봐야겠다고 생각하며 그는 몸이 덜 쑤시게 옆으
로 돌아눕다가 자기가 죽은 사람들 사이에 끼여 있음을 깨달았다. 기차
에는 가운데 통로 말고는 빈자리가 없었다. 시체들의 체온이 하나같이
늦가을 석고상처럼 차가웠고, 입에 문 거품이 모두 말라붙은 꼴을 보니
학살이 벌어진 다음 꽤 오랜 시간이 흐른 것이 틀림없었으며, 시체는 바
나나를 운반할 때처럼 마구 쌓여 있었다. 악몽 같은 장면에서 달아나려
고 호세 아르카디오 세군도는 몸을 질질 끌고 기차가 달리는 방향으로
이 찻간에서 저 찻간으로 나아갔으며, 잠든 마을을 지날 때마다 창문으
로 섬광처럼 희끗희끗 비쳐 들어오는 불빛에 남자들 시체와, 여자들 시
체와, 어린아이들의 시체가 썩어서, 바다에 쏟아버리려고 실어가는 바나
나처럼 축 늘어져 있는 것을 볼 수 있었다. 그가 시체들 가운데서 그나마
누구인지 알아볼 수 있었던 사람은 광장에서 마실 것을 팔던 여자와, 겁
에 질려 날뛰는 사람들 사이를 헤치고 지나가려고 모렐리아(멕시코의 독
립전쟁 때 일시적으로 중심지가 되었던 역사적인 도시 ─ 역주)의 은으로 만든
버클이 달린 허리띠를 손에 감아쥔 채로 휘둘러대다가 죽은 가빌란 대령
뿐이었다. 첫 찻간까지 간 그는 어둠 속으로 뛰어내려서, 기차가 다 지나
갈 때까지 철로 옆에 엎드려 기다렸다. 그는 여태까지 그렇게 기다란 기
차는 본 일이 없었다. 차량은 거의 200개나 되었으며, 기관차가 앞뒤로
하나씩, 그리고 가운데에도 하나 달려 있었다. 그 기차에는 불을 하나도
켜지 않았으며, 정차와 출발을 신호하는 빨간 불이나 파란 불조차 없었
고, 깜깜한 밤 속을 바람처럼 소리 없이 미끄러져 갔다. 찻간의 지붕 위

에는 기관총을 버티어놓은 군인들의 시꺼먼 그림자들이 보였다.

자정이 지나서 폭우가 쏟아지기 시작했다. 호세 아르카디오 세군도는 어둠 속에서 자기가 뛰어내린 곳이 어디쯤인지는 알 수 없었지만, 기차가 간 방향과 반대쪽으로만 계속해서 간다면 마콘도에 닿으리라는 것쯤은 알고 있었다. 머리는 지끈지끈 아픈 데다 속옷까지 함빡 젖은 몸으로 세 시간이나 걷고 난 다음에 그는 희미한 새벽빛 속에서 첫 마을을 찾아내었다. 커피 냄새에 끌려서 그는 어떤 여자가 어린아이를 안고 난로 위로 허리를 굽히고 있는 부엌으로 들어갔다.

"실례합니다." 그는 지칠 대로 지쳐서 힘없는 목소리로 불렀다. "나는 호세 아르카디오 세군도 부엔디아입니다."

그는 자기가 살아 있다는 것을 그 여자에게서 확인하려는 듯이 자기 이름을 한마디씩 끊어서 또박또박 말했다. 아닌 게 아니라 그 여자는 너저분하고 음산한 몰골의 사내가 머리와 옷은 피투성이요, 얼굴에는 죽음을 담고서 들어서자 당연히 그를 유령이라고 생각했으므로, 그가 자기 이름을 일러준 것은 잘한 일이었다. 그 여자는 그를 알아보고는 그의 옷을 빨아서 말리는 동안 몸을 감추고 있으라고 담요를 가져왔고, 물을 데워서 뼈까지 다치진 않은 상처를 닦아내고, 머리에 붕대 대신 감으라고 아기 기저귀도 내주었다. 그리고 부엔디아 집안사람들이 커피에 설탕을 타지 않고 마시는 습관을 알고 있었던 그 여자는 블랙커피를 한 잔 내왔으며, 그의 옷을 불 가까이에 널어놓았다.

호세 아르카디오 세군도는 커피를 다 마실 때까지 결코 입을 열지 않았다.

"아마 3000명은 될 거야." 그는 중얼거렸다.

"뭐가요?"

"죽은 사람들 말입니다." 그는 설명했다. "역 앞에 모였던 사람들은 하나도 남지 않고 다 죽었을 겁니다."

여자는 불쌍하다는 듯 그를 찬찬히 살펴보았다. "여긴 죽은 사람이 하나도 없는데요.” 여자가 말했다. “당신의 아저씨인 대령이 휴전을 한 다음엔 마콘도에는 아무 일도 없었죠.” 호세 아르카디오 세군도가 집에 도착하기 전에 들른 다른 부엌에서 사람들은 모두 똑같은 얘기를 했다. “여기에서는 죽은 사람이 하나도 없었어요.” 그는 역 근처 작은 광장으로 가보았는데, 판매대들이 한구석에 포개어 쌓여 있었지만, 학살이 일어났던 흔적이라고는 조금도 찾아볼 수 없었다. 길거리는 계속되는 비에 촉촉이 젖어서 인적이 드물었고, 집집마다 문을 닫아 걸어서 안에 사람이 사는지도 모를 지경이었다. 이곳에 사람이 살고 있는 기미가 처음으로 보인 것은 미사 시간을 알리는 종소리였다. 그는 가빌란 대령의 집으로 갔다. 전에 여러 번 본 적이 있는 애 밴 여자가 그의 면상에서 문을 닫아 걸었다. “그이는 떠났어요.” 겁에 잔뜩 질린 목소리로 그 여자가 말했다. “그이는 자기 나라로 돌아갔어요.” 전기철망을 친 회사 주택 단지에서는 여느 때처럼 지방경찰관 두 명이 우비와 고무장화를 신고 빗속의 정문 앞에 말뚝처럼 서서 경비하고 있었다. 변두리 길거리에서는 서인도 제도의 원주민들이 토요일 찬송가를 부르고 있었다. 호세 아르카디오 세군도는 마당의 담을 뛰어넘어 부엌을 통해 집으로 들어갔다. 산타 소피아 드 라 삐에다드가 나지막한 소리로 말했다. “페르난다한테 들키지 않는 것이 좋을 거야.” 그녀가 말했다. “지금 막 잠이 깨었을 테니까.” 암시적인 묵계에 따라 행동하기라도 하듯 그녀는 아들을 ‘요강 방’으로 데리고 가서, 멜키아데스가 쓰던 부서진 나무침대를 손질해 주고, 오후 2시에 페르난다가 낮잠을 자는 사이 먹을 것 한 접시를 창문으로 들여보내 주었다.

아우렐리아노 세군도는 비에 붙잡혀 오도 가도 못하고 집에서 잤는데 오후 3시가 되었을 때에도 비가 멎기를 기다리고 있던 참이었다. 산타 소피아 드 라 삐에다드가 몰래 전해 준 얘기를 듣고 그는 당장 멜키아데스의 방으로 가서 숨어 있는 형을 만났다. 그는 형의 얘기를 듣고도 학살 사건이라든가 시체 더미에 묻혀서 기차에 실려 바다로 갔다는 악몽 같은 여행 이야기를 믿지 않았다. 전날 밤 그는 전국에 보내는 특별포고령을 통해 노무자들은 무리를 지어 기차로 역을 떠나 고향으로 돌아갔다는 얘기를 들었다. 그 포고령에는 또한 조합지도자들이 위대한 애국심을 발휘해서 요구를 단 두 가지만 내세우기로 양보했다는 내용도 포함되어 있었다. 그 두 가지 요구사항은 의료시설의 개선과 막사에 화장실을 지어달라는 것이었다. 나중에 또 퍼진 얘기에 따르면 군사당국이 노무자들과의 협상에 성공해서 그 요구사항을 보고하려고 미스터 브라운에게 갔더니, 그는 그 요구사항을 받아들였을 뿐 아니라 노동쟁의의 해결을 축하하는 잔치를 사흘 동안 열라고 돈까지 내놓겠다고 했다는 것이다. 군사당국이 그 합의서에 서명했다고 언제 발표할 것인지 물어보자 미스터 브라운은 줄곧 번개가 번쩍대는 창밖 하늘을 쳐다보며 깊은 생각에 잠겨 말했다.

"비가 그치면 발표할 거요." 미스터 브라운이 말했다. "비가 오는 동안에는 모든 일이 연기가 되지."

그때까지는 석 달이나 비가 오지 않아서 가뭄에 시달리기도 했었다. 그러나 미스터 브라운이 결심한 바를 발표하자, 갑자기 바나나 지역 전체에 폭우가 쏟아지기 시작했다. 호세 아르카디오 세군도가 마콘도로 돌아오는 길에 만난 폭우가 바로 그것이었다. 일주일이 지나도 비는 계속 내렸다. 수천 번이나 되풀이해서 발표되고 정부가 온갖 통신수단을 동원하고 마음대로 조작해서 전국 각지에 퍼뜨려 결국은 사실이라고 받아들여진 공식발표에 따르면, 마콘도에서 죽은 사람은 아무도 없었고, 만족한 노무자들은 모두 가족을 찾아 돌아갔고, 바나나 회사는 비가 끝날 때까지 모든 작업을 중단하겠다고 했다. 끝없이 계속되는 폭우 때문에 야기될지도 모르는 사고에 즉각적으로 대처하기 위한 필요성 때문에 계엄령이 계속 실시되었지만 군인들은 대부분 그들의 영내에 머물렀다. 낮이면 군인들은 바지 자락을 걷어 올리고 길거리의 물 웅덩이에서 아이들과 배를 가지고 놀며 돌아다녔다. 그러곤 밤이면 그들은 문을 두드린 다음에 개머리판으로 문을 부수고 들어와서, 용의자들을 잠자리에서 끌어내어 다시는 돌아오지 못할 여행길에 오르게 했다. 포고령 제4호와 관련된 깡패, 살인자, 방화범, 반역자들에 대한 조사와 처형은 그대로 계속되었지만 군사당국은 그 사실을, 사령부로 소식을 물으러 모여드는 희생자들의 친척들에게도 숨기고 있었다. "아마 꿈을 꾸신 거겠죠." 관리들은 말했다. "마콘도에선 그런 일은 없었습니다. 여태까지 어떤 불상사도 없었고, 앞으로도 그런 사태는 절대로 일어나지 않을 겁니다. 마콘도는 행복한 곳이니까요." 이렇게 해서 그들은 조합지도자들을 말끔히 쓸어낼 수 있었다.

살아남은 사람은 호세 아르카디오 세군도뿐이었다. 오 월의 어느 날 밤, 개머리판이 문짝을 두들겨 부수는 소리가 들렸다. 아직도 비가 멎기를 기다리고 있던 아우렐리아노 세군도가 나가서 문을 열었더니 지휘를 맡은 장교와 군인 여섯 명이 기다리고 있었다. 비에 함빡 젖은 그들은 한 마디 말도 없이 이 방 저 방으로 돌아다니며 옷장을 하나씩 열어보고, 응접실에서 식료품 창고까지 뒤졌다. 군인들이 방 안의 불을 켰을 때 잠에서 깨어난 우르슬라는 숨을 죽이고, 그들이 방을 뒤지는 동안 손가락으로 십자가를 만들어 군인들이 움직여가는 방향으로 내밀었다. 산타 소피아 드 라 삐에다드는 멜키아데스의 방에서 자고 있던 호세 아르카디오 세군도에게 겨우 사정을 알려주었지만, 도망치기에는 너무 때가 늦었음을 깨달았다. 그래서 산타 소피아 드 라 삐에다드는 다시 문을 잠갔고, 호세 아르카디오 세군도는 셔츠를 입고 구두를 신은 다음 나무 침대에 걸터앉아서 군인들이 오기를 기다렸다. 군인들은 이때 황금물고기를 만들던 작업실을 수색하던 참이었다. 장교는 부하들을 시켜서 맹꽁이자물쇠를 부수게 하고, 재빨리 등불을 한 바퀴 휘저어서 방 안에 늘어선 작업할 때 앉는 기다란 의자와 산酸이 담긴 병들과 도구들이 들어 있던 유리장을 한눈에 둘러보고는 그 방에서 오랫동안 아무도 살지 않았다고 믿는 눈치였다. 장교는 아우렐리아노 세군도에게 똑똑한 척하면서 혹시 은세공을 할 줄 아느냐고 물었고, 그래서 그는 이 방이 아우렐리아노 부엔디아 대령이 쓰던 작업실이라고 설명했다. "아, 그래요." 그렇게 말하면서 장교는 방 안의 불을 켜고는 대령이 미처 녹이지 않고 숨겨둔 황금물고기를 철저히 뒤져서 찾아내라고 부하들에게 명령했고, 부하들은 방을 샅샅이 뒤져서 유리병 뒤 깡통 속에 숨겨둔 물고기 열여덟 개를 모두 찾아냈다. 장교는 의자에 앉아서 그것들을 하나씩 살펴보더니 갑자기 인간스러워졌다. "허락해 주신다면 제가 하나 가지고 싶은데요." 그는 말했다. "한때 이것은 반역의 상징이기도 했지만, 지금은 역사적인 유물이라고 볼 수도 있으니까요." 그는 젊어서 거의 소년에 가까웠으며, 그때까지는 눈에 띄지 않았지만 수줍음을 타지 않아 꾸밈없고 유쾌한 성격을 지닌 사람이었다. 아우렐리아노 세군도는 그에게 작은 물고기를 주었다. 그는 어린아이처럼 기쁜 빛을 눈에서 감추지 못하면서 그것을 받아 저고리 주머니에 넣고는 다른 것들은 도로 깡통에 넣어 있던 자리에 두었다.

"이것은 아주 훌륭한 기념품입니다." 그가 말했다. "아우렐리아노 부엔디아 대령은 우리가 알고 있는 가장 위대한 분들 가운데 한 사람이니까요."

그렇지만 그렇게 갑작스레 인간적인 면모를 보여주었어도, 그는 직업의식에서 조금도 빗나갈 줄을 몰랐다. 맹꽁이자물쇠를 다시 채운 멜키아데스의 방으로 가자 산타 소피아 드 라 삐에다드는 마지막 안간힘을 썼다. "이 방에서는 지난 100년 동안 아무도 안 살았답니다." 그녀가 말했다. 장교는 부하를 시켜 방문을 열고 등불을 비춰서 방 안을 훑어보았고, 아우렐리아노 세군도와 산타 소피아 드 라 삐에다드는 불빛이 호세 아르카디오 세군도의 얼굴을 스쳐 지나가는 순간에 그의 눈이 불타는 것을 보았으며, 그들은 이제 한 가지 초조감은 끝나고 다른 초조감이 시작될 순간이라고 생각했다. 그러나 장교는 계속해서 등불을 비추며 별로 흥미도 없다는 듯 방 안을 살펴보다가 찬장에 차곡차곡 들어앉은 일흔두 개의 요강을 발견했다. 그러자 그는 방 안에 불을 켰다. 호세 아르카디오 세군도는, 어느 때보다도 숙연하고 풀이 죽은 태도로 나무침대 끝에 걸 터앉아 잡혀갈 준비가 다 되어서 기다리고 있었다. 그의 뒤에는 책장에 꽂힌 낡아서 너덜너덜해진 책들과 양피지 두루마리들과, 새로 마련한 깨 끗한 책상과 새로 잉크를 담은 잉크병이 보였다. 방 안의 공기 속에서는 아우렐리아노 부엔디아 대령만이 느끼지 못했고, 아우렐리아노 세군도 는 어렸을 때부터 느꼈던 순수함과 깨끗함을 맡을 수 있었다. 그러나 장 교는 요강에만 흥미를 느끼는 듯싶었다.

"이 집에는 몇 사람이 살죠?" 그는 물었다.

"다섯이오."

장교는 그 말뜻을 알아듣지 못했음이 틀림없었다. 그는 아직도 아우 렐리아노 세군도와 산타 소피아 드 라 삐에다드가 호세 아르카디오 세군 도의 모습을 보는 곳에서 눈길을 멈추었지만, 그 장교의 눈에는 분명히 그가 보이지 않는 것 같았다. 그러자 그는 불을 끄고 문을 닫았다. 그가 부하들에게 하는 얘기를 듣고 아우렐리아노 세군도는 그 젊은 장교가 아 우렐리아노 부엔디아 대령과 같은 눈으로 그 방을 보았음을 깨달을 수 있었다.

"이 방에서는 지난 100년 동안 아무도 안 산 것 같구먼." 장교가 부하 들에게 말했다. "저 안에는 뱀도 있겠어."

문이 닫혔을 때, 호세 아르카디오 세군도는 이제 전쟁은 끝이라고 생 각했다.

여러 해 전 아우렐리아노 부엔디아 대령은 그에게 전쟁의 매혹에 대 해서 자기가 경험한 사실들을 들어 설명했었다. 그는 대령의 얘기를 믿 었었다. 그러나 군인들이 그를 쳐다보면서도 보지 못하던 순간에 그는 지난 몇 달 동안의 긴장과, 감옥의 비참함과, 역 앞에서의 공포와 시체를 가득 실은 기차에 대해 생각하면서 아우렐리아노 부엔디아 대령이 거짓 말쟁이나 바보에 지나지 않는다는 결론에 이르렀다. 그는 대령이 전쟁에 대해서 느낀 것을 단지 단어 하나로 설명할 수 있었는데도 왜 그토록 장황하게 말을 늘어놓았어야만 했는지 그 까닭을 알 수가 없었다. 그 단어 하나는 '공포' 였다. 한편으로는, 멜키아데스의 방에서 초현실적인 광선과 빗소리와 남의 눈에 보이지 않는다는 느낌의 보호를 받으면서, 그는 여태까지 조금도 맛볼 수 없었던 안도감을 느꼈고, 이제 그에게 남은 걱정거리라고는 남들이 자기를 산 채로 묻어버리지나 않을까 하는 것뿐이었다. 그는 그 얘기를 끼니때마다 음식을 가져오는 산타 소피아 드 라 삐에다드에게 말했고, 그녀는 자연법칙을 어기면서라도 오랫동안 살아서 아들이 완전히 죽은 다음에 땅에 묻히는 것을 자기 눈으로 보겠다고 약속했다.

그래서 모든 공포에서 해방이 된 호세 아르카디오 세군도는 멜키아데스가 남긴 기록을 몇 번씩이나 해독하느라고 온 정력을 바쳤으며, 자기가 이해하지 못하는 내용이 나오면 더욱 열을 올려서 공부했다. 두 달이 지나자 그는 일종의 침묵으로 바뀐 빗소리에 익숙해졌으며, 그의 고독을 어지럽히는 것이라고는 산타 소피아 드 라 삐에다드가 오가는 발소리뿐이었다. 그래서 그는 어머니에게 음식은 창턱에 놓고 가고 문은 잠가달라고 부탁했다. 나머지 집안 식구들은 그에 대해서 까맣게 잊어버렸고, 페르난다도 군인들이 왔을 때 그를 쳐다보고도 보지 못하는 것을 알게 되고는 그가 집 안에 있어도 조금도 개의치 않았다. 그렇게 갇혀서 여섯 달을 지낸 다음에 군대가 마콘도를 떠나자, 아우렐리아노 세군도는 비가 그칠 때까지 얘기라도 나눌 사람을 찾다가 형 생각이 나서 문에 채운 자물쇠를 열었다. 문을 열자마자 그는, 마룻바닥에 죽 놓여 있는, 각각 몇 번씩은 사용된 요강들이 풍기는 악취에 코를 막아야 했다. 구역질나는 냄새가 방 안에 꽉차 있어도 아랑곳하지 않고, 그 사이에 대머리가 훌렁 벗겨진 호세 아르카디오 세군도는 알아보기도 힘든 양피지에 쓰인 글자들을 읽고 또 읽고 있었다. 그의 둘레에는 거룩한 광채가 빛나고 있었다. 문이 열리는 소리를 듣고 그는 흘낏 문 쪽을 쳐다보았는데, 한 번 쳐든 그의 눈만 보고도 동생은 돌이킬 수 없었던 증조부의 숙명이 다시

한 번 되풀이되리라는 것을 깨달았다.

　"3000명도 더 되었을 거야." 호세 아르카디오 세군도가 한 말은 이 것뿐이었다. "그 사람들은 틀림없이 모두 역 앞에 모였던 사람들이었을 거야."

16

비는 4년 11개월 이틀 동안 계속 내렸다. 가끔 부슬비가 내릴 때도 있어서 사람들은 오랜만에 정장을 하고 날씨가 개는 것을 축하하려고 했지만, 잠깐 비가 걷히는 듯하다가는 오히려 더 억센 비가 쏟아진다는 것을 곧 알게 되었다. 하늘은 계속해서 폭풍우를 쏟아 부었고, 북쪽에서 내려온 태풍은 지붕들을 날려버리고 벽들을 무너뜨렸으며, 바나나는 하나도 남김없이 뿌리째 뽑혔다.

우르슬라가 똑똑히 기억하고 있던 불면증이 만연하던 시절에도 그랬듯이 이 기나긴 장마를 맞아 사람들은 권태와도 싸움을 벌여야 했다. 게으름에 휘말리기 싫어서 죽어라고 일을 한 사람들 중에서도 아우렐리아노 세군도가 가장 열성이었다. 미스터 브라운 때문에 폭풍이 시작된 날 그는 사소한 볼일이 있어서 집에 들렀으며, 페르난다는 벽장에서 찾아낸 다 떨어진 우산을 꺼내주려고 했다. "우산은 필요 없어." 그는 말했다. "비가 갤 때까지 기다렸다가 갈 테니까." 그것이 물론 철석같은 약속은 아니었을지 몰라도, 그는 자기가 한 말을 꾸준히 지켜나갔다. 그의 옷이 모두 페트라 코테스의 집에 있었기 때문에, 그는 사흘에 한 번씩 입었던 것들을 홀랑 벗어놓고 빨래가 마르기를 기다려야 할 신세가 되었다. 그는 지루함을 이기기 위해서, 조금이라도 손댈 곳이 있으면 집 안을 두루 찾아다니면서 수리를 하느라고 시간을 보냈다. 그는 고장 난 물건들을 고치고, 자물쇠에 기름을 치고, 문을 두드리는 고리를 꼭 조이고, 어긋난 문틈을 다듬었다. 몇 달 동안이나 그는 호세 아르카디오 부엔디아 시대의 집시들이 빠뜨리고 갔음직한 연장들을 담은 통을 들고 집 안을 구석구석 돌아다녔는데, 마지못해 한 운동 때문이었는지, 겨울의 지루함 때문이었는지, 어쩔 수 없이 음식을 절제해서였는지 그 이유는 알 수 없었지만, 그의 배는 술이 담긴 가죽자루처럼 조금씩 조금씩 쭈그러들었고, 기분 좋아하는 거북이 같던 얼굴에서는 혈기가 조금씩 가셨으며, 이중턱은 덜 두드러졌고, 후피동물(厚皮動物, 포유동물 중에서 가죽이 두꺼운 동물을 통틀어 이르는 말 – 역주) 같던 면모는 점점 가셔서 이제는 제 손으로 구두끈을 맬 수도 있게 되었다. 그가 시계를 고치고 빗장을 손질하는 것을 지켜보면서, 페르난다는 그가 아우렐리아노 부엔디아 대령이 작은 황금물고기를, 아마란타가 그녀의 수의와 단추를, 호세 아르카디오가 양피지를, 그리고 우르슬라가 그녀의 추억을 그랬듯이, 무언가 뜯어 헤쳐서 다시 맞추는 버릇에 빠질지도 모른다 생각했다. 그러나 이번에는 상황이 달랐다. 입장이 난처했던 것은 장마가 워낙 심해서 그 영향을 받지 않도록 하는 것이었는데, 사흘에 한 번씩 기름 치는 일을 조금만 게을리 했다가는 습기가 많이 차는 기계 부속품에서 꽃들이 방긋 피어나고, 수를 놓은 옷의 실에는 녹이 슬고, 젖은 옷 여기저기서는 울금색鬱金色 이끼가 뾰루지처럼 돋았다. 공기는 어찌나 눅눅했는지, 물고기들이 앞문으로 들어와서 창문으로 나가고 방 안에서 헤엄을 치면서 축축한 공중에서 떠다닐 지경이었다. 어느 날 아침 우르슬라는 정신이 혼미해지자, 이제 죽을 때가 되었구나 하고 느끼고는 사람들을 불러서 들것에 실려 가도 좋으니 안토니오 이사벨 신부에게 데려다달라고 부탁했으며, 우르슬라를 자리에서 일으키던 산타 소피아 드 라 삐에다드는 우르슬라의 등에 거머리들이 다닥다닥 달라붙어 있는 것을 보았다. 그녀는 거머리들을 뜯어내어 하나씩 하나씩 관솔불로 지져 죽여서, 출혈로 목숨이 끊어져 가던 우르슬라의 생명을 겨우 살렸다. 물을 집 밖으로 빼내려면 도랑을 파야 했고, 물이 잘 빠지라고 개구리와 달팽이를 모두 쓸어냈으며, 마룻바닥이 좀 마르면 침대다리 밑에 고였던 벽돌을 빼고는 오래간만에 구두를 신고 방 안을 거닐 수 있었다. 신경을 써야 할 자질구레한 일이 워낙 많았던 탓으로 아우렐리아노 세군도는 어느 날 오후 때 이른 어둠을 응시하며 흔들의자에 앉아 있다가 페트라 코테스에 대한 생각이 떠올랐을 때까지 자기가 얼마나 빨리 늙어가고 있는지도 모르고 있었다. 맛도 없고 재미도 없는 페르난다의 사랑으로 돌아가는 것은 간단했다. 그녀의 아름다움은 나이를 먹어 딱딱하게 굳어버렸고, 그 역시 장마 때문에 숨 가쁜 정열 따위는 시들었고 솜처럼 미적지근한 입맛만 남았을 뿐이었다. 다른 상황에서였다면 그는 벌써 1년째 내리는 이 비로 무엇을 할 수 있을까 하는 공상을 했으리라. 그는 바나나 회사가 들어선 다음에 그들이 대량으로 가져다가 보급하기 훨씬 전에 아연판을 마콘도로 가져왔었으며, 빗방울이 떨어지는 소리를 들으며 더욱 은밀한 분위기를 맛보고 싶다는 유일한 이유로 페트라 코테스의 집 지붕을 아연판으로 덮었던 사람이었다. 그 방탕한 생활의 마지막에, 자기가 가진 몫만큼의 음탕함을 다 소진하고 난 다음에 그가 얻은 것이라고는, 아픔이나 후회 없이 모든 일들을 무감각하지만 뚜렷하게 기억할 수 있는 능력이었는데, 광란의 젊은 시절에 가졌던 엉뚱한 추억에 대해서도 그는 별로 느끼는 바가 없었다. 그는 홍수가 졌기 때문에 시간을 내어 생각할 여유가 있었으며, 집게와 기름통을 들고 일을 하다가 자기가 천직으로 삼을 수 있었지만 그러지 않았던 여러 가지 일에 대해서 뒤늦게 느끼는 아쉬움에 대해서도 생각해 볼 수가 있었다. 그러나 그가 이제 와서 집에 들어앉아 집안일을 돌보고 싶은 유혹을 느낀 까닭은 어떤 재발견이나 도덕적인 교훈 때문에 빚어진 결과는 아니었다. 그 원인은 훨씬 옛날에 뿌리를 박고 있었으니, 그가 멜키아데스의 방에서 날아다니는 양탄자나 커다란 배와 뱃사람들을 통째로 집어삼키는 고래 따위에 대한 희한한 얘기들이 담긴 책을 읽던 시절로 거슬러 올라간다. 그러던 어느 날 잠깐 한눈을 파는 사이에 어린 아우렐리아노가 갇혀 있던 방에서 빠져나와 현관에 나타났으며, 그를 본 할아버지는 당장에 그의 신분을 가려내게 되었다. 할아버지는 그의 머리카락을 자른 뒤 옷을 입히고, 사람들을 무서워하지 말라고 타일렀으며, 붉어진 광대뼈와 놀란 얼굴과 고독한 표정을 보고는 그 아이가 영락없이 아우렐리아노 부엔디아라는 사실을 알아냈다. 페르난다는 오히려 한시름을 놓았다. 그녀는 자기 자존심이 얼마나 상처를 입어야만 하나 따져보았고, 그 자존심을 지킬 수 있는 해결 방법을 찾아내도 그 해결이라는 것들이 날이 갈수록 점점 가당치도 않아서 항상 답답한 심정이었다. 아우렐리아노 세군도가 저렇게 할아버지로서의 기쁨에만 젖어 꼬치꼬치 따지지 않을 줄 미리 알았더라면, 페르난다는 그렇게 이 궁리 저 궁리를 하면서, 머리가 혼란해질 필요도 없이 일찌감치 작년에 비밀을 다 털어놓고 수치에서 벗어날 수 있었을지도 모른다. 벌써 이를 갈기 시작한 아마란타 우르슬라는 조카를 뛰어다니는 장난감이라고 생각하고는 장마철의 심심함을 푸는 데 큰 도움을 얻을 수 있었다. 그제야 아우렐리아노 세군도는 지금은 아무도 손대지 않는, 레메의 방에 있는 영어 백과사전이 생각났다. 그는 아이들에게 그림과, 동물들의 사진과, 나중에는 먼 나라의 지도와 사진을, 그리고 유명한 사람들의 사진도 보여주었다. 그는 영어를 읽을 줄 몰라서 아주 유명한 사람이나 도시밖에는 아는 것이 없었으므로, 아이들의 꺼질 줄 모르는 호기심을 채워주기 위해서 수많은 이름과 전설을 막 지어내야만 했다.

페르난다는 정말로 남편이 첩의 집으로 돌아가기 위해 비가 그치기를 기다린다고 믿었다. 그녀는 비가 내리기 시작한 처음 몇 달 동안, 남편이 자기 침실로 들어오면 별수 없이 부끄러움을 참으면서, 아마란타 우르슬라를 낳은 다음부터는 남편의 요구에 응할 수 없는 처지가 되었음을 고백해야만 할 때가 다가온다는 것이 두려웠다. 그럴 만한 까닭이 있어서 페르난다는 타향 의사들과 편지를 주고받았는데, 그 편지 왕래나마 사고가 빈번해서 제대로 이루어지지 않았다. 처음 장마가 들기 시작했을 때 기차가 자주 탈선했으며, 페르난다와 편지를 주고받던 의사들은 그녀가 보낸 편지들이 하나도 도착하지 않는다는 편지를 보내왔다. 그렇게 낯선 타향 의사들과의 서신 왕래가 끊기게 되자, 페르난다는 유혈 소동으로 번진 카니발에 남편이 쓰고 나갔던 호랑이탈로 얼굴을 가리고 바나나 회사의 의사를 찾아가 가명을 쓰고 진찰을 받아볼까 하는 생각도 진지하게 해보았다. 그러나 그녀에게 정기적으로 홍수에 대한 나쁜 소식만 가져오던 사람들 가운데 하나가 오더니, 바나나 회사에서는 비가 안 내리는 곳으로 옮긴다는 이유로 진료소를 철거 중이라고 말했다. 페르난다는 희망을 잃고 말았다. 그래서 모두 포기하고 장마가 끝나 서신 왕래가 정상으로 되돌아올 때까지 기다리기로 했으며, 마콘도에 이제 마지막으로 남은, 당나귀처럼 풀을 뜯어먹으며 잘난 체하는 프랑스 의사의 손에 자기 몸을 맡기느니 차라리 죽어버리는 편이 낫다고 생각해서 남모르는 병을 혼자 앓으면서 공상이나 하며 지내기로 했다. 페르난다는 혹시 자기 병을 치료하는 방법을 알고 있지나 않을까 해서 우르슬라와 많은 시간을 보내며 처방을 받아보려고 했다. 그러나 부끄러움을 좀 덜 느끼기 위해서 단도직입적으로 얘기를 안 하고 빙빙 돌려서 설명을 하는 버릇이 있는 페르난다의 얘기는 '빼다' 는 소리가 '해산한다' 로 들리고, '몸이 단다' 는 얘기가 '흐른다' 는 말로 들려서, 결국 우르슬라는 페르난다의 병이 비뇨기 질병이 아니라 내과에 속하는 것으로 오인하고 빈속에 감홍(甘汞, 염화제1수은의 속칭 – 역주)을 들라고 일러주었다. 부끄러움만 없었다면 느끼지 않아도 좋았을 고통을 주던 그 병만 아니었더라면, 그녀의 생애가 워낙 줄기차게 내리는 비와 마찬가지였으므로 페르난다는 장마쯤은 개의치 않았을 것이다. 그녀는 하루의 일과를 조금도 바꾸지 않았고, 예식에 살을 붙이지도 않았다. 또한 식사를 하는 동안에 발이 물에 빠져 젖게 하지 않으려고 식탁을 벽돌 위에 올려놓고 의자를 널빤지로 받쳐놓았을 때에도 재난이 관습을 파기할 이유가 되지 못한다고 믿었기 때문에 식탁에는 리넨 식탁보를 씌우고, 깨끗한 사기그릇을 쓰고, 언제나 촛불을 밝혔다. 길에 나가는 사람은 아무도 없었다. 페르난다의 생각에는 장마가 지기 시작했을 때부터가 아니라, 그보다 훨씬 전에도 길바닥에서 벌어지는 일들에 대해서 흥미를 가지는 사람은 창녀들뿐이며, 문이란 닫아두라고 만들어 붙인 것이라 믿었다. 그러나 게리넬도 마르케스 대령의 장례 행렬이 지나간다는 말에 가장 먼저 밖을 내다본 사람은 페르난다였는데, 비록 반쯤 열린 창문으로 잠깐밖에는 내다보지 않았어도 그녀는 자기의 마음이 그토록 약했다는 사실을 두고두고 후회했다.

페르난다는 그토록 황량한 장례 행렬은 상상도 못 했었다. 사람들은 마차에 관을 싣고 그 위에 바나나 잎으로 가리개를 만들어 씌웠는데, 빗발이 하도 극성스럽고 길바닥이 워낙 질퍽거려서 마차는 걸음을 옮길 때마다 멈추었고, 바나나 잎 가리개는 갈기갈기 찢어질 형편이었다. 보다 영광스런 역전의 용사들이 받기를 거부했던, 피와 화약으로 얼룩진 바로 그 깃발이 덮인 관 위로 슬픈 빗물이 줄지어 흘러내렸다. 관 위에는 또한 게리넬도 마르케스 대령이 아마란타의 바느질방으로 들어가기 전 무장 해제를 하느라고 옷걸이에 풀어 걸었던 은과 청동 줄이 달린 긴 칼도 놓여 있었다. 마차 뒤에는 한 손에 가축몰이꾼의 막대기와 다른 손에는 빗물에 물감이 지워진 조화를 든 네에를란디아 항복의 생존자들이, 어떤 사람들은 신발을 벗고 모두들 바짓가랑이를 걷어 올린 채 진흙 속에서 철벅거리며 따라갔다. 아직도 아우렐리아노 부엔디아 대령의 이름을 지닌 거리를 지나가는 그 행렬은 전부 헛된 환각처럼만 보였고, 그들은 지나가면서 집집마다 눈을 던졌고, 광장 근처의 모퉁이를 돌다가 진흙에 바퀴가 빠지자 도와달라고 사람들을 불렀다.

우르슬라는 산타 소피아 드 라 삐에다드에게 안겨서 문 쪽으로 갔다.

장례행렬이 나아가면서 겪는 고충을 하나하나 다 신경을 쓰며 열심히 지
켜보았기 때문에, 우르슬라의 시력을 의심할 사람은 없었고, 마차가 기
우뚱하면서 빠져나오자 그녀는 하늘에서 소식을 가지고 내려온 천사처
럼 손을 높이 쳐들었다.

"잘 가거라, 게리넬도, 나의 아들아." 우르슬라가 소리쳤다. "내 가족
들에게 안부를 전해 주고, 비가 그치면 내가 그들을 만나러가마고 해라."

아우렐리아노 세군도는 우르슬라를 도로 침대로 데리고 가서는 언제
나 그랬듯이 예의는 하나도 차리지 않고 곧장 아까 한 작별인사가 무엇
을 뜻하느냐고 물었다.

"정말이란다." 우르슬라가 말했다. "난 비가 멎기만을 기다린단다.
비가 멎어야 죽을 테니까."

길의 상태를 보고 아우렐리아노 세군도는 무척 놀랐다. 그는 드디어
가축들이 걱정되어, 머리에 우비를 쓰고는 페트라 코테스의 집으로 갔
다. 허리까지 물에 잠긴 페트라 코테스가 마당에서 말의 시체를 물에 떠
내려 보내려고 버둥거리는 모습을 보였다. 아우렐리아노 세군도가 지렛
대를 가져다가 도와주었는데, 어마어마하게 부푼 그 시체는 종처럼 한
바퀴 돌고는 질퍽한 흙탕물에 빨려 떠내려갔다. 장마가 지기 시작했을
때부터 페트라 코테스가 한 일이라고는 죽은 가축들을 마당에서 치우는
것뿐이었다. 처음 몇 주일 동안 그녀는 아우렐리아노 세군도에게 전갈을
보내서 어서 긴급대책을 마련하라고 요구했고, 그러면 그는 그렇게 호들
갑을 떨 필요가 없고, 사태도 생각한 것처럼 심각하지 않으니, 비가 그친
다음에 대책을 강구해도 조금도 늦지 않으리라고 답장을 보냈다. 페트라
코테스는 다시 전갈을 보내서 말이 뜯어먹을 풀밭에 홍수가 났고, 소들
은 뜯어먹을 풀이 하나도 없어서, 표범과 질병만이 기다리고 있는 고원
지대로 달아나고 있다고 했다. "그렇다면 손을 쓸 수도 없는 노릇이구
먼." 아우렐리아노 세군도는 이렇게 회신했다. "비가 개면 다른 놈들이
다시 새끼나 낳기를 기다리지."

페트라 코테스는 짐승들이 떼죽음을 당하는 광경을 보았고, 진흙에
빠진 것들은 도살했다. 그녀는 무감각해진 마음으로, 한때 마콘도에서
가장 규모가 크고 견실했던 재산이 홍수 때문에 무자비하게 절단 나고,
뒤에는 질병 외엔 아무것도 남지 않는 것을 묵묵히 지켜보았다. 아우렐
리아노 세군도가 사정을 살펴보려고 찾아갔을 때에는 죽은 말의 시체와
무너진 마구간 속에 남아 있는 초라한 노새 한 마리뿐이었다. 페트라 코
테스는 놀라움도, 기쁨도, 슬픔도, 전혀 못 느끼는 채 그가 도착하는 것
을 지켜보다가는 겨우 싸늘한 웃음을 지었다.

"참 시간 한번 잘 맞춰 오시네요!" 그녀는 말했다.

페트라 코테스는 나이가 들어서 뼈와 가죽만 남았고, 육식동물처럼
날카롭던 눈빛은 너무 오랫동안 비만 쳐다보았기 때문에 구슬프고 순해
졌다. 아우렐리아노 세군도는 그녀의 집에서 석 달을 보냈는데, 그것은
그가 자기 집보다 페트라 코테스의 집을 더 좋아해서가 아니라 다시 우
비를 쓰기로 결심하는 데만도 그만한 세월이 필요했기 때문이었다. "뭐
서두를 필요는 없지." 그는 페르난다의 집에서 하던 말을 되풀이했다.
"몇 시간 안에 비가 걷힐지도 모르니까." 첫 일주일 동안 그는 세월과 장
마에 심히 잠식당한 첩에 조금씩 익숙해졌고, 하루 이틀 날짜가 지나면
서 차차 옛날에 보던 첩의 모습을 되찾게 되어, 그녀의 걷잡을 수 없을
만큼 유쾌한 성격과 가축들에게까지 자극을 주어 새끼를 많이 치도록 할
만큼 정열적이던 그녀의 사랑을 돌이켜보고는 반쯤은 사랑의 충동에서,
그리고 반쯤은 호기심에서, 둘째 주의 어느 날 밤, 페트라 코테스를 급하
게 껴안으며 잠에서 깨웠다. 페트라 코테스는 아무런 반응도 보이지 않
았다. "어서 그냥 주무세요." 페트라 코테스가 중얼거렸다. "지금은 이런
거 할 때가 아녜요." 아우렐리아노 세군도는 천장에 달린 거울에 비친 자
기 모습과 실감개를 시든 핏줄로 죽 연결한 듯한 페트라 코테스의 갈비
뼈를 보고는, 시대가 뒤숭숭해서가 아니라 앙상한 그들의 체력으로는 그
일을 감당할 수 없을 터이므로, 그녀의 말이 옳다고 생각했다. 아우렐리

아노 세군도는 비가 멎기만 하면 죽어야겠다고 기다리는 사람이 우르슬라뿐 아니라, 마콘도 주민들 모두라는 사실을 깨닫고는 트렁크를 가지고 집으로 돌아갔다. 그는 길을 따라가면서, 음침한 표정으로 팔짱을 낀 채 응접실에 앉아 달이나 해로 나누어봐도 별수 없고, 날을 시간으로 나눠도 별 도리 없는 끝없는 세월이 머뭇거리지도 않고 흘러감을 느끼면서 멍하니 내리는 비만 쳐다보는 사람들을 보았다. 아이들은 아우렐리아노 세군도를 반갑게 맞아 주었으며, 그는 아이들에게 고장 나서 삑삑거리는 아코디언을 켜주었다. 그런 아코디언 연주는 백과사전 공부보다도 재미 없어서, 그들은 다시 레메의 방으로 모였고, 아우렐리아노 세군도의 상상력은 다시금 힘을 발휘해서, 기구氣球를 구름 사이에서 잠잘 자리를 찾아 날아다니는 코끼리로 바꾸어놓았다. 한번은 백과사전을 뒤지다가, 옷은 생소해도 어쩐지 낯이 익은 듯한 말 탄 사람의 그림을 찾아냈는데, 그 사진을 오랫동안 뜯어보던 그는 그것이 아우렐리아노 부엔디아 대령이라는 결론에 이르렀다. 그는 그 사진을 페르난다에게도 보여주었으며, 그녀는 그 말 탄 사람이 분명 대령일뿐더러 부엔디아 집안의 모든 사람들을 닮았다고 맞장구쳤는데, 그것은 실은 타타르 족 무사의 그림이었다. 이렇게 해서 세월은 아폴로 신의 거상(巨像, 세계 7대 불가사의의 하나로 에게 해의 로데스 항구에 있음 – 역주)과 뱀을 춤추게 하는 사람들 얘기를 하는 동안에 흘러갔고, 그러던 어느 날 아내는 그에게 곡식창고에 말린 고기 2킬로그램과 쌀 한 가마밖에 남은 것이 없다고 말했다.

"그래서 날더러 어떻게 하란 말이야?" 그가 물었다.

"나도 모르겠어요." 페르난다가 대답했다. "그건 남자들이 알아서 할 일이니까요."

"그럼 좋아." 아우렐리아노 세군도가 말했다. "날씨가 걷히면 무슨 수를 쓸 테니까."

그는 고기 한쪽과 밥 한줌으로 점심을 때우는 일이 있더라도 집안일에 신경을 쓰는 것보다는 백과사전을 들춰보는 것이 훨씬 재미있었다.

"지금은 뭐 어떻게 할 도리도 없잖아?" 그는 걸핏하면 이렇게 핑계를 댔다. "비가 뭐 평생토록 내리진 않을 테니까 나중에 하지." 그리고 곡식창고의 사정이 점점 급박해지자 페르난다의 신경질도 빈번해져서, 처음에는 투덜거리거나 어쩌다가 한번 화를 내던 것이 나중에는 주체할 수 없이 마구 흘러내리는 급류처럼 퍼붓기도 하여, 어느 날 아침에는 단조로운 기타 소리처럼 흘러나오다가 하루가 흘러가면서 점점 음조가 높아지고 곡조도 훨씬 다채롭고 아름다워졌다. 아우렐리아노 세군도는 그 노랫소리를 이튿날 아침 식사가 끝난 다음에까지 의식하지 못하고 있다가 이제는 빗소리보다 훨씬 크고 빠른 종알종알 소리가 들려오는 것을 깨달았는데, 어디서 나는 소리인가 하고 둘러봤더니, 페르난다가 이리저리 집안을 왔다 갔다 하면서, 어렸을 때에는 여왕이 되려는 준비만 하면서 자랐는데 이제 와서 보니 남편이라는 자는 벌렁 누워서 하늘에서 빵이 떨어지기나 기다리는 게, 게으르고 주책없는 난봉꾼인 데다 집이라고는 꼭 미친 사람들만 모아놓은 곳 같다고 투덜거렸고, 자기 혼자서 주린 창자를 움켜쥐고 어떻게 돌아가는지도 모를 집안을 꾸려나가느라고 정신도 못 차리겠는데 웬 할 일은 또 그렇게 많고 참아야 할 일도 그렇게 많은지 아침 해가 떠오를 때부터 잠자리에 들 때까지 뼈가 빠지도록 일을 해도 끝이 없는데 그렇다고 해서 누구 하나 "안녕, 페르난다! 잘 잤어?" 하고 물어보는 일도 없고, 말만이라도 고맙겠지만, 왜 그렇게 얼굴이 창백하냐느니, 눈자위가 어쩌다가 그렇게 꺼멓게 되었느냐고 물어보는 사람도 물론 없었으며, 물론 처음부터 그럴 줄 알고는 있었지만 식구들은 모두들 자기를 귀찮은 존재라고만 여겨 따돌리고는, 헌 걸레 조각이나 벽에다 그린 바보 그림만큼도 대우를 안 해주었으며, 기껏해야 자기 등 뒤에서 수군거리면서 천장의 쥐새끼라느니, 바리새 사람이라느니, 간사한 인간이라면서 욕이나 하고, 심지어는 아마란타도 (하느님, 아마란타의 명복을 빕니다), 아마란타까지도 큰 소리로 자기더러 똥구멍과 앞구멍도 구별하지 못하는 여자라고 떠들어댔고 (하느님 맙소사, 어쩌면 그런 소리를 그렇게 술술 할 수가 있을까!) 그래도 하느님 아버지를 생각해서 지금까지 모든 것을 포기하고 꾹꾹 참아왔지만 호세 아르카디오 세군도에게, 집안에 저주가 내린 것은 모두가 다 고원지대의 여자를 집안에 들여놓았기 때문이라는 말을 듣고 나서는 정말로 더 이상 참을 수가 없으며, 글쎄 생각을 해보라니까요, (하느님 우리를 구원해 주십시오), 이래라 저래라 말이 많은 고원지대 집안에서 시집 온 딸이 노무자들을 죽이라고 정부에서 보낸 사람들이나 마찬가지로 고원지대에서 온 여자라고 맞대고 손가락질을 해대지를 않나, 이래봬도 자기는 대통령의 부인들이 벌벌 떨 만큼 귀족 집안의 핏줄을 타고났으며, 열한 가지 이름을 쓸 권리도 있었고, 은식기 열여섯 개만 보고도 모두들 얼이 빠지는 멍청이들만 모여 사는 이곳에서는 아무도 감히 마주 보지도 못할 만큼 지체가 높은데, 바람을 밥 먹듯 피는 남편이라는 작자는 은식기를 보고서 기껏 한다는 말이 배꼽이 아파 죽겠다는 듯 웃어대면서 뭐 이렇게 나이프와 포크와 스푼이 많은 걸 보니 사람이 아니라 발이 100개나 달린 지네가 식사를 하러 올 모양이라고 하질 않나, 변변치 못한 것들이 그 주제에 함부로 사람을 깔보지만, 눈을 감고도 언제 흰 포도주가 나오고 그 술이 어느 쪽 어느 유리잔에 담기며 붉은 포도주를 언제 어느 쪽 어느 유리잔에 부어야 하는지 아는 사람도 자기뿐이었고, 농사꾼 딸 같은 아마란타만 해도 (하느님, 아마란타의 명복을 빕니다) 흰 포도주는 낮에 마시고 붉은 포도주는 밤에 마시는 걸로 알았었고, 그리고 해안지역을 다 뒤져봐도 일을 볼 때 황금 요강을 쓰는 사람은 오직 자기뿐일 텐데, 아우렐리아노 부엔디아 대령은 기껏 한다는 소리가 (하느님, 대령님의 명복을 빕니다), 염치없이도 어쩌다가 황금 요강에 변을 보는 영광을 누리게 되었느냐고 비꼬지를 않나, 거기다가 한술 더 떠서, 똥은 싸지 않고 대신 달콤한 박하사탕을 낳느냐고 하지를 않나 (생각해 봐요, 어쩌면 그런 말을 술술 할 수 있는지), 그런가 하면 자기의 딸년인 레난타까지도 가만히 있지 않고, 침실에서 대변을 보고는 요강을 아무리 황금으로 만들고 가문의 문장을 새겨 넣었더라도 요강 속에 든 것은 순수한 똥에 지나지 않으며, 싱싱한 똥인데, 그것도 고원지대 사람들이 싸갈긴 그런 종류의 똥이 아니겠느냐고 (생각해 봐요, 자기가 낳은 딸이 그런 소리를 하다니) 맞장구를 쳤고, 그래서 집안 식구들에 대해서는 별로 기대하는 것도 없었지만, 아무리 그래도 남편만은 조금쯤 관심을 줄 줄 알았는데, 궂을 때나 갤 때나 자기와 몸을 나눈 배우자이며 자기를 돕는 법적인 주인이니까, 부족한 것도 없고 아무런 고통도 받지 않으면서 시간을 보내려고 장례식 조화나 만들며 재미있게 살던 부모의 집에서 자기들 멋대로 데려다가 고생을 시킨 데 대해서 책임을 져야 할 것이고, 자기 대부代父가 직접 서명하고 반지의 문장을 찍어 보낸 편지에서는 자기 손은 클라비코드 말고는 아무것도 만지지 않아야 할 손이라고 했는데, 그와는 정말로, 온갖 주의와 경고를 남편한테서 들으며 시집 왔으니, 집이라고 해야 지옥의 번철(전을 부치거나 고기를 볶을 때 쓰는 솥뚜껑처럼 생긴 무쇠판 – 역주)처럼 숨도 못 쉴 만큼 한심한 곳이고 오순절(五旬節, 부활절 후 50일째 되는 날 – 역주)이 다 지나가기도 전에, 그는 이곳저곳 옮겨 다니던 트렁크와 부랑배들이나 가지고 노는 아코디언을 싸 짊어지고 어떤 잡년과 간통을 하러갔는데, 그 여자라는 것도 뒤에서 궁둥이만 봐도 어떤 계집인지 쉽게 알 수 있다고 남들이 그러더니만, 아닌 게 아니라 암말처럼 커다란 궁둥이를 흔들어대는 꼴을 보아하니 그 여자는 자기와는 정반대인 계집이었고, 자기는 궁전에서나 식탁에서나 침대에서나 어디에서나 귀부인이었으며, 교육도 정식으로 받고, 하느님을 경배하고, 하늘의 율법을 따르고, 신의 뜻에 복종하기 때문에, 남편은 자기와는 마음대로 할 수 없었던 곡예와 갈보 같은 짓들을 다른 여자와 하게 되었는데, 그 여자는 프랑스 창녀들처럼 무슨 짓이라도 할 여자였고 아니 오히려 창녀만도 못했으니, 창녀들은 그나마 솔직해서 문에다 붉은 불이라도 밝혔지만, 그 돼지 같은 계집은 그러지도 않았고, 그리고 곰곰이 생각해 보니, 훌륭한 기독교인이며 죽은 다음에도 무덤 속에서 피부가 새색시의 뺨처럼 보드랍고, 눈이 에메랄드처럼 맑게 살아 있고 육체가 그대로 남아 있게 될 특권을 하느님에게서 직접 부여받은 성지순례파의 기사이며 본받을 만한 신사인 돈 페르난도 델 까르피오와 도나 레난타 아르코테 사이에서 태어난 딸인 자기에게 모자랐던 것이라고는 그런 잡년 기질뿐이었다고 불평을 늘어놓았다.

"그건 거짓말이야." 아우렐리아노 세군도가 페르난다의 말을 막았다. "당신 아버지는 여기 도착했을 때는 벌써 썩어서 냄새가 나던데."

그는 페르난다가 단 한마디의 실수를 할 때까지 기다리느라고 꼬박 하루를 보냈다. 페르난다는 그의 반박에 조금도 마음을 주지 않았지만 언성은 조금 낮추었다. 그날 저녁 식사 시간에 남의 신경질을 돋울 만큼 흥얼거리던 노랫소리는 빗소리가 도저히 당할 수 없을 지경이었다. 아우렐리아노 세군도는 머리를 떨군 채 아무 소리도 없이 식사를 조금만 하고 일찍 잠자리에 들었다. 이튿날 아침 식사 시간에 페르난다는 화풀이를 하느라고 완전히 지친 데다 잠을 한숨도 못 잤는지 부들부들 떨고 있었다. 그래도 남편이 반숙을 한 달걀을 혹시 하나 먹을 수 있겠느냐고 물었더니, 페르난다는 간단히 지난주에 계란이 다 떨어졌다고 말하지 않고, 남자들이란 제 배꼽만 들여다보면서 시간을 다 낭비하고 난 다음에 식탁에 앉으면 얼토당토않게 종달새의 간을 먹을 수 없겠느냐고 물어보는 것이 고작이라면서 격렬한 이론을 전개시켰다. 아우렐리아노 세군도는 여느 때처럼 아이들에게 백과사전을 보여주었는데, 페르난다는 레메의 방을 정리한다는 핑계로 들어와서 남편의 얘기를 듣고는, 아무것도 모르는 순진한 아이들에게 백과사전에 아우렐리아노 부엔디아 대령의 사진이 들어 있다고 거짓말을 하는 것을 보니 얼굴 가죽이 꽤나 두껍다고 투덜거렸다. 오후가 되어 아이들이 낮잠을 자면 아우렐리아노 세군도는 앞마당에 나가 앉아서 혼자 시간을 보내려고 했지만, 페르난다는 그곳까지 쫓아와서 그를 약 올리고, 괴롭히고, 흠잡을 곳이 하나도 없는 얘기를 쇠파리처럼 앵앵거리면서 집에 먹을 것이라고는 돌멩이밖에 남아 있지 않은데 남편은 페르시아의 왕처럼 여기에 버티고 앉아서 내리는 비

나 멀거니 구경하고 있으니, 남편도 따지고 보면 게으름뱅이에, 술주정
뱅이에, 솜방망이만큼도 쓸모가 없는 남자이며, 여자에 붙어서 먹고살기
나 하고, 고래 얘기를 듣고 만족해하는 어리석은 요나(구약성경 요나서에
전하는 이스라엘의 예언자. 하느님의 명을 어기고 달아나던 도중 풍랑을 만나
고래의 배 속에서 3일 동안 지내다가 기도로 구원받았다 – 역주)의 아내와 결혼
한 줄 잘못 알고 있다고 떠들어댔다. 아우렐리아노 세군도는 귀가 먹은
척하면서 아무 반응도 없이 두 시간 이상 그녀의 얘기를 듣기만 했다. 그
리고 오후가 거의 다 지나자 큰북처럼 머릿속이 지끈지끈해질 만큼 계속
울려대는 소리를 더 이상 참을 수가 없어서 그녀의 말을 막았다.

"제발 그만 하고 입 좀 다물어." 그는 빌었다.

그러나 페르난다는 오히려 언성을 높였다. "입을 다물 이유가 하나도
없는데 어떻게 입을 다물어요?" 페르난다가 말했다.

"내 얘기가 듣기 싫은 사람은 다른 곳으로 가요." 그러자 아우렐리아
노 세군도는 자제력을 잃고 말았다. 그는 기지개를 켜려는 듯한 자세로
천천히 자리에서 일어나 분노를 철저히 능률적으로 조절하면서, 베고니
아 화분을 하나씩 들어 엎고, 다음에는 양치養齒고사리와, 오레가노와
그리고 다른 꽃 화분을 차례로 집어서 마룻바닥에 팽개쳐 깨뜨려버렸다.
그때까지는 자기의 노랫소리가 얼마나 큰 내적인 힘을 지니고 있는지 판
단할 만한 분명한 징후가 없어서 잘 모르고 있었던 페르난다는 갑자기
겁이 났지만 이미 지나간 일을 바로잡기에는 너무 늦었다. 마구 솟구쳐
오르는 쾌감에 취해서 아우렐리아노 세군도는 사기그릇을 넣어두는 찬
장의 유리를 깨뜨리고 조금도 서두르지 않으면서 접시들을 하나씩 하나
씩 꺼내서 마룻바닥에 던져 산산조각을 냈다. 집안을 돈으로 도배하던
때와 마찬가지로, 그는 체계적으로, 조금도 흥분하지 않고 차근차근히
보헤미아 산 수정그릇들을 벽에다 동댕이쳐서 깨뜨렸고 손으로 그림을
그려 넣은 꽃병과 꽃을 잔뜩 실은 배에 탄 소녀들의 그림과, 도금한 틀에
끼운 거울과 깨뜨릴 수 있는 것들은 모조리 응접실에서 곡식창고까지 돌

아가면서 다 부수고 깨뜨렸으며, 마지막으로는 부엌으로 가서 커다란 독을 들어내어 마당에 집어던지자 퍽석 소리를 내며 부서졌다. 그런 뒤 그는 손을 씻고, 우비를 몸에 걸친 채 밖으로 나갔다가 자정이 되기 전에 말린 고기 한 타래와, 쌀 몇 자루와 바구미가 낀 옥수수와, 버쩍 마른 바나나 몇 다발을 가지고 돌아왔다. 그때부터 집에서는 음식 걱정이 사라졌다.

아마란타 우르슬라와 꼬마 아우렐리아노는 장마 때를 아주 행복했던 시절로 기억하게 되었다. 페르난다가 엄격하기는 했어도 그들은 마당의 물구덩이에서 철벅거리며 놀고 도마뱀을 잡아 해부하고, 산타 소피아 드 라 삐에다드가 한눈을 파는 사이에 수프에다 나비 날개의 가루를 털어 넣고는 독약을 풀었다고 좋아하고는 했다. 그들에게는 우르슬라가 가장 재미있는 장난감이었다. 그들은 우르슬라를 아주 커다란 고장 난 인형이라고 생각했으며, 색깔이 고운 헝겊으로 싸고 얼굴에는 숯검정과 물감으로 칠을 하고는 한쪽 구석에서 다른 쪽 구석으로 끌고 다녔고, 한번은 개구리를 잡을 때 그러하듯 가지치기할 때 사용하는 가위로 우르슬라의 눈알을 후벼내려고도 했다. 아이들에게는 오락가락하는 우르슬라의 정신만큼 재미있는 것도 없었다. 비가 3년째 내리던 해에 우르슬라는 어쩐지 무슨 일이 있었던 것 같은 생각이 들면서, 서서히 현실에 대한 의식을 잃고 현재와 아주 오래전의 과거를 걸핏하면 혼동했는데, 한 번은 100년도 훨씬 전에 땅에 묻힌 증조모 페트로닐라 이구아란이 죽었다고 사흘 동안 계속해서 운 일까지 있었다. 우르슬라의 정신이상 상태는 무척 심해져서, 심지어는 아우렐리아노를 얼음을 보러갔던 대령으로 혼동하고, 그때 신학교에 가 있었던 호세 아르카디오를 집시들에게 끌려간 첫아이로 착각했다. 우르슬라가 워낙 집안 식구들에 대한 얘기를 많이 해서, 아이들은 다른 시대에 살다가 오래전에 죽은 사람들이 집에 가끔 찾아온다고 상상했다. 머리는 잿빛이 되고 얼굴에는 빨간 수건을 두른 채 침대에 앉아 있는 우르슬라에게 아이들은 찾아온 손님들을 상상해 가면서, 옛날부터 잘 알고 지내던 사람들인 양 자세히 그들에 대해 설명을 해주면 우르슬라는 항상 즐거워했다. 우르슬라는 선조들과 얘기를 나누면서 그들이 가져온 소식을 듣고, 손님들보다 훨씬 나중에 죽은 사람들에 대해서 슬픈 얘기를 나누다가는 흐느껴 울기도 했다.

아이들은 얼마 안 있다가, 찾아오는 사람들에게 우르슬라가 꼭 물어보는 질문 가운데 하나가, 비가 그칠 때까지 맡겨두겠다며 성 요셉의 석고상을 가져온 사람에 대한 것이었음을 알게 되었다. 이렇게 해서 아우렐리아노 세군도는 우르슬라만이 아는 어느 비밀장소에 황금이 묻혀 있다는 사실이 생각났지만, 그가 곰곰이 궁리해 낸 질문이나 날카로운 유도작전도 우르슬라의 입을 열게 하는 데 아무 효과가 없었다. 우르슬라는 정신이상의 혼미한 상태에서도 묻어둔 황금의 진짜 주인이 나타날 때만 알려주어야 할 비밀을 함부로 얘기하지 않을 만큼의 판단력은 가지고 있었다. 우르슬라의 그런 결심은 어찌나 단호하고 교묘한 방법으로 지켜졌던지, 한 번은 아우렐리아노 세군도가 그의 난봉꾼 친구 한 사람을 그 황금의 주인인 것처럼 꾸며서 들여보냈는데, 우르슬라는 꼬치꼬치 따지면서 자세한 얘기들을 물어 결국 그를 함정에 빠뜨리고 말았다.

이러다가는 우르슬라가 비밀을 그대로 간직한 채 죽어서 무덤에 묻힐지도 모른다고 생각한 아우렐리아노 세군도는 앞마당에서 물을 빼야 된다는 핑계를 대고 사람들을 불러서 땅을 파헤치고 자기도 스스로 쇠막대기와 온갖 금속탐지기로 땅속을 쑤셔보았지만, 석 달에 걸친 대규모의 탐색에도 불구하고 금 비슷한 것조차 찾을 수 없었다. 나중에는 땅을 파는 사람들보다 카드로 치는 점이 황금을 더 쉽게 찾을지도 모른다는 생각이 들어서 그는 필라르 테르네라를 찾아갔는데, 그녀는 점을 칠 카드를 우르슬라가 손수 떼지 않으면 아무 소용도 없으리라고 말했다. 그렇지만 필라르 테르네라는 그 보물이 어디엔가 틀림없이 묻혀 있으며, 우르슬라의 침대를 중심으로 해서 직경 122미터의 원 안에, 세 개의 천막천으로 만들고 구리철사로 묶은 자루 속에 7214개의 금화가 숨겨져 있다고 정확히 얘기했지만, 비가 그치고 7월이 세 번 돌아올 때까지 계속해서 햇볕이 들어 흙더미가 모두 먼지가 되기 전에는 절대로 그것을 찾지 못할 것이라고 경고했다. 자세한 듯하면서도 막연하기 짝이 없는 그런 정보를 얻은 아우렐리아노 세군도에게는 필라르 테르네라의 얘기가 무당의 얘기처럼만 느껴져서, 그 예언이 이루어지려면 적어도 3년이 걸려야만 하고, 지금은 겨우 8월밖에 되지 않았는데도, 그는 자기가 품어왔던 계획을 계속 실천했다. 그를 놀라게 한 첫 번째 사실은, 동시에 그의 머릿속을 더 혼란에 빠뜨렸는데, 우르슬라의 침대에서 뒷담까지의 거리가 정확히 122미터였다는 것이었다.

페르난다는 자를 들고 다니며 거리를 재는 그를 보고 그의 쌍둥이 형처럼 그마저 미쳐버리지나 않았나 걱정했는데, 인부들에게 도랑을 1미터 정도 더 깊이 파내라고 시키는 꼴을 보고는 그 생각이 더욱 굳어졌다. 발명의 나라로 가는 길을 찾으러 나섰던 그의 증조부에게서나 찾아볼 수 있을 탐험의 열병에 걸린 아우렐리아노 세군도는 그나마 마지막으로 몸에 남았던 기름기도 없어져서 몸매가 날씬해졌을 뿐 아니라 멍청한 분위기나 의기소침한 태도까지 닮아서, 옛날처럼 다시 그의 쌍둥이 형과 똑같아지게 되었다. 그는 이제 아이들에게는 더 이상 신경을 쓰지 않았다. 그는 머리끝부터 진흙을 뒤집어쓰고 아무 때나 불규칙하게, 그것도 부엌의 한구석에서 식사를 했으며, 가끔 산타 소피아 드 라 삐에다드가 뭐라고 물어도 대답을 하는 일이 없었다. 꿈에도 생각해 보지 못했을 정도로 열심히 땅을 파헤치는 그를 보고 페르난다는 그의 고질은 근면함이요, 그의 탐욕은 극기요, 그의 멍청함은 참을성이라고 생각하고, 그의 게으름을 탓했던 자신의 독살스러움을 가슴 아파하면서 내장이 쥐어뜯기는 듯한 기분을 느꼈다.

그러나 아우렐리아노 세군도는 이때 자비로운 화해 따위에 조금이라도 신경 쓸 기분이 아니었다. 죽은 나뭇가지와 썩은 꽃의 수렁 속에 턱까지 빠져서, 그는 앞마당과 뒷마당을 다 파헤친 다음에 정원의 흙을 파 엎

기 시작했으며, 집의 동쪽에 받친 기초 밑을 어찌나 깊이 파고 들어갔던
지 어느 날 밤 집안 식구들은 지진이 나는 줄 알고 놀라서 모두 잠이 깨
고는 땅 밑에서 울려 나오는 무시무시한 끼익끼익 소리에 지진 못지않게
겁을 집어먹었다. 방이 세 개나 무너졌고, 페르난다의 방에서부터 현관
까지 깊은 금이 갔다. 그러나 아우렐리아노 세군도는 그런 일이 있었다
고 해서 황금을 찾는 일을 중단하지는 않았다. 마지막 희망도 모두 사라
지고, 그나마 남은 일이 있었다면 카드가 예언한 대로 기다리는 일뿐이
었어도, 그는 기초공사를 하고 갈라진 틈을 메워서 집을 다시 세우고는
이번에는 서쪽에서 파들어 가기 시작했다. 그 다음 해 7월 둘째 주일에
빗줄기가 주춤하고 구름이 걷히기 시작해서 곧 날씨가 갤 것이 확실해졌
을 때에도 그는 같은 일만 계속하던 중이었다. 결국 날씨가 개었다. 금요
일 오후 2시에 벽돌 가루처럼 쨍쨍하고 물처럼 시원한 진홍빛 미친 태양
이 세상을 비추기 시작했고, 그로부터 10년 동안은 비가 한 방울도 내리
지 않았다.

　마콘도는 폐허가 되어 있었다. 늪처럼 질퍽거리는 길거리에는 가구
가 부서진 조각들과, 붉은 나리꽃으로 덮인 짐승 뼈와, 처음 도착할 때만
큼이나 창황히 마콘도를 떠난 타향 사람들이 남기고 간 마지막 추억들이
산더미처럼 쌓여 있었다. 바나나 열병이 휘몰아치던 시절에 서둘러서 아
무렇게나 지은 집들은 모두 버림받은 채 남아 있었다. 바나나 농장은 모
든 시설을 철거했다. 전에 철조망으로 둘러쌌던 도시 안에는 폐허만이
남아 있었다. 나무로 지은 집들과, 시원한 산들바람을 맞으며 오후에 카
드놀이를 하던 테라스들은 모두 몇 년 후에 마콘도를 지구 위에서 몽땅
쓸어 날려버리게 될 바람을 예언이라도 하듯 앞서 불어온 바람에 깨끗이
불려 날아가 없어졌다. 그럼에도 불구하고 남은 유일한 인간의 유물이라
고는 야생 팬지꽃 더미 속에 파묻힌 자동차에서 발견된 파트리샤 브라운
이 끼던 장갑뿐이었다. 마콘도 건설 당시 호세 아르카디오 부엔디아가
탐험했고, 나중에는 바나나 농장이 잔뜩 몰려 번창했던 그 신비한 지역

은 썩은 그루터기만 남은 습지로 변했고, 그 습지의 머나먼 지평선에는 몇 해 동안 거품이 이는 바다가 보였다.

장마가 그친 후 첫 번째 일요일에 잘 마른 옷을 입고 읍내 사람들과 다시 사귀기 위해서 마콘도로 나갔던 아우렐리아노 세군도는 너무 슬픈 나머지 정신을 차릴 수 없었다. 바나나 회사가 몰고 온 태풍이 이곳을 휩쓸기 전부터 마콘도에서 살았던 사람들 가운데 이번 재난에서도 살아남은 사람들은 길 한가운데 나앉아서 햇볕을 즐기고 있었다. 그들의 피부에는 조류藻類의 초록빛이 서렸고, 한구석에서 장마 동안 그들의 몸에 배어버린 눅눅한 냄새가 났지만, 그들이 태어난 마을이 원래대로 되었다는 사실 때문에 마음속 깊이 기뻐하는 것 같았다. 터키 사람들의 거리는, 슬리퍼를 신고 귀걸이를 단 아랍 사람들이 마코우야자 열매와 값싼 장신구를 바꾸러 왔다가 길거리의 한 구간을 골라서 오랫동안의 방랑 생활을 끝내고 정착했던 시절의 옛 모습을 되찾았다. 빗속을 지나서 멀리 실려 왔기 때문에, 가게의 상품들은 모두 멋대로 갈라지고, 문에 걸쳐 늘어놓은 옷들에는 곰팡이가 얼룩얼룩 무늬를 지었고, 카운터는 흰개미가 온통 파먹었으며, 벽은 습기로 삭았지만, 이제 3대째 이른 아랍 사람들은 그들의 아버지나 할아버지처럼 같은 자리에서 같은 자세로, 불면증이 만연했을 때나 아우렐리아노 부엔디아 대령의 서른두 번의 전쟁이 끝난 다음에도 그랬듯이, 아무 말도 않고 꿋꿋하게 살아서 버티고 있었다. 파멸이나 도박판에 직면해서 판매대나 사격장에 있을 때에도, 그리고 미래를 점치려고 꿈을 풀이하는 뒷골목에서 만나게 된 그들의 얼굴에서 찾아볼 수 있었던 정신력은 아우렐리아노 세군도로 하여금, 그들에게 어떤 신비한 힘이 숨어 있기에 태풍에 밀려나지도 않고, 무슨 수를 썼기에 물에도 빠져 죽지 않았느냐고 물어보지 않을 수 없게 했으며, 그러한 질문을 받은 그들은 능글맞은 미소와 몽롱한 표정을 짓고는, 누구한테 물어보거나 의논하지도 않았지만 모두 한결같은 대답을 했다.

"헤엄을 쳤죠."

마콘도 토박이들 가운데서는 아마 페트라 코테스만이 아랍 사람들과 비슷한 마음을 지니고 있었을 것이다. 외양간이 하나도 남김없이 부서지고 건초 창고가 폭풍에 날아갔어도 그녀는 끝까지 버티어 집만은 건졌다. 폭풍우가 몰아치던 둘째 해에 접어들자 아우렐리아노 세군도에게 빨리 돌아오기를 재촉하는 전갈을 보냈지만 그는 언제쯤 그녀의 집으로 돌아갈지 아직 모르겠다는 회답만 보내왔고, 아무튼 집에 들를 때에는 침실 마룻바닥을 온통 금화로 깔 만큼 돈을 잔뜩 담은 상자를 가지고 가겠다고 했다. 이 무렵에 페트라 코테스는 혼자서라도 이 재난을 이기고 살아남기로 마음을 단단히 먹었으며, 정부가 탕진해 버리고 홍수에 날아가 버린 재산을 되찾겠다는 맹세를 다질 만큼 분노에 마음이 끓었다. 각오가 그만큼 단단했던 덕택에, 아우렐리아노 세군도가 마지막 편지를 받은 지 여덟 달 만에 찾아갔을 때, 페트라 코테스는 안색이 초록빛이고, 머리는 헝클어지고, 눈자위가 푹 꺼졌으며, 피부는 옴이 올라 번득였어도 태연하게 종이쪽지에 추첨권 번호를 적고 있었다. 아우렐리아노 세군도는 그 모습을 보고 놀랐고, 페트라 코테스도 그의 더럽고 초췌한 모습을 보고는 그가 평생 정부로 삼기로 했던 애인이 아니라 그의 쌍둥이 형이 아닌가 의심할 정도였다.

"당신 머리가 돌아버린 모양이구먼." 그는 첩에게 말했다. "추첨권 장사를 해서 팔 것이라고는 당신 뼈다귀밖에는 아무것도 없잖아?"

그러자 페트라 코테스는 그에게 침실을 들여다보라고 했는데, 그 안에는 노새가 한 마리 있었다. 여주인처럼 앙상한 뼈에 가죽만 남은 그 노새는 페트라 코테스 못지않게 끈질기게 살아남았다. 페트라 코테스는 그 노새를 그녀의 분노로 먹여 살렸다. 건초나 옥수수나 풀뿌리가 다 떨어지자 자기의 침실에 데려다놓고 무명천 이불과, 페르시아 양탄자와 플러시 천으로 만든 이부자리와 벨벳 커튼과 금실과 은실로 수를 놓은 침대 덮개까지 모두모두 거두어서 차례로 먹이로 주었다.

17

　장마가 끝나면 곧 죽겠다고 했던 우르슬라는 그 약속을 지키려고 무척 애를 썼다. 건조한 바람이 불어와서 장미 덩굴이 말라죽고 진흙 더미가 말라서 녹슨 양철 지붕과 편도나무에 먼지를 흩뿌리기 시작한 8월 이후, 그녀는 장마철에 상실했던 예리한 판단력을 가끔씩 되찾고는 했다. 그녀는 아이들이 얼굴에 칠해 놓은 물감을 닦아내고, 온몸 여기저기 걸쳐놓은 알록달록한 헝겊 조각과 말린 도마뱀과 개구리, 염주와 아랍 목걸이를 모두 벗어버리고, 아마란타가 죽은 후로는 처음으로 남의 도움을 받지 않고 자리에서 일어나 다시 다른 식구들과 함께 생활을 시작했다. 굽힐 줄 모르는 마음에 힘입어 우르슬라는 어둠 속에서도 제대로 행동할 수 있었다. 가끔 발이 걸려 고꾸라지는 장면을 보거나 천사처럼 머리 위로 손을 처들고 걸어가는 우르슬라와 부딪친 사람들은 그녀가 몸이 불편하다고는 생각했지만, 장님이 되었으리라고는 아직 알아채지 못했다. 우르슬라는 눈으로 보지 않았어도 정성을 들여 다시 가꾼 꽃밭이 장마와 아우렐리아노 세군도의 금화 사냥 때문에 다 망가졌고, 담벼락과 마룻바닥의 시멘트가 몹시 갈라졌고, 가구에는 곰팡이가 피고 색이 바랬으며, 문짝이 떨어지고, 집안 식구들은 우르슬라가 젊었던 시절에는 상상도 할 수 없었을 만큼 좌절감과 절망에 빠져 있음을 환히 알 수가 있었다. 이 방 저 방을 손으로 더듬어 돌아다니면서 우르슬라는 나무를 갉아내는 흰개미와, 옷장 속에서 옷을 갉아먹는 좀벌레와 홍수 동안에 잔뜩 불어나서 집 뿌리를 파먹어대는 커다란 붉은개미들의 소란스러운 소리를 들을 수 있었다. 어느 날 트렁크를 연 우르슬라는 트렁크 속의 옷들을 가루로 만든 바퀴벌레들이 뛰어나와 자기 몸에 달라붙자 그것을 떼어달라고 산타 소피아 드 라 삐에다드를 불렀다. "이런 꼴로 어디 사람이 살 수가 있겠니?" 우르슬라가 말했다. "이렇게 살다가는 얼마 안 가서 모두 벌레들한테 잡아먹히겠다." 그때부터 우르슬라는 마음이 편할 날이 없었다. 새벽에 일어나면서부터 우르슬라는 아이들을 포함한 모든 사람들의 힘을 빌렸다. 그녀는 아직 입을 만한 옷을 몇 벌 챙겨서 볕에다 내다 말렸고, 독한 살충제를 뿜어대면서 바퀴벌레를 몰아냈고, 흰개미들이 문과 창문에 파낸 자국을 모두 긁어냈고, 개미집에 바글대는 개미들을 횟가루를 뿌려 질식시켜 죽였다. 이렇게 집안 정리에 열을 올리다가 급기야는 여태까지 신경을 쓰지 않던 방에까지 손을 대게 되었다. 우르슬라는 호세 아르카디오 부엔디아가 현인의 돌을 찾느라고 정신이 팔렸던 방에서 쓰레기와 거미줄을 쓸어냈고, 군인들이 잔뜩 어질러놓은 은세공 작업실을 정리하고, 마지막으로 멜키아데스의 방을 한번 살펴보려고 방문 열쇠를 달라고 했다. 자기가 죽었다는 사실이 확실해질 때까지는 방문을 열지 말라고 했던 호세 아르카디오 세군도의 부탁을 지켜주기 위해서 산타 소피아 드 라 삐에다드는 우르슬라의 요구를 들어주지 않으려고 온갖 술책을 다 부렸다. 그러나 집 안의 어떤 구석도 벌레들에게 먹히지 않으려고 마음을 단단히 벼른 우르슬라는 그녀의 결심을 꺾지 않고 길을 막는 모든 방해물을 이겨내려고 했고, 결국 사흘 동안 끈질기게 고집을 부린 결

과 방문이 열렸다. 방에서 풍겨나오는 악취에 기절해서 넘어지지 않으려
고 우르슬라는 문설주를 잡고 매달려야 했지만, 2초도 지나기 전에 그녀
는 그 방에 여학생들이 쓰던 요강 일흔두 개가 쌓여 있다는 것을 기억해
냈고, 어느 비 오는 날 밤에 순찰을 온 군인들이 호세 아르카디오 세군도
를 찾으려고 집 안을 뒤졌지만 찾지 못했던 일이 생각났다.

“하느님 맙소사!” 우르슬라는 모든 것이 다 눈에 보이기라도 하는 듯
이 소리를 질렀다. “온갖 예절과 몸가짐을 가르쳐주었는데도 결국 돼지
꼴이 되고 말았구나.”

호세 아르카디오 세군도는 아직도 양피지 원고를 읽던 중이었다. 지
저분하게 헝클어진 머리카락 사이로 초록빛 점액이 묻어 푸르죽죽한 이
빨과 멍한 눈동자가 보였다. 증조모의 목소리를 알아듣고 그는 문 쪽으로
눈을 돌렸고, 미소를 지으려고 하다가 자기도 모르게 우르슬라가 옛날에
자주 하던 말을 되풀이했다.

“이럴 줄 모르셨나요?” 그가 태연히 중얼거렸다. “세월은 흐르게 마
련입니다.”

“그렇긴 하지.” 우르슬라가 대꾸했다. “하지만 별로 흐르지도 않아.”

이 말을 했을 때 우르슬라는 자기가 옛날 죽음의 골방에서 아우렐리
아노 부엔디아 대령이 했던 대답을 그대로 되풀이했음을 깨닫고는, 지금
자기가 말했듯이 시간은 흐르는 것이 아니라 커다란 원을 그리며 빙빙
돌고 있다는 생각에 몸을 떨었다. 그러나 이때에도 우르슬라는 호락호락
포기하지는 않았다. 우르슬라는 아이에게 야단치듯 호세 아르카디오 세
군도를 꾸짖고, 어서 목욕과 면도를 하고, 집수리를 도와달라고 했다. 자
기에게 평화를 가져다주었던 방에서 떠나야 한다는 생각에 그는 겁에 질
리고 말았다. 그는 날마다 해질녘이면 200개의 찻간에 시체를 잔뜩 실은
기차가 바다로 가려고 마콘도를 떠나는 광경을 보기 싫어서 밖으로 나갈
엄두가 나지 않았고, 그 어느 누구도 자기를 끌어낼 수 없으리라고 소리
질렀다. “그 사람들은 모두 역 앞에 모였던 사람들이었어요.” 그는 고함

을 쳤다. "3408명이었어요." 그제야 우르슬라는 그가, 그의 증조부가 그랬듯이 사람의 손이 닿지 않는 외로운 세계, 자신의 세계보다도 더 헤아리기 어려운 어둠의 세계에 혼자 살고 있음을 깨달았다. 우르슬라는 그를 방에다 그대로 남겨두었지만, 자물쇠를 없애버리라고 설득하는 데는 성공을 해서, 날마다 그 방을 청소하고 요강은 하나만 남기고 다 없애버리도록 했으며, 오랜 세월 밤나무 밑에 묶여 지내던 때의 증조부처럼 깨끗하고 손색없게 호세 아르카디오 세군도를 돌보아주도록 했다. 페르난다는 처음에 이 법석거리는 소동을, 노망이 빚은 발광쯤으로 생각해서 화를 참기가 힘들었다. 그러나 이 무렵에 마지막 선서를 하려고 로마에서 마콘도로 돌아올 계획이라는 전갈이 호세 아르카디오에게서 왔고, 이 기쁜 소식에 가슴이 벅찬 페르난다는 신이 나서 아침부터 밤까지, 아들이 돌아오면 집에 대해서 나쁜 인상을 받지 않게 하려고, 꽃밭에 하루에 네 번씩 물을 뿌리며 수선을 떨었다. 그래도 기운이 남아돌아서 그녀는 타향에 있는 낯모르는 의사들과의 서신 왕래를 더욱 빈번히 했으며, 아우렐리아노 세군도가 울분을 참지 못해서 깡그리 깨뜨려버렸다는 것을 우르슬라가 눈치도 채기 전에 앞마당의 양치식물과 오레가노와 베고니아 화분을 새로 마련해서 늘어놓았다. 나중에는 은식기들을 팔아서 사기접시와 양은그릇과 숟가락, 알파카(페루의 가축－역주)천으로 만든 식탁보를 사들였고, 그 때문에 인도회사의 도자기나 보헤미아의 수정이 들어찼던 찬장은 전보다 훨씬 초라해졌다. 우르슬라는 언제나 한술 더 뜨려고 했다. "창문하고 문들을 모두 열어놓아라." 우르슬라가 소리쳤다. "고기하고 생선을 좀 사고, 이곳에서 파는 것 가운데 제일 큰 놈으로 거북이를 한 마리 사고, 낯선 사람들을 잔뜩 불러서 이 구석 저 구석에 방석을 깔고, 장미 덩굴에 소변을 보고, 먹고 싶으면 몇 번이라도 식사를 하고, 고함을 지르며 싸우고, 더러운 신발로 집 안 물건에 잔뜩 흙칠을 하고, 그저 뭐든지 하고 싶은 대로 하라고 그래라. 그래야 이 누추한 몰골을 벗어나지 않겠니?" 그러나 그것은 다 헛된 꿈이었다. 우르슬라는 너무 늙었으며, 작은 동물과자의 기적을 다시 일으킬 수도 없었고, 옛 시절과 현재를 혼동하고 있었고, 후손들 가운데에는 그녀의 활동력을 물려받은 사람이 없었다. 페르난다의 지시에 따라 집에는 외지 사람들을 들이지 않았다.

페트라 코테스의 집으로 트렁크를 옮겨간 아우렐리아노 세군도는 집 안 식구들을 굶겨죽이지 않으려고 겨우겨우 지탱을 해나갔다. 노새를 걸고 추첨권을 판 페트라 코테스와 그는 가축을 몇 마리 마련해서 작은 규모로 어수룩한 복권 장사를 다시 시작했다. 아우렐리아노 세군도는 더 멋있고 그럴듯하게 보이라고 물감으로 색칠한 추첨권을 가지고 집집마다 찾아다니면서 팔았는데, 많은 사람들이 그에게 신세를 진 일이 있어서 그 추첨권을 샀고, 나머지 대부분은 불쌍히 여겨서 샀는데 그는 그것을 까맣게 모르고 있었다. 아무튼 아무리 그를 불쌍히 생각하고 동정심에서 표를 샀다고 해도 20센타보로 돼지 한 마리나 32센타보로 송아지를 타게 될지도 모르는 일이었으므로, 그들은 큰 기대를 품고 화요일 밤이면 페트라 코테스의 집 마당에 꽉꽉 들어차서 어린아이가 자루 속에서 손에 닿는 대로 추첨권을 뽑아 번호를 부르기를 잔뜩 기다렸다. 곧 이 추첨은 주일마다 열리는 큰 행사가 되어서, 마당에는 날이 저물녘이면 음식이나 음료수를 파는 판매대들이 들어서고, 당첨이 되어 기분이 좋아진 사람들은 가끔 누가 술하고 음악만 준비하면 자기가 탄 가축을 잡겠다고 나서기도 해서, 처음에는 별로 그럴 마음이 없었던 아우렐리아노 세군도도 다시 아코디언을 끄집어내서 연주를 하여 먹기 대회가 다시 시작되는 계기도 만들었다. 옛날의 방탕한 생활을 본뜬 이 요란한 잔치를 보고 아우렐리아노 세군도는 그동안 자기의 정력이 얼마나 쇠퇴했으며, 위대한 방탕자로서의 자기 면모가 얼마나 몰락했는지 느낄 수 있었다. 그는 이제 딴 사람이 되어버렸다. 코끼리의 도전을 받았을 당시에 120킬로그램이나 나가던 체중은 어느새 78킬로그램으로 줄었으며 발그레하고 거북이 등처럼 통통하던 얼굴은 이구아나 도마뱀의 꼴이 되었고, 걸핏하면

권태와 피로를 느꼈다. 하지만 페트라 코테스에게 있어서는, 그는 이때보다 더 훌륭한 사람이었던 적이 없었을 정도였는데, 그것은 그가 그녀에 대해서 가졌던 감정이 사랑을 곁들인 동정이었고, 비참한 외로움을 둘이서 같이 느꼈기 때문이었다. 부서진 침대에서는 난폭한 행위 대신에 친밀한 안식처를 찾는 부드러움이 자리를 잡았다. 중첩되던 거울들은 추첨에 걸 가축들을 사느라고 경매에 붙여 처분했고, 음탕한 담홍색 천이나 벨벳을 노새들이 다 먹어치우고 난 방에서, 그들은 잠을 잊은 늙은 노인들처럼 늦도록 깨어 있으면서, 긴 긴 시간을 보내며 번 돈을 계산하고, 옛날 같으면 함부로 낭비해 버렸을 푼돈을 조금씩 저축해 나갔다. 어떤 때에는 이 몫은 페르난다에게 갖다주어서 기분을 풀어주고, 이 몫은 아마란타 우르슬라의 구두를 사는 데 쓰고, 오래전부터 새 옷이라고는 입어본 일이 없는 산타 소피아 드 라 삐에다드에게는 이 몫을 주고, 이것은 우르슬라가 죽은 다음에 관을 주문할 때 쓸 돈이고, 석 달에 한 번씩 500그램에 값이 1센타보씩 오르는 커피를 살 돈은 여기 있고, 점점 단맛이 없어지는 설탕은 이 돈으로 사고, 장마에 젖어 아직 마르지 않은 목재를 사려면 이 돈을 쓰고, 이 돈으로는 추첨권을 만들 종이와 물감을 사고, 그래도 남는 저 돈은 4월에 복권이 거의 다 팔렸을 때 탄저병 증세가 있어 기적적으로 겨우 가죽만 건질 수 있었던 송아지 값을 벌충하는 데 쓰기 위해 동전들을 쌓았다가 허물고, 여기서 돈을 한줌 집어 저리로 옮기고 하는 동안 첫 닭이 홰를 쳐 두 사람을 놀라게 하는 경우도 있었다. 이런 가난한 예식은 언제나 순수하기 짝이 없어서, 그들은 페르난다에게는 꼭 가장 큰 몫을 잘라주었는데, 그것은 동정이나 자선을 베푸는 마음에서 그런 것이 아니라 정말로 페르난다의 안녕이 그들 자신의 문제보다 훨씬 중요하다고 느꼈기 때문이었다. 그들도 모르는 사이에 그들 마음속에 자리 잡고 있었던 생각은, 알고 보면 그들 두 사람은 페르난다 같은 딸을 가지고 싶었지만 그럴 수가 없었다는 아쉬움이었으며, 그래서 그들은 페르난다에게 네덜란드 제 식탁보를 사주려고 사흘 동안 빵 부스러기만 먹고 지낸 일도 있었다. 그러나 그들이 아무리 죽을 지경으로 일을 해 대고, 아무리 많은 돈을 벌어들이고, 아무리 온갖 계획을 다 세우고, 돈을 모으려고 생활비는 거의 여유를 두지 않고 써도, 그들의 수호천사들은 피곤해서 잠이라도 든 것 같았다. 돈 계산이 잘 맞지 않아서 잠도 못 자고 애를 쓰는 동안에 그들은 어째서 가축들이 옛날처럼 새끼를 잘 치지 않게 되었고, 어째서 돈은 손가락 사이로 슬슬 빠져나가고, 옛날 같으면 돈을 펑펑 쓰면서 지폐를 말아 담뱃불을 붙이던 사람들이 지금 와서는 닭 여섯 마리가 걸린 추첨권을 열두 닢에 사라고 하면 백주에 날강도 짓이라고 펄펄 뛰는지 알 수가 없어 고개를 갸우뚱거렸다. 아우렐리아노 세군도는 겉으로 대놓고 그런 소리는 하지 않았어도, 그들의 액운이 세상 사람들 때문에 찾아온 것이 아니라, 페트라 코테스의 신비한 마음 어느 어두운 한구석에 자리 잡은 무언가가 홍수 동안 가축들을 불임증에 걸리게 했고 돈도 구경하기 힘들게 만들었다고 믿었다. 이 수수께끼 같은 문제에 얽혀들기 시작한 그는 흥미를 가지고 페트라 코테스의 감정을 연구하는 과정에서 그녀에 대한 참된 사랑을 찾게 되었으니, 그녀로 하여금 자기를 사랑하게 만들려다가 반대로 그녀에 대한 사랑에 빠졌다. 한편 페트라 코테스는 페트라 코테스대로 그가 자기를 점점 더 사랑함을 느끼고는 그에 대한 자기의 사랑도 더욱 깊어졌고, 그래서 인생의 가을이 무르익는 과정에서, 가난은 사랑의 노예라는 젊었을 적의 생각을 다시 새롭게 했다. 그래서 그들은 함께 지난날의 광폭한 탕진 생활과, 으리으리했던 부유함과, 걷잡을 수 없었던 음탕한 삶이 결국은 역겨움에 지나지 않았음을 깨달았고, 고독을 나눌 수 있는 천국을 찾기 위해서 인생을 그토록 많이 낭비했어야만 했다는 사실을 슬퍼했다. 여러 해 동안의 삭막한 생활 끝에 미친 듯이 사랑에 빠진 그들은 침대에서뿐 아니라 식탁에 마주 앉아 있는 순간에도 사랑할 수 있다는 기적을 터득했고, 그러한 행복은 자꾸만 자라나서 그들이 다 낡아빠진 두 늙은이가 되었을 때도 계속해서 토끼새끼처럼 깡충깡충 뛰거나 강아지들처럼 정겹게 같이

376

놀았다.

　복권장사는 별로 큰 진전이 없었다. 처음에 아우렐리아노 세군도는 전에 목장주 사무실로 쓰던 방에 일주일에 사흘씩 들어가 처박혀 지내면서 추첨권을 그리고, 추첨에 걸린 짐승들을 나타내는 빨간 암소와, 초록빛 돼지와, 파란 암탉을 그려 넣고, 인쇄체로 숫자를 꼼꼼히 적은 다음에 페트라 코테스가 이 사업에 가장 적당할 것 같다고 지어낸 이름인 '신의 은총 복권'이라는 글을 하나씩 하나씩 썼다. 그러다 시간이 감에 따라 일주일에 추첨권을 2000장씩 그리기에 지쳐서, 가축의 그림과 이름과 숫자들을 고무도장에 파서, 여러 색깔의 물감으로 찍어내어 일을 좀 덜었다. 말년에 가서 그는 추첨권에 숫자 대신에 수수께끼를 적어서, 그 수수께끼를 푸는 사람들에게 상품으로 가축을 나눠주는 새로운 방법을 써보기도 했지만, 그렇게 하고 보니 일이 너무 번거롭기만 하고 남들이 의심을 많이 해서 두 번 시험 삼아 해보고는 그 새 방법을 집어치웠다. 아우렐리아노 세군도는 복권 장사에 너무 열중했기 때문에 아이들을 만나볼 기회가 거의 없었다. 페르난다는 아마란타 우르슬라를 여학생 여섯 명만 받는 작은 사립학교에 넣었지만, 아우렐리아노를 학교에 보내는 것은 반대했다. 그를 방에서 내놓는 것만 해도 너무 봐준 느낌이 들었다. 더구나 그 당시 학교들은 천주교식 결혼을 통해 합법적으로 태어난 아이들만 받아들였는데, 집으로 데려왔을 때의 아우렐리아노의 옷에 꽂혀 있던 출생 증명서에는 그가 기아(棄兒, 내다 버린 아이 – 역주)라고 밝혀져 있었다. 그래서 어린 아우렐리아노는 집 안에 갇혀 산타 소피아 드 라 삐에다드의 정겨운 손길과 우르슬라의 엉뚱한 보살핌을 받으면서, 좁은 집 안을 돌아다니며, 할머니들이 얘기해 주는 것들을 배웠다. 그는 섬세하고 가냘프고 어른들이 귀찮아할 만큼 호기심이 많았지만 그 나이 때 통찰력이 뛰어났고 연구심이 강했던 대령과는 달리, 좀 멍청하고 정신이 딴 데 팔린 듯한 얼굴이었다. 아마란타 우르슬라가 유치원에 가 있는 동안 그는 정원에서 지렁이 사냥이나 하고 벌레를 잡아서 괴롭히고는 했다. 그러다가 어느 날 페르난다는 전갈을 잡아 상자에 넣어서 우르슬라의 침대에 넣으려는 그를 붙잡아서, 레메의 방에 넣고 문을 잠가버렸는데, 그곳에서 그는 혼자 외로운 시간을 보내다가 백과사전의 사진들을 들춰보았다. 어느 날 오후 우르슬라는 집 안에 여기저기 물을 뿌리며 돌아다니다가 그를 발견하고는, 벌써 여러 번이나 같이 시간을 보낸 일이 있으면서도 그에게 네가 누구냐고 물었다.

"나는 아우렐리아노 부엔디아예요." 그는 말했다.

"그렇구나." 우르슬라가 대답했다. "그리고 넌 이제 은세공 일을 배울 나이가 되었지." 홍수 다음에 찾아온 뜨거운 바람 속에서 가끔 제정신을 찾던 순간들도 다 지나갔기 때문에 우르슬라는 또다시 그를 자기 아들과 혼동하고 말았다. 그 다음부터 그녀는 다시는 제정신을 차리지 못했다. 침실로 돌아간 우르슬라는, 남의 집을 방문할 때면 입던 거북살스러운 크리놀린(옛날 부인들의 치마를 부풀리려고 쓰던 말총으로 짠 딱딱한 천 – 역주)과 구슬로 장식된 윗도리를 입고 방 안에서 기다리고 있던 페트로닐라 이구아란과, 수족이 불편한 사람들이 쓰는 흔들의자에 앉아서 공작의 깃으로 만든 부채를 흔들고 있는 그녀의 할머니 트린퀼리나 마리아 미니아타 알라코께 부엔디아와, 태수의 긴 소매 외투를 흉내 낸 옷을 걸친 증조부 아우렐리아노 아르카디오 부엔디아와, 벌레들이 쪼그라들어서 소로부터 떨어지게 하는 기도를 알아냈던 아버지 아우렐리아노 이구아란과, 겁이 많았던 어머니와, 돼지꼬리를 달고 태어났던 조카와, 호세 아르카디오 부엔디아와, 그녀의 죽은 아들들이 벽을 따라 의자를 늘어놓고 줄을 지어 앉아서 기다리고 있는 것을 보았다. 우르슬라는 서로 연결되지 않는 얘기들을 고운 색끈으로 함께 묶으면서, 여러 곳에서 저마다 다른 순간에 있었던 사건들에 대해서 생각나는 대로 한마디씩 얘기를 던졌으므로, 학교에서 돌아온 아마란타 우르슬라나 백과사전을 보다가 지루해진 아우렐리아노는 죽은 사람들의 미궁 속에 빠져서 침대 위에 앉아 혼잣말을 계속하는 우르슬라를 구경하러 가고는 했다. "불이야!" 한번은 겁에 질린 우르슬라가 소리를 질러서 온 집안 식구들이 놀라 법석을 떨었는데, 알고 보니 우르슬라가 불이 났다고 소리를 지른 까닭은 그녀가 네 살 적에 창고에 났던 불을 봤던 일이 갑자기 생각나서 그랬다는 것이었다. 나중에는 과거와 현재를 너무 혼동해서, 죽기 얼마 전에 두어 번 우르슬라가 제정신이 들어 얘기를 했을 때, 사람들은 그 얘기가 지금 느끼고 있는 감정인지 아니면 기억하고 있던 것인지 구별을 할 수가 없었다. 우르슬라는 조금씩 조금씩 몸이 쪼그라들어서 점점 태아의 모습으로 되돌아갔고, 산송장으로 굳어가는 과정에서 죽기 몇 달 전에는 그녀의 잠옷 속에 굴러들어가 잃어버린 버찌처럼 되었고, 언제나 앞으로 뻗고 다니던 팔은 마리몬다 원숭이의 앞발처럼 보였다. 우르슬라가 며칠 동안 꼼짝도 않고 누워 있자 산타 소피아 드 라 삐에다드는 아직 우르슬라가 살아 있는지 확인하기 위해서 몸을 흔들어봐야 했으며, 식사 때면 무릎 위에 올려놓고 설탕물 몇 숟가락을 떠먹였다. 아마란타 우르슬라와 아우렐리아노는 우르슬라를 집어 들고 침실을 들락날락했고, 아기 예수하고 우르슬라하고 누가 더 큰지를 재어보려고 제단에 올려놓기도 했으며, 어느 날 오후에는 곡식 창고 찬장에 우르슬라를 숨겨두었는데 그때 우르슬라는 자칫했더라면 쥐들한테 잡아먹힐 뻔했다. 어느 성지주일(聖地主日, 부활제 직전의 일요일. 예수가 수난을 앞두고 예루살렘으로 들어간 날을 기념 — 역주)에 페르난다가 교회에 간 사이 두 아이들은 우르슬라의 목과 발목을 잡아들고 침실로 들어갔다.

"할머니가 참 가엾게 되었구나." 아마란타 우르슬라가 말했다. "너무 늙어서 그만 돌아가셨어."

우르슬라는 깜짝 놀랐다.

"난 살아 있어!" 우르슬라가 말했다.

"그냥 봐도 알 수 있잖니?" 아마란타 우르슬라는 웃음을 억지로 참으면서 말했다. "할머니는 숨도 쉬지 않아."

"내 얘기가 안 들리냐!"

아마란타 우르슬라는 웃음을 억지로 참으면서 말했다. "할머니는 숨도 쉬지 않아."

"내 얘기가 안 들리냐!" 우르슬라가 소리쳤다.

"할머니는 말도 못 하는구나." 아우렐리아노가 말했다. "죽은 꼴이 꼭 귀뚜라미가 죽은 것 같구나."

그래서 우르슬라는 자기가 정말로 죽나 보다 하고 생각했다. "아, 하느님." 우르슬라가 나지막한 목소리로 한탄을 했다. "죽는다는 것이 결국 이런 것이구나." 우르슬라는 끝도 없고, 앞뒤도 맞지 않는, 진심에서 우러나오는 기도를 이틀이 넘도록 계속했는데 화요일이 되자 그 기도는 하느님에 대한 부탁과 자손들에 대한 충고로 뒤죽박죽이 되어서, 붉은개미들이 집을 무너뜨리지 못하게 하라느니, 레메디오스의 은판사진 앞에 켜둔 불이 꺼지지 않게 신경을 쓰라느니, 돼지꼬리가 달린 아이가 태어날지 모르니까 부엔디아 집안에서는 근친결혼을 시키지 말라느니 하는 얘기도 했다. 아우렐리아노 세군도는 우르슬라가 혼수상태에 빠진 때를 이용해서 금화를 묻어둔 곳이 어딘지를 캐내려고 했지만 그의 시도는 또 다시 실패로 끝났다. "임자가 나타나면 다 알게 될 거야." 우르슬라가 말했다. "그 사람은 하느님이 빛을 보내서 금화가 묻힌 자리를 찾아내게 될 거야." 산타 소피아 드 라 삐에다드는 이 무렵에 계속되어 나타나는 자연의 변이를 보고는 우르슬라가 죽을 때가 다가왔음을 알게 되었다. 장미에서는 갑자기 거위 발 냄새가 났고, 콩깍지가 져서 땅에 떨어지면 콩알들은 규칙적인 별 무늬를 그렸으며, 어느 날 밤에는 광채를 뿜는 오렌지들이 하늘을 가로질러 날아갔다.

그들은 수난일 아침에 죽어 있는 우르슬라를 발견했다. 마지막으로 그들이 우르슬라의 나이를 계산해 보았을 때, 그녀는 바나나 농장이 들어서던 해에 115세에서 122세 사이였었다. 그들은 우르슬라를 아우렐리아노가 담겨 도착한 바구니만 한 작은 관에다 넣어서 묻었는데, 장례식에는 우르슬라를 기억하고 있는 사람들이 몇 명 안 남았던 탓도 있었지만 더위에 정신을 잃은 새들이 서늘한 방 안으로 도망쳐 들어가려고 벽과 창문에 부딪쳐 떨어져 무더기로 죽는 사태가 벌어질 정도로 그날 오후의 날씨가 어찌나 무섭게 쪘던지 상객들이 별로 모이지 않았다.

처음에 그들은 마콘도에 질병이 닥치는 줄 알았다. 여자들은 죽은 새들을 쓸어내느라고, 특히 낮잠 시간에는 정신을 못 차릴 지경이었으며, 남자들은 새들을 수레로 실어다가 강에 내다버렸다. 부활절 주일에 100살이 된 안토니오 이사벨 신부는 설교를 하다가 새들이 이렇게 떼죽음을 당하는 까닭은 신부가 전날 밤에 만난 유태인 방랑자가 몰고 온 나쁜 기운 때문이라고 말했다. 신부는 유태인 방랑자를 숫염소와 이교도 여인의 잡종이며, 입김이 닿으면 공기가 불타고 갓 결혼한 여인들에게 그의 눈길이 닿으면 괴물을 잉태하게 하는 힘을 가진 지옥의 짐승이라고 묘사했다. 신부가 너무 늙어서 또 망발을 부리고 헛소리를 한다고 생각한 신자들은 그의 묵시적인 얘기에 귀를 기울이지 않았다. 그러나 수요일 새벽에 어떤 여자가 굽이 갈라진 두 발 짐승의 발자국을 발견하고는 이웃 사람들을 모두 불러 깨웠다. 그 발자국은 워낙 선명하고 두드러져서 직접 눈으로 본 사람들은 신부가 묘사했던 무시무시한 괴물이 정말로 있다고 믿었고, 그 괴물을 잡으려고 집집마다 마당에 덫을 놓고 함정을 팠다. 그래서 그들은 겨우 괴물을 잡을 수 있었다. 우르슬라가 죽은 지 2주일이 지난 후, 페트라 코테스와 아우렐리아노 세군도는 가까운 곳에서 들려오는 송아지의 요란한 비명 소리에 잠이 깨었다. 그들이 달려가 보니 이미 이웃 사람들이 함정에서 빠져, 건초 밑에 숨겨둔 날카로운 창살에 꽂힌 괴물을 끌어내고 있었으며, 짐승의 울부짖는 소리는 더 이상 들리지 않았다. 크기가 작은 수송아지만큼밖에 안 되는 그 짐승은 황소만큼이나 무거웠으며, 창살에 찔린 상처에서는 초록빛 끈끈한 액체가 흘러나왔다. 온몸에는 거친 털이 나 있었고, 바퀴벌레가 들끓었으며, 살갗은 빨판상어의 비늘로 단단히 덮여 있었지만, 신부의 얘기와는 달리 사람을 닮았다기보다는 병든 천사와 비슷해서, 날렵한 손은 항상 움직일 준비가 되어 있었고, 눈은 커다랗고 슬픈 빛이었으며, 어깨죽지에는 나무꾼의 도끼로 찍어낸 듯한 날개의 도막이 딱딱하게 굳어 있었으며 상처투성이였다. 사람들은 그 괴물의 발목을 묶어서 광장의 편도나무에 거꾸로 매달아놓고 모든 사람들이 다 구경할 수 있게 했다. 그 시체가 썩기 시작하자 그들은 이 잡종 동물을 사람처럼 땅에 묻어야 할지, 아니면 짐승처럼 강에다 던져버려야 할지를 판단할 수 없어서 불에다 태웠다. 그 괴물이 정말 새들의 떼죽음의 원인이었는지 어쩐지는 확인할 길이 없었고, 갓 결혼한 여자들도 예언처럼 괴물들을 낳지는 않았으며 무더위도 가라앉지 않았다.

그해 말에 레베카가 죽었다. 그녀의 평생 몸종이던 아르헤니다가 당국에 협조를 요청해서, 사흘 동안 여주인이 틀어박혀 나오지 않는 침실의 문을 때려 부수고 안으로 들어간 그들은 입에 손가락을 물고, 버짐으로 대머리가 벗겨진 채로 새우처럼 쪼그린 채 외로이 침대 위에서 죽어 있는 레베카를 발견했다. 장례식은 아우렐리아노 세군도가 맡아서 거행하기로 했으며, 그는 그 집을 팔아치우려고 좀 고쳐볼까 생각했지만, 어찌나 집이 낡고 심하게 부서졌던지 페인트를 칠하면 벽이 더덕더덕 일어났고, 마룻바닥을 뚫고 올라오는 잡초나 대들보를 파고 들어간 썩은 담쟁이덩굴로 손을 댈 수도 없을 정도였다.

홍수가 끝난 다음의 마콘도 상황은 대충 그러했다. 사람들의 나태함과 줄기찬 망각의 힘은 변함이 없어서 그들의 기억력은 조금씩 조금씩 상실되어 나중에는 얼마나 극단적이었느냐 하면, 네에를란디아 휴전협정 기념일이 돌아왔을 때 공화국의 대통령이 보낸 사절이 아우렐리아노 부엔디아 대령이 몇 번씩이나 거절한 명예훈장을 다시 가지고 마콘도로 찾아와서, 대령의 후손들이 어디에 사느냐고 물으며 찾아다니느라고 한나절이나 걸렸을 정도였다. 아우렐리아노 세군도는 그 훈장이 혹시 순금으로 되어 있지 않나 싶어서 받고 싶은 생각이 들었지만, 훈장수여식에서 연설을 하고 포고령을 발표할 준비까지 다 하고 온 사절들에게서 훈장을 받아봐야 이로울 것도 없다고 페트라 코테스가 말했다. 멜키아데스의 과학을 마지막으로 물려받은 집시패거리가 다시 나타난 것도 이 무렵이었는데, 그들은 이곳 사람들이 워낙 패배에 익숙해 있는 데다 바깥 세계와는 동떨어져 살고 있음을 알아채고는, 다시 한 번 집집마다 찾아다니며, 바빌로니아의 현인들이 최근에 발명한 물건이라고 하며 자석으로 쇠붙이들을 끌고 다니는가 하면, 거대한 돋보기로 태양 광선의 초점을 잡아보기도 했는데, 주민들은 냄비가 떨어지고 주전자가 굴러다니는 것을 보고는 벌어진 입을 다물 줄 몰랐으며, 어느 집시 여자가 의치를 꺼냈다 넣었다 하는 광경을 보려고 50레알을 서슴없이 냈다. 미스터 브라운이 유리로 천장을 씌운 찻간을 연결하고 그 안에 멋진 의자들을 들여놓았으며, 과일을 실은 찻간이 120량이나 되어서 지나가는 데 한나절이 걸릴 지경이었던 기다란 노란 기차는 이제 외지 사람들을 실어오지도 않고 이곳 사람들을 실어내 가지도 않았으며, 버림받은 마콘도 정거장에는 서는 일조차 거의 없었다. 새들의 이상한 떼죽음과 유태인 방랑자의 처형에 대해서 조사를 나온 사제단은 안토니오 이사벨 신부가 아이들과 소경놀이를 하는 것을 보고, 그의 보고서가 환상의 소산이었다고 판단해서 그를 정신병원으로 데리고 갔다. 얼마 안 있다가 그들은 아우구스트 앙헬이라는 거만하고, 모험심이 강하며, 비타협적인 새로운 유형의 신부를 보냈는데, 그는 '사람들의 영혼이 졸지 말라'고 하루에도 몇 번씩 손수 종을 울려댔고, 집집마다 찾아다니면서 미사에 가라고 사람들을 깨워 대며 설쳤는데, 그도 한 해가 다 가기 전에 공기 속에 들어 있는 게으름과, 닥치는 대로 굳어버리고 나이 먹게 하는 뜨거운 먼지와, 참을 수 없는 무더위 속에서 고기를 먹고 난 뒤에 오는 식곤증 앞에서는 무릎을 꿇고 말았다.

우르슬라가 죽은 다음에 집은 또다시 식구들의 무관심 속에서 폐허가 되기 시작했으며, 의지가 굳고 생활력이 강한 아마란타 우르슬라가 몇 년 후에 편견 없고 행복한 현대 여성으로 자란 다음에 문과 창문을 열어 황폐한 기운을 몰아내고, 정원을 다시 일구고, 대낮에 현관을 버젓하게 지나다니는 붉은개미들을 깡그리 죽이고, 망각 속으로 사라질 후덕한 인심을 되살리려고 무진 애를 썼지만 다 소용이 없었다. 종교에 바탕을 둔 페르난다의 사고방식은 우르슬라의 폭풍 같은 100년과는 다른, 보이지 않는 벽을 일으켜 세웠다. 건조한 바람이 불어 닥쳤을 때, 그녀는 문을 열기를 거부했을 뿐만 아니라, 산 채로 땅에 묻히라는 아버지의 말에 순종하는 뜻으로 창문마다 널빤지를 십자가 모양으로 못질해 막아버렸다. 비싼 돈을 들여서 낯선 의사들과 주고받던 서신 왕래는 실패로 끝났다. 여러 차례 연기를 해오다가 드디어 어느 약속된 시간에, 페르난다는 자기 방으로 들어가 문을 잠그고, 하얀 시트만 덮고는 머리를 북쪽으로 두고 누워서 기다렸는데, 새벽 1시가 되자 먼 곳에서 온 의사들이 자기 얼굴에 얼음물로 적신 손수건을 덮어주는 것을 느낄 수 있었다. 페르난다가 잠에서 깨어나니 햇빛이 창문에 환했고, 사타구니에서 시작해서 흉골에 이르기까지 화살 모양으로 보기 흉하게 꿰맨 자국이 나 있었다. 그러나 처방에 적힌 대로 휴식을 끝내기도 전에, 낯모르는 의사들이 당황해서 서둘러 써 보낸 편지를 받았는데, 그 편지에는 그들이 여섯 시간 동안이나 샅샅이 진찰을 했어도 그녀의 몸에는 페르난다가 그렇게 여러 번이나 조심스럽게 서술한 증세에 해당하는 징후를 하나도 발견하지 못했다고 적혀 있었다. 그러나 사실은, 솔직하게 정확한 단어를 쓰기 꺼려하는 그녀의 악습 때문에 혼동이 일어났을 뿐이며, 정신감응술 의사들이 찾아낸 것이라고는 자궁에 미세한 응어리가 있는데, 그것은 페서리(자궁의 위치를 바로 잡거나 피임하는데 사용하는 기구 - 역주)만 사용하면 당장 고칠 수 있는 성질의 것이었다. 그 회답에 실망한 페르난다는 좀더 자세한 설명을 듣고 싶었지만 낯모르는 의사들은 더 이상 그녀의 편지에 답장을 보내지 않았다. 페르난다는 자기가 이해할 수 없는 한 단어에 기가 죽어서 부끄러움을 무릅쓰고 페서리가 무엇인지를 물어보려고 했는데, 그제야 그녀는 프랑스 의사가 석 달 전에 대들보에 목을 매달았고, 마을 사람들의 반대에도 불구하고, 그의 시체가 아우렐리아노 부엔디아 대령의 옛 전우의 손에 의해 땅에 묻혔다는 사실을 알게 되었다. 그래서 페르난다는 아들 호세 아르카디오에게 자기의 고통스러운 비밀을 털어놓았고, 아들은 어머니에게 페서리 한 꾸러미와 그 사용법을 설명하는 책자를 로마에서 보내왔는데, 페르난다는 자기가 고민하는 이유를 남들이 눈치 채지 못하게 하려고 그 사용법을 모두 외우고 나서 설명서를 화장실에다 버렸다. 그러나 그렇게까지 조심을 할 필요도 없었던 노릇이, 아직 집에 살아 있던 사람들은 이제는 그녀에 대해서 조금도 신경을 쓰지 않았던 것이다. 산타 소피아 드 라 삐에다드는 그들이 먹는 얼마 안 되는 음식을 장만하며 고독한 노년기를 보내고 있었으며, 남은 정성은 모두 호세 아르카디오 세군도를 돌보는 데 바쳤다. 미녀 레메디오스의 매력을 부분적으로나마 물려받은 아마란타 우르슬라는 옛날 같으면 우르슬라를 괴롭히느라고 보내던 시간을 공부에 바쳤고, 공부를 하겠다는 그녀의 훌륭한 결심과 정성은 아우렐리아노 세군도로 하여금 레메에게서 찾았던 희망을 다시 얻게 했다. 그는 바나나 회사 시절 이곳에 새로 자리 잡은 관습대로 아마란타 우르슬라도 브뤼셀로 유학을 보내서 공부를 끝마치게 하겠다고 성녀에게 약속을 했는데, 이러한 그의 꿈은 그로 하여금 홍수로 폐허가 된 땅들을 다시 복구하겠다는 결심을 하게 만들었다. 세월이 흐름에 따라 페르난다와는 자꾸만 낯선 사이가 되었고, 어린 아우렐리아노가 사춘기에 접어들면서 지독하게 내성적인 아이가 되었기 때문에 아우렐리아노 세군도가 가끔 집으로 찾아온 이유는 오직 아마란타 우르슬라를 만나기 위해서일 뿐이었다. 아우렐리아노 세군도는, 페르난다의 마음도 늘그막에는 좀 부드러워져서 어린 아우렐리아노를 밖으로 내보낼 터이고, 그러면 그 아이는 자기 태생이 어떻다고 의심할 사람이 아무도 없는 바깥 세계에서 마음 놓고 다른 아이들과 뛰어놀 때가 오리라고 굳게 믿었다. 그러나 아우렐리아노는 스스로 폐쇄된 고적함을 즐기는 것 같았고, 문밖 바깥 세계에 대해서 알고 싶어 하는 호기심조차 전혀 없었다.

우르슬라의 고집에 못 이겨서 멜키아데스의 방문이 열렸을 때 아우렐리아노는 문간에서 오락가락하면서 반쯤 열린 문틈으로 방 안을 엿보았고, 그 순간부터 아우렐리아노와 호세 아르카디오 세군도 사이에 애정이 오고 가서 새로운 유대가 이루어졌음을 아무도 눈치 채지 못했다. 아우렐리아노 세군도는 그 아이가 역 앞에서의 학살에 대해 처음으로 얘기를 할 때까지 그들 사이에 우정이 싹텄음을 오랫동안 모르고 지냈다. 한번은 식탁에 둘러앉아서 식사를 하던 어떤 사람이, 바나나 회사가 물러간 다음에는 이곳이 완전히 폐허로 버림받았다고 불평을 했는데, 이 얘기를 듣고 있던 아우렐리아노는 어른처럼 성숙한 판단력과 이해심을 가지고 그 말을 반박했다. 그의 관점은 흔히 다른 사람들이 생각하는 바와는 반대로, 마콘도는 살기 좋은 곳이었고 계속해서 발전할 수 있었는데, 바나나 회사가 들어서자 무질서와 부패와 압박이 시작되었고, 마지막에는 노무자들에게 한 약속을 지키기가 싫어서 바나나 농장의 기술자들이 홍수를 일으켰다는 것이었다. 그의 얘기는 어찌나 조리가 있었던지 페르난다는 현인들과 예수의 일화가 생각날 지경이었는데, 아이는 정확하고 구체적으로 세부사항까지 들어가면서 군인들이 3000명이 넘는 노무자들을 역 앞에 모아 가두고 어떻게 기관총으로 학살을 했으며, 어떻게 그 시체들을 200개의 차량이 달린 기차에 실어서 바다로 가져다 버렸는지를 설명했다. 다른 사람들이나 마찬가지로 그 사건에 대한 정부 측의 공식 발표를 믿고 있던 페르난다는 이 아이가 아우렐리아노 부엔디아 대령이나 마찬가지로 무정부주의자의 소질을 타고났다고 생각하고 깜짝 놀라서 입을 다물라고 아이에게 타일렀다. 그러나 아우렐리아노 세군도는 그에게서 쌍둥이 형과 닮은 점들을 찾아냈다. 사실 모든 사람들이 그를 미쳤다고 생각했지만, 호세 아르카디오 세군도는 이 무렵에 집안 식구들 가운데 가장 총명한 사람이었다. 그는 어린 아우렐리아노에게 글 쓰기와 읽기를 가르쳤고 양피지 원고를 공부하라고 부추겼으며, 바나나 회사가 마콘도에 어떤 영향을 끼쳤는지를 주관적인 관점에서 누누이 설명해 주었는데, 몇 년 후에 아우렐리아노가 바깥 세계에 나가서 활동을 할 때 그가 진실을 얘기하자, 사람들은 역사가들이 지어내서 교과서에 집어넣은 가짜 얘기와는 워낙 다른 그의 얘기를 미친 수작이라고 생각하고 말았다. 건조한 바람이나 먼지 또는 무더위조차 들어올 수 없는 작은 외딴 방에서, 그들은 창 쪽으로 등을 돌리고, 까마귀의 날개 같은 차양이 달린 모자를 쓴 옛 시대의 어느 노인이 그들이 태어나기 오래전에 있었던 일들에 대해서 얘기하고 있는 것을 발견했다. 그들은 이곳에서는 언제나 3월이 계속되고, 언제나 월요일만 계속된다는 얘기를 했으며, 호세 아르카디오 부엔디아가 다른 식구들이 얘기했던 것처럼 미친 사람이 아니고, 시간도 발을 헛디뎌서 실수를 하여 영원의 한 조각을 방 안에 남겨두고 지나갈 수도 있다는 진리를 터득할 만큼 총명한 사람이었음을 알게 되었다. 더 나아가서 호세 아르카디오 세군도는 양피지 원고에 적힌 비밀문자들을 분류하는 법을 알아냈다. 그들은 47자에서 53자 사이의 자모음字母音에 해당하는 글자들을 가려내었는데, 그 글자들은 따로 떼어놓으면 찍찍 갈겨쓴 것 같았지만, 멜키아데스가 정성스럽게 가지런히 써놓은 원고를 보면 내다 말리려고 빨랫줄에 널어놓은 빨래들 같았다. 아우렐리아노는 그것과 비슷한 도표를 영어 백과사전에서 본 기억이 나, 그것을 가지고 와서 호세 아르카디오 세군도가 정리해 놓은 표와 비교했다. 그것들은 똑같았다.

　수수께끼 복권을 팔던 시기에, 아우렐리아노 세군도는 터져 나오는 울음을 억지로 참을 때처럼 목이 꽉 메어서 잠에서 깨어나는 일이 흔히 있었다. 페트라 코테스는 그 증세가 한꺼번에 밀어닥치는 액운의 하나라고 생각했고, 1년 동안 아침마다 그의 입천장에 꿀을 발라주고 무즙을 먹게 했다. 숨을 쉬기도 거북할 만큼 목이 꽉 잠기게 되자, 아우렐리아노 세군도는 그 병을 고칠 수 있는 약초를 혹시 구할 수 있을까 싶어서 필라르 테르네라를 찾아갔다. 작은 비밀 사창굴을 운영하던 100살 난 그 겁 없는 할머니는 미신이 병을 고친다는 얘기는 믿지 않았기 때문에 차라리

카드 점이나 보기로 했다. 필라르 테르네라는 다이아몬드 퀸이 스페이드 잭의 쇠붙이 때문에 목을 다쳤다고 점을 쳤으며, 그 점을 풀이하면 남편을 도로 빼앗아오고 싶은 욕심에서 페르난다가 남몰래 남편의 사진을 핀으로 찌르는 그릇된 방법을 쓰고 있는데, 무술에 대한 지식이 별로 없어서 실수로 자신의 몸속에도 종양을 만들어버려 앓고 있다고만 했다. 아우렐리아노 세군도는 사진이라고 해야 결혼식 때 찍은 것뿐이었고, 몇 장 안 되는 그 사진도 모두 식구들 사진첩에 들어 있었으므로, 아내가 없는 사이 그 사진첩을 없애버리려고 집 안을 뒤지다가, 옷장의 맨 밑 서랍에서 포장도 뜯지 않은 페서리 꾸러미를 발견했다. 작고 빨간 고무반지들이 무술에 쓰이는 도구라고 생각한 그는 그것들을 주머니에 넣고 가져다가 필라르 테르네라에게 보여주었다. 그녀는 그것이 어디에 쓰는 물건인지 알 도리가 없었지만, 아무튼 그 모양이 무척 수상해 보여서 마당에 불을 지피고 페서리를 모두 태워버렸다. 페르난다의 저주를 쫓기 위해서 필라르 테르네라는 아우렐리아노 세군도에게 알을 품을 때가 된 암탉을 물에 적셔서 산 채로 밤나무 밑에다 파묻으라고 했고, 그는 그 암탉 묻기가 꼭 자기의 병을 고쳐주리라는 신념을 가지고 정성을 들였기 때문에, 파헤친 흙을 마른 잎사귀로 덮어서 숨기고 나니 벌써 숨쉬기가 훨씬 편해진 기분이 들었다. 한편 페르난다는 페서리가 없어진 것이 낯모르는 의사들의 보복이라고 여기고는 페서리만 따로 넣어두는 주머니를 만들어 속옷 안쪽에 달아, 아들이 새로 보내준 페서리를 그 속에다 숨겼다.

암탉을 묻은 지 여섯 달이 지난 어느 날 밤 자정에 아우렐리아노 세군도는 심하게 기침을 하면서 잠에서 깨어났는데, 꿈속에서 게의 집게발이 그의 목을 죄는 기분을 느꼈다. 그제야 그는 그가 없애버린 페서리나 저주를 쫓는 물에 적신 암탉을 아무리 믿어봐도 결국 자기가 곧 죽게 되리라는 슬픈 진리를 받아들여야만 함을 깨달았다. 그는 아무에게도 그 사실을 얘기하지 않았다. 아마란타 우르슬라를 브뤼셀로 보내기 전에 죽을지도 모른다는 두려움에 사로잡혀서, 그는 어느 때보다도 더욱 열심히 일했고, 복권도 일주일에 한 차례 팔던 것을 세 차례씩이나 더 팔았다. 아침 일찍부터 가장 누추한 변두리지역까지도 부지런히 싸돌아다니면서, 죽어가는 사람에게서만 찾아볼 수 있는 열성을 보이면서 추첨권을 팔았다. "신의 은총이 여기 있습니다." 그는 다그쳤다. "이 신의 은총을 저버리지 마십시오. 신의 은총은 날이면 날마다 오는 것이 아니라, 100년에 한 번밖에 안 옵니다." 유쾌하고, 즐겁고, 수다스러운 사람처럼 웃고 떠들어댔지만, 그가 흘리는 식은땀이나 창백해진 안색만 보아도 마음이 딴 데 가 있다는 것쯤은 쉽게 알 수 있었다. 가끔 그는 보는 사람이 아무도 없는 공터로 가서 쪼그리고 앉아, 속에서 목구멍을 쥐어뜯는 집게발이 가라앉기를 기다리며 쉬었다. 자정이 넘어서도 그는 사창가를 돌아다니며 유성기 앞에서 눈물짓는 외로운 여자들에게 행운이 돌아오리라고 위로하는 데 열중이었다. "아가씨, 이 번호는 지난 넉 달 동안 한 번도 당첨된 일이 없는 유망한 번호랍니다." 그는 창녀들에게 추첨권을 보여주면서 말했다. "이 기회를 놓치지 말아요. 인생은 생각보다는 훨씬 짧답니다." 마침내 사람들은 그에 대한 존경심을 저버리고 그를 놀려대기도 했으며, 그가 죽기 전 몇 달 동안에는 더 이상 그를 돈 아우렐리아노라고 부르지 않고 대신 그의 면전에다 대고 '신의 은총 씨'라고 불러댔다. 그는 목소리를 마음대로 조절할 수도 없게 되었다. 말도 제대로 안 나오더니 나중에는 개가 짖는 소리처럼 바뀌었지만, 그래도 그는 추첨하는 날 페트라 코테스의 집 앞마당에 모일 사람들의 숫자가 줄지 않게 하려고 온갖 고생을 다 했다. 목소리를 잃게 되면서, 그는 자기가 그다지 오랫동안 고통을 견디지 못할 것임을 알았고, 돼지나 염소를 복권으로 팔아서는 딸을 브뤼셀로 보낼 수 없으리라는 생각이 들어서, 돈이 있는 사람이라면 누구라도 쉽게 복구할 수 있는, 홍수로 폐허가 된 이 땅을 걸고 하는 어마어마한 복권 판매 계획을 짜냈다. 그 계획이 워낙 엄청났기 때문에 시장도 포고문을 발표하고 그 계획에 협조할 뜻을 밝혔으며, 한 장에 100페소씩 받는 추첨권을 사들이기 위한 협회들이 구성되었으며, 일주일도 다 가기 전에 추첨권은 매진되었다. 추첨이 거행된 날 밤에 당첨된 사람들은 바나나 농장이 흥청거리던 시절에나 볼 수 있었던 큰 잔치를 벌였으며, 아우렐리아노 세군도는 마지막으로 아코디언을 끌어내어 현인 프랜시스코의 노래를 연주했지만, 목소리가 안 나와서 노래를 부를 수는 없었다.

두 달 후에 아마란타 우르슬라는 브뤼셀로 갔다. 아우렐리아노 세군도는 그녀에게 복권 판매에서 번 돈뿐만 아니라, 지난 몇 달 동안 근근이 저축했던 돈과, 자동피아노나 클라비코드 같은 다시 고쳐 쓸 수도 없이 낡아버린 물건들을 팔아 마련한 돈을 주었다. 그의 계산으로는 그 돈이면 학비는 충분했으므로, 졸업한 후 고향으로 돌아올 여비만 마련하면 되었다. 페르난다는 브뤼셀이 타락의 도시 파리에 너무 가까이 있다는 이유로 겁을 먹고 마지막 순간까지 딸을 유학 보내는 데 반대하다가, 천주교 집안 아가씨들을 위해서 수녀들이 운영하는 가톨릭 여학생 기숙사에 보내는 앙헬 신부의 소개장을 받고서야 마음을 누그러뜨렸다. 아마란타 우르슬라도 졸업할 때까지 그곳에서 살겠다고 약속했다. 게다가 교구 신부는, 아마란타 우르슬라가 톨레도까지 프랜시스코 수녀들의 보호를 받으며 여행을 하고 거기에서부터는 좀더 믿음직한 사람들과 함께 벨기에까지 갈 수 있도록 주선해 주었다. 여행 도중 보살핌을 받을 수 있도록 바쁘게 편지를 주고받는 사이에 아우렐리아노 세군도는 페트라 코테스의 도움을 받아서 아마란타 우르슬라의 짐을 꾸렸다. 페르난다가 시집올 때 가져온 트렁크에 짐을 챙기던 날 밤에는 모든 것이 다 완전히 준비되어서 유학을 떠나는 여학생은 대서양을 건너는 동안에 입을 옷과 신을 헝겊 슬리퍼가 어떤 것이며, 벨기에에 도착해서 쓸 구리단추가 달린 푸른 외투와 산양 가죽 구두가 어디에 있는지를 환히 외워서 줄줄 읊을 수 있을 정도였다. 그뿐 아니라, 뱃전에 나갈 때에는 바다로 떨어지지 않도록 어떻게 걸어야 하며, 어디를 가도 수녀들과 함께 있어야 하고, 식사 때 외에는 선실을 나와선 안 되고, 항해를 하는 도중에는 남자 여자를 가리지 않고 어떤 낯선 사람이 말을 붙여도 대꾸하면 안 된다는 것도 알고 있었다. 아마란타 우르슬라는 뱃멀미에 먹을 약을 담은 병과, 폭풍우를 만날 때 외우라고 앙헬 신부가 손수 여섯 가지 기도문을 적어준 공책도 몸에 지녔다. 페르난다는 돈을 숨길 수 있는 허리띠를 천막 천으로 만들어 채워주고는 잠을 잘 때도 그것을 벗어놓지 말라고 일렀다. 페르난다는 생석회로 닦아내고 알코올로 소독을 한 요강도 하나 가지고 가라고 했지만, 아마란타 우르슬라는 다른 여학생들이 자기를 놀려댈 것이 두려워서 그냥 두고 가겠다고 했다. 몇 달 후에 죽음의 시간을 맞은 아우렐리아노 세군도는, 페르난다의 마지막 충고를 귀담아들으려고 이등 찻간 창문에서 헛되이 목을 뽑아 내밀던 아마란타 우르슬라의 마지막 모습을 회상했다. 그녀는 왼쪽 어깨에 가짜 팬지꽃을 단 분홍빛 벨벳 드레스를 입고, 장식이 달리고 굽이 낮은 코오도반 구두에 늘였다 줄였다 할 수 있는 대님으로 허벅지까지 끌어올린 벨벳 스타킹을 신고 있었다. 날씬하고 머리카락은 길게 아무렇게나 풀어 내렸고, 눈동자는 그 나이 때의 우르슬라처럼 쾌활했으며, 미소를 짓지는 않았지만 울지도 않으면서 작별인사를 하던 그 모습은 우르슬라처럼 힘찬 개성을 보여주었다. 고꾸라지지 않도록 페르난다를 한 손으로 부축하고 천천히 속력을 내기 시작하는 기차를 따라서 멍하니 걸어 쫓아가던 아우렐리아노 세군도는 딸이 손끝으로 키스를 보냈을 때 미처 손을 흔들어줄 틈도 없었다. 쨍쨍 내리쬐는 태양 아래 꼼짝 않고 서서 검은 직선을 그리며 지평선으로 멀어져 가는 기차를 지켜보며, 그들 부부는 결혼식을 올리고 난 이후 처음으로 팔짱을 끼었다.

브뤼셀에서 첫 편지가 도착하기 전인 8월 9일에 호세 아르카디오 세군도는 멜키아데스의 방에서 아우렐리아노와 얘기를 하다가 자기도 모르게 불쑥 이런 말을 했다.

"그때 모인 사람들은 3000명이 넘었는데, 전부 바다 속에 버려졌다는 걸 잊지 마라."

그러고 나서 그는 양피지 원고 위에 쓰러져서 눈을 뜬 채 죽었다. 같은 시각 페르난다의 침대에서 그의 쌍둥이 동생도, 목을 갉아대는 게의 집게발 때문에 오랫동안 시달려야 했던 무섭고도 긴 고통의 끝을 맞았다. 그는 일주일 전에, 목소리를 잃고 숨도 쉬지 못하면서, 뼈와 가죽만 남은 상태로 항상 지니고 다니던 트렁크와 아코디언을 가지고 아내의 곁에서 죽음을 맞겠다는 약속을 지키려고 집으로 돌아왔었다. 페트라 코테스는 그를 도와서 옷을 챙겨준 뒤, 눈물 한 방울 안 흘리면서 작별인사를 했는데, 그가 관 속에 들어갈 때 신고 싶다던 가죽 구두를 깜빡 잊고 빼놓았다. 그래서 그가 죽었다는 소식을 듣고 나서 그녀는 검은 상복을 입고, 구두를 신문지로 꾸려가지고, 페르난다에게 시체를 보여달라고 부탁했다. 그러나 페르난다는 그녀를 집 안에 들여놓으려고 하지 않았다.

"입장을 바꿔놓고 생각해 봐요." 페트라 코테스가 애원했다. "이런 모욕까지 참을 정도라면 내가 얼마나 그이를 진심으로 사랑했었는지 아실 것 아니겠어요?"

"첩 주제에 모욕이고 뭐고 따질 신세나 돼요?" 페르난다가 대답했다. "그러니 다른 서방이나 하나 죽으면 그 시체에다 그 구두를 신기지 그래요?"

무슨 일이 있어도 그를 산 채로 묻지 않도록 하겠다던 약속을 지키기 위해서 산타 소피아 드 라 삐에다드는 호세 아르카디오 세군도의 목을 부엌칼로 잘랐다. 그들의 시체는 똑같이 생긴 관 속에 눕혀졌으며, 그래서 그들은 어렸을 적의 똑같았던 모습을 죽음 속에서 다시 한 번 되찾은 꼴이 되었다. 아우렐리아노 세군도의 방탕한 옛 친구들은 그의 관 위에다 '낳아라, 소들아, 삶은 짧다' 라는 말을 적은 보랏빛 끈이 달린 꽃다발을 얹어주었다. 이런 못된 장난에 화가 난 페르난다는 그 꽃다발을 집어서 쓰레기통에다 던져버렸다. 마지막으로 한 차례 소란을 치르는 사이에, 집에서 관을 들어내던 어설퍼 보이는 주정뱅이들이 실수를 해서, 그들은 서로 무덤이 바뀐 채 묻히고 말았다.

18

아우렐리아노는 오랫동안 멜키아데스의 방에서 떠나지 않았다. 그는 다 삭아버린 책 속의 멋진 전설들을 술술 욀 정도였으며, 절름발이 헬만의 학설이나 요괴학에 대한 논문들, 현인의 돌에 대한 안내서나 노스트라다무스가 쓴 세기世紀라는 책과 질병에 관한 연구에 통달했으나, 청년이 되었을 때에는 자기가 살던 시대에 대해서는 아무것도 모르는 중세의 인간이 되어버렸다. 산타 소피아 드 라 삐에다드가 방으로 들어갈 때마다 그는 언제나 독서에 흠뻑 빠져 있었다. 그녀는 새벽이면 그에게 설탕을 타지 않은 커피를 한 잔 가져다주고, 점심에는 아우렐리아노 세군도가 죽은 다음 유일하게 먹을 수 있던 밥 한 그릇과 튀긴 바나나 한 조각만 들여보냈다. 어머니는 그의 머리칼을 잘라준 뒤 서캐를 잡아내고, 버려두었던 트렁크들을 뒤져서 몸에 맞을 옷들을 찾아다주었고, 수염이 자라기 시작하자 아우렐리아노 부엔디아 대령이 쓰던 면도칼을 가져왔고, 세수할 때 쓰라고 조그만 표주박을 마련해 주었다. 아우렐리아노 부엔디아 대령의 수많은 아들들 가운데서, 아우렐리아노 호세조차도 이 아이처럼 그를 많이 닮진 않았는데, 우뚝 솟은 광대뼈와 굳게 다문 냉혹한 입술은 영락없었다. 아우렐리아노 세군도가 그런다고 우르슬라가 믿었듯이, 산타 소피아 드 라 삐에다드는 아우렐리아노가 방 안에서 공부를 하면서 헛소리를 한다고 생각했다. 그러나 사실 그는 멜키아데스와 얘기를 나누고 있었다. 쌍둥이가 죽은 지 얼마 안 되는 어느 불타는 듯한 오후, 그는 까마귀 날개 모자를 쓴 채 창으로 들어오는 빛을 등지고 선 구슬픈 표정의 노인을 보고, 자기가 태어나기 오래전부터 머릿속에 간직하고 있던 추억 속의 사람이 드디어 눈앞에 나타났다고 생각했다. 아우렐리아노는 양피지에 쓰인 원고의 글자들을 다 읽을 수 있었기 때문에 멜키아데스가 그에게 그 문서가 어느 언어로 씌어 있는지 아느냐고 물었을 때 서슴지 않고 대답할 수가 있었다.

"산스크리트 어요."

멜키아데스는 자기가 이 방을 찾아올 수 있는 기회가 제한되어 있다고 알려주었다. 그러나 그는 양피지 원고가 씌어진 후 100년이 차기 전에 아우렐리아노가 산스크리트를 깨우쳐서 그 뜻을 독파해 낼 것이 분명하니까 마음 놓고 마지막 죽음의 평화로운 들판으로 가게 되었다고 말했다. 바나나 회사가 흥청거리던 시절에 사람들이 해몽을 하러 가던 강가의 좁다란 골목에 가면, 현명한 어느 카탈루냐(스페인의 한 지방 – 역주) 사람의 책방이 있는데, 그 책방에는 산스크리트 입문서가 있으며, 그 책은 빨리 사지 않으면 앞으로 6년 안에 좀벌레에 먹혀 없어지고 말리라는 얘기를 아우렐리아노에게 해준 사람도 바로 멜키아데스였다. 산타 소피아 드 라 삐에다드는 평생 처음으로 자기의 감정을 밖으로 내보였는데, 그 이유는 밖에는 나가보지도 않았던 아우렐리아노가 어디 어디에 있는 책방으로 가서 책꽂이 두 번째 선반 오른쪽 끝의, 《해방된 예루살렘》과 밀턴의 시집 사이에 꽂힌 책을 사다달라는 얘기를 눈에 선한 듯 정확하게 해서, 깜짝 놀랐기 때문이었다. 글을 읽을 줄 모르는 그녀는 아들이 한 말을 잘 외우고는, 군인들이 방을 뒤지고 간 다음에 자기와 아우렐리아노만이 아는 장소에 숨겨두었던 작은 황금물고기 열일곱 개 가운데 하나를 팔아서 돈을 마련했다.

아우렐리아노가 산스크리트 공부에 진전을 보이자 멜키아데스의 방문은 점점 뜸해져서, 나중에는 한낮의 햇빛 속에서 멀리 희미하게 나타나는 정도가 고작이었다. 마지막으로 아우렐리아노가 그를 만났을 때 그의 모습은 보이지도 않고 목소리만 들렸다. "나는 싱가포르의 사막에서 죽었노라." 그가 중얼거렸다. 그러자 여태까지 폐쇄되었던 방이 뚫리고 먼지와 무더위와 흰개미, 붉은개미, 좀벌레들이 몰려 들어와서 지혜의 양피지들을 톱밥으로 바꾸어놓았다.

집에서는 먹을 것이 부족하지는 않았다. 아우렐리아노 세군도가 죽은 다음 날, 불순한 글을 담은 꽃다발을 관 위에 올려놓았던 친구들 가운데 한 사람이, 옛날에 남편한테서 꾸어간 빚을 갚는다면서 돈을 페르난다에게 내놓았다. 그 다음부터 매주 수요일이 되면 일주일 동안 먹고도 남을 만한 식량을 담은 바구니가 집으로 전해졌다. 자선을 계속 베풀어주는 것만이 자기를 모욕한 사람에게 모욕을 주는 길이라고 생각한 페트라 코테스가 그 음식을 보내고 있는 것을 아는 사람은 하나도 없었다. 그러나 그 앙심은 자기가 생각했던 것보다 훨씬 일찍 풀려버렸는데, 그래도 자부심에서 음식을 계속 보내다가 나중에는 동정하는 뜻에서 바구니를 보내게 되었다. 추첨에 걸 가축이 없고 사람들이 복권에 흥미를 잃게 되어 집에는 먹을 것이 하나도 없었어도 페르난다만은 굶지 않도록 음식을 보내준 일도 여러 번 있었으니, 페트라 코테스는 어느 날 페르난다의 장례행렬이 지나가는 것을 보게 되었을 때까지 자기가 한 맹세를 그렇게 계속해서 지켰다.

산타 소피아 드 라 삐에다드에게는 집안 식구의 수가 줄어든다는 것은 곧 반세기에 걸친 고된 일을 하고 나서 그 대가로 휴식을 얻게 된다는 것을 뜻했다. 이 집안에 미녀 레메디오스와 같은 천사의 씨앗과 호세 아르카디오 세군도의 신비한 고결함을 심었으며, 자기의 자식인지 손자인지 이제는 얼핏 분간도 가지 않는 수많은 아이들을 키우느라 고독과 근면의 평생을 바쳤고, 사실은 자기가 그의 할머니라는 사실도 모르면서 자기가 직접 낳은 아이기라도 한 듯이 아우렐리아노를 돌보고 있는 은근하고 비밀스런 산타 소피아 드 라 삐에다드의 입에서는 한탄하는 소리란 통 들어볼 수가 없었다.

밤새도록 시끄럽게 구는 쥐들이 들끓는 곡식 창고에서 포대기를 깔고 혼자 자야 했으며, 어느 날 밤에는 어둠 속에서 누가 자기를 노려보고 있는 듯한 기분이 들어 깜짝 놀라 깨어보면 독사가 그녀의 가슴 위로 기어가고 있었지만 그 얘기를 누구한테도 하지 않았다는 것도 이런 집에서나 있음직한 일이었다. 만일 그 얘기를 우르슬라에게 했었다면 우르슬라는 틀림없이 자기의 침대를 내주고 거기에서 자라고 했으리라. 이즈음 집안 식구들은 빵 공장을 하느라고 겪었던 소란과 전쟁이 가져다준 놀라움과 아이를 키우는 일에 완전히 지쳐서 현관까지 나와 누가 비명이라도 지르기 전에는 남의 말에 귀도 기울이지 않았고, 다른 사람의 행복 따위를 생각해 줄 만한 마음의 여유는 조금도 없었다. 산타 소피아 드 라 삐에다드를 생각해 주던 사람은 아직 만난 일도 없는 페트라 코테스뿐이었다. 페트라 코테스는 때가 되면 외출할 때 신을 구두를 꼭꼭 보내왔고, 복권 장사가 기적의 힘으로 겨우겨우 유지되는 동안에도 입을 옷만큼은 잊지 않고 보내주었다. 페르난다가 시집 왔을 때, 그녀는 시어머니를 두고두고 부려먹을 하녀라고 생각한 모양인지, 산타 소피아 드 라 삐에다드가 아무리 자신이 시어머니임을 일러둬도 그런 말만은 어쩌면 그렇게 빨리 잊어버리는지 신기할 지경이었다. 그러나 산타 소피아 드 라 삐에다드는 그런 천박한 태도에 조금도 동요되지 않았다. 그와는 정반대로 사람들은 산타 소피아 드 라 삐에다드가 한구석으로 밀려나서, 불평 한마디 없이 쉬지도 않으면서 살아왔으며, 바나나 회사 시절에는 흡사 군대 막사처럼 보이던 이 어마어마하게 큰 집을 쓸고 닦으며 정돈하는 일을 오히려 달갑게 생각하는 게 아닌가 하는 인상을 받았을 정도였다. 그러나 우르슬라가 죽고 나자, 산타 소피아 드 라 삐에다드의 초인간적인 부지런함과 엄청난 일 솜씨는 한꺼번에 사라졌다. 그것은 그녀가 늙고 지쳤기 때문만이 아니라, 온 집이 하룻밤 사이에 위험할 정도로 폭삭 낡아버렸기 때문이었다. 부드러운 이끼가 담벼락을 타고 오르면서 자랐다. 마당에 빈자리가 조금도 남지 않게 되자 잡초들은 현관의 시멘트를 유리처럼 조각조각 깨뜨리면서 비집고 나왔고, 깨진 틈바구니로는 100년 전에 우르슬라가 유리잔에 담가두었던 멜키아데스의 틀니에서 본 노란 꽃들이 피었다. 자연의 도전을 막아낼 시간이나 수단이 없는 산타 소피아드 라 삐에다드는 하루 종일 도마뱀들을 쫓아내느라고 침실 안에서 보냈지만, 날만 저물면 쫓아낸 도마뱀들은 모두 다시 되돌아왔다. 어느 날 아침에 그녀는 집의 기둥뿌리를 파헤쳐대던 붉은개미들이 정원을 건너서, 나무울타리를 타고 넘어서, 베고니아꽃들을 흙빛으로 바꾸어놓고 집 안 한가운데로 떼 지어 들어오는 것을 보았다. 그녀는 처음에는 그 개미들을 빗자루로 짓이겨 죽이다가 살충제를 뿌렸고, 나중에는 횟가루까지 뿌려댔지만, 이튿날이면 개미들은 끈질기게 줄지어서 다시 집 안으로 들어왔다. 아이들에게 편지를 쓰느라고 페르난다는 손쓸 겨를도 없이 마구밀어닥치는 파괴적인 공격을 몰랐으며, 산타 소피아 드 라 삐에다드만홀로 투쟁을 계속해서, 잡초가 부엌까지 번지지 못하게 애쓰고, 치우고나면 몇 시간 안에 다시 더덕더덕 늘어지는 거미줄을 걷어내고, 흰개미를 긁어내느라고 정신을 못 차릴 지경이었다. 그러다가 하루에 세 번씩이나 청소를 하고 먼지를 털어내는 멜키아데스의 방에도 먼지와 거미줄이 가득 차고, 미친 듯이 청소를 해대도 아우렐리아노 부엔디아 대령과젊은 장교가 예견한 대로 파괴와 참혹만이 심해짐을 깨달은 산타 소피아드 라 삐에다드는 이제 자기가 졌다는 사실을 인정해야만 한다고 생각했다. 그래서 그녀는 다 낡아 빠진 외출용 드레스를 걸치고, 우르슬라의 구두를 신고, 아마란타 우르슬라가 주고 간 면 스타킹을 신고는 갈아입을옷 두어 벌을 꾸려 쌌다.

"난 이제 손들었어." 그녀는 아들에게 말했다. "뼛골이 다 빠져라 일해도 내 힘으로는 이 집을 간수할 도리가 없겠어."

아우렐리아노는 산타 소피아 드 라 삐에다드에게 어디로 떠날 생각이냐고 물었는데, 그녀는 어디로 가야 할지를 전혀 생각해 보지도 않았다는 듯이 손으로 막연하게 아무 쪽이나 가리켰다. 그러더니 좀 자세히 얘기를 해줘야겠다고 생각했는지 이제 여생은 리오하차에 사는 사촌 집에서 보내겠다고 말했다. 그러나 그 얘기는 믿을 만한 것이 못 되었다. 부모가 돌아가신 후로 그녀는 읍내의 누구와도 접촉을 하지 않았고, 편지도 주고받은 적이 없었으며, 친척에 대한 얘기는 한 번도 입에 올리지 않았었다. 아우렐리아노는 산타 소피아 드 라 삐에다드가 수중에 가지고 있던 1페소 25센타보의 돈만 가지고 떠날 결심임을 알고는 작은 황금물고기 열네 개를 꺼내주었다. 그는 방 창가에 서서, 그녀가 옷 보따리를 들고 세월의 흐름에 따라 구부정해진 허리에 다리를 질질 끌면서 마당을 건너 밖으로 나가서 문틈으로 손을 디밀어 빗장을 걸고 사라지는 모습을 지켜보았다. 그 후로 그녀에 대한 소식은 들을 수가 없었다.

산타 소피아 드 라 삐에다드의 가출을 알게 된 페르난다는 하루 종일 약이 올라 팔팔 뛰면서 트렁크와 옷장과 벽장을 열고, 안에 들어 있는 물건들을 하나씩 하나씩 확인하며 혹시 훔쳐간 물건이 없나 조사했다. 난생 처음으로 불을 지피려던 페르난다는 손가락을 데어, 별수 없이 아우렐리아노에게로 가서 커피를 끓이려면 어떻게 해야 되는지 그 방법을 좀 가르쳐달라고 부탁을 해야 할 신세가 되었다. 다음 날부터 페르난다는 잠자리에서 일어나면 아침 식사가 준비되어 있음을 알았고, 아우렐리아노가 장만해서 잿불 위에 남겨둔 음식을 가지러 갈 때만 방에서 나와 그 음식을 가지고 리넨 식탁보와 장식용 촛대가 준비된 식탁으로 가서, 열다섯 개의 빈 의자를 마주하고 혼자 앉아서 식사를 했다. 이런 지경에 이르렀음에도 불구하고 아우렐리아노와 페르난다는 그들의 외로움을 나눌 줄 모르는 채 각기 따로 살면서, 거미줄이 장미덩굴 위에 눈처럼 떨어지

398

고 대들보를 홀랑 싸고 담벼락을 두껍게 덮어도 저마다 자기 방만 청소
했다. 이 무렵에 페르난다는 집 안에 온통 요정들이 가득 차 있을지도 모
른다는 생각을 하게 되었다. 집 안의 물건들, 특히 날마다 쓰는 자질구레
한 것들은 다리라도 달려서 제멋대로 돌아다니는 듯싶었다. 페르난다는
자기가 분명 침대 위에 놓아두었던 가위를 찾느라고 집 안의 물건들을
온통 다 뒤엎으면서 소동을 벌이고 나서는, 나흘 동안 발도 들여놓지 않
았던 부엌의 선반 위에서 그것을 찾았다. 또한 은식기를 두는 찬장에서
갑자기 포크들이 몽땅 없어지는데, 한참 찾다보면 여섯 개는 계단에 있
고, 세 개는 화장실에서 발견되었다. 글을 쓰려고 자리에 앉으면 싸돌아
다니는 집안 물건들이 정말 참을 수 없을 만큼 신경을 돋우곤 했다. 오른
쪽에 놓아둔 잉크병이 갑자기 왼쪽에 가 있고 잉크 압지는 어디로 갔는
지 보이지도 않다가 이틀 만에 베개 밑에서 나오고, 호세 아르카디오에
게 보낼 편지 몇 장이 아마란타 우르슬라에게 보낼 편지와 뒤죽박죽 섞
여버려서 언제나 편지를 보낼 때는 속에 들어 있는 편지가 바뀌어 들어
가지 않았나 하는 찜찜한 기분이 들었는데, 정말로 편지내용이 바뀐 일
도 여러 번 있었다. 한 번은 자기가 쓰던 만년필을 잃어버리기도 했는데,
2주일이 지난 다음 우편집배원이 오더니 자기 가방 속에서 나오더라고
하면서 그녀에게 만년필을 돌려주었다. 그는 그 만년필의 주인을 찾아주
려고 집집마다 찾아다니며 물어보았다고 했다. 처음에는 페서리가 없어
졌을 때처럼 낯모르는 의사들이 그녀를 골탕 먹이려고 벌이는 수작이라
고 생각해서, 제발 이렇게 귀찮게 굴지 말아달라는 편지도 썼지만, 편지
를 쓰다가 잠깐 볼일이 있어서 자리를 떴다가 방으로 돌아와 보면 쓰던
편지도 없어졌고, 왜 그 편지를 쓰려고 했었는지 그 이유도 까맣게 잊어
버리는 일도 있었다. 얼마 동안은 아우렐리아노의 짓이 아닌가 하고 의
심했다. 그래서 일부러 그가 지나다닐 만한 자리에 물건을 놓아두고 혹
시 그것을 다른 곳에다 옮겨놓지 않나 염탐했지만, 그녀는 곧 아우렐리
아노가 화장실이나 부엌에 갈 때 말고는 절대로 멜키아데스의 방을 떠나

지 않고 더구나 심심풀이로 그런 장난을 칠 사람이 아님을 알게 되었다. 그래서 결국은 그것이 다 짓궂은 요정들의 장난이라는 결론을 내리고, 자기가 쓰는 물건들을 모두 제자리에 묶어두기로 마음먹었다. 그래서 가위는 기다란 끈으로 침대 머리맡에 매어놓았다. 만년필과 잉크 말리는 압지는 책상다리에 매어놓고, 잉크병은 평상시에 놓고 쓰는 자리인 책상 오른쪽에 아교로 꽉 붙여놓았다. 그러나 그랬다고 해서 하룻밤 사이에 문제가 모두 해결되지는 않았으니, 가위를 줄에 매달아 묶어놓고 나서 몇 시간이 지나면 요정들이 어느 틈에 끈을 짧게 줄여놓아서 가위를 쓸 수가 없었다. 만년필을 묶어둔 끈도 마찬가지였고, 심지어는 그녀의 팔 도 오그라들어서, 글을 쓰기 위해 펜에 잉크를 찍으려면 손이 잉크병에 닿지를 않았다. 브뤼셀에 있던 아마란타 우르슬라나 로마에 있던 호세 아르카디오는 이런 사건에 대해서 아무것도 모르고 있었다. 페르난다는 그들에게 자기가 지금 무척 행복하다고만 썼는데, 사실상 이제는 어느 누구와도 타협해야만 할 필요성이 다 없어진 처지라 정말로 행복하게 느 껴졌으며, 모든 문제들은 머리에 떠오르기도 전에 저절로 해결되어서 생 활의 자질구레한 걱정거리들은 찾아볼 수도 없었던 부모들의 세계로 다 시 한 번 끌려 들어가는 기분이었다. 특히 산타 소피아 드 라 삐에다드가 집을 나간 다음부터, 끝없이 편지만 쓰는 동안 저절로 시간의 개념을 망 각하게 되었다. 처음에는 아이들이 고향으로 돌아올 날을 손꼽아 기다리 면서 날짜와 달수와 햇수를 부지런히 따져보고 세월의 흐름에 신경을 썼 다. 그러나 아이들이 돌아올 계획을 자꾸만 변경하다 보니까 날짜들은 서로 뒤섞여 종잡을 수 없게 되었으며, 기간이라는 개념도 애매해지고 오늘이나 내일이 별로 다른 것 같지도 않고 시간 자체가 흐르는 것 같지 않았다.

　그러나 그녀는 그렇게 자꾸만 날짜가 지연되어도 초조감을 느끼기는 커녕 오히려 깊은 즐거움을 맛보곤 했다. 마지막 시험을 치른다고 알려 온 지 여러 해가 지났을 때 호세 아르카디오가 공부하고 있던 고급 신학을 끝낸 다음 고향으로 돌아오지 못하고, 외교학 공부를 계속하기 위해 로마에서 더 머물러야 할 입장이라는 편지를 보내왔을 때도 페르난다는 성 베드로의 왕좌에 오르는 꼬불꼬불한 길에는, 가파른 장애물이 워낙 많이 있으리라고 생각하며 조금도 섭섭하게 생각하거나 걱정하지 않았다. 그런 한편으로 그녀의 영혼은 호세 아르카디오가 교황을 만나보았다든가 하는 하잘것없는 소식을 들을 때마다 잔뜩 부풀어 오르곤 했다. 아마란타 우르슬라가 여태까지 자기가 학교에서 얻은 성적이 워낙 뛰어나서 아버지가 미처 생각지도 못했던 특혜를 누리게 되었기 때문에 처음에 가졌던 예상보다는 훨씬 오랫동안 브뤼셀에 머물면서 학업을 계속해야 되겠다는 편지를 보내왔을 때에도 페르난다는 비슷한 기분을 느꼈다.

산타 소피아 드 라 삐에다드가 그에게 문법책을 가져다준 뒤 3년이 더 지났을 즈음 아우렐리아노는 겨우 양피지 원고의 첫 페이지를 해독할 수 있었다. 그 해석이 아무 짝에도 쓸모없는 잡스러운 일이라고는 할 수 없겠지만, 앞으로 얼마나 더 걸릴지 예측할 수 없는 멀고 힘든 일의 첫 걸음에 지나지 않았다. 왜냐하면 스페인 어로 그것을 번역해 놓았어도 번역된 내용이 암호로 적혀 있어서 그것을 풀어낼 일이 또 따로 남았기 때문이었다. 아우렐리아노에게는 그 암호를 푸는 방법을 알아낼 능력이 없었지만, 마침 멜키아데스가 그 양피지 원고에 적힌 내용의 깊은 뜻을 파헤칠 안내서 노릇을 할 책이 카탈루냐 사람의 책방에 있음을 알려주었기 때문에, 그는 페르난다에게 그 책을 구하러 나가게 허락해 달라는 부탁을 하기로 마음먹었다. 쓰레기 더미가 방 안에 산적해 있어 제대로 길도 찾기 어려운 상태였기 때문에 페르난다를 만날 수 있는 길이라고는 그녀가 방에서 음식을 가지러 나올 때뿐임을 알게 된 그는 자기가 부탁할 말을 준비하고 기회가 오기만을 기다렸다. 그렇게 해서 그는 처음으로 페르난다의 거동을 살피게 되었다. 그는 침실에서 왔다 갔다 하는 그녀의 발자국 소리에 귀를 기울였다. 그녀가 아이들에게서 오는 편지를 받고, 아이들에게 보낼 편지를 우편집배원에게 주려고 문으로 가는 소리를 들었으며, 밤이 깊도록 편지를 쓰느라고 종이를 긁어대는 날카롭고 신경질적인 펜 소리를 들었으며, 나중에는 전기 스위치를 끄고 어둠 속에서 웅얼거리며 기도하는 소리를 들을 수 있었다. 그때까지 옆방에 귀를 기울였던 아우렐리아노는 다음 날이면 기다리던 기회가 오겠거니 생각하고 잠자리에 들었다. 그는 이튿날 아침에 조금 있으면 틀림없이 그 허락을 받을 수 있으려니 굳게 믿고 어깨까지 치렁치렁 늘어진 머리와 헝클어진 수염을 깎고 누구한테서 물려받았는지 알 수도 없는 몸에 꼭 끼는 바지와 칼라가 달린 셔츠를 입은 다음 페르난다가 아침을 가지러 나오기를 부엌에서 기다렸다. 그의 앞에 나타난 여자는 머리를 항상 높이 치켜들고 빳빳한 자세로 걷던, 날마다 보던 여자가 아니라, 누렇게 색이 바랜 흰 담비털이 달린 케이프를 걸치고, 금박을 입힌 종이왕관을 쓰고, 남몰래 울면서 살아가는 사람의 맥 빠진 표정을 지닌, 초현실적인 아름다움을 보여주는 늙은 여자였다. 알고 보니 페르난다는 아우렐리아노 세군도가 죽을 때 가져온 트렁크에서 좀벌레가 망쳐놓은 그 여왕의 드레스를 발견한 후로 가끔 그 옷을 걸치고 돌아다녔었다. 누가 만일 그 황족의 의상을 걸치고 황홀경에 빠져서 거울 앞에 서 있는 페르난다의 모습을 보았다면 틀림없이 그녀를 미친 여자라고 생각했으리라. 그러나 페르난다는 미치지 않았다. 추억을 회상하려는 마음에서 여왕의 케이프를 입었을 따름이다. 처음 그 옷을 몸에 걸쳤을 때, 그녀의 마음에서는 무엇인가 덩어리가 져서 북받쳐 올랐고, 그녀를 여왕으로 모셔가려고 문간에 나타난 장교의 구두에서 풍겨오던 향긋한 구두약 냄새가 다시 나는 듯해서 눈에는 눈물이 괴었으며, 영혼은 잃어버린 꿈에 대한 향수로 밝아졌다. 페르난다는 자기가 이제 늙고 고생에 지쳐서 인생의 멋진 순간들로부터 너무나 떨어졌기 때문에 지난날 가운데 가장 고달팠던 때조차 무척 그립게만 여겨졌으며, 현관에서 바람에 실려 오던 오레가노 향기와 해질 녘 장미의 짙은 냄새와 심지어는 벼락부자들의 짐승 같은 짓조차 이제는 무척 아쉬운 과거 속에 묻혀버렸음을 알게 되었다. 지금까지 조금도 주저하지 않고 모든 현실적인 사실들을 비웃어 넘겨서 가슴 밑바닥에 재만 남았던 그녀는 이렇게 처음 향수의 공격을 받고는 주체할 수 없이 무너져 내렸다. 세월이 흘러감에 따라서 슬픔을 느껴야 할 필요성은 하나의 약점이 되었다. 그녀는 고독 속에서 인간이 되어갔다. 그렇지만 그날 아침 부엌으로 들어가서 자기에게 커피를 내주는, 얼굴이 창백하고 뼈만 앙상한 데다 눈에는 환상적인 광채가 발산되는 아이를 만났을 때, 그녀의 마음속에서는 경멸의 발톱이 솟아났다. 페르난다는 그에게 외출을 허락하지 않았을 뿐 아니라, 그날부터는 집 안을 다 잠근 다음에 페서리를 넣고 다니는 주머니에 열쇠를 깊이 간수했다. 그러나 그것은 쓸데없는 일이었으니, 만일 그럴 생각만 있었다면 아우렐리아노는 얼마든지 누구의 눈에도 띄지 않게 빠져나갔다가 집으로 되돌아올 수가 있었다. 그러나 그는 너무 오랫동안 갇혀 살았었고, 바깥 세계에 대해 아무것도 알지 못해서 두려워한 데다 워낙 순종하는 생활에 익숙해 있었기 때문에, 그런 반역적인 행동은 할 수가 없었다. 그래서 그는 다시 자기 골방으로 돌아가서, 양피지 원고를 읽고 또 읽고 또 읽었으며, 밤늦도록 옆방에서 흐느껴 우는 페르난다의 소리를 엿들었다. 어느 날 아침 그는 버릇대로 불을 지피러 부엌으로 나갔다가, 불 꺼진 잿더미 위에 그 전날 준비해 두었던 음식이 그대로 남아 있는 것을 발견했다. 그래서 그는 페르난다의 침실을 들여다보았는데, 피부가 상아처럼 깨끗해져서 어느 때보다도 더욱 아름다워진 페르난다가 흰 담비케이프를 두르고 침대에 누워 있는 모습을 볼 수 있었다. 넉 달이 지난 다음에 호세 아르카디오가 집으로 돌아왔을 때, 그녀의 시체는 아직도 말짱했다.

페르난다는 호세 아르카디오가 그런 모습으로 돌아오리라고는 상상도 못 했을 것이다. 그는 음침한 호박단琥珀緞 양복에 딱딱하고 둥근 칼라가 달린 셔츠를 입고, 넥타이 대신에 리본이 달린 얇은 띠를 매고 있었다. 그의 표정은 얼이 빠진 것 같았고, 창백하고 활기가 없었으며, 입술은 파리해 보였다. 가운데로 곧게 가르마를 탄 윤기 있고 매끄러운 그의 검은 머리는 성자 상에 씌워놓은 가발과 흡사했다. 양초 같은 그의 얼굴에 드러난 파란 수염 자국은 마음의 고뇌를 반영하고 있는 것 같았다. 핏기 없는 손에는 푸른 힘줄이 솟아 있고, 손가락은 촌충 같았고, 왼쪽 검지에는 둥그런 오팔이 박힌 금반지를 끼고 있었다. 그가 길 쪽으로 난 문을 열고 들어섰을 때, 아우렐리아노는 그가 누구인지 얘기를 듣지 않았어도 무척 먼 곳에서 왔음을 한눈에 알 수 있었다. 그가 집 안을 걸어 다니자 집안에는 옛날에 그가 어렸을 적에 어디로 갔는지 쉽게 찾으려고 자주 머리에 뿌렸던 화장수 향기가 가득 찼다. 그렇게 오랫동안 떠나 있었어도, 뭐라고 꼭 집어서 말하기는 어려웠지만 아무튼 그는 무척 슬프고 외로운 가을아이처럼만 여겨졌다. 그는 곧장 아우렐리아노가 멜키아데스의 공식에 따라서 시체를 온전히 하려고 할아버지의 할아버지가 쓰던 배수관에다 넉 달 동안 수은을 끓여 보전시킨 어머니의 침실로 갔다. 호세 아르카디오는 그에게 아무런 질문도 하지 않았다. 그는 시체의 이마에 입을 맞추고, 치마 속에서 아직 쓰지 않은 페서리가 세 개 남아 있던 주머니와 그녀의 옷장 열쇠를 끄집어냈다. 그는 맥 빠진 표정과는 어울리지 않게 단호하고 절도 있는 태도로 일을 했다. 옷장에서 집안의 문장이 새겨진 작은 상감象嵌 상자를 꺼냈는데, 향수를 먹인 백단향白檀香으로 된 그 상자 안에는, 페르난다가 여태까지 그에게 감추어왔던 괴롭고도 수많은 진실을 한껏 털어놓은 길고 긴 편지가 나왔다. 그는 선 채로 그 편지를 조금도 당황하지 않고 몰두해서 읽었는데, 세 번째 페이지를 읽던 그는 잠깐 눈길을 돌려 새로운 눈으로 아우렐리아노를 쳐다보았다.

"이제야 알겠구먼." 그는 면도날처럼 날카로운 목소리로 말했다. "자네가 바로 그 사생아로군."

"전 아우렐리아노 부엔디아입니다."

"어서 네 방으로 가 있어." 호세 아르카디오가 말했다.

아우렐리아노는 그 말을 듣고 방으로 들어가서, 얼마 후 밖에서 호세 아르카디오가 혼자 장례식을 치르는 소리를 듣고도 얼굴조차 내밀지 않고 방 속에 처박혀 살았다. 가끔 그는 부엌에 갔다가 호세 아르카디오가 숨이 막혀 가슴이 답답한 듯 집 안을 왔다 갔다 하는 모습을 보았고, 자정이 넘은 다음에도 폐허가 되어버린 침실을 들락날락하며 돌아다니는 발자국 소리를 들었다. 그는 호세 아르카디오의 목소리를 몇 달 동안 듣지도 못했는데, 그것은 호세 아르카디오가 그에게 얘기를 건네지 않은 탓도 있겠지만, 사실은 아우렐리아노가 그와 얘기를 나누고 싶은 마음도 없는 데다 양피지 원고를 연구하는 외에는 조금도 다른 데 신경을 쓰고 싶지 않았기 때문이었다. 페르난다가 죽자, 아우렐리아노는 두 개밖에 남지 않은 작은 물고기 가운데 하나를 꺼내들고는 자기가 필요한 책을 구하기 위해서 현명한 카탈루냐 사람의 책방으로 갔다. 비교해 볼 아무런 경험도 없었으려니와 삭막한 길거리와 버림받은 집들은 그가 상상했던 것과 조금도 다름이 없었기 때문에, 그는 길을 걸으면서 아무 흥미도 느끼지 못했다. 그는 페르난다가 금지했던 것을 딱 한 번만, 필요한 만큼 최소한의 시간 동안만 어기기로 했으며, 그래서 걸음을 한 번도 멈추지 않고 서둘러 그의 집에서부터 옛날엔 꿈을 풀이하는 사람들이 살던 뒷골목까지 열한 구간을 지났고, 숨을 헐떡이며 움직일 자리도 거의 없는 지저분하고 침침한 책방 안으로 들어갔다. 그곳은 책방이라기보다는 흰개미가 쏠아놓은 선반에 헌책을 아무렇게나 쌓아둔 쓰레기통 같았으며, 구석구석에 그리고 사람이 지나다니는 통로에도 거미줄이 더덕더덕 눌어붙어 있었다. 낡은 책과 종잇조각이 수북이 쌓인 기다란 책상에서 주인은 낯설어 보이는 보랏빛 종이와 떨어져 나온 공책 조각에 끝없이 무엇인가 글을 쓰고 있었다. 그의 멋진 백발은 은빛으로 빛났고, 이마는 앵무새의 머리털처럼 생겼으며, 생기가 총총하고 미간이 좁은 푸른 눈은 그곳에 있는 책을 모두 읽어서 몸에 밴 부드러움으로 감싸여 있었다. 그는 땀에 흠뻑 젖은 채 짧은 반바지를 입고 있었는데, 책방으로 들어선 사람이 누구인지 보려고 머리를 돌리지도 않고 계속해서 글만 썼다. 멜키아데스가 어디쯤에 있으리라고 미리 정확하게 알려주었기 때문에 아우렐리아노는 별로 힘을 들이지도 않고 자기가 바라는 다섯 권의 책을 그 어수선함 속에서도 찾아낼 수 있었다. 그는 아무 말도 없이 현명한 카탈루냐 사람에게 그 다섯 권의 책과 바꿀 자기가 가져온 작은 황금물고기를 주었는데 책방 주인은 눈을 조개처럼 반쯤 감고 황금물고기를 뜯어보았다. "자네 머리가 돈 모양이군." 그는 자기나라 말로 얘기하면서 어깨를 움찔하고는 아우렐리아노에게 책과 작은 물고기를 도로 내주었다.

"그냥 가지고 가게." 그는 스페인 어로 말했다. "이 책들을 마지막으로 읽은 사람은 장님 이삭(구약성서에 나오는 장님 이삭 – 역주)이었지. 그러니 자네가 하려는 짓이 뭔지나 잘 생각해 보게."

호세 아르카디오는 레메의 침실을 새로 손질하고, 벨벳 커튼을 깨끗하게 빨고, 침대의 담홍색 덮개를 수선하고, 시멘트 욕조에 거칠고 두꺼운 켜가 앉아서 쓰지 않고 두었던 목욕탕도 다시 쓰기 시작했다. 그리고 낡아빠진 이국적인 옷과 가짜 향수와 값싼 보석들을 모아서 자기의 조그마한 제국을 이루었다. 집 안에 있는 것들 가운데 가장 처리하기 난처했던 물건은 집안 제단에 있던 성인들의 석고상이었는데, 그는 어느 날 오후 그것들을 마당으로 끌고 나가 불에 태웠다. 그는 아침 11시가 지날 때까지 늦잠을 잤다. 잠에서 깨면 황금빛으로 용을 그려 넣은 초라한 욕의를 걸치고 노란 술이 달린 슬리퍼를 신고 목욕탕으로 가서 미녀 레메디오스가 그랬듯이 차근차근 오랫동안 목욕 예식을 거행했다. 목욕을 하기 전에 그는 석고로 만든 세 마리의 독수리에 담아가지고 온 소금을 욕조에 향수처럼 뿌렸다. 그리고 바가지로 물을 퍼서 끼얹으며 목욕을 한 것이 아니라, 향내가 나는 물속으로 들어가 천장을 보고 두 시간 동안 물에 둥둥 떠 있으면서 아마란타를 회상하며 마음을 가라앉혔다. 돌아온 지 며칠 지난 다음에 그는 이곳에서 입기에는 너무 더운 호박단 양복을 벗어버리고 옛날에 춤을 가르치러 드나들던 피에트로 크레스피가 입었던 바지만큼이나 몸에 꽉 끼는 홀태바지에, 산 송충이에서 뽑아낸 실로 짜고 가슴에 이름을 수놓은 벨벳 셔츠를 입었다. 입을 옷이라고는 그것뿐이어서, 그는 일주일에 두 번씩 홀랑 벗고, 그 옷들을 빨아 널고는 마를 때까지 욕의를 입고 지냈다. 집에서 식사를 하는 일은 없었다. 그는 낮잠 시간에 한창 기승을 부리는 더위가 좀 가라앉은 다음에 외출을 해서는 밤이 무척 깊을 때까지 집으로 돌아오지 않았다. 그리고 집으로 돌아와서는 고양이처럼 숨을 색색거리면서 아마란타에 대해 생각하며 밤새도록 초조하게 방 안에서 왔다 갔다 했다. 그가 집에 대해서 가지고 있던 두 가지 추억이라고는 아마란타에 대한 것과, 밤에 등불 빛에 반짝이던 성인들 석고상의 무시무시한 표정뿐이었다. 착각을 불러일으키는 8월의 로마에서 그는 여러 차례 잠을 자다 말고 갑자기 눈을 뜨고, 손에 검은 붕대를 감고 레이스가 달린 속치마를 입은 아마란타가 객지 생활을 하는 자기의 환상 속에서 더욱 아름다운 모습을 하고는 대리석으로 만든 목욕 탕에서 솟아오르는 장면을 보았다. 처절한 전쟁의 수렁 속에 그런 영상을 파묻어버리려고 했던 아우렐리아노 호세와는 달리, 호세 아르카디오는 교황이라는 하느님이 내려주신 일에 대한 얘기로 어머니를 즐겁게 해주면서도 사실은 정욕의 늪에 빠져서 그런 생각을 오히려 자꾸만 키워보려고 했다. 호세 아르카디오와 페르난다는 그들이 주고받았던 편지들이 알고 보면 몽땅 상상의 얘기로만 가득 찼었다는 사실을 알지 못했다. 로마에 도착하자마자 신학교를 떠난 호세 아르카디오는 그릇된 모험을 함으로써, 어머니가 헛소리로 가득 찬 편지에서 약속했던 엄청난 유산과, 트라스테베르의 다락방에서 두 친구와 나누었던 비참과 치욕에서 해방될 수도 있을 훌륭한 기회를 잃고 싶은 생각은 없었기 때문에, 신학 전설이나 종교 율법을 계속해서 익혔다. 죽음이 눈앞에 닥쳤다는 징조를 환히 보여주던 마지막 편지를 페르난다한테서 받은 그는 당장 거짓 영광의 찌꺼기들을 가방에 꾸려 넣고, 이민 가는 사람들이 도살장으로 끌려가는 가축들처럼 가득 들어찬 배를 겨우 얻어 타고 식은 마카로니와 벌레가 먹다 남긴 치즈를 먹으며 바다를 건넜다. 뒤늦게 자기가 겪어온 불행을 자세히 열거한 페르난다의 유언장을 읽기도 전에, 그는 다 부서진 가구와 잡초가 우거진 앞마당을 보고 이제는 자기가 하늘이 다이아몬드처럼 빛나고 시간이 흐를 줄 모르던 로마의 봄에서 영원히 쫓겨났으며, 다시는 빠져나갈 수 없는 함정에 떨어졌다는 사실을 깨달았다. 천식을 앓다가 얻게 된 고질적인 불면증에 시달리면서 그는 자기의 불행한 운명을 생각하고 또 생각하면서, 어렸을 때 우르슬라가 노망을 부리며 소란을 피워서 그의 가슴속에 두려움을 뿌리박아놓았던 음침한 집안을 거닐었다. 우르슬라는 어둠 속에서 살면서, 그가 어딘가로 가서 병들지 않도록 하려고, 해가 진 다음에 집 안에 돌아다니는 유령들에게 잡히지 않으려면 꼭 여기 있으라면서 침실 한쪽 구석에 그를 가두곤 했었다. "만일 네가 거짓말이나 나쁜 짓을 해도 난 다 알게 돼." 우르슬라는 그에게 말하곤 했다. "성인들이 나한테 다 얘기해 주니까 말이야." 성인들의 차가운 석고상이 마음을 꿰뚫어보는 눈을 부릅뜨고 노려보는 동안, 그는 의자에 앉아 겁에 질려 땀을 흘리면서, 잠을 자러갈 때까지 꼼짝도 못 하고 한쪽 구석에 갇혀서 시간을 보냈었기 때문에, 그의 어린 시절에 대한 추억은 그 공포의 방구석에 대한 것이 대부분이었다. 사실은 그렇게 위협을 줄 필요도 없었던 노릇이, 그는 이때 벌써 자기 주변에 있는 모든 것들에 대해서 두려움을 느끼고 있었고, 살아가면서도 이것저것 무서워한 것이 많았는데, 그의 피를 더럽힐지도 모를 길거리의 여자들이나, 돼지꼬리가 달린 아이를 낳을지도 모르는 집안 여자들이나, 사람의 목숨까지도 빼앗아가고 원한이 평생 따라다니는 닭싸움이나, 자칫 손을 잘못 대면 20년이나 계속될 전쟁을 일으킬 수도 있는 무기나, 환멸과 광란만 불러일으키는 모든 불확실한 모험을 무서워했으니, 간단히 말하자면 하느님이 무한한 선善으로 창조했으나 악마가 그 본질을 바꾸어놓은 모든 것을 두려워했다. 그래서 밤새도록 가위에 눌려 괴로워하다가 아침이 오고 잠에서 깨어나면, 창문으로 들어오는 햇빛과, 목욕탕에서 안아주던 아마란타의 감촉과, 아마란타가 그의 가랑이 사이에 은빛가루를 뿌려줄 때의 쾌감 때문에 무서움이 사라지곤 했다. 태양이 한껏 밝을 때 마당에서 만나면 우르슬라도 전연 다른 사람처럼 보였는데, 그녀는 낮에는 무서운 얘기도 하지 않았으며, 나중에 교황이 되어서 미소를 지을 때마다 이빨이 하얗게 빛나게 하려고 숯가루로 그의 이를 닦아주었고, 교황이 된 그가 세계 각국 먼 곳에서 온 사람들에게 축복을 내릴 때 그의 아름다운 손을 보고 모든 순례자들이 놀라게 하려고 그의 손톱을 깎고 윤을 내주었으며, 그의 머리를 교황처럼 빗겨주고, 그의 몸에서 항상 교황의 향기가 풍길 수 있도록 몸과 옷에는 향수를 뿌려주었다. 카스텔 간돌포(이탈리아 라티움 지역의 교황이 여름을 보내는 곳 – 역주)에서 교황이 떼 지어 모여든 순례자들에게 같은 연설을 일곱 나라 말로 하는 광경을 본 호세 아르카디오는, 잿물에 씻은 듯이 새하얗던 그의 손과, 그가 입은 여름옷의 호화로움과 은근히 풍기는 향기밖에는 따로 느꼈거나 눈여겨본 것이 없었다.

고향에 돌아온 지도 거의 1년이 되자, 먹을 것을 사기 위해서 은촛대와 문장이 새겨진 요강(나중에 알고 보니 황금요강은 문장을 새긴 부분에만 금을 입힌 가짜였다)을 다 팔아버리고 난 호세 아르카디오는 따로 할 일도 없고 해서, 기분 전환을 하려면 기껏해야 길바닥에서 아이들이나 모아서 집으로 데려다가 같이 노는 것뿐이었다. 그는 낮잠 시간쯤 되면 아이들을 끌고 나타나서, 아이들에게 정원에서 줄넘기를 시키고, 현관에서 노래를 부르게 하고, 거실에 있는 가구 위로 기어 올라가서 곡예를 부리게 하면서, 틈만 나면 그들을 한자리에 모아놓고 올바른 몸가짐에 대한 공부도 시켰다. 이 무렵에 그는 몸에 꼭 끼는 바지와 벨벳 셔츠를 벗어버리고 아랍 사람들의 가게에서 사온 평범한 옷을 입고 다녔지만, 그래도 교황처럼 거드름을 피우는 버릇만은 버리지 못했다. 옛날에 레메의 학교 친구들이 그랬듯이, 이제는 아이들이 집을 몽땅 차지하고 소란을 피웠다. 아이들이 밤늦도록 떠들어대고 노래를 부르거나 탭 댄스를 추어서 집안 꼴은 꼭 버릇없는 아이들만 모인 기숙사 같았다. 아우렐리아노는 멜키아데스의 방으로 숨어들어 와서 자기의 일만 방해하지 않는다면 아이들에 대해서는 신경 쓰지 않았다. 그러나 어느 날 아침에 문을 우연히 열어본 두 아이는 책상머리에 앉아서 양피지 원고를 들여다보면서 해독에 골몰하고 있는 더럽고 털투성이인 사람을 보고는 깜짝 놀랐다. 아이들은 감히 방 안으로 들어가지는 않았지만, 계속 방을 엿보게 되었다. 그들은 귓속말을 주고받으면서 문틈으로 방 안을 들여다보거나, 채광창으로 살아 있는 동물을 던져 넣었고, 그러다가 한번은 문과 창문에 못질을 해서 막아놓아 그 문을 뜯어서 여느라고 아우렐리아노가 한나절을 고생한 적도 있었다. 장난을 쳐도 야단을 맞지 않자 용기가 생긴 그들은 어느 날 아침 아우렐리아노가 부엌으로 간 사이에 네 명이 짝을 지어 방으로 들어가 양피지 원고를 없애버리려고 했다. 그러나 그들이 노랗게 퇴색한 종이에 손을 대자마자, 어떤 천사의 손길이 그들을 잡아 올려서, 아우렐리아노가 돌아와 양피지 원고를 빼앗을 때까지 그들을 허공에 대롱대롱 매달아놓았다. 그 다음부터 그들은 아우렐리아노를 괴롭히지 않았다.

이제는 어린아이의 티를 벗고 사춘기에 들어섰으면서도 아직 짧은 반바지를 입고 다니던 가장 나이가 많은 네 아이들은 호세 아르카디오의 몸치장을 해주느라고 바쁘게 지냈다. 그들은 남들보다 일찍 집으로 와서, 호세 아르카디오를 위해 면도를 해주고, 덥힌 수건으로 마사지를 해주고, 손톱과 발톱을 깎고 윤을 내주고, 몸에다 화장수를 뿌려주느라고 아침나절을 보냈다. 가끔 탕 속에 들어가서, 물 위에 떠서 누운 채로 아마란타를 회상하고 있는 호세 아르카디오에게 발끝부터 머리끝까지 비누질도 해주었다. 그런 다음에 그의 몸을 닦은 뒤 분가루를 뿌려주었으며, 목욕이 다 끝나면 옷을 입혀주었다. 그들 가운데 노란 곱슬머리에 눈알이 토끼처럼 분홍빛이던 한 아이는 걸핏하면 집에서 잤다. 그는 호세 아르카디오와 아주 깊은 사이가 되어서, 천식으로 잠을 못 이룰 때는 항상 동무가 되어, 아무 얘기도 나누지 않으면서 밤새도록 어둠 속에서 그와 함께 이리저리 집 안을 거닐었다. 어느 날 밤에 우르슬라가 쓰던 침실을 왔다 갔다 하던 그들은 삭아서 무너진 시멘트 바닥의 갈라진 틈으로,

마치 땅속의 태양이 마룻바닥을 유리창으로 바꾸어놓은 듯이, 샛노란 광선이 뿜어 올라오는 것을 보았다. 방 안을 밝히려고 불을 켤 필요조차 없었다. 그들은 곧장 옛날에 우르슬라의 침대가 놓여 있었고 지금은 샛노란 빛이 가장 강하게 쏟아져 나오는 곳으로 가서 시멘트 한 조각을 들어냈는데, 그 자리에서 아우렐리아노 세군도가 황금을 찾느라고 미친 듯이 집 안을 파헤쳤으면서도 끝내 알아내지 못한 비밀 지하실을 찾아냈다. 그곳에는 구리줄로 묶은 자루가 세 개 있었으며, 그 속에는 7214개의 8레알짜리 금화가 어둠 속에서 불타는 숯불처럼 광채를 내고 있었다.

그 보물의 발견은 정말로 우연한 사건이었다. 갑자기 벼락부자가 된 호세 아르카디오는 가난 속에서 오랫동안 꿈꾸어왔던 것과는 반대로 로마로는 돌아가지 않고, 그 대신에 집을 몽땅 고쳐서 퇴폐의 천국으로 바꾸어놓았다. 커튼을 갈고, 침대 벨벳도 새것으로 바꿨으며 목욕탕 바닥과 벽에 모두 타일을 붙였다. 식당의 찬장은 과일 통조림과 햄과 절인 반찬으로 가득 채웠고, 오랫동안 쓰지 않던 곡식창고는 다시 문을 열어서, 자기의 이름이 새겨진 상자에 담겨 도착한 포도주와 술을 역에서 손수 가져다가 가득 채워 넣었다. 어느 날 밤에 그는 나이 많은 아이 넷과 함께 파티를 열었고, 그 파티는 새벽이 밝아올 때까지 계속되었다. 아침 6시에 그들은 침실에서 발가벗고 나와서, 욕조의 물을 빼고 대신 샴페인을 가득 채우곤 한꺼번에 욕조로 뛰어들어, 향기가 그윽한 거품에 휩싸여 하늘을 미끄러져 날아가는 새들처럼 헤엄을 쳤고, 호세 아르카디오는 아이들이 신나서 떠드는 한쪽 구석에서 샴페인에 둥둥 뜬 채로 눈을 껌벅거리면서 아마란타 생각을 했다. 그는 그렇게 정신을 잃고 샴페인에 뜬 채 자기가 겪었던 쾌락의 아픔을 되씹었고, 그러는 사이에 욕조에서 노는 데 싫증이 난 아이들은 떼 지어 침실로 돌아가서 커튼을 찢어 몸을 닦아 말린 뒤, 멋대로 난장판을 치다가 수정 거울을 네 조각 냈고 밀고 밀치면서 누울 자리를 차지하려다가 침대 천장을 부숴놓았다. 호세 아르카디오가 욕조에서 돌아와 보니 아이들이 파선당한 배처럼 엉망이 된 침대 위에서 벌거벗은 채 무리지어 아무렇게나 포개져 자고 있었다. 아이들이 마구 부숴놓은 물건들 때문이라기보다는, 진탕 먹고 마시고 나서 느껴야 했던 허무함에 젖어버린 자기 자신이 가엾고도 미워서 그는 트렁크 밑바닥에 고행의苦行衣 한 벌과, 고행과 속죄에 사용하는 다른 도구들과 함께 숨겨두었던 아홉 가닥의 채찍을 꺼내 휘두르며 미친 사람처럼 고함을 지르고 승냥이들에게도 그러지 못할 만큼 무자비하게 채찍질을 하여 아이들을 모두 집 밖으로 쫓아냈다. 그리고 격분에 충격을 받아서 며칠 동안 계속 기침을 했으며, 몰골은 죽으려고 숨이 넘어가는 사람처럼 되었다. 사흘째 고통을 당하게 되자, 그는 곧 질식해서 기절할 것 같은 생각이 들었기 때문에, 아우렐리아노의 방으로 가서 근처의 약방으로 가 자기가 먹을 가루약을 좀 사다 달라고 부탁했다. 그래서 아우렐리아노는 두 번째로 바깥구경을 하게 되었다. 겨우 두 구간을 걸어갔더니 먼지가 창문에 뿌옇게 끼고, 라틴 어로 씌어진 종이가 붙어 있는 약 항아리들이 진열된 약방이 있었는데, 거기에 있던 나일 강의 뱀(클레오파트라의 별명 – 역주)만큼이나 아름다운 여자가 호세 아르카디오가 종이쪽지에 적어준 이름을 보고 아우렐리아노에게 약을 내주었다. 가로등의 희뿌연 불빛에 비친 황폐한 길거리를 다시 보아도, 아우렐리아노는 처음 바깥세상을 보았을 때나 마찬가지로 아무런 감흥도 느끼지 못했다. 너무 오래 갇혀 살아서 다리에 힘이 없어 빨리 움직일 수 없었던 아우렐리아노가 한참 후에야 숨을 헐떡이며 들어섰을 때, 기다리던 호세 아르카디오는 그가 도망간 거라고 생각하던 참이었다. 바깥 세계에 대한 아우렐리아노의 무관심이 워낙 분명해지자, 호세 아르카디오는 어머니에게 했던 약속은 깨끗이 무시하고, 아무 때나 나가고 싶으면 외출을 해도 좋다고 흔쾌히 허락을 했다.

"하지만 난 바깥에서 할 일이 전혀 없는걸요." 아우렐리아노가 그에게 대답했다.

그는 이제야 조금씩 읽을 수가 있게 되었지만, 그래도 아직은 뜻을 이해할 수 없는 양피지 원고에 골똘해서 방 안에 처박혀 나오지도 않았다. 호세 아르카디오는 그에게 햄 조각이나, 먹고 나면 혀끝에 봄의 미각이 감치는 설탕을 뿌린 꽃을 방으로 가져다주었으며, 어쩌다가 아주 맛좋은 포도주를 한 잔 주기도 했다. 그는 이때까지도 양피지 원고는 난해한 글을 풀이하는 소일거리에 지나지 않는다고 생각해서 아무런 흥미도 느끼지 않았지만, 고적한 그의 친척이 보여준 신비한 지식과 깊은 지혜에 마음이 끌리지 않을 수 없었다. 다음에 그는 아우렐리아노가 영어로 된 글을 읽고 이해할 수가 있으며, 양피지 원고를 연구하는 틈틈이 영어 백과사전을 첫 권의 첫페이지부터 여섯째 권의 끝까지 소설이라도 읽듯이 줄줄 읽어치웠음을 알아냈다. 그는 처음에 아우렐리아노가 마치 로마에서 몇 년 동안 살기라도 한 듯이 그곳에 대해서 소상하게 알고 있었던 까닭이 알고 보면 백과사전에서 얻은 지식이었다고 생각했지만, 아우렐리아노는 그 외에 현재의 물가나 시세 따위 등 백과사전에 없는 것들도 잘 알고 있었다. "모든 건 다 알려지게 마련이죠." 어디서 그런 것들을 알아냈느냐고 호세 아르카디오가 물었을 때, 아우렐리아노는 그렇게 간단히 대답했다. 그런가 하면 아우렐리아노는 호세 아르카디오가 집 안을 초조하게 거니는 모습을 가까이에서 보고 그가 상상했던 사람과는 크게 다르다는 사실을 깨닫고 놀랐다. 그는 웃을 줄도 알았고, 지난날 이 집안에서 있었던 일들에 대해서 때때로 순수한 향수도 느꼈으며, 멜키아데스의 방이 너무 너저분한 상태에 이르면 걱정스런 표정도 지었다. 이렇게 같은 피를 가진 두 외로운 사람들이 가까워진 것을 우정이라고까지 할 수야 없었지만, 그러나 그 친근감은, 그들을 갈라놓으면서 동시에 가까이 끌어당기는 깊고 깊은 외로움을, 그들이 저마다 조금씩은 수월하게 견디게 만들었다. 이즈음에 호세 아르카디오는 집안일이 제대로 되어가지 않아서 울화가 치밀면 문제를 해결하기 위해서 아우렐리아노에게 의지했다. 한편으로 아우렐리아노는 앞마당에 나앉아서 글을 읽으며, 요즈음에도 정규적으로 꼬박꼬박 도착하는 아마란타 우르슬라의 편지를 기다렸다가 받아 보았고, 호세 아르카디오가 처음 도착했을 때는 사용하지 못하게 금지했던 목욕탕도 쓸 수 있게 되었다.

어느 무더운 날 새벽에 그들은 누군가 다급하게 문을 두드리는 소리에 놀라 동시에 잠에서 깨었다. 찾아온 사람은 얼굴이 검고, 인광이 가득 찬 분위기를 풍길 만큼 눈이 커다랗고 초록빛인 노인이었는데, 그의 이마에는 재로 그린 십자가가 찍혀 있었다. 그가 걸친 옷은 다 떨어진 누더기였고, 몸에 지닌 짐이라고는 걸치고 있는 낡아빠진 보퉁이 하나였으며, 어느 모로 봐도 거지였는데, 그래도 그의 몸가짐만은 위엄이 있어서 몰골과는 판이하게 달랐다. 그가 여태까지 살아남을 수 있었던 까닭이 생존을 위한 본능이 아니라 공포였다는 것은 응접실의 어둠 속에서 보아도 한눈에 알 수 있었다. 그는 아우렐리아노 부엔디아 대령이 낳은 열일곱 아들 가운데 마지막까지 살아남아서 도망자로서의 길고 위험한 생활 끝에 은둔처를 찾아 돌아온 아우렐리아노 아마도르였다. 그는 자기의 신분을 밝히고, 지금까지 부랑자처럼 떠돌아다니면서 밤이면 그곳만이 이제는 마지막으로 남은 안전한 피신처라고 생각했던 이 집에 자기를 숨겨 달라고 애원했다. 그러나 호세 아르카디오와 아우렐리아노는 그를 기억하지 못했다. 그들은 찾아온 사람을 떠돌이로 생각하고 길로 쫓아냈다. 그리고 두 사람은 집 문간에서 그들의 이성이 형성되기도 전에 시작된 하나의 연극이 막을 내리는 장면을 보고야 말았다. 몇 년에 걸쳐서 아우렐리아노 아마도르를 추적하며 사냥개처럼 세계의 절반을 쫓아다니던 두 경찰관이 길 건너 편도나무 그늘에 나타나서는 모젤 권총을 두 발 쏘았는데, 탄환들은 그의 이마에 그려진 십자가를 꿰뚫었다.

어린아이들을 모두 집에서 쫓아낸 뒤 호세 아르카디오는 크리스마스가 오기 전에 나폴리로 떠날 여객선이 언제쯤 도착하는지 소식을 손꼽아 기다렸다. 페르난다가 죽은 뒤로는 누가 보내는지 알 수 없었던 음식 바구니도 오지 않아서 그는 먹고 살 일거리를 마련해야 한다는 계획을 세우고 그 얘기를 아우렐리아노에게 해주었다. 그러나 그 마지막 꿈도 이루어지지 못했다. 9월의 어느 날 아침, 아우렐리아노와 부엌에서 커피를 같이 마신 다음, 호세 아르카디오가 막 아침 목욕을 끝내려는 순간에 지붕의 기왓장을 들춰낸 구멍으로 집에서 쫓아냈던 네 아이들이 쏟아져 내려왔다. 그들은 호세 아르카디오에게 반항할 틈도 주지 않고 옷을 입은 채로 한꺼번에 탕 안으로 뛰어들어서, 그의 머리채를 움켜쥐고는 숨이 넘어가느라고 뱉어내는 물방울이 수면으로 떠오르다가 그치고, 그의 맥 빠지고 창백해진 시체가 돌고래처럼 향수를 뿌린 물의 밑바닥으로 쭉 가라앉을 때까지 머리를 물속에 처박고 기다렸다. 그런 다음에 그들은 자기들하고 죽은 사람만이 알고 있었던 비밀장소에서 금화가 담긴 자루 세 개를 꺼냈다. 이 일은 어찌나 빠르고, 계획적이고, 그리고 냉혹하게 처리되었는지 마치 군대의 작전처럼 느껴졌다. 자기 방에 틀어박혀 있던 아우렐리아노는 무슨 일이 일어났는지조차 전혀 모르고 있었다. 그날 오후에 부엌에서 그를 만나지 못하자, 아우렐리아노는 호세 아르카디오를 찾으려고 집 안을 온통 뒤졌으며, 결국은 목욕탕에서 향수를 친 물에 몸이 어머아마하게 부푼 채 둥둥 떠서 아직도 아마란타 생각을 하며 죽어 있는 그를 발견했다. 그제야 아우렐리아노는 자기가 그를 얼마나 사랑하고 있었는지 깨달을 수 있었다.

19

아마란타 우르슬라는 남편의 목에 비단 밧줄을 매어 끌고 12월의 천사들과 함께 바다를 건너 돌아왔다. 그녀는 상아 빛 드레스에 무릎까지 치렁치렁 늘어지는 진주 목걸이를 하고, 손에는 에메랄드와 토파즈 반지를 끼고, 머리는 타래를 지어 곱게 빗어내려서 제비꼬리처럼 생긴 브로치로 귀 뒤에 붙였다. 여섯 달 전에 그녀가 결혼한 남자는 가냘프고, 뱃사람처럼 보이며 나이를 좀 먹은 플랑드르 사람이었다.

아마란타 우르슬라는 응접실로 통하는 문을 밀어 열어보고는 곧 자기가 이곳을 떠나 있었던 기간이 생각했던 것보다 훨씬 길었으며, 집이 그 사이에 훨씬 폐허가 되어 있는 것을 깨달았다.

"어쩌면 집이 이 꼴이 되었을까." 아마란타 우르슬라는 놀라움보다는 즐거운 비명을 질렀다. "이 집에 여자가 하나도 없다는 게 한눈에 나타나는구나!"

가지고 온 짐은 현관이 좁아서 가지고 들어가기가 힘들었다. 그녀는 학교로 갈 때 짐을 꾸려가지고 갔던 페르난다의 낡은 트렁크 말고도 새

416

트렁크 두 개와, 커다란 옷가방 네 개와, 양산들을 담은 통과, 모자 상자 여덟 개와 카나리아 50마리가 들어 있는 어마어마한 새장과 남편의 세 바퀴 자전거를 분해해서 넣어 첼로처럼 들고 다니게 한 특수상자를 모두 가지고 왔다. 먼 길을 여행했지만 그녀는 단 하루도 쉬려고 하지 않고, 남편이 다른 발동기 부속품들과 함께 꾸려가지고 온 푸른 작업복을 걸치고 집을 복구하는 일을 본격적으로 시작했다. 현관을 완전히 장악하고 있던 불개미들을 몰아내고, 장미꽃밭을 다시 일구고, 잡초를 뽑아내고, 정원의 목책을 따라 화분에 양치와 오레가노와 베고니아를 심었다. 그리고 목수 · 열쇠공 · 석수장이들을 한데 거느리고서 문의 틈새들을 메우고, 문짝과 창문을 제대로 고쳐 달고, 가구를 수리하고, 벽 안팎을 석회로 발라서, 그녀가 돌아온 지 석 달이 되자 사람들은 집 안에서 옛날 자동피아노가 있던 시절처럼 젊음과 흥겨움의 분위기를 다시 한 번 느낄 수가 있게 되었다. 어느 때 어떤 경우에도 집안 식구들이 이토록 기분이 좋았던 적은 없었던 듯싶었으며, 이때처럼 노래를 부르고 춤을 추고 과거의 관습 따위는 모두 쓰레기통에 집어던지고 싶었던 때도 없었다. 아마란타 우르슬라는 빗자루를 휘둘러서 장례식의 찌꺼기와 쓸데없는 쓰레기 더미와 미신적인 도구들이 쌓여 있던 방구석들을 깨끗이 쓸어냈는데, 그 가운데 그냥 남겨두기로 한 것은 우르슬라를 생각해서 버리지 않고 응접실에 남겨둔 레메디오스의 은판사진뿐이었다. "이런 데다 낭비를 하다니." 우스워서 죽겠다는 듯 아마란타 우르슬라가 소리쳤다. "열네 살짜리 할머니를 봐요!" 석수장이 한 사람이 와서 이 집안에는 유령이 가득 찼으니 그 유령들을 쫓아내려면 비밀 장소에 묻힌 보물을 캐내어 처리해야 한다는 얘기를 하자, 아마란타 우르슬라는 큰 소리로 웃으면서 남자들이 그렇게 미신을 믿다니 꼴불견이라고 대답했다. 그녀가 그토록 즉흥적이고, 적극적이고, 현대적인 자유로운 기질을 가지고 있었기 때문에 처음 그녀를 보았을 때 아우렐리아노는 몸 둘 바를 몰랐다. "이런, 이것 봐라!" 아마란타 우르슬라는 팔을 벌리고 기뻐서 소리쳤다. "내 귀여운 식인종이 벌써 이렇게 자랐구나!" 아우렐리아노가 미처 입을 열기도 전에 그녀는 자기가 가져온 축음기에 판을 올려놓고는 그에게 최신 춤의 스텝을 가르쳐주려고 했다. 그녀는 그에게 아우렐리아노 부엔디아 대령에게서 물려받은 더러운 바지를 벗게 하고 대신 젊어 보이는 셔츠와 무늬가 있는 구두를 주고 멜키아데스의 방에서 그렇게 너무 오랫동안 처박혀 있으면 못 쓴다고 길로 밀어내었다.

우르슬라처럼 활동적이고 몸집은 작으나 굽힐 줄 모르는 성격에, 미녀 레메디오스를 따라갈 만큼 아름답고 선정적인 아마란타 우르슬라는 유행을 미리 점칠 수 있는 유별난 능력의 소유자이기도 했다. 우편으로 최신 유행을 보여주는 잡지를 받아보면, 그 스타일은 그녀가 직접 디자인을 해서 아마란타가 쓰던 낡아빠진 발재봉틀로 지은 옷과 조금도 다르지 않았다. 아마란타 우르슬라는 모든 패션 잡지와 미술 서적과, 유행 음악에 대한 평론지들을 유럽으로부터 직접 구독했고, 그런 책들을 훑어보면 온 세상이 그녀가 미리 점친 대로 돌아가고 있음을 당장 알 수 있었다. 그만큼 총명한 여자가, 세계 어느 곳에서 살아도 걱정이 없을 만큼 부자이고, 목에다 비단 밧줄을 매고 끌고 다녀도 좋다고 허락할 만큼 그녀를 사랑하고 있는 남편이 있는데도 먼지와 더위에 파묻힌 죽음의 도시로 돌아온 이유가 무엇이었는지는 도저히 이해하기 힘든 일이었다. 그러나 세월이 지나면서, 그녀가 이곳에 머물러 정착할 생각을 가진 것이 점점 노골적으로 드러나기 시작했으니, 그녀가 세운 계획은 모두가 장기적인 것이었으며, 그녀가 하는 모든 일은 어떻게 해서라도 마콘도에서 평화롭고 안락한 노년기를 보내겠다는 목적을 품고 있었다. 그런 계획이 오래전부터 그녀의 마음속에 있었다는 것은 카나리아 새장만 보아도 알 수 있었다. 편지에서 어머니가 마콘도의 새들이 멸종해 간다는 얘기를 한 것이 기억나서, 그녀는 일부러 몇 달을 기다려 행운의 섬에 들렀다 고향으로 가는 배편을 골라 타고는, 그 섬에서 가장 훌륭한 카나리아 25쌍을 샀고, 그 새들을 번식시켜 마콘도의 하늘을 수놓으리라고 생각했었다. 그러나 그녀가 벌인 여러 가지 속상한 일들 가운데에서도 이 계획은 가장 뼈아픈 실패였다고 할 수 있었다. 새들이 새끼를 치면 아마란타 우르슬라는 그들을 둘씩 짝지어서 날려 보냈는데, 그 새들은 자유의 순간을 맛보자마자 마콘도를 떠나버렸다. 그녀는 새들의 마음속에 마콘도에 대한 사랑이 싹트기를 기대하며 우르슬라가 처음 집을 새로 지었을 때 장만했던 새장에서 그들을 키워 그 새장에 익숙해지기를 바랐다. 그러나 편도나무 위에 수염새풀로 지어준 둥우리나, 지붕 위에 뿌려둔 새 모이도 다 쓸데없는 헛수고였으며, 날아서 도망가려는 새들이 미련을 느끼게 하려고 새장 안의 새들에게 노래를 시켜도 다 허사였으니, 새들은 새장만 벗어나면 하늘로 솟아서 마콘도의 하늘을 한 바퀴 돌고는 행운의 섬이 있는 쪽을 찾아내서는 훨훨 날아가 버렸다.

고향으로 돌아온 지 1년이 다 되었어도 친구 하나 사귈 수 없고, 잔치를 벌인다고 해도 오겠다는 사람이 하나도 없기는 했지만, 아마란타 우르슬라는 아직도 홀로 불행 속에 있는 마콘도를 구해 낼 길이 있으리라고 믿었다. 그녀의 남편 가스똥은, 그 숙명의 오후에 기차에서 첫발을 내디딘 순간부터 아내의 결심이 향수鄕愁의 신기루에 휘말려 빚어진 것임을 알게 되고는, 아내의 말에는 될 수 있으면 반대를 하지 않기로 결심했었다. 현실을 깨닫게 되면 그런 허황된 결심쯤은 곧 사라지려니 생각해서, 그는 자기가 가져온 세발자전거를 조립하는 일조차 시작을 않고, 석수장이들이 뜯어낸 거미줄 덩어리나 뒤적여서 그중에서 가장 큰 거미 알을 찾아내고는, 손톱으로 그 알들을 쪼개어 그 안에서 기어 나오는 깨알 같은 거미들을 확대경으로 들여다보면서 몇 시간씩 시간을 보냈다. 나중에는, 아마란타 우르슬라가 놀기만 하면 견딜 수 없을 만큼 손이 근질근질해서 집수리를 계속한다고 생각하고는, 뒷바퀴보다 앞바퀴가 훨씬 큰 멋진 자기의 자전거를 조립하기로 작정하고, 곤충 사냥도 계속해서 이곳에서 사는 모든 곤충들을 잡아 채집을 해서는 비록 자기의 천직이 항공술이기는 했어도 그곳에서 곤충학을 공부한 황실학교의 자연과학 교수

였던 사람에게, 그 곤충들을 잼을 담는 병에 넣어 연구 자료로 삼으라고
보냈다. 그는 자전거를 탈 때면, 곡예사의 홀태바지에 알록달록한 양말
을 신고 셜록 홈즈의 모자를 쓰고 다녔지만, 걸어 다닐 때에는 티끌 하나
없는 단정한 양복에 흰 구두를 신고 비단으로 만든 나비넥타이에 밀짚모
자를 쓰고 손에는 버드나무 단장을 짚고 돌아다녔다. 그의 눈은 뱃사람
분위기를 풍겼으며, 자그마한 콧수염은 다람쥐 털처럼 보였다. 비록 그
는 아내보다 열다섯 살이나 위였지만, 그들의 나이 차이는 그녀를 행복
하게 해주려는 그의 세심한 배려와 그가 훌륭한 사랑의 상대자로서의 자
격을 갖추었기 때문에 별 문제가 되지 않았다. 사실 사람들은 40대에 들
어선 그 남자가 몸가짐도 워낙 꼼꼼한 데다 목에 올가미를 쓴 채 곡마단
자전거를 타고 다니는 꼴을 보고는, 그들 부부가 방자한 사랑을 나누고
그들이 함께 살기 시작한 처음부터 그랬듯이 기분만 나면 아주 난처한
곳에서도 서슴지 않고 몸을 나눌 만큼 마음이 잘 맞으며, 시간이 흐름에
따라서 그들의 정열이 점점 더 깊고 풍요해지고 있다는 사실을 도저히
상상조차 할 수 없었다. 하지만 가스똥은 지혜와 상상력이 끝없이 솟아
나는 격렬한 사랑의 배우자였을 뿐 아니라, 아마도 오랑캐꽃이 활짝 핀
들판을 보고는 그곳에서 성교를 하고 싶은 충동을 느껴서 불시착을 하다
가 자기와 애인의 목숨을 잃게 할 뻔한 사람으로서는 인류 최초라고 꼽
힐지도 모른다.

그들은 결혼하기 2년 전, 아마란타 우르슬라가 공부를 하던 학교 위
에서 그가 경기용 쌍발기로 회전 비행을 연습하던 중에 국기 게양대를
피하느라고 무모한 모험을 하다가, 타고 있던 비행기의 꼬리가 전깃줄에
얽혔을 때 처음 만났다. 그 다음부터 그는 부목副木을 댄 자기 발쯤은 아
랑곳하지 않고 주말만 되면 페르난다가 바랐던 것만큼 규율이 엄격하지
않았던 수녀학교의 기숙사로 찾아가서 아마란타 우르슬라를 불러내어
시골로 놀러 다녔다. 그들은 어느 일요일 늦지대 1.5킬로미터 상공에서
사랑을 시작했는데, 저 밑의 땅에서 기어 다니는 인간들이 점점 작아질

수록 서로 그만큼 더 가깝게 느꼈다. 그녀는 그에게 마콘도가 세상에서 가장 밝고 아름다운 곳이라고 얘기했고, 오레가노 향기로 그윽한 커다란 집에서 충성스런 남편과, 아우렐리아노 호세 아르카디오라고는 절대로 이름 짓지 않고 로드리고와 곤잘로라고 부를 튼튼한 두 아들과 레메디오스가 아니라 버지니아라고 이름 지을 딸과 늙어 죽을 때까지 살고 싶다는 얘기를 했다. 아마란타 우르슬라가 향수에 젖어서 마콘도를 이상화하면서 그토록 끈질기게 얘기를 해댔기 때문에 가스똥은 그녀를 마콘도로 데려가지 않는다면 그들이 절대로 결혼할 수 없으리라는 것을 깨달았다. 그래서 그는 나중에 목에 비단 끈을 매기로 동의했듯이 그곳으로 갈 것을 약속했지만, 그때 그의 생각으로는 아내가 일시적인 환상에 사로잡혀 저러는 것이고, 곧 정신을 차리겠거니 생각했었다. 그러나 마콘도에서의 생활이 2년이나 되어도 아마란타 우르슬라가 고향으로 돌아온 첫날처럼 행복해하는 꼴을 보고 그는 놀라지 않을 수가 없었다. 이 무렵 그는 그 지역에서 잡아 해부할 수 있는 곤충은 모조리 잡아서 해부했고, 스페인어도 누구 못지않게 잘 할 만큼 익혀서 우편으로 받아보는 잡지의 퀴즈도 모조리 다 풀어낼 수 있었다. 그렇다고 해서 이곳의 풍토가 맞지 않는다는 핑계로 귀국을 서두르고 싶지도 않았으니, 낮잠 시간의 졸림이나 신맛이 나는 물에도 적응할 수 있을 만큼 그의 간은 자연에 순응하게 되어버렸기 때문이었다. 그는 이곳 음식에 아주 맛을 들여서 한 번은 앉은 자리에서 이구아나의 알을 여든두 개나 먹어치운 적도 있었다. 그런가 하면 아마란타 우르슬라는 그와 정반대로, 기차 편으로 얼음을 채운 상자에 담긴 생선과 조개, 통조림을 한 고기나 병조림을 한 과일을 사들였는데, 그녀는 그런 것 말고는 먹지를 못했으며 비록 자기가 찾아갈 곳이나 만날 사람이 아무도 없었어도 우편으로 최신 유행의 디자인을 입수해서 유럽 스타일의 옷을 지어 입었고, 남편은 이때쯤 되어서는 아내가 입고 뽐내는 짧은 치마나, 삐딱하게 기울여 쓴 펠트 모자나, 일곱 가닥의 목걸이에는 신물이 나 있었다. 그녀는 항상 분주하게 돌아다니는 비결이라도 있었던지, 혼자서 집안일을 잔뜩 벌여놓았다가는 집어치우고, 헤아리 수 없을 만큼 많은 일들에 어수룩하게 손을 대었다가는 하루가 못 가서 다시 부지런히 그 일들을 말끔히 없애버렸는데, 쓸데없는 일을 시작했다가는 곧 취소해 버리는 나쁜 습성을 페르난다에게서 유전으로 물려받기라도 한 것 같았다. 그런가 하면 그녀는 놀기 좋아하는 기질이 대단히 왕성해서, 주문한 새 레코드가 도착하기만 하면 응접실에서 밤늦도록 가스똥을 붙잡아놓고는, 동창생들이 그림과 글로 편지에 설명해 보낸 대로 최근에 유행하는 춤을 배우고 연습했으며, 그러다보면 그들은 비엔나 흔들의자나 마룻바닥에서 성교를 하고서야 끝장을 보았다. 그녀의 행복을 완전히 이룩하려면 아이를 가졌어야 했지만, 아마란타 우르슬라는 결혼한 지 5년이 될 때까지는 아이를 낳지 않겠다고 남편에게 한 약속을 끝까지 존중했다.

한가한 시간의 무료함을 메울 길이 없을까 궁리하던 가스똥은 어느새 아침나절을 멜키아데스의 방에서 수줍어하는 아우렐리아노와 함께 보내는 버릇이 들었다. 그는 고국에서 자기가 여태까지 가보지도 못한 곳들에 대한 얘기를, 마치 그곳에서 오랫동안 살기라도 한 듯이 소상하게 알고 있는 아우렐리아노에게서 들으며 재미있는 시간을 보냈다. 백과사전에도 없는 그런 지식을 도대체 어디에서 익혔느냐고 가스똥이 물었더니 아우렐리아노는 호세 아르카디오에게 했던 대답을 되풀이했다. "모든 일은 다 알려지게 마련이죠." 산스크리트 말 이외에도 아우렐리아노는 영어와 프랑스 어와 라틴 어와 그리스 어를 익혔다. 날마다 오후가 되면 그는 외출을 할 수 있는 데다 아마란타 우르슬라가 매주 쓸 용돈을 주었기 때문에 그의 방은 얼마 안 가서 현명한 카탈루냐 사람이 운영하는 책방의 분점처럼 되었다. 그는 밤이 깊도록 게걸스럽게 책을 읽었는데, 그의 독서 방법을 살펴보면 새로운 지식을 습득하기 위해서가 아니라, 이미 터득한 진리들을 책으로 확인하려는 작업에 지나지 않았으며, 그에게 있어서는 어떤 책도 그가 아침 내내 읽고 있던 양피지 원고만큼 재미있지는 못했다. 가스똥과 그의 아내는 아우렐리아노가 한집안 식구가 되기를 무척 바랐지만, 그러면 그럴수록 아우렐리아노는 시간이 흐름에 따라 점점 더 짙어지는 신비의 구름에 싸인 은둔자가 되어갔다. 아우렐리아노가 워낙 헤아릴 수 없는 신비 속에서 모습을 드러내지 않게 되자 가스똥은 그와 친해 보려던 계획을 포기하고, 무료한 시간을 보낼 다른 놀이를 찾으려고 했다. 그가 항공우편을 시작해 볼 생각을 하게 된 것은 이때였다.

그것은 새로운 계획은 아니었다. 사실 아마란타 우르슬라를 만났을 때, 이 계획은 퍽 진전된 상태였으며, 이번 계획에 다른 점이 있다면 첫 번째 계획에서는 그의 집안에서 야자기름에 투자를 한 벨기에 령 콩고가 사업 대상이었다면, 이번 계획에서는 마콘도로 바뀌었다는 것뿐이었다. 처음 계획은 결혼을 하고 마콘도에서 몇 달쯤 지낼 생각이었으므로 당분간 연기되었다. 그러나 아마란타 우르슬라가 공공복지를 도모하는 위원회를 조직하자고 나서는 한편 자기가 귀국하자는 뜻을 조금 비쳤을 때 코웃음을 치는 것을 보고, 가스똥은 이런 식으로 가다가는 시간이 무척 오래 걸리리라는 생각이 들어서, 아프리카를 개척하는 것 못지않게 카리브 해 지역을 개척하는 것도 보람 있는 일이라는 신념을 가지고, 그동안 서로 잊어버리고 살아온 옛 동업자들이 있는 브뤼셀과 다시금 접촉을 시작했다. 그의 계획이 착착 진행되고 있는 사이에 그는 깨어진 돌투성이 들판이던 미답未踏 지역을 닦아서 활주로를 만들 준비를 했고, 바람이 부는 방향이라든가, 해안 지역의 지리라든가, 가장 적당한 항로를 연구하느라고 열심이었는데, 그의 답사연구는 꼭 옛날 미스터 허버트가 하던 짓과 같아서, 사람들은 그가 혹시 바나나를 심을 장소를 물색하느라고 길을 닦지나 않나 하고 무서운 의심을 품게 되었다. 결국 그는 자기 계획에 스스로 신이 나서, 잘만 하면 마콘도에 영원히 눌러앉을 길이 트일지도 모른다고 생각하고, 수도로 몇 번 찾아가서 당국자들을 만나고, 면허권을 취득하고, 독점권을 얻으려는 접촉을 계속 벌였다. 그러는 한편 그는, 한때 페르난다가 타향의 낯모르는 의사들과 편지를 주고받았던 것처럼, 브뤼셀에 있는 동업자들과 서신 왕래를 계속했으며, 마침내 동업자들을 설득해서 기술이 우수한 기계공과 함께 첫 비행기를 보내 이곳에서 가장 가까운 항구에서 조립을 한 다음 그 기계공으로 하여금 마콘도까지 조종해서 날아오도록 했다. 처음 계획을 세우고 하늘에 대한 연구를 1년 이상이나 계속한 다음에, 아직도 동업자들이 보내는 똑같은 편지들에 씌어 있는 약속을 믿으며, 그는 하늘을 우러러보면서, 부르릉 소리가 어디서 조금만 들려와도 혹시 비행기가 나타나지 않나 조바심을 하며 길거리를 배회하는 새로운 버릇이 생겼다.

자신은 그것을 깨닫지 못하고 있었지만, 아마란타 우르슬라가 고향에 돌아옴으로 해서 아우렐리아노는 인생에 커다란 전환점을 맞이했다. 호세 아르카디오가 죽은 다음부터 그는 현명한 카탈루냐 사람의 책방에 단골이 되었다. 또한 이때 그가 느꼈던 해방감과 자유로운 생활은 그로 하여금 마콘도에 대해서 어떤 호기심을 느끼게 했는데, 결국 새로운 놀라움만은 맛보지 못했다. 그는 먼지투성이가 되어 잊혀진 한적한 길거리를 배회하면서 과학적인 흥미를 가지고 폐허가 된 집을 살폈고, 녹이 슬고 새들이 부딪혀 죽는 통에 망가진 창문의 철망들과, 추억 속에서 사라져가는 주민들을 눈여겨 살폈다. 그는 상상력을 동원해서 지금은 남자와 여자의 낡은 구두로 가득 찬 수영장과, 독보리가 우거져가는 집과, 쇠사슬로 아직도 기둥에 묶여 있는 독일 세퍼드의 해골과, 아직까지도 쉬지 않고 때르릉때르릉 울려대어서 수화기를 집어 들었더니 아주 먼 곳에서 어떤 여자가 영어로 질문을 퍼부어, 예, 그렇습니다. 파업은 벌써 끝났고, 학살당한 3000명의 시체는 바다 속에 매장되었고, 바나나 회사도 벌써 떠나서 몇 년 만에 마콘도에 드디어 평화가 찾아왔다는 대답을 해주어야 했던 전화기에서, 바나나 회사가 있던 시절의 사라진 영광들을 되살려보려고 했다. 그리고 이리저리 방황하다가, 한때 사람들이 기분을 내느라고 돈 뭉치를 불사르고 흥청거렸지만, 이제는 다른 어느 곳보다도 비참해진 맥 빠진 사창가에 발길이 다다랐는데, 그곳에서는 아직도 붉은

424

등불이 몇몇 켜져 있었고, 썰렁한 댄스홀에는 색이 바랜 꽃다발이 몇 개 걸려 있었으며, 그 댄스홀의 전축 옆에는 창백하고 뚱뚱한 임자 없는 과부들과, 증조할머니쯤 되는 프랑스 창녀들과, 온갖 사랑의 기술로 무장한 어머니뻘 되는 창녀들이 여전히 손님을 기다리고 있었다. 아우렐리아노는 그곳에서 그의 가족은 고사하고 아우렐리아노 부엔디아 대령조차 기억하고 있는 사람을 찾아볼 수 없다가 결국은 음화陰畵 사진 필름처럼 머리가 솜 빛으로 하얗고 문간에 앉아서 석양을 바라보며 슬픈 찬송가를 부르던, 서인도 원주민들 가운데 가장 나이가 많은 남자를 만났다. 아우렐리아노는 그 할아버지와 최근 몇 주일 동안 익힌 파피아멘토(스페인 쿠라카오 지역의 언어 – 역주) 말로 겨우겨우 얘기를 나누었고, 가끔 그 영감의 마누라가 마련한 닭고기 수프를 나눠 먹기도 했다. 그 할머니는 뼈마디가 굵직하고, 궁둥이는 암말 같고, 젖꼭지는 참외만큼이나 싱싱하고, 둥글넓적한 머리에는 중세 기사들이 머리에 쓰던 속투구처럼 철사줄만큼이나 굵은 머리카락이 덮여 있는 검은 피부의 덩치 큰 여자였다. 그녀의 이름은 니그로만타라고 했다. 그 당시에 아우렐리아노는 집 안에서 굴러다니던 은식기와 촛대와 다른 골동품들을 팔아서 먹고 살았다. 그러다가 항상 그랬지만, 빈털터리가 되면 그는 시장 뒷골목에 있는 사람들을 졸라 그들이 버리려고 하는 닭의 대가리들을 모아달라고 해서는 그것들을 니그로만타에게 가져다주어 박하를 치고 쇠비름을 넣어서 수프를 끓이게 했다. 니그로만타와 같이 살던 영감이 죽은 다음에는 아우렐리아노는 그 집을 드나들지 않았지만, 가끔 밤이면 어둑어둑한 아몬드나무 밑에서 부엉이를 꾀느라고 들짐승을 잡는 호루라기를 불어대는 할머니를 광장에서 만나고는 했다. 그는 가끔 그 여자와 함께 시간을 보내며 파피아멘토 말로 닭고기 수프나 가난한 사람들이 먹는 다른 음식에 대한 얘기를 나누었고, 만일 그 여자가 아우렐리아노 때문에 찾아올 손님들이 겁이 나서 달아난다는 얘기만 하지 않았더라면 그들의 관계는 오랫동안 계속되었으리라. 비록 그가 가끔 그러고 싶은 충동을 느꼈었고, 그 여자만이 함께 향수를 나누어 누릴 수 있는 인간이기는 했어도, 그는 그녀와 잠자리를 같이하지는 않았다. 그래서 아마란타 우르슬라가 마콘도로 돌아온 다음에 그를 누나 같은 기분으로 껴안았을 때, 그는 아직도 동정을 지키고 있던 터였으며, 그 포옹에 숨 막히는 듯한 기분을 맛보게 되었다. 그녀를 볼 때마다, 더구나 그에게 최신 유행하는 춤을 가르쳐줄 때마다, 그는 필라르 테르네라가 카드로 점을 쳐준다고 하면서 곡식 창고로 끌고 들어갔을 때 그의 4대조 할아버지가 느꼈던 뼛골이 사르르 녹는 듯한 기분을 막을 수가 없었다. 그 고통에서 벗어나려는 몸부림으로 그는 양피지 원고를 공부하는 데 더욱 열심이었으며, 그에게 양심의 가책을 불러 일으켜 그의 방에 독을 뿌리는 아주머니의 악의 없는 접근에서 벗어나려고 했지만, 그녀를 피하면 피할수록 더욱 초조감을 느껴서 그녀의 꾸밈 없는 웃음과 기분 좋은 고양이 같은 목소리와, 그녀의 고맙다는 노래를 기다렸고, 그래서 언제나 사랑의 고뇌 속에서 살아야 했다. 어느 날 밤 아마란다 우르슬라 부부는 아우렐리아노의 침대에서 9미터밖에 안 떨어진 곳의 은세공 일을 하는 긴 의자 위에서 멋대로 배를 비비다가 옆에 있는 병을 깨뜨리고는 염산이 철철 흐르는 가운데서 일을 치렀다. 아우렐리아노는 그 소음 때문에 그날 밤 잠을 이루지 못했을 뿐 아니라, 이튿날도 짜증이 나서 흐느껴 울었고, 몸에는 열이 오르기까지 했다. 아몬드나무 밑 그늘에서 처음으로 니그로만타를 만나기로 한 날 밤, 그는 영원처럼 끝없기만 한 시간을 기다렸고, 손에는 아마란타 우르슬라에게서 얻어 낸 1페소 50레알을 움켜쥐고, 불확실의 아픔을 느끼면서, 그녀를 차지하고, 욕되게 하고, 창녀 짓을 하게 하려고 기다리면서 어떤 모험을 겪는 기분조차 느꼈다. 니그로만타는 그를 이끌어 가짜 촛대로 밝힌 그녀의 방으로 데리고 가서, 나쁜 사랑으로 얼룩진 잠자리가 깔린 접이식 나무 침대로 안내했고, 영혼이 없이 딱딱하게 굳어버린 그녀의 육체를 들개에게 내던지듯 주었으며, 겁에 질린 아이려니 생각하고 그를 곧 물리치려고 했다가 그의 엄청난 힘을 겪게 되자 그를 받아들이려고 온몸이 안팎으로 지진을 하듯 요동을 쳐야 했다.

그들은 애인이 되었다. 아우렐리아노는 양피지 원고를 공부하느라고 아침나절을 보낸 후 낮잠 시간이 오면 니그로만타가 기다리는 침실로 가서 그녀로부터 처음에는 지렁이처럼 하다가, 다음에는 달팽이처럼, 그리고 마지막에는 개처럼 하는 방법을 배웠는데, 결국 니그로만타는 그를 이기지 못하고 물러서야만 했다. 몇 주일이 지난 다음에야 아우렐리아노는 니그로만타가 허리에 첼로 줄처럼 보이는 끈으로 엮은 작은 허리띠를 차고 있다는 것을 알아냈는데, 그 허리띠는 태어날 때부터 지니고 있어서 몸의 한부분이 되기라도 한 듯 강철처럼 단단했고 끝도 없었다. 거의 언제나 그들은 일을 치르다 말고 침대 위에 발가벗고 마주 앉아서, 정신 착란을 일으킬 만한 더위와, 녹이 슨 양철지붕 사이로 새어 들어오는 대낮의 빛처럼 빛나는 광선 속에서 식사를 했다. 니그로만타는 참된 애인을, 머리끝부터 발끝까지 뼈를 으스러뜨릴 만큼 정열적으로 그녀를 탐하는 남자를 만나기는 이번이 처음이라고 웃어대면서 고백했고, 아우렐리아노가 그녀에게 아마란타 우르슬라에 대한 비밀의 욕망을 털어놓았을 때는 제멋대로 낭만적인 몽상에 젖기도 했는데, 그는 아마란타 우르슬라에 대한 그의 짓눌린 정열을 다른 여자에게 대신 쏟아 부어도 조금도 사라지지를 않고 오히려 사랑의 지평선을 넓혀감에 따라 속마음은 더욱 괴로움으로 쥐어짜는 것 같다고 했다. 그런 고백을 듣고 난 다음부터 니그로만타는 그를 변함없는 따스함으로 받아주었지만, 그녀의 봉사에 대한 대가만큼은 빈틈없이 받아내서, 어쩌다가 그에게 돈이 없으면 외상 총액에 새로운 액수를 가산해 넣기 위해서 문짝 뒤에다 손톱으로 금을 하나씩 그으면서 계산을 했다. 해가 진 다음 니그로만타가 광장의 어둠 속에서 새 손님을 받으려고 방황하는 동안 아우렐리아노는 마치 낯선 사람처럼 자기 집 정원으로 들어가서, 그때쯤이면 함께 저녁 식사를 하는 아마란타 우르슬라와 가스똥에게 인사도 제대로 하지 않고 자기 방으로 들어가 푹 박혀 지냈지만, 밤새도록 옆방에서 들려오는 속삭임과, 웃음소리와, 준비를 위한 장난과, 그리고는 드디어 고통스러운 행복이 폭발하는 소리에 글을 읽거나 쓰지도 못하고, 더구나 사고라고는 조금도 할 수 없었다. 그것이 가스똥이 비행기를 기다리기 시작한 2년 전 아우렐리아노의 삶이었는데, 현명한 카탈루냐 사람의 책방으로 갔다가 네 소년이 화를 내며 중세 사람들이 바퀴벌레를 어떻게 죽였나 하는 방법에 대해서 열을 올려 싸우는 것을 본 오후에도 그 상황은 마찬가지였다. '존경스러운 베다'(영국 역사가이자 교회 의사. 673~735 – 역주)만이 읽었던 책들을 그가 좋아하는 것을 알고 있던 책방 주인은 아들한테 타이르는 말투로 아우렐리아노에게, 이왕이면 너도 그들의 논쟁에 한번 끼지 않겠느냐고 했다. 그러자 아우렐리아노는 숨 한 번 돌리지 않으면서, 이 세상에 있는 모든 날개 달린 곤충 가운데서 가장 오래된 바퀴벌레는 이미 구약성서에서도 사람들의 발에 밟혀 많이 죽었다는 기록이 나오지만, 이 곤충은 어떠한 멸종 방법을 써도 살아남을 만큼 저항력이 강해서, 붕사硼砂를 친 토마토 조각이나 설탕과 밀가루에도 잘 견디었고, 인간이 인간 자신을 포함한 모든 생물체에 대해서 유사 이래 감행했던 모든 전통적이고, 악착같고, 무자비한 처형도 감당해 냈으며, 아무리 종자를 말리려고 인간이 애를 써도 1603종류나 되는 이 곤충의 번식은 당해 낼 도리가 없었고, 그래서 지금이라도 그것을 말살하려는 확고하고 급박한 사태가 벌어진다고 해도, 바퀴벌레들은 인간들의 어둠을 두려워하는 본능적인 공포감을 이용해 그늘로 숨기만 해도 아무 손도 쓸 수 없을 터인데, 다만 한 가지 알아둘 일은, 바퀴벌레가 한낮의 광선을 견디지 못한다는 것이 이미 중세에서 지금에 이르기까지 모든 세상 사람들에게 널리 알려진 바이므로, 바퀴벌레를 죽이는 가장 효과적인 방법은 태양 광선의 사용이라고 설명했다.

그는 이런 백과사전적인 지식의 힘 때문에 위대한 우정의 첫걸음을 내딛게 되었다. 그의 생애에 있어서 처음이자 마지막 친구들이 될 그 네 사람의 토론자들과 오후면 함께 어울렸는데 그들의 이름은 알바로, 게르만, 알폰소, 그리고 가브리엘이었다. 책에 적힌 현실 속에서만 살아왔던 아우렐리아노 같은 사람에게, 책방에서 시작되어서 새벽이면 사창굴에서 끝나게 되는 그들의 폭풍 같은 일과는 하나의 새로운 발견이나 마찬가지였다. 그들이 흥청거리며 놀던 어느 날 밤에 알바로가 증명했듯이, 문학이라는 것이 사람들을 우롱하기 위해서 만들어낸 장난감일지도 모른다는 것을 그는 이때까지 생각해 본 적이 없었다. 그들의 그러한 방종한 사고방식이 사실은, 병아리콩을 요리하는 새로운 방법을 알아내는 데 조금도 도움이 되지 못하는 지혜는 아무 짝에도 쓸모없는 것이라고 부르짖던 현명한 카탈루냐 사람에게서 이어받았다는 것을 아우렐리아노가 알기까지에는 꽤 오랜 시간이 걸렸다.

아우렐리아노가 바퀴벌레에 대해서 장황한 연설을 한 날 오후에 그들의 토론은 결국 굶어 죽기가 두려워 몸을 파는 여자들이 우글거리는 마콘도 교외에 있는 거짓으로 가득 찬 사창굴로 가 창녀들의 집에서 끝났다. 그곳 포주는 문이 여닫히는 소리에 정신병이 걸려서 히죽히죽 웃어대는 여자였다. 그녀의 영원한 미소는 상상 속에서만 존재하는 사물들을 확실한 현실이라고 생각하던 그녀에게 믿음직스럽게 보이는 고객들한테 보여준 미소였으며, 그녀 주변에 있는 모든 것들은 그 미소나 마찬가지로 착각 속에서 우러났고, 현실적이고 구체적인 것은 아무것도 없었으니, 누가 앉기만 하면 폭삭 무너지는 가구가 그러했고, 부속품이 모두 달아나 고장이 나서 속에는 암탉이 둥지를 튼 축음기와 종이로 만든 꽃으로 장식된 정원과, 바나나 회사가 오기 전의 날짜들로 거슬러 올라가는 달력과, 출판된 일이 없는 잡지에서 오려낸 그림들을 넣은 그림틀이 그러했다. 부근에 사는 창녀들도 비현실 속의 인간들 같아서, 포주가 그들에게 손님이 왔다고 말하면 마치 사람이 만들어낸 기계처럼 움직였다. 그들은 인사 한마디도 없이, 그들이 5년 전에 입던 꽃무늬 드레스를 입고 나타나서는, 그 옷을 입었을 때나 마찬가지로 아무런 부끄럼도 타지 않으며 발가벗은 몸이 되었고, 그리고 사랑의 느낌이 발작적으로 일어나는 순간이 오면, 아이고, 하느님 어쩌면 좋아요, 하늘이 막 무너져 내리는 것 같아요, 하고 비명을 질러대다가는 1페소 50레알의 꽃값을 받자마자 포주에게로 곧장 달려가서 몽땅 내주고 치즈 한 덩어리를 샀는데, 그 치즈도 진짜가 아님을 혼자만 알고 있던 포주는 그럴 때면 커다란 미소를 짓게 마련이었다. 멜키아데스의 양피지에서 시작해서 니그로만타의 침대에서 끝나는 세계 사이를 오가던 아우렐리아노는, 작고 비현실적인 사창굴에서 수줍음의 껍질을 벗어버리려고 했다. 그래서 걸핏하면 사창굴로 갔는데, 처음에는 사랑의 가장 멋진 순간에 다다를 때쯤 되면 꼭 포주가 방으로 들어와 그들의 은밀한 쾌락에 대해 이것저것 온갖 논평을 가하곤 했다. 시간이 지남에 따라 그는 마음대로 되지 않는 세상살이에 조금씩 익숙해졌으며, 다른 날보다도 더욱 주체할 수 없을 만큼 제정신이 아니었던 어느 날 밤, 좁은 응접실에서 옷을 홀랑 벗어던지고는, 그의 어마어마한 남성 위에 맥주병을 올려놓고 집 안을 뛰어다녔다. 그는 어처구니없는 짓을 잘 저질렀는데, 그럴 때마다 포주는 아무런 불평도 없이 영원한 미소를 지으며 같이 흥을 돋우었고, 그들이 들어 있는 집이 존재하지 않는다는 것을 증명하려고 게르만이 불을 싸지르려고 했을 때나, 알폰소가 앵무새의 목을 비틀어서 병아리 스튜가 한창 끓어대는 솥에다 집어넣었을 때도 그것들이 모두 현실이 아니려니 믿고 히죽히죽 웃기만 했다.

아우렐리아노의 생각에는 자기가 그들 네 사람과 똑같은 친근감과 신의로 연결이 되어 있다고 생각했고, 어떤 때에는 그들 네 사람이 한 사람으로 여겨질 때도 있었지만, 사실은 그들 가운데 가브리엘과 특별히 가까운 사이였다. 그들의 우정은 우연히도 어느 날 밤 아우렐리아노가 아우렐리아노 부엔디아 대령에 대해 얘기했고, 가브리엘만이 그 얘기를 듣고 그것이 사람을 놀리려는 거짓말이라고 남들처럼 의심하지 않았을 때 싹트기 시작했다. 보통 때에는 남들의 얘기에 끼어들지 않던 포주까지도 포주다운 격노의 열정에 휩싸여서, 아우렐리아노 부엔디아 대령이라는 사람에 대한 얘기는 물론 여러 번 들었지만, 그 사람은 나라에서 자유파들을 죽이기 위한 핑계로 지어낸 얘기의 주인공에 지나지 않는다고 펄펄 뛰었다. 그러나 가브리엘은 자기의 4대조 할아버지인 게리넬도 마르케스 대령과는 떼어놓을 수 없었던 친구요 전우였던 아우렐리아노 부엔디아 대령의 존재에 대해서 조금도 의심하지 않았다. 그들의 애매한 기억력에 얽힌 문제들은 노무자들의 학살에 대한 얘기가 나오자 더욱 심각해졌다. 아우렐리아노가 이 문제를 꺼내기만 하면, 포주뿐만이 아니라 그녀보다 나이가 많은 사람들은 이구동성으로, 역 앞에 끌려와 꼼짝없이 붙잡혔던 노무자들이나 시체를 잔뜩 실은 200개의 차량이 달린 기차 얘기를 터무니없는 소리라고 떠들어댔고, 그들은 결국 법적인 증거물이나 기록들, 그리고 초등학교 교과서에 적혀 있는 글을 인용해서, 마콘도에는 바나나 회사가 존재하지도 않았다고 주장했다. 그랬기 때문에 아우렐리아노와 가브리엘은 다른 사람들은 아무도 믿지 않는 사실에 뿌리박은 공감으로 굳게 연결되었으며, 그들의 인생은 남들의 생각에는 이미 다 끝장이 나서 오직 추억과 향수만이 남아 있는 세상의 물결 속에서 잘못 길을 들어 헤매는 격이 되었다. 가브리엘은 장소를 가리지 않고 사정이 허락하는 곳이면 아무 데서나 기거했다. 아우렐리아노가 은세공 작업실에 몇 차례 그의 잠자리를 마련해 준 일도 있었는데 그는 새벽까지 집 안을 배회하는 죽은 사람들의 발자국 소리에 불안해져서 뜬눈으로 밤을 꼬박 새우곤 했다. 나중에는 그를 니그로만타에게 맡겨두었는데, 그녀는 손님이 없어 한가할 때면 그를 자기가 자주 쓰는 방으로 불러들여서 즐겁게 해주고는 그에게 외상으로 봉사해 준 계산을 기록해 두기 위해서 손톱으로 아우렐리아노의 빚을 기록한 자리에서 조금 떨어진 곳에다 새로운 손톱 장부를 마련했다.

그들의 생활이 비록 무질서하기는 했지만, 그래도 현명한 카탈루냐 사람의 권고를 받아들이기로 한 그들은 무엇인가 다 같이 힘을 합쳐서 영원한 업적을 이루어보려고 했다. 고전을 강의하던 전직 교수로서의 경험과 가게에 가득 들어찬 진귀한 책들에서 얻은 지식으로, 현명한 카탈루냐 사람은 초등학교 이상은 가려고도 하지 않는 사람들만 우글거리는 이 도시에서, 그들에게 밤새도록 무엇이 과연 극적인 삶인가 깨우쳐주었다. 우정을 느끼게 되어서 황홀감에 빠지고, 페르난다의 고약한 성미 때문에 여태까지 금단의 세계였던 온갖 신비한 새로운 일들에 정신을 잃게 된 아우렐리아노는 양피지 원고에 적힌 암호로 된 시구들에서 어떤 예언이 드러나기 시작하게 되었을 즈음에 양피지 공부를 집어치우고 말았다. 그러나 사창굴에서의 생활을 포기하지 않고도 모든 일을 할 시간적인 여유가 충분하다는 것을 나중에 알게 된 그는 뒤늦게나마 멜키아데스의 방으로 되돌아가서 마지막 열쇠를 쥐게 될 때까지는 포기를 않겠다고 결심하게 되었다. 바로 이때에 가스똥은 비행기가 오기를 기다리느라고 정신이 팔려 있었고, 아마란타 우르슬라는 외로움을 참지 못해서 어느 날 아침 그의 방에 모습을 나타냈다.

"식인종아, 잘 있었어?" 아마란타 우르슬라가 그에게 말했다. "다시 제 동굴로 돌아왔군그래."

손수 지은 드레스를 입고, 청어 뼈를 모아서 만든 기다란 목걸이를 걸친 그녀의 모습은 정말로 매혹적이었다. 남편의 충성심이 의심할 바 없음을 확인한 그녀는 이제 남편의 목에서 올가미를 풀어주었고, 고향으로 돌아온 다음 처음으로 차분한 기분이 들었다. 아우렐리아노는 일부러 눈을 들어 보지 않아도 그녀가 온 것을 알 수 있었다. 아마란타 우르슬라는 아주 가까이 다가앉아서 책상 위에 팔꿈치를 괴었으며, 아우렐리아노는 그녀의 뼈마디가 맞닿는 깊숙한 소리를 생생히 들을 수 있었고, 그녀는 양피지 원고에 흥미를 느끼는 듯싶었다. 산란해지려는 정신을 바로잡기 위해서 아우렐리아노는 자꾸만 기어 들어가려는 목소리를 가다듬고, 그를 저버리려는 삶과, 가루가 되어 사라지려는 추억을 건지려고 바둥거리면서 산스크리트의 운명에 대한 얘기도 하고, 종이에 숨어 있는 글자를 햇빛에 뒤집어 비쳐서 읽듯이 시간을 응시하면 미래를 미리 볼 수 있다는 과학적 가능성과, 자멸을 벗어나기 위해서 예언을 풀이해 낼 필요가 있다는 것과, 노스트라다무스의 '세기世紀'와, 성 밀라누스의 예언에 따라 무너진 칸타브리아 얘기를 늘어놓았다. 그러다가 갑자기, 하던 얘기는 그대로 계속하면서, 태어날 때부터 그의 본능 속에서 잠자고 있던 충동이 행동을 시작해서, 자기가 궁금히 여겼던 문제에 대한 확실한 답을 이렇게 하면 얻을 수 있으리라고 생각하고 자기의 손을 그녀의 손 위에 올려놓았다. 그러자 아마란타 우르슬라는 어렸을 때 자주 그랬듯이 그의 검지를 귀엽다는 듯이 쥐고는, 아우렐리아노가 얘기를 하는 동안 줄곧 잡고 있었다. 그들은 아무런 감정도 전달하지 못하는 차가운 검지로 서로 연결된 채, 그렇게 한참 있었는데, 아마란타 우르슬라가 갑자기 깜빡 잠이 들었다가 놀라서 깨어나기라도 한 듯 손으로 이마를 탁 치며 "개미들!" 하고 소리쳤다. 그러고 나서 그녀는 양피지 원고는 몽땅 잊고 춤추듯 문 쪽으로 가서 브뤼셀로 떠나던 오후에 아버지에게 작별을 고할 때 그랬듯이 아우렐리아노에게 손끝으로 키스를 보냈다.

"그 얘기는 나중에 해줘." 그녀가 말했다. "오늘이 개미집에 횟가루를 뿌리는 날이라는 걸 깜빡 잊었지 뭐야."

아마란타 우르슬라는 집안일을 보다가 그쪽에 갈 기회가 있으면 가끔 아우렐리아노의 방에 들러서 남편이 하늘만 쳐다보는 동안 잠깐씩 머물렀다. 이러한 변화에 기운을 얻은 아우렐리아노는 아마란타 우르슬라가 돌아온 첫날과는 달리 자주 그들과 어울려 식사를 했다. 가스똥은 기분이 좋았다. 식사가 끝나면 한 시간이 넘도록 그는 아우렐리아노와 얘기를 나누었는데, 그의 동업자들이 자기를 속였다는 불평을 늘어놓기가 일쑤였다. 동업자들은 그가 주문한 비행기를 배에 실어서 보냈다고 편지를 보냈지만, 그 배는 도착하지 않았고, 선박회사에서는 그런 화물이 카리브 항로를 운항하는 배에 실리지 않았으므로 결코 도착하지 않으리라고 통고했으며, 그래도 동업자들은 틀림없이 보냈다는 주장만 계속했고, 심지어는 가스똥이 그들에게 거짓말을 하고 있다는 편지도 보냈다고 했다. 서신 왕래가 계속되면서 그들 사이에는 점점 의심만 짙어져서 결국 그는 다시는 편지를 쓰지 않기로 결심했고, 대신에 곧 브뤼셀로 가서 사태를 수습하고는 자기가 직접 비행기를 몰고 오겠다고 말했다. 그러나 그 계획도 아마란타 우르슬라가 남편을 잃는 한이 있어도 마콘도에서는 떠나지 않겠다고 반발하자 수포로 돌아가고 말았다. 처음에 아우렐리아노는 가스똥이 세발자전거나 타고 다니는 바보라고 생각했고, 그래서 막연한 동정심까지 느끼게 되었다. 나중에 사창가에서 남자들의 본성에 대해서 많이 깨우치고 난 다음에는 가스똥의 우둔함이 정욕만 너무 밝히기 때문에 생겨난 결과라는 결론을 얻었다. 그러나 다시 가스똥을 잘 이해하게 되고, 그의 성격이 겉보기와는 달리 순진하기만 한 인상과는 정반대라는 것을 깨닫자, 가스똥이 비행기를 기다린다는 얘기가 연극에 지나지 않는다고 의심하게 되었다. 그러다 그는 가스똥이 생각했던 것처럼 어리석기는커녕 그와는 반대로 무한한 인내와 집념과 능력을 지닌 사람이며, 결코 아니다 소리를 하지 않고 항상 아내에게 동의를 하여, 조금도 의심받지 않도록 행동해서, 결국은 그녀를 둘러싼 거짓 동의의 거미줄에 얽혀 스스로 짜증이 나서 보따리를 꾸리고 유럽으로 돌아가자고 나설 때까지 기다리겠다는 결심으로 서서히 아내를 정복해 나가는 치밀한 계획에 착수했음을 알아챘다. 처음에는 동정을 했던 아우렐리아노는 그를 걷잡을 수 없이 미워하게 되었다. 가스똥의 행실은 아우렐리아노에게는 무척 변태적으로 여겨졌고, 그러면서도 아주 효과적으로 여겨져서, 그런 기만을 아마란타 우르슬라에게 일러주어야겠다고 생각했다. 그러나 아마란타 우르슬라는 그의 마음속에 숨어 있는 깊은 사랑과 의심과 질투는 눈치 채지 못한 채 그의 경고를 코웃음으로 넘겨버렸다. 그녀는 어느 날 복숭아 통조림을 따다가 손이 찔려서 피가 났을 때, 아우렐리아노가 재빨리 달려가서, 그녀의 등골에 냉기가 돌 만큼 탐욕스럽고 헌신적으로 손가락에서 피를 빨아댄 그날까지, 그의 마음속에서 타오르는 사랑이 가족적인 감정 이상의 그 무엇임을 끝내 느끼지 못했다.

"아우렐리아노!" 아마란타 우르슬라는 당황해서 웃음을 터뜨렸다. "넌 피빨이 박쥐치고는 의심이 대단하구나."

그러자 아우렐리아노는 폭발하고 말았다. 그녀의 상처 난 손에다 고아처럼 조심스럽게 입을 맞추면서, 그는 가슴 가장 깊숙한 곳을 열고는 끝없이 길고 갈기갈기 찢어진 창자를 끄집어내서 그의 순교자적인 삶에 잠복해서 기생하는 무서운 동물을 내보였다. 그는 아마란타 우르슬라에게 자기가 깊은 밤이면 일어나서 외로움에 떨며 흐느껴 울고, 빨아서 말리려고 목욕탕에 널어놓은 그녀의 속옷을 보고 몸을 떨던 얘기를 했다. 초조함을 이기지 못해서 어느 날 니그로만타로 하여금 그의 귓속에다 고양이처럼 가스똥, 가스똥, 가스똥, 하면서 흐느끼게 시켰으며, 굶어 죽기가 두려워서 창녀 노릇을 하는 어린 소녀들의 목에다 뿌리고 냄새를 맡으려고 그녀의 향수병들을 훔쳐내려고 했던 얘기도 했다. 이렇게 마구 쏟아내는 그의 격정에 겁이 난 아마란타 우르슬라는, 갑자기 아픔과 동정을 깨끗이 잊고, 벌렸던 손을 불가사리처럼 꼭 움켜쥐고는, 차디찬 에메랄드와 토파즈 덩어리처럼 단단하게 굳어버렸다.

"바보 같으니라구." 아마란타 우르슬라는 침을 뱉듯이 말했다. "난 벨기에로 가는 다음 배로 이곳을 떠나겠어."

어느 날 오후에 알바로는 현명한 카탈루냐 사람의 책방으로 뛰어 들어오면서, 큰 소리로 자기가 발견한 동물원 사창굴에 대한 얘기를 떠들어댔다. 그 동물원 사창굴은 '황금의 아이'라고 하는 널따란 노천 살롱이었는데, 그곳에서는 200마리가 넘는 알락해오라기가 매 시간 귀가 먹먹할 정도로 울어대어서 시간을 알려주었다. 커다란 아마존 동백꽃이 줄줄이 핀, 무도장을 빙 둘러가며 쳐놓은 철망울타리들 안에는 여러 색깔의 해오라기와, 돼지처럼 살이 통통한 악어들과, 꼬리가 열두 개나 달린 뱀과, 작은 인조 연못 속에서 뛰노는 등껍질에 금박을 입힌 거북이들이 갇혀 있었다. 그곳에는 또한 먹이를 얻으려고 수컷 노릇을 하는 하얀 암캐도 있었다. 그곳의 분위기는 새로 문을 연 듯한 순진함의 짙은 분위기를 풍겼으며, 유행에서 밀려난 축음기와 핏빛 꽃잎에 둘러싸여 희망도 없이 무작정 기다리는 아름다운 혼혈 아가씨들은 천국에 남겨두고 온 모든 사랑의 기교를 알고 있었다. 그들이 이 환상의 온실을 처음 찾아간 날 밤, 문가에서 흔들의자에 앉아 지키고 있던 조용하고 멋진 여인은 시간이 뒷걸음질을 쳐서 태초로 돌아가는 것같이 느꼈으며, 찾아온 다섯 청년들 가운데서 깡마르고 황달기가 있는 타타르 인처럼 광대뼈가 뚜렷하고, 고독의 흔적이 선명한 한 사람을 첫눈에 알아보았다.

"하느님, 하느님!" 그녀는 한숨을 쉬었다. "아우렐리아노로구나."

그 여자는 전쟁이 시작되기 훨씬 전, 등불 속에서 영광의 고독과 환멸의 망각을 맛보기 훨씬 전, 침실로 자기를 찾아와서 그의 생애에 처음으로 명령을, 그에게 사랑을 베풀라고 명령을 내렸던 아우렐리아노 부엔디아 대령을 다시 한 번 보게 되었던 것이었다. 그 여자는 필라르 테르네라였다. 여러 해 전에 그녀는 백마흔 살이 되었는데, 그때부터는 자기의 나이를 헤아리려는 헛된 버릇을 버리고 정체된 추억 속에서 여분의 삶을 살아가면서, 카드가 예시한 내적인 고뇌에 찬, 이미 다 알고 있기 때문에 살아버린 것이나 다름없는 여생을 보내고 있었다. 그날 밤부터 아우렐리아노는 자기가 알지 못했던 4대조 할머니의 동정적인 이해와 보살핌 속에서 도피처를 얻을 수 있었다. 그녀는 등나무 흔들의자에 앉아서 지나간 과거에 대한 얘기를 들려주며, 부엔디아 집안의 영광과 불운을 되살리고, 이제는 사라져간 마콘도의 번영을 얘기했는데, 그동안에 알바로는 기껏해야 큰 소리로 웃어서 악어들이나 놀래주며 시간을 보냈고, 알폰소는 지난 주일에 버릇없이 굴던 네 손님의 눈알을 쪼아 뽑은 알락해오라기에 대한 엉터리 얘기나 지어대기에 바빴고, 가브리엘은 국경 경비원들에게 붙잡혀 오리노코 저편에 있는 감옥으로 잡혀가서 그가 삼켜버린 다이아몬드가 똥과 함께 나올 때까지 요강 위에 앉아 있으라는 명령을 받았던 밀수꾼을 애인으로 가진 혼혈아 여인의 방에서 지냈다. 어머니 같은 포주가 운영하던 그 멋진 사창굴은 아우렐리아노가 오랫동안 갇혀서

436

지내던 시절에 꿈꾸던 세계였다. 그는 이곳에서 마음이 푹 놓였고, 완전한 반려자들에게서 참다운 친근감을 느껴서, 아마란타 우르슬라가 그의 환상을 무너뜨린 오후만 해도 별다른 새로운 도피처는 생각해 보지도 않았다. 가슴속에 맺힌 응어리를 풀어버리려고 그는 누구에게라도 속마음을 털어놓고 홀가분해지고 싶었지만, 기껏해야 필라르 테르네라의 치마폭에 얼굴을 파묻고 끝없이 눈물을 흘리며 푸근히 울어댈 뿐이었다. 그녀는 손톱으로 그의 머리를 긁어주면서 그가 실컷 울기를 기다렸으며, 비록 그가 사랑 때문에 울고 있다고 고백하지 않았어도 남자의 흐느낌이 역사적으로 무엇을 뜻한다는 사실을 곧 알아챘다.

"자, 애야, 다 상관없단다." 필라르 테르네라가 미소를 지으며 말했다. "그 여자가 누구인지 어서 얘기나 해라."

아우렐리아노가 얘기하자, 필라르 테르네라는 마구 웃어대다가 나중에는 비둘기가 우는 소리를 내며 자신을 진정시켰다. 부엔디아 집안의 역사가 끝없이 반복을 되풀이하는 기계여서 축軸이 보다 진보적인 목적을 위해서 돌이킬 수 없을 만큼 닳아 없어지지만 않는다면 영원히 굴러갈 바퀴나 마찬가지라는 것을 100년에 걸친 카드 점과 경험으로 알고 있었던 필라르 테르네라는 어떤 부엔디아 집안사람의 마음도 다 꿰뚫고 들여다볼 수 있었다.

"그렇게 걱정하지 마라." 그녀는 웃으면서 말했다. "그 여자가 지금 어디에 있든지 간에, 그 여자는 지금 너를 기다리고 있단다."

아마란타 우르슬라가 목욕을 끝내고 나온 때는 오후 4시 30분이었다. 아우렐리아노는 그녀가 부드러운 겉옷을 걸치고 머리에는 수건을 터번처럼 감고 그의 방 앞으로 지나가는 모습을 보았다. 그는 취한 듯 비틀거리면서 발돋움을 하고 아마란타 우르슬라의 뒤를 따랐으며, 그가 부부의 침실로 들어서자, 그녀는 벗으려고 앞자락을 들췄던 옷깃을 다시 여미었다. 그는 소리를 내지 않고 문이 반쯤 열린 옆방을 손으로 가리켰는데, 그 방에서는 가스똥이 조금 전부터 편지를 쓰기 시작하고 있었다.

"저리 가." 그녀는 소리를 죽여서 말했다.

아우렐리아노는 미소를 짓고 베고니아 화분을 집어 들 듯이 두 손으로 그녀의 허리를 잡아 들어올려서 침대 위에다 눕혔다. 그는 미처 저항할 시간도 주지 않고 그녀의 옷을 잡아챘으며, 막 목욕을 끝낸 나체를, 어둑어둑한 옆방에 있으면서 혼자 상상했던 피부 빛깔과 곱슬곱슬한 털이 이룬 선과 눈에 안 띄던 점까지 하나하나 찬찬히 뜯어보았다. 아마란타 우르슬라는 미끄럽고 향기로운 족제비처럼 교묘하게 몸을 뒤틀어가면서, 현명한 여인의 기민함을 발휘해 자신을 방어하려고 무척 애를 썼으며, 그의 아랫배를 무릎으로 걷어차거나 얼굴을 손톱으로 할퀴거나 했는데, 그러면서도 그들 두 사람은 열린 창문으로 4월의 석양을 구경하는 사람의 숨결보다 조금도 격렬하지 않게 숨소리를 죽이려고 조심했다. 마치 목숨을 걸기라도 한 것처럼 맹렬히 싸웠지만, 그들의 공격이나 도피는 유령 같은 몸짓이어서 폭력적인 느낌은 조금도 없었으며, 그들의 동작은 천천히 조심스럽게, 그리고 엄숙하게, 베고니아가 활짝 피는 동안, 옆방에 있던 가스똥이 비행에 대한 꿈을 버릴 만큼 오랜 시간에 걸쳐서 계속되었고, 그들 사랑의 적들은 수족관의 밑바닥에서 화해를 하려는 사람들처럼 느릿느릿 꿈틀거렸다. 야만적이면서도 예식禮式 같은 싸움에 한창 열이 올랐을 때, 아마란타 우르슬라는 그녀의 억지 침묵이 오히려 이상할 정도로 계속되어서, 이러다가는 옆방에 있는 남편이 그들이 싸우느라고 내었을 소음보다도 지나친 이 침묵을 오히려 더 의심할지도 모른다는 생각이 들었다. 그래서 이를 악물고 싸움을 계속하면서 일부러 웃어댔고, 그러면서도 그를 물어뜯을 때에는 가짜로 물고, 조금씩 조금씩 저항의 몸짓을 누그러뜨렸으며, 그래서 그들은 서로 싸우면서도 이제는 공범자가 되었다는 사실을 어렴풋이 깨달았고, 난투는 흔한 희롱으로 바뀌어갔고, 공격은 포옹이 되었다. 갑자기 마치 장난이라도 하는 기분으로, 아마란타 우르슬라는 반항을 멈추었는데, 자기가 저지른 잘못이 어떤 결과를 가져올 것인지 뒤늦게 생각하고 겁이 나서 다시 정신을 차리려고 했을 때는 이미 모두 늦어버렸다. 무지막지한 요동이 그녀의 한가운데를 꼼짝 못하게 찍어 눌렀고, 마음대로 몸도 움직일 수 없었던 그녀는 반항할 생각을 깨끗이 버리고, 이 세상의 다른 쪽에는 어떤 것들이 있을까 하는 상상을 했다. 몸속이 찢어지는 듯한 기분을 느끼면서 고양이 같은 비명이 나오려고 하자, 그녀는 억지로 그것을 참으려고 겨우 손을 뻗어서 수건을 끌어당겨 입을 틀어막았다.

20

한창 잔치가 떠들썩하던 어느 날 밤, 필라르 테르네라는 그녀의 천국의 문간을 지켜보면서 등나무 흔들의자에 앉아 숨을 거두었다. 필라르테르네라는 그녀의 마지막 소원에 따라 자기 흔들의자에 앉은 채로 관에담겨서 매장되었는데, 그 관은 여덟 사람이 밧줄로 내려서 무도장 한가운데 파놓은 커다란 구덩이 속에 묻혔다. 너무 울어서 얼굴이 창백해진혼혈 여인들은 검은 상복을 입고, 귀걸이와 브로치와 반지를 모아서 구덩이 속에 던져 넣고는 그 위에 이름도 없고, 연대年代도 기록하지 않은뚜껑을 덮은 다음 그 위에다 아마존 동백꽃을 뿌렸다. 그들은 동물들을모두 독살시켜 죽이고는 문과 창문을 모조리 벽돌과 회반죽으로 막아버리고, 성인들의 그림이나 잡지에서 오려낸 사진 또는 다이아몬드 똥을누었거나 식인종들을 잡아먹었거나 넓은 바다를 주름잡던 먼 곳에 있는멋진 애인들의 초상화를 줄줄이 바른 나무트렁크를 꾸려가지고 뿔뿔이저마다의 갈 길을 찾아 세상으로 흩어져 나갔다.

그것이 끝이었다. 찬송가와 창녀들의 값싼 보석에 둘러싸인 필라르 테르네라의 무덤 속에서 과거의 찌꺼기는 썩을 것이고, 영원히 계속되는 봄철에 대한 그리움을 이기지 못해 자기가 태어난 지중해의 고향으로 돌아가기 위해서 현명한 카탈루냐 사람이 경매에 붙여 팔아치우고 남은 찌꺼기도 다 썩어 없어질 것이다. 현명한 카탈루냐 사람의 결심을 미리 눈치 챘던 사람은 아무도 없었다. 그는 여러 전쟁을 피해서 돌아다니다가 바나나 회사가 한창 번영을 누리던 시절에 마콘도로 왔으며, 그가 이곳에서 이룩한 업적이라고는 길 건너 집으로 꿈을 풀이해 달라고 왔다가 차례를 기다리기 위해서 시간을 보내려고 들른 사람들이 진귀한 고서古書라도 되는 듯이 조심스레 한 장 한 장 들춰보던 1510년 이전의 간행본이나 여러 나라 말로 된 초판본들을 수집해서 책방을 열었다는 것뿐이었다. 그는 그의 반생을 책방의 뒤쪽 구석에서 보내며, 공책을 뜯어서 그 종이 위에다 보랏빛 잉크로 무척 꼼꼼하게 무엇인가 계속 썼는데, 그 글의 내용이 무엇인지 정확히 아는 사람은 아무도 없었다. 아우렐리아노가 처음 그를 만났을 때, 그는 멜키아데스의 양피지 원고처럼 보이는 그 얼룩덜룩한 종이 뭉치를 두 상자나 쌓아놓고 있었으며, 그때부터 마콘도를 떠나는 날까지 한 상자가 더 많아져서 그가 마콘도에 살던 동안에 글 쓰는 일 말고 딴 일을 조금이라도 했으리라고는 생각되지 않았다. 그가 이곳에서 관계를 유지한 사람들이라고는 처음에 팽이나 연을 책으로 바꾸었던 네 사람뿐이었는데, 그는 그들이 아직 초등학교에 다닐 때 벌써 그들에게 세네카와 오비디우스를 가르쳤다. 그는 그 고전작가들을 마치 오랫동안 방을 함께 쓴 친구처럼 자세히 알고 있었으며, 성 아우구스티누스가 겉옷 밑에 받쳐 입었던 털 속옷을 14년 동안 한 번도 갈아입지 않았다든가 빌라노바의 점쟁이 아르날도(카탈류냐의 의학자·신학자·연금술사. 1235~1313 - 역주)는 어렸을 때 전갈에게 물렸기 때문에 평생 불감증 환자였다는 따위의 알아서는 안 될 것들을 너무 많이 알고 있었다. 글에 대한 그의 열망은 엄숙한 존경심과 불경한 호기심이 뒤섞인 감정에서 우러난 것이었다. 그가 쓴 원고도 그의 이러한 이율배반적인 요소를 담고 있었다. 그 원고를 번역해 보려고 카탈루냐 말을 배운 알폰소는 신문을 오린 쪽지와 묘한 기술을 가르치는 안내서가 담겨 항상 불룩한 주머니에 원고 한 꾸러미를 넣고 다니다가, 어느 날 밤 굶어 죽기가 무서워서 몸을 파는 어느 어린 소녀의 집에서 그것을 잃어버리고 말았다. 이 얘기를 들은 현명한 할아버지는 모두들 걱정하던 것처럼 소란을 피우지 않고, 오히려 우스워 죽겠다고 하면서, 그것이 바로 문학의 운명이 아니냐고 말했다. 그런 그가 고향으로 돌아가면서 원고 세 상자를 다 가지고 가겠다고 떼를 썼을 때에는 어느 누구도 그를 설득할 힘이 없었다. 기차를 타려고 역에 나갔을 때 그는 원고 상자를 화물로 탁송하라는 역원에게 카르타고의 욕설을 줄줄 쏟아 뱉고 난 후 겨우 그 원고를 객실에 싣고 직접 가져갈 수 있었다. "염병할 세상 같으니라구." 한숨을 돌릴 수 있게 되자 그는 그렇게 한마디 내뱉었다. "사람은 1등 객실에 타면서 문학은 화물 취급을 받아?" 떠나기 전 마지막으로 남긴 말이었다. 그는 떠나기 전의 일주일을 울적하게 보냈는데, 여행을 떠날 준비를 하는 동안 전에 페르난다를 괴롭히던 장난꾸러기 요정들이 이번에는 그를 찾아와, 여기에 둔 물건을 저리로 옮겨놓으며 장난을 치는 통에 짐을 꾸리는 사이에도 물건들이 자꾸만 없어져, 출발 날짜가 다가오면서 기분이 몹시 상했기 때문이었다.

"우라질!" 그는 욕설을 퍼부었다. "전부 다 엿이나 먹어라."

게르만과 아우렐리아노가 그를 보살펴주었다. 그들은 카탈루냐의 할아버지를 어린아이처럼 돌보아주면서, 그의 주머니에 차표와 이민서류를 안전핀으로 꽂아주고, 마콘도를 떠나면서부터 바르셀로나에 도착할 때까지 무엇을 어떻게 해야 하는지 자세히 적어서 주었는데, 할아버지는 그만 나중에 자기가 가진 돈의 반이 그 주머니 속에 들어 있는 줄도 모르고 바지를 아무 데나 버리고 말았다. 여행을 떠나기 전날 밤, 원고를 넣은 상자에 못질을 끝내고 맨 처음 그가 마콘도로 올 때 가지고 온 옷가방에 옷을 모두 챙겨넣은 다음, 그는 눈을 가느다랗게 뜨고 자기가 망명을 다니는 동안 끝까지 끌고 다녔던 책 더미에 축복을 내리고는 그의 친구들에게 말했다.

"이 모든 똥 더미를 너희들에게 주고 가겠노라!"

석 달이 지난 후, 그들은 카탈루냐의 할아버지가 항해를 하는 동안 심심할 때면 틈틈이 써서 모아둔 27통의 편지와 50장이 넘는 예쁜 사진이 들어 있는 커다란 봉투를 하나 받았다. 편지에 날짜를 밝히지는 않았지만, 한번 훑어보니 어느 편지가 먼저 쓴 것이고 어느 것이 나중에 쓴 것인지는 쉽게 알 수 있었다. 현명한 카탈루냐의 할아버지가 보낸 편지들 가운데 처음에 쓴 몇 통에는 그의 천성적인 유쾌함이 서린 투로, 항해하기가 얼마나 힘든가 하는 얘기와, 선실에 책 상자를 두지 못하게 저지하려던 화물관리 책임자를 바다로 집어던지지 않고는 배길 수 없었던 충동과, 미신적인 관념 때문에서가 아니라 어쩐지 끝이 없는 숫자 같다는 생각에 13이라는 숫자가 무서워 어쩔 줄 몰라 하던 백치 같은 어떤 부인과, 배에 탄 첫날 저녁 식사 때 마신 물에서 틀림없이 레리다 온천지대의 홍당무 맛이 난다고 느껴서 내기를 걸었다가 이겼다는 따위의 얘기가 적혀 있었다. 그러나 날짜가 지나감에 따라 그는 배에서의 현실에 대해서는 점점 흥미를 잃게 되고, 배가 멀어져 갈수록 자꾸만 슬픈 생각이 들어서, 아주 최근에 있었던 지극히 사소한 일들에 대해서도 향수를 느끼게 된 것 같았다. 그러한 향수의 과정은 그가 보낸 사진 속에도 잘 나타나 있었다. 처음에 찍은 사진들에서는 하얀 파도 거품이 이는 카리브 해를 배경으로, 병원에서 입는 윗옷처럼 멋진 셔츠를 입고, 머리는 새하얀 갈기처럼 나부끼고 서 있는 모습이 무척 행복해 보였다. 그러나 여행의 마지막에 찍은 듯한 사진들에서 검은 저고리에 비단 스카프를 두르고 묵묵히 갑판에 서 있었으며, 가을 바다를 몽유병자처럼 떠가는 배도 처량해 보였다. 게르만과 아우렐리아노는 그의 편지에 답장을 써서 보냈다. 처음 몇 달 동안에는 할아버지가 어찌나 편지를 자주 써 보냈던지 마콘도에 살 때보다도 오히려 더 가깝게 느껴질 정도여서, 그가 이곳을 버리고 떠났다는 것에 대한 반발도 없어졌다. 처음에 그는 아무것도 변한 것이 없다고 편지에 적어 보냈는데, 그가 태어난 집에는 아직도 분홍빛 달팽이들이 살고 있고, 말린 청어를 토스트 조각에 얹어 먹으면 그 맛은 옛날이나 지금이나 마찬가지이며, 마을에 있는 폭포에서는 석양이 깃들 때면 옛날처럼 향기로운 냄새가 풍긴다는 거였다. 편지들은 공책을 뜯어서 그 위에 보랏빛 잉크로 찍찍 갈겨써서 보낸 것들이었는데 그는 종이 한 장에 한 구절씩만 글을 썼다. 그리고 할아버지 자신은 잘 모르고 있었겠지만, 그 편지들은 휴식과 흥분을 담은 내용에서 차츰차츰 꿈에서 깨어나는 자각의 글이 담긴 전원적인 내용으로 바뀌어가고 있었다. 수프가 벽난로에서 보글보글 끓어대던 어느 겨울밤에, 그는 책방 뒤쪽에서 느끼던 무더위와 물기가 빠진 편도나무 잎사귀에서 윙윙거리던 태양과, 낮잠 시간의 노곤한 기분에 들던 지나가는 기차 소리를, 마치 그가 마콘도에 있을 때, 벽난로에서 끓는 겨울 수프와 커피 장수의 외치는 소리와, 봄철에 아련히 들려오는 종달새의 노랫소리를 그리워하던 것만큼이나 그리워하게 되었다고 했다. 마주 세워놓은 거울 두 개처럼 서로 엇갈리는 두 향수의 틈바구니에서 혼란에 빠진 그는, 비현실에 대한 뛰어난 판단력을 상실하고, 무턱대고 모든 사람들이 마콘도를 떠나야 하며 자기가 세상이나 인간의 마음에 대해서 가르친 모든 것을 몽땅 잊어버리고, 호라티우스(고대 로마의 시인―역주)도 다 개수작이고, 그들이 어디를 가든지 간에 과거란 모두가 거짓이라는 것을 알아야 하며, 추억은 되돌아오지 않을 터이고, 이미 지나간 모든 봄은 하나도 다시 찾을 수 없으며, 사랑이 아무리 거칠거나 깊다고 해도 결국은 한순간의 진리에 지나지 않는다는 얘기를 했다.

마콘도를 버리고 떠나라는 충고를 가장 먼저 받아들인 사람은 알바로였다. 그는 집 앞마당에 묶어놓고 길들여, 지나가는 사람들을 놀려먹던 표범을 포함한 가지고 있던 모든 것들을 팔아치우고는 영원히 내리지 않는 차표를 사서 기차를 타고 떠나갔다. 여행을 하면서 그는 역에 닿을 때마다 객실 창문으로 내다본 바깥 풍경을 순간적으로 받은 인상을 곁들여가면서 요란하게 써서 보냈는데, 그 길고 몽롱한 시를 읽노라면, 루이지애나의 목화 농장에서 일하는 괴물 같은 흑인들과 캔터키의 푸른 들판을 거니는 날개 달린 말과 애리조나의 불타는 석양 속의 그리스 인 연인들이나 미시간 호숫가에서 수채화를 그리다가 영원히 다시는 돌아오지 않을 기차인 줄도 모르고 단순히 인사만 한 것이 아니라, 희망을 빌려주려고 그에게 붓을 흔들어주던 빨간 스웨터를 입은 아가씨 따위의 애기로 가득해서 그가 현실을 갈기갈기 찢어서 망각 속에 집어던진 것만 같았다. 그러다 어느 토요일 알폰소와 게르만 역시 다음 월요일에 돌아오겠다고 하면서 떠나고는 그 후로 소식이 끊어졌다. 현명한 카탈루냐 사람이 떠나고 1년이 지나고 나서도, 마콘도에 그대로 남아 있는 사람은 오직 가브리엘뿐이었는데, 그는 아직도 니그로만타가 가끔 베푸는 적선 덕택에 연명을 하며 떠돌아다녔고, 1등 상으로 파리 여행비용을 대주는 어느 프랑스 잡지에 내는 현상 문제에 계속해서 답을 보내고 있었다. 아우렐리아노도 그 프랑스 잡지를 구독하고 있던 터여서 어떤 때에는 자기 집에서, 그리고 거의 대부분은 가브리엘의 숨겨둔 애인 메르쎄데스가 살고 있던, 마콘도에 남은 마지막 약국에서 길초근(吉草根, 쥐오줌풀의 뿌리를 말려서 만든 신경안정제 - 역주) 냄새에 싸여 커다란 항아리 속에 들어앉아서 현상 문제의 해답을 찾는 일을 도와주었다. 순간순간 끝나면서도 영원히 끝나지 않는, 속속들이 모든 것을 폐허로 만드는 파괴의 과정에서 이 약국만은 아직도 폐허의 손길이 닿지 않아 마지막으로 남은 과거의 유물이었다. 마콘도의 죽음은 워낙 철저히 이루어졌기 때문에, 가브리엘이 드디어 현상 문제를 풀어 파리로 여행 가는 상금을 타고 갈아입을 옷 두 벌과 구두 한 켤레와 라블레(프랑스의 작가 · 의사 · 인문주의 학자. 1483~1553 - 역주) 전집을 꾸려가지고 역으로 나갔을 때는 기차가 설 생각도 않고 지나가려고 해서 손을 흔들어 기관사에게 신호를 해서야 겨우 탈 수 있었다. 터키 사람들이 살던 옛 거리도 이 무렵에는 황폐해져서,

마지막으로 남은 아랍 사람들은 그들의 전통적인 관습에 따라 문간에 나앉아 죽음이 그들을 끌고 가기만 기다렸으며, 가지고 있던 포목을 다 팔아치운 지도 여러 해가 지나 어둑어둑한 진열장에는 낡은 마네킹만 남아 있었다. 앨라배마 주 프라트빌에서 이논드(미나리과의 식물 – 역주) 절임만 먹으면서 고통스러운 밤을 보내며 손자들의 장래를 위해 어떻게 해서든지 부흥하려고 파트리샤 브라운이 애를 썼던 바나나 회사 마을도 이제는 잡초만 무성한 들판이 되고 말았다. 앙헬 신부의 뒤를 이어서 이곳에 왔지만, 어느 누구도 그의 이름이 무엇인지조차 알려고도 하지 않았던 늙은 신부는 근처의 교회를 차지하려고 도마뱀들과 쥐들이 전쟁을 벌이는 동안, 맥이 빠져 그물침대에 누워 망연히 하느님의 자비로운 손길이 뻗어오기만을 기다리면서 관절염과 불면증에 시달렸다. 새들도 잊어버렸고, 먼지와 무더위만이 숨이 막히도록 가득 찬 마콘도에서, 사랑의 고독과 고독한 사랑에 격리된 채, 불개미들이 들끓어서 잠도 잘 수 없는 집에 갇혀 있으면서도 아우렐리아노와 아마란타 우르슬라는 행복을 누렸고, 그들만이 이 세상에서 행복한 사람들이었다.

가스똥은 이미 브뤼셀로 돌아가 버렸다. 비행기가 오기를 기다리다 지쳐버린 그는 어느 날 꼭 필요한 물건들만 작은 가방에 챙겨 넣고는 자기가 제출한 계획보다 훨씬 그럴듯한 제안을 당국에 낸 독일 조종사들의 안건이 통과되기 전에 무슨 일이 있어도 비행기를 가지고 돌아오겠다는 생각을 품고서 마콘도를 떠났다. 그들이 처음으로 사랑을 나눈 날 오후부터, 아우렐리아노와 아마란타 우르슬라는 어쩌다가 한 번쯤 남편이 주의를 게을리 하는 순간만 있으면 그 틈을 타서, 잠깐 우연히 얻은 기회에 짓눌린 욕정을 마구 쏟다가 남편이 갑자기 나타나면 중단해야만 했다. 그러다 단둘이서만 집에 남게 되는 드문 기회만 닥치면 그들은 그동안 손해 본 시간을 한꺼번에 메우기 위해서 정신을 잃을 만큼 사랑에 열중했다. 그들이 벌이는 광란의 열정은 무덤 속에 누워 있는 페르난다의 뼈가 공포로 떨릴 만큼 앞뒤를 가리지 않았으며, 그들은 영원한 흥분 상태

에서 살았다. 아마란타 우르슬라의 비명 소리와 그녀의 고뇌에 찬 노래
는 오후 2시에 식당의 식탁에서도 울려 나왔고, 새벽 2시에 곡식 창고 안
에서도 흘러나왔다. "한 가지 가슴 아픈 일이 있어." 아마란타 우르슬라
는 가끔 웃으면서 말했다. "그동안 우리가 낭비해서 손해 본 시간이 아까
워." 격정의 흥분 속에서 아마란타 우르슬라는 개미들이 정원을 폐허로
바꾸어놓고, 그칠 줄 모르는 굶주림을 채우려고 집의 대들보들을 갉아먹
는 것을 보았으며, 쏟아져 내리는 용암처럼 현관을 집어삼키는 것도 지
켜보았지만 개미들이 침실로 침범해 들어올 때가 되어야만 그들을 물리
치기 위해서 싸웠다. 아우렐리아노는 양피지 원고를 아주 잊어버렸고,
다시는 집 밖으로 나가지도 않았으며, 현명한 카탈루냐 사람에게서 온
편지에는 아무렇게나 답장을 써서 보냈다. 그들은 현실에 대한 감각과
시간에 대한 개념과, 일상생활의 흐름을 완전히 상실했다. 옷을 벗었다
입었다 하느라고 시간을 낭비하기가 싫어서 문과 창문을 아예 봉해 버렸
고, 미녀 레메디오스가 그러고 싶어 했듯이 벌거벗고 집 안을 돌아다녔
으며, 마당의 진흙 속에서도 알몸으로 뒹굴었고, 어느 날 오후에는 목욕
탕 안에서 일을 치르다가 물에 빠져 죽을 뻔한 일도 있었다. 얼마 안 되
는 기간 동안 그들은 개미들보다 훨씬 더 심하게 집을 파괴하게 되었는
데, 응접실 가구들은 거의가 부서졌고, 아우렐리아노 부엔디아 대령이
전쟁 통에 참호 속에서 슬픈 사랑을 치렀어도 견디던 그물침대도 그들의
미친 듯한 행위에 너덜너덜 닳았으며, 매트리스도 다 찌어져서 터져버렸
고, 마룻바닥에서 파도처럼 일렁이는 솜뭉치 속에서 숨 막히는 사랑을
나누었다. 아우렐리아노가 그의 경쟁자만큼이나 격렬한 사랑의 짝이기
는 했어도, 아마란타 우르슬라는 그녀의 4대조 할머니가 동물과자를 만
드는 데 바쳤던 끊임없이 솟는 에너지를 사랑을 나누는 데 집중하기라도
한 것처럼 천재적인 두뇌와 선정적인 탐욕을 잘 구사해서 이 혼돈의 천
국을 잘 이끌어나갔다. 그러나 아마란타 우르슬라가 자기가 생각해 낸
사랑의 기교를 쓰면서 쾌락에 노래하고, 즐거움에 죽어가는 동안, 아우

렐리아노는 자기의 사랑이 이기적인 반면에 욕망은 주체할 수 없을 만큼 불타오르기만 해서 점점 말이 적어지고 내성적이 되었다. 그러면서도 그들은 아무도 따를 수 없는 사랑의 대가大家가 되어서, 흥분에 시달려 지치게 되면 지친 대로 새로운 맛을 찾아내게 되었다. 그러면 그들은 서로 그들의 육체를 찬양하고, 사랑의 휴식 기간이 폭발되지 않은 가능성을 지니고 있음을 깨닫게 되었으며, 그 가능성이 욕망보다도 훨씬 감미로움도 알았다. 아우렐리아노가 아마란타 우르슬라의 단단하게 발기된 젖가슴을 계란 흰자위로 문지르고, 탄력 있는 허벅지를 쓰다듬고, 복숭아 같은 배에 코코아 버터를 바르는 동안, 그녀는 아우렐리아노의 당당한 그것을 인형이라도 되는 듯 가지고 놀면서 거기에다 루주로 광대의 눈을 그리고, 눈썹 그리는 연필로 터키 사람의 콧수염을 그려 넣고, 명주 나비 넥타이와 작은 은종이 모자도 그렸다. 어느 날 밤 그들은 머리끝부터 발끝까지 온몸에 복숭아 잼을 바르고는 개처럼 서로 상대방의 몸을 핥아주다가 현관 바닥에서 일을 치렀는데, 얼핏 잠을 깨고 보니 그들을 산 채로 잡아먹으려고 육식성 개미들이 밀물처럼 밀어닥치는 찰나였다.

그들의 정신착란 상태에서 깨어날 때면, 아마란타 우르슬라는 가스똥의 편지에 답장을 쓰곤 했다. 그녀에게는 남편이 너무 먼 곳에 있고, 또 워낙 바쁜 것 같아서, 남편이 돌아온다는 것은 도저히 불가능한 일처럼 여겨졌다. 그가 보낸 한 편지에서 가스똥은 자기의 동업자들이 정말로 비행기를 보내기는 했지만, 브뤼셀의 어느 선박회사가 그만 실수로 그 비행기를 마콘도로 보내는 대신 탕가니카에 흩어져 사는 마콘도스 부족에게 보냈다는 얘기를 했다. 이 실수로 빚어진 혼란은 복잡한 문제들을 너무 많이 자아내서 비행기를 다시 찾아내는 데만 적어도 2년이 걸릴 정도라고 했다. 그래서 아마란타 우르슬라는 남편이 돌아오는 비극적인 사태는 일어날 가능성이 희박하다고 단정 짓고 마음을 편히 가졌다. 한편 아우렐리아노는 현명한 카탈루냐 사람에게서 받는 편지와, 조용한 약국 주인인 메르쎄데스를 통해서 듣는 가브리엘에 대한 소식을 제외하고는 전혀 바깥 세계와는 접촉을 갖지 못하고 있었다. 처음에는 그 접촉은 현실적인 것이었다. 가브리엘은 파리에 머물러 살 작정으로 돌아오는 배표는 반납해 버리고, 뤼 도팽 거리에 있는 음침한 호텔에서 방을 청소하는 여자들이 버리는 헌 신문이나 빈병을 주워다 팔면서 먹고 살았다. 아우렐리아노는 봄이 되어 몽파르나스의 노변 카페에 여인들이 모여들 때가 되기 전에는 절대로 스웨터를 벗지 않고 지내면서, 로카마두르가 물에 끓이는 꽃양배추 냄새가 나는 방에서 밤낮을 뒤바꿔 배고픔을 혼란 속에서 잊으려는 생각으로, 낮이면 잠을 자고 밤이면 글을 쓰며 지내는 그의 모습이 눈에 선하게 보이는 것만 같았다. 그러나 그에게서 전해 오는 소식은 조금씩 불확실해졌으며, 현명한 할아버지에게서 오는 편지도 차츰 뜸해지고 우울한 기분으로 가득 차서, 그는 그들을 생각하기를 아마란타 우르슬라가 남편 가스똥을 생각하듯 했고, 그래서 그들 두 사람은 일상적이면서도 영원한 현실이라고는 오직 사랑뿐인 공허한 하늘에 둥둥 떠서 살았다.

그러다가 갑자기, 마치 행복한 무감각의 세계에 질풍같이 몰려오는 소 떼처럼, 가스똥이 돌아오겠다는 소식을 전해 왔다. 아우렐리아노와 아마란타 우르슬라는 눈을 크게 뜨고, 깊숙이 묻혀 있던 그들의 영혼을 다시 가다듬고, 가슴에 손을 얹고는 그 편지를 읽었으며, 이제는 그들의 사이가 너무나 가까워서 헤어지느니 차라리 죽는 편이 훨씬 낫다고 생각하게 되었다. 그래서 아마란타 우르슬라는 이율배반적인 편지를 남편에게 써서 보냈는데, 자기가 아직도 가스똥을 사랑하고 있다는 사실을 거듭 밝히면서 그를 다시 만나고 싶어서 조바심이 난다고도 하고, 그러나 동시에 그만 운명의 장난에 휘말려 이제는 아우렐리아노가 없이는 살 수 없다는 얘기도 덧붙였다. 그들이 생각했던 바와는 달리 가스똥은 그들에게 차분하고, 거의 부모가 자식에게 얘기하는 투로 답장을 써서 보내왔는데, 두 장에 걸친 그 편지에는 사랑의 변덕스러움에 대한 장황한 설교와 함께 끝에 그가 짤막한 결혼생활에서 누렸던 행복이 그들에게 있기를 빈다는 간단한 구절이 들어 있었다. 생각지도 않던 가스똥의 태도에 아마란타 우르슬라는 오히려 남편에게 자기를 저버릴 핑계를 만들어 준 것이나 아닌가 하는 생각이 들어서 굴욕을 느꼈다. 그녀의 분노는 여섯 달 후에 가스똥이 레오폴드빌에 도착해서, 잃어버렸던 비행기를 드디어 다시 찾은 다음에 자기가 마콘도에 남겨두고 온 물건들 가운데에서 미련이 남는 유일한 것이라고는 세발자전거뿐이니 그것을 보내달라는 편지를 보냈을 때 더욱 심해졌다. 아우렐리아노는 끈기 있게 꾹 참으면서 아마란타 우르슬라의 성미를 다 받아주었고, 자기가 그녀를 위해서 맑은 날에만이 아니라 궂은 날에도 훌륭한 남편 노릇을 할 수 있다는 점을 증명하려고 무척 애를 썼으며, 그러다가 가스똥이 남긴 돈이 다 떨어져 먹고 살 것도 없게 되자, 그들 사이에는 정욕처럼 황홀하고 숨찬 것은 못 되더라도 그나마 견실한 유대가 이루어졌으며, 그래서 야단스럽고 음탕했던 시절 못지않게 자주 부드러운 사랑놀이를 하고 행복해졌다. 필라르 테르네라가 죽을 때쯤 되어서 그들은 아기를 가졌다.

임신을 해서 몸이 무거워지자 아마란타 우르슬라는 물고기 뼈로 목걸이를 만들어 파는 장사를 시작하려고 했다. 그러나 한꺼번에 열 개를 사준 메르쎄데스 외에는 손님이라고는 하나도 찾아볼 수가 없었다. 아우렐리아노는 자기의 언어에 대한 재능과, 백과사전적인 지식과, 가본 일도 없는 먼 곳이나 눈으로 보지 못한 지나간 사건들에 대한 자세한 자료를 모두 외울 수 있는 기막힌 능력이, 마콘도에 마지막으로 남았던 주민들이 가진 전 재산을 모두 합쳐도 모자랄 만큼 값어치가 나갔지만 지금은 아무 짝에도 쓸모가 없어진 아내의 보석 상자처럼 소용이 없게 되었음을 알았다. 그들은 기적적으로 살아가고 있었다. 아마란타 우르슬라는 유쾌한 성격이나, 짓궂고 에로틱한 기발한 장난을 생각해 내는 재치는 잃지 않고 있었다 해도, 점심을 먹고 나서 현관에 나앉아 생각에 잠긴 채 눈을 뜨고 낮잠을 자는 새로운 버릇이 생겼다. 그녀 곁에는 늘 아우렐리아노가 있었다. 때때로 그들은 서로 마주 보며 눈을 들여다보고, 예전에 음탕한 사랑을 나누던 때와 똑같은 진한 애정을 지닌 채 평온함 속에서 사랑을 나누며 해질녘까지 꼼짝 않고 있곤 했다. 미래에 대한 불안 때문에 그들의 마음은 자꾸만 과거로 돌아갔다. 그들은 천국처럼 행복했던 홍수 시절, 마당 둠벙에서 철버덕거리며 우르슬라의 목에 걸어줄 도마뱀을 잡으러 다니고, 우르슬라를 산 채로 묻으려는 척하면서 장난치던 일을 회상했고, 그런 추억을 더듬다가 그들이 어렸을 적부터 함께 행복한 시절을 보냈다는 생각을 했다. 좀 더 과거로 거슬러 올라가서 회상을 하던 아마란타 우르슬라는 어느 날 멜키아데스의 방에 들어갔다가 어떤 사내아이를 발견했고, 그 아이는 부모가 없는 아이이며, 바구니에 담겨서 물에 떠내려 왔다고 어머니가 얘기해 주던 일이 생각났다. 그들은 그 얘기가 거짓말처럼 여겨졌지만, 그 거짓말을 대신할 참된 사실을 아무것도 찾지 못해서, 그대로 그 얘기를 받아들일 수밖에 없었다. 그들이 이것저것 곰곰이 따져보고 얻은 결론이라고는 아우렐리아노의 어머니가 페르난다는 아니라는 것뿐이었다. 아마란타 우르슬라는 아우렐리아노가, 추잡한 뒷얘기만 잔뜩 남겨놓은 페트라 코테스의 아들임에 틀림없다는 생각이 자꾸 들어서, 마음속으로 무서운 생각이 들었다.

아우렐리아노는 자기가 아내와 남매간이라는 확신에 마음이 괴로워졌으며, 그리하여 사실을 밝혀야겠다는 생각에 교회로 달려가 지하실 문서보관실을 뒤져서 부모에 대한 기록을 찾으려고 곰팡이가 피고 좀이 먹은 서류들을 뒤졌다. 가장 최근에 있었던 영세에 대한 기록은 초콜릿으로 수작을 부려서 신의 존재를 증명하려고 기를 쓰던 시절 니카노르 레이나 신부가 어린 아마란타 부엔디아에게 영세를 주었다는 것뿐이었다. 그는 열일곱 명의 아우렐리아노에 대한 네 권의 기록을 샅샅이 뒤져본 다음에 그들의 출생증명서를 검토하고는 자기가 그들 가운데 하나였으리라는 기분을 느끼게 되었지만, 그들이 영세를 받았다는 날짜가 자기의 나이보다는 훨씬 오래전이어서 그나마 자신이 없었다. 그물침대에 누워서, 족보의 미궁에서 길을 잃고 불확실한 자신의 신분에 몸서리치는 아우렐리아노를 지켜보던, 관절염을 앓고 있는 신부가 불쌍하다는 듯이 그의 이름이 무엇이냐고 물었다.

"아우렐리아노 부엔디아입니다." 그는 대답했다.

"그렇다면 조사를 하느라고 그렇게 고생할 필요가 하나도 없지." 신부는 확신을 얻었다는 듯이 큰 소리를 쳤다. "오래전에 이곳에는 그런 이름으로 불리던 길거리가 있었고, 당시에는 아이들 이름을 길 이름에서 따다가 짓는 습관이 있었으니까."

아우렐리아노는 화가 나서 몸을 부르르 떨었다.

"당신도 똑같군요!" 아우렐리아노가 말했다. "신부님도 그 얘기를 믿지 않으려고 하니까요."

"무얼 믿어?"

"아우렐리아노 부엔디아 대령이 서른두 번이나 내란을 일으켰다가 모두 패배했다는 얘기 말입니다." 아우렐리아노가 대답했다. "군인들이 노무자 3000명을 몰아다 가두고 기관총으로 쏘아 죽인 다음에 200개의 차량을 연결한 기차에 그 시체들을 실어다 바다에 쏟아 넣어버렸다는 얘기도 그렇고요."

신부는 애처롭다는 눈초리로 그를 아래 위로 훑어보았다.

"아, 얘야." 신부가 한숨을 쉬었다. "이 순간에 너하고 내가 이렇게 살아 있다는 것만 알고 있으면 되느니라."

그래서 아우렐리아노와 아마란타 우르슬라는 그것이 사실이라고 믿어서가 아니라 그렇게 믿으면 무서움만은 잊을 수가 있을 것 같아서, 바구니 얘기를 믿어두기로 했다. 뱃속의 아이가 자꾸만 자라게 되자 그들은 서로 더욱 가깝게 느꼈으며, 이제는 한 번만 훅 불어도 무너질 것처럼 낡은 집의 고독에 점점 짙게 용해되어 갔다. 그들은 꼭 돌아다녀야 할 곳들만 왔다 갔다 하며 제한된 생활을 해서, 페르난다의 침실에서 앉은 자세로 사랑을 하는 자기들의 모습을 거울에 비춰보거나, 현관 입구에 자리를 잡고 앉아서 아마란타 우르슬라는 곧 태어날 아기에게 주려고 털실로 양말과 모자를 짜고 아우렐리아노는 가끔 현명한 카탈루냐 사람에게 편지를 쓰느라고 시간을 보냈다. 그들이 쓰지 않는 곳들은 끈질긴 파괴의 공격에 멋대로 무너지게 내버려두었다. 은세공 작업실과, 멜키아데스의 방과, 산타 소피아 드 라 삐에다드의 고요하고 원시적인 은둔처는 집 안의 깊은 정글에 파묻혀서 감히 안으로 파헤치고 들어가려는 사람도 없을 지경이었다. 자연의 무서운 손길에 둘러싸인 가운데, 아우렐리아노와 아마란타 우르슬라는 오레가노와 베고니아를 계속해서 가꾸고, 횟가루로 완충지대를 만들어서 인간과 개미 사이에 마지막 보루를 쌓았다. 머리는 손질을 안 해 길게 자라 흘러내리고, 얼굴에는 얼룩덜룩 반점이 나타나고, 다리가 퉁퉁 부어오르고, 사랑놀이를 할 때면 족제비처럼 매끄럽게 꿈틀대던 몸이 배불뚝이가 되어서, 그녀의 젊은 육체는 재수 없이 잡힌 카나리아를 잡아넣은 새장과 목에 올가미를 찬 남편을 끌고 처음 이곳에 나타났을 때의 모습은 찾아보기도 힘들었지만, 그래도 활동적인 성격만은 조금도 변하지 않았다. "육시랄!" 아마란타 우르슬라는 웃으면서 욕을 했다. "우리가 진짜로 이렇게 식인종같이 될 줄이야 어디 누가 알았나?" 그들과 바깥 세계를 연결하던 마지막 한 가닥의 접촉도, 임신 6개월째 접어들 때 그들이 받은 편지로 끝장이 났다. 그 편지는 현명한 카탈루냐 사람이 보낸 것이 아니었다. 그 편지는 발신지가 바르셀로나로 되어 있었는데, 공무원의 솜씨가 분명히 드러나는 필체로 겉봉에 푸른 잉크로 수신인의 주소가 적혀 있었으며, 얼핏 보아도 반갑지 않은 소식이 담긴 냉정한 인상을 주었다. 아마란타 우르슬라가 그 편지를 열어보려고 하자 그는 그것을 낚아채서 빼앗았다.

"이것은 안 돼." 아우렐리아노가 그녀에게 말했다. "이 편지에 무슨 얘기가 적혀 있는지는 알고 싶지 않아."

아우렐리아노가 짐작했던 대로, 현명한 카탈루냐 사람은 그에게 다시는 편지를 보내지 않았다. 아무도 읽지 않았던 낯선 사람에게서 온 그 편지는, 페르난다가 언젠가 결혼반지를 그곳에 두었다가 찾지 못해서 쩔

쩔 맨 일이 있는 선반 위에 얹혀서 좀벌레들의 밥이 될 처지였으며, 안에 담긴 나쁜 소식이 저절로 사그라지는 동안, 두 외로운 연인들은 마지막 단계에 접어든 고난을 헤쳐 나가면서, 의식과 망각의 사막으로 떠내려가 느라고 발버둥치면서 악착같은 불운의 시기를 살았다. 다가오는 파멸을 의식하면서 아우렐리아노와 아마란타 우르슬라는 마지막 몇 달을 손을 맞잡고 간통의 광란 속에서 잉태된 아기에게 사랑과 정성을 쏟겠다고 다짐했다. 밤에 침대에서 서로 부둥켜안고 있는 동안에는, 그들은 개미들이 내는 폭발적인 소리나, 좀벌레들이 몰려다니는 소리나, 옆방에서 자라는 잡초들이 내는 맑은 사그락거리는 소리가 계속되어도 별로 무서운 줄 몰랐다. 그들은 죽은 사람들이 지나다니는 소리에 여러 번이나 잠에서 깨어났다. 집 안의 대를 이어가게 하려고 창조의 원칙과 싸움을 벌이는 우르슬라를 보았고, 위대한 발명의 신비한 진리를 찾아 헤매는 호세 아르카디오 부엔디아를, 기도를 드리는 페르난다를, 전쟁에 대한 망상과 작은 황금물고기로 자신을 가두어버린 아우렐리아노 부엔디아 대령을, 그리고 방탕한 무질서 속에서 외로움에 시달려 죽어가는 아우렐리아노 세군도를 만났는데, 죽은 사람들을 보고 그들이 느낀 것은 죽음 앞에 서면 망상에 사로잡히게 된다는 사실과, 드디어 곤충들이 인간에게서 빼앗아가는 이 처참한 낙원을 장차 어떤 다른 동물이 다시 빼앗아가게 될 먼 훗날, 자기들이 이미 죽었더라도 유령이 되어 계속해서 서로 사랑하리라고 굳게 믿음으로써 다시금 행복해질 수 있었다.

어느 일요일 오후 6시에 아마란타 우르슬라는 산기가 있어서 통증을 느꼈다. 굶어 죽기가 무서워서 몸을 파는 소녀들을 거느린 미소 짓는 포주가 집으로 찾아와 임부를 식탁 위에 눕히고, 배 위에 걸터앉아서, 산모의 비명 소리가 새로 태어난 큼직한 사내아이의 우렁찬 울음소리로 바뀔 때까지 거칠게 엉덩방아를 찧었다. 눈물이 글썽글썽한 눈으로 아마란타 우르슬라는 자기가 낳은 훌륭한 부엔디아 집안의 아들을, 호세 아르카디오들처럼 튼튼하고 생명력 있는, 아우렐리아노들처럼 큼직하고 투시력 있는 눈을 가진, 새로운 종족을 처음부터 다시 번식해서 일으켜 세우고 지난날의 죄악과 외로움을 모두 씻어버릴 수 있을, 지난 100년 동안에 처음으로 완전한 사랑만으로 빚어져 태어난 아기를 쳐다보았다.

"이 아기는 진짜 식인종 같아 보이는구나." 산모가 말했다. "이 아이의 이름은 로드리고라고 불러야지."

"아냐." 남편이 반대했다. "우리는 이 아이를 아우렐리아노라고 불러야 하고 그러면 이 아이는 서른두 번이나 전쟁에서 이길 거야."

탯줄을 끊은 다음, 산모는 아우렐리아노더러 등잔을 들고 있으라고 하고, 산파로 하여금 아기의 몸에 잔뜩 묻어 있는 푸른 양수를 헝겊으로 닦게 했다. 아기를 엎어놓은 다음에야 그들은 그가 다른 사람들과는 좀 다른 데가 있다는 사실을 발견하고 다시 아기를 잘 살펴보았다. 아기에게는 돼지꼬리가 달려 있었다.

그들은 별로 놀라지 않았다. 아우렐리아노와 아마란타 우르슬라는 옛날에 집안에 같은 일이 있었다는 것을 몰랐고, 우르슬라의 무시무시한 경고도 깜빡 잊고 있었으며, 산파가 그까짓 돼지꼬리는 아기가 이갈이를 할 때쯤 되면 간단히 잘라버릴 수 있다고 하는 바람에 별로 걱정을 하지 않았다. 더구나 아마란타 우르슬라가 주체할 수 없을 만큼 하혈을 계속해서 그런 데다 신경을 쓸 형편도 되지 않았다. 그들은 재 덩어리와 거미줄 뭉치로 쏟아져 나오는 피를 막아보려고 했지만 그것은 샘물을 손으로 틀어막으려는 짓이나 마찬가지였다. 처음 몇 시간 동안 아마란타 우르슬라는 그래도 유쾌한 표정을 지으려고 애를 썼다. 그녀는 파랗게 질린 아우렐리아노의 손을 잡고는 걱정 말라고 타일렀으며, 자기 같은 사람은 스스로 죽기로 마음먹기 전에는 도저히 죽을 수 없는 인간이라고 말하고 산파가 어수룩한 방법으로 하혈을 막으려는 꼴을 보고는 폭소까지 터뜨렸다. 그러나 모든 빛깔이 표백되어 날아가기라도 하듯 아마란타 우르슬라의 모습이 점점 투명해지고, 그녀가 졸음을 느끼게 되자, 아우렐리아노는 희망을 잃고 말았다. 월요일 새벽에 그들은 뜸술 기도를 드리는 여자를 데리고 와서 치료를 하려고 했지만, 아마란타 우르슬라의 격렬한 피는 사랑의 힘에서 우러나지 않은 술법만 가지고는 멈출 수가 없었다. 오후가 되고 24시간 동안의 결사적인 노력 끝에 아무런 별다른 치료도 하지 않았는데 피가 멈추고, 반점이 사라져서 석고상처럼 얼굴이 말끔해지고, 다시 그녀가 미소를 짓자 그들은 아마란타 우르슬라가 숨을 거두었음을 알게 되었다.

아우렐리아노는 그때 자기가 친구들을 얼마나 사랑했으며, 그들이 얼마나 보고 싶고, 이 순간에 그들과 함께 있을 수 있다면 무엇이라도 다 내주고 싶다는 생각이 들었다. 그는 어머니가 자기를 담아서 보낸 바구니에 아기를 담고, 시체의 얼굴을 담요로 덮은 뒤, 과거로 되돌아갈 수 있는 문을 찾으려고 하염없이 시내를 방황했다. 그러다 최근에는 드나든 일이 없는 약국의 문을 두드렸는데, 약국은 어느새 목수의 집으로 바뀌어 있었다. 손에 등잔을 들고 내다보면서 문을 열어준 늙은 여자는 측은해하는 표정을 지으면서, 횡설수설하는 그의 얘기를 듣고는, "아녜요, 이 자리엔 약국이 섰던 일이 없고, 더군다나 목이 가늘고 눈이 게슴츠레한 메르쩨데스라는 여자 얘기는 들어본 적도 없어요."라고 말했다. 그는 전에 현명한 카탈루냐 사람의 책방이었던 집 문에 이마를 대고 흐느껴 울면서, 사랑의 자제력이 깨어질 것이 두려워 그 자리에서는 울지 못했던 복받치는 심정을 뒤늦게나마 지금 자기가 터뜨리고 있음을 깨달았다. 어릴 적에는 마도요새들이 있는 마당에서 그것을 볼 때마다 어린애다운 환상에 젖곤 했던 오렌지 빛 덩어리들이 광채를 뿜으면서 하늘을 가로질러 날아가는 것을 보고도 별로 신경을 쓰지 않으며, 아우렐리아노는 필라르 테르네라를 부르느라고 매음굴 '황금의 아이' 집 시멘트벽을 주먹이 으스러져라 두드렸다. 다 무너져가는 사창가의 마지막 노천 살롱에서 어느 아코디언 악단이 대주교의 조카이며 현인 프랜시스코의 배결을 상속받은 라피엘 에스칼로나의 노래를 연주하고 있었다. 어머니에게 함부로 손목을 휘둘렀다가 천벌을 받아서 한쪽이 곰배팔이(팔이 꼬부라져 붙어 펴지 못하거나 팔뚝이 없는 사람을 낮잡아 이르는 말 – 역주)가 된 바텐더가 아우렐리아노에게 사탕수수 술을 한잔 대접하겠다고 불렀고, 다음에는 아우렐리아노가 그 사람에게 한잔 사주었다. 바텐더는 아우렐리아노에게 어쩌다 자기의 팔이 그 꼴이 되었는지를 얘기해 주었다. 아우렐리아노는 자기가 누나와 살았기 때문에 천벌을 받아서 마음이 병들게 되었다는 얘기를 했다. 그들은 서로 부둥켜안고 울음을 터뜨렸으며, 그렇게 울고 나니 마음이 한결 풀어진 기분이었다. 그러나 마콘도의 마지막 새벽에 다시 홀로 있게 된 그는 광장 한가운데 서서 팔을 벌리고 잠든 세상을 깨우고 싶은 생각에서 있는 힘을 다해 소리쳤다.

“친구들도 결국은 모두 개새끼들이다!”

토사물과 눈물이 범벅이 되어 쓰러진 그를 구해 낸 사람은 니그로만타였다. 그녀는 아우렐리아노를 자기 침실로 데려가서 몸을 깨끗이 닦아 내고, 육즙 한 그릇을 먹였다. 그리고 그의 기분을 돋우려는 생각에서 숯덩어리를 집어서 아우렐리아노가 여태까지 그녀에게서 외상으로 즐긴 사랑의 장부를 지워버렸고, 혼자만 울게 내버려두기가 미안해서 그녀의 일생에서 가장 슬펐던 일을 스스로 털어놓고는 같이 슬픔에 잠겼다. 텁텁하고 짤막한 잠에서 깨어난 아우렐리아노는 다시 두통을 느끼기 시작했다. 그리고 눈을 뜨자 비로소 아기가 생각났다.

아우렐리아노는 바구니를 찾을 수가 없었다. 처음에는 얼핏 아기를 돌봐주려고 아마란타 우르슬라가 죽음에서 다시 깨어난 줄 알고 기뻐서 소리를 질렀다. 그러나 담요를 들춰보니 그녀의 시체는 돌무더기처럼 그대로 있었다. 자기가 돌아왔을 때 침실 문이 열려 있는 것을 본 기억이 난 아우렐리아노는 오레가노의 살풋한 향기로 가득 찬 현관을 지나 식당으로 갔는데, 그곳에는 아직도 해산을 할 때 썼던 커다란 솥과, 피투성이 시트와, 재를 담은 항아리와, 탁자 위의 가위와, 낚시와, 그 옆에 펴놓은 기저귀 위에 돌돌 말아 던져둔 아기의 탯줄이 그대로 남아 있었다. 밤중에 아기를 보아주려고 산파가 다시 한 번 들렀을 것이라는 생각이 떠오르자 그는 잠시 쉬면서 생각할 여유를 가질 수 있었다. 그는 이 집을 지은 지 얼마 안 되었을 때 뜨개질을 가르치느라고 레베카가 자주 앉았고, 아마란타가 앉아서 게리넬도 마르케스 대령과 중국 장기를 두었으며, 아마란타 우르슬라가 아기를 위해서 조그마한 옷을 뜨려고 앉았던 바로 그 흔들의자에 푹 들어앉아서, 순간적으로 자기의 영혼이 그토록 엄청나게 무서운 과거를 감당할 수 없음을 깨달았다. 자기 자신의 향수鄕愁와 남들의 향수가 찔러대는 창질에 깊은 상처를 입은 그는 말라죽은 장미 숲을 얽어놓은 거미줄의 끈질김과, 독보리풀의 참을성과, 찬란한 2월 새벽하늘의 인내심을 우러러보았다. 그리고 그는 갓난아이를 보았다. 온 세상에서 다 모여든 듯 바글바글한 개미 떼가 정원 돌길을 따라서, 바짝 물기가 빠지고 껍질만 자루처럼 봉긋하게 부푼 아기를 끌고 그들의 굴로 나아가고 있었다. 이 기막힌 장면을 보는 순간, 그는 공포에 질려 몸이 굳어지는 대신, 멜키아데스의 마지막 비밀을 깨달아 그 양피지 원고에서 인간의 시간과 공간의 질서를 가리키는 글귀를 터득하게 되었다. '역사의 시초는 나무와 연결되어 있고, 종말은 개미들에게 먹힐지니라.'

  자기의 운명이 멜키아데스의 원고 속에 씌어 있다는 사실을 깨닫고 나서 바깥 세계의 어떤 유혹에도 마음이 흔들리지 않도록 하기 위해서, 페르난다가 십자가처럼 널빤지로 막아버린 창문과 문에 다시 못질을 하고, 죽은 사람들이나 죽은 사람들의 고통에 대한 생각을 깨끗이 씻어버리고 난 아우렐리아노는 평생에 자기의 머리가 그토록 맑았던 때는 한 번도 없었다고 느꼈다. 멜키아데스의 원고는 조금도 훼손되지 않은 채로 유사 이전의 식물과, 김이 무럭무럭 피어오르는 구렁텅이와 방에서부터 바깥으로 뻗어나간 인간의 흔적을 깡그리 없애버린 번쩍대는 곤충들 사이에 그대로 남아 있었으며, 빛이 환한 곳으로 그것을 들고 나와서 읽을 만큼 한가한 기분이 아니었기 때문에 그는 그 자리에 서서, 마치 그 원고가 스페인 말로 씌어 있고, 한낮의 찬란한 광채를 받으며 읽기라도 하는 듯 조금도 어려움을 느끼지 않고 큰 소리로 읽어 내려가면서 풀이했다.

458

그것은 멜키아데스가 직접 쓴 것으로서, 100년을 미리 내다보고, 세밀한 부분까지 하나도 빼놓지 않고 기록한 집안의 역사였다. 멜키아데스는 그 원고를 모국어인 산스크리트 어로 적었으며, 짝수에 해당하는 줄은 모두 아우구스투스 황제의 개인적인 암호로 적었고, 홀수에 해당하는 줄들은 라케다이몬(스파르타)의 군대 암호로 적어놓았다. 그리고 남들이 쉽게 해독하지 못하게 하려는 생각에서 마지막으로 다시 손질을 해서, 모든 사건들을 인간이 이해하는 보편적인 시간의 개념에 따라서 나열한 것이 아니라, 100년 동안 날마다 일어날 사건들을 한순간에 한꺼번에 일어나는 것처럼 적어놓았는데, 이러한 비밀의 실마리를 아우렐리아노가 풀어내게 된 것은 아마란타 우르슬라의 사랑에 얽힌 복합적인 상황이 빚어낸 혼돈에서였다. 이렇게 비결을 알아내서 황홀경에 도취한 아우렐리아노는 한 번도 막히지 않으면서 큰 소리로 원고를 읽어 내려갔다. 아르카디오더러 들으라고 멜키아데스가 지어낸 칙령이면서도 사실은 아르카디오의 처형을 예언한 구절을 읊었고, 나중에 육체와 영혼이 한꺼번에 승천할 세상에서 가장 아름다운 여인이 태어나리라는 얘기를 찾아냈으며, 능력이 모자라고 그만한 끈기가 없었던 탓도 있지만, 그들의 시도가 아직은 너무 일러서 실패로 끝날 양피지 원고의 해독에 덤빈 쌍둥이 형제에 대한 부분도 발견했다. 여기까지 이르러서 그는 자신의 출생에 대해서 알고 싶은 조바심에서 뒤로 껑충 뛰어넘었다. 그러자 부드럽고, 과거의 목소리와 옛 제라늄의 속삭임과, 한숨이 섞인, 모질기만 했던 향수 끝에 자각自覺의 한숨이 섞인 바람이 불어왔다. 그는 그 순간, 탐욕스러운 그의 할아버지가 자신을 행복하게 만들지도 못할 세상에서 가장 아름다운 여인을 찾아서 착각의 고원으로 질질 끌려가던 대목을 읽으면서 자신의 출생에 대한 실마리를 얻을 것 같은 생각에 휩싸여 있었으므로 아무것도 느끼지 못했다. 아우렐리아노는 할아버지를 알아볼 수 있었으며, 그래서 그의 후손들에 대한 숨은 기록을 추적했고 드디어 어느 부분에 이르자, 전갈과 노랑나비들이 우글거리는 목욕탕에서 석양녘에 반항심으로 자기 몸을 함부로 내주던 여자에게서 욕망을 한껏 풀어내던 기계공에 의해 자기가 잉태되는 순간을 찾아내게 되었다. 그는 이 부분에 이르러서 양피지 원고에 어찌나 몰두해 있었던지, 두 번째로 거센 바람이 불어와서 문짝과 창문들을 날려버리고 집의 왼쪽 지붕이 날아가고 집의 뿌리가 삐져나온 것도 모르고 있었다. 그때야 비로소 그는 아마란타 우르슬라가 자신의 누나가 아니라 이모였다는 사실을 알았고, 프랜시스 드레이크 경이 리오하차를 습격한 것은 단지 이모와 자기가 가장 복잡다단하게 얽힌 미로 속에서 서로를 찾아내어, 마침내 가문에 종지부를 찍을 전설적인 동물을 태어나게 하기 위해서였다는 사실을 이해했다. 아우렐리아노가 자기가 이미 잘 알고 있는 사실들 때문에 시간을 낭비하고 싶은 생각이 없어서 열한 페이지를 건너뛰어서 자기가 살고 있는 순간에 대한 얘기를 해독하고, 해독하면서 바로 그 해독한 순간을 살아가는 얘기와, 마지막 페이지에서 자기가 그 양피지 원고를 해석하게 되리라는 예언을 읽으면서 마치 거울을 들여다보는 기분을 느끼는 순간에 마콘도는 무서운 회오리바람에 휩싸여서, 성경에서 얘기하는 태풍처럼 먼지와 돌 조각들을 하늘로 뿜어 올렸다. 그는 다시 건너뛰어서 자기가 언제 어떻게 죽으리라는 날짜와 상황을 예언하는 대목을 찾아보려고 했다. 그러나 미처 마지막 줄을 다 읽어내기도 전에, 그는 자기가 결코 이 방에서 나갈 수 없다는 사실을 알아내게 되었으니, 그것은 이 거울의 도시, 아니 신기루의 도시가, 바람에 날려 없어질 터이며, 아우렐리아노 부엔디아가 이 원고를 해독하게 되는 순간부터 마콘도는 인간의 기억에서 영원히 사라질 것이며, 여기에 적힌 글들은 영원히 어느 때에도 다시 되풀이될 수 없을 것이니, 그것은 100년 동안의 고독에 시달린 종족은 이 세상에 다시 태어날 수 없다고 적혀 있었기 때문이었다.

현실과 환상의 변증법

김 욱 동(문학평론가 · 서강대 교수)

라틴 아메리카 문학의 대변인 마르케스

20세기 초엽까지만 하더라도 서양 문학은 서유럽과 미국이 주도적인 역할을 담당하였다. 경제 발전과 정치적 패권에 힘입어 제1세계 국가에 속한 작가들이 세계 문단에서 주도적인 역할을 한 것은 어쩌면 지극히 당연한 일인지도 모른다.

그러나 20세기 중엽에 들어오면서부터 사태는 전혀 달라졌다. 이때부터 서유럽이나 미국 작가들 대신에 라틴 아메리카 작가들이 세계 문단에서 주도권을 행사하였기 때문이다. 그동안 주변부에 머무른 채 기껏해야 '타자他仔'의 위치밖에는 차지하지 못하던 라틴 아메리카 작가들이 서서히 세계 문학의 중심부로 이행하였다. 말하자면 세계 문학은 이제 라틴 아메리카에서 문자 그대로 '붐'을 맞았던 것이다.

그리하여 많은 문학 사가들은 라틴 아메리카에서 나타난 이러한 문예 부흥 현상을 두고 '붐' 문학 또는 '붐' 소설이라는 용어로 표현한다. 제2차 세계대전 이후 라틴 아메리카에서 주로 활약한 '붐' 소설가들로서는 콜롬비아의 가브리엘 가르시아 마르케스, 파라과이의 아우구스토 로아 바스토스, 페루의 마리오 바르가스 요사, 쿠바의 기예르모 카브레라 인판테, 멕시코의 카를로스 후엔테스, 칠레의 호세 도노소 등이 유명하다. 다양한 국적, 다양한 문학관을 지니고 있으면서도 그들은 한결같이 라틴 아메리카 문학을 세계 문학의 굳건한 반열에 올려놓은 데에 크게 이바지한 작가들이다.

이러한 '붐' 소설가 가운데에서도 가장 주목받아온 작가가 바로 가브리엘 가르시아 마르케스다. 《백 년 동안의 고독》(1967)으로 1982년도 노벨문학상을 수상하여 국제적인 명성을 얻었고, 그 후 《족장의 가을》(1975)을 발표하여 작가로서의 위치를 확고하게 굳혔다. 그리고 《예견된 죽음의 연대기》(1981)를 발표하여 작가로서 여전히 건재하다는 사실을 과시하고 있다. 이제 마르케스는 현대 라틴 아메리카 문학을 대변하는 가장 대표적인 작가로 높이 평가받고 있다.

문학적 실험실로서의 《백 년 동안의 고독》

《백 년 동안의 고독》은 소설 전통에서 볼 때 한 가문의 영고성쇠를 다룬 일종의 계도系圖 소설에 속한다. 이 작품에서 작가는 5대에 걸친 부엔디아 가문 사람들이 겪는 고통과 절망을 다룬다. 이 소설은 부엔디아 가문의 선조가 마콘도 마을을 건설하는 것으로 시작하여, 이 가문의 맨 마지막 후예가 그 마을의 멸망을 목도하는 것으로 끝을 맺는다.

'가장 질서 있고 열심히 일하는 곳'인 마콘도는 여러 면에서 에덴동산을 연상하기에 충분한 마을이다. 어느 누구도 사망한 적이 없는 영생의 낙원이다. 그러나 집시들이 얼음 · 자석 · 확대경 · 사진기와 같은 문명 세계의 발명품들을 마콘도에 가지고 오면서부터 이 마을은 점차 다른 모습으로 변해간다.

원시적인 마콘도 마을은 점차 현대 문명과 그 제도의 침투를 받으면서 몰락의 길을 걷기 시작한다. 국가 정당이 도입되면서 내란이 일어나는가 하면, 정부에서 임명한 군수가 무장한 군인들을 데리고 이 마을을 통치하기 위하여 부임한다. 더욱이 미국인들이 이곳에 바나나 농장을 건설하여 노동자들을 혹독하게 착취하기도 한다. 외국인들과 현대 문명이 무려 4년 11개월에 걸친 대홍수에 모두 흔적도 없이 휩쓸려간 다음에야 마콘도 마을은 비로소 어느 정도 다시 원래의 모습을 되찾는다.

그러나 이 소설의 맨 마지막 부분에서 마콘도는 지상 낙원이 아니라 한낱 허구에 지나지 않는 것으로 판명된다. 왜냐하면 부엔디아 가문의 마지막 후예 한 사람이 산스크리트 어로 기록된 양피지 문서를 해독하는데, 이 문서에는 지금까지 독자들이 읽어온 부엔디아 가문과 마콘도 마을에 관한 이야기가 모두 그대로 기록되어 있기 때문이다.

그런데 《백 년 동안의 고독》을 더욱 잘 이해하기 위해서는 작가가 이 작품에서 핵심적인 공간적 배경으로 사용하고 있는 마콘도 마을에 주목할 필요가 있다. 이 작품에서 마콘도는 마치 영국의 소설가 토머스 하디의 '웨섹스', 미국의 소설가 셔웃 앤더슨의 '와인즈버그', 또는 윌리엄 포크너의 '요크너퍼토퍼'처럼 일종의 소우주 같은 구실을 한다.

마르케스가 태어난 카리브 해안에 위치한 원시적인 시골 마을 아라카타카를 모델로 창조해 낸 신화적 왕국인 마콘도는 《백 년 동안의 고독》에만 국한되지 않고 그의 다른 작품에서도 마찬가지로 중요한 지리적 배경으로 사용되고 있다. 일종의 신화적 왕국이라고 할 수 있는 이 마을은 좁게는 콜롬비아, 넓게는 라틴 아메리카 대륙, 그리고 더 넓게는 인간이 살고 있는 세계를 상징한다고 할 수 있을 것이다.

다층적인 의미를 지니고 있는 《백 년 동안의 고독》은 여러 층위에서 읽을 수 있는 다소 복잡한 작품이다. 최근에 출간된 서구 작품 가운데에서도 사실 이 작품만큼 다의적인 소설은 찾아보기 쉽지 않을 것이다. 이 작품이 처음 출간된 직후부터 많은 비평가들이 관심을 보여온 것은 바로 이러한 까닭과 결코 무관하지 않다. 지금까지 적지 않은 비평가들과 문학 연구가들이 다양한 접근 방법으로, 그리고 다양한 관점에서 이 소설을 분석하고 해석하려고 시도하여 왔다. 이 작품은 말하자면 문학 비평가들과 학자들이 문학 이론을 탐구하고 적용하여 온 일종의 문학적 실험실과도 같은 소설이다.

상징적으로 조명한 콜롬비아 역사

우선 《백 년 동안의 고독》은 역사적 의미가 아주 강하게 부각되어 있는 소설이다. 이 작품 속에서 G.마르케스는 콜롬비아의 역사를 상징적으로 보여주고 있다.

잘 알려진 바와 같이 콜롬비아의 역사는 곧 식민지 종주국들의 지배와 억압으로 점철된 비극적인 역사나 크게 다름없었다. 라틴 아메리카 대부분의 나라들이 그러하였듯이 콜롬비아 또한 오랫동안 스페인의 지배와 통치 아래에서 패배와 좌절을 경험하지 않으면 안 되었다. 16세기 중엽부터 콜롬비아는 뉴그라나다라는 스페인 식민지 가운데에서도 가장 핵심적인 역할을 하였고, 19세기 초엽에 이르러서야 비로소 스페인의 억압에서 해방되어 독립 국가로 발돋움하였다.

마콘도를 처음 건설한 호세 아르카디오 부엔디아는 본디 콜롬비아 내륙 지방에서 담배를 경작하던 부지런한 본토인이었다. 그러나 그는 스페인계 상인 가문의 우르슬라 이구아란을 만나 결혼함으로써 처음으로 외지인과 관계를 맺는다.

이 작품에는 우르슬라 말고도 '카탈루냐의 현인'이라고 불리는 스페인 사람이 한 명 등장한다. 내란 중 마콘도에 들어온 그는 이 마을이 폐허가 되기 직전까지 서점을 경영하면서 이 마을에서 산다. 책 더미 속에 묻혀 세 상자에 달하는 많은 양의 원고를 집필하는 그는 콜롬비아에 대한 스페인의 정신적 지배를 상징적으로 보여준다.

비록 잠시이기는 하지만 콜롬비아는 스페인 말고도 영국의 지배를 받기도 한다. 영국의 지배는 해적 프랜시스 드레이크 경을 통하여 나타난다. 우르슬라 가족이 리오아차로 피신하여 온 것도 바로 드레이크경의 공격을 피하기 위해서였다는 점을 상기할 필요가 있다.

더욱이 정치적인 차원에서도 《백 년 동안의 고독》은 콜롬비아가 직면하고 있는 구체적인 사회 현실을 여실히 보여준다. 자본주의가 본격적으로 도입되기 전까지만 하더라도 마콘도 마을은 목가적인 낙원과 같은 평화스러운 마을이었다. 그러나 미국의 자본주의가 들어오면서부터 평화스럽기 그지없던 이 마을은 점차 폭력과 타락에 시달린 채 멸망의 길을 걷기 시작한다.

이 작품에서 서구 자본주의는 제1차 세계대전이 일어나던 시기에 시작하여 전쟁이 끝날 때까지 콜롬비아에 진출한 미국의 바나나 회사의 형태로 그 모습을 드러낸다. 마콘도에 바나나 농장을 건설한 미국 회사들은 원주민 노동자를 고용하여 막대한 돈을 벌어들였다. 그러나 낮은 임금과 열악한 작업 환경 등으로 착취당하던 노동자들은 마침내 극한적인 파업을 단행하였고, 미국 회사 편을 드는 정부는 파업에 맞서 노동자들을 대량으로 학살하기에 이르렀다.

적어도 이러한 관점에서 본다면, 이 소설은 서구 제국주의의 식민지 수탈 행위를 폭로하는 사회주의 리얼리즘에 입각한 고발 소설이라고 할 수 있을 것이다.

그러나 엄밀히 따지고 보면 부엔디아 가문의 몰락과 쇠퇴는 단순히 외부의 힘 탓만으로 돌릴 수 없다. 왜냐하면 부엔디아 가문의 내부 안에 이미 몰락과 쇠퇴의 씨앗이 뿌려져 있기 때문이다.

마콘도 마을에서 '가장 뛰어난 두뇌의 소유자'로 존경을 받으며 근면하게 일하던 호세 아르카디오 부엔디아는, 집시가 전하여 준 문명의 도구에 크게 고무된 나머지 거의 미치광이에 가까운 사람이 된다. 그는 족장으로서의 모든 일상적 의무와 책임을 포기한 채 오직 무익한 연구에만 몰두한다. 심지어 그는 신의 존재를 증명하기 위하여 과학적 실험을 하기도 한다.

한편 서른두 차례나 반정부 봉기에 참여하여 그때마다 패배하는 그의 아들 아우렐리아노 부엔디아 대령은, 진정한 의미에서의 영웅적 혁명가라기보다는 오히려 ‘어릿광대’ 나 ‘단순한 모험가’ 와 크게 다르지 않다. 아우렐리아노 부엔디아 대령은 추상적 이념을 위하여 많은 생명을 희생을 주저하지 않는 그야말로 비인간적인 인물이다. 이 점과 관련하여 이 소설의 저자는 ‘그는 손으로 만져볼 수도 없는 이념들을 가지고 전쟁이라는 극한 상황에 도달하게 되었다’ 고 말한다.

아우렐리아노 부엔디아 대령은 젊은이들에게 ‘가장 효과적인 방법은 폭력뿐’ 이라고 가르치면서 자유파의 승리를 위하여 정부군과 싸울 것을 독려한다. 20년에 걸친 내란이 끝난 다음 그는 사회와의 모든 소통을 차단한 채 골방에 들어앉아 황금물고기 장식을 만들며 이른바 ‘삶 속의 죽음’ 을 영위한다. 이러한 현상은 비록 정도의 차이는 있지만, 아우렐리아노 부엔디아 대령의 형인 호세 아르카디오를 비롯하여 부엔디아 가문의 다른 후손들에게서도 마찬가지로 찾아볼 수 있다. 이러한 점에서 본다면, ‘좋은 나날’ 또는 ‘좋은 시대’ 라는 뜻을 지니는 ‘부엔디아’ 라는 스페인 이름은 이 작품에서 반어적으로 사용되고 있다고 할 수 있을 것이다.

무엇보다도 근친상간으로 상징되는 도덕적 타락은 부엔디아 가문의 몰락을 재촉하는 견인차 구실을 한다. 그들은 근친상간을 수없이 되풀이한다. 유전학적 관점에서 볼 때에 동종 교배가 열등한 자손을 낳듯이 부엔디아 가문의 사람들 또한 근친상간이라는 동종 교배를 통하여 점점 우생학적으로 열등한 자손을 낳는다.

이 작품의 마지막 부분에 이르러, 이모와 조카 사이인 아우렐리아노와 아마란타 우르슬라가 관계를 맺어 마침내 돼지꼬리가 달린 자손을 낳기에 이른다. 이렇게 기형아를 낳음으로써, 5대에 걸친 부엔디아 가문은 선조들의 경고에도 불구하고 치욕적인 종말을 고하는 것이다.

그들이 자폐적인 순환에서 결코 벗어나지 못한다는 것은, 호세 아르카디오 부엔디아를 제외한 나머지 부엔디아 가문 사람들이 한결같이 자기 고유의 이름다운 이름 없이 오직 선조의 이름 가운데에서 일부만을

466

되풀이하여 물려받고 있다는 점에서 더욱 뒷받침된다.

문학의 자의식 문제와 포스트모더니즘

《백 년 동안의 고독》은 역사적 층위에서도 아주 큰 의미를 지니고 있는 작품이다. 특히 이 소설은 역사 기술과 관련된 문제점을 다룬다는 점에서 최근에 들어와 부쩍 논의되고 있는 포스트모던 역사학과 밀접하게 연관되어 있다.

미국 바나나 회사에 맞서 파업을 벌이는 과정에서 계엄령을 선포하고, 무려 3000명이 넘는 노동자들을 정부군이 학살한다. 정부 관리들은 역 광장에서 기관총으로 무참하게 죽은 노동자들의 시체를 사람들이 볼 수 없는 한밤중에 화물차에 실어다가 멀리 바닷물 속에 수장하여 버린다.

그러나 정부와 다국적 기업의 계략으로 이 엄청난 사건은 그 진상이 은폐되고 호도된다.

파업을 직접 주도한 호세 아우렐리아노 세군도가 사건이 벌어진 지 얼마 후 마콘도에 살고 있는 사람들에게 이 사실을 말하자, 그는 오히려 미친 사람대접을 받는다. 이 소설의 화자는 이와 관련하여 '그가 진실을 얘기하자, 사람들은 역사가들이 지어내서 교과서에 집어넣은 가짜 얘기와는 워낙 달랐던 그의 얘기를 미친 수작이라고 생각하고 말았다'고 적고 있다.

부엔디아 집안의 마지막 후예인 아우렐리아노가 다시 이 문제를 마을 사람들에게 꺼낼 때에도 '그들은 결국 법적인 증거들이나 기록들, 그리고 초등학교 교과서에 적혀 있는 글을 인용해서, 마콘도에는 바나나 회사가 존재하지도 않았다고 주장하기에' 이른다.

그렇다면 역사는 진실과는 거리가 먼, 한낱 권력을 장악한 지배 계급이 조작한 이야기에 지나지 않는다. 이것이 바로 프랑스의 역사가 미셸 푸코를 비롯하여 미국의 두 역사가 헤이든 화이트와 도미닉 라카프라, 그리고 영국의 역사가 조너선 클락 등이 주장하는 포스트모던 역사 이론이다.

그런가 하면 문학의 자의식 문제를 다룬다는 점에서도 《백 년 동안의 고독》은 포스트모더니즘 문학과 아주 밀접한 관련을 맺고 있다. 이 소설은 대표적인 메타픽션에 해당된다.

메타픽션이란 텍스트 밖의 세계를 반영하거나 재현하는 대신 작품이 창작되는 과정을 주제로 삼는 실험 소설을 가리킨다. 비유적으로 말해서 우주나 자연에 거울을 비추는 전통적인 리얼리즘 소설과는 달리, 메타픽션은 텍스트 안을 향하여 거울을 비추고 있다. 한마디로 그것은 '소설의 소설' 또는 '소설에 관한 소설'이라고 할 수 있다. 앞에서 이미 지적하였듯이 이 작품의 결말은 다시 이 소설의 시작으로 되돌아간다. 마치 자신의 꼬리를 물고 있는 뱀처럼 이 작품은 끊임없이 되풀이되는 순환 구조를 지니고 있다.

독자들은 맨 마지막 장면에서 지금 읽고 있는 소설은 바로 멜키아데스가 양피지에 기록하여 놓은 부엔디아 가문의 일대기를 마지막 후예 아우렐리아노 부엔디아가 해독하고 있는 것에 지나지 않음을 알게 된다. 이 양피지에는 100년을 미리 내다본 세밀한 부분에 이르기까지 하나도 빼놓지 않고 기록하여 놓은 부엔디아 집안의 역사가 기록되어 있다.

소설의 부활을 보여주는 마술적 리얼리즘

《백 년 동안의 고독》을 논의할 때마다 '마술적 리얼리즘'이라는 꼬리표가 마치 그림자처럼 늘 따라다닌다. 좁게는 리얼리즘의 한 유형, 넓게는 세계 인식의 한 방법이라고 할 수 있는 마술적 리얼리즘은 문자 그대로 현실과 환상, 사실과 허구가 초현실주의적 수법으로 교묘하게 결합되어 있는 형태를 말한다.

집시들이 마콘도 마을에 가져온 '끓고 있는 얼음'처럼, 일종의 모순 어법에 해당하는 마술적 리얼리즘은 역사적·문학적으로 큰 혼란을 겪어온 라틴 아메리카 작가들이 창안해 낸 독특한 문학적 산물이라고 할 수 있다. 그들은 이러한 장치나 세계 인식을 통하여 그들 특유의 경험을 예술적으로 형상화하는 데에 성공하였다.

이 작품에서 마술적 리얼리즘은 여러 형태를 통하여 나타난다. 예를 들어 작중 인물들 가운데에는 죽은 사람들이 다시 나타나 마치 살아 있는 사람처럼 활약하는가 하면, 어떤 사내아이는 부모의 말을 듣지 않다가 뱀이 되어버린다. 부엔디아 집안의 한 선조는 돼지꼬리를 달고 이 세상에 태어난다. 레베카라는 인물은 흙과 벽에서 긁은 석회를 먹고 산다. 한 작품 인물이 항해 도중 바다에서 바다용을 잡았는데, 그 뱃속에는 십자군 병정의 투구와 허리띠 그리고 무기가 발견되기도 한다. 난로에 얹어둔 우유가 끓지 않아 주전자 뚜껑을 열어보았더니 그 안에는 구더기가 득실거린다. 그런가 하면 어떤 작중 인물들은 담요나 양탄자를 타고 하늘 높이 날아가 이 지상에서 영원히 사라져버린다.

한 비평가는 마르케스 문학의 특성을 '초월적 지방주의'라는 용어로 요약한 바 있다. 마르케스의 작품은 좁게는 콜롬비아, 넓게는 라틴 아메리카라는 특정한 지방에 뿌리를 박고 있으면서도 지방성을 초월하는 보편적인 문학이라는 말이다.

이러한 점에서 마르케스는 그가 지대한 영향을 받은 윌리엄 포크너와 아주 비슷하다. 포크너의 작품 또한 미국 남부 지방이라는 구체적 공간에 뿌리를 두고 있으면서도, 실제로 포크너가 다루는 문제는 좀더 보편타당성 있는 삶의 문제, 그의 표현을 빌린다면 '서로 갈등하는 인간 마음의 여러 문제'를 설득력 있게 형상화하고 있다.

제2차 세계대전 이후 소설은 이제 죽음을 맞이하였다는 말이 심심치 않게 들리고 있다. 신의 죽음을 선포한 프리드리히 니체처럼 서유럽과 미국의 몇몇 작가들은 문학의 죽음을 선포하였던 것이다. 그러나 마르케스를 비롯한 라틴 아메리카 작가들은 제1세계의 작가들이 이미 죽었다고 선포한 소설에 새로운 활력을 불어넣고 있다. 소설 장르는 죽음을 맞이하기는커녕 오히려 불사조처럼 잿더미를 헤치고 되살아났다는 사실을 그들은 여실히 보여주고 있다.

소설의 죽음과 관련하여 체코슬로바키아의 작가 밀란 쿤데라는 이렇게 말한 바 있다. "소설의 종말을 말하는 것은 서구 작가들, 특히 프랑스인들의 기우杞憂에 지나지 않을 따름이다. 동유럽이나 라틴 아메리카 작가들에게 이러한 말을 한다는 것은 어불성설이나 다름없다. 책꽂이에 가르시아 마르케스의 《백 년 동안의 고독》을 꽂아놓고 어떻게 소설의 죽음을 말할 수 있단 말인가?" 그렇다면 마르케스는 바로 그동안 사망 상태에 놓여 있던 소설을 다시 살려낸 언어의 마술사라고 할 수 있을 것이다.

옮긴이 **안정효**

서울 마포에서 태어났다. 1965년 서강대학교 영문학과를 졸업한 이후《코리아 헤럴드》기자,《코리아 타임스》문화부장, 한국 브리태니커 편집부장을 역임하고 번역문학가의 길로 접어들었다. 알렉스 헤일리의《뿌리》이외에 콜린 맥컬로의《가시나무새 1·2》등 명작 소설을 번역, 공전의 베스트셀러를 기록케 한 탁월한 기량이 인정되어 1982년 제1회 번역문학상을 수상했다. 1985년부터 소설 창작에 전념,《은마는 오지 않는다》《하얀 전쟁》등을 발표, 중견작가로서의 위치를 굳혔다.

백년 동안의 고독

1판 1쇄   1977년 1월 22일

3판 64쇄   2026년 1월 20일

지은이   G. 마르케스

옮긴이   안정효

펴낸이   임주현

펴낸곳   (주)문학사상

주소   경기도 파주시 회동길 363-8, 201호(10881)

등록   1973년 3월 21일 제1-137호

전화   031) 946-8503

팩스   031) 955-9912

홈페이지   www.munsa.co.kr

이메일   munsa@munsa.co.kr

ISBN 978-89-7012-693-7 (03840)

＊ 잘못 만들어진 책은 구입처에서 교환해 드립니다.

＊ 가격은 뒤표지에 표시돼 있습니다.